薛瑞兆 編撰

新編全金詩

第三册

中華書局

第三册目録

新編全金詩卷五八

新編全金詩卷五九

新編全金詩卷六〇

新編全金詩卷六一

新編全金詩卷六二

新編全金詩卷六三

新編全金詩卷六四

新編全金詩卷六五

新編全金詩卷六六

新編全金詩卷六七

新編全金詩卷六八

新編全金詩卷六九

新編全金詩卷七〇

新編全金詩卷七一　雜録

新編全金詩卷七二

新編全金詩卷七三

新編全金詩卷七四

新編全金詩卷七五

新編全金詩卷七六

新編全金詩卷七七

新編全金詩卷七八

新編全金詩卷七九

新編全金詩卷八〇

新編全金詩卷八一

新編全金詩卷八二

新編全金詩卷八三

新編全金詩卷八四

新編全金詩卷八五

新編全金詩卷八六

新編全金詩卷五八

馮　璧

馮璧，字叔獻，一字天粹，真定（今河北省石家莊市正定縣）人。登承安二年進士第，歷州縣，召補尚書省令史，授應奉翰林文字，兼韓王府記室參軍。貞祐三年，遷翰林修撰。興定四年，改禮部員外郎。興定末，以同知集慶軍節度使事致仕。宣宗朝，璧屢以使鞫大獄，嚴懲跋扈不法權貴，時議壯之，亦用是得罪。居崧山十餘年，賦詩飲酒，放浪山水間。天興元年，北歸鄉里。庚子歲（蒙古太宗十二年、一二四〇）卒，年七十九[①]。璧長於《春秋》，詩筆清峻，字畫楚楚，有魏晉風調，雅爲閑閑趙秉文激賞。子渭，字清甫，清慎而文，有馮孝子之譽。兹輯十五首。

同裕之再過會善有懷希顔

寺元魏離宫。十日來凡兩。前與髯卿偕，齋莫少林往。其時已薄暮，諸勝不暇訪。今同魏

①《中州集》卷六《馮内翰璧》及《金史》卷一一〇本傳未言卒年，此從《遺山先生文集》卷一九《内翰馮公神道碑銘》：「以庚子七月十有四日終於家，春秋七十有九。」《四部叢刊》本。今按，此處庚子指蒙古太宗十二年（一二四〇），其時金亡六載。

諸孫，再到風煙上。寺僧導升殿，雄深肅瞻仰。柱礎門限砧，追琢成大壯。不見磨琢痕，瑩滑明滉朗。摩挲三嘆息，後世無此匠。晚登西南亭，碧玉對千丈。如王官天柱，如太華仙掌。留宿贊公房，秀色夢餘想。夜静耿不眠，泉溜琴筑響。惜鬌今不來，聯詩共清賞。

和希顔

虎守天門未易通，庾塵無扇障西風。主人何負盜憎主，公論不明私害公。老伏固非千里驥，冥飛似是五噫鴻。紛紛往事渠知幾，都付崧巔一笑中。

送國醫儀師顔企賢得請歸關中次朝賢韻

心平窮富恐欺天，面有陰功蓋有年。歸去青山仁者樂，秘來丹訣老而傳。尚醫冗食渠百輩，公論共推君十全。技道精微仍遠引，就非輕舉亦幾仙。

河山形勝圖

書劔丁年記昔游，中條之麓過蒲州。地形西控三秦遠，河勢南吞二華秋。晉魏兵争一春夢，漢唐壇祀幾荒丘。披圖弔古令人慨，不必重登鸛雀樓。

雒帥覓蘭作詩以寄

雲插高牙畫戟森〔一〕，春移寶檻燕堂深。水南紅藥初退舍，嵩麓紫蘭今嗣音。蠒足頳肩坐香累，高梁華棟豈渠心。使君有問花應語，玉樹誠佳非故林。

【校記】

〔一〕森：《全金詩增補中州集》卷三〇作「新」。

明皇擊梧桐圖

三郎耳譜趂花奴，風調才情信有餘。天寶錯來非一拍，霓裳中節亦區區。

送人出使

陽春有脚蘇疲瘵，水鏡無心照潔汙。九道澄清天意切，人才一一似君無。

習池醉歸圖

襄漢方屯十萬兵，習池日往不曾醒。紛紛悮晉皆渠輩，何獨王家一寧馨。

東坡海南烹茶圖

講筵分賜密雲龍，春夢分明覺亦空。地惡九鑽黎洞火，天遊兩腋玉川風。

陰晦中忽見華山

吏部能開衡嶽雲，坡仙曾借海宫春。蓮峰清曉忽自獻，二公何人予何人。

草堂春暮横披

遷客倚樓家萬里，五陵飛鞚酒千金。草堂澹與春山對，幽鳥一聲春已深。

元光間予在上龍潭每春秋二仲月往往與元雷游歷嵩少諸藍禪師汴公方事參訪每相遇輒揮毫賦詩以道閑適之樂今猶夢寐見之兒子渭近以公故抵任城禪師附寄詩以叙疇昔未幾駐錫東庵因造謁間出示裕之數詩醉筆縱横亦略道嵩遊舊事感嘆之餘漫賦長句二首〔一〕

性理諸方已徧參，歸來一錫駐東庵。山中蓮社舊招隱，旅舍阿戎新對談。詩筆如君僧有幾，文章媿我老無堪。綾書大字拈香疏，須趂微之酒半酣。少林脩竹欲天參，竹外幽閑草結庵。顧我雖存唯白髮，與君曾此共玄談。干戈横絶境猶夢，草樹荒殘人豈堪。臈瓮春醪髯莫預，商歌悲壯不能酣。

【校記】

〔一〕明傅梅《嵩書》卷一四《韻始篇》、清景日昣《説嵩》卷三〇《風什》題作《追述嵩少之遊有序》，而以此題爲序。

雨後看竝玉所控諸峰

竝玉如高人，壁立九千仞。一日不見之，令人生鄙吝。春深木葉敷，秀色益濡潤。結茅寄僧藍，晴碧時得趂〔一〕。老宿詑孫峯，隅侍到齠齓。連延靑一色，枚數須諦認。溟濛空翠間，我亦疑未信。朝來雲氣昏，埋没瑜匿瑾。如蒼梧政愁，湘妃鬱思舜。重陰俄解駁，霽霽夕暉襯。娟娟忽層出，歷歷分遠近。雲峰互呑吐，千狀纔一瞬。出奇如孫吴，相降如廉藺。如衆星拱辰，如侯伯入覲。接武如朋簪，承迎如价儐。負固如吴楚，争長如齊晉。怪詭如夷蠻，駢羅貢琛贐。窘蹙如擒獲，係纍將就釁。如應龍神靈，蟄卧時奮迅。如天駟超軼，坰牧税羈靷。如雄對改容，失筋駭疾震。如猛士無譁，攢槊俟嚴陣。獨兩峰巍然，魁傑儼崇峻。光輔岳柱天，鬱爲中興鎮。降生申與甫，周室僨復振。詩傳配崧高，百世磨不磷。

【校記】

〔一〕得：《嵩書》作「相」。

同希顔怪松〔一〕

崧高地氣靈，花木競妍秀。玉峰西南趾，有松獨怪陋。偃蹇如蟠螭，奮迅如攫獸。葉勁鬚髯張，皮古鱗甲皺。菌蠢藤癭怒，支離笻節瘦。月上虬影揺，風度雨聲驟。子落慰枯禪，枝樛礙飛鼬。盤根萬乘器，平蓋千歲壽。樵斤幸免尋，廈匠矧肯構。龍化會有時，天旱期汝救。

《中州集》卷六《馮内翰璧》。

【校記】

〔一〕明傅梅《嵩書》卷一四《韻始篇》録此詩，題作《會善寺怪松》。

佚句

挽黄華先生

詩名摩詰畫絶世，人品右軍書入神。《遺山先生文集》卷一六《王黄華墓碑》：「閑閑有上公詩云：『李白一杯人影月，鄭虔三絶畫詩書。』馮内翰挽章云云。人以爲實録云。」《四部叢刊》本。

段繼昌

段繼昌，字子新，號適安居士，白水（今陝西省渭南市白水縣）人。應進士舉，未第①。家甚貧，嗜酒如命，而世間事略不挂口。有以錢遺之者，必盡送酒家，稱酒曰阿嬌，蓋關中謂兒女爲阿嬌，故子新以酒比之。喜作詩，與華陰景伯仁爲友。金亡後卒②。兹輯五首。

梨花

一林輕素媚春光，透骨濃薰百和香。消得太真吹玉笛，小庭人散月如霜。

①《（雍正）陝西通志》卷三〇《選舉》「金進士」著録「段繼昌，蒲城人」，《文淵閣四庫全書》本。今按，現存兩方金代京兆府進士題名碑均未涉及段氏，方志著録榜次不明，依據未詳。另，其《蒲城重立鄧太尉祠碑》末署「大金承安四年十月重建，鄉貢進士段繼昌記」。所謂鄉貢進士，在金多指習舉業而候選者。見清陸耀遹《八瓊室金石補正》卷一二七。

②元駱天驤《類編長安志》卷八《辨惑》：「貞祐丙子，縣令陳炳勸農，問其故，父老指其地曰：『此古廟基也。』掘出石刻，命適安老人段子新爲記，復建唐左拾遺杜甫祠，以《彭衙行》立其中。」中華書局一九九〇年。另，元蘇天爵《元朝名臣事略》卷七《丞相史忠武王天澤》：「北渡後，名士多流寓失所，知公好賢樂善，偕來游依，若王滹南、元遺山、李敬齋、白樞判、曹南湖、劉房山、段繼昌、徒單侍講，公爲料理其生理，賓禮甚厚，暇則與之講究經史，推明治道。」中華書局一九九六年，第一二三頁。今按，貞祐丙子即貞祐四年，其時繼昌已稱「老人」，約卒於金亡北渡後。

一溪

一溪流水走青蛇，春在江邊漁父家。竹外寒梅看欲盡，清香移入小桃花。

春早二首

魚兒水泛鴨頭緑，野馬塵飛羊角風。西崦山家籬落背，杏梢初見一分紅。

斷冰銷盡荻芽尖，凍壠蘇來白薺添。幾片野雲飛不去，晚風吹作雨纖纖。

讀紀信傳

鹿走中原兩虎争，滎陽圍解事堪驚。當時拔劍論功者，矢口何人説紀生。《中州集》卷七《段繼昌》。

景覃

景覃，字伯仁，號渭濱野叟，華陰（今陝西省渭南市華陰市）人。年十八，有賦聲。大定中，三赴廉試，後以病不就選舉。隱居西陽里，以種樹爲業。博極群書，至老不廢，自謂「我輩非讀書則無所用心，要當死而後已耳」。嗜酒，醉則浩歌，日以爲常。伯仁誠實樂易，不修威儀。作詩有功，樂府亦可傳，年七十終。嘗有集傳關中。兹輯二首。

感事

蘭芳切禁當門種，李苦何傷並道生。自古英雄足猜忌，莫教身外有浮名。《中州集》卷七《景覃》。

弔段繼昌

適安居士舊知聞，廓達靈根厭世紛。辭罷親朋便歸去，一籌今日又輸君。《中州集》卷七段繼昌小傳。

李節

李節，字正臣，涇州（今甘肅省平涼市涇川縣）人。原名守節，避哀宗諱改，亦作大節①。承安二年呂造榜詞賦進士。歷威戎、扶風令，臨事有幹局。金末以近侍局副使從哀宗奔蔡州②。金亡，被

---

①金劉祁《歸潛志》卷一一《録大梁事》《金史》卷一七《哀宗紀》「正大四年冬十月辛酉」、《元史》卷一五五《史天澤傳》涉其名，作「大節」。

②《金史》卷一一四《斜卯爱實傳》：「近侍干預朝政，爱實上章諫曰云云。上益怒，送有司。近侍局副使李大節從容開釋，乃赦之，出爲中京留守。」天興元年十二月，從哀宗奔蔡州。中華書局一九七五年，第二五一六頁。

俘，爲蒙古漢軍統帥史天澤參謀①。正臣資性滑稽，談笑有味，以詩名關中。兹輯二首。

漁父

舉世從誰話獨醒，短蓑輕篛寄餘生。半篙春水世塵遠，一笛晚風山雨晴。稚乳滿舩生事簡，魚蝦到市利源輕。旁人莫怪機心少，曾與滄洲白鳥盟。

有感

亂離何事最堪傷，孝子陵前段氏莊。鑄鐵作門貽鬼笑，堆金齊斗買天亡。春風草滿藏書壁，落日狐鳴打麥場。惆悵賢郎一丘土，過車腸痛獨難忘。《中州集》卷七《李扶風節》。

佚句

失題

棓頭打出和糴米，丁口簽來自願軍。《中州集》卷七李節小傳：「正臣有詩云云。讀之則時政可知矣。」

---

①元蘇天爵《國朝名臣事略》卷七《丞相史忠武王天澤》：「初，公之取衛也，獲衛士富察輔之，公問：『金朝才干之人汝識者誰？』輔之以近侍局副使李正臣對。及破歸德，縛數人將殺之。公問一縛者爲誰，曰：『我李正臣也。』公救免，遣人護送至真定，後任爲參謀，一路事悉聽其施爲措注焉。」中華書局一九九六年，第一二二頁。今按，歸德失守，時在天興二年六月。

張正倫

張正倫，字公理，湯陰（今河南省安陽市湯陰縣）人。登泰和三年詞賦進士第①，累官資善大夫、吏部尚書。壬辰歲（一二三二），汴京守將崔立降蒙古，自立爲相，以正倫「有人望」②，命參議省事。未幾，柴車北歸，結廬洹水之濱，不以世務縈懷，左右圖書，遺老而已。癸卯歲（蒙古太宗乃馬真后稱制二年、一二四三）卒，年六十八③。所著詩文箋奏，簡重典雅，稱其爲人。嘗著文集若干卷。兹輯二首。

遊善應寺

黄塵漲眼厭城居，明秀山川别一區。形勢大綱盤谷序，典刑小樸輞川圖。柴荊寂寂卧雞犬，葦岸紛紛飛鴈鳧。我欲幽棲煙月底，明年准擬結茅廬。《永樂大典》卷一三八二四寺字韻引《相臺志》張正倫詩，中華書局一九九八年，第六册五九二七頁。

---

① 《遺山先生文集》卷二一《資善大夫吏部尚書張公神道碑》「三年」原作「二年」，刊誤。《四部叢刊》本。
② 金劉祁《歸潛志》卷一一《録大梁事》，中華書局一九八三年，第一二九頁。
③ 《遺山先生文集》卷二一《資善大夫吏部尚書張公神道碑》，《四部叢刊》本。

題嵇公廟

扈從乘輿急，倡狂賊勢添。土崩兵衛敗，雨集箭鋒銛。虎口身何殆，鴻毛命至纖。捐生臣節盡，濺血御衣沾。國難終難濟，渠魁果用殲。廟堂摧柱石，鼎鼐失梅鹽。竹帛英風凜，衣冠廟貌嚴。九原膺美謚，萬古聳榮瞻。樽酒春秋奠，爐香旦暮拈。履趨容肅肅，帷舉影襜襜。懦士慚形面，忠臣義奮髯。時平豐俎豆，世亂事韜鈐。亙地兵塵起，燻天劫火炎。荊榛古城郭，瓦礫舊閭閻。蝸篆書空壁，蛛絲網寰簷。褒君吐狂裴，哀痛入毫尖。《（崇禎）湯陰縣誌》卷一八《藝文志》，《國家圖書館藏明代孤本方志選刊》本，中華全國圖書館文獻縮微復製中心二〇〇〇年。

郝居中

郝居中，字仲純，太原（今山西省太原市）人。郝内翰俣之子。歷樞密院令史、坊州刺史。正大末，除鳳翔府治中，南山安撫使。仲純人物楚楚，所謂文獻不足、猶超人群者也。詩亦有功。兹輯一首。

題五丈原武侯廟

籌筆無功事可哀〔一〕，長星飛墮蜀山摧。三分豈是平生志，十倍寧論蓋世才。壞壁丹青仍白羽，斷碑文字只蒼苔。夜深老木風聲惡，尚想褒斜萬馬來。《中州集》卷二《郝内翰俁》。另，明佚名《詩淵》第四册三〇四九頁録此詩，歸「元郝俁」，誤。

【校記】

〔一〕籌筆無功事可哀：《詩淵》作「壽筆追仇事可哀」。

佚句

昆陽懷古

戰骨至今埋滍水，暮雲何處是舂陵。金劉祁《歸潛志》卷九：「余先子翰林令葉時，同郝坊州仲純賦《昆陽懷古》詩，諸公多繼作。先子有云云，郝云云。」中華書局一九八三年，第九二頁。

李純孝

李純孝，字敦夫，澤州（今山西省晉城市澤州縣）人，金末爲將仕佐郎、臨潼縣主簿。會武仙兵敗被俘而死，作詩哀之。兹輯一首。

哀恒山公

金鼎冥冥座已遷，將軍忠勇力扶顛。井關未度星先落，神策潛揮劒不前。一把骨隨秋艸朽，千年名有此山傳。作詩熁炙行人道，留爲他時太史箋。將仕佐郎臨漳縣主簿李孝純題。清胡聘之《山右石刻叢編》卷二九《弔武仙詩》附孝純之子跋云：「公姓武諱僊，金末名將。河北九公，恒山其一也。恒山失利，拔身南歸，扈從路經此關，爲守者所識，邏兵捕之，欲公潰圍去，而拔劒不出，重傷被獲。是夜大星殞，天鼓鳴乃終。嗚呼！天也。昔先人諱孝純字敦夫，作詩哀之，刻于宣聖廟之柱石。歷歲已久，字畫殘闕，命工再刊諸石，以永其傳。大德四年歲在庚子閏八月吉日，澤州儒學正男李瓛立石。」《歷代碑志叢書》本，江蘇古籍出版社一九九八年。

李獻卿

李獻卿，字欽止，號定齋居士，河中（今山西省永濟市蒲州鎮）人。泰和三年進士，弟獻誠欽若、獻甫欽用及從弟獻能欽叔，亦繼之擢第，時有李氏四桂堂之譽①。正大八年，累官正議大夫、宣差規措解鹽司，充鹽部郎中行部事②。金亡後，藩王忽必烈嘗聘問，李治亦薦之③，然未見任用。兹輯二首。

題歸潛堂

落落奇男子，生有四方志。萬言長策六鈞弓，三尺太阿秋水似。不喜雕蟲技，不作兒女悲。

---

① 金劉祁《歸潛志》卷二李獻能小傳，中華書局一九八三年。
② 《遺山先生文集》卷二五《贇皇郡太君墓銘》，《四部叢刊》本。
③ 《元史》卷一六〇《李治傳》，中華書局一九八三年。

長安市上曾縱酒，奴命五陵年少兒。龍荒萬里期一掃，踏碎輪臺磧西島。便調金鼎佑無爲，鳳池坐數汾陽考。世無禮樂二百年，追蹤直擬三代前。嘉生叶氣越唐舜，坐令米斗三四錢。誰知天地遽翻覆，滄海横流陷平陸。又如烈火焚昆山，孰辨頑石與真玉。平生事業安用爲，攜家徑走南山陲。布衣糲食混漁釣，妻孥麤足常熙熙。數椽茅屋門横水，盡著光陰文字裏。有時俯仰塵土間，擾擾干戈如鬭蟻。我有一言君試聽，乾坤萬古真郵亭。但教定宇天光發，區區世間富貴何異蜾蠃與螟蛉。一云「區區世間富與貴」，多「與」字，作二句讀。　金劉祁《歸潛志》卷一四，撰者署「定齋居士李獻卿欽止」，中華書局一九八三年。

題漢武帝祈仙臺

四方禍結與兵連，海内空虚在末年。謾築此臺高百尺，不知何處有神僊。元駱天驤《類編長安志》卷三《苑囿池臺》：「祈仙台。《三秦記》曰：『坊州橋山，有漢武帝祈仙台，高百尺。』李欽止題詩云云。」中華書局一九九〇年，第九一頁。

佚句

登極目亭

連朝倥偬簿書堆，辜負黄花酒一盃。金劉祁《歸潛志》卷八：「閑閑同館閣諸公，九日登極目亭，俱有詩。趙云：『魏國河山殘照在，梁王樓殿野花開。鷗從白水明邊没，鴈向青天盡處迴。未必龍山如此會，座中三館盡英才。』雷希顔云：『千古雄豪幾人在，百年懷抱此時開。』李欽止云云。」詩題原闕，兹據文意擬。中華書局一九八三年，第九〇頁。

蘭光庭

蘭光庭，字仲文，金城（今甘肅省蘭州市）人。登進士第，仕爲工部郎中。金亡後，嘗赴和林。與中書令耶律楚材、遺山元好問、敬齋李治等交誼甚厚。耶律氏《蘭仲文寄詩二十六韻勉以和之》云：「我愛仲文公，敦純有古風。」①遺山《蘭仲文郎中見過》云：「五臺辭客富年華，樂府風流有故家」②。李治亦嘗向當局薦舉③，然未見任用。兹輯一首。

題歸潛堂

幾年蹤跡寄兵塵，且喜歸來見在身。滿眼雲山猶可隱，一庭松菊未全貧。定慚巧宦盧藏用，却愛成名鄭子真。祇恐池中非久處，竚看雷雨起天津。金劉祁《歸潛志》卷一四，撰者署「金城蘭光庭仲文」，中華書局一九八三年。

①《湛然居士文集》卷一二，中華書局一九八六年。
②《遺山先生文集》卷一〇，《四部叢刊》本。
③《元史》卷一六〇《李治傳》，中華書局一九八三年。

魏璠

魏璠，字邦彦，號玉峰，弘州順聖（今河北省張家口市陽原縣）人。貞祐三年詞賦進士①。正大元年，補尚書省令史，後除儀封令。天興元年，擢翰林修撰。二年，責恒山帥武仙不赴君難，仙遂遣人誣奏其罪，欲除之。哀宗嘉其忠，調歸德元帥府經歷官②。扈從哀宗奔蔡，金亡歸鄉。庚戌歲（蒙古定宗海迷失后稱制元年、一二四九），蒙古藩王忽必烈聞其賢，召至和林，訪以當世之務。尋以疾卒，年七十③。遺山《玉峰魏丈哀挽》云：「北斗泰山初未滅，秋霸烈日凜如生。」④兹輯一首。

燕城書事

山勢回環西北高，强燕自古出英豪。地連雲朔偏宜馬，人襲衣冠盡帶刀。塵暗玉樓無鳳宿，雲埋金水似龍韜。可憐一片繁華地，空見春風長緑蒿。元蘇天爵《元文類》卷六，上海古籍出版社一九九四年。

①元王鶚《汝南遺事》卷一，《叢書集成初編》本，中華書局一九八五年。
②《金史》卷一一八《武仙傳》，中華書局一九七五年。
③《元史》卷一六四《魏初傳》，中華書局一九八三年。
④清施國祁《元遺山詩集箋注》卷一〇，《四部精要》本，上海古籍出版社一九九三年。

王綱

王綱，字振之①，趙城（今山西省臨汾市洪洞縣趙城鎮）人。擢大安元年詞賦狀元②，仕爲國史編修、翰林修撰。嘗著《忠孝歌》行世。金亡後，遺山向中書令耶律楚材舉薦「天民之秀」者若干人，振之預焉③。婿曹之謙，金末名士④。兹輯一首。

糧山積雪

休糧山頂雪成堆，趙壁秦城跡已埋。獨喜豐年應有兆，陽春一曲向誰裁。《（雍正）山西通志》卷二

---

①《（順治）趙城縣誌》卷七《人物志》：「王綱，字振之，桂林坊人，泰定年廷試中狀元及第，任翰林院修撰」。順治八年刊本。今按，泰定爲元代年號，乃大安之誤。另，該志卷一《輿地志》謂桂林坊「在城十字街」。

②金元好問《續夷堅志》卷四《平陽貢院鶴》：「大安初，高子約、耿君嗣、閻子秀、王子正考試平陽，舉子萬人。主司有夢緋衣人來謝謁者，明旦試題以下，語同官。俄，群鶴旋舞至公樓上，良久不去。主司命胥吏揭榜大書示衆云：『今場狀元，出自河東。』當舉府題《對人有金城》，解魁宋可封，澤州；省題《儉德化民家給之本》，省魁孫當時；御題《獲承休德不違康寧》，狀元王綱，平陽。三元者果皆河東云。」中華書局一九八六年。今按，趙城在金爲縣，隸屬平陽府。

③《遺山先生文集》卷三九《上中書耶律公書》，《四部叢刊》本。

④元房祺《河汾諸老詩集序》：「兑齋之先，誠應人……而況狀元王公，趙城人，曹之外父也。」見《河汾諸老詩集》卷首，《文淵閣四庫全書》本。

二六《藝文志》，《文淵閣四庫全書》本。另，該志卷一六八《寺觀》：「休糧寺本名慈雲，漢建和中建。寺左泉湧出，名打鼓泉，旁有説法臺。金狀元王綱、知府孫浚胥有詩。」在霍山巔。

張敏修

張敏修，字忠傑，林州（今河南省安陽市林州市）人。父汝納，號錦谿老人，當時名士。敏修登大安元年進士第①，釋褐吉州鄉寧縣主簿②。正大中，任南京漕司判官，累遷户部郎中。金亡北渡，寓館陶七載，後歸鄉里③。兹輯三首。

甲申元日

憶昔三朝侍紫宸，鳴鞘聲送鳳池春。繁華已逐流年逝，潦倒猶甘昔日貧。蓂曆怕看驚换世，椒觴愁舉痛思親。異鄉節物偏多感，但覺愁添白髮人。

①《（嘉靖）彰德府志》卷七《選舉志》，《四庫全書存目叢書》本，齊魯書社一九九六年。

②金張汝納《重立晉大夫荀叔廟碑》末署「旹大金至寧元年秋八月庚寅，登仕郎可吉州鄉寧縣主簿兼管勾常平倉事張敏修立石」。見清胡聘之《山右石刻叢編》卷二三，《歷代碑誌叢書》本，江蘇古籍出版社一九九八年。

③《（民國）林縣志》卷一二《人物》，《中國方志叢書》本，臺北成文出版社一九七〇年。

遊黄華

溪流漱石振蒼崖，林樹號風吼怒雷。爲謝山靈幸寬貰，漫郎投劾已歸來。《（嘉靖）彰德府志》卷七《選舉志》，《四庫全書存目叢書》本，齊魯書社一九九六年。另，清郭元釪《全金詩增補中州集》卷五一亦録，撰者署「張子權」，上海古籍出版社一九九四年。今按，敏修與子權同爲金代彰德府籍進士，在題名録上兩人姓名首尾相聯，而郭氏誤將「張敏修」抄作「張子權」。

再入黄華

不到黄華四十年，蹉跎俗狀已華顛。而今欲覓菟裘計，慚愧英靈驛路煙。《（民國）林縣志》卷一七《雜記》，《中國方志叢書》本，臺北成文出版社一九七〇年。

樂著

樂著，字仲和，彰德永和（今河南省安陽市安陽縣永和鎮）人。博辯多識，能爲賦。登大安元年進士第[①]，仕爲荆王府文學。金亡北渡，先居聊城，後歸鄉里，恐鄉哲無聞，嘗爲《相臺詩話》三卷。現

---

①金樂著《商王河亶甲廟碑》自謂「相人」，有「同年張敏修忠傑」語，見清張金吾《金文最》卷八三，中華書局一九（转下頁）

存《商王河亶甲廟碑》。兹輯佚句二。

失題

滿院落花春避户，一牕寒雨夜挑燈。《（嘉靖）彰德府志》卷七《選舉志》：「北渡，居聊城，嘗以事至都下，諸公聞著至，索詩。著詩曰云云，皆服。」《四庫全書存目叢書》本，齊魯書社一九九六年。

程自修

程自修，字忘吾，洛陽（今河南省洛陽市）人。性孝友，讀書城東門，隱居不仕。金末，元好問上其言行薦之，除禮部郎中。自修聞之，棄家南去。兹輯七首。

程自修詩載《谷音》，以《文淵閣四庫全書》爲底本，校以《四部叢刊》本。

歸龍門

來往空書札，行藏但布衣。直爲知己用，可惜轉頭非。歲月百憂集，江山一笑歸。禰生狂到

（接上頁）九〇年。另，《（民國）林縣誌》卷一二《人物》載張敏修事迹，爲「相」之林慮人，大安元年進士，則樂著亦於是年擢第。所謂相，金時指彰德，永和、林慮隸焉。

死，君子要知幾。

出城

束帶供人事，扶藜强病身。誅求非上意，盜賊本良民。濕翠山藏雨，輕黄柳帶春。小兒隨白首，行坐各霑巾。

獨坐

終南在吾目，秋色遠接應。誰招天外翠，來作窗中靚。娟娟初畫眉，盈盈獨臨鏡。雲去物象空，月出心源瑩[一]。我欲往從之，有客誇捷徑。洗耳復洗耳，松風入清聽。

【校記】

[一]瑩：四部叢刊本作「印」。

痛哭

日射石虬鱗甲開，草色又换青春回。精靈聚散豈拘束，山鬼叫呼松柏哀。當時沸天簫鼓動，今日悲風陵上來。匆匆今古成傳舍[一]，人生有情淚如把。乾坤誤落腐儒手，但遺空言當汗馬。西晉風流絶可愁，悵望千秋共瀟灑。

【校記】

〔一〕舍：四部叢刊本作「成」。

歲云莫矣

歲云莫矣百工休，獨持千古供索遊。丈夫磊落如天日，促促胡爲升斗謀。望塵下拜乃東市，山中茹芝可白頭。嗚呼此道棄如土，眼中歷歷聖賢蠹。鄉里小兒紇那歌，前輩先生八風舞。欲挽東流無萬牛，抱膝長吟聽更雨。

送元吉歸河東

獨怜風格困塵埃，敢料天涯共酒杯。花鳥偏於前輩好，江山更有後人哀。顔回盜跖終歸命，諸葛曹丕豈論才。正自别離愁未透，更教柳色帶青來。

王猛墓

男兒有才須有識，死葬蠻夷真可惜。君不見渴虎不飲盜泉水，終吾虞君今已矣〔一〕。元杜本《谷音》卷上。

【校記】

〔一〕終：四部叢刊本作「始」。

呂大鵬

呂大鵬，字鵬舉，密縣（今河南省鄭州市新密市）人。自言宋名相申公之裔，以氣岸自許。宣宗頻歲南伐，鵬舉嘗作詩以撼主兵者。兹輯三首。

夏日 北渡後作。

旋移石枕拂藤床，細洒槐陰趂晚凉。大地嗷嗷困爐鼎，老天不肯下殘陽。《中州集》卷九《呂大鵬》。

失題

縫掖無由挂鐵衣，劍花生澀馬空肥。燈前草就平南策，一夜江神泣涕歸。《中州集》卷九呂大鵬小傳。

題歸潛堂

擾擾人世間，熒熒風燭光。誰能逃厄數，况復入吾鄉。嵐秀充朝餒，冰絃響夜堂。堂中幽獨否，昆季足徜徉。金劉祁《歸潛志》卷一四，撰者署「西嵓吕大鵬鵬擧」，中華書局一九八三年。

張聖與

張聖俞，名伯道，聖俞其字[①]，號新軒，大興（今北京市大興區）人。出身世家，而時命不偶，補掾中臺。金亡後，遺山向中書令耶律楚材薦「天民之秀」者若干人[②]，聖俞預焉。遺山《東平送張聖與北行》有云：「海内文章在公等，不應空老道途間。」[③]稱之以文章名，才情風調不減宋人賀鑄、晏殊云[④]。兹輯一首。

賦古松

蟠根蹙足怪虬藏，平頂摩雲翠蓋張。不怕雪霜侵玉瘦，却愁雷雨化龍驤。異材詎肯資梁棟，靈夢還能避斧斨。萬古天風吹不老，岱宗山色共蒼蒼。金元好問《續夷堅志》卷四《高白松》，中華書局一九八六年。

---

①元鮮于樞《困學齋雜録》，《叢書集成初編》本，中華書局一九八五年。今按，見於文獻，「聖與」亦作「聖俞」、「聖予」。
②《遺山先生文集》卷三九《上中書令耶律公書》，《四部叢刊》本。
③《遺山先生文集》卷九，《四部叢刊》本。
④《遺山先生文集》卷三六《新軒樂府引》，《四部叢刊》本。

曹珏

曹珏，字子玉，磁陽（今河北省邯鄲市磁縣）①人。早歲有賦聲。正大中，與薛繼先等被薦隱操，擬授以官，以兵亂不果。珏爲人誠實樂易，喜待賓客，欵於接物，無書生氣。遭金末喪亂，居弘州十二年乃終。茲輯一首。

白髮感懷

少年豪舉氣如虹，今日蕭然一病翁。曉鏡秖添頭上雪，春風不緑鬢邊蓬。文章那作一錢直，燈火空勞半世功。擬築糟丘便歸老，醉鄉何者是窮通。《中州集》卷九《薛繼先》。

王朴

王朴，字淳甫②，號虚白，遼東廣寧（今遼寧省錦州市北鎮市）人。貞祐初，以行省員外郎督餉至

① 《金史》卷二五《地理志》「彰德府」有「磁州」，未見「磁陽」，非當時地理行政區劃地名。

② 元魏初《青崖集》卷五《王隱君真贊》作「君名守義，字惇甫」，或即此人。贊曰：「不以紛華累其心，不以貧窘易其守，循循侃侃，無一毫傷人之疵，而能致力以藥已之疢。不以文字侈其言，不以詭異險其迹，温温恭恭，無一毫作爲之私，而有日用踐履之實。若夫梁先生都運之剛明、吴先生學士之簡古、木庵英上人之清修、我先大父靖肅君之慎所與，（转下頁）

崞縣，棄官隱居，匾其軒曰虚白，辟穀修真。一時名流如元好問、李治等，皆造訪其廬而推重之①。兹輯二首。

自賦二首

秋窗黄葉落，是我入窩時。待我出窩日，梨花雪滿池。

歲華空自老，消息更誰知。到此輕塵利，功名自可遺。《（光緒）續修崞縣志》卷六《人物志》：「王朴字純甫，遼東廣甯人。貞祐初，以行省員外郎督餉至崞，因家焉。乃創道觀於州西北隅，顔其軒曰虚白，辟穀修真。常自賦曰云云。一時士大夫如遺山元文正公、内翰李封龍輩，皆造其廬推重之。」《中國地方志集成》本，鳳凰出版社等二〇〇五年。

佚句

論書字

汝知毫端心，萬物不可礙。

（接上頁）皆折官位輩行爲之延譽於公卿之間，亦足以見吾隱君王公之所處也。」《文淵閣四庫全書》本。

①《遺山先生文集》卷三四《兩山行記》涉及，《四部叢刊》本。另，《（光緒）山西通志》卷一六一《方外録》亦涉，中華書局一九九〇年，第一一一三〇頁。

龍盤一氣雲雷定，鯨化三山草木枯。

出高麗紙求詩

霜入詞鋒月痕缺，手中不覺風雷掣。金元好問《續夷堅志》卷三《陵川人祈仙》。

新編全金詩卷五九

王若虛

王若虛，字從之，號慵夫、滹南，稾城（今河北石家莊市稾城區）人。承安二年經義進士，歷州縣，入爲國史院編修官，遷應奉翰林文字、同知制誥。嘗奉使夏國，使還，授同知泗州軍州事，留爲著作佐郎，與修《宣宗實録》。正大初，實録成，遷平涼府判官、左司諫。正大末，官翰林直學士。金亡，北歸鎮陽，居鄉里十餘年。癸卯歲（蒙古太宗乃馬真后稱制二年、一二四三）四月，游泰山，憩於黄峴峰之萃美亭，瞑目而逝，年七十①。少時師從其舅周昂，博學强記，善持論。爲文尊歐蘇，詩學白居易。著有《滹南遺老集》傳世。兹輯四十三首。

王若虛詩載《滹南遺老集》卷四五、四六，以《畿輔叢書》本爲底本，校以《四部叢刊》本、《石蓮盦彙刻九金人集》本（石蓮盦本）、《文淵閣四庫全書》本（文淵閣本）及元至大本《中州集》卷六《王内翰若虛》（《中州集》）、清郭元釪《全金詩增補中州集》卷一九《王内翰若虛》（《全金詩增補中州集》）。

①《遺山先生文集》卷一九《内翰王公墓表》，《四部叢刊》本。另，《金史》卷一二六《文藝傳》如之，中華書局一九七五年。

等有關文獻。

貧士歎

甑生塵〔一〕，瓶乏粟〔二〕，北風蕭蕭吹破屋。入門兩眼何悲涼〔三〕，稚子低眉老妻哭。世無魯子敬蔡明遠之真丈夫〔四〕，故應餓死填溝谷〔五〕。蒼天生我亦何意，蓋世功名實不足〔六〕。試將短刺謁朱門，甲第紛紛厭粱肉〔七〕。

【校記】

〔一〕生：《中州集》作「無」。〔二〕乏：《中州集》作「無」。〔三〕兩眼：《中州集》作「四顧」。悲涼：《中州集》《全金詩增補中州集》作「淒涼」。〔四〕蔡明遠：《中州集》作「郭元振」。〔五〕溝：《中州集》作「坑」。〔六〕功名、實：《中州集》作「虚名」、「食」。〔七〕試將短刺謁朱門二句：《中州集》作「争如只使冗且愚，大腹便便飽粱肉」。

白髮歎

清晨梳短髮，已見數莖白。妻孥驚且吁，謂我應速摘。我時笑而答，區區亦何必。此身終委形，毀棄無足惜。况爾毛髮間，乃欲强修飾。畢竟滿頭時，復將安所擇。

題淵明歸去來圖

靖節迷途尚爾賒，苦將覺悟向人誇。此心若識真歸處，豈必田園始是家。

孤雲出岫暮鴻飛，去住悠然兩不疑〔一〕。我自欲歸歸便了，何須更説世相遺。

抛却微官百自由，應無一事掛心頭。銷憂更藉琴書力，借問先生有底憂。

得時草木竟欣榮〔二〕，頗爲行休惜此生。乘化樂天知浪語〔三〕，看君於世未忘情。

名利醉心濃似酒，貪夫衮衮死紅塵。折腰不樂翻然去〔四〕，此老猶爲千載人。

【校記】

〔一〕去：原脱，此從諸本補。　〔二〕竟：石蓮盦本作「競」。　〔三〕乘化：文淵閣本、石蓮盦本作「乘此」。　〔三〕然：文淵閣本、石蓮盦本作「迴」。

趙内翰求城南訪道圖詩辭不獲已乃作絶句以獻復爲解之云〔一〕

得道由來不必勞，癡兒舍父漫逋逃。閑閑老子還多事，時向伽藍打一遭〔二〕。

竹木蕭森蔭緑苔，幽襟自愛北軒開。主人無説吾何問〔三〕，乘興而來興盡迴。

【校記】

〔一〕《中州集》詩題作《翰長閑閑公命題城南訪道圖戲作二詩且爲解之云》。獻：文淵閣本、石蓮盦本、四部叢刊本詩題作「戲」。解之：四部叢刊本作「之解」。〔二〕時：四部叢刊本作「持」。伽藍：《中州集》作「招提」。〔三〕問：四部叢刊本作「恨」。

答鄭下辨禪師見戲代高防禦

酒肆淫房即道場〔一〕，一時作戲亦何妨〔二〕。吾師自墮泥犁獄〔三〕，更笑春風柳絮狂。

【校記】

〔一〕即：《中州集》作「總」。〔二〕一時、作：《中州集》作「偶然」、「游」。〔三〕吾、泥犁獄：《中州集》作「阿」、「泥牛趣」。

再至故園述懷五絶〔一〕

日日天涯恨不歸〔二〕，歸來老淚更沾衣。傷心何啻遼東鶴，不獨人非物亦非〔三〕。

荒陂依約認田園，松菊存亡不避論〔四〕。我自無心更懷土，不妨猶有未招魂。

山杏溪桃化棘榛，舞臺歌館墮灰塵〔五〕。春來底事堪行處，門外流鶯枉喚人。

回思夢裏繁華事，幸及當年樂此身。閑立斜陽看兒戲，憐渠虚作太平人。

艱危嘗盡鬢成絲，轉覺繁華不可期〔六〕。幾度哀歌仰天問，何如還我未生時。

【校記】

〔一〕至：石蓮盦本作「致」。另，《中州集》作《還家五首》。〔二〕天涯：《中州集》作「他鄉」。〔三〕獨：《中州集》作「但」。〔四〕必：《中州集》作「足」。〔五〕館：《中州集》作「榭」。〔六〕繁華：原作「譁華」，文淵閣本、四部叢刊本及《中州集》《全金詩增補中州集》如之，此從石蓮盦本。

山谷於詩每與東坡相抗門人親黨遂謂過之而今之作者亦多以爲然予嘗戲作四絶云〔一〕

駿步由來不可追〔二〕，汗流餘子費奔馳。誰言直待南遷後，始是江西不幸時。

信手拈來世已驚，三江滚滚筆頭傾。莫將險語誇勍敵，公自無勞與若争〔三〕。

戲論誰知是至公〔四〕，蝤蛑信美恐生風。奪胎换骨何多樣，都在先生一笑中。

文章自得方爲貴，衣鉢相傳豈是真。已覺祖師低一著，紛紛嗣法復何人〔五〕。

【校記】

〔一〕《中州集》詩題作《山谷於詩每與東坡相抗門人親黨遂有言文首東坡論詩右山谷之語今之學者亦多以爲然漫賦四詩爲商略之云》。〔二〕駿步：《中州集》作「絶足」。〔三〕勞、若：《中州集》作「心」、「物」。〔四〕是：《中州集》作「出」。〔五〕復：《中州集》作「更」。

王子端云近來陡覺無佳思縱有詩成似樂天其小樂天甚矣予亦嘗和爲四絶[一]

功夫費盡漫窮年，病入膏育不可鐫[二]。寄與雪溪王處士[三]，恐君猶是管窺天。

東塗西抹鬬新妍，時世梳妝亦可憐。人物世衰如鼠尾，後生未可議前賢。

妙理宜人入肺肝，麻姑搔癢豈勝鞭[四]。世間筆墨成何事，此老胸中具一天[五]。

百斛明珠一一圓，絲毫無恨徹中邊。從渠屢受羣兒謗，不害三光萬古懸。

【校記】

〔一〕《中州集》詩題作《王内翰子端詩近來陡覺無佳思縱有詩成似樂天其小樂天甚矣漫賦三詩爲白傅解嘲》，缺末首「百斛明珠一一圓」。另，石蓮盦本「陡」作「徒」。　〔二〕不可：《中州集》作「豈易」。　〔三〕寄與：石蓮盦本及《中州集》作「寄語」。　〔四〕搔癢：《中州集》作「搔背」。另，石蓮盦本「鞭」作「便」。　〔五〕具：《中州集》作「自」。另，《全金詩增補中州集》「一天」作「有天」。

宫女圍棋圖

盡日羊車不見過，春來雨露向誰多。争機決勝元無事，永日消磨不奈何。

攄憤

非存驕謇心，非徼正直譽。浩然方寸間，自有太高處。平生少諧合〔一〕，舉足逢怨怒。禮義初不愆，謗訕亦奚顧。孔子自知明〔二〕，桓魋非所懼。孟軻本不逢，豈爲臧氏沮。天命有窮達，人情私好惡。以此常泰然，不作身外慮。

【校記】

〔一〕諧：石蓮盦本作「偕」。〔二〕明：石蓮盦本作「命」。

贈王士衡

王生非狂者，乃以善哭稱。每至欲悲時，不間醉與醒〔一〕。音詞初惻愴，涕泗隨縱橫。問之無所言，坐客笑且驚。王生不暇恤，若出諸其誠。嗟我與生友〔二〕，此意猶未明。絲染動墨悲，麟亡傷孔情。韓哀峻嶺陟，阮感窮途行。涕流賈太傅，音抗唐衢生。古來哭者多，其哭非無名〔三〕。生其偶然歟，何苦摧形神。如其果有爲，爲爾同發聲。

【校記】

〔一〕間：文淵閣本作「問」。〔二〕嗟我：《中州集》作「嗟跎」，《全金詩增補中州集》作「蹉跎」。

〔三〕無：石蓮盦本作「吾」。

感秋

西風撼庭柯，踈葉鳴策策〔一〕。天地一蕭條，羈懷亦岑寂。青春怳如昨，轉盼年半百。自從長大來，轉覺日月迫。功名非所慕，老大不足恤。怛然感時心，自亦不能釋。清晨梳短髮，已見數莖白。刀鑷雖可施，殆似兒子劇。此身委蜕耳，毁棄何足惜〔二〕。况於毛髮間，而乃强修飾。青青如陸展，星星行復出。畢竟白滿頭，復將何所擿。

【校記】

〔一〕清：原作「青」，此從諸本。梳：《中州集》《全金詩增補中州集》作「理」。〔二〕何：文淵閣本及《中州集》作「無」。

生日自祝

空囊無一錢，羸軀兼百疾。况味何蕭條，生意渾欲失。清晨聞喧呼〔一〕，親舊作生日。我初未免俗〔二〕，隨分略修飾。舉觴聊自祝〔三〕，醉語盡情實。神仙恐無從，富貴安可必。修短卒同歸，何足喜與戚。一祈粗康健〔四〕，二願早閑適。衣食無大望，但要了晨夕〔五〕。萬事不我攖，一心常自得。優游終吾身，志願從此畢。

【校記】

〔一〕聞：石蓮盦本作「問」。〔二〕我初：四部叢刊本作「初我」。〔三〕聊：四部叢刊本作「即」。

〔四〕健：文淵閣本、石蓮盦本作「强」。〔五〕要：《中州集》《全金詩增補中州集》作「願」。

失子

妍妍掌中兒，捨我一何遽。其來誰使之，而復奄然去。平生三舉子，隨滅如朝露。顧我能無悲，其如有天數。自從學道來，衆苦頗易度。有後固所期，誠無亦何懼。人生得清安，政以累輕故。婚娶眼前勞，託遺身後慮。百年曾幾何，爲此雛稚誤。顧語長號妻，此理亦應喻。

憶之純三首

幼歲求真契，中年得偉人。傾懷當一面，投分許終身。燈火談玄夜，鶯花逐勝春。何時重一笑，胸次欲生塵。

面目三年隔，音書萬里遥。宦途俱蹭蹬，日事各蕭條〔一〕。志大謀常拙，身孤道易消。本無當世用，隱處會相招。

儁氣輕天下，高情到古人。銜杯曼卿放，下筆老坡神。時論誰優劣，人材自屈伸。窮愁須理遣，不必淚沾巾。

【校記】

〔一〕曰：《全金詩增補中州集》作「心」。

復寄二首

志大言高與世違，拂衣真作竹林歸。黄塵道口風波惡，未必先生自處非。

自笑趨塵亦强顔〔一〕，食謀未免敢言閑。紫芝果可充飢腹，從子玉屏巖石間。

【校記】

〔一〕亦：文淵閣本、石蓮盦本作「自」。

病中二首

學道今何得，謀生久不成。藍衫幾棄物，絳帳亦虚名。事拙應天意，交疎即世情。煩憂時自解，感觸又還生。

鬱鬱窮愁意，營營久病身。詩情渾欲減，藥物但相親。未得驅窮鬼，終須問大鈞。三時勞慰撫〔一〕，甚愧故人真。

【校記】

〔一〕撫：四部叢刊本及《中州集》《全金詩增補中州集》作「拊」。

感懷

枉却全家仰此身，書生那是治生人。百憂耿耿填胸臆，强作歡顔慰老親。

自笑

酒得數杯還已足〔一〕，詩過兩韻不能神〔二〕。何須豪逸攀時傑，我自世間隨分人。

【校記】

〔一〕已：文淵閣本作「自」。　〔二〕過：文淵閣本作「高」。

別家

到了身安是本圖，何須身外覓浮虚。誰能置我無飢地，却把微官乞與渠。

慵夫自號

身世飄然一瞬間，更將辛苦送朱顔。時人莫笑慵夫拙，差比時人得少閑。

西城賞蓮呈晦之晦之自號放翁〔一〕。

舊賞回頭已隔年，高花又見出新妍。偶成濁酒狂歌會，恰及斜風細雨天。樂事適來偏有興，閑身常得分無緣。作詩莫怪多誇語，差比放翁先著鞭。

【校記】

〔一〕放翁：《中州集》作「放公」，末句「差比放翁先著鞭」如之。

集外補遺

緱山廟

緱山突兀上空虛，古柏森森幾萬株。一自吹笙仙去後，乘鸞曾游故鄉無〔一〕。承安丁巳年十一月十四日，滹南老人題。北京圖書館金石組編《北京圖書館藏中國歷代石刻拓本匯編・緱山詩刻》，中州古籍出版社一九八九年，第四七册四三頁。

【校記】

〔一〕游：清武億《偃師金石記》卷四録此詩作「返」。

寄題南京高特夫景蘇齋

堂堂大茅君，英氣壓千古。歐梅幸前輩，余子安足數。緬惟熙寧間，當國王介甫。要功作新法，欺世惑人主。微公捝横潰，溺者十六五。孤忠初坐此，投竄畀豺虎。方玉堂紫微，磨衲視簪祖。及未崖赤壁，欹棟等華宇。窮達從吾命，肯與噲等伍。才名塞天壤，忠義傾肺腑。生前幾絇絲，身後一丘土。迺翁韓王後，談笑登翰府。能書得坡髓，能文踵坡武。典型今亡矣，歲月一仰俯。諸郎皆豪傑，仲也承父蠱。榜齋曰景蘇，是亦報法乳。丹青儼遺像，菽水羅簋簠。短簷高屋帽，想見不媚嫵。况慕其爲人，之子無迺魯。蚤聞客汴上，屋不庇風雨。誰能哀王孫，伏臘供酒脯。我生有詩癖，才短浪自苦。何時登龍門，拭目快瞻睹。願此一瓣香，親拈爲初祖。《永樂大典》卷二一五三六齋字韻引「金王遺老集」，中華書局一九九八年，第二册一一六八頁。今按，所謂「金王遺老集」，當是王若虚《滹南遺老集》。詩題之「高特夫」，名公振，晚歲寓汴，《中州集》卷八有傳。

吴章

吴章，字德明，號定庵，太原石州（今山西省吕梁市）人。希尹從子。承安二年進士，累遷大理少卿①，官至翰林學士，遺山嘗從之問學②。金亡之際，同全真丘處機等交往。丙午（蒙古定宗元年、一

---

①元熊夢得著、北京圖書館善本組輯《析津志輯佚·寺觀》：修真院碑，「大理少卿吴章記」。北京古籍出版社一九八三年，第八五頁。

②《（成化）山西通志》卷九《人物》：「希尹力學，知名當世，大定間登進士第，官至同知陝西東路轉運使……男從子章，亦第進士，仕至翰林院學士，元遺山嘗受學焉。」《四庫全書存目叢書》本，齊魯書社一九九六年。

二四六）春卒①。兹輯二首。

題歸潛堂

城上棲烏尾畢逋，歸来小隱與時俱。高山流水誰同聽，明月清風德不孤。富貴于人真暫熱，文章照世足爲娱。廟堂一旦求遺逸，只恐終南是仕途。金劉祁《歸潛志》卷一四，撰者署「定庵老人吴章德明」。

送真人于公如北京

祖席相看手屢持，東風無奈思依依。慣聞玄鶴幽庭唳，忽作仙鳧獨自飛。苑北佳遊何日再，終南舊隱幾時歸。因君唤起家山興，不覺臨風賦式微。元李道謙《甘水仙源録》卷一〇，明正統《道藏》本，文物出版社等一九九四年，第一九册八一二頁。

張本

張本，字敏之，號訥庵②，觀津（今河北省衡水市武邑縣審坡鎮）人。貞祐三年進士③，仕爲翰林

① 元李庭《寓庵集》卷二《挽吴德明》詩注：「公太原石州人，承安初中乙科。崇慶末始赴召，南渡回。丙午春捐館，竟不曾還家。」《藕香零拾》本，中華書局二〇〇〇年。

② 元李道謙《甘水仙源録》卷七《訥庵張先生事蹟》，明正統《道藏》本，文物出版社等一九九四年，第一九册七八五頁。

應奉文字。天興元年，假翰林侍講學士從曹王出質蒙古軍前①。金亡，寓居燕京長春宫將十年，後遊濟南，以病卒。遺山稱之「四十歲後方學詩，詩殊有古意」。兹輯十一首。

得王子正書

晨鵲何處來，飛鳴向前除。故人在天涯，遺我尺素書。爲言長相思，夢寐同所居。所居亦靡他，上論揖讓初。覺来獨愴然，淡月留太虚。蹇予臨末路，世味皆泊如。一學未敢輟，尚念客氣鉏。切磋與琢磨，政恐朋友踈。自從吾子東，門乏長者車。發揮天人奥，大辯孰起予。丹陽何高明，吾子昔所廬。南軒拂翠筠，北潭照紅蕖。蝗害非不虐，子食豈無餘。灤江固自

（接上頁注③）《中州集》小傳作「貞祐二年進士」，誤。今按，《金史》卷五一《選舉志》：貞祐二年六月，御史臺言：「明年省試，以中都、遼東、西北京等路道阻，宜於中都、南京兩處試之。」不久，中都陷落，會試地點僅剩南京，遂詔免府試。爲籠絡士人，録取從寬，釋褐從優。另，《金史》卷一四《宣宗紀》：貞祐三年四月，「詔自今策論詞賦進士，第一甲第一人特遷奉直大夫，第二人以下、經義第一人並儒林郎，第二甲以下徵事郎，同進士從仕郎，經童將仕郎。」凡此種種，俱可証貞祐間僅於三年開科選士。

①《中州集》卷七小傳作「正大九年，以翰林學士從曹王出質」。今按，《金史》卷一七《哀宗紀》「天興元年」注：「是年本正大九年，正月改元開興，四月又改元天興。」三月庚子，「封荊王子訛可爲曹王，議以爲質」。另，金劉祁《歸潛志》卷一一《録大梁事》：正大九年三月，「北兵迫南京，上下震恐。朝議封皇兄荊王守純子某爲曹王，命尚書左丞李蹊等以爲質子於軍前，擢應奉翰林文字張本爲翰林侍講學士從北行」。

佳，何堪曳長裾。春風旦夕至，歸哉莫踟躕。

寄弟

離離丘壠田，鬱鬱霜露思。相隔二十年，旦莫一何悲。中途涉萬里，天幸復來歸。燕安此懷居，愧彼神與祇。叔兮孝且友，見義能不疑。上念先塋孤，亦閔乃兄癡。護喪營大葬，勤苦我所知。昨朝尺書來，殷勤咸及兹。燈下展轉讀，涕淚沾裳衣。父祔失臨穴，子焉庸我爲。我非羽毛寄，飽食冥然飛。田居有素懷，行當事畬菑。與子奉遺祀，没身以爲期。

梁都運斗南新居落成

購材燕市中，作室何翹翹。老手爲拮据，百日不敢驕。室成僅容膝，勃谿益無聊。云胡寫予懷，惟是風雨宵。先生名大夫，黼衣華四朝。楓堂接桂室，燕處俱逍遥。新築誠瑣兮，貧飲稱一瓢。居之不自陋，無乃壯志消。孰知君子心，一念恒萬朝。滔滔寧我盈，凛凛不吾凋[一]。處樂及處約，所以長囂囂。里社來落成，賤子亦見招。槃飧無兼味，至樂等聞韶。我獨何人斯，永惟德音昭。日居及月諸，維此心摇摇。

【校記】

〔一〕吾：汲古閣本、文淵閣本《中州集》及《全金詩增補中州集》作「我」。

中秋雨夕呈君美

怪得秋雲不肯晴，天公爲惜此杯傾。無邊清景關人意，多事西風送雨聲。桂樹婆娑辜勝賞，桐枝點滴厭殘更。殷勤朝鏡休重攬，白髮星星又幾莖。

九日月中對菊同禧伯郎中賦六首

花上清光花下陰，素娥惜此萬黄金。一杯寒露三更後，誰信幽人更苦心。

九日餘香伴月明，一觴亦足暢幽情。青樓夜半琵琶語，不説人間有此清。

子山牢落去江南，賦主悲哀尚一堪。只恐秋天聞亦苦，併催紅雨下霜巖。庾信《哀江南賦》，唯以悲哀爲主。

病魂招得未渾全，瞑倚秋屏豈是禪。一夢忽成霜蝶去，草深三逕若爲眠。

鬼化斯文念賈生，精神琱琢坐寒更。一書草就渾衣臥，恨煞東方不肯明〔一〕。

龍山戲馬賞秋光，多少新詩入錦囊。磨滅英雄豈勝數，千年依舊一花香。《中州集》卷七《張内翰本》。

【校記】

〔一〕煞：汲古閣本、文淵閣本《中州集》及《全金詩增補中州集》作「殺」，通。

送真人于公如北京

真人白霄行，長官執其御。富貴不敢驕，熏鍊竊思預。誰謂霧豹隱，忽與雲鴻翥。祖餞何徘徊，未忍别離遽。煙柳望長亭，茫茫正飛絮。元李道謙《甘水仙源録》卷一〇，明正統《道藏》本，文物出版社等一九九四年，第一九册八一二頁。

李過庭

李過庭，字庭訓，武亭（今陝西省咸陽市武功縣）人。登貞祐三年進士第，歷宜陽、永寧、滎陽三縣令，入爲右曹掾。正大中，擢右三部司正，終於昌武軍節度副使。壬寅（蒙古太宗乃馬真后稱制元年、一二四二）四月，卒於東平。嘗從太原王正之學，詩文皆有可觀。兹輯一首。

讀公孫弘傳

古來好客數平津，我道真龍未必真。一箇仲舒容不得，不知開閤爲何人。《中州集》卷八《李宜陽過庭》。

李天翼

李天翼，字輔之，固安（今河北省廊坊市固安縣）人。材具甚美，有志於學，登貞祐三年進士第①。歷滎陽、長社、開封三縣令，所在有治聲。遷右警巡使。金亡，寓聊城，辟爲濟南漕司從事。其性方鑿圓枘，了不與世合，竟以衆口媒蘖，罹於非命。兹輯三首。

還家三首

幽花雜草滿城頭，華屋唯殘土一丘。鄉社舊人何處在，語音强半是陳州。

牡丹樹下影堂前，幾醉春風穀雨天。二十六年渾一夢，堂空樹老我華顛。

殊音異服不相親，獨倚荒城淚滿巾。秖有青山淡相對，似憐我是此鄉人。《中州集》卷八《李警院天翼》。

段天常

段天常，河東（今山西省運城市永濟市）人。金末士人。兹輯一首。

①《中州集》小傳作「貞祐二年進士」，記誤。宣宗貞祐選舉僅一榜，即貞祐三年。「二」爲「三」之誤。

送于真人如北京

華表千年鶴，翩翩復舊遊。遼天快空廓，燕市謝淹留。輕舉師先得，高飛我未由。望窮雲海路，不斷暮雲愁。金張本《送真人于公如北京引》：「戊戌歲三月初吉，北京司鑰萬户烏公遣介紹抵長春，奉玄纁致書，邀真人洞真老，以矜式其國人，既可所請。」張本、李志常、吴章、馮志亨、段天常等各有贈詩云云。其中，「戊戌」指蒙古太宗十年（一二三八）。見元李道謙《甘水仙源録》卷一〇，明正統《道藏》本，文物出版社等一九九四年，第一九册八一二頁。

王元粹

王元粹，字子正，又名粹、天亮，號恕齋，平州（今河北省秦皇島市盧龍縣）人。出遼朝衣冠家。正大末，用門資敘爲南陽酒官。金亡之際，流寓襄陽，後北歸燕京。初爲師儒，傳道學之緒①。尋從李志常入全真教，受命爲全真祖師修傳，居長春宫萃玄堂，研精緻思，旁求遠索，紬繹編纂②。癸卯歲（蒙古太宗乃馬真后稱制二年、一二四三）卒，年四十一。元粹長於詩，每一詠出，膾炙人口。五言雅

① 清黄宗羲《宋元學案》卷九〇《酒官王子正先生粹》，因其傳道學之緒而爲之立傳，中華書局一九九六年。
② 元李道謙《甘水仙源録》卷七《恕齋王先生事蹟》，明正統《道藏》本，文物出版社等一九九四年，第一九册七八四頁。

淡，有陶韋之風。嘗著《王元粹詩集》行世①。兹輯四十一首。

春日時年十八。

春日何慘慘，春雲何陰陰。桃李都未花，况乃餘寒侵。久在城市居，而無人見尋。讀易了一編，静見天地心。貧士寡徒侣，古來非獨今。

臨高

客子臨高秋思生，碧山無際暮雲横。但看八月草木落，未見中原塵坌清。流景暗徂人易老，故園何在夢頻驚。樽中有物同誰盡，正要相看醉膽傾。

葉縣贈李長源

相見各異縣，歲暮風霜清。三日同眠食，深見故人情。藉問何所歷，大梁與秦京。悠悠川途永，冉冉歲月傾。子當東北馳，予亦西南征。人事相羈束，何時當合并。聊斟昆陽酒，爲澆胷次平。出處固難必，勉哉崇令名。

①《永樂大典》卷一一三一三館字韻引《王元粹詩集》，中華書局一九九八年，第五册四八二三頁。

送李文起令鄜城

好去鄜城宰，當途有薦章。長才試縣邑，嘉政寄循良。遠路連秋草，征衫帶夕陽。濟時公等在，吾欲泛滄浪。

九日

憑高一望客心傷，風景蕭條是楚鄉。飛鴈欲歸何處去，幽花還似昔年芳。詩因感物聊成詠，酒爲隨人强舉觴。十載蹉跎身事晚，每逢佳節轉凄凉。

壽李長源

匹馬短衣看此行，看君誰信是書生。聽詩未覺秦川遠，倚劔長懷晉水清。一飯見哀韓信恥，千金爲壽魯連輕。壯年休洒新亭淚，且爲江山灌巨觥。

旅次

旅次渾無定，生涯亦漫勞。病求方士藥，寒憶故人袍。避俗惟黄卷，忘憂但濁醪。柴門多落葉，昨夜朔風高。

西山避亂三首

蒼山多回互，四望令人迷。過午日已煖，殘雪融爲泥。路滑不可進，弱葛愁攀躋。老幼委溝壑，不如犬與雞。嗷嗷同行子，手中各有携。汲澗爲飲食，架木爲巖棲。夜半三四驚，翁媪禁兒啼。念我長病母，亂離隔東西。

野宿不得曉。飛霜沾敝袍。空山凝寒色，天邊星月高。憶昨離鄂城，數家同遁逃。穿林恐相失，前後聞呼號。避亂但欲遠，焉知登頓勞。俯臨萬仞壑，性命輕鴻毛。

青青道邊麥，知是誰家田。山田固已薄，榛石復相連。旁有破茅屋，日入不見煙。借問舊居者，聞亂已西遷。平生苦淪薄，對此增慨然。甲兵暗宇宙，誰能安一廛。愁憂無從訴，仰面視蒼天。伐木南澗底，雙鹿過我前。

還鄂城舊居四月六日作。

南風兵塵遠，病客返舊居。入門顧西壁，書籍亦無餘。數口共嗷嗷，日事將何如。屋破未暇葺，草滿須當鋤。昔去季冬末，今來孟夏初。深媿資用絶，時時煩里閭。

經廢宅

誰家住宅北山隈，亂後逋人尚未回。惆悵門前是官道，臨風一樹杏花開。

登鄂城寺樓

亂後行藏豈自由，此身雖在病兼憂。一杯徒積黄泉恨〔一〕，四壁難爲白日謀。數極乾坤見中否，跡隨溝壑恐長休。可怜海内干戈滿，獨對江山倚寺樓。

【校記】

〔一〕杯：文淵閣本《中州集》及《全金詩增補中州集》卷三五作「抔」。

八月二十三日夜走西山

婦病不能進，兒啼不肯行。蒼茫荒野外，北風鼓鼙聲。老幼夜中逃，失路入榛荆。月出天欲曙，山頭烽火明。鄧卒一戰潰，敵勢遂縱横。昨朝使帖下，主將亦還營。嗷嗷二十載，何時見昇平。我生值世亂，世亂難爲生。

哭李長源

十月西來始哭君，山中何處有孤墳。以才見殺人皆惜，忤物能全我未聞。李白歌詩堪應詔，陳琳書檄偶從軍。窮途無地酬知己，會待升平緝舊文。

襄陽七絶句

江雨初晴江漲發，凉風吹水波浪開。日暮津頭聞打鼓，越商巴賈卸舩來。

街頭魚米近頗貴，縮項長腰最可珍。江東蓴鱸亦何好，能令張翰稱達人。

近值喪亂棄中原，南來亦復著南冠。吾家舊井峴山畔，野老謾作北人看。

襄陽城府自古雄，千甍萬瓦當晴空。短衣少年何處客，相邀一醉楚樓中。

城東大堤堤上頭，何處女郎同出遊。紫蓋留連不歸去，唱歌日暮傍汀洲。

江上小兒誇善没，一日入水知幾回。汝曹未有機心在，緣底鷗鳥不飛來。

歎息耆舊不復見，欲問土風誰爲陳。羊公遺碑武侯廟，江邊酒家説向人。

武侯廟

武侯祠廟南山曲，苔滿荒碑不堪讀。客子登臨又一時，秋色蒼蒼入喬木。天下不可無奇材，千年精爽安在哉。孤吟裴回不忍去，寒日欲下悲風來。

萬里

萬里江山動楚吟，異鄉風物長年心。孤身轉覺乾坤窄，往事空驚歲月深。木落高城初過鴈，霜飛幽舘夜聞砧。蹉跎未就東遊計，醉後悲歌淚滿襟。

醉後

雲自無依鶴自孤，此生誰信有窮途。干戈二十年來客，留得殘骸傍酒壚〔一〕。

【校記】

〔一〕壚：原作「爐」，此從汲古閣本、文淵閣本《中州集》及《全金詩增補中州集》。

丹陽東樓〔一〕

仙人樓居避蒸濕，東樓縹緲群仙集。風吹高柏影在衣，忽驚滿座蛟龍入。日晚留連共一觴，歸來如夢海生桑。片雲送雨山頭黑，傍水低飛燕子忙。

【校記】

〔一〕《全金詩增補中州集》詩題作「丹陽」。

東樓雨中七詩

水邊人去燕争泥，風動緑荷香滿溪。高樹遶樓遮望眼，獨看山色過墻西。
倚樓人看水東流，橋上行人却望樓。零落故宫無覓處，蕭蕭禾黍滿城秋。
多年蒼柏拂簷枝，燕子飛來語向誰。枕簟不妨留客住，滿樓風雨下簾時。
雨入溪樓不見山，雨晴依舊數峯閑。韋郎詩句王維畫，好在幽人指顧間。
庭中野蔓走青蛇，窗外萱葵亂彩霞。雲漏斜陽雷漸遠，東邊飛雨到瓊華。
好風吹袖覺凉生，雨後東溪水面平。無數荷蓮看正好，却嫌波底亂蛙鳴。
溝水清泠樹蔭圓〔一〕，下樓閑步上樓眠。夜來夢裏驚風雨，元是松聲到枕邊。《中州集》卷七《王元粹》。

【校記】

〔一〕蔭：汲古閣本、文淵閣本《中州集》及《全金詩增補中州集》作「影」。

夏日雜興二首

緑槐夾道午陰濃，閑坐開襟喜受風。天際黑雲何處雨，孤村卻在夕陽中。
寂寂閑齋晝掩扉，苔華草色暗侵衣。忽然一陣西來雨，捲起疏簾放燕歸。元汪澤民、張師愚《宛陵群英集》卷一二，撰者署「王元粹」，小傳無考，《文淵閣四庫全書》本。今按，此詩爲王元粹流亡丹陽時所作。所謂丹陽，自秦漢置郡，治所宛陵，即今安徽宣城。以其詩爲當地士人喜愛，遂輯入《宛陵群英集》而不知撰者出處。

遠遊

壯年抱窮節，拂衣行遠遊。遠遊欲何之，思欲歷九州。出門多歧路〔一〕，竟日獨遲留。願言返舊居，量力固無憂。《永樂大典》卷八八四五遊字韻引《王元粹集》，中華書局一九九八年，第四册四〇八三頁。

【校記】

〔一〕歧：原作「岐」，誤。

再到秦館

秋風吹蓬鬢，北渚且翱翔。誰言久棄置，復上君子堂。群書猶在几，曩座已移床。覓我舊行跡，閑砌亂苔蒼。丈夫有離合，義分明如霜。方同雞避鶴，豈是鳳求凰。豈弟固善謔，衆口每難防。結歡愧初心，感激終未忘。濟濟門中彦，冠佩日輝光。但使居者安，勿爲去者傷。《永樂大典》卷一一三一三館字韻引《王元粹詩集》，中華書局一九九八年，第五册四八二三頁。

東湖

爲客東湖好，頻來湖上游。坐時惟藉草，行處不驚鷗。日落煙光暝，風高木葉秋。偶逢樵牧語，且復少淹留。《永樂大典》卷二二六二湖字韻引王元粹《東湖》，中華書局一九九八年，第一册七五六頁。

江上遇吴花歌

秋風向暖吹塵沙，漢江邊頭見吴花。吴花憔悴我飄蕩，回想舊遊更歎嗟。自從賊壘分飛去，不意今朝此相遇。天荒地老莫容身，未審别來何處住。吴花哽咽向我言，萬人不見一人存。妾身苟活兵塵裏，辛苦東西不可論。去年鄧州嫁健卒，今日南來夫已没。乍到未能諳土風，楚女相憐教梳髮。近有人從楊翟來，但言城郭長蒿萊。河邊惟有潁亭在〔一〕，春夏不曾胡馬迴。我聞此言重興歎，世事悠悠雲聚散。庾公作賦動哀傷，王粲成詩遭喪亂。放懷歌酒昔年時，銷盡黄金生鬢絲。我今孤苦汝更苦，末路蒼茫何所之。一盃濁酒臨江渚，爾且爲我歌白紵。青山落日愁殺人，淚濕荊雲夢中語。《永樂大典》卷五八三八花字韻引宋王元粹集，中華書局一九九八年，第三册二五四四頁。

【校記】

〔一〕潁：原作「穎」，誤。

薛尹生朝

時砌初開十二蓂，一尊介壽爲君傾。昔聞存義能從政，今見元欽又繼兄。謝傅階前瓊樹秀，老萊堂下彩衣榮。莫言小邑徒勞爾，萬里青雲第一程。《古今圖書集成·人事典》卷三一《初生部藝文》引王元粹詩，中華書局等一九八五年，第三八册四六六五八頁。

夢中别誠明張君

當時每恨花開早，及看花開花已老。花落花開能幾何，回頭又見春光好。元李道謙《甘水仙源録》卷七《恕齋王先生事蹟》：「甲午，楊侯彦誠被命招集三教醫卜等流。一時士人皆得保其妻孥，復還中國。楊侯獨迎先生至燕，遇真常大宗師，即北面事之，執弟子禮，居長春宫。真常遇之甚厚……年四十餘，以癸卯九月無疾而逝。不浹旬，而見夢於誠明張君。其云：『爲歎曲不異平昔，少焉作詩而别。』云云。」明正統《道藏》本，文物出版社等一九九四年，第一九册七八四頁。

佚句

失題

十月風霜侵病骨，數家針線補殘衣。《中州集》卷七王元粹小傳。

新編全金詩卷六〇

劉祁

劉祁，字京叔，號神川遯士，渾源（今山西省大同市渾源縣）人。高祖撝，金初詞賦狀元；父從益，大安元年進士。自高祖凡四世八人登進士第，閑閑趙秉文爲書「叢桂蟾窟」①。弱冠舉進士不第，益折節讀書。當時視爲異才。天興元年，陷圍城中，與麻革被脅以布衣之士爲叛將崔立撰碑頌功德②。金亡歸鄉，築歸潛堂，一時名士多有題詠。戊戌歲（蒙古太宗十年、一二三八），應試選舉魁西京，充山西東路考試官。後爲征南行臺之邀，至相下凡七年。庚戌歲（蒙古定宗海迷失后稱制二年、一二五〇）卒，年四十八③。嘗著《神川遯士集》二十二卷，現存《歸潛志》十四卷，追述一代名流見

---

① 金劉祁《歸潛志》卷一〇，中華書局一九八三年，第一二〇頁。

② 《歸潛志》卷一二《録崔立碑事》，第一三一頁。

③ 元王惲《秋澗集》卷五八《渾源劉氏世德碑銘》，《四部叢刊》本。今按，劉祁入金或入元，仁者見仁，然《金史》卷一二六《文藝傳》附其事迹。清施國祁《吉貝居雜記》云：「京叔昺季，《歸潛堂》中諸贈言，無一人不勸駕出山者，誠以前朝布衣不必一節，即京叔亦有待時而用、致君澤民之語。第考其戊戌應試，魁西京，得試官，繼居南行台賓幕，七年而（轉下頁）

聞，考《金史》有足征者。兹輯十六首。

古意二首

庭前有桂樹，緑葉尚離披〔一〕。秋風動地起，飄落將安歸〔二〕。高飛入青雲，下飛入汙泥〔三〕。貴賤既偶爾，孰爲喜與悲。

秋江有芙蓉，顔色好鮮潔。褰裳欲采折，水深不可涉。嚴風下飛霜，芳艷空凋歇。悵望一長歎，臨川無桂檝。

【校記】

〔一〕尚：《全金詩增補中州集》卷七二、清顧嗣立《元詩選》二集下《神川遯士劉祁》録此詩，注「一作何」。〔二〕落：《全金詩增補中州集》《元詩選》注「一作零」。〔三〕入：《全金詩增補中州集》《元詩選》注「一作落」。

懷長源

涼月夜如水，秋風吹紫蘭。獨居悵無聊，佳人阻河山。山河邈千里，相望何時已。雲横雁影

（接上頁）没，仕終不達。且讀其文章及征夫征婦等詩，其於金源故國舊君之感，悱惻纏綿，不堪回首，要當以遺民屬諸金。若其弟文季郁，自當入元。」見羅振玉《雪堂叢刻》，北京圖書館出版社二〇〇〇年，第一册七一五頁。

沈，露下蟲聲起。烽火照中州，西南殺氣浮。君居劉山下，果若向時不。人生有離別，但惜知音絶。匣内臥青蛇〔一〕，光芒射秋月。汴水碧參差，葉飛空樹枝。如何相憶處，還直暮秋時〔二〕。

【校記】

〔一〕蛇：《全金詩增補中州集》《元詩選》作「龍」，小字注「一作蛇」。〔二〕直：《全金詩增補中州集》《元詩選》作「值」，通。

送雷伯威

朔風起天末，落木鳴空山。冷霜正凝沍，游子百里還。山郭送將别〔一〕，徘徊上高原。如何睽離情，對此芳歲闌。壯士至四方〔二〕，不須涕汍瀾〔三〕。人生非山海，會面亦不難。願子崇明德，餘功振文翰。長因東南鴻，惠我金玉言。元蘇天爵《元文類》卷三，上海古籍出版社一九九三年。

【校記】

〔一〕山郭：《全金詩增補中州集》《元詩選》作「出郭」。〔二〕至：《全金詩增補中州集》《元詩選》作「志」。〔三〕汍：原作「汎」，刊誤，此從《全金詩增補中州集》《元詩選》。今按，《後漢書》卷二八《馮衍傳》載其賦云：「淚汍瀾而雨集兮，氣滂浡而雲披。」

征夫詞

頑陰漠漠秋天黑〔一〕，冷雨瀟瀟和雪滴。途中騎士衣裳單，半夜銜枚赴靈壁。中州近歲雨雪多，只因戍馬窺黄河。將軍錦帳衣千襲，馬上揮鞭傳令急。但令飽煖度朝夕，一死沙場吾不惜。九重日望凱歌歸，安知中路行逶迤。願將舞女纏頭錦，添作征人身上衣。

【校記】

〔一〕陰：《全金詩增補中州集》《元詩選》注「一作雲」。

征婦詞

青燈熒熒照空壁〔一〕，綺窻月上莎雞泣。良人沙塞遠從軍〔二〕，獨妾深閨長太息。憶初擬小嫁君時，謂君不晚擁旌麾。如何十載尚輿隸，東屯西戍長奔馳。秋風戎馬臨關路，千里持矛闕上去。公家事急將令嚴，兒女私恩那得顧〔三〕。恨妾不爲金鞴靫，在君腰下隨風埃。恨妾不爲龍泉劍，在君手内飛光燄。慕君不得逐君行，翠袖斕斑空血染〔四〕。君不見重瞳鳳駕遊九嶷，蒼梧望斷猶不歸。況今沙場征戰地，千人同去幾人回。君回不回俱未見，妾心如石那可轉。元蘇天爵《元文類》卷四，上海古籍出版社一九九三年。

【校記】

〔一〕青釭：《全金詩增補中州集》《元詩選》作「青燈」。〔二〕沙塞：《全金詩增補中州集》《元詩選》作「塞上」。〔三〕恩：《全金詩增補中州集》《元詩選》作「情」。〔四〕斕斑：《全金詩增補中州集》《元詩選》作「斑斕」。

南京遇仙樓〔一〕

倚天突兀聳高樓，樓上人家白玉鈎。落日笙歌迷汴水，春風燈火似揚州。仙人已去名空在，豪客同來醉未休〔二〕。獨倚朱闌望明月，鸞旌依約認重游。元蘇天爵《元文類》卷六，上海古籍出版社一九九三年。

【校記】

〔一〕明李濂《汴京遺迹志》卷二三《藝文》録此詩，題作「遇僊樓」。〔二〕同來：《汴京遺迹志》作「同登」。

過陳司諫墓

鑾坡烏府舊遊空，三尺孤墳野寺中。猶有憂時心不死，墓門昨夜起秋風。元蘇天爵《元文類》卷八，上海古籍出版社一九九三年。

贈楊弘道二首

憶昔逢君北渚秋，藕花香裏醉輕舟。三年一別空回首，千里相思更倚樓。明月不隨春物老，碧山長帶暮雲愁。天平松竹黄華水，早晚柴車得共遊。

思君一日如三載，兩寄詩來慰我心。塵土愈知人世隱，風烟遥見海門深。貧來笑我嘗癡坐，亂後憐君更苦吟。歷下亭前春水闊，扁舟何日重相尋。金劉祁《歸潛志》卷一三引金楊弘道《言事補》：「平生交遊贈予詩者多矣，惟劉京叔二篇常吟詠之云云。」中華書局一九八三年，第一七〇頁。

慶高丞相七十初度

青雲自致不須階，十稔從容位上台。負荷一堂森柱石，調和衆口費鹽梅。勤勞密邇三朝重，壽考康寧七秩開。家道益昌孫有息，綵衣扶杖好歸來。金劉祁《歸潛志》卷八：「高丞相巖夫在相位，因元光二年元日慶七十，會鄉里交舊，且求作詩文。時先子以新罷御史，避嫌不赴。余方弱冠，爲作詩，以公頗負謗，且勸其退休也。公得詩大喜，趣召余，迎謂余曰：『解道青雲自致不須階邪？』又撫余背曰：『汝費字如何下來？』蓋余詩云云。」中華書局一九八三年，第八四頁。

素景門

門峙城西堞，人休簷北陰。唐堦猶業業，漢柏更森森。且置千年調，聊澄萬古心。稔聞賢刺史，罇酒儻相臨。《永樂大典》卷三五二七門字韻引劉祁《泰山雅詠·素景門》詩，中華書局一九九八年，第二册二〇三九頁。

望絶頂

長想東封在杳冥，此來何幸一同登。欲窮四海無邊景，須到三峯最上層。川豁只疑秦塞近，雲開却見楚江澄。天門受盡清涼供，回首人間正鬱蒸。

太平頂

巉岩絶頂柱青天，遐想前朝一慨然。頌德秦碑空落日，紀功唐刻已秋煙。百年名利拋身外，萬里山川萃眼前。便擬誅茅成小隱，一聲長嘯白雲邊。

寄益都李侯兼簡叔能

風埃千里暗貂裘，豈意天東作勝遊。採石洲邊逢李白，仲宣樓上得荊州。題詩坐對雲門晚，載酒來看石澗秋。回首清歡如一夢，試將别意向東流。《永樂大典》卷一四三八三寄字韻引劉京叔詩，中華書局一九九八年，第七册六二九九頁。

夷門

七國争雄古戰場，千年遺蹟已銷亡。信陵謾有空名在，壯士猶聞俠骨香。霜落大荒秋草白，風生遠道暮塵黄。停車且醉夷門酒，莫動悲歌易慨慷。明李濂《汴京遺迹志》卷二三《藝文》，中華書局一九九九年，第四六二頁。

佚句

幼年夢中作

玄猿哭處江天暮，白鴈來時澤國秋。金劉祁《歸潛志》卷九：「夢中作詩，或得句，多清邁出塵。……余幼年夢中亦作詩云云，如鬼語也。」中華書局一九八三年。

趙著

趙著，字光祖，號虎巖，漁陽（今天津市薊州區）人①。貞祐中，耶律楚材以左右司員外郎留守中

---

①金劉祁《歸潛志》卷一四，趙著署名冠以「漁陽」，當是鄉籍，中華書局一九八三年。

都，與之交，有《寄光祖》詩云：「漁陽光祖冠當時，筆法詞源我獨知。」①金亡後，與名儒梁陟、王萬慶應召，直譯九經，進講東宮②。丙申歲（蒙古太宗八年、一二三六），設編修所於燕京，梁陟充長官，著與萬慶副之③。甲辰歲（蒙古太宗乃馬真后稱制三年、一二四四），爲耶律鑄詩集序，自稱「老矣」④。著長於歌詩，與龍山呂鯤齊名。兹輯三首。

題歸潛堂

萬里煙埃氣尚炎，秋風攜手賦歸潛。當時北望長勞夢，今日南山副具瞻。鴻雁不飛閑日月，鶺鴒無語静依簷。遥思二陸猶如此，自愧區區未屬厭。金劉祁《歸潛志》卷一四，撰者署「漁陽趙著光祖」，中華書局一九八三年。

鄙詩奉送和甫李公提點還終南筠溪

筠溪道士眼中人，詩卷常隨放浪身。秋隼精神盤華岳，魯麟風彩照天津。交歡但恨相逢晚，

①《湛然居士文集》卷一四，中華書局一九八六年。
②《元史》卷一四六《耶律楚材傳》，中華書局一九八三年。
③《元史》卷二《太宗紀》，中華書局一九八三年，第三四頁。
④元耶律鑄《雙溪醉隱集》卷首，《遼海叢書》本，遼沈書社一九八五年。

執别沈思再會因。折柳一枝牢把去，要驅魚鴈往來頻。劉兆鶴、王西平《重陽宫道教碑石·摹刻商挺等詩詞碑》，撰者署「虎巖趙著」，三秦出版社一九九八年，第一一二頁。

玄靖大師遺世頌

在己無居者〔一〕，尋常仰廣陽。破聾從喻馬，解礙自亡羊。雌伏來人世，雄飛入帝鄉。十年親愛淚，不得灑棺旁。陳垣等《道家金石略》，撰者署「編修官趙著」，文物出版社一九八八年，第五二二頁。

【校記】

〔一〕己：原作「已」，刊誤。今按，《莊子·天下》：「在己無居，形物自著。」

吕　鯤

吕鯤，字元吕，號龍山居士，鴈門（今山西省忻州市代縣）人①。金亡之際，隱居海上，教授生徒。後入燕，雅爲中書令耶律楚材賓禮，至令其子鑄從之問學②。晚年校訂唐人李賀詩編，刊行於世③。

① 金吕鯤《雙溪醉隱集序》，見元耶律鑄《雙溪醉隱集》卷首，《遼海叢書》本，遼沈書社一九八五年。

② 元王惲《秋澗集》卷四三《西巖趙君文集序》，《四部叢刊》本。

③ 金趙衍《重刊李長吉詩集序》，見清張金吾《金文最》卷四五，中華書局一九九〇年。

丙辰歲（蒙古憲宗六年、一二五六），已卧病不起。鯤長於歌詩，體備諸家，與虎巖趙著齊名。爲文章，法六經，尚奇語。嘗著《龍山小稿》行世。兹輯一首。

夏日道中

棗花初落路塵香，燕掠麻池乍頡頏。一片雲陰遮十頃，賣瓜棚下午陰凉。元鮮于樞《困學齋雜録》：「吕龍山與趙虎巖齊名，平生多佳句。《夏日道中》一絶句，曲盡田家夏日之趣。云云。」《叢書集成初編》本，中華書局一九八五年。

李　微

李微，字子微，號九山，雲中東城（今山西省大同市）人。與金末名士遺山元好問、紫陽楊奂、神川劉祁、敬齋李治等交往①。金亡後，遺山向中書令耶律楚材舉薦「天民之秀」者若干人②，子微預焉。嘗謁蒙古龍庭，以爲和林之勝有過於中州者，爲時人所譏③，仕途不得意。遺山《送子微》詩云：「老年鞍馬不勝勞，更向狐裘與緼袍。到了龍門有何好，伊川清淺石門高。」又云：「古來何物是經綸，一

①清王昶《金石萃編》卷一五八《程震碑》，《歷代碑志叢書》本，江蘇古籍出版社一九九八年。

②《遺山先生文集》卷三九《上中書令耶律公書》，《四部叢刊》本。

③金麻革《游龍山記》，見《金文最》卷三四，中華書局一九九〇年。

片青山了此身。亂後洛陽花木盡，不妨閑作水南人。」①此後隱於鄉，「心無塵事泊，身與野雲閑」②。

茲輯一首。

題歸潛堂

滄海成田後，攜家返故鄉。披榛尋舊址，借力構新堂。山給窗扉翠，泉供枕簟涼。故田依渾水，別業勝淮陽。侍御遺風在，南山慶派長。芝蘭宜並秀，鴻鴈自成行。經史胸中業，龍蛇筆下章。行當依日月，寧久事畊桑。尚父終辭渭，阿衡定佐商。飛潛無定跡，易道箇中藏。

金劉祁《歸潛志》卷一四，撰者署「東城李微子微」，中華書局一九八三年。

王革

王革，字德新，一名著，臨潢（今内蒙古自治區赤峰市巴林左旗波羅城）人③。少有才思，詩筆尖

---

①《遺山先生文集》卷一四，《四部叢刊》本。

②金張宇《和李子微村居》，見元房琪《河汾諸老詩集》卷二，《文淵閣四庫全書》本。

③《中州集》小傳作「臨潢人」，金劉祁《歸潛志》卷五作「宏州人」，「宏」當作「弘」，系清人避乾隆帝名諱而改。另，元魏初《青崖集》卷五《先君墓碣銘》涉及：「壬辰北渡後，襄陰人王革以書抵我靖肅君曰云云。」今按，金置弘州，隸西京路，轄縣四，倚郭襄陰。革晚年寓雲内、遷雲中，與弘州均屬西京路，在大同周邊。神川與之忘年交，相知較深，所記應有據。或先世臨潢，後徙弘州。

新，多有佳句，然屢舉不第，以廕補官，碌碌筦庫餘三十年。正大中，以六赴廷試賜出身，調宜君簿。爲人有醖藉，善談笑，廣交遊，同禮部趙秉文、密國公完顔璹等多有酬唱；與元好問、李獻能、劉祁等爲莫逆之交。金亡，嘗以詩謁蒙古中書令耶律楚材①。歲戊戌（蒙古太宗十年、一二三八），再赴選舉中第。後居雲中，卒年七十八。兹輯二首。

寄答劉京叔

十年相望惜睽違，驚見蘭章墮客扉。鄭子已聞耕有谷，榮公誰念老無衣。水浮落日流無盡，山礙行雲斷不飛。千古神州亦吾土，幾時同采北山薇。《中州集》卷七《王主簿革》。

赴試西京

慣掣蒼龍曉漏鐘，受恩曾入大明宫。香浮扇影迎初日，人逐鞭聲静曉風。轉首俄驚成異世，此身雖在已衰翁。唤回五十年前夢，再著麻衣待至公。金劉祁《歸潛志》卷五，中華書局一九八三年。另，元蘇天爵《元文類》卷六亦録，題作「戊辰冬赴試西京」；清顧嗣立《元詩選癸集》癸之癸下如之。今按，所謂「戊辰」，金

---

①《湛然居士文集》卷一四《德新先生惠然見寄佳制二十韻和而謝之》有云：「德重文章傑，年高道義尊。」中華書局一九八六年。

元間與之干支相鄰者有二：一是金泰和八年，一是元至元五年，俱非選舉年。中華書局本《歸潛志》崔文印先生校曰：「考《中州集》庚集王革小傳，云『正大中，以六赴廷試，賜出身』，則『戊辰』顯系有誤。黄丕烈、施國祁校作『壬辰』，疑是。」然「壬辰」值哀宗倉皇出逃汴京，已無選舉事。金朝最後一屆科考在「壬辰」前兩年，即正大七年，史稱「收世科」。因此，無論「戊辰」，或是「壬辰」，俱難圓其説。王慶生《增訂金詩紀事》第二八五頁以爲「詩有『轉首俄驚成異世，此身雖在已衰翁』，明言赴試在入元以後」，是。另，《元史》卷一四六《耶律楚材傳》：丁酉歲（蒙古太宗九年、一二三七），中書令耶律楚材奏行科舉；次年戊戌，遣使考試諸路，得四千三十人。由此可斷，「戊辰」當是「戊戌」之誤。

佚句

及第後呈同年

孤身去國五千里，一第遲人四十年。

初在太原作

赤心遭白眼，笑面得嗔拳。《中州集》卷七王革小傳。

張緯

張緯，字緯文，號愚齋，河東陽曲（今山西省太原市陽曲縣）人。其叔父張著字俊庭，官至朝列大夫同知河間府事，貞祐中殁於王事。嘗於鄉里建廟學，延名儒課弟子。二侄經、緯，相繼擢進士第①。緯文與元好問爲友，遺山集中屢見與之酬答之作。金亡後，遺山向耶律楚材舉薦名士五十餘人，緯文預焉②。嘗北上，謁龍庭，未見任用。兹輯一首。

題歸潛堂

結廬高隱謝塵埃，浩氣元從道學來。北闕雲煙無夢到，南山草木覺春回。四時風月供吟筆，萬古乾坤入酒盃。却恐漢庭須羽翼，鶴書未許老巖隈。金劉祁《歸潛志》卷一四，撰者署「河東張緯文」。

張徽

張徽，字君美，號翠嶺③，武功（今陝西省咸陽市武功縣）人④。興定二年詞賦進士⑤。與遺山元

①《遺山先生文集》卷一七《朝列大夫同知河間府事張公墓表》、卷四〇《外家别業上樑文》，《四部叢刊》本。

②《遺山先生文集》卷三九《上中書令耶律公書》，《四部叢刊》本。

③元李庭《寓庵集》卷六《金故朝請大夫同知裕州防禦使事王君墓誌銘》：「一時賢士大夫如紫陽楊先生、翠嶺張先生、李九山子微、楊西庵正卿，皆晨夕與之遊。」《藕香零拾》本，中華書局一九九九年。今按，翠嶺張先生即張徽。

④《寓庵集》卷六《故京兆路都總管府提領經歷司官太傅府都事李公墓誌銘》：「子男一人曰惟善，業進士，嘗爲省掾，以事親引退。今爲京兆府路都學正，謹愿端慤有父風。娶前進士、行中書省左右司郎中武功張徽君美之女。」

⑤《（雍正）陝西通志》卷三〇《選舉一·金進士》著録：「張徽，武亭人。興定二年張仲安榜第三甲。」《文淵閣四庫全書》本。今按，《金史》卷二六《地理志》：「武亭本武功，大定二十九以嫌顯宗諱更。」仍屬乾州。

好問、紫陽楊奐等交往。金亡後，遺山嘗薦於中書令耶律楚材①，後仕爲陝西行省左右司郎中。遺山《送張君美往南中》云：「南朝辭臣北朝客，棲遲零落無顔色。陽平城邊握君手，不似銅駝洛陽陌。」②兹輯二首。

題甘河遇仙宫

樓閣峥嶸甘水濱，重陽曾此遇天真。瓊漿一滌迷雲散，醉眼初開道日新。遠別西秦旁玉趾，徑歸東海釣金鱗。存神過化如時雨，重與玄元繼後塵。元李道謙《甘水仙源録》卷一〇，撰者署「陝西行中書省左右司郎中張徽上」，明正統《道藏》本，文物出版社等一九九四年，第一九册八一三頁。

登珍珠簾

乘興登山看玉龍，天生濟勝傲寒風。白雪隔斷紅塵路，身在瑶臺碧玉宫。《（乾隆）彰德府志》卷二四《藝文》，《中國地方志集成》本，上海書店出版社二〇一三年。

① 《遺山先生文集》卷三九《上中書令耶律公書》，《四部叢刊》本。
② 清施國祁《元遺山詩集箋注》卷三，《四部精要》本，上海古籍出版社一九九三年。

張澄

張澄，字之純，别字仲經，號橘軒。先世遼東烏若族，金初遷隆安（今吉林省長春市農安縣）。其祖正隆間移官洺水（今河北省邢臺市威縣），遂占藉。之純少時寓濟南，從名士劉勳問學。後居永寧，與趙元、辛愿、劉昂霄爲師友。正大四年，遺山令内鄉，澄與杜仁傑、麻革、高永等携家來，隱於山中。金亡北渡，依東平總管嚴實，聘爲其諸子師。積十餘年，致力文史，尤以詩爲專門之學，所作多有佳句。丙午歲（蒙古定宗元年、一二四六），授萬户府參議，尋卒①。嘗著《橘軒詩集》行世。兹輯八首。

積雨

積雨生頑痺，新晴意自怡。幽花依小徑，野蔓媚踈籬。髮少從梳懶，年衰與杖宜。腐儒慚用拙，糲食復何辭。

①《中州集》小傳未涉卒年。《遺山先生文集》卷三七《張仲經詩集序》：「自丙午以後，參幕府軍事，當賢侯擁篲之敬，得寸行寸，謂當見之一日，未一試而病不起矣。」《四部叢刊》本。今按，此處丙午指蒙古定宗元年（一二四六）。

和林秋日感懷寄張丈御史二首

塞草枯黄秋未殘，北風裘褐日生寒。田園政憶遂初賦，冰雪莫吟行路難。囊潁露錐徒自苦，蒯緱有劍秖空彈。南窗明煖無塵到，慚愧高人老鶡冠。

别家六見月牙新，萬里風霜老病身。塊坐氊廬心悄悄，遠懷茅屋夢頻頻。瓜田無取終成謗，市虎相傳久是真。鄉國歸程應歲暮，火爐煨栗話情親。

輥馬圖

飛塹乘城力亦優，不應伏櫪便垂頭。而今世上無良樂，兀兀黄塵輥得休。《中州集》卷八《張參議澄》。

永寧王趙幽居

寒盡陰崖草有芽，行梢殘雪墮冰花。號空老木風纔定，倒影荒山日又斜。天地悠悠常作客，干戈擾擾漫思家。煙村寂寞無人語，獨倚寒藤數莫鴉。

春思

一春常作客，連日苦多風。野樹淒迷緑，簷花暗澹紅。愁隨詩卷積，囊與酒樽空。巢燕如相識，頻來草舍中。

書事

故國三年夢，新愁兩鬢蓬。淚從南望盡，塗自北來窮。破牖蠅烘日，枯梢鵲愛風。悵然搔白首，遠目過歸鴻。《遺山先生文集》卷三七《張仲經詩集序》，《四部叢刊》本。

題歸潛堂

羸驂短僕行夷猶，西京才子云二劉。荒山窮僻厭岑寂，長裾徧謁東諸侯。手中雖無丈八矛，胸蟠河圖與天球。有時吐出作靈瑞，坐令宇縣還殷周。憶昨長鯨吞古汴，千里還家異鄉縣。築堂故址號歸潛，要使新詩走群彦。方今河朔藩鎮雄，衣冠往往羅其中。兩賢胡爲獨不出，埋光鏟彩爲冥鴻。朝亦潛，暮亦潛，東山不起吾何瞻。山中爲問誰相識，白鳥孤雲自入簾。

金劉祁《歸潛志》卷一四，撰者署「龍江張仲經」，中華書局一九八三年。

佚句

賦淅江觀漲詩

一雨天地來，濤聲破清曉。

與諸公嘯詠有詩

寒客遠峰猶帶雪，煖私幽圃已多花。《遺山先生文集》卷三七《張仲經詩集序》：「行齋之南有菊水，湍流噴薄，景氣古澹，陽崖回抱，緑莎盈尺。臘月，紅梅盛開，諸公藉草而坐，嘉肴旨酒，嘯詠彌日。仲經有詩云云。」

次韻見及

長松偃蹇十年物，病鶴摧頽萬里心。

贈員善卿

詩材雖滿腹，家具少於車。

珍珠泉感舊

紅槿有情依壞砌，緑莎隨意上寒廳。

秋興

壞壁黏蝸艱國步，荒池漂蟻失軍容。

秋日

寒花矜晚色，病葉怯秋聲。

永寧舊遊寄魏内翰

上閣寺高迎晚翠，遊家樓小簇春紅。《遺山先生文集》卷三七《張仲經詩集序》。

失題

齊客計窮思蹈海，杞人癡絶謾憂天。《中州集》卷八張澄小傳。

龐公祠

擺盡世緣空所有，誰知佛法異還同。丹霞不用傳心印，靈照端能繼父風。

家池龍種去無蹤，珍重龐公似德公。金李俊民《莊靖集》卷六《龐公祀》詩注。

古隄

未雨還須徹桑土，白沙湖上水湯湯。《莊靖集》卷六《古堤》詩序。

樊城

昔年山甫興周地，想見曹仁霸魏功。《莊靖集》卷六《樊城詩序》。

鳳林

朝宗强欲相牽率，豈識先生玩世心。《莊靖集》卷六《鳳林》詩注。

失題

應無白額煩周處，解使於菟字子文。《莊靖集》卷六《誡虎碑》詩注引張參議詩。

垓下衆傾騅不逝，合肥橋徹騎能飛。《莊靖集》卷六《的盧溪》詩注引張參議詩。

富貴倘來良有命，才名如此豈長貧。

半篙溪水夜來雨，一樹早梅何處春。

萬里相逢真是命，百年垂老更何鄉。元盛如梓《庶齋老學叢談》卷中：「張橘軒與元遺山爲斯文骨肉。張云云。元改『倘來』爲『逼人』，『此』爲『子』。又云云。元曰：『佳則佳矣，而有未安。既曰「一樹」，烏得爲何處？不如通作一句，改「一樹」爲「幾點」。』壬辰北渡，寄遺山詩云云，元改『里』爲『死』，『垂』爲『歸』，如光弼臨軍，旗幟不易，一號令之，而精采百倍。」《叢書集成初編》本，中華書局一九八五年。

釋行秀

釋行秀，俗姓蔡氏，號萬松野老，懷州河内（今河南省焦作市沁陽市）人。少時出家，聰智過人。明昌間，章宗秋獵龍山，行秀録偈一章進奉，大蒙稱賞。泰和中，主仰嶠叢林師席。後住持燕京報恩寺，築蝸舍，榜曰從容庵。貞祐南遷，耶律楚材爲中都留守職官，嘗從之學佛。丙午歲（蒙古定宗元年、一二四六）歸寂，俗壽八十一①。行秀儒釋兼備，宗説精通，辨才無礙。參學之際，機鋒罔測，變化無窮。傳道之暇，手不釋卷，三閱藏教。每有利害於佛乘、關涉於教化者，悉録之②。著述豐富，現存《評唱天童覺和尚頌古從容庵録》六卷、《萬松老人評唱天童覺和尚頌古從容庵録》二卷、《通玄百問》一卷等③。兹輯三首。

龍山迎駕詩

蓮宮特作内宮修，聖境歡迎聖駕遊〔一〕。雨過水聲琴泛耳〔二〕，雲開山色錦蒙頭〔三〕。成湯狩野恢天綱〔四〕，吕尚漁磯浸月鈎〔五〕。試問風光甚時節，黄金世界菊花秋〔六〕。

【校記】

〔一〕歡迎：元釋念常《歷代佛祖通載》卷三一録此詩作「還須」。〔二〕雨過水聲琴泛耳：《歷代佛祖通載》作「雨過水澄禽泛子」。〔三〕雲開山色：《歷代佛祖通載》作「霞明山静」。〔四〕狩野：《歷代佛祖通載》作「也展」。〔五〕吕尚漁磯：《歷代佛祖通載》作「吕望稀垂」。〔六〕菊：《歷代佛祖通載》作「也展」。

---

① 陳垣《釋氏疑年録》卷九《燕都報恩寺萬松行秀》：「元定宗元年丙午閏四月卒，年八十一。」江蘇廣陵古籍刻印社一九九一年，第三九七頁。

② 明釋明河《補續高僧傳》卷一八《萬松老人傳》，《高僧傳合集》本，上海古籍出版社一九九一年，第七二六頁。

③ 日本《續藏經》卷六七，臺北白馬精舍印經會刊本。

通載》作「桂」。

和節度陳公絶句

清溪居士陳秀玉，要結蓮宫香火緣。賺得梢翁摇艫棹，却云到岸不須船。清郭元釪《全金詩增補中州集》卷六一，上海古籍出版社一九九四年。

和友人

贈君一句直截處，只要教君能養素。但能死生榮辱哀樂不能羈，存亡進退儘是無生路。釋行秀《湛然居士文集序》：「湛然年一十七受顯訣于萬松，其法忘死生，外身世。湛然大會其心，精究入神，三年盡得其道。萬松面授衣頌，目之爲湛然居士從源，湛然自是稱嗣法弟子從源。萬松一日過其門，見其執菜根，蘸油鹽，飯脱粟，嘗和友人詩云云。至於『西天三步遠，東海一杯深』，老作衲僧，未易及此。」見《湛然居士文集》卷首，中華書局一九八六年。

佚句

中秋日答問

此夜一輪滿，清光何處無。
月色四時好，人心此夜偏。

萬里此時同皎潔，一年今夜最分明。元耶律楚材《湛然居士文集》卷一三《萬松老人萬壽語録序》：「略舉中秋日爲建州和長老圓寂上堂云，有人問：『既是建州遷化，爲甚萬壽設齋？』師云云。又問：『不是盡七、百日，又非周年、大祥，鬥勘今日設齋？』師云云。衆中道：『長老座上頌《中秋月詩》，佛法安在？』師云云：『將此勝因，用嚴和公覺靈中秋玩月，徹曉登樓，直饒上生兜率，西往凈方，未必有燕京蒸梨餾棗、爆栗燒桃。』衆中道：『長老只解説食，不見有纖毫佛法。』師云：『謝子證明，即且致爲甚。中秋閉目坐，卻道月無光。有餘勝利，回向諸家檀信。然軟蒸豆角，新煮雞頭，葡萄駐顔，西瓜止渴，無邊功德，難盡讚揚。假饒今夜天陰，暗裏一般滋味。忽若天晴月朗，管定不索點燈。』老師語録似此之類尤多，不可遍舉。」中華書局一九八六年。

釋性英

釋性英，字粹中，號木庵。少從外家遼東，弱冠嘗應科舉，從名士高憲學，後出家爲僧。貞祐初渡河，居龍門、嵩少二十年，仰山又五、六年。與辛愿、趙元、劉昂霄、元好問等交遊，詩道益進，書法可稱①。時人以詩僧目之。閑閑趙秉文、禮部楊雲翼、屏山李純甫諸公相與推激，至以不見顔色爲恨。遺山序其《木庵集》云：「境用人勝，思與神遇，故能遊戲翰墨道場，而透脱叢林科臼於蔬筍中，别爲

① 木庵書迹現存《慧杲塔銘》，見北京圖書館金石組編《北京圖書館藏中國歷代石刻拓本匯編》，中州古籍出版社一九八九年，第四七册一三六頁。

無味之味。皎然所謂情性之外不知有文字者，蓋有望焉。」閑閑亦云：「書如東晉名流，詩有晚唐風骨。」①兹輯三首。

七夕感興

輕河如練月如舟，花滿人間乞巧樓。野老家風依舊拙，蒲團又度一年秋。《遺山先生文集》卷三七《木庵詩集序》，《四部叢刊》本。另，清郭元釪《全金詩增補中州集》卷六一亦録，小傳附元高克恭《贈英上人》詩。今按，金元兩朝各有詩僧名「英上人」者。金之英上人如前所述；元之英上人，名英字實存，號白雲，錢塘人，唐代詩人厲元后裔。嘗入仕，喜爲詩，歷遊閩海、江淮、燕汴。後棄官爲浮屠，結茅天目山中。其詩有超然塵外趣，然才地稍弱，未脱宋末江湖詩派遺風。著有《白雲集》傳世。至於高克恭，字彦敬，西域人，後徙房山，仕爲浙江行省左右司郎中。大德初，官至刑部侍郎。與白雲交往。而郭氏誤將金、元兩「英上人」混爲一人。

題歸潛堂

二陸歸来樂有真，一堂栖隱静無塵。詩書足以教稚子，雞黍猶能勞故人。瑟瑟松風三徑晚，濛濛細兩滿城春。因君益覺行蹤拙，又爲浮名繫此身。金劉祁《歸潛志》卷一四，撰者署「仰山性英粹中」，中華書局一九八三年。

---

①《遺山先生文集》卷三七《木庵詩集序》，《四部叢刊》本。

次韻子玉兄

墻陰殘雪半融春，白髮又隨時節新。老矣久無題柱志，悠哉空有臥雲身。逢人開口須防錯，對景吟詩莫厭頻。風月未知誰是主，料應都付與閑人〔一〕。元吴宏道《中州啓劄》卷一《與雲海長老》，《北京圖書館古籍珍本叢刊》本，書目文獻出版社二〇〇〇年，第一一六册七頁。

【校記】

〔一〕與、閑：原缺，兹據文意補。今按，宋張炎《甘州》：「愛吾廬、點塵難到，好林泉、都付與閑人。」見《全宋詞》第五册三四六九頁。

佚句

失題

於期已死不復返，空有層台壯古燕。元熊夢祥著、北京圖書館善本組輯《析津志輯佚·古蹟》：「燕臺，在南城奉先坊元福寺内。十五年前，木庵長老有詩云云之句。此臺乃後人刱置，以惑於時者，不過慕名而已。」北京古籍出版社一九八三年，第一〇三頁。

釋志宣

釋志宣，字仲徽，出廣寧（今遼寧省錦州市北鎮市）李氏。少辭親出家，師從臨濟禪學高僧容庵老人於燕京玉泉，誦習不輟，日悟宗旨。貞祐南渡後，生活艱難，糧食不足，則己啜藜藿，以粥飯奉老人。容庵卒，應渾源州之邀，主永安禪寺師席。坐名刹凡七，譽滿叢林。以其嘗住持燕京歸雲大禪寺，因賜號曰歸雲。丙午歲（蒙古定宗元年、一二四六）卒，俗壽五十九。嘗著有《歸雲語録》《歸雲集》。茲輯一首。

辭世偈

五十九年掣電，月鈎雲餌作伴。不合抛却綸竿，星斗一天炳焕。金陳時可《渾源州永安禪寺第一代歸雲大禪師塔銘》，見北京大學圖書館特藏拓片，典藏號：D三〇四之一〇三。題後署「寂通居士陳時可撰」，銘末題「丁未歲清明日」。出自北京門頭溝潭柘寺。另，李修生主編《全元文》卷一三七亦録，出處同，江蘇古籍出版社一九九七年，第五册九頁。

釋圓基

釋圓基，字子初，姓田氏，北人。雖爲浮屠，善與豪士游，負其材略，有握兵治民之意。嘗住持南京静安寺，以不檢去峴山，歷嵩陽，卒。兹輯二首。

題移剌右丞畫

調燮之餘總是閑，閑中游戲到毫端。而今亦有丹青手，猶在磻溪把釣竿。

詠柳葉

一氣潛通造化中，人間無處不春風。莫嫌冷地開青眼，試看夭桃幾日紅。金劉祁《歸潛志》卷六，中華書局一九八三年，第六六頁。

新編全金詩卷六一

段克己 一

段克己，字復之，號遯菴，絳州稷山（今山西省運城市稷山縣）人。段氏爲稷山望族，曾叔祖鐸，正隆進士，官華州防禦使。祖汝舟、父恒，以德學聞。克己少時與弟成己並以才名。興定中，赴選汴京，禮部趙秉文譽之「二妙」，且大書「雙飛」二字，然屢試未第①。天興元年，陷圍城中，親歷喪亂。金亡後，與弟隱於河津龍門山中，結社賦詩，優遊林泉。甲寅歲（蒙古憲宗四年、一二五四）卒，年五十九②。昆弟詩詞合刊曰《二妙集》，元吴澄序有云：「河東二段先生心廣而識超，氣盛而才雄，其蘊諸中者，參象德之妙；其發諸外者，綜群言之美，其有感於興亡之詩，則陶之達、杜之憂，蓋兼有

①元同恕《榘庵集》卷六《段思温先生墓誌銘》作成己、克己「同登金正大七年進士第」，而元虞集《稷山段氏阡表》作「成己登正大進士第」，未涉克己；元吴澄《吴文正集》卷三四《元贈奉議大夫驍騎尉河東縣子段君墓表》作「成己正大七年進士」，亦未涉克己。則成己爲進士，克己未嘗登第。

②元虞集《稷山段氏阡表》，見元蘇天爵《國朝文類》卷五六，上海古籍出版社一九九三年。

之。」①兹輯一百一十七首。

段克己詩載《二妙集》，以文淵閣四庫全書本爲底本，校以石蓮盦匯刻九金人集本（石蓮盦本）及文淵閣四庫全書本元房祺《河汾諸老詩集》卷六《遯菴段先生克己復之》（《河汾諸老詩集》）、清郭元釪《全金詩增補中州集》卷五六、五七《遯菴段克己》（《全金詩增補中州集》）、清顧嗣立《元詩選二集》甲集《遯菴先生段克己》（《元詩選》）等有關文獻。

五言古詩

贈醫師范子和并引。

范君子和居姑射山麓，世隱於醫，敏給多藝，能略涉獵文史。一日，會薦紳輩於其家，酒半舉大白而言曰：不肖竊有志於斯文，敢求數十字以爲珍藏。意甚勤，因爲賦古風一篇，告之以君子之道，使知所操持焉，非直使誇衒於世，實篋笥而已。

我廬姑射東，君居西山隅。相去不十里，曳杖以問途。知我遠方來，盡室相呴濡。衰年況多病，藥物必爾須。診視得家法，就爲醫扁盧〔一〕。貧賤人所惡，勢利人所趨。君子異於衆，而

①《二妙集》卷首，《文淵閣四庫全書》本。

獨與我娱。延我升中堂，坐列皆名儒〔二〕。酒餚既登俎，左右羅童奴。令行爵無算，促使開大壺。酒酣意氣逸，高論到唐虞。日晏未得歸，欲起時見拘。自言小邑中，何嘗接士夫〔三〕。久客惜人情，徧量動輒踰。仍呼兒出拜，頭角異凡雛。從小好文字，未覩明月珠。長者幸有賜，終身不敢渝。既蒙主人知，所願獻良圖。世人豈無才，惟德不能俱〔四〕。不見盆成括，以是喪厥軀。又徵荀氏語，至察則無徒。大辨外若訥，聰明守以愚。顔子稱大賢，尚云有若無。吾言儻无忽，榮名不須沽。

【校記】

〔一〕醫扁盧：石蓮盦本作「醫多盧」。另，《全金詩增補中州集》卷五六此句作「就醫時滿盧」。

〔二〕名：原作「明」，石蓮盦本如之，此從《全金詩增補中州集》。〔三〕接：《全金詩增補中州集》作「識」，石蓮盦本作「試」。〔四〕德：《全金詩增補中州集》作「得」。

歲己酉春正月十有一日吾友張君漢臣下世家貧不能葬鄉鄰辦喪事諸君皆有誄章〔一〕且邀余同賦每一忖思輒神情錯亂秉筆復罷今忽四旬矣欲絶不言無以表其哀因作古意四篇雖比興之不足觀者足知予志之所在則進知吾漢臣也無疑

高樓浮薄雲〔二〕，知是何人宅。賣諸輕薄兒〔三〕，身爲五侯客。日暮鬭雞回，車騎何翕赫。鼻息吹虹蜺，行路皆踧踖。豈知黔婁生，儲粟無擔石〔四〕。衣衾不掩尸，送我城東陌。寥寥百世下，誰分夷與跖。

北方有黄鵠，飽義氣勇烈。天寒辭故巢，思欲近丹穴。吁嗟翅翎短，雲海路隔絶。鳳凰不相待，孤憤無由洩。恥與鴟鳶群，朝夕肆饕餮。一步兩叫號，心摧口流血。側頭向蒼昊，永與羈雌決。人皆尚鴟鳶，反謂黄鵠劣。世無乘瓢翁〔五〕，軒輊定誰説。猿鶴與沙蟲，泯泯同一轍。悲來結中腸，欲辨且三咽〔六〕。

藝蘭當清秋，生育胡不早。西風發微香，能得幾時好。飛霜半夜來，滅没先百草。真宰獨何心，吞聲不復道。

驅車上太行，中道車軸折。停車卧轅下，骨斷筋力拆〔七〕。撫膺呼蒼天，淫淫涕如雪。古往與今來，此憾何時絶〔八〕。

【校記】

〔一〕誄章：石蓮盦本、《全金詩增補中州集》卷五六作「弔章」。〔二〕浮薄雲：《全金詩增補中州集》作「浮雲端」，《元詩選》作「浮雲薄」，石蓮盦本作「薄浮雲」。〔三〕諸：《全金詩增補中州集》作「珠」。〔四〕擔：諸本作「儋」，古擔字。〔五〕乘：諸本作「棄」。〔六〕辨：《全金詩增補中州集》《元詩選》作「辯」。〔七〕拆：《全金詩增補中州集》作「竭」，石蓮盦本、《元詩選》作「折」。

〔八〕憾：《全金詩增補中州集》《元詩選》作「恨」。

同封仲堅采鷺鷥藤因而成詠録寄家弟誠之兼簡李衛二生

有藤名鷺鷥，天生匪人育。金花間銀蘂，翠蔓自成簇。褰裳涉春溪，采采漸盈掬。藥物時所須，非爲事口腹。牛溲與馬渤，良醫猶並蓄。況此香色奇，兩通鼻與目。尤善療瘡瘍，先賢講之熟。世俗不知愛，棄置在空谷。作詩與題評，使異凡草木。

贈答封仲堅

念昔始讀書，志本期王佐。時哉不我與，觸事多轗軻。歸來濯塵纓，贏裝聊解馱。午芹多奇峰，流水出其左。誓求十畝田，於此養慵惰。種椒盈百區，栽竹僅萬箇。自謂得所依，心口默相賀。經營久未成，藴櫝乏奇貨〔一〕。低徊不能去，借宅便高卧。始構茅三間，榱桷久摧挫。暑雨畏霖潦，霜風苦掀簸。豈無富貴人，粟布救寒餓〔二〕。恥隨肥馬塵，擁鼻不敢唾。淹延歲月深，十手指庸愞。塵埋劍鋒缺〔三〕，弾鋏悲無奈〔四〕。時當春之仲，桂魄月半破。丁丁聞啄門，有客來相過。探懷出新作，高唱成寡和。清辭麗卿雲，齊梁那復課。蹇余鞭不前，躑躅蟻旋磨。枯腸藜莧苦，奇字厭搜邏〔五〕。君子真可人〔六〕，沽酒酌通播〔七〕。酒酣膽氣麤，狂言驚四座。舊遊渺何許，行路方坎坷。作詩寄問聲，别離傷老大。

【校記】

〔一〕蘊：石蓮盦本、《全金詩增補中州集》卷五六作「韞」，通。〔二〕布：《全金詩增補中州集》《元詩選》作「帛」。〔三〕埋：《全金詩增補中州集》作「霾」。〔四〕無奈：石蓮盦本作「無那」。〔五〕邏：石蓮盦本作「羅」。〔六〕子：諸本作「乎」。〔七〕酌通播：《全金詩增補中州集》作「洗塵涴」。

壽寇興祖

飄飄關輔客，逸氣薄雲霄。承學有源委，持論生風飇。束髮侍玉階，香名滿天朝。射策不一中，雄文深自韜。嘉遯思居洛，歌詩祇和陶。生涯足文史，蹤跡混漁樵。蹭蹬三十年，壯志殊未彫。人稱寇公後，商鼎復能調〔一〕。才大時不容〔二〕，坐使雙鬢焦。朅來汾上水，吾見秋蟲號。西風下木葉，天氣正泬寥。勸君一杯酒，能令百憂消。開懷且痛飲，勿令鄉關遥。

【校記】

〔一〕商：石蓮盦本、《全金詩增補中州集》作「遇」。〔二〕大：原作「本」，此從石蓮盦本、《全金詩增補中州集》。

寄張弟器之二首

愛酒陶彭澤，映世清節耀。乞食賦新詩，不復事邊徼。士生多轗軻，異代或同調。東山不可作，敢望磻溪釣〔一〕。壺觴聊自傾，登高一舒嘯。但恐汙世塵，永爲達人笑。山堂久岑寂，宴坐度昏曉。倚壁一蒲團，幽人後計了〔二〕。日高鼎茶鳴，風細爐烟裊。曳杖步庭除〔三〕，看雲頭屢矯。安得謫仙人，神遊八極表。

【校記】

〔一〕磻：原作「蟠」，此從石蓮盦本。今按，北魏酈道元《水經注》卷九《清水》：「城西北有石夾水，飛湍浚急，人亦謂之磻溪，言太公嘗釣于此也。」〔二〕後：石蓮盦本、《全金詩增補中州集》作「活」。〔三〕步：《全金詩增補中州集》作「涉」。

興上人駐錫姑射之麓他日邀余所居之静樂齋勉爲賦此〔一〕

我愛興上人，閑處先著脚。雖有買山錢，難尋一丘壑。向來棲息地，龍象久寂寞。重尋林下徑，竹石苦分薄〔二〕。溪水恣交流，巖花自開落。却掃丈室中〔三〕，一瓶還一鉢。静樂題其顔，塵緣聊解縛。寥寥千載下，此理誰發藥。我今爲拈出，未免一重錯〔四〕。有浄必有垢，無苦亦無樂。混沌元不死，七竅剛自鑿。鄭重庵中人〔五〕，萬法本無著。獨有太古心，油然滿寥廓。

【校記】

〔一〕姑射：《元詩選》作「姑射山」。静：石蓮盦本、《全金詩增補中州集》卷五六作「浄」，通。詩中所涉如之，不另出校記。〔二〕苦：《元詩選》作「若」。〔三〕丈：原作「大」，此從諸本。〔四〕未：原作「永」，此從諸本。〔五〕鄭：《全金詩增補中州集》《元詩選》如之，注「一作珍」。

陳君百禄隱居河汾世以醫名家臨財廉取與又性喜諧〔一〕雖外若寬縱内實重慎而有常心真善學醫者也辛丑之秋余疝作君調護周至既獲勿藥欲酬而不可姑以詩答其勤

我來汾沮洳，汾濱君所居。豈期牢落際，有子可與娱。遺我以方藥，投我以素書。往來八九年，問難更起余。妙處自心得〔二〕，論説乃其餘。衆議遞持執，辭語費百車。君以一言蔽，如亂髮得梳。丹砂與赤箭，應用並貯儲。困窮尤所重，視之骨肉如。孰謂斯世中，乃見古人且。我不爲世用，以道而卷舒。子胡自隱晦，而不干名譽。聞君有令子，萬里有權輿〔三〕。于公多陰德，預使高門間。請君事其語〔四〕，勿謂吾計疏。《二妙集》卷一。

【校記】

〔一〕與：石蓮盦本作「予」。又：原作「義」，此從石蓮盦本。〔二〕自心得：《全金詩增補中州集》作「心自得」。〔三〕有：石蓮盦本、《全金詩增補中州集》作「今」。〔四〕其：石蓮盦本、《全金詩增補中州集》作「斯」。

七言古詩

丁酉春雪

幾日東風吹凍雪，麥苗乾死埋沙塵。客床欹枕睡不穩，寒氣偏尋老病身。沉沉夜色涵窗白，却訝微雲弄山月。開門淡蕩雪滿空，拂面猶疑柳花濕。一氣交感天地通，千林玉立天無風〔一〕。蓬萊宫闕墮人世，三日不見車馬蹤。鮮鮮燮燮殊未已〔二〕，此瑞應知同萬里。遠客休歌蜀道難，農夫剩有豐年喜。買牛便好事春耕，況復新來官長清。田家衣食無美惡，不困追胥死亦樂。

【校記】

〔一〕無：原作「經」，此從石蓮盦本、《全金詩增補中州集》卷五六。〔二〕鮮鮮：石蓮盦本、《全金詩增補中州集》作「霹霹」。

送李山人之燕并序。

李生湛然，年四十未嘗從事於人，偃蹇不與時人偶。每遇杯酒間，輒擊節悲歌，感慨泣下，不知者以爲狂〔一〕。生愈益放曠不羈，又好爲奇詭大言，以驚動流俗，人亦不之許也〔二〕。戊申歲春〔三〕，踵門告予曰：「男兒生不成名，死無以掩諸幽，愚不佞，誠不能與草木同腐〔四〕。竊有志於四方，先生許我乎？」余乃爲書告常所往來者〔五〕，會飲於芹溪之上。壺酒既傾，客有執巵而前者曰：「方今戎馬盈郊，熊羆虓虎之士撫鳴劍而抵掌，投壺雅歌，未聞其人。子以儒自鳴〔六〕，執古之道，求合於今之世，戛戛乎難哉。顧子之囊無十金之資〔七〕，出無代步之乘，無名公鉅卿爲主乎其内，無相生相死之友奔走於其外，上不能激濁揚清以釣聲名，下不乘機抵巇以取一時之利〔八〕，奚恃而往，其果有合哉？」余應之曰：「不然。夫適用之謂才，堪事之謂力。君子之論人，當觀其才力何如耳〔九〕，不當以勢利言也〔一〇〕。儒者事業，非常人所能知，要不過適用堪事而已。議者至謂不能取舍於當世，豈不厚誣哉。抑不知褒衣博帶者爲儒乎？規行矩步者爲儒乎〔一一〕？以是而名其儒，豈真儒者耶？昔者百里奚自鬻於秦，管仲束縛於魯，寧戚叩角而悲歌，馮驩彈鋏而長嘆，叔孫通舍枹鼓具綿蕝之儀〔一二〕，陸賈脱兜鍪進詩書之説，使數子者高卧於林丘，累徵而不起，尚何名譽之可期、屈辱之可免哉！今之諸侯，賓位尚有缺然不滿之處，肯使至寶横棄路側，狼藉而不收，苟有好義强仁，皆將善其價而沽之，况幽燕之地，士尚意氣，重然諾，習與性成者耶。生之此行，余知其必有合也。」於是乎咸賦詩以爲贈。余於交遊中最長，特爲序以冠其首。

與君把臂臨黄河，缺壺聲裏度悲歌。玉缸酒半離筵起，千里東風射馬耳。孰能忍飢學夷齊，看人鼻孔吹虹霓。莫道書生成事小〔一三〕，男兒蓋棺事乃了。劍心雄壯未能伸〔一四〕，客舍蕭條逢暮春。盧溝河上千株柳，滿地楊花愁殺人。

【校記】

〔一〕《全金詩增補中州集》卷五六「以」後有「生」字。　〔二〕之：原作「知」，此從《全金詩增補中州集》。〔三〕戊申歲春：《全金詩增補中州集》作「戊申春」。〔四〕同：《全金詩增補中州集》作「俱」。〔五〕余：《全金詩增補中州集》作「今」。〔六〕鳴：《全金詩增補中州集》作「名」。〔七〕資：石蓮盦本作「貲」。〔八〕取：石蓮盦本作泐字「□」，《全金詩增補中州集》作「邀」。〔九〕當：原作「嘗」，此從石蓮盦本、《全金詩增補中州集》。〔一〇〕勢：石蓮盦本作「世」。〔一一〕《全金詩增補中州集》此後另有「弹冠遠遊者爲儒乎」句。〔一二〕枹鼓：石蓮盦本作「柷鼓」。今按，《漢書》卷七五《李尋傳》：「順之以善政，則和氣可立致，猶枹鼓之相應也。」唐顔師古注：「枹，擊鼓之椎也。」〔一三〕小：石蓮盦本、《全金詩增補中州集》作「少」。〔一四〕劍心雄壯：石蓮盦本作「雄心雖壯」。

贈劉潤之

平生不願萬户侯，但願一識劉荆州。荆州已遠不可見，裔孫今幸從吾遊。慨然議論吐肝膽，腰間古劍鳴蛟虬。酒酣醉墨出險怪，筆勢黨恍令人愁。世人争欲得一諾，黄金不用如山丘。結交以義不以利，樂人之樂憂其憂。自從管鮑死，此道今悠悠。豈意流落中〔一〕，忽見古人儔。古來賢哲士不達，饑寒不解爲身謀。紛紛眼底知音少，幾向西風嘆白頭。

【校記】

〔一〕意：石蓮盦本、《元詩選》作「憶」。

乙巳清明遊青陽峽〔一〕

東山氣象太猛悍〔二〕，萬馬駸駸來楚甸。中分不肯割鴻溝，鍛礪戈矛期一戰。西山折北如西漢，獨餘絳灌奔而殿。誰爲劉項決雌雄，賴有韓彭力相援。盧溝直下兩水合〔三〕，泯泯暗流通一線。突爲瀑布出山口，流沫成輪浪成旋〔四〕。前逾百步落石甕，黛蓄膏渟那敢眄。沈沈南去若白虹，爲嶼爲泜互隱現。鑿開混沌幾千秋，世俗雖見如不見。今人誰有筆如椽，爲寫佳名傳寓縣〔五〕。人間佳節重清明，呼兒折簡招諸彦。一生能著幾兩屐，佳處每欲經行遍。山靈著意勸人遊〔六〕，吞吐烟霞生萬變。山阿玉女跪焚香，巖畔仙人一笑倩。居者儼若帝王尊〔七〕，劍佩雍容侍宫殿〔八〕。植者磊落如鉅人，聚立廣庭議封禪〔九〕。抉者矯矯如勇夫〔一〇〕，執戈夾陛著綦弁〔一一〕。平灘淺瀨乍可揭，溪路曲折隨峰轉〔一二〕。葛屨偏宜苔蘚滑，行襟時被薔薇罥。當面烟嵐舞翠蛟，出岫閑雲飄素練。群行不復事拘檢〔一三〕，眼正明時脚還倦。班荆共坐溪上石，粔籹濁醪具時饌。良辰無奈夕陽催，羽觴正要清歌薦。醒心况復有寒泉，玉池遍返成三嚥〔一四〕。三分春色二分休，風外飛花時一片。古人行樂欲及時，半百之年猶掣電〔一五〕。一窮到骨不自治，虚負胸中書萬卷。漫向山林老却人〔一六〕，生來不識荆州面。肝膽槎牙須酒澆〔一七〕，顧我非狂亦非狷。紛紛世無真是非〔一八〕，棄置從渠若秋扇。歸來新月偃林梢，寂寞衡門掩深院。

【校記】

〔一〕乙巳清明遊青陽峽：原作「遊青陽峽」，此從《河汾諸老詩集》《全金詩增補中州集》卷五六、《元詩選》。〔二〕太：原作「大」，此從諸本。〔三〕水：原作「山」，此從諸本。〔四〕旋：《全金詩增補中州集》作「漩」。另，《元詩選》「旋」作「淀」，同「漩」。〔五〕佳：原作「注」，此從石蓮盦本、《河汾諸老詩集》《元詩選》。〔六〕人遊：《全金詩增補中州集》《元詩選》作「遊人」。〔七〕居：《全金詩增補中州集》《元詩選》如之，注「一作坐」。〔八〕宫殿：石蓮盦本作「開宴」，《全金詩增補中州集》《元詩選》作「閒宴」。〔九〕議：《全金詩增補中州集》《元詩選》如之，注「一作如」。〔一〇〕抉者矯矯如勇夫：此從諸本作「拱」。〔一一〕夾吧：《全金詩增補中州集》《元詩選》如之，注「一作吧花」。〔一二〕曲折隨峰轉：《全金詩增補中州集》作「曲隨峰勢轉」。〔一三〕事拘檢：原作「争拘檻」，此從諸本。〔一四〕遍返：石蓮盦本作「遄返」。〔一五〕《全金詩增補中州集》、《元詩選》此後有「惟有愛山緣未斷，夢寐孱顔添健羨」二句。〔一六〕林：《全金詩增補中州集》作「中」，《元詩選》作「村」。〔一七〕牙：石蓮盦本、《全金詩增補中州集》作「枒」。〔一八〕世無真是非：《全金詩增補中州集》如之，注「一作『世上無真是』」，《河汾諸老詩集》《元詩選》即如此。

戊申四月遊禹門有感

黄河一線天上來，兩山突兀屏風開。天生聖人爲萬世，驚濤拍岸鳴春雷。冷雲直上三千丈〔一〕，石巔古廟高崔巍。斷碑歲月不可考，丹書剥落空莓苔。吁嗟去古蓋已遠〔二〕，荒辭漫汗相驚猜。安居平土果誰力，愚民耳目誠可哀。一聲漁笛起何處，滄洲雅興還悠哉。

【校記】

〔一〕丈：《全金詩增補中州集》卷五六、《元詩選》作「尺」。〔二〕吁嗟：諸本作「嗟乎」。

正月十六日夜雪

正月望夜夜氣交，長空月輝生白毫。東風淡蕩振林木，春雲滃鬱翻驚濤。望中已覺没河漢，坐中不見群山高。打窗雪片大如手，蒼髯驚瘁磔蝟毛〔一〕。我意天心厭誅戮，净洗戰血除腥臊。方今廊廟已備具，左有夔龍右有咎〔二〕。愛民親賢急先務，朱輪皂盖馳英豪。遺黎幸脱瘡痍阨，謳吟聖世心堅牢。驅牛負耒過門户〔三〕，至死不復遠遁逃〔四〕。白頭老儒最無用，天生魯鈍非時髦。日月消磨兩蓬鬢，天地飄零一緼袍。詩書自足教稚子，藜藿猶能飫老饕。清晨喜看蔬圃潤〔五〕，而可暫息抱甕勞。蘭芽含甲未出土，蕭艾覆壠已可薅。閑中事業淡無味，佳趣纔如食蟹螯。興來歌詠適情性，背癢似得麻姑搔。芹山峭崒寒石瘦〔六〕，芹水澄澈春蒲桃。直緣山水久留戀〔七〕，日向溪頭醉濁醪。青雲富貴豈不願，蟠木輪囷寧自韜。結搆大厦要梁棟，操割清廟須鸞刀。功名倘可跂契稷，跳梁里巷誇兒曹。君不見昔在周王師吕望，快若逢尹彎烏號。大人虎變固莫測，運命由來有所遭。蓬萊方丈在何處，我將入海恣遊遨。天風飄飄鯨背穩〔八〕，下視塵世空嘈嘈。《二妙集》卷一。

【校記】

〔一〕鶩瘁，諸本作「噤瘁」。 〔二〕咎：石蓮盦本作「皐」。 〔三〕過：《全金詩增補中州集》卷五六、《元詩選》作「復」。 〔四〕死：《全金詩增補中州集》作「今」。 〔五〕看：石蓮盦本作「有」。 〔六〕崷：原作「崗」，石蓮盦本、《元詩選》作「岡」，此從《全金詩增補中州集》。今按，漢班固《西都賦》：「巖峻崷崒，金石崢嶸。」見《文選》卷一。另，諸本「石」作「玉」。 〔七〕山水：原作「山水」，此從諸本。 〔八〕天：原作「大」，此從諸本。

新編全金詩卷六二

段克己 二

五言律詩

方平道中二首

沙軟新經雨，風輕不起塵。溪山隨處好，花柳著行新。放浪聊終日，蹉跎又一春。行年已如此，猶復向來人。

病怯春衫薄，衰憐葛屨輕[一]。平蕪迷舊迹，幽鳥變新聲。興與雲俱遠，心同水共清。膠膠還擾擾，回首笑浮生。

【校記】

〔一〕屨：《全金詩增補中州集》卷五六作「履」。

微雨後偶成二首

孤憤憑誰訴，長歌聊自怡。整衣憐瘦減，扶杖覺衰遲。小飲非愁敵，輕寒與睡宜。今朝春雨好，稚子莫啼饑。

寂寂春歸後，悠悠夢覺時。病添花懊惱，愁耐酒禁持。瓶貯無多粟，囊封有許詩。倚床獨成笑〔一〕，此意豈人知〔二〕。

【校記】

〔一〕獨成笑：《全金詩增補中州集》《元詩選》作「成獨笑」。〔二〕豈：《全金詩增補中州集》《元詩選》作「幾」。

余僑居龍門山十有餘年封張二子日從余遊而貧又甚焉因寫所懷兼簡二子共成一笑

病久慵增劇，途窮事轉迂。木兼形共槁，錐與地俱無。醉語勞揮麈，悲歌漫叩壺。鮮鮮籬下菊，笑汝益羈孤。

仲堅見和復用韻以答

道在山林勝，心閑歲月迂。家風貧更好，習氣老難無。目力分詩卷〔一〕，生資負酒壺。儒冠三十載，轉覺此身孤。

賦就慚辭拙，書成共笑迂。學傳三世舊，用處一分無。衰鬢頻看鏡，流年付挈壺。悠悠身外事，目斷塞雲孤。

避事嘗辭劇，爲儒不厭迂。能貧從古少，好學似君無。行李書填案，生涯藥滿壺。緹縈真孝子，猶足慰煢孤。

一飽不易得，身謀方信迂。家徒四壁立，囊至一錢無。但喜心如水，那憂腹似壺。我窮君更甚，此德未全孤。

【校記】

〔一〕目：諸本作「日」。

枕上再賡前韻

幾年成懶散，一榻了慵迂。詩酒心猶在，功名夢亦無。雨來催覓句，鳥去勸提壺。静裏那須此，應憐客意孤。

野步仍用韻示封張二子

散策溪頭路，溪回路更迂。山隨行處好，人似往年無。波静魚千里，天晴春一壺。龍門何限景，歲晚不相孤。

信步不知晚，歸途那計迂。一歡閑裏足，萬籟静中無。藉草便成席，酌泉聊代壺。娟娟林外樹，江月伴人孤。

李山人湛然始生之朝座客各賦詩爲壽亦作四韻以期所未至不特稱道而已庶幾盡朋友相成之義云

脱迹豺狼外，容身鷲雁間。虚舟元不繫，倦翼自知還。飲水猶能樂，編茅足可跧。莫教方寸地，空負一生閑。

封仲堅挽詞

但怪經過少，那知生死分。繐帷徒見像，尊酒罷論文。楄柎人爲具，丘墳誌共聞。世無韓吏部，爲爾惜盧殷〔一〕。

窀穸無時旦，行年甫過先。歸心終莫遂，遺恨竟空填。伯道名雖著，中郎業不傳。素書功未卒，誰爲理殘編。君嘗注《素問》等書〔二〕，未竟而逝。好事分去，皆寶藏之。

賣藥安垂老，看書祇自資。依依姑射恨，渺渺奉先思。誰恤蕭存後，徒昌東野詩。孤魂招不得，獨坐涕垂頤。

蕭散青牛客，君嘗乘青牛，以竹筒貯藥腰間，療疾無不愈者，故云。伊余有素期。詩成先取示，酒熟顧令知〔三〕。夜被嘗同覆，朝笻復共揩。豈期行樂地，回首總成悲。

誰謂如膠漆，中年永別離。崩摧五内熱，契闊一生悲。對月聽歌處，圍爐把酒時。凄然獨不見，何以慰相思。

【校記】

〔一〕惜：石蓮盦本作「借」。〔二〕君嘗注素問等書：原作「君嘗集素書等」，此從石蓮盦本。今按，《素問》全稱《黃帝内經素問》，經唐人王冰訂補，編爲二十四卷，計八十一篇。〔三〕顧：石蓮盦本作「預」。

張器之雄飛亭

落魄張公子，身貧志不凋。鸞棲辭枳棘，鵬翼上扶摇。季子終懷印，相如竟過橋。香名膾人口〔一〕，詩句大牛腰。

【校記】

〔一〕香名：《全金詩增補中州集》卷五六作「名香」。

七言律詩

壽家弟誠之

道行不得且栖遲，一唯誰傳魯仲尼。瑞世不求麟鳳質，急難空賦鶺鴒詩。玉堂金馬知何處，白石清泉有素期。但使平生忠義在，樂天知命復奚疑。

乙未人日飲范君子和齋酒酣賦詩呈座上諸君〔一〕

正月七日春欲動，拂面東風力尚微。且貪席上賓朋樂，未覺平生事業非。青山綠水俱可隱，白髮蒼顏胡不歸〔二〕。會須高挹浮丘袂〔三〕，千仞崗頭一振衣。

【校記】

〔一〕齋：石蓮盦本、《全金詩增補中州集》卷五六無。　〔二〕蒼顏：原作「蒼頭」，此從石蓮盦本、《全金詩增補中州集》。今按，《歐陽修集》卷三九《醉翁亭記》：「蒼顏白髮，頹然乎其間者，太守醉也。」

〔三〕挹：石蓮盦本、《全金詩增補中州集》作「揖」。

五月二十三日夜分雨作凉風颯然木葉蕭瑟絶似往年七八月感時物之變不能爲懷漫浪成詩聊以自適[一]

雲壓虚簷黯不收，雨聲飛落碧山頭[二]。簾幃清徹三更夢，枕簟凉生五月秋。入夜悲風何淅瀝，先時病葉已颼飀。心非木石能無感，唤起悠悠故國愁[三]。

【校記】

[一]聊以自適：原作「聊以自釋」，此從諸本。[二]落：諸本作「妥」。[三]故國：《全金詩增補中州集》卷五六、《元詩選》作「去國」。

寄仲堅漢臣二子

經春日日卧空廬，門巷蕭條長者車。一卷時看王湛易，數行慵寄子公書[一]。風光少得如人意，顔面從教與世疏。聞健不來花下醉，明年花發定何如。

【校記】

[一]慵：《全金詩增補中州集》卷五六、《元詩選》作「嬾」。

誄雙峰興上人

試圓石上再生身[一]，嘯月吟風性益真。解脱蓮花祛夢幻，忽驚野馬逐埃塵。雙峰莫遂幽棲志，一鉢誰爲嫡嗣人。便恐叢林無正脈，爲君一哭涕横陳。

【校記】

〔一〕圓：《全金詩增補中州集》五六作「尋」。

和家弟誠之詩社燕之作

膠膠世事久經諳，肯著紅塵換翠嵐。騏驥捕鼷非所任，干將補履豈其堪〔一〕。老無成事惟多懶，少不如人何更貪。花下一杯誰伴我，清風明月便爲三。

欲歸誰不遣君歸，却恨歸來事事違。烽火未休家信少，山川良是故人稀。黄金入手還能散，白雪盈頭不肯飛〔二〕。試問春愁都幾許〔三〕，長江滚滚日暉暉。

人皆笑我我忘機，我愛青山真得歸〔四〕。肯學班超謀肉食，更憐京兆泣牛衣。心非理義焉能悦〔五〕，道勝紛華是故肥。獨坐鈎簾心語口，回頭四十五年非。

【校記】

〔一〕其：《全金詩增補中州集》卷五六、《元詩選》作「能」。　〔二〕雪：《全金詩增補中州集》《元詩選》如之，注「一作髮」。　〔三〕都：《全金詩增補中州集》《元詩選》如之，注爲「多」。　〔四〕真：石蓮盦本作「直」。　〔五〕焉：石蓮盦本作「烏」。

紅梅用誠之弟韻二首

梅花香裏倚蒲團〔一〕，萬事人間總不干。醉夢每憐春意淺，詩魂長繞夜枝寒。記曾上苑溪邊見〔二〕，又向前村雪裏看。回首青蕤已如豆，齒牙衰朽怯微酸。

小梅初破月團團，戲蝶遊蜂未敢干。醉臉不禁經宿雨，芳心似欲訴朝寒。乍驚別後容華換，更與尊前仔細看。便好栽培近東閣，免教風味一生酸。

【校記】

〔一〕倚：《全金詩增補中州集》《元詩選》作「滿」。　〔二〕溪邊：《全金詩增補中州集》作「枝頭」，《元詩選》作「溪頭」。

癸卯春二月有五日衛生襲之誕日也座中生捧巵酒乞言〔一〕因用景純壽日詩韻以答盛意兼謝不敏

壓倒詩人白與元，淋漓醉墨出佳篇。心澄寒玉泉中水，衣惹霜巖頂上煙。歲晚相依清士瘦〔二〕，窮途漸覺麴生賢。黃冠野服從人笑，自斷此生休問天。

【校記】

〔一〕座：《全金詩增補中州集》作「坐」。　〔二〕清：《全金詩增補中州集》作「青」。

自訟

無將大車塵冥冥，無邇宵人惡易形。吏部有書慚薦李，萊公躬軸謬推丁〔一〕。慎交已昧書中戒，悔過聊書座右銘。自是昌陽堪引壽，不須辛苦進猪苓。

【校記】

〔一〕躬軸：石蓮盦本、《全金詩增補中州集》卷五六作「當軸」。

彦衡喪子鄉社諸君皆有詩以慰其哀余忝交游之長烏能無言因賦此以贈之

昔年曾讀樂天詩，晚歲情鍾玉雪兒。今日爲君重感嘆，片時何意便乖離。迎門猶記牽衣笑，撫榻空懷漲乳悲。夢裏不知生死隔，舊嬉遊處細尋推。

丁未新正與詩社諸公園亭宴集彦衡有詩衆皆屬和一時樽酒賓席之勝殆可樂也余雖老顧不可虚盛意勉爲賦此〔一〕

秋去冬來春又催，昆明信有劫餘灰。心遊碧落絲千尺，夢繞瓊林日幾回。處世秪宜同鹿豕，和羹誰復憶鹽梅。老來筆力猶强健，一首新詩酒一杯。

【校記】

〔一〕丁未新正：《全金詩增補中州集》作「丁巳春」。今按，此處「丁巳」指蒙古憲宗七年（一二五七），而克己卒於甲寅歲（蒙古憲宗四年、一二五四），當以「丁未」（蒙古定宗二年、一二四七）爲是；樽酒，《全金詩增補中州集》作「樽俎」。

馮弟自北山來出其舊所爲詩三百餘篇〔一〕雖未暇盡讀嘗鼎一臠足知餘味吾弟離群索居無師友之益能自道其所志蓋絶無而僅有者也雖然掘井九仞而不及泉猶爲棄井耳適漢臣張君見過論文話舊以及吾弟之賢因作詩許其所已能而勉其所未至以寄之幸時復觀覽以自警省勿徒實篋笥而已

少年事業莫蹉跎，聽我尊前一曲歌。鑄劍必期經百煉，爲文固自要三多。凡胎須得丹砂换，壯志休辭鐵硯磨。平地爲山由一簣，詞源他日看銀河〔二〕。

【校記】

〔一〕三百餘篇：石蓮盦本、《全金詩增補中州集》卷五七作「百餘篇」。　〔二〕銀：《全金詩增補中州集》作「傾」。

讀張志和傳

一葉輕舟一釣綸，朝廷無處覓玄真。太虚明月爲知己，細雨斜風不著人。西塞貪看飛白鷺，東華忘却軟紅塵。還思擾擾求名者〔一〕，肯信人間有逸民。

【校記】

〔一〕求名者：《全金詩增補中州集》卷五七作「馳名者」。

排遣〔一〕

四海干戈戰血腥，頭顱留在更須名〔二〕。病尋藥物爲閑計，悶引文書作睡程。萬事轉頭慵挂眼，一杯到手最關情。此身定向山間老，我與山英有舊盟。

【校記】

〔一〕排遣：《全金詩增補中州集》卷五六、《元詩選》作「排悶」。　〔二〕頭顱：諸本作「頭皮」。

雄飛亭主人張君器之有龍庭之行賦詩爲餞

千丈虹霓卷壯圖，幾回彈鋏嘆無魚。南溟久滯垂天翼，北闕誰飛薦鶚書。投筆尚希班定遠，題橋終遂馬相如。浩歌若過燕山市，爲我登臺弔望諸。

蘭丈晚節軒〔一〕

晚節誰能識此君，一官不復任浮沉。蟄龍未起三冬卧，老驥猶存萬里心。陶令不來尊有酒，嵇康已逝室無琴。横溪文字光千古，舊有新詩播士林。

【校記】

〔一〕丈：原作「文」，刊誤，此從石蓮盦本。

壽縣大夫薛寶臣

薛姓嬋嫣自古分〔一〕，君侯苗裔萃其門。已聞佳績多前古，更溢餘波及後昆。久屈祥鸞棲惡枳，稔推利器遇蟠根。徵書未至身閑暇，且看尊前舞袖翻。《二妙集》卷三。

【校記】

〔一〕嬋嫣：《全金詩增補中州集》卷五七作「蟬嫣」。今按，《柳宗元集》卷四一《祭從兄文》：「我姓嬋嫣，由古而蕃。」注：「嬋嫣，連也。」至於蟬嫣，亦作蟬焉、單閼，歲陰名，即卯年别稱。

新編全金詩卷六三

段克己 三

絶句

九日山園小宴取五柳公采菊東籬下爲韻賦詩侑觴五首

世無李元禮[一]，誰容孔北海。長歌歸去來，籬菊無人采。

古來賢哲人，餓死填空谷。清尊幸不空[二]，且醉籬邊菊。

風雨山城暮，黄花自滿叢。幽懷若爲寫[三]，正要玉西東。

愛酒陶元亮，持杯對菊枝。醉時催客去[四]，猶復有藩籬。

饑餐秋菊英，采采不盈把。日落西山昏，獨坐衡門下。

【校記】

〔一〕李元禮：原作「李元膺」，此從石蓮盦本。今按，李元禮名膺，東漢潁川襄城人。嘗爲司隸校尉，與下句「誰容孔北海」，典出南朝宋劉義慶《世説新語》卷上《言語第二》。至於李元膺，乃北宋詞家，與此詩無涉。　〔二〕尊：石蓮盦本作「杯」。　〔三〕若：《全金詩增補中州集》卷五七作「君」。

〔四〕催：《全金詩增補中州集》作「推」。

仲冬之初家弟誠之自芹溪得紅梅數枝作三詩以見意夜歸枕上次韻簡山中二三子三首

十月梅花春未知，竹間璀璨出斜枝。耐寒巧作新妝面，絶勝含章簷下時。

顔色馨香幾箇知，叢篁深處見横枝。孤標衹得詩人愛，華様而今不入時。

梅格孤高只自知，恥隨桃李鬥新枝。天寒翠袖依修竹，却在橙黄橘緑時。

盧希顔草蟲横披

牛李黄蘆相並枝〔一〕，秋蟲蕭灑弄幽姿。畫師老筆生新意，寫出無聲七月時〔二〕。

【校記】

〔一〕牛李：《全金詩增補中州集》卷五七作「苦竹」。　〔二〕時：石蓮盦本、《全金詩增補中州集》作「詩」。

暮春有感三首

忙携歌酒趁清歡，桃李多能幾日看〔一〕。欲識詩人愁絶處，花開時節一憑欄〔二〕。

春到蕪菁事已非，杜鵑看又唤春歸。幽香一點無尋處，燕蹴飛紅染客衣。
及時行樂不應遲，管領風光更有誰。花落花開春又去，都能消得幾篇詩。

【校記】

〔一〕多：《全金詩增補中州集》卷五六、《元詩選》作「都」。　〔二〕花開：諸本作「落花」。

翠微上人病間

嘆息維摩老病身，散花丈室久無人。呼兒却問文殊疾，公案而今特地新〔一〕。

【校記】

〔一〕特地：石蓮盦本作「脱地」。

梅花十詠

憶

姑射仙人冰雪膚，昔年伴我向西湖。别來幾度春風换，標格而今似舊無。

夢

天仙邀我醉瑶臺，春向飛瓊笑裏回。爲報梨花緣已斷，休將雲雨下山來。

尋

風流誰似李三郎，不記仙姿委路旁。天上人間無覓處，風來羅幕只聞香。

探

虢國夫人約素身，不教脂粉涴天真。一班曾向春前見，顔色如今更可人。

乞

寄語詩人林隱君，水西千樹要平分。玉顔絳領堪娱老，御史何勞覓紫雲。

折

白玉堂深夜色寒，玉兒和月倚蓬山。高情不似章臺柳，也許餘人取次攀。

嗅

手撚冰蕤步月華，暗香先已透垂瓜。壽陽畢竟無才思，但卧含章拂落花

浸

玉骨渾將山麝薫〔二〕，冰肌得水更精神。凌波微步東風軟，羞殺當年洛浦人。

浴

脈脈晴天翠幕張，玉環月底按霓裳。却嫌塵污香羅襪，故著温泉爲洗妝。

惜

窈窕銀屏掩畫堂，爲嫌玉瘦怯昏黄〔二〕。落英猶可爲香爇，不學翾風老退房〔三〕。

【校記】

〔一〕薰：石蓮盦本作「熏」。〔二〕怯：石蓮盦本作「怵」。〔三〕翾風：石蓮盦本、《全金詩增補中州集》卷五七作「翔風」。

花木八詠〔一〕

海棠風

玉妃酒暈透香肌，滿頰嬌紅睡起時。小立沈香亭子外，釵横鬢亂任風吹。

楊柳煙

舞罷霓裳醉似泥，六宫誰敢鬥腰肢。侍兒扶起嬌無力〔二〕，雲母屏深午醒遲。

荷葉露

仗下華清賜浴時，温泉香膩洗凝脂。團花翠壁琉璃滑，狼藉珠璣醉不知。

葵花日

晚日穿花透翠帷〔三〕，環兒軟語訴分離。髮膚之外皆君賜，妾自傾心君不知。

菊花霜

風簾斜揭玉鈎欄，端正樓高燭影殘。宿酒困人梳洗懶，從教殘粉涴金鈿。

芭蕉雨

梨園子弟去無蹤，門掩蓬萊繡帳空。寂寞緑窗深夜雨，傷心不獨有梧桐。

梅花月

蓬島春寒減玉肌，却憑羽客寄相思。憑肩私語長生殿〔四〕，惟有當時好月知〔五〕。

山茶雪

娘子宫中儀體新，八姨羞把舊妝匀。畫羅瑞錦難相稱，故著龍香簇絳巾。

【校記】

〔一〕八詠：《全金詩增補中州集》卷五六作「十詠」，自注「録四」。　〔二〕起：《全金詩增補中州集》卷五七作「立」。　〔三〕晚日：石蓮盦本作「曉日」。　〔四〕肩：《全金詩增補中州集》卷五七作「欄」。

〔五〕惟：石蓮盦本作「准」，餘作泐六字「□□□□□□」。

退之留别大顛圖

吏部文章日月光，平生忠義著南荒。肯因一轉山僧語，换却從來鐵石腸。

漢陰抱甕圖

鑿井爲畦並漢臯，區區抱甕不辭勞。古人伎倆今人笑，舉世師師尚桔槔。

丁未三月二十八日縣大夫薛君寶臣過余芹溪精舍酒間雨作時方苦旱喜而賦之

麥田日日起黄埃，官長憂民意不開。底是山靈多嫵媚〔一〕，故驅風雨過江來。

【校記】

〔一〕是：《全金詩增補中州集》卷五六作「事」。

明日李生湛然見和仍韻答之二首

東風吹雨細纖埃，尊酒相逢盡日開。不是官閑公事少，此中能得幾回來。

日烘窗户裊輕埃，醉眼朦朧尚倦開。不是故人留顧盼，衡門未省有人來。

壽衛生襲之

去年即席賦新詩，今歲迎門把酒巵。似此相逢能幾度，莫教虚負百年期。

爲龍門史師壽不遇

香霧霏霏曉未開，一尊特地爲君來。仙翁落魄知何處，貪醉蟠桃不肯回。

楊生彦衡袖初夏三數詩過余徵和雖勉强應命格韻枯槁深慚見知十首

枝頭梅子半傳黄〔一〕，門巷陰陰午景長。爲語兒童休報事，乃翁方且作詩忙。

刁騷短髮半垂黄，深覺閑中氣味長〔二〕。買得西山猶是錯〔三〕，往來杖履却成忙〔四〕。

薔薇經雨隕輕黄，芍藥翻階竹筍長。年少往來長不住，恰如蜂蝶爲花忙。

案上新經未入黄，風簾不動篆煙長。須知静裏乾坤大，不覺飛空日月忙。

奏賦當年對赭黄，漁樵今日話偏長〔五〕。青山緑水無窮意，信使人生空自忙〔六〕。

酒熟江村擘蟹黄，論詩看劍引杯長。閑身散懶無拘束〔七〕，笑殺君房醉裏忙。

老來閉口罷雌黄〔八〕，書卷慵拈白日長。門掩東風無客過，不知人世有閑忙。

不求紆紫與懷黄，竹杖芒鞋野興長。信步芹溪溪上路，楊花又是一番忙。

晨興賞翫抵昏黄，晝短其如夜苦長。秉燭醉歸君莫怪，一生能得幾回忙。

蟾蜍詎可逐飛黄，雲海茫茫去路長。世外仙方無分得，漫勞心力一生忙。

【校記】

〔一〕傳：原作「傳」，此從石蓮盦本。〔二〕氣：《全金詩增補中州集》卷五七作「意」。〔三〕西：石蓮盦本、《全金詩增補中州集》作「語」。〔四〕履，石蓮盦本作「屨」。〔五〕話：《全金詩增補中州集》作「溪」。〔六〕信使：《全金詩增補中州集》作「始信」。〔七〕散懶：《全金詩增補中州集》作「懶散」。〔八〕閉：原作「閑」，此從石蓮盦本、《全金詩增補中州集》。

送雙白渠使梁君二子北上

連壁雙飛二鳳毛，眼明又復識英豪。鸞聲噦噦朝天日〔一〕，想有新詩奪錦袍。

【校記】

〔一〕噦噦：《全金詩增補中州集》卷五七作「嘒嘒」。今按，「噦噦」與「嘒嘒」音同，俱象聲詞。

送故人子赴燕

莫謂城南尺五天，此行幾日到幽燕。昂霄聳壑從兹始，萬里青雲穩著鞭。

雜言

壽家弟誠之二首

贈君以湘山桃竹之杖，酌君以崑丘玉液之泉。泉以益肺腑之清氣，杖以扶貞節於暮年。迺命童子，敬設几筵，抽中山秋兔之毫，舒浣花五色之箋，滌端溪彘肝之研，磨伊川老松之煙。遂含情而抒思，寫棣萼之新篇。請君聽我歌，歌聲咽塞而不傳〔一〕。玉堂金馬在何處，姑山汾水空連綿。世人所後我所先，此生安得不迍邅。但能道義追淵騫，何妨坐客寒無氈。鳥棲深林魚泳淵，膏以其明還自煎。文字點勘費丹鉛，朝夕胡爲粥與饘。百年飄忽如流川，今日已覺昨日賢。青州從事殊可憐，徑須呼至黃花前。一酌入口百憂捐，與君曝背同醉眠。

朝采西山芹，暮卧西山雲。十年混跡鹿豕群，閉户不出避世紛，胸中涇渭外不分。鶴以聲自聞，薰以香自焚。續經不用如河汾，教子讀書事耕耘。佇期道化行汝墳，敲門載酒來數君〔二〕。徑呼大白與策勳，令徵前事兼論文。奇語間出張吾軍，不覺庭柯眄夕曛。爛醉西風樂我真，雄國有狗方狺狺。

【校記】

〔一〕而：《全金詩增補中州集》卷五七作「意」。　〔二〕來：原作「米」，此從石蓮盦本。

景純浩然見過徑飲成醉夜雨中作比近五鼓月色滿空曉起書長語贈二子〔一〕

退之方北歸，見蠍即成喜〔二〕。東坡還泗上，鐸聲欣入耳。而况羈旅中，解后遇知己。東風淡蕩百草芳，遊絲飛絮白日長。一杯相祝對流水〔三〕，白酒微帶溪芹香〔四〕。漁歌樵唱競相屬〔五〕，不覺半山無夕陽。醉卧山堂聽山雨，冰雪對床揮夜語。一燈照壁映悠悠，恰似孤舟泛青楚。夢回酒醒明月高，風雨向來無處所。人生哀樂本皆空，莫令身世如飛蓬。

【校記】

〔一〕比：原作「此」，此從諸本。〔二〕蠍：原作「諤」，此從石蓮盦本。另，《全金詩增補中州集》卷五六、《元詩選》作「蝎」，同「蠍」。今按，宋陳巖肖《庚溪詩話》卷下：「靖康初，（梅和勝執禮）以翰林學士召，其謝表有曰：『喜照壁間而見蠍，乍離楓下而聞鐘。』蓋『照壁喜見蠍』，此韓退之詩句也。」〔三〕對：《全金詩增補中州集》作「屬」。〔四〕溪芹香：《全金詩增補中州集》《元詩選》作「芹溪香」。〔五〕競：石蓮盦本作「竟」。

贈醫者呼延生并引。

外醫之名，非古也。今人徒見瘡瘍發見於皮膚之外，針砭可得而攻之，因謂之外醫。然則解肌剖腹、湔洗腸胃、漱滌五臟者，其亦外醫耶？殊不知聽聲、視色、察氣、觀脈，以知病之所在，湯熨以治其腠理，針石以達其血脈，酒膠以盪其腸胃，扶虛疏實，抑過補憊，疾無不起者。今呼延生之療疾也，湯劑砭焫〔一〕，各隨所施，無不立愈。嗚呼！非得之於内、應之於外，烏能取效如此之速乎？生喜飲酒，人之所酬無厚薄，不以介意，一寓之酒。其真得於酒耶？余賢其爲人，故賦詩以贈之。

君不見南齊潘聚師，禁耳出箭鏑。又不見唐人孫甑生，祝石使相擊。祝溪溪不流，徐登先破的〔二〕。以樹徙癰疽，伯宗多偉績。後來便説呼延生，神異一時無匹敵。誓言拯衆疾，猶己有饑溺〔三〕。吐氣作雲霓，掉舌飛霹靂。炎涼隨手變，衆苦已蕩滌。百謝不一願〔四〕，黄金同瓦礫。飲酒過百餘〔五〕，醉不遺涓滴。歸來掩關卧，瑶琴閑掛壁。所至以義合，無莫亦無適。衡門時見過，笑語慰岑寂。却愁仙籍告功成，便恐人間無處覓。

【校記】

〔一〕焫：《全金詩增補中州集》卷五七作「灸」。今按，「焫」同「爇」。〔二〕徐登：《全金詩增補中州集》作「操術」。〔三〕己：原作「已」，此從《全金詩增補中州集》。〔四〕願：石蓮盦本、《全金詩增補中州集》作「顧」。〔五〕百餘：石蓮盦本作「百觚」，《全金詩增補中州集》作「斗餘」。

癸丑中秋之夕與諸君會飲山中感時懷舊情見乎辭〔一〕

少年著意做中秋〔二〕，手捲珠簾上玉鈎。明月欲上海波闊，瑞光萬丈東南浮。樓高一望八千里，翠色一點認瀛洲。桂華徘徊初泛灩，冷溢杯盤河漢流。一時賓客盡豪逸，擁鼻不作商聲謳。無何陵谷忽遷變，殺氣黯慘纏九州。生民冤血流未盡，白骨堆積如山丘。比來幾見中秋月，悲風鬼哭聲啾啾。遺黎縱復脱刀戟〔三〕，憂思離散誰與鳩。回思少年事，刺促生百憂。良辰不可再，尊酒空相對。明月恨更多，故使浮雲礙。照見古人多少愁，懶與今人照興廢。今人古人俱可憐，百年忽忽如流川。三軍鞍馬閑未得，鏡中不覺摧朱顔。我欲排雲叫閶闔，再拜玉皇香案前。不求羽化爲飛仙，不願雙持將相權。願天早錫太平福〔四〕，年年人月長團圓。

【校記】

〔一〕癸丑：《全金詩增補中州集》卷五六、《元詩選》作「癸卯」。今按，癸丑歲值蒙古憲宗三年（一二五三），癸卯指蒙古太宗乃馬真后稱制二年（一二四三）。姑仍之，俟考。〔二〕倣：《全金詩增補中州集》作「賞」，《元詩選》作「仿」。〔三〕戟：石蓮盦本作「機」，《全金詩增補中州集》《元詩選》作「几」。〔四〕錫：《全金詩增補中州集》《元詩選》作「賜」，通。

史伯友好禮齋

禹門山壁石巃嵸，驚濤拍岸石疑動。奔騰西去疾於飛，千里一折不旋踵。山水不得獨當奇，異氣鍾人生將種。乃翁陰德及後昆，墓木而今猶未拱。大兒膂力號絶人，挾槊彎弧賈餘勇。

小兒精神大於身，野鶴乘風欲高聳。人物風流此一時，坐使山河價增重。讀書已能了大義，稼穡還知依畝隴。孰謂人間杞梓材〔一〕，肯與樗櫟同臃腫。良心一發不可遏〔二〕，油然而上若泉湧。悦親誠身固有道，不得乎友深自悚。一毫驕氣不可作，好禮名齋心益竦〔三〕。敷陳几席待佳士，却掃門庭謝凡冗〔四〕。善言亟聞聞必拜，未之能行後惟恐〔五〕。結襪何嘗愧古人，親詣仍能越常奉。慎恭勇智咸有節，人僞不私無所壅。汝之所得亦已多，更須道義相切磋。佳時勸客金叵羅，主人起舞客齊歌。遯庵野瘦鬢已皤，坐中不覺衰顔酡〔六〕。六龍苒苒奔羲和，年年事業毋蹉跎。君其爲我疾揮魯陽戈，我亦浼君顛倒挽黄河。他時策杖重來過，更名此里爲鳴珂，名與西山俱不磨。

【校記】

〔一〕材：石蓮盦本作「林」。　〔二〕發：《全金詩增補中州集》作「變」。　〔三〕竦：石蓮盦本作「悚」。

〔四〕掃：原作「歸」，此從石蓮盦本、《全金詩增補中州集》。　〔五〕後：《全金詩增補中州集》作「復」。

〔六〕衰：《全金詩增補中州集》作「醉」。

飽食箴示同志二三子

飽食終日，無所用心。方寸之微，萬慮來侵。外物爲誘，内即慆淫。醉生夢死，桎梏亦深。夜氣不足，弗違獸禽。博奕猶賢，虚廢光陰。凡百君子，尚服攸箴。

贈薛寶臣疏梅凍雀圖并以頌之

玄冥司候，百卉具衰，此花獨秀於江之湄。傲雪凌霜，冰清玉潔，孤根盤石，凍柯浸月。意彼寒雀〔一〕，婉姿相依〔二〕。飲香啄蘂，生死不離。歲暮貞心，粲粲清節。孰與薦延，移歸金闕。鳳鳥不至，惡木日滋。窮通有命，舍是奚爲。

【校記】

〔一〕意：《全金詩增補中州集》卷五七作「維」。〔二〕姿：石蓮盦本、《全金詩增補中州集》作「變」。

陳丈良臣誕彌令日謹拜手而獻頌〔一〕

矯矯夫君，由義居仁。風姿飄然，野鶴孤雲。古有逸士，今具其真〔二〕。四海鼎沸，克全厥身。我知天意，未喪斯文。不辱其身，不降其志。道惟守一〔三〕，過能不貳。明是辨非，存真去僞。淵明不仕，豈其本意。于嗟麟鳳，不爲世瑞。蕭然環堵，詩書自怡。耕田而食，紡績而衣。素琴掛壁，白酒盈巵。動容言行，一國之師。苟微斯人，吾誰與歸。《二妙集》卷六。

【校記】

〔一〕詩題「獻頌」後原有「曰」字，兹删。〔二〕今：原作「全」，此從石蓮盦本。〔三〕惟：石蓮盦本作「維」。

集外補遺

楸花

楸樹馨香見未曾，牆西碧蓋聳孤稜。會須雨洗塵埃盡，看吐高花一萬層。元房祺《河汾諸老詩集》卷六。

新編全金詩卷六四

楊奂一

楊奂，字焕然，號紫陽，乾州奉天（今陝西省咸陽市乾縣）人。性嗜讀書，博覽强記，連蹇不第，仍自强不息，有「關西夫子」之譽。天興二年，汴京陷落，微服北渡。戊戌歲（蒙古太宗十年、一二三八），年五十三，就試東平，兩中賦論第一，授河南路課税所長官兼廉訪使。癸丑歲（蒙古憲宗三年、一二五三），請老歸鄉。兩年後卒，年七十，謚文憲①。奂不治生產，不取非義，爲官十年而家無十金之業。然其周困急，恤孤遺，扶病疾，助葬祭，猶强勉爲之。遺山元好問評曰：「君志立而學富，器博而用遠，使之官奉常，歷臺諫，掌辭命，治賓客，必有大過人者。白首見招，日暮途遠，有才無命，可爲酸鼻。」②明人宋廷佐評曰：「其所著述，皆光明俊偉，有中原文獻之遺，非南宋江湖諸人氣含蔬筍者可及。」③嘗著《還山集》一百二十卷、《概言》十卷、《正統》六十卷、《天興近鑑》三十卷等。兹輯詩一

---

①《元史》卷一五三《楊奂傳》，中華書局一九八三年。
②《遺山先生文集》卷二三《故河南路課税所長官兼廉訪使楊君神道碑》，《四部叢刊》本。
③清紀昀等《四庫全書總目》卷一六六《集部別集類·還山遺稿》，中華書局一九九七年。

百三十四首。

楊奂詩載《還山遺稿》，以《關隴叢書》本爲底本，校以文淵閣四庫全書本（文淵閣本）、文津閣四庫全書本（文津閣本）、清顧嗣立《元詩選二集》乙集《楊廉訪奂》（《元詩選》）；文淵閣四庫全書本《元詩選》二集卷四《楊廉訪奂》（四庫本《元詩選》）、《（民國）乾縣新志》所附《楊文憲公遺著》（方志本）等有關文獻。

五言絶

録汴梁宫人語十九首

一入深宫裏，經今十五年。長因批帖子，呼到御牀前〔一〕。

歲歲逢元夜，金蛾鬧簇巾。見人心自怯，終是女兒身。

殿前輪直罷，偷去賭金釵。怕見黄昏月，殷勤上玉階。

翠翹珠掘背，小殿夜藏鉤。驀地羊車至，低頭笑不休。

内府頒金帛，教酬賀節盤。兩宫新有旨，先與問孤寒。

人間多棗栗，不到九重天。長被黄衫吏，花攤月賜錢。

仁聖生辰節〔二〕，君王進玉巵。壽棚兼壽表，留待北還時。

邊奏行臺急，東華夜啓封。内人催步輦，不候景陽鐘。

畫燭雙雙引，珠簾一一開。輦前齊下拜，歡飲辟寒杯。

聖躬香閣内[三]，只道下朝遲。扶仗嬌無力，紅綃貼玉肌。

今日天顔喜，東朝内宴開。外邊農事動，詔遣教坊回。

駕前雙白鶴，日日候朝回。自送鑾輿去，經今更不來。

陡覺文書静，相將立夕陽。傷心寧福位，無復夜熏香[四]。

二後睢陽去，潛身泣到明。卻回誰敢問，校似有心情[五]。

爲道圍城久，妝奩鬭犒軍。入春渾斷絶，飢苦不堪聞。

監國推梁邸，初頭静不知。但疑牆外笑，人有看宫時。

别殿弓刀響[六]，倉皇接鄭王。尚愁宫正怒，含淚强添妝。

一向傳宣唤，誰知不復還。來時舊鍼線，記得在窗間。

北去遷沙漠，誠心畏從行。不如當日死，頭白若爲生[七]。

【校記】

〔一〕御：原作「玉」，此從文淵閣本、文津閣本及元蘇天爵《元文類》卷八所録。〔二〕聖：文淵閣本、文津閣本作「壽」，《元詩選》如之，注「一作聖」。〔三〕香：《元文類》、文淵閣本作「春」。〔四〕熏：《元文類》、文津閣本作「薰」，通。〔五〕校：文津閣本作「較」，通。〔六〕弓刀響：文津閣本作「宫刀嚮」。〔七〕《元詩選》詩末注：「陶九成《輟耕録》云：『楊文憲公録《汴梁宫人語十九首》，雖一時之所寄興，亦不無傷感之意。』按紫陽又嘗作《汴故宫記》，叙次甚悉，至今讀之，猶可想見其制度規模也。」

酬昭君怨

玉貌辭金闕，貂裘擁繡鞍。將軍休出戰，塞上雪偏寒。

遊嵩山十三首

轘轅阪

盤盤十二曲〔一〕，石嶺瘦峥嶸。脚底有平地，何人險處行。

太室

茂陵骨已朽，萬歲恐虚傳〔二〕。莫上中峰頂，秦城隔暮煙。

少室

方若植嵬冠〔三〕，森若削寒玉。明月夜中遊，誰家借黄鵠。

啓母石[四]

頑石本在世[五]，啓母人亦知。可憐宋太后，死駡寧馨兒。

少姨廟

路旁雙闕老，蔓草入荒祠。時見山家女，燒香乞繭絲。

盧巖

避名名自在[六]，身瘠道還腴。未到千年後，空巖已姓盧。

龍潭

壯哉昌黎筆，談笑排佛禍。不言動鬼神，翻疑觸雷火。

五渡水

幾時落東溪，曲折臥天漢。語似登山人，可飲不可盥。

測影臺

一片開元石，愈知天地中。今宵北窗夢，或可見周公。

箕山

土階墮渺茫，多少曹與馬。底事住青山，近代無讓者。

潁水

邂逅洗耳翁，去飲上流水。此日倘相逢，黄犢應渴死。

卓錫泉

大士傳心要，諸方叩道玄。至今卓錫地，瑩徹有遺泉。

巢父塚〔七〕

既知田間樂，焉知田間苦。惟是唐虞朝，所以有巢父。

【校記】

〔一〕十二：明傅梅《嵩書》卷一四《韻始篇》録此詩作「十三」。〔二〕恐：《嵩書》作「空」。〔三〕嵬：《嵩書》作「巍」。〔四〕《嵩書》詩題作「啓母廟」。〔五〕本：《嵩書》作「立」。〔六〕名自在：文津閣本作「名在世」。另，《嵩書》「在」作「至」。〔七〕父：原作「翁」，此從詩中末句「所以有巢父」改。

五言律

泊老鸛觜〔一〕

袞袞風生觜，娟娟月印沙。船頭平壓浪，棹尾旋成花。老去長爲客，愁來轉憶家。雙棲疏影裏，羨殺柳橋鴉。

【校記】

〔一〕明李伯璵《文選類選大成》卷四四録此詩題作「泊舟老鸛觜」。

青峰寺哭燦然弟

長別惟生死，難忘是弟兄。但吾今到處，想汝昔曾行。鄉社三年阻，兵戈一夢驚。青山風雨夜，此去更傷情。

晚至青口

長年困行役，短髮易飄零。世事驚春夢，交情散曉星。燒痕侵路黑，柳色夾隄青。落日明霞底，原情動鶺鴒。

次答正卿

客愁青鏡裏，歸夢白鷗邊。故國人何在，新秋月又圓。米鹽逢此日，詩酒負殘年。長羨平林鳥，雙飛入暮煙。

同完顔惟洪至樓觀聞耗〔一〕

蓬萊隔滄海，虎豹護天關。白髮知誰免，青牛竟不還〔二〕。茶分丹井水，詩入草樓山。顧我負何事，區區鞍馬間。詩刻在樓觀〔三〕。

【校記】

〔一〕方志本詩題作「至樓觀聞耗」；元朱象先《古樓觀紫雲衍慶集》卷下《名賢題詠》録此詩，題作《戊子秋遊樓觀》。〔二〕青牛竟：《（民國）周至縣誌》卷一《地理》録此詩作「諸生意」。〔三〕此注原系於題後，後人所加，兹移詩末。

宿草堂二首〔一〕

百頃逍遥苑〔二〕，千年羅隱家〔三〕。荒林藏屋小，細逕逐溪斜。老檜今何在，瑞蓮春自花。山靈憎俗駕，朝暮白雲遮。

廢寺人蹤斷〔四〕，幽溪野性便。魚鬚分浪細，虎跡印沙圓。馴雀偷僧飯〔五〕，飢蚊破客眠〔六〕。獻芹吾豈敢，直欲斸山田。

【校記】

〔一〕方志本詩題有注：「草堂寺、逍遥園在鄠東二十五里草堂營。寺内有禪宗世系碑，豎於姚秦一藏法師鳩摩羅什之舍利塔前，光可鑑人。塔高七尺，八面，十二級。寺東南有高冠河。」〔二〕百頃：文淵本缺，文津閣本作「一徑」。〔三〕隱：原作「什」，文淵本缺，此從文津本。今按，羅隱字昭諫，餘杭人，「詩名於天下，尤長於詠史，然多所譏諷，以故不中第」，《舊五代史》卷二四有傳。〔四〕廢：文淵本缺，文津閣本作「蕭」。〔五〕馴雀：文淵本缺，文津閣本作「餓鼠」。〔六〕飢：方志本作「惡」。

寄商孟卿

無窮唯永日，有盡是流年。白髮誰能免，丹經恐妄傳。會心人健否，到處塚纍然。袞袞風波地，方思萬里船。

河道村

官路人家少，邊城驛使頻。季鷹終去洛，王粲近歸秦。天地群龍鬬，泥沙尺蠖伸。親朋應笑我，頭白傍風塵。

寄朱生〔一〕

不知朱記室，歲晚更如何〔二〕。老舅家誰託，孀親鬢已皤。林泉憂患少，京國是非多。爲客幾時了，悲涼彈鋏歌。

【校記】

〔一〕朱生：方志本作「朱木」。　〔二〕如何：方志本作「何如」。

留別儒禪

溪行魚不畏，巖宿虎相隨。怕客談新事，逢人誦舊詩。衲輕聊覆體，米滑欲翻匙。僧臘知餘幾，霜髭已滿頤。

謝顧副言問疾

久謝公家事〔一〕，時勞長者車。可憐新病後，未覺故人疏。渭北偏饒夢，河南近得書。相忘吾豈敢〔二〕，欲出怯籃輿。

【校記】

〔一〕久：文淵閣本作「入」。　〔二〕相：方志本作「想」。

訪耿君玉隱居

居幽穿洞府，岸狹束溪流。細逕鄰翁熟，懸崖遠客愁。橋明山月上，窗暗野雲浮。世事何曾到，年侵亦白頭。

夜雨二首

關河隔千里，筆硯寄餘生。老覺鄉心重，閑知世念輕。微風摇竹影，細雨簌簷聲。落魄緣何事，吾今不用名。

窗秋風獵獵，簷夜雨頻頻。蛩韻愁於我，鐙花笑向人。此身猶在洛，何日定歸秦。不必黄粱熟，真慚白髮新。

未歸

渭水遥通洛，函關近隔秦。百年垂老日，千里未歸身。夢寐嫌爲客，妻孥不諱貧。一官無可戀，花氣五陵春。

答京叔文季昆仲

何處音書至，劉家好弟兄。科名先世在，詩律早年成。嶺北饒風雪，淮南困甲兵。論文吾有意，尊酒阻同傾。

飲山家

爲愛春風好，乘時把一杯。百年雙眼在，萬事寸心灰〔一〕。花向坐中落，客從雲外來。詩成無紙筆，畫地惜蒼苔〔二〕。

【校記】

〔一〕寸：文津閣本作「一」。〔二〕畫：文淵閣本、文津閣本作「書」。

浮生懷裕之

漢節飛雲外，秦城落照邊。浮生空自老，歸計定何年。淚滿陳蕃榻，心摇祖逖鞭〔一〕。短詩聊遣興，羞向故人傳。

【校記】

〔一〕摇：文淵閣本、文津閣本作「遥」。今按，祖逖摇鞭事典出《晉書》卷六二《劉琨傳》。

撫州

北界連南界，昌州又撫州。月明魚泊夜，霜冷鼠山秋。爲客無時了，勞生有許愁。殘年嬰世網，吾欲謝浮鷗〔一〕。

【校記】

〔一〕浮鷗：文淵閣本、文津閣本作「溪鷗」。

至滑州隄

舊事悲存殁，殘年厭往還。孤城晴雪底，雙塔暮雲間。鳥没長隄在，龍歸老井閑。隔林青數點，多是濬州山。

出鴉路宿北石橋

燒火連山暗，春雲出谷遲。避人投野店，繫馬就疏籬。舊宇頽垣在，新愁客枕知。清明無幾日，細與數歸期〔一〕。

【校記】

〔一〕與：方志本作「雨」。

宿南石橋

江流平入楚，山勢遠連秦。岸柳猶含凍，溪花欲破春。石銜車轍古〔一〕，沙印虎蹄新。晚境長爲客，空山不見人。

【校記】

〔一〕車轍：文淵閣本缺，文津閣本作「鴈齒」。

承德亭見訪

世事元無定，人生只合閑。君今悲白髮，我亦負青山。廢郭官居冷，荒年旅食慳。最憐情義厚，朝至暮方還。

次答正卿

何人依玉樹，有客隱京華。老覺身爲累，時勞夢到家。且騎山簡馬，誰識子陽蛙。日暮秋風起，飛塵滿晝叉。

次答伯直侍郎三首

家貧餘四壁，地勝接三鄉。才賦狂司馬〔一〕，形容老遂良。畫眉從爾闊，舞袖爲誰長。生死交情在，書紳示不忘。

升斗貪微祿，關河隔故鄉。詠歸懷靖節，知足媿張良。不問黄金盡，猶憐白髮長。江湖風浪急，相呴勝相忘。

洶洶何時定，飄飄著處鄉。音書黄耳絶，兄弟白眉良。晚景情偏重，涼宵語更長。舊遊零落盡，别後實難忘。

【校記】

〔一〕狂：文淵閣本、文津閣本作「征」。

冠氏留别趙帥

主人情爛熳，客子自奔忙。不見猶頻夢，相逢合斷腸。秋涼抛藥裹，夜雨倒壺觴〔一〕。回首高城北，幽燕去路長。

【校記】

〔一〕倒：方志本作「到」。

送靳才卿之平陽

卻向西州去，瀟瀟雪滿簪。丘園初到眼，兒女總關心。汾水野煙白，霍山寒霧深。得歸歸更好，吾亦愛春音。

呈君美〔一〕

上陽門外路，日暮獨歸時。齒髮已衰謝，風塵仍别離。斷雲横紫閣，急雨掠蒼陂。地勝饒新句，君將寄阿誰。

【校記】

〔一〕方志本詩題有注：「公六十歲時居鄮，秋八月與芸叟遊紫閣後，賦此以呈君美。」詩末亦有注：「紫閣峰在鄮縣東南，旭日射之爛然而紫，其峰上聳若樓閣然，故云。」

得邳大用書復寄

百年真夢寐，萬國久風塵。老去偏相憶，書來恨不頻。季鷹猶在洛，王粲未歸秦。谷口知何似，他時願卜鄰。

和楊飛卿〔一〕

吾宗久零落，之子亦中年。紫閣堪高臥，玄經擬共傳。前言非戲爾，舊處想依然。留著新詩筆，教隨過海船。

【校記】

〔一〕和：原作泐字「□」，文淵閣本、《元詩選》如之，文津閣本作「楊飛卿」，此從方志本，題後注曰：「公六十居鄮時遊紫閣後，賦此以和之。」

别文紀行贈以小步馬〔一〕

洛水西頭路，桃花夾岸香。偏宜紅叱撥，小試紫遊韁。雨逕沙初輭，春山草正長。杖藜猶過我，此别莫相忘。

【校記】

〔一〕别：原作泐字「□」，此從文津閣本、方志本補。

懷同祖卿〔一〕

東府倉皇别〔二〕，西河迤邐回。元戎期坐嘯，上客入行臺。夢裏惠連句〔三〕，生前張翰杯。龍池清似染，應恨不歸來。

【校記】

〔一〕文淵閣本詩題作「祖卿」，缺「懷」「同」二字，文津閣本作「吕祖卿」。〔二〕倉皇别：文淵閣本缺，文津閣本此句作「東郭殷勤别」。〔三〕惠連句：文淵閣本缺，文津閣本作「江淹筆」。

答張君美〔一〕

我無茅一把，誰有橘千頭。應物機仍拙，憂時涕欲流。謾違魚鳥信，豈爲稻粱謀。老去輕三仕，詩來抵四愁。

【校記】

〔一〕答：文淵閣本、文津閣本作「寄」。另，方志本詩題有注：「張徽字君美，亦一時名士也，武功人。」

宿重陽宫

村落到山盡〔一〕，軒窗臨水多。野禽如舊識，鄰叟漸相過。林静連官竹〔二〕，籬疏補女蘿〔三〕。夜深眠不著〔四〕，倚杖看星河。

【校記】

〔一〕到山盡：文淵閣本缺，文津閣本此句作「村逕依山盡」。〔二〕官竹：文淵閣本缺，文津閣本作「芳草」。〔三〕籬：方志本作「籠」。〔四〕眠：文淵閣本作「眼」。

陶君秀晉人嘗爲司竹監使因祖淵明嘗遊五柳莊爲立五柳祠在縣東西原方見有祠堂詩碑淵明詩《寄陶監使君秀》。向禹城侯先生司竹時與扶風張明叙六曲李仲常鳳翔董彦材從之學如白雲樓海棠觀所謂勝遊也兵後吾弟主

之亦西州衣冠之幸感今慨昔不能不惘然也握手一笑知復何年敢先此以爲質兼示鄂亭趙秀才四首〔一〕

家世江頭令，風流竹裏仙。海棠烘曉霽，野筍淡春煙。尊俎違今日，弦歌記昔年。掛冠吾有意，送老白雲邊。

違别亦已久，蕭蕭雙鬢絲。自憐多病後，不似早年時。暮雨千山道，春風五柳祠。賸留溪上竹，到處刻新詩。

不見長楊館，人家只翠微。溪流環監署，林影入宫闈。花鴨夜方静，竹鰡秋更肥。青仙無處問，老淚日霑衣。侯先生舜臣没後，其家人輩夢爲青仙觀管香使。

老病鄉心重，艱危世契疏。少年知自立，近日定何如。渭上千叢玉，陂頭半尺鱸。往來元不惡，容我坐籃輿。

【校記】

〔一〕方志本詩題改作小字引。李：原作「季」，此從文淵閣本、文津閣本及《元詩選》。《元詩選》「敢先此以爲質」無「先」字。

七言絶

讀汝南遺事二首

軹道牽羊事已非，更堪行酒著青衣。裹頭婢子那知此，争逐君王烈熖歸。

六朝江水故依然，隔斷中原又百年。長笑桓温無遠略〔一〕，竟留王猛佐苻堅。〔二〕

【校記】

〔一〕略：清吴喬《圍爐詩話》卷五引此詩作「慮」。　〔二〕詩末原注有「母音」二小字，方志本作「晉音」，誤。今按，所謂母音，指明人孫原理所輯《元音》十二卷。清紀昀等《四庫全書總目》卷一八九《集部总集類》著録：「所録自劉因至龍雲從，凡一百七十六人，每人之下畧注字號爵里。大抵詳於元末，而畧於元初。……顧嗣立《元百家詩選·凡例》嘗議宋公傳《元詩體要》、蔣易《元風雅》及原理是書所收均爲不廣。然是書於去取之間，頗具持擇，雖未能盡汰當時穠縟之習，而大致崇尚風格，已有除煩滌濫之功矣。」

讀通鑑〔一〕

風煙慘淡駐三巴，漢燼將燃蜀婦髽。欲起温公問書法，武侯入寇寇誰家。

【校記】

〔一〕方志本詩題有注：「霍治書云：『紫陽楊焕然先生讀《通鑒》論漢魏正閏，大不平之，修《漢書》駁正其事，因作此詩。後見《通鑑綱目》，其書乃寢。』」

紫陽閣

碧瓦朱甍動紫煙，清風吹袂渺翩翩。夢回憶得三生事，悔落黄塵六十年。

題二賢祠[一]

從經操懿狎孤兒，世事尤非扣馬時。若道後人真可誑，空山焉有二賢祠。癸丑二月望，奉天楊奂題首陽山夷齊廟，同里王璨、張端、平陸員擇從行[二]。石刻在首陽山廟。

【校記】

[一]《(成化)山西通志》卷一六《集詩》録此詩，題作「謁夷齊廟」。[二]方志本此段跋文作「癸丑二月望，時公六十八歲，遊首陽山夷齊廟，王璨、張端、平陸員擇從行」，已非原貌。

涿南見蠶婦本汴梁貴家

蠶月何曾出後堂，干戈流落客他鄉。羅衣著盡無人問，自把荊籃摘野桑。

出郭作[一]

燕姬歌處囀鶯喉，燕酒春來滑似油。自有五陵年少在，平明騎馬過盧溝。

【校記】

〔一〕方志本詩題作「出郭」，清吴長元《宸垣識略》卷一三録此詩作「盧溝」。

過湯陰崇壽寺二首

城荒寺古冷於冰，絳帳誰燒照佛鐙。閑繞空階觀石刻，偶聞音語得鄉僧。

老僧七十六春秋，霜滿修眉雪滿頭。見説故人揹病目，幾時攜杖入西州。

憶君美二首〔一〕

寒鴈明朝下五湖〔二〕，長安西望獨躊躇。無情誰似張公子，兩見秋風不寄書。

銅柱從君泣墮鳶〔三〕，鴟夷心事五湖船。頭顱如此人間世，不得青山對暮年〔四〕。

【校記】

〔一〕憶：文淵閣本缺，文津閣本作「呈」。《元詩選》僅録第一首，而將第二首詩題改作《寄君美》「二首」之二。〔二〕明朝：文淵閣本缺，文津閣本作「南飛」。〔三〕君：文淵閣本缺，文津閣本作「來」。〔四〕對：文淵閣本缺，文津閣本作「送」。

管寧濯足圖

蹋遍遼東未是癡，藜牀欲穴只心知。好留一掬黄泥水，墁却曹郎受禪碑。

答客〔一〕

仕晚自知爲學拙〔二〕，家貧人道治生疏。滿山薇蕨春風老，昨夜鄰翁有報書。

【校記】

〔一〕文淵閣本、文津閣本詩題缺。〔二〕自知爲：文淵閣本缺。

泛舟

燕子迎風掠水飛，樓前楊柳緑依依。十年不作南塘夢，怕見殘陽上客衣。

七言律

長安感懷〔一〕

此心直欲作東周〔二〕，再到長安已白頭。往事無憑空擊楫〔三〕，故人何處獨登樓。月摇銀海秦陵夜，露滴金莖漢殿秋。落日酒醒雙淚眼，幾時清渭向西流。

【校記】

〔一〕詩題原無「感懷」二字，此從文淵閣本、文津閣本及元蘇天爵《元文類》卷六、明孫原理《元音》卷

一、《元詩選》所録。〔二〕直：《元文類》作「正」；《元詩選》作「只」，注「一作直」。〔三〕楫：《元詩選》如之，注「一作磬」。

延祥觀

長庚誰遣降精魂〔一〕，氣應潛龍道自存。玄女室中消日月〔二〕，春明門外轉乾坤。諸王決計戡多難，睿主應期即至尊。天運已歸赤符後〔三〕，遺風猶記老人村。

【校記】

〔一〕庚：文淵閣本及《元詩選》缺，文津閣本作「生」。〔二〕女：文淵閣本作「武」。室：文淵閣本、文津閣本及《元詩選》作「式」。〔三〕天運已歸：文淵閣本作「天命有歸」，文津閣本作「天使來歸」，《元詩選》作「天□□歸」。另，元駱天驤《類編長安志》卷五《寺觀》録此詩作「天已歸心」。

重陽觀〔一〕

終南佳處小壺天，教啓全真自此僊〔二〕。道紀宏開山色裹，通明高聳日華邊。南連地肺花浮水，西望經臺竹滿煙。最愛雲窗無事客，寂然心月照重玄。

【校記】

〔一〕觀：元駱天驤《類編長安志》卷五《寺觀》録此詩作「宫」。今按，重陽觀爲初名，後因元朝封謚而改作「宫」。〔三〕啓：《類編長安志》作「起」；文淵閣本作「啓」，同「啓」。

遇僊觀

一飲甘河萬事休，唤回蝴蝶夢莊周。口傳鉛汞五篇訣，神馭雲龍八極遊。寰海玄風開羽客，遇仙清跡想氈裘。百年更有何人酌，人自無緣水自流。

題通濟橋〔一〕

五丁鑿石極堅頑，陌上行人得往還。月魄半輪沉水底，虹腰千尺駕雲間。鄭卿車渡心應愧，秦帝鞭驅血尚殷。爲問長江深幾許，雪風吹馬下天山。壬子秋九月，被召過此，前河南漕長楊奂題。

【校記】

〔一〕詩題原作「通濟橋原題」，有小字注「壬子秋九月，被召過此。石刻在橋上」。文淵閣本如之，小字注作「秋九月被召過此。石刻在橋下」；文津閣本作「通濟橋」，「原題」二字移入注中；《元詩選》亦作「通濟橋」，小字注「石刻在橋」，無「上」或「下」。另，《（隆慶）趙州志》卷二《建置》録此詩作「題趙州橋」；清蔡壽、查輅《趙州石刻全録》卷下亦録，詩題小字注置於詩末，從之。

試萬寧宫

月淡長楊曉色清，天題飛下寂無聲。南山霧豹文章在，北海雲鵬羽翼成。玉檻玲瓏紅露重，金鑪縹緲翠煙輕。誰言夜半曾前席，白日君王問賈生。

至日

憶初年少在南梁，兄弟歡遊久未忘。春色共傾花底酒，雨聲常對竹邊牀。怒鯨一夕掀洪浪，斷鴈何時續舊行。辜負亂來同被約，尺書不到十年强。

謁聖廟〔一〕

曾見春風入杏壇〔二〕，奎文閣上獨憑欄。淵源自古尊洙泗，祖述何人似孟韓。竹簡不隨秦火冷，楷林空倚魯城寒。飄零蹤跡千年後，無復東西老一簞〔三〕。

【校記】

〔一〕詩題原作「謁廟」，此從文淵閣本。〔二〕曾：文淵閣本、文津閣本及《元詩選》作「會」。〔三〕無復東西老一簞：元蔣子正《山房隨筆》録此詩作「無力東家寄一簞」。今按，清王昶《金石萃編》卷一五七《重修文宣王廟碑》陰、駱承烈《石頭上的儒家文獻——曲阜碑文録》上册第二〇〇頁録此詩，「無復」作「無分」。或是。姑仍之，以備參考。

題終南和甫提點筠溪

仙家静住西南溪，竹外須信無餘師。平生高節鬼亦畏，一點虚心人得知。林深自有天地在，歲暮不受風霜欺。何時借我半窗月，萬里黄塵雙鬢絲。石刻在祖庵〔一〕

【校記】

〔一〕此注原置於詩題後，系後人所加，兹移詩末。

新編全金詩卷六五

楊奂二

孫烈婦歌[一]婦姓吴，小字十二，平陸人，適進士孫□□□□[二]。

平陸有烈婦，地望雄諸吴。從居孩提間，體貌迥爾殊。舉家愛惜心，不啻千金珠。眉拂夏繭蛾，鬢嚲春林烏。芙蓉羡顔色，冰雪羞肌膚。十二巧鍼指[三]，十四婉步趨。姻戚未省識，閨闥何曾踰[四]。孫郎邑中秀，少小依師儒。雙親爲擇對，買紅纏酒壺。青鸞得綵鳳，誓結百年娱。屈己接妯娌，盡心奉舅姑。孰謂連理枝，半壁先摧枯。春風合歡牀，分守夜雨孤。西鄰久欽慕[五]，指王氏子。誠與六禮俱。賄好靡不周，下逮役使徒。父兄去世亂，倉卒誰攜扶。母嫂憐幼寡，且微反哺雛。號訴竟莫察，僵僕氣不蘇。同穴大義在，初言寧忍辜。日間勢轉逼[六]，託媒致區區。將汝已死婦，配我未葬夫。朝決暮即行，參差當自屠。王族忽承命，搔首久踟躕。此事難爲諧，此理古亦無。婦聞一撫掌，天道卒敢誣。腐骨尚知愛，而况生人軀。素志從此伸，里巷咸驚吁。秋風萬馬來，所至皆丘墟。粟堆坡頭路，月黑忘崎嶇。鄉兵共烏合，焉能保不虞。俄頃鼓聲絕，崩潰東北隅。壯者被殺僇〔七〕，弱者遭縻驅。婦時飛懸崖〔八〕，翩若赴水凫〔九〕。皎皎盈尺玉，未甘蒼蠅污〔一〇〕。鮮鮮全匹錦，豈容溺穢塗〔一一〕。向是健男子，手執丈二殳〔一二〕。航海鱠長鯨，盪荊縛於菟。悲哉女子志〔一三〕，裙裾鬱壯圖〔一四〕。胡不具始末，奏之達帝都。外則詔郡國，內則正宮闈。胡不搆祠宇，揭之當官衢。近使感義節，遠使懲淫愚〔一五〕。不然布臺閣，直筆一再濡。特書彤史上，永世曠範模。

【校記】

〔一〕元蔣易《皇元風雅》卷一一録此詩，題作「烈婦歌」。　〔二〕適進士孫□□□□：《元詩選》作「適進士孫」，方志本作「適進士孫某」。　〔三〕十二：方志本作「十一」。　〔四〕閨閫：文淵閣本、文津閣本及《元詩選》作「閨閣」。　〔五〕欽：文淵閣本、文津閣本作「歡」。　〔六〕間：文淵閣本、文津閣本作「聞」。　〔七〕僇：《元詩選》作「戮」，通。　〔八〕崖：文淵閣本缺，文津閣本作「梁」。　〔九〕翩若赴水凫：文津閣本作「視死如歸途」；文淵閣本缺前四字，第五字作「見」，於詩韻不合。　〔一〇〕未甘蒼：文淵閣本缺，文津閣本作「不受蒼」。　〔一一〕溺：文淵閣本、文津閣本及《元詩選》作「濁」。　〔一二〕手執：原作「足拔」，文淵閣本缺，《元詩選》作「足授」，此從文津閣本。今按，《詩・衛風・伯兮》：「伯也執殳，爲王前驅。」　〔一三〕志：《元詩選》作「身」。　〔一四〕裙裾：文淵閣本缺，文津閣本作「福薄」。　〔一五〕使：文津閣本作「則」。

諭内

天地具此身，胚胎乃潛受。甚者感異類，焉敢計妍醜。冠蓋傳百世，萬求無一售〔一〕。所以孟軻氏，立言痛無後。飄零風塵際，判作窮獨叟〔二〕。四年四懸弧，吉兆自申酉。顧我果何人，報施嗟已厚。今冬復爾耳〔三〕，喜在得分剖。女亦吾所出，胡爲生可否〔四〕。天下盡男子，無姑卒無婦。伏羲畫八卦，錯綜定奇偶〔五〕。阿駒才五歲，見客謹拜叩。稍稍愛紙筆，門户知可守〔六〕。女生願有家，教之奉箕帚。乘龍非所期，隨分逐雞狗〔七〕。

【校記】

〔一〕無一售：文淵閣本作「只一冑」，文津閣本作「獲一冑」。〔二〕判：原作「拌」，文淵閣本、文津閣本作「拚」，此從《元詩選》。今按，「拌」古同「拚」，亦同「判」。唐温庭筠《春日偶作》：「夜間猛雨判花盡，寒戀重衾覺夢多。」見《全唐詩》卷五七八。〔三〕爾耳：文津閣本作「爾爾」，《元詩選》句末注：「三國魏崔琰傳，太祖曰：諺語生女爾耳。」〔四〕生：文淵閣本、文津閣本作「立」。〔五〕定：文淵閣本作「爲」，文津閣本作「互」。〔六〕知可守：文淵閣本缺，文津閣本作「庶可守」。〔七〕分逐雞狗：文淵閣本脱，文津閣本作「分結婚媾」。

金谷行

洛陽園池天下無，金谷近在西城隅。晉時花草不復見，野人猶解談齊奴。齊奴豪奢誰比數，酒酣愛擊珊瑚株。後堂春風滿桃李，中有一伎名緑珠〔一〕。千金買步障，百金買氍毹。時時吹笛替郎語，雲窗霧户長歡娛。層階欲下須人扶，豈料一日能捐軀。紅飛玉碎頃刻裹，空使行客悲躊躇。樓頭小婦感恩死，君臣大義當何如。

【校記】

〔一〕伎：元蘇天爵《元文類》卷四録此詩作「妓」，文淵閣本、文津閣本及《元詩選》作「枝」。

有懷梁仲經父

美人煢煢在何處，海闊天低隔煙霧。珊瑚零落芙蓉空，咫尺相望迷去路。翠輦金輿雙鳳凰，風吹環珮聲琅琅。壺觴狼籍事已往，一日萬里愁茫茫。劉郎竟是誰家客，歲晚霜華林葉赤。美人煢煢在何處，鴨緑江頭江月白。《還山遺稿》卷下，明宋廷佐跋云：「猶子嘉忠從予遊，蓋亦深知紫陽之學者。嘗於友人家見鼠殘舊書一册，乃寫本紫陽詩也。懇求得之，録以寄予，嚮往可知矣。遂登諸卷，詩凡四十二首。其不注所出者，皆是册所載云。廷佐識。」

陶九嫂

述蘄春劉益甫所言，以爲强暴不道者之戒。

勿輕釵與笄，勿賤裙與襦。柘臯一女子，健勝百丈夫。家住廬州東，庫藏饒金珠。天陰夜抹漆，暴客萌覬覦。胠篋不足較，父兄罹刳屠。女年十五六，以色竟見驅。捕捉星火急，亡命洞庭湖。既爲陶家婦，九嫂從渠呼。寢息風浪中，四鄰唯菰蒲。琴瑟未免合，積久産二雛。春秋祭享絶，對面佯悲籲。向來郎鬢黑，漂泊生白須。身後乏寸土，奈我子母孤。干戈又换世，幸在昔廛區。何當決歸計〔一〕，卒歲容相娱。聞語略不疑，意謂癡且愚。鋭然棹輕舟〔二〕，攜抱登長塗。青氈復舊物，水陸多膏腴。女兒拜夫前，靈貺焉可誣。兒初有祕祝，欲答神明扶〔三〕。給郎俟西祠，徑往公府趨。畫地訴首尾，曾不遺錙銖〔四〕。官長怒咆哮，俄頃就執俘。械杻滿蟣蝨，懲暴臨街衢〔五〕。使女坐其旁，笑頰如施朱。自推二雛去〔六〕，急請加鑕鈇〔七〕。官曰産爾腹，頗亦憐呱呱。女云此逆種〔八〕，不可謂不辜。環觀交感泣，猛烈今古無。謀事鬼神畏〔九〕，失機或斯須。甘露若訓注，反遭宦豎圖〔一〇〕。政類竇桂孃，兒同心實殊。桂孃，建中時人，見杜牧言。隱忍寂寞濱，豈甘盜賊汙。白玉投青泥，至寶終莫渝。此讎若不雪，何以見烏烏。一息傳萬口，南北通燕吳。夫願女爲婦，婦願女爲姑。緑林肝膽寒，低頭羞穿窬。佳人固不幸，能還誰爾拘。何事原巨先，遂使輕俠徒。見前漢《原涉傳》〔一一〕。

【校記】

〔一〕計：原缺，據方志本及四庫本《元詩選》補。〔二〕棹：原缺，方志本作「買」，此從四庫本《元詩選》。〔三〕明：原缺，方志本作「祇」，此從四庫本《元詩選》。〔四〕遺：原缺，方志本作「費」，此從四庫本《元詩選》。〔五〕懲暴：原缺，方志本作「鋃鐺」，此從四庫本《元詩選》。〔六〕雛去：原缺，方志本作「遺蘖」，此從四庫本《元詩選》。〔七〕急：原缺，方志本作「痛」，此從四庫本《元詩選》。

〔八〕云此逆：原缺，方志本作「曰此逆」，此從四庫本《元詩選》。〔九〕謀：原缺，方志本作「快」，此從四庫本《元詩選》。〔一〇〕宦豎：原缺，方志本作「噬臍」，此從四庫本《元詩選》。〔一一〕涉：原作「陟」，刊誤。今按，原涉事跡見於《漢書》卷九二《遊俠傳》。

題城南陰氏永思亭

結廬守丘壟，種柏長孫枝。不爲城府屈，况求時世知。曾無綵衣夢，誰有角弓詩。薄宦歸來晚，因君涕滿頤。

送張彦叔還陝二首

管寧猶避世，禆竈豈知天。安穩將何日，奔忙各莫年。且陪山簡醉，未辨水衡錢。便了公家事，癡兒更可憐。

翰墨知名久，風塵會面稀。病來嗟我老，秋到惜君歸。瘦馬馱殘夢，寒蟬送落暉。區區問逋負，直覺宿心違。

再題筠溪

朝遊筠溪上，暮遊筠溪下。瘦影浸寒流，無塵更瀟灑。石刻在祖庵〔一〕。

【校記】

〔一〕此注原係題下，後人所加，兹移詩末。

題趙繼卿耕隱圖

惜君玉雪成老醜，知君近出太常後。太常名之傑，以諫南北征知名。求田問舍計差早，恐君不是扶犁手。長安冠蓋鬧於雲，但説子真耕谷口。此心肯處萬事了，直待鐘鳴奈衰朽。溪山入眼畫樣新，雨翠煙嵐浮户牖。松亭可琴水可舟，中有石田三百畝。臢鉏烏豆種紅秫，十分桑麻居八九。軟浸豆屑飯晨犢，濃湯去聲秫腴篘社酒。冷盆繅絲給公上，挑鐙紡績里妾婦。索錢豪吏喜食肉，準備羹材養鷄狗〔一〕。荊棘滿野獨漏網，太常遺澤亦已厚。軍興科徭古不免，爲勸比鄰死莫走。殘年得飽實大幸，傍舍偎籬插花柳。君家平日無雜賓，我輩過門須一扣。若非代北少陵翁，定是周南紫陽叟。更闌朗詠除夜篇，聊與蒼生洗塵垢。

【校記】

〔一〕鷄：方志本作「雜」。

李王夜宴行

王漏沈沈寒夜永，瑶階月轉梧桐影。重門深鎖寂無人，醉倚銀屏呼不醒。茜裙六幅拖朝霞，飛雲髻穩盤雙鵶〔一〕。一生偏得君王意，笑酬新寵彈琵琶。嬌小不禁弦索滑，腸欲斷時輕一抹。半遮粉面回春波，等閑忘卻龍香撥。歡娱未畢北兵來，三十六宫如死灰。茅茨老死定誰問，紛紛哀樂長相催。

【校記】

〔一〕鵶：原作「雅」，此從元蔣易《皇元風雅》卷一一所録。今按，「鵶」古同「雅」。所謂雙鵶，指少女雙髻。《蘇軾集》卷三〇《雜詩》之二：「昔日雙鵶照淺眉，如今婀娜緑雲垂。」

晉溪行感故人崔君寶馮達卿至

並刀射日霜華起，誰翦滄溟半邊水。千年冷浸西南天，瑠璃萬頃清無底。瑶階玉殿聖母家，春陽走碎油壁車。天陰人静百鬼出，山風泠泠吹浪花〔一〕。花飛愁怕桂輪濕，蟄龍潛抱神珠泣。馬蹄剗落夢不到，解後與君成雅集。金斗瀲灩浮新香，秦客思家偏斷腸。曲江池館定何似，滿眼青田空夕陽。

【校記】

〔一〕泠泠：方志本作「冷冷」。

呈公茂

冰雪相看十五年，照人風采只依然。我今自分蓬蒿底，君獨何心道路邊。渭北幾時無夢寐，終南在處有林泉。不妨便作求田計，伴取疲揚草太玄。

寄商孟卿

一望東原一惘然，芸窗誰與伴孤眠。秋風有意招張翰，春草無由見惠連。王母信音青鳥外，溪翁心事白鷗邊。殷勤爲向侯芭道，判卻殘年老太玄。

病中趙之讓見訪

洛陽三月不得雨，君家西來常苦陰。酒杯雖好怕到手，藥裹底事猶關心。對牀幾日肯相就，擁被中宵愁獨唫。莫疑衰疾便揮謝，解吐新句酬知音。

次答庭幹

歲晚周南見此翁，未應抵苦厭塵籠。人須老後心方定，詩到工時例合窮。飯顆儘從嘲杜甫，荊釵元不笑梁鴻。倚楹三詠鴟梟句，始信離騷繼國風。來章有「鴟梟□□」之句〔一〕。

【校記】

〔一〕梟：原作泐字，據《元詩選》補。

病中次答

一別南塘十五年，杖頭虛貸買山錢〔一〕。梁園不負狂司馬〔二〕，洛社偏宜病樂天。慚此形骸親藥裹〔三〕，悔將心計事征塵〔四〕。他時湧翠亭前水〔五〕，又是吾家阿對泉〔六〕。

【校記】

〔一〕杖頭：原泐，方志本作「他鄉」，此從四庫本《元詩選》。　〔二〕負：原泐，四庫本《元詩選》作「少」，此從方志本。　〔三〕慚此：原泐，四庫本《元詩選》作「無那」，此從方志本。　〔四〕悔：原泐，四庫本《元詩選》作「肯」，此從方志本。　〔五〕湧：原作「擁」，此從四庫本《元詩選》。　〔六〕阿：原泐，四庫本《元詩選》補作「阿」，從之。今按，楊奐《夢遊軒記》：「北脅曰阿對泉，以楊太尉家僮而名，人以爲得所依也。」見《（民國）新修閿鄉縣誌》卷二〇《文徵》。

寄長安

龜城舊事空悠悠，俯仰一別今幾秋〔一〕。遙知清談落麈尾，應悔小字書蠅頭〔二〕。三川煙月四時在，兩地關河千里愁〔三〕。道人活計行處是，早晚策杖來相求〔四〕。

【校記】

〔一〕一：方志本作「以」。　〔二〕小字、蠅：原缺，方志本「小字」作「净几」，有「蠅」字，此從四庫本

《元詩選》。今按，宋陸遊《劍南詩稿》卷八《讀書》之二：「燈前目力雖非昔，猶課蠅頭二萬言。」自注：「時方讀小本《通鑒》。」〔三〕地：原缺，此從方志本及四庫本《元詩選》補。〔四〕相求：原缺，方志本作「秦州」，此從四庫本《元詩選》。

草亭既成招肥鄉竇子聲

走偏江淮鬢未華，歸來重對舊生涯。論醫不待肱三折，作賦曾聞手一叉。晚歲蕭條嗟我老，春風摇蕩醉誰家。殺鷄爲黍初心在，目斷西雲日又斜。

送馬公遠歸桂庵

瘦馬蹋雪來長安，老向白雲依空山〔一〕。長年獨處邨落裏，幾日一笑塵寰間〔二〕。竹院風清聯夜話〔三〕，松齋月冷趁晨班〔四〕。終南太白四時好，不得倚闌相對閑。

【校記】

〔一〕老向白雲：原作「老□□雲」，方志本作「老至看雲」，此從四庫本《元詩選》。〔二〕一笑塵寰間：原作「一笑□□□」，方志本作「同笑酒筵間」，此從四庫本《元詩選》。〔三〕竹院風清聯夜話：原作「□院風□□夜話」，方志本作「竹院風清供夜話」，此從四庫本《元詩選》。〔四〕齋：原缺，方志本作「簷」，此從四庫本《元詩選》。

寄君美

不走瀍東走澗西，八年迎送愧山妻。長思醉臥高堂上，滿枕春風聽竹鷄。《還山遺稿·補遺》注：「以上詩皆出元詩二集中」。即清顧嗣立《元詩選》二集。

集外補遺

暑退病起沐罷倦臥芸叟詩招爲草堂寺紫陽閣之遊酬以來韻

八月秋高肺病蘇，深居吾亦愛吾盧。晚風剡剡初衣袷，白髮蕭蕭不滿梳。困著蘩牀眠北牖，遠飛蝶夢防清都。覺來聞有雲山興，親寫新詩欲啓予。方志本《還山遺稿》卷下，注曰：「由《鄠縣志》中得公此詩，續爲補入。孔哲識。」

題七星巖

三四峰巒列斗牛，風巖龍穴幾千秋。登臨恐遇林泉叟，不日行藏祇只羞。《永樂大典》卷九七六三巖字韻引楊焕詩，題原脱，系於「七星巖」下，兹據詩意擬，中華書局一九九八年，第五册四一九二頁。

寄閿鄉夾谷師三首

薄書抛擲寄黄冠，過客如雲不作難。一片荆山青似玉，幾時同向月中看。

家在西原欲盡頭，門前流水至今流。世人貪作功名夢，誰向瓜田問故侯。

千征萬戰鬼爲鄰，歷盡興亡得此身。今日潼關坡下路，静看車馬走紅塵。

寄閿鄉馬信之

馬氏家聲許白眉，少從翰墨晚從醫。經春一就成欹側，泉石膏肓不受治。《永樂大典》卷一四三八〇寄字韻引楊紫陽《寄閿鄉夾谷師》三首云云；《寄閿鄉馬信之》云云。中華書局一九九八年，第七册六二五五頁。

題江州庾樓

宿鳥歸天盡，浮雲薄暮開。淮山青數點，不肯過江來。清吴綺《宋金元詩永》卷一五，《四庫全書存目叢書》本，齊魯書社一九九七年。

題仁知堂

雖無仁知心，偶自愛山水。蒼崖無古今，碧間日千里。元姚燧《牧庵集》卷六《仁知堂記》：「紫陽夫子作精舍於武夷，其堂亦名仁知。其詩云云。」《四部叢刊》本。今按，詩題原缺，兹據文意擬。

詩寄無欲道契

畫様尚留墮渺茫，依然燒筍夢中香。西歸政要親茶果，何事仙翁早退堂。

送無欲老師

向在山東日，行臺田侯馳書，邀二李仙翁與于尊師而誤及鄙夫。爾後諸君迤邐而西矣，奂獨留滯洛下。今年四月憂患中，承無欲老師見訪，所以相慰藉者甚厚。惜其歸之速，故略述平昔以送之。奉天楊奂稽首。

南溪溪上路，豈止數面親。執别倏已久，况乃多風塵。今代黄冠師，共許仙翁真。萬事不掛想，飄飄浮雲身。回頭八十年，碧瞳如車輪。家家識薊子，白紵烏方巾。長安田使君，初歲懷幽人。四書走山東，一客不到秦。華髮落世網，故園歸夢頻。會當謝簪紱，同老林塘春。

挽無欲真人

維大朝歲次甲寅秋辛丑朔二十九日己巳，友生前河南路漕長兼廉訪使致仕奉天楊奂，謹遣門人平陸員擇，以禮致祭於無欲觀妙真人繐帷之前。夫天地雖大，不能逃於崩陷；日月雖明，不能免於薄蝕者。數存焉爾，況於人乎。秦之黄冠師，舊與往還者李公暨洞真而已。四年之前，洞真委順於祖廷；四年之後，公委順於長春宫。甚矣西風之不競也，其如大限何？故采摭平生所不能忘者，成詩三十韻，具於別幅，以寓世俗之哀。向同二老處汴梁圍城中，明有成約在。嗚呼！於已碑之矣。苟無他人，敢不如約而獨異於公乎？尚其監兹。

芒芒大塊内，亦各賢其賢。從得物外趣，擺落區中緣。流俗窮斯濫，高人老更堅。割愛棲岩穴，遭時用戈鋋。閉目唯觀妙，師心獨似禪。室通莊叟白，經愛子雲玄。莫谷家何在，莫谷屬吾乾。揚州夢可圓。余前生揚州城南石□。霏微瓊蘂露，慘澹石橋煙。去國二千里，指揚州言也。暹君十七年。公十七歲，余乃生。南溪今寂寞，溪在終南，公初隱此。北道昔留連。凍筍燒將盡，雖盛冬，爲余燒筍。寒燈照不眠。余一生盡夜未嘗廢書，相見公必備燈火。本來聊假館，豈暇扣真筌。方勝山陰柳，清秋澗底田。經臺增突兀，詩石費雕鐫。公再住樓觀，碑有余詩。方勝清秋，余別業所在，往來須由南溪、樓觀，故云。指點經行處，消沉莽蒼邊。冰霜走梁苑，烽火斷秦川。余己丑□□□□。所幸成三老，京□城復會二老。誰期保萬全。艱危曾有約，嘗以後事相囑。存殁忍相捐。而□後相□。一賤專司洛，雙飛竟入燕。公與余□□□。祖庭諧素志，自燕得歸祖庭。官舍惜華顛。余滯留洛下十餘年。始辱安車召，余□□月□□□□□。終憂吏事纏。閑居才得請，今年五月□□□□□。哀訃已飛傳。氣象減河嶽，哭聲連市廛。洞真新羽化，庚戌冬十月三日癸丑，爲碑其事。無欲復賓天。六月二十六日。冠掩黄金瑩，袍藏赤錦鮮。門墻苔蘚漬，幾杖網絲懸。西極幾時正，東溟此日遷。難忘季子劍，擬絶伯牙弦。路異仙凡隔，情同涕泗漣。丁寧書舊事，悠久表新阡。劉兆鶴、王西平《重陽宫道教碑石》，三秦出版社一九九八年，第七四頁。

題紫陽閣

牙籤聲散絳帷風，人在參乎一唯中。名教會心真樂在，區區休用歎雕蟲。《（民國）續修鄠縣誌》卷八《藝文》，《中國方志叢書》本，臺北成文出版社一九七〇年。

題漢昭烈廟

江表孫郎藉父兄，阿瞞挾主效狐鳴。蛟龍不合池中老，匕箸何勞座上驚。時事政神桑葆蓋，夕陽又下錦官城。蕭條千古風雲會，誰問人間有孔明。涿州市文物保管所編《涿州貞石録》收影印拓片并録文：「紫陽先生題漢昭烈廟詩云云，歲壬申春二月八日題，左山商挺書。」北京燕山出版社二〇〇五年，第四五頁。

迎雲

海濤紅兮晨露晞，嶽隆隆兮雲飛飛。款幽扃兮如期百年，開闔兮窗與扉。城郭良是兮人已非，夕日慘澹兮行路稀。

送雲

雲趨嶽兮知歸，回舟兮箭激。沙鳥兮忘機〔一〕，邈故山兮千里，悵夙心兮獨違。《還山遺稿》卷下《重修嶽雲宫記》：「客堅謝之，仰止高山，撫襟興慨，作《迎雲》《送雲》詩二章，遺志祥、志雲。其辭曰云云。云云。」《叢書集成續編》本，上海書店一九九四年。

【校記】

〔一〕鳥：原作「烏」，刊誤。今按，唐錢起《江行無題》之二九：「櫂驚沙鳥迅，飛濺夕陽波。」見《全唐詩》卷二三九。

佚句

高觀潭

玉龍投絶壑，鐵馬戰陰風。元駱天驤《類編長安志》卷九《勝遊》，中華書局一九九〇年，第二九八頁。

新編全金詩卷六六

張宇

張宇，字彦升，號石泉。平陽（今山西省臨汾市）人。金亡之際，與耶律楚材唱和往來，交誼甚厚①。嘗著《石泉集》行世。兹輯二十一首。

張宇詩載元房祺《河汾諸老詩集》卷二《石泉張先生宇彦升》，以《文淵閣四庫全書》本爲底本，校以《四部叢刊初編》本（影元本）及清郭元釪《全金詩增補中州集》卷五四《石泉張宇》（《全金詩增補中州集》）、清顧嗣立《元詩選》三集《石泉先生張宇》（《元詩選》）等有關文獻。

送趙宜之歸新安兼簡洛下諸友〔一〕

悽惻復悽惻，送君汾水側。人生歡會少，一别難再得。昔經劫火然，一鳥奮驚翼。嗷嗷各何之，同落天西北。日夕相和鳴，此樂未易極。狂風忽吹散，一鳥歸故國〔二〕。翺翺入寥廓〔三〕，

①元耶律楚材《湛然居士文集》卷九《和平陽張彦升見寄》，中華書局一九八六年。

萬里期一息。鄧林有餘陰[四]，未肯棲枳棘。玉山有嘉禾，未肯求粒食。一鳥獨未歸，毰毸老無力。矯首思舊群，潸然淚沾臆。

【校記】

〔一〕新安：諸本俱作「辛安」。今按，金有新安縣，隸河南府，與「兼簡洛下諸友」合，參見《金史》卷二五《地理志》。〔二〕鳥：影元本作「烏」。〔三〕翶翶：《全金詩增補中州集》作「翶翔」。〔四〕陰：《全金詩增補中州集》作「蔭」。

雌鷄行

雌雞粥粥將雛兒，雛兒入水雞鳴悲。岸南岸北飛且隨，但恐搏攫遭鳶鴟[一]。岸傍無食寧饑死，朝暮不肯須臾離。傍人争笑愚且痴，我哀物理爲人欺。

【校記】

〔一〕搏：影元本作「摶」。

雲溪秋泛圖爲閻國寶賦

晴嵐滴翠霜樹殷，石錦錯落苔花斑。人家隱約荒靄外，但見籬落連柴關。兩山中斷忽空曠，下有碧水之潺湲。幽人航葦迷遠近，思致偃蹇無容攀。定非鴟夷成霸業，一舸五湖煙浪寬。

又非坡仙遊赤壁，酒酣浩歌江月寒。亦當拄杖横膝看南山〔一〕，心與白雲相對閑。胡爲厭山瞰芳渚，岸草汀花適幽趣。有聲之畫無聲詩〔二〕，夏蟲未易寒冰語。或云此本張季鷹，蓴鱸忽憶扁舟輕。蹇予有家歸未得，一見秋風羽翼生。

【校記】

〔一〕拄：影元本作「柱」。〔二〕之：原作「詩」，此從《全金詩增補中州集》。

採蓮分得底字。

溪風摇摇波瀰瀰，十里芳華照清沚。蘭舟女郎紅玉春，日射新粧明水底。芙蓉雙臉百媚生，吴宫西施漢良娣。藕腸折斷雪絲牽，入手花枝香菀菀。隔岸誰家貴公子，調笑新詞歌艷體。吴儂變風有如此，誰念采蘋供祭禮。

哭姪

學業方成二紀過，虚舟一夕殞頹波。死皆有命憐渠早，老獨無依奈我何。歸計雲山空莽蒼，愁懷日月暗消磨。白楊半夜風蕭瑟，盡是吾兒薤露歌。

感懷

世路羊腸劇險艱，天心應厭著儒冠。老無子息休心易，貧有交親託事難。文字售人真滯貨，廉平養己似閑官。羲經讀罷無人會，庭竹蕭森夜月寒〔一〕。

【校記】

〔一〕蕭森：影元本作「瀟森」。

吊蕭同知

蕭蘭一夕殞秋霜，數載交情遽忍忘。遊覽雲山春並轡，笑談風雨夜連床。治心我謂當誠慤，處己君言貴肅莊。此理從今誰與論，隰州松月渺蒼蒼。

上巳日遊平湖

微風漠漠水增波，禊事重修繼永和。脆管當筵清似語，扁舟争岸疾如梭。一時人物成高會，千里雲山入浩歌。日暮芝蘭無處覓，野花汀艸占春多。

送田茂卿赴都

宿雨初晴草木齊，一杯汾水恨分攜。上林曉色多鷽友，長路春風入馬蹄。黄卷可能無斗禄，青雲自是有天梯。從來俊傑知時務，莫爲寒窗故紙迷。

和李子微郝居

健羡南溪老，幽居水石間。心無塵事汩，身與野雲閑。院静深藏竹，牆低易得山。蒲團香一炷，花落鳥喧喧。〔一〕

又

别墅荒城外〔二〕，居閑事事幽。栽松添野色，接觔引溪流。詩社分新韻，村醪洗舊愁。更求名與利，騎鶴望揚州。

【校記】

〔一〕喧喧，《全金詩增補中州集》作「闕闕」。今按，「喧喧」與「闕闕」音同，俱象聲詞。〔二〕墅：影元本作「野」。

送李仲暉之洛西

同是思鄉客，君先著祖鞭。驪駒歌落日，去雁入高天。莫戀河濱粟，當耕谷口田。親朋倘相問〔一〕，爲報已衰年。

【校記】

〔一〕親：《全金詩增補中州集》作「新」。

送馬德新

馬弟吾鄉秀，青雲正壯年。四知雖自畏，六戒得師傳。秦府開賢路，瀛州列俊躔。秋風黄鵠健，老眼看高騫〔一〕。

【校記】

〔一〕騫：影元本作「騫」。今按，騫指鳥騰空飛翔，與上句「秋風黄鵠健」合。至於騫，指馬向前奔騰。

贈皇甫德璋〔一〕

明德本生公，醫名一代雄。杖頭閑日月，舌上舊家風。雅趣錢神外，高情酒聖中。治人陰德在，壽骨秀而豊。

【校記】

〔一〕《全金詩增補中州集》詩題作「贈黄德甫璋」。

和劉敏之韻

城居寧不好，未易著閑人。客至慚無酒，詩成莫療貧。譚天雖有口，無地可安身。羡殺清江鷺，生來不受塵。

秋日出郭

離離禾黍滿郊墟，棗實紅殷接野閭。四十年來無史筆，有年今日仗誰書。

和李濟夫韻

午夢遊仙鳥唤迴，竹陰埽地净無埃〔一〕。莫言嘉客閑中少，時有清風自往來。

【校記】

〔一〕净：影元本作「静」，通。

荊公

作古非今禍已成，亦知鬼責與天刑。試看一病遺言處，猶勸傍人誦佛經。

襄陵北城溪坐

楊柳陰陰水氣凉，椒花蔌蔌野風香〔一〕。地偏愈覺似閑整，始信壺天化日長〔二〕。

【校記】

〔一〕野風：原作「野花」，此從影元本、《全金詩增補中州集》。〔二〕壺天：影元本作「擒昌」，《全金詩增補中州集》作「明昌」。

閑述二首

此性生而與道俱，靈源常患少人疏。楊侯一語崇經學，士子争相讀四書。

解作時文一二篇，胸中意氣已掀然。何如剖破醯鷄瓮，看取人間大有天。元房祺《河汾諸老詩集》卷二《石泉張先生宇彦升》。

麻革

麻革，字信之，號貽溪，臨晉（今山西省運城市臨猗縣臨晉鎮）人。金末太學生。祖秉彝、父邦寧，俱金代名士。天興元年，汴京守將崔立以城降蒙古，革與劉祁被脅以布衣之士撰碑頌功德①。戊戌歲（蒙古太宗十一年、一二三八），赴試武川，未第，隱居教授生徒②。與張宇、陳賡、陳庾、房皞、段

---

① 金劉祁《歸潛志》卷一二《録崔立碑事》，中華書局一九八三年。

② 清顧嗣立《元詩選》三集，中華書局一九八七年。

克己、段成己、曹之謙等志趣雅合，倡河汾之正學，並以詩鳴。遺山評曰：「信之如六國合從，利在同盟，而敝於不相統一，有連雞不俱棲之勢，雖人自爲戰，而號令無適從，故勝負未可知。」①兹輯三十六首。

麻革詩載元房棋《河汾諸老詩集》卷一《貽溪麻先生革字信之》，以《文淵閣四庫全書》本爲底本，校以《四部叢刊初編》本（影元本）、清郭元釪《全金詩增補中州集》卷五四（《全金詩增補中州集》）、清顧嗣立《元詩選》二集（《元詩選》）等有關文獻。

上雲内帥賈君

北極長虹掣，西垣太白高。千年知運圮，四海共兵鏖。霧黑龍蛇鬭，山昏虎豹嘷。石傷填海羽，波動負山鰲。遺介潛寒渚，驚鼯走夜牢。江山留慘黯，天地入君蒿。衆折思枝柱，初寒俟纛纚。明良逢慶會，鄉曲得名豪。梁棟因人出，艅艎爲世操。安流欣鼓枻，奔浪獨能篙。日出戈揮景，江翻弩射濤。風聲連澒洞，裁鑒悉纖豪〔一〕。桃李勤封植，茅菅日薙蒋。獵場遊麃鹿，魚渚動鰽魛。井邑生春色，禾麻飫土膏。民歌烏遶屋，士喜馬騰槽。朔塞閑刁斗，天山擁節旄。岱嵩何落落，江漢自滔滔。大竇珠仍璧，長城雉與壕。崇牙分棨戟，大壤屬韃

①《遺山先生文集》卷三九《麻杜張諸人詩評》，《四部叢刊》本。

橐〔二〕。日月依龍德，風雲挾豹韜。夾山群戰騎，黑水泳輕舠。落日觀魚浦，秋風射雉臯。化行家置塾，役簡里停鼛。歌奏投壺室，文閑治獄曹。西庵談性理，東閣會奇髦。森爽開璜琥〔三〕，縱横列雁羔。禮容新泮宇，物性遂莊濠。牧唱聞朝起，樵音聽暮號。孤嬰收坎阱，流滯起蓬蒿。屨下陳蕃榻，誰空北海醪。卻軍敦禮樂，曹館富風騷。客望龍門聚，雛從鳳穴翱。世知三窟隘，人可二天逃。雨露承恩命，山河襲世勞。功名高衞霍，輔弼慕伊咎。鞍馬憐髀肉，簪纓視鬢毛。雅中張仲德，頌入魯侯昭。有客傷淪落，無階寫鬱陶。太行雲冪冪，代北雨騷騷。去國心將折，懷人首獨搔。身如伏櫪驥，情似失林猱。涸轍將安往，窮途況所遭。幸今逢匠石，直欲歠醨糟〔四〕。忖己誠無有，登門亦已叨。沐薰良備至，感激欲號咷。已客馮驩舍，猶傷范叔袍。鳴須開匣劍〔五〕，割欲試鉛刀。杞梓容山木，包羞薦沼芼〔六〕。每思休困頓，佳蔭有蘭皋。

【校記】

〔一〕豪：影元本、《全金詩增補中州集》作「毫」，通。　〔二〕橐：《全金詩增補中州集》作「櫜」。

〔三〕森爽：原作「森夾」，此從諸本。今按，唐杜甫《樂遊原歌》：「樂遊古園崒森爽，煙綿碧草萋萋長。」見《全唐詩》卷二一六。　〔四〕歠：影元本作「啖」。今按，歠音啜，意猶飲。《楚辭·漁父》有「何不餔其糟而歠其醨」語。　〔五〕鳴：諸本作「鍔」。　〔六〕芼：原作「毛」，此從諸本。今按，《柳宗元集》卷四三《游南亭夜還叙志七十韻》：「野蔬盈頃筐，頗雜池沼芼。」

送杜仲梁東遊仲梁先稱善夫。

野馬何決驟，飛雲何悠颺。商嵓不足稽此士，又欲東略宋與梁。青山不知老，白日乃許忙。菊潭之水清泠淵，野人飲之得長年。芳醲不買壽，淡泊差可久。北山峩峩蒼翠巔，丹崖石老生紫煙。靈芝秋杞老霜骨，黄精茯苓飽新斸。望君蕲蕲病以癯，酌之食之可以還膚腴。況有劉荆州元丹丘，子寧舍之汗漫遊。凉秋佳月酒一杯，送子東下心徘徊。半山亭前一茅屋，歲寒霜勁君當來〔一〕。

【校記】

〔一〕霜：《全金詩增補中州集》作「松」。

短歌行送秦人薛微之赴中書

河流宿層冰，山有太古雪。翩翩有客來，老面黑於鐵。盤盤胸臆間，猶挂太華月。不肯下貴勢，便欲叫雙闕。朔寒衣裳單，路遠馬蹩躠。昔人丈夫事，肝膽不可越。我歌送君行，歌聲何激烈。悲風爲我起，酒行歌半闋。望君青雲端，何惜遠離別〔一〕。

【校記】

〔一〕惜：諸本作「恤」。

關中行送李顯卿

關中行，我持一杯酒，送君西入秦。秦川鬱相望，渭水流沄沄。黃河中折倏復来，太華倚天青壁開。我送君兮渺何許，春風不肯吹君迴。舉酒酹五陵，浩歌登高臺。終南之山何崔嵬，長安舊遊安在哉。百年繁華成劫灰，千古英雄沉草萊。風塵澒洞豺狼墓〔一〕，天地茫茫入煙霧。我載歌，送君去，太華終南宜有深絶處。嵓扃人跡所不到，石壁蒼苔老煙雨。草堂挂女蘿〔二〕，充腹多薯蕷。玉井蓮開十丈花，茯苓根結千年樹。白雪青松良可老，鹿門有龐商有皓。不然凌雲學輕舉，呼取安期羨門語。憶昨與君友，相逢日日酬杯酒。酒闌起舞肝膽開，小桃唱罷歌楊柳。晉語狎秦懽，秦談驚晉叟。秦晉之交那可無，胡爲不作雙飛鳧。碧草離離生早春，哀歌望斷西南雲。求君於終南之上不可得，大華峰頭會見君。

【校記】

〔一〕墓：《全金詩增補中州集》作「暮」。　〔二〕草：《全金詩增補中州集》作「山」。

阻雪華下

愛山久成癖，得山真雋永。太華隔風塵，五年夢幽境。傳聞十丈蓮，擬扣玉仙井。雪花忽迷漫，蒼巔墮昏暝。蹇予世緣深，方外久自屏。意是希夷君，俗駕疏造請。行行風撼林，稍稍雲度嶺。雲間三峰面，隱約露芒穎。初如灔澦堆，屹起勢奔猛。漸如倚天劍，萬仞鐵花冷。煙霞半明滅，瞬息變光景。乃知造物心，相哀亦相警。歸鞭晚忽忽，回首心耿耿。浩歌夜深寒，孤月挂峰頂。

置酒半山亭得秋字。

懷抱久不寫，兀坐如縶囚。永懷西山勝，浩蕩成兹遊。嵓壑互窈窕，叢蘿鬱深幽，飛煙入虚無，長風跨崑丘。楚甸散林莽，商顔亦綢繆。雷雨天地空，景氣入夜浮。況當節律變，萬物颯以秋。雲來白日慘，天澹清江流。西望渺關河，沉沉生暮愁。蘭苕暗幽谷，芰荷老芳洲。一笑舉酒觴，浩歌聊自酬。幽賞興未極，慨嘆心悠悠。世事蒼茫外，寒沙明白鷗。

歸潛堂爲劉京叔賦〔一〕

逃淵魚深處〔二〕，避弋鴻冥飛。古來賢達士，亦復歌采薇〔三〕。南山先廬在，兵塵悵暌違。山空無人居，惟見草木肥。翩然千歲鶴，一朝復來歸。新築臨渾水，行逕窈以微。清流鳴前除，白雲入晨扉。迴顧陵谷遷〔四〕，萬事倏已非。著書入理奥，得句窮天機。前路政自迫，此道倘可幾。殷勤抱中璧，黽勉留餘輝。第恐遯世志，還負習隱譏。永懷泉上石，一觴與君揮。惜無淩風翰，遐舉非所希。

又

塵土悠悠涴客襜，一堂千古入幽潛。喧無車馬雲迎户，静有琴書月掛簷。渾水清泠通竹過，南山蒼翠與天兼。遥知吟嘯同雲弟，剩有新詩灑壁縑。

【校記】

〔一〕此題原收前一首，兹據金劉祁《歸潛志》卷一四補入後一首，并循例加題「又」字。〔二〕淵：《歸潛志》作「漁」。〔三〕歌：《歸潛志》作「詠」。〔四〕顧：《歸潛志》作「頭」。

守約齋爲吕仲和作

讀書不務博，造道當入微。一理貫萬理，一岐會衆岐。譬彼庖丁刀，騞然解牛時。節間即有得，肯綮寧復疑。道喪向千載，聖遠孰可期。養勇敵所愾，養氣動以隨。心非安如山，遇變鮮不移。吾門有聖學，觀心乃其師。宴坐一室中，自得實在兹〔一〕。胡爲滯紛感，紬繹如蠒絲。人生夘多欲，事物日以滋。牛羊踐徑蹊，虎豹攻藩籬。我嘗叩天理，誠明不容欺。第恐達者事，還爲狷者嗤。

【校記】

〔一〕實：《全金詩增補中州集》作「適」。

楊將軍坰馬圖

古人相馬不相肉，畫工畫馬亦畫骨。淡淡生絹一片雲，眼中群龍何突兀。飛菟汗血天驥種，筆墨之間見飛動。前趨後逐互有態，涉嗑行留分向背。豐草長林性本真，駉駉駜駜相與馴。開元天子盛監牧，四十萬匹錦繡屯。人言息馬戰所重〔一〕，風鬣霜蹄惜無用。君不見幽燕飛鞚時，中原流血成淵池。秖今征討苦未休，金鞍銕甲彌山丘。安得放歸如此馬，飲水求芻恣閑暇。

【校記】

〔一〕息：《全金詩增補中州集》作「駿」。今按，《史記》卷五《秦本紀》周孝王曰：「今其後世亦爲朕息馬，朕其分土爲附庸。」

題李氏寓酒軒

吾聞李謫仙，一斗詩百篇酒家眠。又聞陽諫議，月廩盡以送酒錢。伯倫酒德頌，無功醉鄉仙。説到飲中理，兹世何渺然。古來賢達士，以酒全其天。所以陶靖節，浩歌歸園田〔一〕。獨余醉翁之意不在酒，樂在山水静所便。古人已矣不可作，今人紛紛亦能賢。北里富熏天，高樓歌舞筵。千金結客多少年，哀吹豪竹，倒傾玉船。以酒互爲市，地勢相嬋嫣。焉知貧士貧到骨，健倒仰天歌黄鵠。黄鵠歌罷無翼飛，妻啼兒號書一束。借問主人翁，心跡誰與同。我亦頗解飲，聖賢時一中。酒酣擊尊破，兩耳生春風。安得園綺遇，攜我入山去。清泉爲釀碧溪深，醉卧溪頭弄雲月。

【校記】

〔一〕園田：《全金詩增補中州集》作「田園」。

盧山兵後得房希白書知弟謙消息

聞道王師阻渭津，盧山以後陷兵塵〔一〕。軍行萬里速如鬼，風慘一川愁殺人。亂後僅知家弟在，書來疑與故人親。夢中亦覺長安遠，回首關河淚滿巾。

【校記】

〔一〕兵：《全金詩增補中州集》作「風」。今按，麻革《晚步張翬田間》有「兵塵河朔迷歸路」語。

晚步張翬田間

地入荒蕪過客稀，村深門巷暮山圍。悠悠獨鳥穿雲下，策策寒烏掠日飛。人事百年梧葉老，秋風萬里稻花肥。兵塵河朔迷歸路，惆悵平沙送夕暉。

板橋道中

篁竹瀟瀟野水濱，光風過眼與時新。陰崖積雪猶含凍，遠樹浮煙已帶春。世故未應悲古道，歲華聊得伴閑身。蕨芽筍稚行當好，莫擬山中問主人[一]。

【校記】

[一]莫：《全金詩增補中州集》作「準」。

過陝

萬古津茅據上遊，崤函西去接秦頭。悲風鼓角重城暮，落日關河百戰秋。形勝古來須上策，塵埃歲晚只羈愁。豺狼滿地荊榛合，目斷中條是故丘[一]。

【校記】

[一]目：影元本作「日」。

爲王德新壽

百年人物惜凋零，尚喜衣冠見老成。數口虀鹽憂桂玉，一川風雨獨柴荆。紅顔未羡方春好，黄髮應從此夜生。異日華林講殊禮，不妨鳩杖從公行。

爲秦人梁帥壽[一]

功名萬里駕龍荒，不作當年陛楯郎。顔角久瞻天上日，鬢毛未點鏡中霜。衣沾暑雨千秋潤，扇引薰風六月凉。見説長年出沖静，海山求藥本微茫。

【校記】

〔一〕帥：影元本作「師」。

送申生取新赴中書

寒山漠漠日初曛，過盡瀟瀟雁鶩群。百代高歌餘白雪，一朝飛步上青雲。倚門骯髒誰憐我，滿腹精神獨見君。看取扶摇便鵬翼，臨岐且莫嘆離分。

寄杜仲梁

塞上愁多雲易陰，故人雖在雁無音。交情念子黄金重，世故稽人白髮深。芳草春風千里夢，青燈夜雨兩鄉心。岱宗入眼東南秀，悵望雲山淚滿襟。

寄元裕之

朔雲陰雪晚重重，日入寒蕪塞草空。沂水東回無去翼，天山南斷有哀鴻。三年遠别交情外，一夜相思客夢中。明日關河對雙淚，秖將幽憤寄秋風。

竹林院同張之純賦二首

柳色侵尋映短籬，竹梢零亂挂殘暉。山禽自識忘機客，飛下庭柯更不飛。
稍稍林間布穀聲，邨南邨北水雲平。偶來竹寺看山坐，閑聽清溪遶舍鳴。

中書大丞相耶律公挽詞二首甲辰五月十四日。

砥柱中流折，藏舟半夜移。世賢高允相，人嘆叔孫儀。未拜荆州面〔一〕，嘗蒙國士知。無階陪引紼，萬里望靈輀。
文獻群公表，東丹八葉傳。珪璋貽嗣德，蘭藻靄遺編。禁籍虚青瑣，神遊定玉泉。太常千字誄，誰有筆如椽。

【校記】

〔一〕拜：《全金詩增補中州集》作「識」。

密國公挽詞二首

鬱鬱佳城閉，翩翩銘旐開。風悲信陵墓，雨入孝王臺。萬古傷梁壞〔一〕，千年望鶴來。平明國門外，蕭鼓不勝哀。

漢制隆恩禮，周封列屏翰。人知尊帝胄，我但識儒冠。零落傷蘭桂，孤高嘆鳳鸞。從今門下客，長鋏向誰彈。

【校記】

〔一〕梁：影元本、《元詩選》作「渠」。

王子壽鄉友生朝

自接夫君席，頻逢歲律更。面嚴知氣直，語出見生平。講學詩書義，論交里社情。鬚髯如戟在，長對玉峰明。

送李端卿之鄴臺

僮馬戒晨裝，新霜木葉黄。嗟予無壯節，送子慘離腸。林慮荒秋色，清漳下夕陽。遥知一尊酒，吊古鄴城傍。

爲喬子春壽〔一〕

講道顔淵巷，新齋友與同。守身爲大節，寡欲是全功。教子勤書裏，娱親養疾中。黄花佳節近，歲歲看秋風。

【校記】

〔一〕影元本詩題無「春」字。

贈劉伯威

劉子山中秀，相逢氣自同。箕裘門户計，菽水古人風。折節豈爲辱，苦心應有終。平生湖海志，未用哭途窮。

贈王明伯

遼海遺珠玉，黄華秀未空。百年書法裏，萬事酒盃中。耿耿此心在，悠悠吾道窮。好賢明達事，獨喜與君同。

秋夜感懷

老境歡娱少，愁懷感嘆長。世途多險阻，歸興渺蒼茫。疏雨梧桐夜，西風蟋蟀床。平明攬青鏡，衰鬢又添霜。

趙太監降日

自從龍戰野，特立孰如公。著跡雲鵬上，收功汗馬中。高談天下計，餘事古人風。勿藥行逢喜，春風兩頰紅。

雲中夜雨

憔悴杜陵客，悲涼王仲宣。四圍晴立壁，一突午無煙。病卧秋風裏，愁吟夜雨邊。明朝誰裏飯，萬一使君憐〔一〕。

【校記】

〔一〕明朝誰裏飯二句：《（正德）大同府志》作「聽來情似緒，自語還自憐」。

渡洛

泉石經行久，林丘彌望間〔一〕。溪鳴風蕩水，谷暗雨含山。淡淡輕鷗没，飛飛倦鳥還。世緣良自苦〔二〕，空羡野雲閑。

【校記】

〔一〕彌：影元本、顧編本作「弭」。〔二〕自：原作「日」，影元本如之，此從《全金詩增補中州集》、《元詩選》。

浩浩

浩浩春風裏，悠悠倦客情。天寒花寂寞，冰泮水縱橫。念遠心將折，聞兵夢亦驚。江山憔悴久，倚杖嘆餘生。元房祺《河汾諸老詩集》卷一。

新編全金詩卷六七

郝鼎臣

郝鼎臣，字巨卿，號北山，韓城（今陝西省渭南市韓城市）人。泰和中，試京兆府，名聲藉藉。至寧間，官商州洛南縣令。金末喪亂，流落汴京。值中書令耶律楚材適汴，虚席以待四方之士，鼎臣入謁有詩，既而歸鄉里。戊戌歲（蒙古太宗十年、一二三八），再試京兆，登魁選，授陝西行中書省參議、京兆府提舉學校事。歷清要十載，年八十六卒。兹輯一首。

謁耶律丞相

大道分明有殺機，干戈未定更何之。寒枝欲發無根蒂，憑仗東風次第吹。清顧嗣立《元詩選癸集》癸之乙《郝參議鼎臣》，中華書局二〇〇一年，上册第二二九頁。

李惟寅

李惟寅，字舜臣，析津（今北京市）人①。登進士第。金亡後，仕爲中書省提控令史。兹輯二首。

題歸潛堂二首

浩浩干戈裏，憐君遂隱居。雲蒸秋簟冷，月落夜牕虚。歲月盃中物，生涯几上書。潛中有真趣，吾亦愛吾廬。

地僻心偏遠，人閑物自幽。功名真敝屣，軒冕等浮漚。野鳥從喧寂，山雲自去留。一盃濁酒外，萬事付休休。金劉祁《歸潛志》卷一四，撰者署「析津李惟寅舜臣」。

王良臣

王良臣，字彦才，號恒齋，陳州商水（今河南省周口市商水縣）人。自幼力學，總角登經童第①，爲

（接上頁注①）元王惲《秋澗集》卷八〇《中堂事記》上：「庚申年春三月十七日，世祖皇帝即位於開平府，建號爲中統元年。秋七月十三日，立行中書省於燕京。」其中，「提控令史」四人，包括「李惟寅字舜臣，西京人，前進士」。《四部叢刊》本。今按，此處庚申指元中統元年（一二六〇）；李惟寅或原籍西京（大同），後徙析津（大興），當以自署爲是。

①元郝經《陵川集》卷二五《恒齋記》：「癸丑夏，經入於燕，激水王君良臣一見如故交，軒豁開朗，内外粹白。自其總角，已卓犖超軼，登神童第。再舉進士，連與春官，薦書方聳璗昂霄，而汴已亡。棲遲偃蹇，静以觀化，名其齋曰『恒』。孔子曰：『善人吾不得而見之矣，得見有恒者斯可矣。』當周之世，已云如是，矧其下乎？今君揭以爲名，其欲使天下恒心恒德，復上世之治與道之常乎？世人方務於彼，而君乃務於此，是可尚已。於是蔓衍其説，而爲之記。」《文淵閣四庫全書》本。記中癸丑指蒙古憲宗三年（一二五三）。

舉子有聲場屋間。宰執莘公胥鼎知之，擢西臺掾。金亡後，寓於燕。中統初，仕爲行中書省都事①。嘗著《恒齋先生文集》行世②。兹輯一首。

漁父

白蘋風卷釣絲斜，魚不吞鈎水見沙。買酒自歸蓬底醉，載將明月入蘆花。明李伯璵《文翰類選大成》卷八四，《四庫全書存目叢書》本，齊魯書社一九九六年。

張允中

張允中，字可行，號鬅鬙老人，林慮（今河南省安陽市林州市）人。性慷慨不羈，有詩名。金末流寓相城，以經術教授生徒③，年八十餘卒④。兹輯二首。

---

①元王惲《秋澗集》卷八〇《中堂事記》上：「庚申年春三月十七日，世祖皇帝即位於開平府，建號爲中統元年。秋七月十三日，立行中書省於燕京，劄付各道宣撫司取儒士吏員通錢穀者各一人，仍令所在津遣乘驛赴省，惲亦忝預其選。是年冬十月至燕，以三書投獻相府，大率陳爲學行已、逢辰致用之意，頗蒙慰奨，令隨省通知計籍，使綜練衆務，日熟聞見焉。」其中「都事」二員，包括「王德輔，字良臣，陳州商水人，經童出身」。《文淵閣四庫全書》本。今按，王德輔良臣即王良臣彦才，或出仕而改；《陵川集》所謂「激水」，未知所在，當是「商水」之誤。

②金李庭《寓庵集》卷四《恒齋先生文集序》，《藕香零拾》本，中華書局一九九九年。

題靈巖寺

曉入靈巖寺，靈蹤一一穿。天聰鑿混沌，龍鼻滴潺湲。不雨山長濕，微風谷競喧。鸞旗開障日，鰲柱仰擎天。雁異靈山鷲，蒲非華頂蓮。重臺疑魏載，卓筆豈張顛。夜月連千嶂，晴雲盡一川。詎那常宴坐，行亮昔安禪。共樂仙遊勝，都將世事捐。雙鸞如我跨，擬把石碑鐫。

遊天平山

洞天金闕天平作，層巘石崖寒玉削。突兀雲生繞碧蒼，髯鬆樹大侵寥廓，蒼鹿挨摧北斗魁，要猿弄損南辰角。文章壓破石鰲頭，琅玕爛折玉兔腳。背巖松柏碧森森，向日芳菲紅灼灼。遮礙林慮半壁天，琢成雲漢千巖壑。官宰爐燒延壽香，仙人瓢採長生藥。風物依稀紫府宫，嵐光繚繞朱陵閣。顛峰渾似撞天槍，怪石還如奔碉鑊。路轉樵人目下迷，溪迴遊子心無錯。

（接上頁注③）《（嘉靖）彰德府志》卷七《選舉志》引金樂著《相臺詩話》：「金之將亡也，遺老儒碩皆來居相。蒙城田芝，北燕劉驥，永平王磐，古鄭周子維，武安胡德珪，渾源劉祁，緱山杜瑛，太原高鳴、劉漢臣，燕山尚子明，林慮張允中，洺水徐世英、李仲澤，汴魏獻臣，田仲德、郭謙甫，各以經術教授，相益彬彬乎多文學之士矣。」《四庫全書存目叢書》本，齊魯書社一九九六年。

（接上頁注④）《（民國）林縣志》卷一二《人物志》，《中國方志叢書》本，臺北成文出版社一九七〇年。

千形萬狀天平山，剖判玄黄天地鑿。清顧嗣立《元詩選癸集》癸之戊上《張允中》，小傳謂「張允中字可行，林州人。性慷慨不羈，有詩名」，餘無考。中華書局二〇〇一年，上册第四九五頁。

佚句

留别鄴下諸公

定知白髮依誰老，枉被青山笑我忙。《（民國）林縣志》卷一二《人物志》：「年八十餘，無子，有首丘之念。留别鄴下諸公，有云云之句，讀者憐之。」《中國方志叢書》本，臺北成文出版社一九七〇年。

劉漢臣

劉漢臣，先世涇陽（今陝西省咸陽市涇陽縣），後徙太原（今山西省太原市）。擢進士第①。金亡之際，流寓相城，以經術教授生徒②。兹輯一首。

①《（嘉靖）涇陽縣志》卷三《科貢》著録劉漢臣爲金進士，一九八六年覆印本。

②《（嘉靖）彰德府志》卷七《選舉志》引金末名士樂著《相臺詩話》：「金之將亡也，遺老儒碩皆來居相。蒙城田芝，北燕劉驥，永平王磐，古鄭周子維，武安胡德珪，渾源劉祁，緱山杜瑛，太原高鳴、劉漢臣，燕山尚子明，林慮張允中，洺水徐世英、李仲澤，汴魏獻臣、田仲德、郭謙甫，各以經術教授，相益彬彬乎多文學之士矣。」《四庫全書存目叢書》本，齊魯書社一九九六年。

清涼寺

雞犬人家古鼎州，林間蕭寺正清幽。嵯峨北望尋常見，冶水南來取次流。翠柏長楊空自老，寒雲落日幾經秋。山僧莫説當時事，滿目丘陵特地愁。清顧嗣立《元詩選癸集》癸之戊上《劉漢臣》，小傳謂「涇陽人」，餘無考。中華書局二〇〇一年，上册第五〇三頁。

張特立

張特立，字文舉，初名永，避衛紹王諱改，曹州東明（今山東省菏澤市東明縣）人。泰和三年進士，釋褐偃師主簿，改宣德州司候。郡多皇族巨室，特立律之以法，闔境肅然。調萊州節度判官，不赴，躬耕杞之圉城，以經學自樂。正大初，左丞侯摯、參政師安石薦其才，授洛陽令。四年，拜監察御史，因直言敢諫而得罪當途者，貶邳州軍事判官。特立通程氏《易》學，金亡後教授諸生，東平總管嚴實禮敬有加。丙午歲（蒙古定宗元年、一二四六），藩王忽必烈賜號曰中庸先生①。癸丑歲（蒙古憲

①《元史》卷一九九《隱逸傳》，中華書局一九八三年。另，清黄宗羲《宋元學案》卷二八《判官張中庸先生特立》，以其通程氏《易》學而爲之立傳。

宗三年、一二五三）卒，年七十五①。嘗著《易集説》《歷年繫事記》等。茲輯一首。

題歸潛堂

陵遷谷變海波翻，築室渠能返故園。夜雨對牀閑鍊句，春風滿座共開樽。都無北闕功名想，且喜南山氣象存。才大到頭潛不得，已傳華萼出蓬門。金劉祁《歸潛志》卷一四，撰者署「東明張特立文舉」。

劉潤之

劉潤之，東漢荊州劉表後裔。金末士人，同蒙古中書令耶律楚材交往，亦與名士段克己唱和②。茲輯一首。

抵和林

破帽麻鞋布腿繃，强扶衰病且徒行。區區不道圖他甚，一夜山妻駡到明。民國陳衍《元詩紀事》卷

①《金史》卷一二八《循吏傳》，中華書局一九七五年。

②金段克己《贈劉潤之》：「平生不願萬户侯，但願一識劉荊州。荊州已遠不可見，裔孫今幸從吾遊。」見《二妙集》卷二，《文淵閣四庫全書》本。

四，上海古籍出版社一九八七年。

佚句

述懷

弟子二三同會食，誰曾開口問先生。元耶律楚材《湛然居士文集》卷一二《劉潤之館於忘憂門下，作〈述懷〉詩，有『弟子二三同會食，誰曾開口問先生』之句，余感而和之》。中華書局一九八六年。

楊鵬

楊鵬，字飛卿，又名雲鵬，號陶然，亦號紫羅凡凡道人①，汝陽（今河南省洛陽市汝陽縣）人。天興元年，以詳議官從汝州防禦使同知姬汝作守城。尋戰於襄郟，得馬百餘匹，士氣頗振②。金亡北渡，遊歷燕京，寓東平二十年。嘗著《陶然集》行世，有詩近二千首。遺山評曰：貞祐南渡後，「死生於詩者，汝海楊飛卿一人而已」③。兹輯二十二首。

---

①元鮮于樞《困學齋雜録》，《叢書集成初編》本，中華書局一九八五年。

②《金史》卷一二三《忠義傳》，中華書局一九七五年。

③《遺山先生文集》卷三七《陶然集詩序》，《四部叢刊》本。

送王魏二學士應聘

三十年來只用兵，蒲輪才始聘賢英。已將藥石除危疾，政要文章致太平。天子飛龍方啓運，華陽歸馬豈無程。會須先下山東詔，癃老思觀德化成。

送元遺山

三館才名天下聞，亂來俗議漫紛紜。兩朝文筆誰争長，一代詩人獨數君。南浦春深愁送別，西山晚翠約平分。何時並坐龍潭上，野水添杯看白雲。

至日二首

又見葭灰動一陽，豈堪卧病客殊方。老懷不似少年好，短景始從今日長。黄犬既難遥附信，玄龜何用苦支牀。恨無羽翼高飛去，六六峰前望故鄉。

恨初年少在南梁，兄弟歡遊久未忘。春色共傾花底酒，雨聲常對竹邊牀。怒鯨一夕掀洪浪，斷雁何時續舊行。辜負亂來同被約，尺書不到十年强。

送張雄飛赴河陽令

祖帳行將出汝州，先聲已過孟津頭。鳴琴但要追循吏，束帶何妨見督郵。二室風煙連赤縣，三城鼓角隔黄州。遥知亂後農耕廢，賣劍應須剩買牛。

送張器玉歸閩中

十載流離避戰塵，白頭憔悴始歸秦。霜前渭水有歸雁，亂後長安無故人。不憚北邙遷櫬遠，莫忘東魯寄書頻。明年我亦崧南去，擬買黄牛種汝濱。

送殷獻臣北上

毳錦模糊覆橐駝，駸駸征騎度沙陀。寒衝絶漠戎裝重，夜繞中華漢夢多。詩健每因横槊賦，曲豪長愛擊壺歌。勒功會待平吴策，萬仞西山尚可磨。

送趙維道北上

干戈流落鬢毛焦，千里窮途著弊貂。老去少陵悲橡食，亂來王粲逐蓬飄。朔庭雲漲龍沙冷，南斗塵昏象闕遥。從此分攜相見少，旅魂飛斷不勝招。

秋晚登憲陵臺

落日荒陵百尺臺，登臨高興亦悠哉。泰山雲盡千峰出，汶水霜晴一雁來。白髮還鄉惟有夢，青雲當路豈無媒。布衣誰識新豐客，獨對秋風酒一杯。

真定龍興寺閣

插天飛構鬱嵯峨，欄角濤聲轉暮河。孤鳥去邊滄渚闊，落霞明處碧山多。傷時未遂陳三策，弔古猶堪賦九歌。安得天丁挽天漢，倒傾京洛洗干戈。

登濮州北城〔一〕

層城高絶一攀躋，歲杪臨風客思凄。曉入馬陵秋草黑〔二〕，鴈横雪澤暮天低〔三〕。陳臺事往人何在，曹國川遥望欲迷〔四〕。牢落壯懷誰與語，疏林殘照亂鴉啼。

【校記】

〔一〕濮州：《（雍正）山東通志》卷三五《藝文志》《（康熙）濮州志》卷五《詩類》録此詩作「濮陽」。

〔二〕曉：原作「燒」，此從《（康熙）濮州志》。　〔三〕雪：《（雍正）山東通志》作「雷」。　〔四〕川：《（雍正）山東通志》《（康熙）濮州志》作「風」。

白樂天影堂

晚慕浮屠伴衲衣，至今高榜揭巖扉。夢中身世元無有，壁上形容果是非。但得蓬蒿猶可住，何須兜率是真歸。渺茫兩地知何在，滿眼春波白鷺飛。

春日西城

山城二月媚晴暉，破暖輕風試裌衣。雨後杏花渾放盡，社前燕子尚來稀。孤懷不奈千愁積，往事真成一夢非。却羡西橋橋畔柳，年年翠色自依依。

東原除夜

客舍無人静掩扉，小窗燈火獨相依。一年殘臘今宵盡，千里故鄉何日歸。鬢髮半隨春雪白，交遊渾似曉星稀。亂離不得中州信，腸斷雲間雁北飛。

春日遊何氏園

旋引溪流環小苑，出牆裊裊見長虹。臨風遥聽有人語，隔水却疑無路通。塵迹盡抛雙屐外，春光别貯一壺中。當門羡殺南塘好，擬買扁舟學釣翁。

送演上人歸方山寺

爲愛嵐光畫裏秋，西風歸夢日悠悠。卧雲未了三生債，飛錫何煩萬里遊。山削碧城圍寺合，泉鳴蒼佩入池流。遥知一室安禪處，更在諸峰最上頭。

送張漢臣歸保塞兼簡張萬户

十年文筆遠從戎，籍籍名香幕府中。鞍馬不教生髀肉，檄書端可愈頭風。地連三趙山河壯，城鎮三關鼓角雄。若見投壺祭征虜，爲言白首坐詩窮。

送王希仲北歸

高歌行採北山薇，迴首兵塵滿帝畿。龍去鼎湖中國换，鶴歸華表昔人非。後期何處傷心切，遠别從今見面稀。莫道尺書千里隔，年年沙塞雁南飛。

鴈

遠客思鄉未得歸，征鴻又見度斜暉。黄蘆洲渚霜前至，紅葉關河畫裏飛。别後望君消息久，亂來哀我弟兄稀。憑高此日堪腸斷，那復江城擣暮衣。清顧嗣立《元詩選三集》甲集《楊處士雲鵬》，中華書局一九八七年，第五一頁。

盧溝橋

十二飛虹架石梁，上都津要會群方。月鉤落水玉痕冷，海氣截天清影長。華表未歸千歲鶴，紫垣曾望五雲鄉。豐碑謾説規模遠，此日河流一葦航。元熊夢得著、北京圖書館善本組輯《析津志輯佚·河閘橋梁》引「楊陶然」詩，北京古籍出版社一九八三年，第九九頁。另，「楊陶然」亦入《析津志輯佚·名宦》，稱其「東平人」，已不知出處，以號爲名。

唐狄梁公廟題詠三首

當年狐婦竊君威，羅織淫刑發禍機。滄海珠難留得在，黄金瓜已摘來稀。國從一虎口中出，日逐五龍天上飛。今日居庸關下路，空餘祠廟對斜暉。

獨木曾扶大厦傾，至今凜凜尚如生。如何原上一丘土，埋得斗南千古名。誰置豐碑紀功烈，天教直棘表精誠。王侯雖失當時斷，表使英雄恨未平。

有唐大器已他歸，天贊元神輔帝奎。鸚鵡忽驚雙翅折，蛟龍還上九天飛。一抔易刬乾陵土，百世難消李勣非。自古忠誠繫興廢，不勝惆悵淚沾衣。明殘抄本《順天府志·昌平縣》引「漁陽陶然」詩，北京大學出版社一九八三年，第四一五頁。今按，所謂漁陽陶然，已不知撰者出處，以號爲姓名、寓所爲鄉貫。

佚句

失題

树古葉黄早，僧閑頭白遲。清顧嗣立《元詩選三集》甲集《楊處士雲鵬》：「李内翰獻能欽叔工篇翰，而雲鵬從之遊。初得云云之句，大爲獻能所推謝。從是游道日廣，而學亦大進。」

白華

白華，字文舉，號寓齋①，陝州（今山西省忻州市河曲縣）人。貞祐三年進士，累遷樞密院判官、右

①元王逢《梧溪集》卷四《讀白寓齋詩序》、清顧嗣立《元詩選癸集》癸之甲《寓齋先生白賁》、清郭元釪《全金詩增補中州集》卷五一《白君舉》等，俱將「寓齋」之號及《寓齋集》歸華之兄賁。今按，賁字君舉，弱冠登泰和三年詞賦第，歷懷寧主簿、岐陽令，然遠業未究而成殂謝，士論惜之，《遺山先生文集》卷二四《善人白君墓表》、卷二五《南陽縣太君墓志銘》有説。賁早卒，當在泰和末或大安初，而現存《永樂大典》所録寓齋詩，可考撰於金亡後者，如《送梁貢父還燕》《送張孝純還燕》《趙提學示屏梅詩約同韻》等，與賁無涉。另，金亡後，白華《增補産育寶慶方序》自署「寓齋老人序」，見宋李師聖《産育寶慶方》卷首，《文淵閣四庫全書》本；其《儒門事亲後序》如之：「然則由是門者，始則既當取其儒者所以事親之爲學，終則又當審其君子所以用法之心，此宛丘心學中不傳之妙也，而寓齋居士欲爲天下後世發之耳。」見金張子和《儒門事親》卷末，日本江户三卷鈔本。

司郎中。蒙古圍汴京，與謀抵禦之策。天興元年十二月，扈從哀宗出京。二年三月，抵歸德，奉命召鄧州節度使移剌瑗勤王。至鄧，從瑗降宋，後北歸。士論以華夙儒貴顯，國危不能以義自處爲貶云①。華與遺山爲世契，兩家子弟每舉長慶故事，詩文往來。遺山集中屢見與之酬答篇什。壬辰歲，華離京，子樸方八歲，蒼皇失母，賴遺山收養，挈以北渡，後成爲一代曲家詞人。華以詩謝遺山云：「顧我真成喪家狗，賴君曾護落巢兒。」②嘗著《寓齋集》行世。兹輯二十一首。

題歸潛堂

天其未厭卯金刀，池上于今有鳳毛。有才不肯學干謁，便入林泉真自豪。衣如飛鶉馬如狗，野飯盈盤厭葱韮。仰天大笑出門去，桃李春風一盃酒。列卿太史尚書郎，五更待漏靴滿霜。何如一身無四壁，醉踏殘花屐齒香。人物尤難到今世，浮雲柳絮無根蔕。不須辛苦上龍門，秋水寒沙魚得計。金劉祁《歸潛志》卷一四，撰者署「河東白華文舉」，名下注「集句」。

題靖節圖

咄哉靈運輩，危坐衣裳辱。何如五柳家，春雨東臯緑。

---

①《金史》卷一一四《白華傳》，中華書局一九七五年。

②元王博文《天籟集序》，見元白樸《天籟集》卷首，《四印齋所刻詞》本，上海古籍出版社一九八九年。

酬元遺山

夢裏薰風湛露歌，花開漢苑舊經過。拾遺老去青春暮，司馬歸來白髮多。横槊賦詩吾豈敢，短衣扣角夜如何。相逢未盡相思話，草色連雲水碧波。清郭元釪《全金詩增補中州集》卷五一，撰者署「白君舉」，將白華與其兄賁君舉混同，上海古籍出版社一九九四年。

示恒

數口無歸累已深，學衣縫掖有青衿。蹉跎歲月成何事，鍛鍊文章更用心。多病苦憐雙白髮，一經真勝萬黄金。忍教憔悴衡門底，竊得虚名玷士林。《永樂大典》卷一三三四四示字韻引「元寓齋詩」，中華書局一九九八年，第六册五七三八頁。

是日又示恒二首

潦倒吾何用，文章汝未成。過庭思父訓，擲地有家聲。烏哺三年養，鵬搏萬里程。續絃膠不盡，無面見先兄。一作墜地惜家聲，杜詩。家聲惜墜地，穀也一作郡也。年雖長，挑弓業已荒。覆車須改轍，作室望爲堂。鶴髮仍多病，鷄栖尚異鄉。遠期七十歲，能得幾稱觴。《永樂大典》卷一三三四四示字韻引寓齋詩，中華書局一九九八年，第六册五七三八頁。

題何天衢安常齋

有車即乘車，有馬即乘馬。車馬苟不來，逍遥步中野。裘則宜於冬，葛則宜於夏。貴賤有去來，吾從而高下。高牙皂纛旗，豈是常隨者。時運一朝去，其物如土苴。惟存一束書，窮通不相舍。《永樂大典》卷二五三三齋字韻引白君舉《寓齋集》，中華書局一九九八年，第二册一一六〇頁。

題生意齋

芳草何青青，青青爲誰好。微物衆所憐，寸心長自保。零雨浥華滋，輕風發幽抱。但恐荊棘深，憂思以終老。

題仲植長史齋

東吴之精天下士，書法得之公孫氏。自觀劍舞轉豪放，酒酣欲得天爲紙。戰國一帖字何少，龍角光芒徹其尾。坡題谷跋掩餘輩，物是人非經幾祀。蕭郎千金購遺書，自得此書無比喜。浮江大笑米家舡，月貫長虹誰敢指。七愁羽化辭人間，便榜高齋爲長史。齋中邀作長史歌，口不能言相諾唯。杜陵文章光萬丈，政自愛君心不已。魯公若無忠義氣，屋漏錐沙一技止。

淒其懷賢亦竊比，作字作詩同論理。書生安敢犯名教，事有至難天幸耳。古來避謗詩尋醫，鼓吻誰翻東海水。安得快劍斫蛟鼉，九原爲喚張顛起。《永樂大典》卷二五三七齋字韻引元白君舉《寓齋集》，中華書局一九九八年，第二册一一八一頁。

腊梅

雪盡南枝迤邐芳，嫩苞摘索破輕黃。宮衣新染薔薇露，仙骨濃熏簷蔔香。甘與松筠同晚節，恥隨桃李競春光。詩成婉媚人應笑，未害平生鐵石腸。《永樂大典》卷二八一一梅字韻引《寓齋詩集》，中華書局一九九八年，第二册一四八五頁。

驚梅圖

一笛西風翠袖寒，斷腸聲裏玉英殘。彼圖省識春嬌面，還似羅浮夢裏看。

趙提學示屏上梅詩約同韻

東閣屏風上，南枝滴蠟黃。巡簷曾一笑，破墨到孤芳。自昔調羹品，羞爲落額粧。詩人朝夕視，且莫恨無香。《永樂大典》卷二八一三梅字韻引「白均舉寓齋」詩，中華書局一九九八年，第二册一五〇八頁。

送陳外郎還燕

擾擾紅塵足是非，古來賢達貴知幾。休將腐鼠時相嚇，且放冥鴻自在飛。燕市霜寒羔酒麗，瀘溝漲渚鯉魚肥。九原不作陶元亮，遐想高風誰與歸。

送梁貢父還燕

古來名士出名門，人物風流自不群。闕下久稱三語掾，關中初識五噫君。畫樓煙月休回首，汗簡詩書要策勳。聖代選材先少儁，竚看平步上青雲。

送馬雲漢還燕二首渠自汾遷葬還。

金粟崗頭賦別離，玉關人老淚先垂。迴思仲氏依劉日，備識孤臣在鄧時。誰倡五羊身自鬻，恐成三虎世多疑。會當相見須當問，骨掩泉台亦報知。

梁苑追隨記五常，季常及我偶還鄉。火山汾水餘光壟，楊馬囊琴會異方。每覽畫圖三嘆息，恰如玉樹半存亡。更移詩叟瓜田上，目望寒雲過鴈行。

贈關仲秀還燕二首

游子别來久，交情亂後知。相逢滹上水，猶話汴梁時。秋氣衣單甚，鄉心馬去遲。未歸先十日，已要送行詩。

軺傳來辭我，羈魂忍别君。薊門黄閣在，燕上白溝分。行李霑秋淚，平蕪接暮雲。萱堂凝望久，先遣尺書聞。

送張孝純還燕

一鴈南來又北飛，緑楊歸路雪霏霏。此心盡日爲形役，世事從前與願違。郭隗廢臺秋草合，薊門殘角曉星稀。有時白壁閑吟賦，未害詞人杜紫微。《永樂大典》卷四九〇八煙字韻引《寓齋集》，中華書局一九九八年，第四册八八〇四頁。

兩生課賣花因用其韻二首

喪亂淹行李，晴明見賣花。趁先春市集，待向曉窗誇。紅粉争酬價，黄蜂誤報衙。園丁高著眼，莫過阮郎家。

賣花人起早，負擔入春城。囊露宜三嗅，臨風忽一聲。趁虚神盡悦，倦繡夢頻驚。多寡錙銖裹，東君也世情。《永樂大典》卷五八三八花字韻引「白君舉」詩，中華書局一九九八年，第三册二五四二頁。

佚句

答李定齋

欲搜春草池塘句，藥裹關心夢不成。清施國祁《元遺山詩集箋注》卷一〇《和白樞判》：「李定齋有詩寄白，以『因風何惜數行書』爲落句，白酬答云云。余平解之。」《四部精要》本，上海古籍出版社一九九三年。

李章

李章，字君章，東平（今山東省泰安市東平縣）人。性通簡，能詩善書。與金末名士王鉉等交誼甚厚。晚年畫墨竹有高致①。兹輯十七首。

讀太白詩六首

古風六十篇，詩家共斂手。可憐郊島輩，區區到白首。

---

①元夏文彦《圖繪寶鑒》卷五，《歷代名畫記》本，京華出版社二〇〇〇年，第二八二頁。

本是江湖人，强作金門客。拔劍斫蒼蠅，歸來弄明月。
長安白日晚，渭水秋風寒。蓬萊有歸路，休歌蜀道難。
平生不識愁，但恐榮華改。泰山作黄金，酒池接滄海。
朝作猛虎行，暮作長相思。誰知心似鐵，也有皺眉時。
詩家無處泄，挂席探禹穴。飽登黄鶴樓，爛醉金陵月。

讀過齋詩

杜老藩籬豈易窺，西崑體變漸流離。語新涉近難名世，調古求新却背時。射虎豈無真李廣，捧心那得兩西施。牛腰幾卷猶嫌少，鬼妬天愁不自知。

雜詩三首

李杜文章冠一時，六朝高勝晚唐卑。淵明自合詩家愛，萬古清風一伯夷。
陶潛志屈歸來日，賈誼書陳慟哭時。澗底孤松休鬱鬱，世間萬事只天知。
自憐高處少於癡，半世蹉跎坐好奇。到處溪山題品遍，關中猶欠羡坡詩。

漫成

學得詩篇似古人，才交人笑捧心顰。直須到却無心處，信手拈來始是真。
志短才微學失真，枉消歲月費精神。閑來點檢囊中作，幾首新詩到古人。

絶句三首

李杜韓蘇萬古春，西崑一變漸離真。前山未了後山出，多少邯鄲失步人。
開簾忽見簷前月，欹枕未眠窗下客。山雲過雨不成陰，鞦韆院落花如雪。
竹影重封緑瑣窗，蝸涎微印紫台墻。曉來一陣催秋雨，便覺風來帶嫩涼。《永樂大典》卷九〇三詩字韻引《中州元氣集》李章詩，中華書局一九八八年，第九册八五六四頁。

東湖曲

武昌女兒顔如玉，夜夜抱寒溪上宿。朝來懶上木蘭舟，落日悲歌采蓮曲。袖中忽惹藕絲長，不與行人繫斷腸。情多觸處不稱意，沙頭更見雙鴛鴦。斜風蕭蕭吹雨落，乍寒不管羅衣薄。空將荷葉盖頭歸，摇指鳳凰山下泊。《永樂大典》卷二二六一湖字韻引《中州元氣集》李章詩，中華書局一九八八年，第一册七五二頁。

寄王鼎玉

豪氣元龍老不除，都緣爲口走窮途。苔侵茶局禁愁否，月壓秦樓入夢無。耽酒幾回傷射臂，愛山長是費吟鬚。從來薄宦無多味，早晚扁舟入五湖。《永樂大典》卷一四三八三寄字韻引《中州元氣集》李章詩，中華書局一九八八年，第七册六二九七頁。今按，詩題「王鼎玉」，名鉉，鼎玉其字，燕人。與元遺山同登興定五年進士第。正大三年，遺山從商帥完顏國器至南陽，王仲澤、王鼎玉同在軍中。遺山集中屢見與之酬答篇什。另，李章其詩出自《中州元氣集》，此集成於金亡後不久，所輯如劉瞻、王庭筠、劉昂、趙秉文、李純甫、雷希顔、麻九疇、房皥等等，皆生活在金及金元易代之際。

佚名

題襄陽九華寺壁

干戈未定各何之，一事無成兩鬢絲。蹤跡大綱王粲傳，情懷小樣杜陵詩。鶺鴒信斷雲千里〔一〕，烏鵲巢寒月一枝〔二〕。安得中山千日酒，陶然直到太平時。宋張端義《貴耳集》卷下：「辛卯歲，北來人數百輩，暫寓于襄陽府九華寺，有一人題詩于壁云云。雖未爲絶唱，讀之亦使人增感也。」《宋元筆記小説大觀》本，上海古籍出版社二〇〇一年。另，清潘永因《宋稗類鈔》卷五《詩話》亦録，「九華寺」作「光孝寺」，書目文獻出版社一九八五年。今按，引文中「辛卯」指宋理宗紹定四年、金哀宗正大八年（一二三一）。

【校記】

〔一〕鶬鴰：《宋稗類鈔》作「脊令」。　〔二〕巢寒：《宋稗類鈔》作「驚飛」。

題襄漢詩

襄漢雲屯十萬兵，習池酩酊不曾醒。紛紛誤晉皆渠輩，不特王家一寧馨。宋周密《浩然齋雅談》卷中：「近北客有題襄漢詩云云。」《叢書集成初編》本，中華書局一九八五年。

佚句

詠汴京青城

萬里風霜空緑樹，百年興廢又青城。宋周密《癸辛雜識》别集上《北客詩》：「又詠汴京青城云云。蓋大金之亡，亦聚其諸王於青城而殺之。」中華書局一九八八年。

新編全金詩卷六八

劉百熙

劉百熙，字善甫，號房山，宛平（今北京市豐臺區）人。善詩文，累舉未第，與雷淵齊名。壬辰中，嘗與楊奂等太學生守汴京①。金亡歸鄉。丙辰歲（蒙古憲宗六年、一二五六）卒，年七十四②。兹輯一首。

題趙州石橋并序〔一〕

僕壯年嘗往來燕趙間，每過此橋，未嘗不周覽山川形勢，徘徊不忍去。今老矣，遭值喪亂，迺復過此，慨然有懷，因作是詩以寓意焉。房山劉百熙，癸卯歲六月中澣日。

誰知千古媧皇石，解補人間地不平。半夜移來山鬼泣，一矼横絶海神驚。水從碧玉環中過，人在蒼龍背上行。日暮憑欄望河朔，不須擊楫壯心生。《（正德）趙州志》卷二，《天一閣藏明代方志選刊續編》本，上海書店一九八九年。

---

① 金劉祁《歸潛志》卷一一《録大梁事》，中華書局一九八三年，第一二三頁。

② 元郝經《陵川集》卷三五《房山先生墓銘》，文淵閣四庫全書本。

【校記】

〔一〕詩題原闕，據文意擬；詩序原脱，據清蔡壽、查軫《趙州石刻全録》卷下補。

郝思温

郝思温，字和之，號東山，陵川（今山西省晉城市陵川縣）人。天挺之子，經之父，與遺山元好問同窗。年二十許得疾，遂不就科舉。戊午歲（蒙古憲宗八年、一二五八）卒，年六十八。生平喜爲歌詩，徜徉跌宕，自以爲樂①。兹輯一首。

大字歌

東山手提雪庵筆，筆中出此萬鈞力。重如岱嶽鎮坤維，奇如古鼎躍泗側。點如蒼海之碣石，直如參天之古柏。曲如老龍恣盤拏，横如方城立鐵壁〔二〕。快如大澤斬蛇劍，妖夔幻魑争辟易。巨靈引指太華擘，三千獅子座舉臂。可移得偶然，揮毫出世間。壯士不能擲，瘞鶴銘摩崖，碑後來者誰繼之。我嘗見龍溪之字大如箕，五百年間無此奇。雪庵老，東山子，傳鉢曇花重現世。昆侖以爲筆，東溟以爲硯，青天以爲紙，爲我寫太平兩大字。持獻天皇九九八千

① 元郝經《陵川集》卷三六《先父行狀》，《文淵閣四庫全書》本。

一萬歲，我歌爾字吾老矣。《（民國）陵川縣志》卷一〇《雜録》：「河中郝思温《大字歌》注云：『號東山，雪庵高弟。』詩曰云云。」《中國方志叢書》本，臺北成文出版社一九七〇年。

【校記】

〔一〕壁：原作「璧」，刊誤。

佚句

失題

日月儻隨天地在，詩書終療子孫貧。元郝經《陵川集》卷三六《先妣行狀》：「經年十有六，欲以幹蠱自任。先妣謂家君曰：『郝氏業儒四世矣。名士如元遺山者，我之自出。故家淵源，當益浚之，可自我而涸乎？……使是子也而有成，不墜家聲，吾儕凍餒無憾。其或不成，亦云命矣。於吾責何有？若以利責之子而不教，是廢先世也。先世之靈，照之在上，質之在旁，將於誰而責也。』故家君感泣，爲之賦詩，有云云之句。」《文淵閣四庫全書》本。

文劇

文劇，字道廣，濮州（今山東菏澤市鄄城縣舊城鎮）人①。金末士人，與紫陽楊奂爲友。丁巳歲

①金文劇《玄靖達觀大師劉公墓誌銘》題後署「濮州文道廣撰」，見陳垣等《道家金石略》，文物出版社一九八八年，第五二二頁。

（蒙古憲宗七年、一二五七），著有《玄靖達觀大師劉公墓誌銘》。兹輯三首。

題重修至聖文宣王廟碑陰詩

萋萋野草翳雩壇，回首尼山一憑欄。空想文風復鄒魯，豈知俗學尚申韓。虛堂晝寂禽聲雜，高閣春深檜影寒。樂道獨憐紫陽子，忘情軒冕羡瓢簞。清王昶《金石萃編》卷一五七，《歷代碑誌叢書》本，江蘇古籍出版社一九九八年。今按，金党懷英《重修文宣王廟碑》陰題詩題名若干，多出自金及金元易代之際士人手筆。此詩撰者署「文劇」，題於楊奐詩後，有「樂道獨憐紫陽子」語，當是從紫陽楊奐同謁孔廟。

玄靖大師挽章

曾陪師匠試牛刀，未了諸緣志已高。雖是洞山瑶室好，其如上界玉樓何。長天淡淡沉孤鶴，滄海漫漫去一鰲。惆悵西園幾方丈，春風有恨落庭柯。陳垣等《道家金石略·玄靖大師遺世頌》，撰者署「濮川文道廣」，文物出版社一九八八年，第五二二頁。

説經臺

山中花鳥四時好，臺上煙霞千里明。此是玄元言外意，誰能著眼聽無聲。元朱象先《古樓觀紫雲衍慶集》卷下《名賢題詠》，撰者署「文道廣」，明正統《道藏》本。文物出版社等影印一九九四年，第一九册五六九頁。

馮渭

馮渭，字清甫，真定（今河北省石家莊市正定縣）人。祖子翼、父璧，皆登進士第。渭由任子仕，初佐靈壁帥府，繼守均州軍事判官，改南京右廂機察①。金亡，侍父北渡還鄉，時稱馮孝子。尋召爲中書省右三部郎中，居無幾，辭去。與金末名士玉峰魏璠、遺山元好問、敬齋李治等最相善。讀書爲文，不廢風雨寒暑；節録經史，細及箋訓，輯金源文章凡若干百卷。嘗著《長山集》行世②。兹輯一首。

太真教鸚䳇圖

温泉賜浴意融怡，猶念寧王玉笛吹。卻怕能言泄幽事，丁寧慎勿語人知。元蘇天爵《元文類》卷八，撰者署「馮謂」，當作「馮渭」，上海古籍出版社一九九三年。另，清顧嗣立《元詩選癸集》癸之戊上《馮徵君渭》亦録，中華書局二〇〇一年。

---

①《遺山先生文集》卷一九《内翰馮公神道碑銘》，《四部叢刊》本。

②元姚燧《牧庵集》卷二〇《中書右三部郎中馮公神道碑》，《四部叢刊》本。

趙衍

趙衍，字超然①，號西巖，其先世碣石（今河北省秦皇島市昌黎縣），後徙北平（今河北省秦皇島市盧龍縣）②，爲遼勳臣之後。遭時多故，家業中衰，起於畎畝。戊戌歲（蒙古太宗十年、一二三八）中進士選③。從龍山吕鯤學，紹傳唐詩遺緒。同中書令耶律楚材交誼甚厚，楚材卒，撰行狀。又受託教授楚材之孫、鑄之子希亮④，然終生未仕。嘗著《西巖文集》行世，元初名士王惲序云：「氣淳而學古，材清而辭麗，自是以慮平生之底藴，爲後學之規模。」⑤兹輯一首。

---

①元耶律鑄《雙溪醉隱集》卷三《春日懷趙超然》有云：「萬里故鄉夢，五更殘月鐘。去鴻書斷絶，歸燕語朦朧。」《遼海叢書》本，遼沈書社一九八五年。

②北平即平州。金釋并《大金國平州石幢記》：「秦並六國，以天下爲三十六郡，乃號遼西郡。炎漢御宇，更號右北平。司馬氏及曹丕有國，改置盧龍郡。今之縣名，乃從古號。元魏石勒慕容氏父子建國，皆從盧龍之郡。隋文創業，去郡爲軍州，蓋順古北平之號。唐乘玉輦，只號平州。後唐五代迄遼，皆從平州之名。大金建國，遠收淮北之地。正隆遷都於燕京，大修宫殿，建號中都，故我州爲大國之東門矣。」見《（民國）盧龍縣誌》卷五《古蹟》，《中國方志叢書》本，臺北成文出版社一九七〇年。

③元宋子貞《中書令耶律公神道碑》稱之「進士趙衍」，當是戊戌選舉及第，見元蘇天爵《元文類》卷五七，上海古籍出版社一九九四年，第七五八頁。

④《元史》卷一八〇《耶律希亮傳》，中華書局一九八三年。

⑤元王惲《秋澗集》卷四三《西巖趙君文集序》，《四部叢刊》本。

七星洞題壁

紛披容與縱笙歌，蕙轉光風豔綺羅。露濕桃花春不管，月明芳草夜如何。璚珠浩蕩隨蘭棹，雲旆低徊射玉珂。深入醉鄉休秉燭，盡情揮取魯陽戈。民國陳衍《元詩紀事》卷三引明謝榛《四溟詩話》：「予客京師，遊翠巖七真洞，讀壁上詩云云。耶律丞相門客趙衍所作，清麗有味，頗類唐調，惜乎《大元風雅》不載，故表而出之。」案云：「詩亦見《雙溪醉隱集》，題作《遊玉泉》，『璚珠』作『靈珠』，『雲旆』作『雲錦』，末注云：『桃花夫人事見《洛陽耆舊傳》。劉伯壽二侍妾名萱草、芳草。』」上海古籍出版社一九八七年。今按，元耶律鑄《雙溪醉隱集》卷四所録系誤收。

員炎

員炎，字善卿，同州（今陝西省渭南市大荔縣）人①。性落魄，嗜酒業詩，不事生産。與楊奐爲故交。己亥歲（蒙古太宗十一年、一二三九），楊主漕洛師，憫其窶，用監嵩酒。然疏誕不諳世事，不久辭去，長遊河朔間。家徒四壁，餘詩稿酒瓢而已。當時名流多與之往來酬唱。張澄《贈員善卿》有云：「詩才雖滿腹，傢俱少於車。」②楊弘道《大名贈員善卿》有云：「小年嘗學詩，中年多詩友。員子

①《秋澗集》卷四九《員先生傳》，《四部叢刊》本。

②《遺山先生文集》卷三七《張仲經詩集序》，《四部叢刊》本。

豪於詩，而復豪於酒。」①卒年六十七。兹輯六首。

洛陽懷古分韻得髮字

東雒打空城，北邙連廢闕。懷古動悲吟，遠客生華髮。

隆德宫

林花細妥胭脂色，水荇輕淤翡翠泥。歌舞留連嫌晝短〔一〕，樓臺縹緲覺天低。

【校記】

〔一〕歌：清顧嗣立《元詩選癸集》癸之甲《員先生炎》録此詩作「鼓」。

醼集東平湖

北海樽前人似玉，東原城下水如天。滿眼荷華三百頃，採蓮人語隔秋煙。

高唐道中

影孤海内干戈滿，愁入天涯草樹低。桑柘影空蠶已老，陂塘涸盡燕無泥。

---

①《小亨集》卷一，《文淵閣四庫全書》本。

扇尾羊

馮翊春草香芊綿，柔毛食飽飲苦泉。臥沙稀肋瓊筋細[一]，帶霜小耳春繭圓。扇尾一方移種類，風頭萬里摇腥羶。吾生本無食肉相，不煩浼手愁烹煎。

【校記】

〔一〕筋：原作「觔」，此從《元詩選癸集》。

馬酮

漫説千杯不醉人，清光壓倒洞庭春。攜行何用紫絲絡[一]，渴飲不煩烏角巾。摇動革囊成醖釀，封藏花盎作逡巡。坐中一混華夷俗，或有豪吞似伯倫。

【校記】

〔一〕何：《元詩選癸集》作「可」。

佚句

濟南金線

宿雨乍收雲葉斷，猶疑電影掣湖心。元王惲《秋澗集》卷四九《員先生傳》，《四部叢刊》本。

楊鵬翼

楊鵬翼，出處未詳。與金末名士員炎善卿爲友。茲輯六首。

正旦有感

干戈短景去怱怱，回首南朝一夢中。世事盡隨天道北，春正依舊斗杓東。四時玉燭堪調燮，萬國車書想混同。寂寞荒山老松樹，看渠梅柳競春風。

華清宮

四海笙歌屬一家，驪山宮殿倚煙霞。燭龍正照三郎宴，野鹿偷銜第一花。大抵失人還致亂[一]，未知亡國不由奢。自從西蜀蒙塵後，幾使殘民望翠華。

【校記】

[一]失人、還：《詩淵》第四册二九九六頁録此詩作「朱人」、「迂」。另，元傅習《元風雅》前集卷六亦録，「還」作「隨」。今按，《詩淵》輯入金人詩作，或抄自《中州集》，統歸入「元」。

潁亭

懸厓高築此亭孤，落日登臨酒十壺。雲破九山開疊嶂，天低三楚入平蕪。斷碑黄絹空塵跡，遠水白雲如畫圖〔一〕。對此風煙已蕭灑，扁舟何必到西湖。

【校記】

〔一〕雲：《詩淵》第四册二九九六頁録此詩作「鷗」。

送員善卿歸秦中〔一〕

少年錦帶佩吴鈎，曾伴秦陵俠士遊。沙苑草青春試馬，岳蓮雲净晚登樓。十年爲客少青眼，一事不成空白頭。此去何時重相見，一樽聊與故人留。

【校記】

〔一〕員善卿：原作「貞善卿」，刊誤。今按，元王惲《秋澗集》卷四九《員先生傳》所述即此人，鄉籍「同州」亦即「秦中」。

鞦韆

日轉華簷樹影偏〔一〕，謝家庭院簇神仙。綵繩斜擘纖纖玉，畫板輕承步步蓮。弄玉未升雲漢上[二]，緑珠先墮綵樓前[三]。不知小徑殘紅裏，明日何人拾翠鈿[四]。

【校記】

〔一〕華簷：《元風雅》《詩淵》第二册一三二〇頁録此詩作「簷花」。〔二〕上：《元風雅》《詩淵》作「去」。〔三〕墮、綵：《元風雅》《詩淵》作「墜」、「綺」。〔四〕拾：《元風雅》《詩淵》作「得」。

都中寒食

芳草青青湖上路，少年遊冶不知回。煙花一望春無盡，雲水相參雨欲來。夕浪放船重聽樂，天風吹酒獨登臺。看圖萬里逢寒食，車馬傾城起暮埃。清顧嗣立《元詩選癸集》癸之戊下，中華書局二〇〇一年，第六七〇頁。

撳舉

撳舉，字彦舉①，號函谷道人，陝人。性嗜酒，工於詩，豪侈詭異。時輩屬和，終莫能及。流落京

①元鮮于樞《困學齋雜録》，《叢書集成初編》本，中華書局一九八五年；《文淵閣四庫全書》本「撳舉字彦舉」作「索吉字彦舉」，或以爲女真人，而以滿語重譯。另，元王惲《秋澗集》卷四九《員先生傳》亦涉，「撳舉」作「撳夆」，《四部叢刊》本。今按，「夆」當是「舉」之異體字「𦦙」之譌。

師十餘年。與楊奂、元好問俱有交往。遺山《爲撖子醵金》之一云：「秋來聞説酒杯疏，卻爲窮愁解著書。知是還山亭上客，無衣無褐欲如何。」①後客死保塞。嘗著詩集三卷，以號名，有好事者刊行於世。兹輯五首。

無題

誰家金鴨暖梅魂，繡户春風半掩門。桃葉等閑留暮雨，梨花寂寞過黄昏。盤盤鸞髻堆雲影，澹澹蛾眉掃月痕。常似謝家銀燭底，鳳凰釵影落瑶尊。

記夢

千里崤函楚客行，關河西上鐵牛城。申湖亭下月初上，召伯堂前草自生。十里杏園紅雨暗，一條春水碧羅平。覺來半壁寒燈底，吹落風簷暮雪聲。

過沙井

沙沈石馬廢城秋，劔戟寒生古戍樓。平日只疑無蜀道，此行何處問荊州。山連海塞從西斷，

---

① 清施國祁《元遺山詩集箋注》卷一四，《四部精要》本，上海古籍出版社一九九三年，第二一册一八二頁。今按，所謂「知是還山亭上客」之「還山亭」，指楊奂。

水界龍荒盡北流。一曲商歌才夜半，朔風吹雪滿牛頭。

遊香山

石棧天梯落日紅，誰開青壁削芙蓉。捫參歷井來何暮，佩玉鳴鸞更不逢。僧去古潭雲渡水，鶴陰清露月平松。世間骨相誰潘閬，誤打金陵半夜鐘。潘閬詩云：「頑童趁暖貪春睡，忘卻登樓打曉鐘。」

送郭佑之

南口青山北口雲，天涯何地又逢君。陌頭楊柳西行馬，畫角三聲不忍聞。元鮮于樞《困學齋雜録》，《叢書集成初編》本，中華書局一九八五年。

佚句

失題

氣淩太華五千仞，詩繞國風三百篇。元王惲《秋澗集》卷四九《員先生傳》，《四部叢刊》本。

鄭雲表

鄭雲表，出處未詳。約與撖舉同時。兹輯佚句二。

挽撖彦舉先生

形如槁木因詩苦，眉鎖蒼山得酒開。元鮮于樞《困學齋雜録》：「彦舉同時有鄭雲表者，慕彦舉之爲人，作詩挽之云云。人以爲寫真云。」《叢書集成初編》本，中華書局一九八五年。

劉雲震

劉雲震，字仲修，雁門（今山西省忻州市代縣）人。家學淵源，時稱劉氏祭酒。詩律深密，得其父鳳山老人劉過庭之訓。嘗仕爲省郎。遺山《贈答雁門劉仲修》云：「共知祭酒傳家學，獨愛中郎餘典刑」①。後得薦不遇，以酒自晦。兹輯五首。

---

①清施國祁《元遺山詩集箋注》卷一〇《贈答雁門劉仲修》序：「仲修省郎乘傳過新興，有詩見及，推激過稱，甚非衰謬所宜得者。媿汗之餘，輒用韻爲謝。仲修詩律深密，得於尊公鳳山老人過庭之訓，且其顔壯絶類吾友李從事長源，故篇中有及。」《四部精要》本，上海古籍出版社一九九三年。

東宫千秋節應教詩

一年一度到青闈，每到青闈盡醉歸。絶勝杜陵驢背上，朝回日日典春衣。

訪杜仲梁不遇

壯節文章今老成〔一〕，而今何况白頭生。牧之賦壘今勍敵，甫也詩壇舊主盟。舌在儘從陵谷變，氣高常壓海山平。東湖花草西湖月，不管文園舊長卿。

【校記】

〔一〕今：文淵閣四庫全書本《困學齋雜録》作「合」。

春寒

東風連日暗塵沙，二月邊城草未芽。燕子不來庭院悄，定銜春色入誰家。

跋寧戚扣角圖

老眼紛紛睋戰塵，十年無路覓通津。一聲白石功名下〔一〕，輸與齊東扣角人。

【校記】

〔一〕下：文淵閣四庫全書本作「奮」。

題明皇擊梧圖

宮殿蕭森蔭碧梧，杖頭白雨趁花奴。還留飛下漁陽鼓，一曲霓裳救得無。元鮮于樞《困學齋雜録》，《叢書集成初編》本，中華書局一九八五年。

勾龍瀛

勾龍瀛，字英孺，河南（今河南省洛陽市）人①。金末士人。性方直，有詩聲，嘗著《述姓譜》行世。兹輯一首。

題歸潛堂

世路艱難已飽經，歸來一室晦虚名。任他滄海掀天惡，喜我南山照眼明。雲氣冷侵吟硯潤，

---

①元王惲《秋澗集》卷五九《碑陰先友記》，《四部叢刊》本。今按，金劉祁《歸潛志》卷一四録其詩，署「山東勾龍瀛」，與《秋澗集》「河南」異。或先世山東，後徙河南。姑仍之，俟考。

棣華香泛酒盃清。故園未遂歸休志，慚愧劉家好弟兄。金劉祁《歸潛志》卷一四，撰者署「山東勾龍瀛英孺」，中華書局一九八三年。

王萬慶

王萬慶，名亦作曼慶，字禧伯，號澹遊，蓋州熊岳（今遼寧省營口市蓋州市熊岳城）人，王庭筠從子。以廕補官，仕爲行省右司郎中。天興二年七月，徐州乏糧，行省遣萬慶會徐、宿、靈壁兵取源州①。金亡後，中書令耶律楚材召梁陟與萬慶、趙著等名儒，使直譯九經，進講東宫②。丙申歲（蒙古太宗八年、一二三六），設編修所於燕京，梁陟充長官，萬慶與趙著副之③。中統二年，置諸路學校提舉，選博學老儒充之，遂爲燕京路提舉學校官④。能詩善書，有父風⑤。兹輯四首。

歲寒三友圖

黄華山中夜氣清，月明風定聞吹笙。松花開向竹梅裹，雪香零亂墨光生。清郭元釪《全金詩增補中

①《金史》卷一一三《完顔賽不傳》，中華書局一九七五年，第二四八三頁。
②《元史》卷一四六《耶律楚材傳》，中華書局一九八三年，第三四五九頁。
③《元史》卷二《太宗紀》，中華書局一九八三年，第三四頁。
④《元史》卷四《世祖紀》，中華書局一九八三年，第七四頁。
⑤《金史》卷一二六《文藝傳》「王庭筠」附，中華書局一九七五年，第二四八三頁。

州集》卷五一，上海古籍出版社一九九四年。

謁宣聖廟題

乙未歲二月二十有二日，古兗謝彥實、遼海王萬慶來自任城，敬謁廟下，因賦詩一章，謹題於此。

聖道遺宗主，干戈隔歲年。相傳周禮樂，曾照魯山川。日月輝光實，乾坤氣象全。東家典型在，喬木今參天。駱承烈《石頭上的儒家文獻》，齊魯書社二〇〇一年，上册第一〇六頁。

挽辭一首獻上無欲真人

識破浮生世俗緣，多時不到酒壚邊。月淩秋水騎鯨客，華落春風舞鶴仙。尚省銀盃羽初化，亦應石鼎句新聯。吹笙聞過緱山去，回首人間八十年。劉兆鶴、王西平《重陽宮道教碑石》收影印拓片并録文，撰者署「澮遊王萬慶上」，三秦出版社一九九八年，第七四頁。

寄劉仲簡

別後輕肥入仕途，雲無過雁水無魚。英雄不在一夫劍，富貴雖勤萬卷書。私事豈妨公事畢，交情莫學世情疎。寒窗已下陳蕃榻，文旆何時至敝廬。元熊夢祥著、北京圖書館善本組輯《析津志輯佚·名宦》：「劉仲簡字居敬，大興人。師於王澮遊，曾寄詩云云。」北京古籍出版社一九八三年，第一四七頁。

敬鉉

敬鉉，字鼎臣，易州(今河北省保定市易縣)人。尚書左丞張行信之婿①。登興定五年詞賦進士第，授郟城簿，遷白水令。屏山李純甫臨終以《鳴道集》付之曰：「此吾末後把交之作也。子其秘之，當有賞音者。」②金亡後，聞耶律楚材求屏山書，徒步數百里至燕，托釋行秀轉致。遺山與之有同年之誼，交情甚厚③，嘗以「天民之秀而有用於世者」，向耶律中書令薦之④，後仕爲燕京路副提舉學校官。敬氏爲金源望族。祖嗣輝，天眷二年進士，累官參知政事，《金史》有傳。父兄「皆以進士起家」⑤。鼎臣博通經史，著有《春秋備忘》三十卷、《明三傳例》八卷。嘗讀書太寧山，學者稱太寧先生云⑥。兹輯一首。

奉挽無欲真人

久厭糟醨笑獨醒，君山酒罷世緣輕。東坡和陶詩注云：「君山天酒，飲者升仙。」玉池靈液寸田在，金鼎

---

①金趙秉文《滏水集》卷一二《尚書左丞張公神道碑》，《叢書集成初編》本，中華書局一九八五年。

②元耶律楚材《湛然居士文集》卷一四《屏山居士鳴道集序》，中華書局一九八六年。

③《遺山先生文集》卷九《與同年敬鼎臣宿順天天寧寺僧舍》：「三十餘年老兄弟，此回情話獨難忘。」《四部叢刊》本。

④《遺山先生文集》卷三九《上中書令耶律公書》，《四部叢刊》本。

⑤《元史》卷一七五《敬儼傳》，中華書局一九八三年。

⑥元吴澄《吴文正公文集》卷一一《春秋備忘序》，《文淵閣四庫全書》本。

丹砂九轉成。瀘水風前鸞羽振，緱山月底鳳笙鳴。莫言卻返終南去，定接盧敖遊太空。劉兆鶴、王西平《重陽宫道教碑石·楊奂等挽悼李無欲詩》收影印拓片并録文，撰者署「太寧敬鉉上」，三秦出版社一九九八年，第七四頁。

張介

張介，字介夫，平州（今河北省秦皇島市盧龍縣）人①。幼有賦聲，爲人有藴藉。擢正大元年經義榜第一。歷鞏縣、谷熟二縣令，入爲部令史。天興二年，爲兖王國用安參議，擬《乞哀宗幸山東疏》②。金亡後，仕爲中書省交鈔提舉司官③。兹輯三首。

①《中州集》卷八小傳作「彭城人」，記誤。今按，元王鶚《汝南遺事》卷一：「上以其書示宰臣，宰臣奏用安反復，本無匡輔志，此必參議張介等議之。」注：「字介甫，平州人。正大元年經義進士第一。」另，元王惲《秋澗集》卷八〇《中堂事記》上記作「燕京人」。平州隸中都路大興府，與燕京説近之，見《金史》卷二四《地理志》。而遺山於張介似不甚瞭解，或以爲其隨兖王轉戰山東西路而歿於兵亂，遂作「彭城人」。所謂《中州集》不收時人作品，而録入張介詩，當是例外之一。

②《金史》卷一一七《國用安傳》，中華書局一九七五年。

③《秋澗集》卷八〇《中堂事記》上：「庚申年春三月十七日，世祖皇帝即位於開平府，建號爲中統元年。秋七月十三日，立行中書省於燕京，劄付各道宣撫司，取儒士吏員通錢穀者各一人，仍令所在津遣乘驛赴省。惲亦忝預其選。是年冬十月至燕，以三書投獻相府，大率陳爲學行已逢辰致用之意，頗蒙慰奨，令隨省通知計籍，使綜練衆務，日熟聞見焉。」其中，設「交鈔提舉司官」三員，包括「張介字介甫，燕京人。部令史出身」。《四部叢刊》本。

讀天寶遺事

不但昨非今亦非，上皇騎馬淚沾衣。曲江死後無忠諫，卻憶詞人秋鴈飛。《中州集》卷八《張介》。

寄高君益二首

天下兵又動，吾徒竟若何。亂來爲客久，别後念君多。擬作登樓賦，還成扣角歌。功名倘來物，閑處且磋跎。

忽憶高書記，邊城又一秋。干戈千里夢，笳鼓五更愁。世事增歔欷，餘生轉繆悠。東南天一角，漂泊海西頭。《永樂大典》卷一四三八三寄字韻引張介詩《寄高君益》二首，中華書局一九九八年，第七册六二一九七頁。

佚句

贈詩人楊叔能

我貧自救如沃焦，君來過我亦何聊。爲君欲寫貧士嘆，才思殊減荒村謡。《中州集》卷八《張介》小傳：「嘗贈詩人楊叔能末章云云。楊初以《荒村謡》得名，故云。」

高詡

高詡，字聖舉，益津（今河北省廊坊市霸州市）人。與高翿文舉爲兄弟，俱金末名士，能文善書。遺山《病中感寓贈徐威卿兼簡曹益甫高聖舉先生》有云：「不是徐卿與高舉，老夫空老欲誰傳。」①中統二年，詔立各路提舉學校官，選博學老儒爲之，詡提舉濟南②。兹輯二首。

庚子歲七月上旬益津高詡敬謁聖師祠下謹題二絶句以誌其來

帝王而下幾興亡，銷盡繁華作戰場。獨有東家詩禮在，子孫萬古讀書堂。

六經不幸火於秦，日月曾何礙片雲。用舍從來開治亂，皇天本不喪斯文。清王昶《金石萃編》卷一五七，《歷代碑誌叢書》本，江蘇古籍出版社一九九八年。

① 清施國祁《元遺山詩集箋注》卷一〇，《四部精要》本，上海古籍出版社一九九三年，第二一册一三八頁。今按，施氏以爲「聖舉或即高鳴」，誤。

② 清畢沅、阮元《山左金石志》卷二一《總管張公先德碑》：至元三年十月立，「撰文者濟南提舉學校官高詡」，《歷代碑誌叢書》本，江蘇古籍出版社一九九八年。

劉詡

劉詡，字子中，號蓬山散人，上谷（今河北省張家口市宣化區）人。自幼入全真教，金末還俗，寓居鄆州。頗通儒，與滹南王若虚、遺山元好問、紫陽楊奂、女几辛愿等名流交往。嘗至和林，耶律楚材《和劉子中韻》有云：「今日君子來，非爲五斗米。君子慎擇術，痛恨陪全真」①。後爲東平府奉符從事。遺山《過子中新居》有云：「鄆州城隅兩茅屋，市聲喧喧自幽獨。……大兒踉蹡挾書歸，土銼踈煙饞一粥。微官枉負半生閑，也著區區薄領間。」②不啻爲子中仕途偃蹇、温飽不足境遇的寫照。兹輯一首。

重修至聖文宣王廟碑陰題詩

乘閑杖策上郊壇，絶勝登樓静倚欄。千古遺蹤思孔孟，百年雅集數楊韓。泉通鼇背波紋冷，月照龍門夜色寒。此去闕西有東魯，柳塘沙路□壺簞。紫陽方有歸秦之興，故及之。清王昶《金石萃編》卷一五七，《歷代碑誌叢書》本，江蘇古籍出版社一九九八年。

①《湛然居士文集》卷一〇，中華書局一九八六年。
②《遺山先生文集》卷四，《四部叢刊》本。

鄔元章

鄔元章，介休（今山西省晉中市介休市）人。兹輯一首。

題南華觀

試拈眞理問南華，生死元如覺夢何。晝夜曾停覺夢否，古今還續死生麽。潼山歲歲生春草，睢水年年有緑波。子逝於今已千歲，覺時何少睡時多。金元好問《續夷堅志》卷三《潼山莊氏》，中華書局一九八六年。

張居士

張居士，澧州（今河北省邢臺市平鄉縣）人①。於禪學有所得，教授徒衆。兹輯一首。

臨終留偈

了脱幻緣，復何幻我。遊戲大方，從容自可。金元好問《續夷堅志》卷四《張居士》，中華書局一九八六年。

① 此處澧州爲古稱，《金史·地理志》無載，非當時地理行政區劃地名。

新編全金詩卷六九

曹之謙

曹之謙，字益甫，號兑齋，雲中應州（今山西省朔州市應縣）人。興定二年進士①。天興元年，以尚書省左司都事親歷汴京陷落。金亡，徙居平陽，隱居教授三十餘年，約卒於至元初②。益甫推宗伊洛，博通經史。爲人慎許可，片言隻字，不輕易付人。與遺山同在省掾時，雖機務倥偬，吟詠唱和，商訂文字，未嘗少輟。遺山卒，輯其詩集。嘗著《兑齋文集》，元初名士王惲序云：「先生之作，其析理

①金劉祁《歸潛志》卷三兑齋之父曹恒君章小傳涉及，稱「早擢巍科」；《（光緒）山西通志》卷一五《貢舉譜》著録，謂「興定中進士」，俱榜次失考。今按，益甫與遺山同掾東曹，交往甚密，然未見以同年相稱，當是年齒小於遺山而先一榜登第，即興定二年進士。

②金段成己《元遺山詩集引》有云：益甫輯《元遺山詩集》，未及付梓而歿。「於後四年，子靦繼成父志，同門下客楊天翼命工卒其事，僦落於至元戊辰之秋，迨庚午夏」成書。見《永樂大典》卷九〇九詩字韻，中華書局一九九八年，第九册八六〇五頁。戊辰指至元五年（一二六八）；庚午爲至元七年。以此推算，之謙當卒於至元元年。另，元王惲《秋澗集》卷四二《兑齋曹先生文集序》有云：「先生年方不惑，瞑廢於家。」據此，金亡歸鄉年四十，隱居三十年而卒。登第時未及二十，與《歸潛志》「早擢巍科」約略相合。

知言，擇之精，語之詳，渾涵經旨，深尚體之工。刊落陳言，極自得之趣，而又抑揚有法，豐約得所。可謂常而知變，醇而不雜者也。」兹輯四十八首。

曹之謙詩載元房棋《河汾諸老詩集》卷八《兑齋曹先生之謙益甫》，以文淵閣四庫全書本爲底本，校以四部叢刊初編本（影元本）、清郭元釪《全金詩增補中州集》卷五五《兑齋曹之謙》（《全金詩增補中州集》）、清顧嗣立《元詩選》三集《兑齋先生曹之謙》（《元詩選》）等有關文獻。

送梁仲文

聖人既已没，聖道遂不傳。異端壅正途，榛塞踰千年。大儒起相承，闢之斯廓然。濂溪迴北流，伊洛開洪源。學者有適從，披雲見青天。我生雖多難，聞道早有緣。中歲苦病目，不得深窮研。梁君河東秀，意氣淩孤鶱〔一〕。探道得奥閫，辯説如河懸〔二〕。所知非苟知，而亦允蹈焉。出入口耳者，彼我奚足言。却來自秦京，過我汾水邊。未幾復言别，長途北之燕。行看奮六翮，高舉淩雲煙。功成名遂後，歸老河之壖〔三〕。相從講聖學，與子長周旋。

【校記】

〔一〕鶱，影元本、《全金詩增補中州集》《元詩選》作「騫」，通。　〔二〕懸：《全金詩增補中州集》作「縣」，通。　〔三〕壖：原作「湍」，此從《全金詩增補中州集》。今按，壖指河畔空地。

感寓二首

中林有幽蘭，蘿生雜衆艸。地僻人不知，芬芳空自好。嚴霜凋古木，歲晚難獨保。願充君子佩，採擷尚未早[一]。安得清風來，吹香出林表。

高梧夾金井[二]，修竹連清池。梧葉既薿薿，竹實亦纍纍。可棲復可食，鳳鳥來何時。重華不得見，韶樂何能爲。日暮空嘆息，蕭瑟寒風吹。

【校記】

〔一〕採：原作「探」，此從《古今圖書集成·人事典》卷六〇《志願部藝文》所録此詩。〔二〕高梧：影元本及《全金詩增補中州集》《元詩選》作「高林」。

變白頭吟

梧桐不獨老，鴛鴦亦雙死。静女懷貞心[一]，徇夫正如此[二]。奈何及末流，不知再醮羞。中路多反目，幾人能白頭。君不見會稽愚婦輕負薪，不肯終身事買臣。一朝歸佩太守印，悔望車塵那敢近。人生賦命自不齊，貧賤富貴各有時。隨鷄逐狗聽所適，世事悠悠爭得知。

【校記】

〔一〕貞：影元本、《元詩選》作「真」。〔二〕徇：影元本作「循」。

閑中作

雄雞啼一聲，驚起五更睡。出門何擾擾，競逐名與利。冥冥車馬塵，白日暗城市。蕭條蓬蒿居，獨有羲皇地。高情杳秋雲，静性凝止水。俯仰天地間，澹然無一事。

東坡赤壁圖

先生矯矯人中龍，京塵千丈不可容。五年一夢落江海，翩然野鶴開囚籠。雪堂閉門讀書史，興來飄然弄雲水。黄泥阪下醉三更，赤壁磯頭航一葦。明月清風共一江，邁往之氣無由降。酒酣作賦記清賞，袖有巨筆如長杠。一朝騎鯨尋李白，人間俯仰成今昔。續絃無處覓鸞膠，見畫思公空嘆息。

風雪障面圖

頑雲暗空雪正飛，老木僵折溪流澌。弊裘羸馬奈寒子〔一〕，便面障風何所之。僕夫徒行亦良苦，吻噤不語心應語。人生受凍分豈無，但願不作君家奴。

【校記】

〔一〕奈：《全金詩增補中州集》作「耐」。

秋日雜詩

山中有佳人，考槃歌在澗。别來今幾時，歲月忽已晏。相思不得書，矯首望飛雁。

寄元遺山

詩到夔州老更工，只今人仰少陵翁。自憐奕世通家舊，不得論文一笑同。艸緑平原愁落日，雁飛寒水怨秋風。黄金鑛裏相思淚，幾墮憑高北望中。

秋日懷李仁卿

獨倚斜陽百尺樓，故人千里思悠悠。陶唐祠下煙光晚，姑射峰前雁影秋。尊酒幾時同李白，雲山多處是并州。臨風惆悵無人會，一曲商歌寫暮愁。

麻信之爲壽

中州人物一元龍，卓犖英才磈磊胸。濁酒數盃遺世慮，清詩千首傲侯封。諸郎照眼三珠樹，舊業關心五老峰。頭白他年賦歸去，綵衣扶杖看從容。

送王仲通

從事西遊五見春，翩翩書記日爭新。懷鄉不作登樓賦，佐府真爲入幕賓。世事忽驚翻手雨，馬蹄又踏化衣塵。古來燕趙多豪傑，定有飛書薦鶚人。

上巳日感懷

舊遊桃李涴丘塵〔一〕，十六年悲客裏春。浮白可能澆磈磊〔二〕，踏青聊且慰酸辛。蘭亭修禊人何在，庾信傷心賦又新。芳艸喚愁花濺淚，東風回首一霑巾。

【校記】

〔一〕丘：《全金詩增補中州集》作「兵」。　〔二〕磊：《全金詩增補中州集》作「礧」。

白菊

數枝的皪照秋清，何物爲花乃寗馨。玉骨冰肌誇皎潔，風璫月珮想娉婷。霜迎葉上迷青女，露下籬邊泣素靈。見説寒英能愈疾，擬開三逕著茅亭。

紅葉

枝上萎黄慘未乾，嚴霜一夕總成丹。色烘曉日燕脂暖，影濯秋江蜀錦寒。南雁數聲催晼晚，西風幾度見凋殘。横山樓下梨千樹，每憶童年九日看。

北宫

光泰門邊避暑宫，翠華南去幾年中。干戈浩蕩人情變，池島荒蕪樹影空。魚藻有基埋宿草，廣寒無殿貯涼風。登臨欲問前朝事，紅日西沉碧水東。

題吉甫種德園〔一〕

培植功夫與日新，風光别是一家春。三秋槐茂堂堪構，九畹蘭芳佩可紉。桃李陰成應有地，棟梁材出豈無人。從今不羨燕山竇，五桂聯芳老一椿。

【校記】

〔一〕影元本、《全金詩增補中州集》詩題作「趙吉甫種德園」。

寄鄉中故人

十年夢繞故山薇，世事悠悠與願違。華表未成遼鶴語，青冥空羡塞鴻歸。雲横北嶺迷鄉眼，塵滿西風涴客衣。爲報吾州舊親識，短書相慰莫令稀。

送侯君美歸雲中

暫時相見又相違，留滯天涯更易悲。客淚清和秋雨落，鄉心杳逐朔雲飛。路經險阻行須穩，書報平安寄莫遲。邂逅故人如問我，爲言貧病未能歸。

自趙城還府

簡子城邊過盡春，却尋歸路並清汾。落花亂逐溶溶水，遠樹低連漠漠雲。姑射雨晴山似染，洞羊風暖草如薰〔一〕。獨憐疲俗誅求困，愁嘆聲多不可聞。

【校記】

〔一〕洞羊：《全金詩增補中州集》作「王官」。

讀唐詩鼓吹

傑句雄篇萃若林，細看一一盡精深。才高不似人間語，吟苦定勞天外心。白璧連城無少玷，朱絃三嘆有遺音。不經詩老遺山手，誰解披沙揀得金。

吊王内翰從之

往年高步到瀛州，豈料東陵是故侯。庾信竟歸周室老，劉楨真有岱宗遊。山瞻斗仰名空在，桂折蘭摧恨未休。鬱鬱佳城滹水上，野煙寒草未經秋〔一〕。

【校記】

〔一〕未：原作「木」，《全金詩增補中州集》作「又」，此從《元詩選》。

上韓應州

天挺英雄入彀中，堂堂自有古人風。乘機力贊興龍業〔一〕，唾手能收汗馬功。四海威名方共仰，一時才武更誰同。潁川不是留黄霸，行拜中書作相公。

【校記】

〔一〕乘：《全金詩增補中州集》作「應」，《元詩選》作「飛」。

懷劉京叔

奕世金蘭契，於今只有君。英才殊落落，餘子謾紛紛〔一〕。一別幾春草，相思空暮雲。何時展良覿，把酒共論文。

【校記】

〔一〕謾：《全金詩增補中州集》《元詩選》作「漫」，通。

宿雲臺觀

趨程疲永路，寄宿喜琳宫〔一〕。蓮嶽三峰對，松林一逕通。地偏殘暑失，境静俗塵空。入夜清詩夢，山泉落枕中。

【校記】

〔一〕寄：原作「記」，影元本及《元詩選》如之，《全金詩增補中州集》作「託」，此從明李時芳等《華嶽全集》卷九《藝文》所録。

中條阻雨

行李淹蒲阪，歸期念晉州。高風千葉下，寒雨一山秋。澗響頻驚夢，蟲聲亂入愁。酒醒孤館裏，心折大刀頭。

初秋雨後

積雨蕩煩暑，迴風吹早涼。老苔翻舊碧，病葉墮新黄。久客應吾道，浮生半異鄉。黑貂渾弊盡，愁看一開箱。

九日

幽□□懶慢，令節廢招尋。無復歡娱地，空驚□□□。閉門黄菊晚，步屧紫苔深〔一〕。尚友陶彭澤，悠然□□□。

【校記】

〔一〕屧：《全金詩增補中州集》作「履」。

鴈

北塞迎霜雪，西風送雨翰。數行天澹澹，萬里路漫漫。日落秋聲急，江空暮影寒。古人書斷絶，矯首望雲端。

幽居有感

閑居仍地僻，門閉艸萊深。車馬無還往，詩書有討尋。嚴霜催歲晚，破屋覺寒侵。計拙煩親舊，誰能數賜金。

秋風亭故基

危亭冠雉堞，飛構何崔嵬。一夕墮劫火，變化成煙灰。頽基翳蓬蒿，壞道封莓苔。蕭條古城上，空有秋風來。

除夜

三十七年過，勞生强半休。此心空耿耿，吾道每悠悠。感物百憂集，思親雙淚流。春風添一歲，又是五更頭。

送李郭二子還鄉

喪亂身爲客，淹留淚滿衣。亦知生處樂，未卜有年歸。祖帳臨寒水，仙舟漾夕暉。春來一相送，腸斷故山薇。

中書耶律公挽詞

虎嘯龍興際，乘時自有人。風雲闇慘淡〔一〕，天地入經綸。忽報臺星坼，仍傳薤露新。斯民感無極，灑淚叫蒼旻。

【校記】

〔一〕闓：原作「開」，此從影元本。

應州廟學釋奠

夜色齋廚肅，秋風殿宇清。右文遭聖代，備禮引諸生。牢醴嚴三獻，豆籩陳兩楹。祭餘同飲福，旭日樹頭明。

送李端卿東行

故人有所適，驅馬出東城。紅樹添秋色，青山滿去程。曾爲同省掾，偏愴遠離情。别後能相憶，因風爲寄聲〔一〕。

【校記】

〔一〕寄：影元本作「守」。

子猷訪戴圖

興盡空迴雪夜舟，訪人虚語亦悠悠。須知汾水多奇士，豈獨王家一子猷。

梅影〔一〕

隔窗渾似李夫人〔二〕，江月多情爲返魂。宛是依依舊顔色〔三〕，向人憔悴立黄昏〔四〕。

【校記】

〔一〕金劉祁《歸潛志》卷四引此詩，謂「陳君可，永寧人，有《梅影》詩云云」，或記誤。〔二〕渾似：《歸潛志》作「疑是」。〔三〕宛是依依：《歸潛志》作「不似丹青」。〔四〕向人：《歸潛志》作「十分」。

秋夜

寂寂江城夜向闌，西風吹雁叫雲端。一聲遠過南樓去，月滿碧天秋水寒。

臨潼温泉

琢玉爲池浴太真，芙蓉花暖水生春。誰知寂寞千秋後，留與行人洗路塵。

長安早發

行李怱怱滻水頭，雨餘凉氣動新秋。五更馬上還家夢，先逐西風到晉州。

秋夜聞笛

雲净寒空月滿樓，何人横玉叫清秋〔一〕。梁州才罷伊州起，不盡關山此夜愁。

【校記】

〔一〕叫：影元本及《元詩選》作「叶」。

廢宫

斷磚殘礎碎盤花，輦路荒凉蔓艸遮。玉殿朱樓俱不見，壞牆蟺蟒遶人家。

過茹越嶺有感

山川良是昔人非，北望松楸淚滿衣。三十餘年成底事，全家南渡一身歸〔一〕。

【校記】

〔一〕渡：影元本及《全金詩增補中州集》作「度」，通。

蒲津晚渡

黄河城下水沄沄，船去船來幾夕曛。老盡津頭垂釣客，柳陰相對白鷗群。元房祺《河汾諸老詩集》卷八《兑齋曹先生之謙益甫》。

虞阪曉行

長阪悠悠接古虞，行人鞍馬問征途。寒鴉隱樹鳴初起，殘月低山淡欲無[一]。《(成化)山西通志》卷一六《集詩·景致類》，《四庫全書存目叢書》本，齊魯書社一九九六年，第六九九頁。另，《全遼金詩》下册第二七九九頁據《河汾諸老詩集·補遺》亦録。

【校記】

〔一〕低：《全遼金詩》作「依」。

平水神祠

城居厭囂湫，林壑思自逸。相將得佳友，侵晨駕言出。西瞻姑射山，馬首見崷崒。行行至其麓，一徑入蒙密。靈宫閟清深，流水驚蕩潏。涼飈自遠至，回首炎歊失。平生滄州興，便擬此築室。翻然念男女，會待婚嫁畢。壺觴暢幽情，笑語永今日。題詩記曾來，夏六月初吉。《(雍正)山西通志》卷二二一《藝文志》，《文淵閣四庫全書》本。

沙陀晚行

野曠天晴落日黄，西風衰草白茫茫。窮邊四望行人絶，惟見孤雲逐鴈行。《(雍正)山西通志》卷二二六《藝文志》，《文淵閣四庫全書》本。今按，詩題原缺，兹據文意擬。

新編全金詩卷七〇

陳賡

陳賡，字子颺，號默軒，猗氏（今山西省運城市臨猗縣猗氏鎮）人。少與弟庾、膺皆有名，時稱「三鳳」。崇慶中，奉二親避亂至華陰，後買田洛西，居十餘年。正大初，偕弟庾至汴京，伏闕上書，指斥當政者誤國。與趙秉文、楊慥、麻九疇、雷淵、元好問、楊奂諸名流交遊。正大末，以父蔭爲藍田子午酒監，改陜鹽場管勾。金亡，爲帥府經歷，辟解鹽司判官。中統初，授河東兩路宣慰司參議。至元二年辭歸，十一年，卒，年八十五。嘗著《默軒集》二十卷、《塢西漫録》十二卷、《嵩隱談露》五卷、《弊帚集》十卷①。兹輯二十首。

陳賡詩載元房祺《河汾諸老詩集》卷三《陳先生賡子颺》，以文淵閣四庫全書本爲底本，校以四部叢刊初編本（影元本）、清郭元釪《全金詩增補中州集》卷五五《陳參議賡》（《全金詩增補中州集》）、清顧嗣立《元詩選》三集《陳先生賡》（《元詩選》）等有關文獻。

---

①元程鉅夫《雪樓集》卷二一《故河東兩路宣慰司參議陳公墓碑》、卷二二《洛西書院碑》，《文淵閣四庫全書》本。

遊龍祠

黄河如絲導崑崙，萬里南下突禹門。枝流潛行大地底，派作八道如霆奔。吾聞川真嶽靈有冥宰，況乃利澤開洪源。神龍窟宅瞰平野，千古廟貌何雄尊。深林含蓄雷雨潤，冷殿似帶波濤痕。我來南州走塵坌，執熱未濯憂思煩。試歡甘冽洗肝肺，一勺注腹清且燉。悠然睎風坐東廡，倏見繪畫如飛騫[一]。仙官華裾乘朱軒，旗纛掩藹蛟伏轅。雷公電母踏煙霧，天吴海若驅鼉鼉。何時借取霹靂手，倒挽銀漢清乾坤。廟前老翁顧我語，孺子未易排天閽。胡爲高論乃如此，一笑滿面春風温。是時三月遊人繁，男女雜遝簫鼓喧。搴菱沉玉答靈貺，割牲釃酒傳巫言。巫言恍惚廟扉闔，拜手上馬山煙昏。

【校記】

〔一〕騫：影元本、《元詩選》作「鶱」，通。

峴山秋晚

太山高嵯峨[一]，小山低𡶇嶁。清江錦樹帶秋煙，煙際人家在林藪。荊河迤南三峴山，此圖定繪襄陽否。詩人翰墨丹青手，落筆天機隨所有。峴首真在襄陽西，遥觀漢水含風漪[二]。上有龜龍一片石，云是羊公墮淚碑。試披禹跡考地志，畫師寧免詩人疑。且看滿眼江山好，休作燕人過晉悲。

【校記】

〔一〕太：《全金詩增補中州集》作「大」。 〔二〕風漪：原作「風猗」，影元本如之，此從《全金詩增補中州集》《元詩選》。今按，唐孟郊《獻襄陽於大夫》：「風漪參差泛，石板重疊躋。」見《全唐詩》卷三七七。

子猷訪戴圖

兩晉崇玄虛，風流變華夏。舉世尚清談，天地指一馬。依阿竹林賢〔一〕，鴻名重天下。王郎衣冠胄，亦復慕草野。偶來剡溪上，溪水正清瀉。扁舟信沿洄，氣韻可瀟灑。誰與好賢心，丹素入圖寫。山陰懷古意，欲攬不盈把。賦詩心夷猶，六義愧騷雅。西風塵冥冥，倘有知音者。

【校記】

〔一〕依阿：《全金詩增補中州集》作「嵇阮」。今按，晉干寶《晉紀總論》：「其倚杖虛曠，依阿無心者，皆名重海内。」見《文選》卷四九。

鐵拄杖〔一〕

閩王鐵杖如椰栗，得自荒虛鬼神域。鞭笞蜑蠻今幾年〔二〕，霧翳雲蒸老蛟黑。腹中有篁如細泉〔三〕，牙節宛轉聲鏗然。天生神物不虚棄，提攜萬里歸坡仙。坡仙騎鯨淩紫煙，海山一去今千年。人間俯仰成今古，紛紛長物何須數。洛陽銅駝卧荊棘，昭陵石馬埋煙雨。百斛鼎，兩錢錐，小大用舍俱兒嬉。商顔鶴髮一節竹，何似淩煙功臣玉。具高椿，頤黄閣，得君真耐久，扶持四海經綸手。會須拄到崑崙顛，九點青煙看九有〔四〕。鐵邪杖邪吾不知，誠將道眼窺天機。一朝雷雨轟空陂，須防化作蛟龍飛。

【校記】

〔一〕拄：影元本作「柱」，詩中所涉如之。〔二〕蛋蠻：《全金詩增補中州集》作「蛋蠻」。今按，「蛋」同「蛋」。所謂蛋蠻，古代南方少數民族蔑稱。〔三〕篁：《全金詩增補中州集》作「簧」。〔四〕煙：《全金詩增補中州集》作「山」。

武善夫桃源圖

武郎種桃滿雲溪，三月紅雨行人迷。自從玉勒入雲馭，春風杜宇年年啼。飛黄騰達有天倪〔一〕，紫電轉盼天山低。要將白璧沽娥眉，更把黄金鑄褭蹄。羲和挾輈六龍馳，暮景恐迫虞淵西〔二〕。新詩擬唤槐安夢，咫尺溪邊春色動。飛花漠漠水泠泠，蒼苔荒了煙霞洞。聞道西風解涴人，何處江山可問津。征塵障斷仙源路，且看丹青萬樹春。

【校記】

〔一〕達：影元本及《全金詩增補中州集》作「踏」。〔二〕恐：《全金詩增補中州集》作「空」。

送李長源

月下孤鴻枕上鷄，高城今日又分攜。九秋雲氣嵴陵底，萬里河聲砥柱西。飲罷關山秋寂寂，詩成風雨暮淒淒。千金善保並州器，要放崑崙入馬蹄。

寄陝郡楊正卿二首西庵。

臨川堂上看飛鴻，十載西州一轉蓬。親老家貧初有累，才疏意廣卒無功。姦雄頗忌孔文舉，富貴何如張長公。滿地塵埃浮世狹，一帆思駕五湖風。

遷客形容國士心，春風鶴髮不勝簪。鍾儀去楚衣冠異，王粲依劉歲月深。歲晚艱危無短策，酒酣悲壯動長吟。遥憐蘭省楊夫子，一紙書來抵萬金。

宣宗挽詞

洛邑周初定，蒼梧舜不還。九天來鶴馭，萬國泣龍顔。儉德高千古，鴻勳際兩間。無由望弓劍，雲氣鬱橋山。

寒食祀墳迴登臨晉西原廢寺二首

前朝廢寺枕山阿〔一〕，尚有摩雲窣堵波〔二〕。故國已非唐日月，老僧猶指晉山河。年來筋力登臨倦，亂後心情感慨多。石蘚荒碑碎文字，他年更得幾摩挲。

當年雲搆倚天開〔三〕，一夕煙塵化劫灰。佛閣丹青餘瓦礫，禪房花木亦蒿萊。春風萬里騷人怨，落日千秋杜宇哀。斷礎荒煙無限意，一章詩律爲誰裁。

【校記】

〔一〕阿：原作「河」，影元本如之，此從《全金詩增補中州集》《元詩選》。〔二〕波：影元本作「坡」。今按，「窣堵波」或「窣堵坡」指塔，梵文之漢語音譯，字未定型。〔三〕倚：《全金詩增補中州集》作「接」。

送寇輔臣

古陌風塵點客衣，送春君亦伴春歸。東風不管離人恨，吹落楊花滿地飛。

蒲中八詠爲師嵓卿賦

蒲津晚度

雲濤注壺口，水府蟠九壘。公子莫争舟，蛟龍方觥觳〔一〕。

虞阪曉行

伯樂沉九原，泥塗困騏驥。千古長阪空，無人知此意。

舜殿薰風

巖廊鳴五絃，薰兮南風來。鳳去徽音絶，智井生莓苔。

首陽晴雪

天風吹瓊瑶，白冒首陽頂〔二〕。欲和采薇歌，千山凍雲冷。

東林夜雨

林壑冷含秋，風雨黯如海。何如贊公房，青燈淡相對。

西巖疊巘

梵刹盤空曲，煙霞錦繡紋。山靈倘招隱，徑入萬重雲。

媯汭夕陽

蓂階降英皇，此地嬪有虞。南巡竟不返，愁雲接蒼梧。

王官飛湍

縣流落雲崿〔三〕，遥空掛飛練。何時剩清泠〔四〕，一頮黄塵面。元房祺《河汾諸老詩集》卷三。

【校記】

〔一〕骫骳：影元本作「骩骳」。今按，《漢書》卷五一《枚皋傳》：「其文骫骳，曲隨其事，皆得其意。」〔二〕白：《全金詩增補中州集》《元詩選》作「自」。〔三〕縣：《全金詩增補中州集》《元詩選》作「懸」，通。〔四〕泠：影元本作「冷」。

陳庚

陳庚，字子京，號淡軒。猗氏（今山西省運城市臨猗縣猗氏鎮）人。與兄賡、弟賡，號爲三鳳。崇慶壬申，内外兵禍疊起，轉徙無常。金亡後，中書令耶律鑄奏置經籍所於平陽，庚領校讎事。藩王忽必烈聞其名，徵至六盤山，與語大悦。中統初，授平陽路提舉學校官。二年，卒，年六十八①。嘗著《經史要論》三十卷、《三代治本》五卷、《唐編年》二十卷、《淡軒文集》三十卷等。兹輯十九首。

陳庚詩載元房棋《河汾諸老詩集》卷四《陳先生庚子京》，以文淵閣四庫全書本爲底本，校以四部叢刊初編本（影元本）、清郭元釪《全金詩增補中州集》卷五五《陳提舉庚》（《全金詩增補中州集》）、清顧嗣立《元詩選》三集《陳先生庚》（《元詩選》）等有關文獻。

①元程鉅夫《雪樓集》卷二一《故平陽路提舉學校官陳先生墓碑》，《文淵閣四庫全書》本。

送麻信之内鄉山居

四海紛拏戰虎龍，鷩麕無計脱圍中。莫貪利祿招時忌，要學聱牙與世同。汝水應逢寒食雨，淅川行趁舞雩風。離心洗蕩方如許，莫上危樓聽斷鴻。

吊麻信之二首

弊屣功名懶著鞭，劇談豪放本天然。閑來每愛從人語，醉裏何妨對客眠。體瘁漸成中酒病，家貧全仰賣碑錢。堂堂一去今何在，三尺孤墳罩野煙。

風采瓊林未足侔，一朝零落委山丘。君恩未賜金蓮炬，天闕俄成白玉樓。詩類貫珠尤可翫，室如懸磬更堪憂。路遥未暇憑棺奠，悵望中條涕泗流。

答楊焕然二首

梁苑當年記盛遊，亂離南北恨遲留。且教紅袖歌金縷，莫對青山嘆白頭。人似贊皇遷蜀郡，詩如子美到夔州。傳家况有玄文在，應使童烏繼纂修。

獻賦當年覲紫宸，羡君藻思獨超群。扶持吾道難尤力，潤色斯文老更勤。學際天人寧有伴，文如風水自成紋。何時載酒清伊上，寄字時來問子雲。

清明後書懷

花氣薰人動竹齋，貪春狂思若爲栽。蜂黏落絮飛還墜，燕認新巢去復來。亂後精魂猶夢境，貧中風景剩詩才。江山信美非吾土，懷抱何時得好開。

送孟駕之赴闕

文史相從二十年，歲寒心事久彌堅。向來才力驚遊刃，此去功名穩著鞭。淺緑美依沙漠草，横青遥指拂盧煙。應將萬字匡時策，挽取恩波下九天。

病後贈姚仲寬居士

寂寂柴關晝不開，虚簷獨步意徘徊。百年素業南柯夢，一寸丹心古鼎灰。野老相過聊問訊，溪禽近啄不驚猜。好奇誰是劉公子，肯爲揚雄載酒來。

有懷家兄子颺

蕭蕭雙鬢半成絲，亹亹襟懷抱所思。趨向自知違俗好，文章只合伴兒嬉。嵩西晚照霞明處，洛汭秋風雁過時。中有先人弊廬在，與君何日理茅茨。

贈李彥誠

五嶽分崩四海傾，便宜一别盡今生。艱難契闊重相見，四十餘年老弟兄。

峴山秋晚圖

當年叔子愛兹山，陵谷回頭幾變遷。縱使豐碑今尚在，遊人誰復一潸然。

題師嵓卿蒲中八詠

蒲津晚渡

中條山色照黄河，競渡行人晚更多。城上危樓倚霄漢，憑欄有客正悲歌。

虞阪曉行

五更風露正清冥，馬首殘蟾分外明。好句墮前俄失去，微吟倏過古虞城。

舜殿熏風

德化當年被海隅，熙熙物性盡昭蘇。不知今日吾民慍，一聽琴聲解得無。

首陽晴雪

山頭晴雪照城樓，潑水融銀眩兩眸。蕩滌寒城須美醖，浮香醽醁夜來蒭。

東林夜雨

瀟瀟寒雨濕觚稜，古殿長廊夜氣增。此地此時誰得意，龕燈一點坐禪僧〔一〕。

西崮疊巘

螺髮煙鬟矗萬峰，行人指點梵王宫。鳥飛杳靄蒼茫外，人在霏微空翠中。

嬀汭夕陽

水曲山阿古樂鄉〔二〕，聖謨曾此降英皇。遺風欲問應無處，破屋頹垣半夕陽。

王官飛湍

表聖當年愛此山，倚樓終日看飛湍。後人空飲貽溪水，不學先生便掛冠。元房祺《河汾諸老詩集》卷四《陳先生庚子京》。

【校記】

〔一〕霏微：影元本作「霏霺」。　〔二〕阿：影元本及《全金詩增補中州集》《元詩選》作「河」。

新編全金詩卷七一　雜録

林少卿

林少卿①，出處未詳。兹輯二首。

淡墨梅花二首

妙入端毫太逼真，便分南嶺一枝春。風天月夕閑舒卷，疑有清香暗襲人。

不争光暖戀陽阿，臈雪春風奈爾何。一縷淡粧冰幅上，宛然踈影在清波。《永樂大典》卷二八一三梅字韻引《中州集》林少卿《淡墨梅花》七絶二首云云，中華書局一九九八年，第二册一五〇四頁。今按，現存諸本《中州集》未見「林少卿」及其《淡墨梅花》詩。

---

①現存金代文獻未見「林少卿」其人事迹。《中州集》卷一〇《先大夫詩》：「好問避兵南渡，遊道日廣，世始知有元東岩之詩……林觀察顯卿云：『文章變古名新躰，孝弟傳家守舊規。』」林少卿或林顯卿？俟考。中華書局上海編輯所一九六二年。

魏之美

魏之美①，出處未詳。金末士人。兹輯一首。

絶句

百歲光陰千歲憂，三分春色二分愁。九分斟酒十分飲，一事灰心萬事休。《永樂大典》卷九〇三詩字韻引《中州元氣》魏之美詩，中華書局一九九八年，第九册八五六五頁。今按，佚名《中州元氣集》現存作品，俱出自金及金元易代之際詩人，如王庭筠、劉瞻、劉昂、趙秉文、李章、房灝等等，魏之美亦入列其中。姑録之，以備參考。

武商

武商，出處未詳。兹輯六首。

---

①魏子美或出自弘州聖順，與名士魏璠爲兄弟行。元魏初《青崖集》卷四《先君墓碣銘》記其祖輩兄弟七人，其中六伯祖名玉，「進士舉，篤志力學，府會試屢得上捷。避地唐州比陽縣，與友人苑德茂者入山，不知所終。」或即此人，俟考。《文淵閣四庫全書》本。

游花藏寺六首

遶院摻摻長柏楠，遠塵絶欲祖瞿曇。上人趺坐禪初定，門掩蒼苔不放參。

早激顛風撼老柯，春深流水漲新波。有形有跡爲天運，奈得禪心不動何。

入門不及拜堂皇，貪看西山倚短牆。到此便如開静域，洗除熱惱覺清涼。

踈簾曳曳拂斜樞，几案風翻貝葉書。地僻日長人跡少，滿庭芳草雜春蔬。

落花寂寂撲窓扉，幽鳥忘機掠坐飛。静聽老僧談妙理，遲留終日不思歸。

小松偃蹇擁簷低，側柏陰森夾路齊。羨殺主僧能作務，旋開流水溉蔬畦。《永樂大典》卷一三八二四寺字韻引《續相臺志》，中華書局影印一九九八年，第六册五九二八頁。今按，大典「寺」字韻引録《續相臺志》諸多金人詩文，如姚孝錫《題佛光寺》、王庭筠《題定國寺》、張正倫《游善應寺》、趙元《宿少林寺》、杜仁傑《游FI谷寺》及梁肅《定國寺題記》、雷淵《竹閣寺記》等。武商及其詩亦在其中，姑録之，以備參考。

楊鳳

楊鳳，出處未詳。金末士人，與當時名流楊果正卿、李微子微等交往。兹輯一首。

寄楊正卿兼簡李子微

洛陽自古衣冠地，勝友新來競結鄰。聞道草玄楊給事，又招著白李山人。石樓並禪煙波晚，金谷聯鑣野草春。悵恨東遊戎馬隔，幾回歸夢到天津。《永樂大典》卷一四三八〇寄字韻引《洛陽志》，中華書局一九九八年，第七册六二五五頁。今按，詩題之「楊正卿」即楊果，「李子微」即李微，俱金末元初名士。

趙子貞

趙子貞，出處未詳。金末士人，與全真道士知常真人姬志真爲友。知常《送趙子貞送藏經於朝廷》云：「憶昔同遊金鳳台，臨高望遠思悠哉。重來又作燕山别，不意翻爲驛馬催。寶藏玄輝天上去，塞塵秋色鬢邊來。歸期已定終年約，莫遣丹心一寸灰。」①兹輯二首。

---

① 金姬志真《雲山集》卷二，明正統《道藏》本，文物出版社等一九九四年，第二五册三七八頁。今按，《遺山先生文集》卷三一《通真子墓碣銘》：「披雲爲言：『喪亂之後，圖籍散落無幾，獨管州者僅存。吾欲力紹絶業，鋟木宣布，有可成之資，第未有任其責者耳。獨善一身，曷若與天下共之？』通真子再拜曰：『弟子謹受教。』乃立局二十有七，役工五百有奇，通真子校書平陽玄都以總之。……起丁酉，盡甲辰，中間奉被朝旨，借力貴近，牽合補綴，百方並進，卒至於能事穎脱，真風遐布，而通真子之道價益重於一時矣。」丁酉，蒙古太宗九年（一二三七）；甲辰，蒙古太宗乃馬真后稱制三年（一二四四）。趙子貞送道藏事，當在甲辰稍後。所謂趙學士，未知仕於何時，俟考。

風陵渡二首

一水分南北，中原氣自全[一]。雲山連晉壤，煙樹入秦川。落日黄塵起，晴沙白鳥眠。輓輸今正急，忙殺渡頭船。

二月風陵渡，頻年兩見過。羽書勞驛騎，民力困征料。春到花才發，愁來鬢欲皤。烽煙殊未息，天意竟如何。清顧嗣立《元詩選癸集》癸之丁《趙學士子貞》，中華書局二〇〇一年，第三八七頁。另，《（雍正）陝西通志》卷九七《藝文》僅録第一首，撰者署「趙子正」，《文淵閣四庫全書》本。

【校記】

〔一〕原：《古今圖書集成·職方典》卷三二八《平陽府部藝文》録此詩作「源」。

李中立

李中立，出處未詳。兹輯一首。

題凌雲臺

山圍平野四回環，天迥臺高眼界寬。雲漏殘陽明遠岫，濤翻急雨漲前灘。一川勝趣四時好，千里雄風三伏寒。誰見凌雲清絶處，夜凉空翠濕闌干。清郭元釪《全金詩增補中州集》卷五二，上海古籍出版社一九九四年。

高逸

高逸，出處未詳。在金仕爲臨晉縣令，兹輯一首。

遊延祚寺留題二首

已向靈峰得勝遊，更來延祚少遲留。高槐葉密晴無日，廣厦簷深氣似秋。嘉果摘將聊自食，新詩吟就與誰酬。一瓶一鉢能隨分，休把身心妄處求。

招提深静少炎曦，衰病無堪氣力微。一葉未聞庭下落〔一〕，斷雲已見壠頭飛。齋餘烏鵲争殘啄，講罷松杉轉夕暉。坐羡僧家偏省事，令人心地樂皈依〔二〕。清郭元釪《全金詩增補中州集》卷五二，小傳謂「官臨晉縣令」，上海古籍出版社一九九四年。另，《（成化）山西通志》卷一六《集詩·寺觀類》亦録，《四庫全書存目叢書》本，齊魯書社一九九六年，第六八四頁。

【校記】

〔一〕未：《（成化）山西通志》作「木」。　〔二〕樂：《（成化）山西通志》作「自」。

劉方叔

劉方叔，臨潼縣（今陝西省西安市臨潼區）人。兹輯一首。

華清宫

廢宇傾垣不復新，開元輦道盡荆榛。惟餘一泒温湯水，長與行人洗路塵。清郭元釪《全金詩增補中州集》卷五二，上海古籍出版社一九九四年。

張昃

張昃，大興（今北京市大興區）人。兹輯一首。

題天壇二首

親傳君命下丹墀，渡水穿雲入翠微。王母洞投龍簡日，翩翩鶴駕彩雲飛。

皇都别後陟天壇，壇上焚香祝萬安。喜遇仙燈昭瑞應，不妨良夜倚闌看。清郭元釪《全金詩增補中州集》卷五二，上海古籍出版社一九九四年。

雷仲澤

雷仲澤，蒲城（今陝西省渭南市蒲城縣）人。官按察使。兹輯二首。

蒲城馬上偶得二首

冷落襟風抔月，崎嶇馬足車塵。林下何曾一見，直教羨殺閑人。

空有滿衣塵土，曾無蓋世名勳。忽認青山影裏，有人卧月眠雲。清郭元釪《全金詩增補中州集》卷五一，上海古籍出版社一九九四年。

楊容

楊容，河南（今河南省洛陽市）人。兹輯二首。

謁范文正公廟留題二首

蕭何太白皆星精，豪傑不待文王興。陶朱異姓在髫齡〔一〕，當時范氏絶簪纓〔二〕。我公終自異凡品〔三〕，肯使没世無名聲〔四〕。山東讀書至卿相，暮年去作山西將。國恩未報歸不得，林猿澗鶴空惆悵。山中舊隱尚依然〔五〕，惟有白雲封蕙帳〔六〕。迄今東齊人物少，空谷不聞虛噭噭。少微無光山色死，令人慟哭長山道〔七〕。

奎星珠燦摇姑蘇，趙宋合鼎羈名儒。古來才大須少晦，泥沙直不埋真瑜。平生讀書志天下，憂樂晝夜良區區。鳳凰池上滿春意，一輪紅日照天衢。當時並駕富韓輩，致令四帝邁唐虞。長山山月照顔色，古寺儼對丹青圖。繡斧東回謁遺像，襟懷景慕歌白駒。鄭重行人贈香火，題詩何必明陶朱。清顧嗣立《元詩選癸集》癸之戊上，小傳僅「河南人」三字，第二首詩題作「范文正公祠留題」，中華書局二〇〇一年，第四九六頁。另，清郭元釪《全金詩增補中州集》卷五一僅録第一首，題作「范文正公祠」，小傳謂「濟南人」，上海古籍出版社一九九四年。

【校記】

〔一〕髫齡：《全金詩增補中州集》作「髫齔」。　〔二〕絶簪纓：《全金詩增補中州集》作「濯塵纓」。
〔三〕我公：《全金詩增補中州集》作「我名」。　〔四〕名聲：《全金詩增補中州集》作「聲名」。
〔五〕尚：《全金詩增補中州集》作「當」。　〔六〕蕙帳：《全金詩增補中州集》作「繐帳」。　〔七〕慟哭：《全金詩增補中州集》作「痛哭」。

程明德

程明德，出處未詳。嘗官盂州知州，茲輯一首。

水神頭

亂山深處有靈湫，三載傳聞志未酬。今日敬焚香一炷，松風十里水神頭。閻鳳梧等《全遼金詩》，輯自《盂縣文史資料》第七輯《仇猶詩選》，山西教育出版社二〇〇一年，第三〇九五頁。

刁震亨

刁震亨，出處未詳。嘗仕爲平陽推官。兹輯一首。

偶題西藍

雲幢霧幄翠陰濃，静麿西藍百畝宫。冷透軒窗松竹影，生香池沼芰荷風。鳴禽隔葉數聲巧，流水穿莎一徑通。安得世間清静福，拂衣來作住庵翁。《(萬曆)平陽府志》卷一〇《寺觀》歸入元，國家圖書館藏本。今按，方志所輯西藍題詩，多出自金人手筆而歸入元，如施宜生、喬扆、上官瑜、周昂等，刁推官入列其中。姑録之，以備參考。另，清顧嗣立《元詩選》癸集癸之丁《刁推官震亨》亦録，小傳無考，中華書局二〇〇一年，第四三七頁。

蕭立之

蕭立之，號冰崖，出處未詳。兹輯二首。

疑塚

安排死去千年塚，刻畫生前一寸心。安得此心如此塚，不教人識到於今。《(光緒)臨漳縣志》卷一四《藝文》，撰者署「蕭冰崖」，歸入「金」，清光緒刻本。

落梅

玉龍戰退鹿胎乾，好在晴沙野水看。舞翠夢回仙袂遠，射鵰人去露簷寒。連環骨冷香猶暖，如意痕輕補未完。誰在高樓吹笛處，輕衫當户獨凭闌。明楊慎《升庵詩話》卷一一《落梅詩》：「冰崖蕭立之《落梅》詩云云。此詩工緻似李義山。後六句用美人事，甚奇，不類晚宋之作，當表出之。唐詩：『新柳園林鵶毳巴，落梅田地鹿胎斑。』」《全明詩話》本，齊魯書社二〇〇五年。今按，楊氏「不類晚宋之作」云云，似以爲冰崖南宋士人。然宋金、宋元對峙時期，臨漳俱非南宋疆域，楊氏之説無據。

王朮

王朮，出處未詳。嘗仕爲刺史。兹輯一首。

題吴莘老萬卷堂

吴生祖父皆賢明，清邁幽居殊世俗。碧水晴嵐燦户庭，白雲宿霧封林麓。好收書史構新堂，豈羡珠璣誇潤屋。文字都爲子孫藏，子孫能勤文字孰。舊賜各有五千卷，插架更盈一萬軸。尺璧非寶競寸陰，五經何多捫便腹。簡編不失鎮時習，燈火稍清兼夜讀。敏厥脩兮就有功，學而優則期干禄。况宜養志無辭勞，又欲分金賙不足。貴報吾聞如執券，盍爲高門侍華轂。

《（成化）山西通志》卷一六《集詩·宫室類》，撰者署「王朮」，名下注「金刺史」，《四庫全書存目叢書》本，齊魯書社一九九六年，第六六三頁。

邵邦獻

邵邦獻，出處未詳。嘗仕爲南陽縣令。兹輯一首。

内鄉崇寧寺僧法行出小圓石上有文殊普賢二像天然生成賦詩紀異

圓石大如卵，光潤色正玄。上有雙松樹，白紋出天然。孤鶴立松頂，下坐兩金仙。晤語契三昧，心會言難傳。雲根孕奇物，不知幾何年。一夜吐光怪，老僧拾道邊。香花日敬禮，賁秘加誠虔。我來因秩滿，獲睹知有緣。中夜發嘉歎，是用歌成篇。《（康熙）内鄉縣志》卷九《藝文》上《金詩》，撰者署名冠以「南陽知縣」，當作「南陽縣令」。《中國方志叢書》本，臺北成文出版社一九七〇年。

張爽

張爽，出處未詳。兹輯一首。

武侯廟

長蛇成八陣，渭水鼓雷波。地據三分少，公才十倍多。慨吟梁甫韻，常嘆大風歌。日月光同烈，青編永不磨。《(雍正)陝西通志》卷九六《藝文》，歸入「金」，《文淵閣四庫全書》本。

陳升

陳升，出處未詳。兹輯一首。

信陵館

寂寂魏王國，悠悠汳水春。汳水流不返，傷兹行路人。徑携一壺酒，往酬公子墳。墳阡久已平，其木幾爲薪。泉扉鎖長夜，千載不復晨。昔爲賢俊游，今爲陌上塵。青史終不滅，義聲褫暴秦。此日不足惜，所恐後無聞。《(光緒)祥符縣志》卷二一《麗藻》，歸入「金」，《中國地方志集成》本，上海書店出版社二〇一三年。

萬石德躬

萬石德躬，出處未詳。兹輯一首。

題陳希夷像四首

花項君王瓦棺冷，柴家陵上西風緊。殿前點檢不知名，醉眼摩娑睨周鼎。

白晝龍虎行天階，紫微小星何佔哉。先生大笑出門去，明日華山歸去來。

山色還如舊時好，流水小橋散芳草。千載誰知驢背心，芒鍚雲深入孤鳥。

汴城峩峩汴水流，江南江北數百州。秦王未已晉王起，人間萬歲更千秋。清李榕《華岳志》卷五，歸入「金」，《中國方志叢書》本，臺北成文出版社一九七〇年。

張光輔

張光輔，出處未詳。兹輯一首。

中秋登城有感

秋日臨登望野田，太行顛上月初懸。清光遍照民家婦，織得春衣辦税錢。《（光緒）陵川縣志》卷二八，歸入「金」，光緒間補刻本。

曹䄠

曹䄠，出處未詳。兹輯一首。

清涼山

幾年浪跡嗟蘋梗，跋涉風沙亦何幸。于今未了看山緣，聞説清涼在斯境。四山回抱開翠屏，中有招提曰修定。主人載酒邀我遊，石徑崎嶇度重嶺。羸驂垂耳鞭不前，挽葛攀藤歷參井。白雲晻靄無處尋，路轉峯回意方省。亭亭孤塔認高標，滿谷松杉密相映。半天金碧照雙眸，人道經營自師猛。豁然到此脱羈囚，塵夢悠悠一朝醒，雄樓突出倚晴空，萬壑千嵐歸引領。逸興翩翩不可收，擬著新詩狀煙景。寺僧亦愛詩人清，自汲山泉潑松茗。呼童洗盞開芳樽，况有嘉殽薦春餅。酒酣大笑發高歌，舞袖婆娑亂雲影。一時文彩重劉曹，千古高情慕箕潁。惜無止日魯陽戈，勝地可能留少頃。據鞍歸去復徘徊，野煙漠漠平林暝。《（雍正）河南通志》卷七三《藝文》，歸入「金」，《文淵閣四庫全書》本。

王伯迪

王伯迪，出處未詳。兹輯一首。

憩三詔亭

水竹蕭森一徑開，濯纓亭下洗塵埃。情知相約皆無實，不礙偷閑乘興來。《（雍正）山西通志》卷二二六《藝文志》，歸入「金」，《文淵閣四庫全書》本。

王隆吉

王隆吉，出處未詳。兹輯一首。

遊王官谷

不見高人耐辱公，倚天山色自清雄。憑君莫促東州駕，且看蒼崖瀉玉虹。《（雍正）山西通志》卷二二六《藝文志》，歸入「金」，《文淵閣四庫全書》本。

姚 仿

姚仿，出處未詳。兹輯一首。

題王官表聖祠

表聖當年曾退棲，林泉良是昔人非。可憐天柱千尋立，竟日無人空翠微。《（雍正）山西通志》卷二二六《藝文志》，歸入「金」，《文淵閣四庫全書》本。

李安時

李安時，出處未詳。兹輯一首。

題都君錫隱居

恬處深山物外身，門前常是聚蹄輪。已知谷口馳名久，孰謂清朝乏子真。《（雍正）山西通志》卷二二六《藝文志》，歸入「金」，《文淵閣四庫全書》本。

李山

李山，汾州（今山西省吕梁市汾陽市）人。初任鄉郡節制司幹官，後以西山倅使宋①。兹輯一首。

失題

命委馬嵬坡畔泥，驚魂飛上傲霜枝。西風落日東籬下，薄倖三郎知不知。元蔣正子《山房隨筆》：「李公山節，汾州人也。端平中，朱湛盧復之使北，展覲八陵，引李與王仲偕南。李初任鄉郡節制司幹官，後任西山倅，時正倅陳三嶼松龍會寮友於多景樓，賞楊妃菊，令諸妓各持紙筆侍衆官請詩。李江下後至，酒一行起，背手數步，吟云云。辭至精切，或至閣筆。」《叢書集成初編》本，中華書局一九八五年。今按，端平爲南宋理宗年號（一二三四至一二三六），值金哀宗天興末，與當時南北已絶交聘情況不合，當是展轉傳抄致誤，俟考。

張廷

張廷，出處未詳。嘗仕爲應奉翰林文字。兹輯一首。

---

① 古汾州有西山，即今吕梁市所轄交口縣域雲夢山。其時李山任鄉郡職官。

失題

有客曳長裾，袖刺謁豪閎。低頭拜閽者，始得通姓名。主人厚眷顧，開筵水陸并。顧必承彼言，語必順彼情。不如茅簷下，飽我藜藿羹。明佚名《西軒客談》：「金源氏應奉翰林文字張廷有詩云云。讀是詩，則於其人之所養可知矣。近世欲求若是者，不數數然也。每讀取數過，殊覺神爽飛越，漸漬於心，而有餘味焉。」《叢書集成初編》本，中華書局一九八五年。

趙德新

趙德新，出處未詳。金进士。兹輯二首。

過淮陰侯廟二首

英氣初從胯下生，蓋天勳業欻然成。何傷蜀錦將魚耀，所惜韓盧繼兔烹。漢鼎難忘誠盡節，齊城已下豈須兵。蒯通從有争雄意，不道五湖煙景清。

擢吏無堪昧治生，登壇壹論漢基成。楚亡雖快魯公死，齊滅咸哀酈叟烹。病去獲安當勿藥，亂平得巴好休兵。何如願棄人間事，留得聲名萬古清。明佚名《詩淵》，書目文獻出版社一九九三年，第三册一七〇九頁。今按，撰者原署「元趙叔美」，詩題作「金進士趙德新過淮陰侯廟詩」，殊不可解，當是《詩淵》編纂者誤將抄録者當作詩人。

釋普信

釋普信，出處未詳。兹輯一首。

壽聖院古柏詩

老柏千株不記年，滿堂中夜冷生煙。不容明月秋幽地，欲作驚蛇春上天。雪後未忘夫子道，風前猶記祖師禪。曉聞寒韻披衣起，錯認廬山落澗泉。《（雍正）山西通志》卷二二四《藝文》，歸入「金」，《文淵閣四庫全書》本。

釋寶峰

釋寶峰，俗姓楊氏，名守忠，嶧（今山東省濟寧市鄒縣）人。出家爲寶峰寺僧，有戒行。杖錫遊諸名山，多所證悟。及老，退居寶峰寺，臨終有偈，端坐而逝。兹輯一首。

臨終自喝

六十九年如掣電，臨行爲君通一線。翻身跳出萬重關，驚起泥牛耕海面。《（雍正）山東通志》卷三

○《仙釋》，歸入「金」，《文淵閣四庫全書》本。

佚　名

彌川感興

漠漠寒雲籠曉日，萋萋衰草欲霜天。飄萍客夢三千里，游宦羈愁二十年。清郭元釪《全金詩增補中州紀》卷六二引《葭州志》，上海古籍出版社一九九四年。

題崖略

縈紆一徑接虚空，壯觀山河百二雄。坐笑瞿塘沈鐵鎖，何須函谷用泥封。清郭元釪《全金詩增補中州集》卷六二，上海古籍出版社一九九四年。

登碧封寺

兩峽山高月半輪，五更人起馬嘶頻。無端又上長安道，輪與僧窗飽睡人。清郭元釪《全金詩增補中州集》卷六二，上海古籍出版社一九九四年。

人日二首

春帶餘寒日日陰，滿江風雨閉門深。酒非知己生嫌飲，詩欲投人死怕吟。毁瓦畫墁將底用，脅肩諂笑是何心。幾時著眼塵埃外，静對青山閲古今。

不能暖暖復姝姝，自覺爲人與世殊。静裏只將書受用，閑時偷得醉工夫。原生雖病非爲病，顔子如愚豈是愚。從此掩關休浪出，出門無處不窮途。《永樂大典》卷三〇〇一人字韻引《中州元氣集》，中華書局一九九八年，第二册一六八三頁。今按，佚名《中州元氣集》現存作品，俱輯自金及金元易代之際詩人，如王庭筠、劉瞻、劉昂、趙秉文、李章、房灝等等。此詩撰者姓名佚，亦入列其中，當出自金人之手。

北客詩

當日陳橋驛裏時，欺他寡婦與孤兒。誰知三百餘年後，寡婦孤兒亦被欺。

萬里風霜空緑樹，百年興廢又青城。宋周密《癸辛雜識别集》上《北客詩》：「北客有詠前朝詩云云。又詠汴京青城云云。蓋大金之亡，亦聚其諸王於青城而殺之。」中華書局一九八八年，第二五三頁。今按，所謂北客，指中原與北方士人於金亡之際流落南宋境内者。前首完整，後首僅殘存兩句，兹統以北客詩名之。

新編全金詩卷七二

元好問 一

元好問，字裕之，號遺山，忻州秀容（今山西省忻州市）人。鮮卑拓跋魏後裔。七歲能詩，十四歲從陵川郝天挺學，六年業成。下太行，渡大河，爲《箕山》《琴臺》等詩。禮部趙秉文見之，以爲近代無此作，遂名震京師。年三十二，登興定五年詞賦進士第，歷内鄉、南陽縣令。中宏詞科，權國史院編修官。天興初，召入京，擢尚書省掾，授左司都事，轉左右司員外郎。汴京陷落，被驅北渡，羈管聊城。以爲國亡史作，己所當爲，「不可遂令一代之美泯而無聞」①。往來秦晉、燕趙、齊魯間幾三十年。采摭遺逸，有所得輒以寸紙細字記録，積至百餘萬言。丁巳歲（蒙古憲宗七年、一二五七），卒於獲鹿寓舍，年六十八。遺山著述頗富，現僅存《遺山先生文集》《元遺山詩集》《遺山樂府》《續夷堅志》及《中州集》等。史稱「其詩奇崛而絶雕劌，巧縟而謝綺麗。五言高古沉鬱，七言樂府不用古題，特出新

① 元郝經《遺山先生墓銘》，見清胡聘之《山右石刻叢編》卷二九，《歷代碑志叢書》本，江蘇古籍出版社一九九八年，第一六册一二一八頁。

意」①。尤其是易代喪亂歌詩，挾幽并之氣，愍蒼生之難，悼社稷之亡，爲後世景仰：「國家不幸詩家幸，賦到滄桑句便工」②。兹輯一千三百九十首。

元好問詩載《遺山先生文集》《元遺山詩集》，兹以明弘治刊本《遺山先生文集》爲底本（四部叢刊本），校以文淵閣四庫全書本《遺山先生文集》（文淵閣本）、明汲古閣刊本《元遺山詩集》（汲古閣本）、清施國祁《元遺山詩集箋注》（施箋本）、清郭元釪《全金詩增補中州集》卷六三至七二等有關文獻。

五言古詩

箕山

幽林轉陰崖，鳥道人迹絶。許君棲隱地，唯有太古雪〔一〕。人間黄屋貴，物外祇自潔。尚厭一瓢喧，重負寧所屑。降衷均義稟，汩利忘智决。得隴又望蜀，有齊安用薛。干戈幾蠻觸，宇宙日流血。魯連蹈東海，夷叔采薇蕨〔二〕。至今陽城山，衡華兩丘垤。古人不可作，百念肝肺

①《金史》卷一二六《文藝傳》，中華書局一九七五年。

②清趙翼《甌北詩抄·題元遺山詩》：「身閲興亡浩劫空，兩朝文獻一衰翁。無官未害餐周粟，有史深愁失楚弓。行殿幽蘭悲夜火，故都喬木泣秋風。國家不幸詩家幸，賦到滄桑句便工。」《國學基本叢書》本，商務印書館民國二十七年。

熱〔三〕。浩歌北風前，悠悠送孤月。

【校記】

〔一〕古：《全金詩增補中州集》卷六三如之，注「一作荒」。〔二〕叔：《全金詩增補中州集》作「齊」，注「一作叔」。今按，夷叔指伯夷與叔齊。晉陶潛《飲酒》之二：「積善云有報，夷叔在西山。」見《先秦漢魏晉南北朝詩·晉詩》卷一七。〔三〕肝肺：施箋本作「肺肝」。今按，兩字互倒而意同。《新唐書》卷一五一《袁滋傳》：「性寬易，與之接者，皆自謂可見肺肝。」《蘇軾集》卷一九《次前韻送劉景文》：「一篇向人寫肝肺，四海知我霜鬢鬚。」

緱山置酒 同内翰馮丈叔獻、雷兄希顔賦詩，分韻得賓字。

靈宮肅清曉，細柏含古春。人言王子喬，鶴馭此上賓。白雲山蒼蒼，平田木欣欣。登高覽元化，浩蕩融心神。西望洛陽城，大路通平津。行人細如蟻，擾擾争紅塵。蓬萊風濤深，鬢毛日夜新。殷勤一杯酒，媿爾雲間人。

同希顔再登箕山

千年箕山祠，蘿逕深以悄。桂樹不復見，禿蔌餘秋篠。盤盤盡絶頂，石冢平木杪。長風萬里來，筋骸覺輕矯。側身望岩竇，解衣憩林表。是時夏春交，野色亂青縹。川光乍明滅，地脉互縈繞。岡巒蟻垤出，井邑蜂衙擾。紅塵洛陽昏，白雲太行曉。元功信冥漠，一覽疑可了〔一〕。悟彼東山人，胸中魯宜小。

【校記】

〔一〕覽：《全金詩增補中州集》卷六七作「覺」。

光武臺

東南地上遊，荆楚兵四衝。游子十月來，登高送長鴻。當年赤帝孫，提劍起蒿蓬。一顧滍水斷，再顧新都空。雷霆萬萬古，青天看飛龍。巋然此遺臺〔一〕，落日荒煙重。誰見經綸初，指揮走群雄〔二〕。白水日夜東，石麟幾秋風。空餘廣武歎，無復雲臺功。

【校記】

〔一〕巋：明李賢等《大明一統志》卷三〇《宫室》引此詩作「巍」。〔二〕揮、走：《大明一統志》作「麾」、「定」。

潁亭留別〔一〕同李治仁卿〔二〕、張肅子敬、王元亮子正分韻得畫字。

故人重分携，臨流駐歸駕。乾坤展清眺，萬景若相借。北風三日雪，太素秉元化。九山鬱峥嶸，了不受陵跨。寒波淡淡起，白鳥悠悠下。懷歸人自急，物態本閑暇。壺觴負吟嘯，塵土足悲咤。迴首亭中人，平林澹如畫。

【校記】

〔一〕潁：原作「穎」，刊誤，此從諸本。今按，唐陳寬著有《潁亭記》，見宋姚鉉《唐文粹》卷七四。

〔二〕治：原作「冶」，此從施箋本。

灃亭

春物已清美，客懷自幽獨。危亭一徘徊，翛然若新沐〔一〕。宿雲淡野川〔二〕，元氣浮草木。微茫盡楚尾，平遠疑杜曲。生平遠游賦，吟諷心自足。朅來着世網，抑抑就邊幅。人生要適情，無榮復何辱。乾坤入望眼，容我謝羈束。一笑白鷗前，春波動新緑。

【校記】

〔一〕沐：原作「沭」，此從汲古閣本、文淵閣本、施箋本。〔二〕野川：汲古閣本作「川野」。

出京史院得告歸嵩山侍下〔一〕。

從宦非所堪，長告欣得請。驅馬出國門，白日觸隆景。半生無根著，飄轉如斷梗。一昨隨牒來，六月阻歸省。城居苦湫隘，群動日蛙黽。慚媿山中人，團茅遂幽屏。塵泥免相涴〔二〕，夢寐見清潁。矯首孤飛雲，西南路何永。

【校記】

〔一〕侍下：侍，《全金詩增補中州集》卷六三作「寺」；下，原脱，據汲古閣本、文淵閣本、施箋本補。

〔二〕免、涴：免，汲古閣本作「久」，《全金詩增補中州集》如之，注「一作免」；涴，《全金詩增補中州集》作「浣」，注「一作涴」。

元魯縣琴臺

荒城草木合，破屋風雨侵。千年一琴臺，睠焉涕盈襟。遺愛食縣社，公寧不堪任。此臺即甘棠，忍使無餘陰。旁舍高以華，大豪日捐金。蒼雲玄武暮，鬼物憑陰岑。尚德抑玄虛，墜典誰當尋。我興薦寒泉，百拜公來臨。公來不能知，落日下飢禽。懷哉空山裏，鶴飛猿與吟。當年于蔿歌，補衮一何深。承平示得意，獨能正哇淫。君相此一時，又復悟良箴。諛臣坐廢黜，盍亦起幽沉。蒲輪竟頽轂，香艸空深林。寂寞授書室〔一〕，孤甥舉遺衾。生平諒已然，薄俗矧來今。千山爲公臺，萬籟爲公琴。夔曠不竝世，月露爲知音。人間蹄涔耳，已矣非公心。元道州文編以元魯山爲元魯縣。又臺今爲玄武祠，故及之。

【校記】

〔一〕授書室：汲古閣本作「援書空」。

㶏水 聞鄖城張伯玉訃音作。

㶏水復㶏水，東望鴈行沒。殷勤一杯酒，遥酹㶏亭月〔一〕。永懷紫髯郎，冠佩見突兀。岩岩石青峙，鬱鬱松秀發。裴回功名會，脱落豪俠窟。中州有士論，指與雷李屈。掛弓須扶桑，洗劍必溟渤。皇天靳美器，一世惜英物。神交付冥漠，生氣凛毛髮。古來天下馬，萬里入超忽。良樂不竝世，燕市空駿骨。狂歌叫秋雲，北風撼林樾。

【校記】

〔一〕㶏：原作「隱」，此從諸本。今按，北魏酈道元《水經注》卷三一《㶏水》：「㶏水出潁川陽城縣少室山，東流注於潁水。」

雜著五首〔一〕

禀氣寡所諧，衣食固無端〔二〕。所業在農桑〔三〕，甘以辭華軒。田家豈不苦，歲功聊可觀。帶月荷鋤歸，裴回丘隴間。曖曖遠人村，紛紛飛鳥還。養真衡茅下，庶無異患干。遥謝荷蓧翁，躬耕非所嘆。

守拙歸田園，淹留自無成。長吟掩柴門，遂與塵事冥。素月出東嶺，夜景湛虛明。揮杯勸孤影，杯盡壺自傾。遥遥望白雲，千載有深情。

榮叟老帶索，原生納決屨〔四〕。邈哉此前修，久而道彌著。人生少至百，每每多憂慮。量力守故轍，餘榮何足顧。棲遲固多娱，幾人得其趣。

桃李羅堂前，霜露榮悴之。咄咄俗中惡，人道每如兹。冬嶺秀孤松，卓然見高枝。提壺撫寒柯，懷此貞秀姿。願留就君住，終身與世辭。

世短意恒多，時駃不可追〔五〕。感彼柏下人，泫然沾我衣。運生會歸盡，彼此更共之。理也可奈何，一觴聊可揮。酒中有深味，情隨萬化遺。西南望昆墟，靈人侍丹池。我無騰化術，帝鄉不可期。且極今朝樂，千載非所知。

【校記】

〔一〕施箋本詩題下注：「初白評云：『應加「集陶」二字。』案别本有之。」今按，所謂初白評，指清查慎行《初白庵詩評》卷中《元遺山》有關校訂文字。然底本及參校本皆無「集陶」二字，且詩中所引，大抵遺山憑記憶所爲，同陶詩文字或有歧異，姑仍之。　〔二〕無：施箋本引初白詩評：「『無』當作『其』。」　〔三〕農：晉陶潛《雜詩》之八作「田」：「代耕本非望，所業在田桑。」見《先秦漢魏晉南北朝詩·晉詩》卷一七。　〔四〕納決屨：汲古閣本作「快納屨」，《全金詩增補中州集》卷六七作「決納屨」。今按，所謂決屨，指破敗之鞋。「屨」或作「履」。晉陶潛《詠貧士》之三：「原生納決履，清歌暢商音。」見《先秦漢魏晉南北朝詩·晉詩》卷一七。　〔五〕駃：《全金詩增補中州集》卷六七作「駛」。今按，此句出自晉陶潛《雜詩》之十：「閑居執蕩志，時駛不可稽。」見《先秦漢魏晉南北朝詩・晉詩》卷一七。

古意二首

七歲入小學，十五學時文。二十學業成，隨計入咸秦。秦中多貴遊，幾與書生親。年年抱關吏，空笑西來頻。在昔學語初，父兄已卜鄰。跛鱉不量力，强欲緣青雲。四十有牧豕，五十有負薪。寂寥抱玉獻，賤薄倡優陳。青衫亦區區〔一〕，何時畫麒麟。遇合僅一二，飢寒幾何人〔二〕。誰留章甫冠，萬古徒悲辛。

桃李弄嬌嬈，梨花澹丰容。盈盈兩無語，皦皦争春風。春風何許來，草木誰青紅。天公亦老矣，何意夸兒童。昨夜花正開〔三〕，今朝花已空。川流不肯駐，併與繁華東。楩楠千歲姿，骯髒空谷中。陽和不擇地，亦復難爲功。本無兒女心，安用尤天公。

【校記】

〔一〕衫：汲古閣本作「山」。〔二〕飢寒：汲古閣本作「寒飢」。〔三〕夜：汲古閣本、《全金詩增補中州集》卷六三作「朝」。今按，以下句作「今朝」，此句爲「昨夜」是。

潁谷封人廟〔一〕

洩洩潁谷雲，瀰瀰潁川水。封君去我久，水雲自清美。人言君善諫，微意得鄭子。特於悔悟時，一語發天理。大孝動天地〔二〕，土苴及頑鄙。反身而未誠，善諫且敗矣。如何千載下〔三〕，乃與茅焦比。我行潁川道〔四〕，永念負甘旨。願作頳尾魴〔五〕，因之日千里。

【校記】

〔一〕潁：原作「頴」，此從《全金詩增補中州集》卷六七、文淵閣本、施箋本。詩中「瀜瀜潁川水」如之。另，明傅梅《嵩書》卷一四録此詩，題作《純孝伯廟》。今按，《左傳・隱公元年》：「潁叔考爲潁谷封人，聞之，有獻於公。公賜之食，食舍肉。公問之，對曰：『小人有母，皆嘗小人之食矣，未嘗君之羹，請以遺之。』」〔二〕大：原作「夫」，此從《全金詩增補中州集》、文淵閣本、施箋本。另，《嵩書》此句作「大孝勒金石」。〔三〕載：汲古閣本、《全金詩增補中州集》作「歲」。〔四〕川：《嵩書》作「水」。今按，北魏酈道元《水經注》卷二二《潁水》：「潁水出潁川陽城縣西北少室山。秦始皇十七年滅韓，以其地爲潁川郡，蓋因水以著稱者也。」〔五〕願作頳尾魴：《嵩書》作「願作鯉與魴」。

贈答劉御史雲卿四首

舊聞劉君公，學經發源深。驊騮萬里氣，聖途已駸駸。大梁語三日，副我夙所欽。濂溪無北流〔一〕，此道日西沈。百年牛山木〔二〕，不復秀穹林。南風雖寥寥，聞絃猶賞音。獨憐誇毘子，一我無古今。共學君所貪，適道我豈任。相酧無別物，徒有好賢心。

阿京吾所畏，早生號能文。初無王家癖，聲光自流聞。此行不虛來，得接大小君。信知珠玉淵，足當羔鴈群。君家有箕裘，聖學待册勳[三]。但使本根在，枝葉復何云。殷勤五色筆，未用摧千軍。

學道有通蔽，今人乃其尤。温柔與敦厚，掃滅不復留。高蹇當父師，排擊劇寇讎。真是未可必，自私有足羞。古人相異同，寧復操戈矛。春風入萬物，枯枿將和柔。克己未有加，歸仁亦何由。先儒骨已腐，百罵不汝酧。胡爲文字間，刮垢搜瘢疣。吾道非申韓，哀哉涉其流。

大儒不知道，此論信以不。我觀唐以還，斯文有伊周。開雲揭日月，不獨程張儔。聖途同一歸，論功果誰優。户牖徒自開[四]，膠漆本易投。九原如可作，吾欲起韓歐。

老鶴何許來，澹與孤雲同。相值太虛室，悠然復西東。聖學要深談，惜君别匆匆[五]。何時沂水上，同詠舞雩風。

【校記】

〔一〕北：原作「比」，此從汲古閣本、《全金詩增補中州集》卷六七、施箋本。〔二〕木：文淵閣本作「水」。〔三〕册：《全金詩增補中州集》作「策」。〔四〕開：汲古閣本作「闢」，《全金詩增補中州集》如之，注「一作開」。〔五〕惜君别：汲古閣本作「别君惜」。

送欽叔内翰并寄劉達卿郎中白文舉編修五首

忽忽歲云暮，烈烈風霜威。舉頭望長安，游子從此歸。我有平生懷，愛君如連枝。半年姜肱被，所樂良不貲。尚恨人事異，離合無定時。送君酒一杯，侑以彈鋏辭。上言行路難，下言長相思。

六月渡盟津，十月行汜水〔一〕。風濤脱沉舟，冰雪危墮指。孝子在中野，永念負甘旨。家貧親已老，形瘵心欲死。古稱季路孝，負米曾百里。顧作鯉與魴，寧當怨赬尾。君歸不可緩，獻壽迫歲始。遥知慈母心，已爲烏鵲喜。

一年不製衣，春服犯霜風。一日僅兩食，腸胃不得充。生平萬里氣，頓入低回中。田夫怒攘臂，縮首甘盲聾。老兵賜顏色，歡喜無所容。求索厭朋友，勞苦慚僕僮。無聊復無聊，又復招災凶。我有一樽酒，澆君塊磊胸。君年始三十，白髮成一翁。顧以寸心微，受此百慮攻。君窮復何辭，不見閑閑公。文章二百年，不救四壁空〔二〕。

君性我所諳，我心君所知。凡我之所短，君亦時有之。謀事恨太鋭，臨斷恨太遲。持論恨太高，徇俗恨太卑。人道自近始，貧富理不齊。君自不得飽，欲療何人饑。乞醯乞諸鄰，聖哲有明譏。被髮捄鄉人，智者所不爲。且如與人交，交有非所宜。白黑不復擇，豁豁傾心脾。泛愛豈不可，後悔終自貽〔三〕。又如與人言，寧復無失辭。刺口論成敗，白眼談歌詩。世故彀黄間〔四〕，能不發其機。聞君作損齋，似覺豪華非。懲忿與窒慾，百年有良規。與子各努力，歲晚以爲期。

古人遥相望，每恨不同時。同時得古人，歡樂良在茲。君歸豈不佳，交遊滿京師。門前車馬來，笑言慰所思。細話洛陽事，高詠嵩山詩。宮壺發新篘，宮梅耿幽姿。故應劉與白，亦復念微之。

【校記】

〔一〕汜：《全金詩增補中州集》卷六七作「汜」。今按，《漢書》卷一《高帝紀》上：「漢果數挑成皋戰，楚軍不出，使人辱之數日，大司馬咎怒，渡兵汜水。」注：「如淳曰：『汜音祀。《左傳》曰：「鄙在鄭地汜」。』」其中，「成皋」自隋置縣爲汜水，即今滎陽市汜水鎮。另，上句「盟津」亦作「孟津」。〔二〕救：原作「浗」，文淵閣本作「捄」，此從汲古閣本、《全金詩增補中州集》、施箋本。今按，「浗」爲古水名，「捄」爲古「救」字。〔三〕後：汲古閣本作「復」。〔四〕彀黃：「彀」字原漫漶，此從諸本補；黃，汲古閣本作「簧」。今按，漢張衡《南都賦》「黃間機張」注：「《漢書》曰：『李廣以大黃射其裨將。』鄭氏曰：『黃間弩，淵中黃牙。』《尚書》曰：『若虞機張。孔安國曰：「機，弩牙。」』」見《文選》卷四。

飲酒五首 襄城作。

西郊一畝宅，閉門秋艸深。床頭有新釀，意愜成孤斟。舉杯謝明月，蓬蓽肯相臨。願將萬古色，照我萬古心。

去古日已遠，百僞無一真〔一〕。獨餘醉鄉地，中有羲皇淳。聖教難爲功，乃見酒力神。誰能釀滄海，盡醉區中民。

利端始萌芽，忽復成禍根。名虚買實禍，將相安足論。驅驢上邯鄲，逐兔出東門。離官寸亦樂〔二〕，里社有拙言。「離官寸亦樂」，晉俚諺云然〔三〕。

萬事有定分，聖智不能移。而於定分中，亦有不測機。人生桐葉露，見日忽已晞。唯當飲美酒，儻來非所期。

此飲又復醉，此醉更酣適。徘徊雲間月，相對澹以默。三更風露下，巾袖警微濕。浩歌天壤間，今夕知何夕。

【校記】

〔一〕僞：汲古閣本作「爲」。〔二〕寸亦：汲古閣本作「寸寸」，注「『亦』亦作『寸』」。〔三〕俚：原作「陸」，此從汲古閣本、《全金詩增補中州集》卷六三、施箋本。

後飲酒五首 陽翟作〔一〕

少日不能觴，少許便有餘。比得酒中趣，日與杯杓俱。一日不自澆，肝肺如欲枯。當其得意時，萬物寄一壺。作病知奈何，妾婦良區區。但媿生理廢，飢寒到妻孥。吾貧蓋有命，此酒不可無。

金丹換凡骨，誕幻若無實〔二〕。如何杯杓間，乃有此樂國。天生至神物，與世作酣適。豈曰無妙理，滉漾莫容詰。康衢吾自樂，何者爲帝力。大笑白與劉，區區頌功德。

客從崧少來，貽我招隱詩。爲言學仙好，人間竟何爲。一笑顧客言，神仙非所期。山中如有酒，吾與爾同歸。

酒中有勝地，名流所同歸。人若不解飲，俗病從何醫。此語誰所云，吾友田紫芝。紫芝雖吾友，痛飲真吾師。一飲三百杯，談笑成歌詩。九原不可作，想見當年時。

飲人不飲酒，正自可飲泉。飲酒不飲人，屠沽從擊鮮。酒如以人廢，美禄何負焉。我愛靖節翁，於酒得其天。龐通何物人，亦復爲陶然。兼忘物與我，更覺此翁賢。

【校記】

〔一〕作：原脱，據汲古閣本、《全金詩增補中州集》卷六三、施箋本補。　〔二〕若：《全金詩增補中州集》、施箋本作「苦」。

德禪師清涼草堂

舊隱伊陸巷，把茅入宴息〔一〕。新居蘭若峰，老屋補漏坼。鍾魚有勝氣〔二〕，缾錫無滯迹。回頭仙人隊，談笑初未隔。結草幾成壞，逆旅誰主客。道人那計許〔三〕，一笑山月白。多生負詩債，秋物苦催索。遥知得新句，崧少爲動色。上人舊隱伊陽，伊陽有伊陸巷。仙人隊者，女几山諸峰名。

【校記】

〔一〕宴：施箋本作「寘」。〔二〕鍾：《全金詩增補中州集》卷六七、施箋本作「鐘」，通。〔三〕那計許：「那」原作「郍」，「那」之譌字，此從汲古閣本、《全金詩增補中州集》；「計許」原作「許許」，此從《全金詩增補中州集》、施箋本。

少林

雲林入清深，禪房坐蕭爽。澄泉潔餘習，高鳥唤長往。我無玄豹姿，漫有紫霞想。回首山中雲，靈芝日應長。

龍潭〔一〕

層冰積浩蕩，陵谷互吞吐〔二〕。窈窕轉幽壑，突兀開凈宇。回頭山水縣，亦復墮塵土。孤雲鉄梁北，宇宙一仰俯。風景初不殊，川塗忽修阻。寒潭海眼凈，默黑自太古〔三〕。蟄龍何年卧，萬國待霖雨。誰能裂蒼崖，雷風看掀舉。山中人歲旱則轉大石入潭以駭龍，瞬息致雨〔四〕，故云。

【校記】

〔一〕汲古閣本、《全金詩增補中州集》卷六三、施箋本詩題作「劉曲龍潭」。今按，沁水縣有河名劉曲，流至劉曲村而匯爲雨潭、雷潭、風潭等。「沁水十景」包括「劉曲飛簾」，然與《龍潭》所述景象相去甚遠。參見趙廷鵬《讀元遺山詩劄記》，載《太原師專學報》一九九三年第二期。〔二〕互：汲古閣本、《全金詩增補中州集》卷六三作「低」。〔三〕默：施箋本作「黙」。〔四〕瞬息致雨：原作「城息故雨」，此從諸本。

麥歎

借地乞麥種，徼倖今年秋。乞種尚云可，無丁復無牛。田主好事人，百色副所求。盻盻三百斛，寬我飢寒憂。我夢溱南川，平雲緑油油。起來望河漢，旱火連東州。四月艸不青，吾種良謾投。田間一太息，此歲何時周。向見田父言，此田本良疇。三歲廢不治，種則當倍收。何如落我手〔一〕，羊年變鷄猴。身自是旱母，咄咄將誰尤。人滿天地間，天豈獨我讐。正以賦分薄，所向困拙謀〔二〕。不稼且不穡，取禾亦何由。辦作高敬通，惡雨將漂流。吾貧有濫觴，賢達未始羞。單衣適至骭，一劍又蒯緱。焉知寄食餓，不取丞相侯。作詩以自廣，時用商聲謳。

【校記】

〔一〕何如、我：何如，施箋本作「如何」；我，《全金詩增補中州集》作「吾」。〔二〕困：汲古閣本、《全金詩增補中州集》作「因」。

北邙

驅馬北邙原，踟蹰重踟蹰。千年富貴人，零落此山隅。萬塚不復識，榛莽餘鼪鼫。賢愚同一盡，感極增悲歔。粵人惟物靈，生也與道俱。一爲物所眩，遂爾迷厥初。蜕骨幾山丘，百年不須臾。歸盡固其理，交喪亦已愚。陳迹有足悲，奈此萬化途。焉知原上塚，不有當年吾。

龍門雜詩二首

石樓繞清伊，塵土天所限〔一〕。人言無僧久，草滿不復剗。灘聲激悲壯，山意出高蹇。當年香山老，掛冠遂忘返。高情留詩軸，清話入禪版。誰言海山去，蕭散仍在眼。溪寒不可涉，倚杖西林晚。

不見木庵師，胸中滿泥塵。西窗一握手，大笑傾冠巾。青山有佳招，一游負因循。老笻動高興，萬景森前陳。乾元先有期，清伊亦知津。細看灊溪樹，高卧香山雲。學詩二十年，鈍筆死不神。乞靈白少傅，佳句儻能新。遥遥洛陽城，梅花千樹春。山中有忙事，寄謝城中人。

【校記】

〔一〕限：原作「恨」，此從諸本。

豐山懷古

豐山一何高，古屋蒼煙重。開門望吴楚〔一〕，鳥去天無窮。連山横巨鰲〔二〕，白水亘長虹。川原鬱佳氣，自古南都雄。炎精昔季興，卧龍起隆中。落落出奇策，言言揭孤忠。時事有可論，生晚恨不逢。漢賊不兩立，大義皎日同。吴人操等耳，忍與分河潼。奪操而與權，何以示至公。一民漢遺黎，尺地漢故封。守民及守土，天地與相終。不能禦寇讎，顧以寇自攻〔三〕。既異鴻溝初，又非列國從。一券損半産〔四〕，二祖寧汝容。端本一已失，孤唱誰當從。至今有遺恨，廟柏號陰風。舊聞清泠淵，天賴如撞鐘。山經野人語〔五〕，誕幻欺孩童。開元有亂階，鹿飲温泉宫。黄猿何爲者，乃爾能肅兇〔六〕。乾神之大音，久鬱理當通。清霜旦夕落，佇爾驚群聾。孔明自謂：「漢室季興，清泠淵，黄猿出。」見廟碑述開元事〔七〕。

【校記】

〔一〕吴：施箋本作「英」。〔二〕連：施箋本作「迎」。〔三〕攻：汲古閣本、《全金詩增補中州集》卷六三作「功」。〔四〕損：汲古閣本、《全金詩增補中州集》作「捐」。〔五〕經：汲古閣本、《全金詩增補中州集》作「徑」。〔六〕肅：汲古閣本、《全金詩增補中州集》、施箋本作「嘯」。〔七〕詩末小字注原脱，據汲古閣本、《全金詩增補中州集》、施箋本補。

乙酉六月十一日雨

一旱近兩月，河洛東連淮。驕陽佐大火，南風捲黄埃。草樹青欲乾，四望令人哀。時時怪事發，雨雹如李梅。我夢天河飜，崩騰走雲雷。今日復何日，駃雨東南來。元氣淋漓中，焦卷意已回。良苗與新穎〔一〕，虋虋無邊涯。音崖。書生如老農，苦樂與之偕。閻閭聞吉語〔二〕，一笑心顔開。酉年酒如漿，乾溢安能裁〔三〕。唯當作高廩，多具尊與罍。家人笑問我，君田安在哉。駃與快同音，見《魏志》〔四〕。

【校記】

〔一〕新：《全金詩增補中州集》卷六三作「青」。〔二〕閻閭：汲古閣本、《全金詩增補中州集》、施箋本作「閭閻」。〔三〕栽：原作「裁」，《全金詩增補中州集》作「栽」，注「一作裁」。此從汲古閣本、文淵閣本、施箋本。今按，「栽」同「災」。〔四〕駃：原作「駃雨」，此從施箋本。今按，所謂《魏志》，實《北史》卷五四《竇泰傳》：「初，泰母夢風雷暴起，若有雨狀，出庭觀之，見電光奪目，駃雨霑灑，寤而驚汗，遂有娠。」

示姪孫伯安

伯安入小學〔一〕，穎悟非凡兒。屬句有夙性，説字驚老師。見汝挾書歸，憶我青衿時。青衿昨日耳，齒髮忽如兹。讀書誤人多，闊疎亦天資。元無倚天劍，可斷扶桑枝。倚梯望青冥，愚者知笑之。壯事已無取，老謀欲何施。幸此掌中孫，未染如素絲。就令好紙筆，門户誰當支。我有商餘田，汝壯可耘耔。便當學種樹，未用城南詩。伯安方讀韓集《符讀書城南》。

【校記】

〔一〕入小學：《全金詩增補中州集》卷六七作「入學小」。

種松

百錢買松羔〔一〕，植之我東墻。汲井涴塵土，插籬護牛羊。一日三摩挲，愛比添丁郎。昨宵入我夢，忽然變昂藏。昂藏上雲雨〔二〕，慘澹含風霜。起來月中看，細鬣錯針芒〔三〕。惘然一太息，何年起明堂。鄰叟向我言，種木本易長。不見河畔柳，顧盼百尺强。君自作遠計，今日何所望。

【校記】

〔一〕松羔：《全金詩增補中州集》卷六七作「松栽」。今按，清談遷《棗林雜俎》中集《榮植·松羔》：「秦地松樹彌望，山中尤多。其小者曰『松羔』。以木稱羔，與羊羔之羔義同。」至於「松栽」，其義亦同，今時北方猶稱樹苗爲「樹栽」。〔二〕雨：汲古閣本、《全金詩增補中州集》作「霄」。〔三〕錯：汲古閣本、《全金詩增補中州集》作「攢」。

虞鄉麻長官成趣園二首〔一〕

鑿池水交流，築翠山四繞〔二〕。衡門在人境，三逕深以悄。中庭八九樹，晨坐聽百鳥。人生信多慮，長寢容未了。虛舟有天游，我定物自擾。豈不與世竝，自是萬物表。達觀無不可，言外當意曉。

蹉跎匡山游，爛漫彭澤酒。慨然千載上，懷我平生友。夫君負奇節，劍氣鬱星斗。爲吏非所堪，徑去如避走。王官唐以還，寂寞蓋已久。柴車君來隱，清風動林藪。至今溪上詩，往往在人口。淵明不可作，此士寧復有〔三〕。

【校記】

〔一〕虞鄉：原作「虞卿」，刊誤，此從諸本。今按，虞鄉在金爲縣，隸河東南路河中府，見《金史》卷二六《地理志》。至於麻長官，《遺山先生文集》卷三一《藏雲先生袁君墓表》述及：「中條靈峰觀，唐賢羅通舊隱，歲久頽圮，不庇風雨，先生率同志麻長官平甫共葺之」。其名邦寧，字平甫。《（民國）虞鄉縣誌》卷四《麻秉彝傳》：秉彝字仲常，皇統九年進士，官至行宮六部主事，大定十八年卒。二子：「邦憲，武略將軍、河中府軍資庫副使；邦寧，武義將軍、鳳翔縣令」。〔二〕翠：諸本作「屋」。

〔三〕士：施箋本作「事」。

采杞

仙苗不擇地，榛莽散秋實。微霜緑未隕，濃露紅欲滴。方書尚服餌，僮僕課采拾。花葉久已厭，功實從此得。苦荼薦奇味〔一〕，凡醖化靈液。人傳東坡事，世驗西河術。誑口亦自佳，輕骨況可必。維物多似是，致用相萬一。向非觀玉篇，誰爲分杞棘。

【校記】

〔一〕荼：《全金詩增補中州集》卷六七、施箋本作「茶」。今按，《詩·邶風·谷風》：「誰謂荼苦，其甘若薺。」毛《傳》：「荼，苦菜也。」

宿菊潭

田父立馬前，來赴長官期。父老且勿往，問汝我所疑。民事古所難，令才又非宜。到官已三月，惠利無毫釐。汝鄉之單貧，寧爲豪右欺。聚訟幾何人，健鬬復是誰。官人一耳目，百里安能知。東州長官清，白直下村稀〔一〕。我雖禁吏出，將無夜叩扉。教汝子若孫，努力逃寒飢。軍租星火急，期會切莫違〔二〕。期會不可違，鞭扑傷汝肌〔三〕。傷飢尚云可，夭閼令人悲。

【校記】

〔一〕直：《全金詩增補中州集》卷六七作「晝」。今按，宋吴曾《能改齋漫録》卷二《白直之稱》：「今世在官當直人謂之『白直』。南齊《蕭嶷傳》云『白直共七十八人』，乃知白直之稱甚久。」〔二〕莫：汲古閣本作「勿」。〔三〕扑：原作「朴」，此從汲古閣本、《全金詩增補中州集》卷六七、文淵閣本。今按，《國語·魯語上》：「薄刑用鞭扑，以威民也。」

觀淅江漲〔一〕

一旱千里赤，一雨垣屋敗。淅故以江名，暴與衆壑會。初驚沙石捲，稍覺川谷隘。雷風入先驅〔二〕，大塊供一噫〔三〕。千帆鼓前浪，萬馬接後派。崩崖不暇顧，拔木無留礙。憑陵如藉勢，洄洑各有態。平分乍舒徐，怒觸忽碎壞。雲蒸楚樹杪，雪映商嶺背。髣髴千丈潮，怳與海門對〔四〕。欻飛鬬蛟鱷，燃犀出鱗介。陽侯富陰族，萬首露光怪。翠蕤澹偃蹇，鉦鼓亂碕磕。永懷疏鑿力，重歎神禹大。乾坤海爲壑，未礙變橫潰。納汙非無處，流惡聊自快。投詩與龍盟，滌蕩煩一再。時拜大赦五日矣。

【校記】

〔一〕淅江：《全金詩增補中州集》卷六三作「浙江」，注：「淅水今在鄖陽，見《水經注》，非浙江也。」詩中所涉如之。今按，淅江亦名淅水，當時在鄧州内鄉境内，見《金史》卷二五《地理志》「歸德府」。至於鄖陽淅水，屬湖北，此詩與之無涉。〔二〕先：汲古閣本作「兆」。〔三〕大：原作「火」，此從《全金詩增補中州集》卷六三、文淵閣本、施箋本。今按，《莊子·齊物論》：「夫大塊噫氣，其名爲風。」

另，《遺山先生文集》卷二《萬化如大路》：「造物無巧擇，大塊有並包。」〔四〕怳：汲古閣本作「況」。

鸛雀崖北龍潭

層崖閟頑陰，水木深以阻。湍聲半空落，洶洶如怒虎。風生木葉脱，魄動不敢語。何年渾沌竅，靈物此棲處。初從一綫溜，開鑿到神禹。雲雨鼓飛浪〔一〕，噴薄齊萬弩。藏珠驪龍頷，百斛快一吐。油油入無底，細散不濡縷。歸藏海有穴，汎溢愁下土。南峰天一柱，萬古鎮幽府。江山有奇探，落景迫行旅。多勉茹芝人〔二〕，終年看飛雨。

【校記】

〔一〕雨：汲古閣本、施箋本作「雷」。〔二〕勉：汲古閣本、《全金詩增補中州集》卷六三、施箋本作「慙」。

五松平〔一〕

竹港晨露白，石門秋氣寒。湍流落澗壑〔二〕，細路深茅菅。江平白石出，竟日沿清灣。四顧不見人，山鳥時間關。蒼崖入地底，烟靄青漫漫。力盡不能過，却坐空長歎。青天白雲閑，可望不可攀。虛名竟何得，行路乃爾難。

【校記】

〔一〕平：文淵閣本作「坪」。　〔二〕落：汲古閣本作「濯」。

阻雨張主簿草堂

濕暑雲氣鬱，漫淫去聲成積雨〔一〕。南風竊陰機，萬籟困掀舉。飛濤限江岸，懸流迫茅宇。塊坐百慮滋，歸與生鳥羽。兒童十日約，竹馬候門廡。曾是百里程〔二〕，川途忽遐阻。少游去我久，念子平生語。欵段劣可乘，贏餘果何取。河汾敝廬在，坐滯西南楚。世事不可期，客心徒自苦。

【校記】

〔一〕淫：汲古閣本作「浸」。　〔二〕程：汲古閣本作「城」。

贈答楊煥然

詩亡又已久，雅道不復陳。人人握和璧，燕石誰當分。關中楊夫子，高誼世所聞〔一〕。十年玄尚白，藜藿甘長貧。有來河水篇〔二〕，四海付斯文。斯文有定在，桓生知子雲。古來知己難，萬里猶比鄰。千人國中和，要非心所親。東楚西南秦，望君勞我神。相逢不得語，別去徒殷勤。白雲不可贈，相思秋復春。

【校記】

〔一〕誼：原作「誨」，此從汲古閣本、施箋本。今按，《漢書》卷五六《董仲舒傳》：「子大夫明先聖之業，習俗化之變，終始之序，講聞高誼之日久矣，其明以諭朕。」〔二〕河：汲古閣本作「冰」。今按，《河水篇》或楊氏所著文之篇名，已佚。

送詩人李正甫

陽和入枯株，靄靄含芳津。山頭太古石，不與萬物春。朝從木客游，暮將山鬼鄰。紫芝僅盈匊，幽蘭不充紉。青雲入長吁，肝膽空輪囷。我嘗讀君詩，天趣觸眼新。秦游得豪宕，晉産餘真淳。怒虎不受唾，駭鹿未易馴。安坐誰不如，半生走逡巡。蒼蒼不可問，藐藐誰當親。青山碾爲塵，白日無閑人。空歌東野曲，不救西州貧。《遺山先生文集》卷一。

新編全金詩卷七三

元好問 二

五言古詩

萬化如大路

萬化如大路，物我適相遭。往來限鄰屋，夢寐阻同袍。斷金幾何人，年運劇銷膏。相歡顧不足，爾戈奚暇操。古來太山名，達觀等秋毫。蠻觸徒能國，蜾蠃竟誰豪〔一〕。曠蕩覽八紘，美惡自爲曹。造物無巧擇，大塊有并包。暴公今在亡〔二〕，轉燐起蓬蒿〔三〕。孤心既悄悄，衆口益嗷嗷。同塵寧當悔，枉己乃爲勞。鹿門有高躅，世網儻能逃。

【校記】

〔一〕蠃：原作「蠃」，《全金詩增補中州集》卷六七、文淵閣本作「蠃」，此從施箋本。今按，《詩·小雅·小宛》：「螟蛉有子，蜾蠃負之。」〔二〕亡：《全金詩增補中州集》作「無」。〔三〕轉燐：轉，《全金詩增補中州集》作「寒」，汲古閣本作「韓」，皆誤；燐，施箋本作「瞬」，亦誤。今按，《列子·天瑞》：「羊肝化爲地臯，馬血之爲轉鄰也，人血之爲野火也。」唐殷敬順釋曰：「鄰，《説文》作『粦』，又作『燐』，皆鬼火也。」明朱謀㙔《駢雅》卷五《釋天》有「鬼火爲轉燐」語。

曉發石門渡湍水道中《水經》：湍音專。

踈星澹秋明，陰霞絢朝映。積雨成坐愁，晨光動幽興。石門歸馭引，湍浦漁刀竝〔一〕。曠蕩萬景新，歸藏四山静。平湖風漪緑，遠岸秋沙淨。洋洋游鯈逝〔二〕，汎汎輕鷗泳。隱顯乖夙心，感寓見真性〔三〕。倦遊徒自悼〔四〕，違己將安竟〔五〕。憂端從中來，茫茫發孤詠。

【校記】

〔一〕刀：汲古閣本作「舠」，通。　〔二〕鯈：汲古閣本作「魚」，《全金詩增補中州集》卷六三如之，注「一作鯈」。　〔三〕寓：《全金詩增補中州集》作「遇」，注「一作寓」。　〔四〕徒：《全金詩增補中州集》、施箋本作「時」。　〔五〕將：汲古閣本作「時」。

放言

韓非死孤憤，虞卿著窮愁。長炒一湘纍，郊島兩詩囚。人生定能幾，肺肝日相讎〔一〕。井蛙奚足論，褌虱良足羞。正有一朝樂，不償百年憂。古來帝王師，或從赤松游。大笑人間世，起滅真浮漚。曾是萬户封，不博一棹頭。有來且當避，未至吾何求。悠悠復悠悠，大川日東流。紅顔不暇惜，素髮忽已稠。我欲升嵩高，揮杯勸浮丘。因之兩黄鵠，浩蕩觀齊州。

【校記】

〔一〕肺肝：汲古閣本作「肝膽」。

李道人嵩陽歸隱圖

北山范寛筆，老硬無姸姿。南山小平遠，澹若韋郎詩〔一〕。崧陽古仙村，佳處我所知。長林連玉華，細路入清微。連延百餘家，柴門水之湄。桑麻蔽朝日，鷄犬通垣籬。媿我出山來，京塵滿山衣。春風四十日，夢與孤雲飛。可笑李山人，嗜好世所稀。逢人覓詩句，不恤怒與譏。道人本無事，何苦塵中爲。京師不易居，我癡君更癡。山中酒應熟，幾日是歸期。

【校記】

〔一〕韋：原作「常」，此從汲古閣本、《全金詩增補中州集》卷六七、施箋本。另，《遺山先生文集》卷五《賦邢州鵲山》：「郭熙未足語平遠，摹寫惟有韋郎詩。」

黄公廟

羈客無恒居，六月走長路。清風黄公祠，地古欣所遇。劍飛素靈哭，龍躍雲雨赴。堂堂文成君，談笑取帝傅。功名要有命，陰相果何預。誰謂圯上人，異事驚竹素。河清不可俟，筋力疲世故。袖間一編書，塵埃嘆遲暮。

學東坡移居八首

廢地三畝餘，十年長蒿萊。瓦礫雜糞壤，白骨深蒼苔〔一〕。孤客無所投，即此營茅齋。墾斸豈不苦，寢處亦可懷。辱身賤者事，寧當惜筋骸。伐木荒林中，運甓古城隈。辛勤八十日，吾事乃得諧。買宅必萬錢，一錢不天來。今晨見此屋，一笑心顏開。

誰謂我屋寬，寢處無復餘。誰謂我屋小，十口得安居。南榮坐諸郎，課誦所依於。西除著僮僕，休休得自如〔二〕。老我於其間，兀兀窮朝晡。起立足欠伸，偃卧可展舒〔三〕。窗明火焙煖，似欲忘囚拘。屋前有隙地，客舍不可無。花欄及菜圃〔四〕，次第當耘鉏。東野載家具，家具少於車。我貧不全貧，尚有百本書。

故書堆滿床，故物貯滿箱。渾渾商寶鬲，纍纍漢銅章。杖飾昭敬恭，嚴卯訶癉剛。雷文繞杖節，獸面出佩璜〔五〕。私印刻王尊，玉斗蛟龍翔。逸少留半紙，魚網非硬黄。亦有曇首帖，不辨作鴈行〔六〕。雪景睿思物，宣政舊所藏。晉公古漁父，浩歌濯滄浪。因觀宫騎圖，卧駞識提囊。谿石含餘潤，奚墨凝幽香。南榮挂風響〔七〕，雲裾珮鏘鏘〔八〕。鏡背先秦書，八字環中央。讀之三嘆息，此日何時光。

壬辰困重圍，金粟論升勺。明年出青城，瞑目就束縛。毫釐脱鬼手，攘臂留空橐。聊城千里外，狼狽何所託。諸公頗相念，餘粒分凫鶴。得損不相償，抔土填巨壑[九]。一冬不製衣，繒纊如紙薄。一日僅兩食，强半雜藜藿。不羞蓬累行[一〇]，粗識瓢飲樂。敵貧如敵寇，自信頗亦慤。兒啼飯籮空[一一]，堅陣爲屢却。滄溟浮一葉，渺不見止泊。五窮果何神，爲戲乃爾虐。舊隱嵩山陽，笋蕨豊餽餉。新齋淅江曲，山水窮放浪。乾坤兩茅舍，氣壓華屋上。一從陵谷變，歸顧無復望。樵漁憶還往[一二]，風土夢閑曠。怳如悟前身，姓改心不忘。去年住佛屋，盡室寄尋丈。今年僦民居，卧榻礙盆盎[一三]。静言尋禍本，正坐一出妄。青山不能隱，俛首入羈鞅。巢傾卵隨覆，身在顔亦强。空悲龍髯絶，永負魚腹葬。置錐良有餘，終身志懲創[一四]。國史經喪亂，天幸有所歸。但恨後十年，時事無人知。廢興屬之天[一五]，事豈盡乖違。傳聞入讎敵，秖以興駡譏。老臣與存亡，高賢死兵饑。身死名亦滅，義士爲傷悲。哀哀淮西城，萬夫甘伏尸。田横巨擘耳，猶爲談者資。我作南冠録，一語不敢私。稗官雜家流，國風賤婦詩。成書有作者，起本良在兹。朝我何所營，暮我何所思。胸中有茹噎，欲得快吐之。濕薪烟滿眼，破硯冰生髭[一六]。造物留此筆，吾貧復何辭。東坡謫黄州，符藥行江湖，荒田拾瓦礫，賤役分僮奴。我讀移居篇，感極爲悲歔[一七]。九原如可作，從公把犁鉏。我貧公亦貧，賦分無賢愚。論人雖甚媿，詩亦豈不如。此州多寓士，論年悉肩隨。風波同一舟，奚必骨肉爲。倪家蓮華白，每釀必見貽。季昌妙琴事，足以相娱嬉。郭侯家多書，篇帙得徧窺。趙子篤於學，問以問所疑。王生舊鄰舍，窮達心不移。千里訪存歿，十口分寒饑。獨有仲通甫，天馬不可羈。直以論詩文，稍稍窺藩籬。永懷王與李，朔漠行當歸。書來聞吉語〔一八〕，報我脱縶維。慚非一狐腋，不直五羖皮。我作野史亭，日與諸君期。相從一笑樂，來事無庸知。

【校記】

〔一〕深：文淵閣本作「湮」。〔二〕休休：汲古閣本作「休沐」，《全金詩增補中州集》卷六三如之，「沐」下注「一作休」。〔三〕可：《全金詩增補中州集》作「足」。〔四〕欄：《全金詩增補中州集》作「闌」，通。〔五〕璜：原作「瑛」，此從汲古閣本、《全金詩增補中州集》、施箋本。〔六〕辦：施箋本作「辨」，通。〔七〕挂、響：原作「桂」、「嚮」，此從《全金詩增補中州集》、施箋本。〔八〕鏘鏘：汲古閣本作「鏗鏗」，《全金詩增補中州集》作「鏗鏘」，「鏗」下注「一作鏘」。〔九〕抔：原作「抷」，此從《全金詩增補中州集》、施箋本。〔一〇〕累：文淵閣本作「藁」。今按，《史記》卷六三《老子韓非列傳》：「且君子得其時則駕，不得其時則蓬累而行。」正義：「蓬，沙磧上轉蓬也。累，轉行貌也。言君子得明主則駕車而事，不遭時則若蓬轉流移而行，可止則止也。」〔一一〕籮：原作「蘿」，此從《全金詩增補中州集》、施箋本。今按，所謂飯籮，指盛飯之竹編器具，見明王圻《三才圖會·器用·飯帚》。〔一二〕樵漁憶還往：樵漁，《全金詩增補中州集》作「漁樵」，注「一作樵漁」；還往，汲古閣本作「往還」，《全金詩增補中州集》如之，注「一作還往」。〔一三〕榻：原作「塌」，此從《全金詩增補中州集》、施箋本。〔一四〕黴創：汲古閣本、《全金詩增補中州集》作「悲愴」。〔一五〕廢興：《全金詩增補中州集》作「興廢」。〔一六〕髭：《全金詩增補中州集》作「澌」。今按，澌指河流中冰凌。〔一七〕極：

《全金詩增補中州集》卷六七作「激」。〔一八〕吉：《全金詩增補中州集》卷六三作「苦」。

歷下亭懷古分韻得南字

東秦富佳境，北渚擅名談。兹游亦已久，纔得了二三。南山壓城頭，十里奎與函〔一〕。洑流出地底，城隅滿泓潭。金絲弄晴光〔二〕，玉玦響空嵌。清漣通畫舫，秀水深雲龕〔三〕。華峰水中央，鬱鬱堆煙嵐。荷華望不極，緑淨紛紅酣〔四〕。毒熱非山陽，卑濕無江南。承平十萬户，他州隔仙凡。劫火土一丘，樹老草不芟。巧盡露天質，到眼皆奇探。千年歷下亭〔五〕，規摹見覃覃。懷賢成獨詠，勝賞何由參。

【校記】

〔一〕奎：施箋本引清查慎行《初白庵詩評》卷中《元遺山》：「『奎』疑作『奩』，未知所出，或係譌字。」

〔二〕晴：施箋本作「曉」。〔三〕水：汲古閣本作「木」。〔四〕淨：《全金詩增補中州集》作「浮」。

〔五〕年：施箋本作「里」。

舜泉效遠祖道州府君體

重華初側陋，嘗耕歷山田。至今歷下城，有此東西泉〔一〕。喪亂二十載，祠宇爲灰煙。兩泉廢不治，平漸著瓦礫填。蛙跳平聚浮沫，羊飲留餘羶。我行歷荒基，涕下何漣漣。舜不一井疪，下者何有焉。帝功福萬世，帝澤潤八埏。要與天地立，寧待一水傳。甘棠思邵伯〔二〕，自是古所然。我欲操畚锸，浚水及其原〔三〕。再令泥濁地，一變清泠淵〔四〕。青石壘四周，千祀牢且堅。石渠潄清流〔五〕，日聽薰風絃。便爲泉上叟，抔飲終殘年〔六〕。

【校記】

〔一〕西：汲古閣本作「北」。〔二〕邵：汲古閣本、《全金詩增補中州集》卷六七作「召」。今按，周召公奭封地在召，因稱召伯；亦作邵伯，見《史記》卷三四《燕召公世家》。〔三〕原：汲古閣本、《全金詩增補中州集》、施箋本作「源」。〔四〕泠：原作「冷」，此從汲古閣本、《全金詩增補中州集》、施箋本。今按，《山海經》卷五《中山经》：「神耕父處之，常遊清泠之淵，出入有光。」晉郭璞注：「清泠水，在西號鄂縣山上。神來時，水赤有光耀。」〔五〕流：《全金詩增補中州集》、施箋本作「溜」。〔六〕抔：原作「杯」，此從《全金詩增補中州集》、施箋本。

與張仲傑郎中論文

文章出苦心，誰以苦心爲。正有苦心人，舉世幾人知。工文與工詩，大似國手碁。國手雖漫應，一着存一機。不從着着看，平何異管中窺。文須字字作，亦要字字讀。咀嚼有餘味，百過良未足。功夫到方圓，言語通眷屬。只許曠與夔，聞絃知雅曲。今人誦文字，十行誇一目。閼顫失香臭，瞀視紛紅緑。毫釐不相照，覿面楚與蜀。莫訝荆山前，時聞刖人哭。

濟南廟中古檜同叔能賦

亭亭祠宫檜，鬱鬱上雲雨。扶持幾來年，造物心獨苦。青餘玉川潤，根入鐵岸古。雖含棟梁姿，斤斧安得取。流洑地中久〔一〕，駭浪思一鼓。天柱屹不移，水國奠平土。乾坤此神物，甲乙存世譜。瀨鄉留耳孫，闕里傳鼻祖。秦松徒自汙，蜀柏聊共數〔二〕。會待十抱成，兹焉重摩拊。

【校記】

〔一〕流：汲古閣本、《全金詩增補中州集》卷六三作「沇」。今按，流洑爲河之暗流，而沇爲古河之名，濟水别稱。〔二〕柏：汲古閣本作「相」。

銅鞮次村道中

山逕一何惡，一澗復一嶺。昂頭一握天，放脚百丈井。武鄉有便道，故繞銅鞮境。涉險良獨難，又復觸隆景。羸驂蹄已穴，怨僕氣將癭。與世恒背馳，用力何自省。河汾紹絶業，疑信紛莫整。銘石出壙中，昧者宜少警。少時曾一讀，過眼不再省。南北二十年，夢寐猶耿耿。喻如萬里别，燈火得對影。行役豈不勞，聊當忍俄頃。

蕭齋并引。

故民部長陵蕭公，泰和大安之間，名德雅望，朝臣無出其右。其爲太原道漕使時，不肖方厠諸生間，顧嘗一望眉宇以爲甚幸。然亦以齒少且賤，不得與横經之末而爲恨也。北渡後，居陽平，見關中人邢公達談公平生，往往色揚而神躍。問之，知其爲公夫人之猶子也。蓋公達之先人於公恩義良厚，而公所以報之者爲甚力。公達初仕部掾，年甫三十，遂爲州上佐，出入臺閣者二十年。雖其材致，然亦藉公爲之司命耳。予雅知公達之敬公也，凡欲聞公之故，則就訪之。公達所居之屋〔一〕，乞名於予，因以蕭齋目之，且爲之説云。士之生世，有一鄉之士，有天下之士，有一人之所私慕，有天下之所共稱。分限所在，不能以强人而人亦不得而强之也。惟公承王公餘烈，弈葉台鼎，世譜完具，與當陽杜氏相上下〔二〕，故言氏族者推其貴。出入經史，優柔饜飫，發擿祕奥，不减前輩蔡無可，故言討論者服其博。奏讞疑獄，致力忠愛，一言之仁，利及永久，故言斷獄者歸其平。彊禦不奪其操〔三〕，公相不易其介，幅巾鄉社，坐鎮頹俗，故言進退者推其高。蓋天下所共稱，非一人之私慕。高山仰止，其誰曰不然。古人有愛蕭子雲筆札者，得蕭之一字，遂以名所居，況於其所天乎。因爲詩以貽公達。有好賢如緇衣者，請爲同賦焉。

十年金門客，一日蓬蒿人。煙煤兩椽屋，因公名字新。昔公無恙時，四海望經綸。敦龐一古儒，風采自名臣。人亡典刑在〔四〕，百世留清塵。師尊世共然，況予夙所親〔五〕。愛公入夢想，透迤見垂紳。教兒多讀書，公言諒諄諄。他時門户改，亦唯公所姻。我嘗望公顔，道左避朱輪。至今誦其詩，喜色爲津津。歸秦如未老，會買東家鄰。

【校記】

〔一〕屋：《全金詩增補中州集》卷六七作「室」。〔二〕當陽：《全金詩增補中州集》作「當楊」。今按，當陽即當陽峪，自北宋爲民窯瓷器産地，入金歸中山府衛州獲嘉縣，今屬河南省修武縣。〔三〕彊：原作「疆」，此從《全金詩增補中州集》。操：汲古閣本作「標」。〔四〕刑：文淵閣本作「型」，通。今按，《詩·大雅·蕩》：「雖無老成人，尚有典刑。」漢鄭玄箋：「猶有常事，故法可案用也。」〔五〕予：汲古閣本、施箋本作「子」。

别李周卿三首

行路澀於棘，單車望千山。歌君歸雲曲，清涕留餘潸〔一〕。六年河朔州，動輙得謗訕。唯君篤高義，日來欵柴關。古交松柏心，今交桃李顔。古人去不返，古道挽不還。相思一樽酒，幽恨寄山間。

風雅久不作，日覺元氣死。詩中柱天手，功自斷鰲始。古詩十九首，建安六七子。中間陶與謝，下逮韋柳止。詩人玉爲骨，往往墮塵滓。衣冠語俳優，正可作婢使。望君清廟瑟，一洗筝笛耳。

城居日蛙黽，局促復局促。去作山中客，放浪誰檢束。溪光淡於冰，山骨淨如玉。懷我同心人，團茅住深竹。垂綸鮮可食，種秫酒亦足。石壇三萬丈，醉眼天一粟。安得萬里風，相從兩黄鵠。周卿學有淵源，東州詩人未見其比。與予約西游，如詩中所說。

【校記】

〔一〕潸：原作「潛」，刊誤，此從汲古閣本、《全金詩增補中州集》卷六三、施箋本。另，文淵閣本作「潸」，同「潸」。

酬韓德華送歸之作

良朋滿東州，歲月見忠悃。韓侯晚相值，意氣尤懇懇。我嘗相斯人，趣向識端本。立節柏有心，樹德蘭在畹。官榮睨不顧，寄興浮雲巘。今世走名場，旗旆幾仆偃。賤子本無取，玉趾渠往返。昨聞遂歸養，見謂竹林阮。暑涂三百里，追送不憚遠。觀君木訥姿，百念爲日損。顧方懸衣絅，又被以華衮。桑榆儻可收，歲事在穮蓘。里門眼中見，歸袖勞重挽。鷄黍先有期，升堂未言晚。渠猶類然〔一〕。

【校記】

〔一〕類：文淵閣本作「數」。

戊戌十月山陽雨夜二首

朔吹作還止，雲意鬱以周。十月雷收聲，陽和自油油。此雨非舊雨，春旱歷夏秋。道路土三尺，今朝見浮漚。三城信樂土〔一〕，凶年未消憂。一蝗食禾盡，半菽不易求。流民四方來，斷港魚蝦稠。忍死待一麥，秋種且未投。乾溢誰所司，雩壇徧九州。醉飽到狐鬼，巫覡自懷羞。帝命制江湖〔二〕，野語良悠悠。龍公爲汝賀，桑榆定可收。

霏霏散浮煙，靄靄集微坌。出門望白塔，但覺襟袖潤。繁聲忽赴節，細點復成陣。久渴宜未厭〔三〕，平。已作寧小靳。山陽冬候煖，麥脚易滋分。去土膏入滲漉，破粒容可趁。此邦信可樂，風土同一晉〔四〕。單車我東來，塵土滿歸鬢。裹粻失先具，閉糴困餘吝。今朝人事改，一雨開百順。僧窗晚色淨，喜極夢爲盡。枕上一詩成，燈花落紅燼。

【校記】

〔一〕三：《全金詩增補中州集》卷六七作「山」。今按，所謂三城，指共城、凡城、王莽城等，在山陽地域，見《金史》卷二五《地理志》「中山府衛州蘇門」。另，清顧祖禹《讀史方輿紀要》卷四九「衛輝府輝縣」：「唐初因析共城置凡城縣，屬共州，尋省。王莽城，在縣西北八十里。三城如鼎足，相傳王莽所築。」〔二〕制：汲古閣本作「淛」。〔三〕宜：汲古閣本、《全金詩增補中州集》作「疑」。〔四〕一：《全金詩增補中州集》作「三」。

看山

慘慘悲去國，鬱鬱賦卜居。不采西山薇，即當葬江魚。今日忽有得，蕩如脱囚拘。青山坐終日，忘讀案上書。臯壤與山林，使我欣然歟。我身天地間，託宿真蘧廬。無窮閲有限，萬期亦須臾。坎止及流行，何計疾與徐。百年險與夷，又似萬里途。良馭馳康莊，九折亦摧車[一]。必惟易之就，遇險當何如。化化復生生，體異理不殊。鷺非浴而白，烏豈黔而烏[二]。誰續長脛鶴，誰截短足鳧。孔墨不煖席，盜跖華堂居。公車困方朔，太倉飽侏儒。杜子露雙肘，朝參出無驢。軟裘與快馬，照耀輿臺軀。天隨隱笠澤，杞菊供盤盂[三]。擊鮮日爲具，大嚼皆屠沽。乖逢自乖逢，賦分無賢愚。作計窮一我，造物良區區。嚮也憂不足，乃今樂有餘。

【校記】

[一]摧：文淵閣本作「推」。[二]黔：原作「點」，此從諸本。今按，南朝宋鮑照《鮑明遠集》卷二《園葵賦》：「烏非黔黑，鶴豈浴淨？」[三]杞：汲古閣本作「杷」。今按，唐陸龜蒙《杞菊賦并序》：「築圖書所，前後皆樹以杞菊。春苗恣肥，日得以採擷之，以供左右杯案。」見《全唐文》卷八〇〇。

九日讀書山用陶詩露凄暄風息氣清天曠明爲韻賦十詩[一]

行帳適南下，居人踻庭户。城中望青山，一水不易渡。今朝川涂静，偶得展衰步。蕩如脱囚拘，廣莫開四顧。半生無根著，筋力疲世故。大似丁令威，歸來歎墟墓。鄉閭喪亂久，觸目異平素。枌榆雖尚存，歲晏多霜露。

今日復何日，霜氣倏已凄。登高有佳招，山中古招提。翩翩劉公子，王田重相携〔二〕。乾坤動詩興，澗壑忘攀躋。霍侯家甚貧，劣有酒與鷄。城居厭鼙鼓，移家此幽棲。世網不易逃，所向皆塵泥。何以濯我纓，林間有清溪。

山腰抱佛刹，十里望家園。亦有野人居，層崖映柴門。昔我東岩君，曾此避塵喧。林泉留杖履〔三〕，歲月歸琴樽。翁今爲飛仙，過眼幾寒暄。蒼蒼池上柳，青衫見諸孫。踈燈照茅屋，新月入頹垣。二句先人詩也。依依覽陳迹，惻愴不能言。

霜氣一匽薄〔四〕，杳杳秋山空。臨高望煙樹，黄落雜青紅〔五〕。造物故豪縱，窮秋變春容。錦障三百里，不盡臺山東。粲粲黄金華〔六〕，羅生蒿艾叢。野人不知貴，幽香散秋風。秋物自横陳，顧揖苦不供。誰能摇醉筆，吐句凌清雄。

宇宙有此山，閲世過鳥疾。何人不此遊，名姓寧復識。兹辰世所重，前代多盛集。柴桑有故事，一一謝留俊筆。併數孟與桓，此外誰記憶。人生百年内，踏地皆陳迹〔七〕。獨惟我輩人，興懷念今昔。山林與皋壤〔八〕，自古長太息。

賞心古難并，暮景日易費。故人成此游，尊酒重相慰。新詩互讎唱，清談見滋味。鱷鯢方偃蹇〔九〕，黿鼉共騰沸。懸險劇褒斜，清渾雜涇渭。争教十圍腹，滿貯憂與畏。情親到真率，寧復轉喉諱。鄭重伯雅生，藉汝聊吐氣。

往年在南都，閑閑主文衡。九日登吹臺，追隨盡名卿。酒酣公賦詩，揮灑筆不停。蛟龍起庭户，破壁春雷轟。堂堂髯御史，痛飲益精明。亦有李與王，玉樹含秋清。我時最後來，四座頗爲傾。今朝念存殁，壯心徒自驚。

我在正大初，作吏淅江邊。山城官事少，日放淅江船。菊潭秋華滿，紫稻釀寒泉。甘腴入小苦，幽光出清妍。歸路踏明月，醉袖風翩翩。父老遮我留，謂我欲登仙。一别半山亭，回頭餘十年，江山不可越，目斷西南天。

吾山一何高，清凉屹相望。龍頭出白塔，佛屋壓青嶂。雲光見秋半，旭日發毫相。峩峩寶樓閣，金界儼龍象。鄉曲二十年，香火闕瞻向。金花香綿草〔一〇〕，夢想雲雨上。福田行欲近，重爲詩酒障。終當陟層巔，放眼天宇曠。

紫微老仙伯，少日見承平。甲子五百餘，雙瞳益清明。披莊不盈尺〔一一〕，翛然澹無營。庭柯挂秋蔬，老樹風泠泠。我有年德尊，公深鄉曲情。思得菊潭酒，爲公制頹齡。作詩語同游，明年復尋盟。看翁九節杖〔一二〕，翩翩上峥嶸。

【校記】

〔一〇〕曠：施箋本引查慎行《初白庵詩評》：「『曠』疑誤，陶集作『象』」。諸本皆作「曠」。姑仍之，以備參考。

〔一一〕王：《全金詩增補中州集》卷六七作「玉」。今按，《中州集》卷七《王萬鍾》：字元卿，秀容人。少有逸才，詩文閑適，似其爲人。「與同郡田德秀齊名，號王田。評者謂規製宏博，王不及田，而瀟灑無塵土氣，田亦非王比也。」

〔一二〕履：汲古閣本、《全金詩增補中州集》卷六三作「屨」。

〔四〕匽：《全金詩增補中州集》卷六七作「偃」。今按，《漢書》卷七二《王吉傳》載其諫書有「夏則爲大暑之所暴炙，冬則爲風寒之所匽薄」語，唐顔師古注：「匽與偃同，言遇疾風則偃靡也；薄，追也。」〔五〕青：汲古閣本作「清」。〔六〕粲粲：《全金詩增補中州集》作「燦燦」。今按，《詩·大雅·大東》：「西人之子，粲粲衣服。」宋朱熹集傳：「粲粲，鮮盛貌。」〔七〕陳：原作「種」，文淵閣本作「踵」，此從汲古閣本、《全金詩增補中州集》卷六三、施箋本。〔八〕皋：《全金詩增補中州集》作「泉」，注「一作皋」。〔九〕鱷：汲古閣本、《全金詩增補中州集》卷六七作「鱷」。今按，鱷爲鱷，鱷爲鯨。本集卷九七「元好問八」《岐陽》三首之一涉及：「偃蹇鯨鯢人海涸」。〔一〇〕香綿草：《全金詩增補中州集》作「香緜芊」。今按，本集卷一〇三「元好問一四」《臺山雜詠》十六首之七涉及：「香綿穩藉僧鞖草」。至於緜芊，指草木茂盛。〔一一〕莊：文淵閣本作「髮」。今按，披莊之「莊」指《莊子》。《隋書》卷七七《崔廓傳》載其子賾答豫章王書：「讀論唯取一篇，披莊不過盈尺。」〔一二〕翁：汲古閣本作「公」。

留月軒

丈室何所有，琴一書數册。花竹結四鄰，繁陰散芳澤。閑門無車馬，明月即佳客。三人成邂逅，又復得驩伯〔一〕。驩伯屬我歌，蟾兔爲動色。商聲隱金石，桂樹風索索。乾坤月與我，光滅即生魄。元精貫當中，寧有天壤隔。卯君尚奚待，言論累數百。多談令人厭，坐睡驚墮幘[二]。一笑鷄未鳴，虚窗自生白。

【校記】

[一]驢：施箋本作「懽」，通。[二]鶩墮幘：《全金詩增補中州集》卷六七作「墮鶩幘」。

梨花海棠二首

梨花如静女，寂寞出春暮。春工惜天真，玉頰洗風露。素月澹相映，蕭然見風度。恨無塵外人，爲續雪香句。孤芳忌太潔，莫遣凡卉妬。

妍花紅粉粧，意態工媚嫵。窈窕春風前，霞衣欲輕舉。金槃渺華屋，國艷徒自許。依依如有意，脉脉不得語。詩人太冷落，愁絶殘春雨。

趙吉甫西園 園名種德。

王城比民居，近市無閑田。閑田八九畝，乃在城西偏。久矣瓦礫場，莽爲狐兔阡。高人一留顧，老木生雲煙。築屋臨清流，開窗見西山。人境偶相值，遂無城市喧。趙侯嗜讀書，兀坐守遺編。性情入吟詠，古澹無妖妍。酸鹹與世殊，至味久乃全。我作别墅詩，請爲子孫傳。耕耘有定業，歉豐屬之天。寧作鹵莽兒，袖手待逢年。汲古先有齋，種德今有園。期君在晚歲，無庸計目前。

臨汾李氏任運堂二首并序。

彦仁從軍久，厭於事物之累，念欲脱去之而不可得也。故嘗鬱鬱不自聊，求予發藥之。予名其居曰任運堂，且爲賦詩。

官職有何好，凛凛蹈危機。車塵及馬足，捧手仍低眉。棄去何足道，無從脱縶維。不如聽其然，歲晚儻可期。此心未馴初，養虎時飽飢。一爲金石止，坐閲萬物馳。汨泥揚其波，哺糟啜其醨。漁父我所學，靈均竟奚爲。上堂壽慈親，兄弟如塤箎。菽水足致樂，况有甘與肥。人生天地間，長路有險夷。遇險即欲避，安得皆通逵。君家北山翁，百世留清規。樂天而知命，行矣君何疑。北山翁，彦仁之伯祖。泰和間〔一〕，以高道提點天長。胥莘公贈詩有「百世清規」之語〔二〕，故及之。

履危恨無機，避禍欣有策。後慮徒自密，前路寧汝測。七戰殁牖下，坐談得刺客。周身容孔智，伐樹不宋厄〔三〕。九折怯乘險，瘴海悲遠謫。就令家長安，獨不死牀簀。人生多憂畏，年壽幾至百。惴惴首尾間，天宇坐成窄。重泉青雲梯，平地黄土陌。乖逢有定在，拙計徒巧擇。行樂當及時，莫待頭雪白。黄土陌，見《初學記·奴僕門》。

【校記】

〔一〕間：施注本作「中」。　〔二〕莘：原作「華」，此從《全金詩增補中州集》、施箋本。今按，《金史》卷一〇八《胥鼎傳》：興定元年正月，「進拜平章政事，封莘國公」。〔三〕树：《全金詩增補中州集》、施箋本作「木」。

題張左丞家范寬秋山橫幅

層崖閟長陰，細逕緣絶巘。梯雲欄干峻，廓廓清眺展。斜陽半天赤，飛鳥大江遠。清霜張秋氣，草樹生意剪。風雷斫堅敵〔一〕，旗旆紛仆偃。峥嶸峰巒出，莽蒼林薄晚。盤盤范家筆，老懷寄高蹇。經營入慘澹，得處乃蕭散。嵩丘動歸興，突兀青在眼。何時卧雲身，團茅遂疎懶。

【校記】

〔一〕雷：汲古閣本、《全金詩增補中州集》卷六三作「雪」。

宿張靖田家 地屬壽陽。

川涂盡坡陀，嶺路入荒梗。微茫望煙火，向背得廬井。殘民安朴陋，倦客喜幽屏。兒童聞叩扉，租吏有餘警。兩崖紛蘩薄，砂石立頑獷。湍流落空嵌，百折不容騁〔一〕。山深饒風露，夜氣凄以耿。園花澹相望，邊月空照影。深居苦不早，素髮忽垂領。誰謂林野人，兹焉惜清景。

【校記】

〔一〕折：《全金詩增補中州集》卷六三如之，注「一作道」。

曲阜紀行十首

荒城卧魯甸，寒日澹平蕪。千年素王宫，突兀此城隅。我昔入小學，首讀仲尼居。百讀百不曉，但有唾成珠。少長授魯論，稍與義理俱。攝齊念升堂，壞壁想藏書。翩翩七十子，佩服見舒徐。慨然望闕里，日思膏吾車。五原東北晉，因循迫桑榆。今日復何日，南冠預庭趍。隱隱金石聲，怳如夢清都。偉哉神明觀，欣幸當何如。

殿屋劫火餘，瓦礫埋荒基。入門拜壇下，儼然想光儀。憶當講授初，佩服何逶迤。登降幾何人，鸞鳳相追隨。千年仰堦級，天險不可躋。文杏誰此栽，世世傳清規。植根得所託，在木將何知。

堂堂魯三檜，培植出天巧。規摹欲十抱，奇秀供百繞。誰言甲戌亂〔二〕，煨燼入炎燎。青煙干雲上，群鶴空自矯。哀哀嶧陽人，腸肺痛如攪。魯郊木何限，名取唯一少〔三〕。神明信扶持，厄運豈易曉。雩臺滿荒榛，逵宫餘曲沼。紛紛閲成壞，何異晏與早。道存有汙隆，物齊無壽夭。霜皮眼中見，鬱鬱自塵表。君看太山石，萬古青未了。

陋巷陋復陋，老屋在人境。門前軒蓋多，閉户自幽屏。近郊無百畝，負郭纔半頃。饘粥聊自供，取足唯一井。此井閲千歲，清節傳箕潁。尚想瓢飲初，至味久益永。德鄰與周旋，聖域容造請。貧中有此樂，日暮獨何炳〔三〕。泓然窺古甃，一勺試甘冷。上池果能神，轉眄得深省〔四〕。塵埃竟何有，素髮忽垂領。共學誰我容，從之抱修綆。

泮宮何所有，舞雩但荒臺。泮水涸已久，北風捲黃埃。顧瞻魯公宮，感極令人哀。獻馘亦盛事，規摹到平淮。作計萬萬古，而今安在哉。獨愛鼓瑟翁，不與三子偕。宗周方訖籙，聖師猶卷懷。但欲春服成，風乎詠歸來。我亦淡蕩人，涉世寡所諧。浴沂行有日，一笑心顔開。

大姦何所如，猰貐雄且猛。雖然弭耳伏，擇肉會一騁〔五〕。卯也不敗露，各與聖師竝。天刑竟莫逃，不待七日頃。曹瞞盜漢璽，僅得保腰領。與卯均小人，脱網乃差幸。小偷學不至，適足污鍖鼎。不從市朝肆，必就遠方屏。兩觀餘坡陀，萬世示頑獷。神兵懔可怖〔六〕，過者宜少儆。

不見講堂處，指似存世譜。遺基洙泗間，荒惡餘十畝。聖師既已老，自衛歸在魯。正樂修六經，卒業此其所。當時季路室，完整逮建武。太僕忠且壯，持用方禦侮。如何唐盛日〔七〕，一廢不重舉。中和天地位，寧復俟庭廡。所嗟世道衰，師授日莽鹵。空餘千歲井，黕黑照終古。

白塔表佛屋，萬瓦青粼粼。何年勝果寺，西與姬公鄰。塔廟恣汝爲，豈合魯城闉。魯人惑異教，吾道宜湮淪。許行學神農，耒耜手自親。當時子孟子，直以爲匪民〔八〕。况彼桑門家，糞壞待其身。一朝斷生化，萬國隨荆榛。孟氏非所期，安得楊與荀。丹青贊神化，舊染爲一新。坐令鍾魚地〔九〕，再睹籩豆陳。吾謀未及用，勿謂秦無人。

天地有至文，六籍留聖謨。聖師極善誘，小智秪自愚。文章何物技，不直咳唾餘。操戈競虚名，望塵拜高車。所得不毫髮，咎責滿八區。公論懸日星，豈直小人儒。喻彼失相者，倀不知所如〔一〇〕。指南一授轡，聖門有修途。陽光照薄暮，尚堪補東隅。悠哉發深省，洒掃今其初。

林墓連魯城，方廣十里間。林間百草具，棘刺死不蕃〔一一〕。楷槐作横理，青青閲千年。懷人成一慨，何止召公賢。博陵石翁媪，名字無留鐫。兩獸墓前物，歲久乃訛傳。昨我游魯門，規作孔林篇。聖人與天大，聖道難爲言。所見不一記，來者何述焉。詩成私自媿，小子良斐然。

【校記】

〔一〕戌：原作「戍」，此從汲古閣本、《全金詩增補中州集》卷六七、施箋本。今按，此處甲戌指貞祐二年，宣宗倉惶逃離中都，南遷汴京。〔二〕名取唯一少：《全金詩增補中州集》作「此樹實所少」。〔三〕獨：文淵閣本作「燭」。〔四〕眄：施箋本作「盼」，通。〔五〕肉：原作「内」，此從諸本。今按，漢張衡《東京賦》「擇肉西邑」注：「《周書》曰：『無爲虎搏翼，將飛入邑，擇人而食也。』」見《文選》卷三。另，本集本卷《鴈門道中書所見》：「食禾有百螣，擇肉非一虎。」〔六〕懍：《全金詩增補中州集》作「凜」。〔七〕唐盛：《全金詩增補中州集》作「盛唐」。〔八〕匪：汲古閣本作「生」。〔九〕坐：汲古閣本作「空」。鍾：《全金詩增補中州集》、文淵閣本作「鐘」，通。〔一〇〕倀：汲古閣本作「偎」。〔一一〕刺：汲古閣本作「荆」。

寶嚴紀行

陰崖轉清深，秋老木堅瘦。城居望已遠，步覺脱氛垢。寶嚴夙所愛，丈室方再叩。曛黑纔入門，徑就石泉漱。遥遥金門寺，寶焰出岩竇。我豈無盡公，昔見今乃又。同來二三子，寢飯故相就。况有杜紫微，琴筑終雅奏。曈曈上初日，深樾炯穿漏。逶迤陟西巘〔一〕，萬景若迎候〔二〕。絶壁三面開，仰看勞引脰〔三〕。兩山老突兀，屹立柱圓覆〔四〕。諸峰出頭角，隨起隨偃仆。不可無煙霞，朝暮爲先後。横亘連巨鰲，飛墮集靈鷲。九華與奇巧，五老失渾厚。想當位置初，遂欲雄宇宙。太行有洪谷，勝絶無出右。大似塵外人，眉宇見高秀。哀湍下絶壑，電擊龍怒鬭〔五〕。崩奔翻雪窖，瑩滑瀉瓊甃〔六〕。窮源得懸流，偉觀駭初遘。仙人寶樓閣，白雨散簷溜。天孫拂機絲，素錦絢清晝。永懷登高賦，意匠困馳驟〔七〕。窘於游暴秦，百説不一售。林間太古石，稍復抔飲舊〔八〕。已約銘窪尊，細鑿留篆籀〔九〕。兹山緣未了，僧夏容宿留。終當丐餘年，奇探盡雲岫。

【校記】

〔一〕西：原作「兩」，此從汲古閣本、《全金詩增補中州集》、施箋本。〔二〕景：原作「里」，此從汲古閣本、《全金詩增補中州集》、施箋本。〔三〕脰：汲古閣本作「照」。〔四〕圓：施箋本作「圖」。〔五〕擊：《全金詩增補中州集》作「激」。鬭：原作「闆」，此從諸本。〔六〕瑩：原作「塋」，此從《全金詩增補中州集》、施箋本。今按，《歐陽修集》卷五《再和聖俞見答》：「石上紫毫家故有，剡藤瑩滑如玻璃。」〔七〕匠：《全金詩增補中州集》如之，注「一作頗」。〔八〕抔：原作「杯」，此從《全金詩增補中州集》、文淵閣本、施箋本。〔九〕籀：原作「籒」，「籒」之譌字，此從《全金詩增補中州集》。

鴈門道中書所見

金城留旬浹，兀兀醉歌舞。出門覽民風，慘慘愁肺腑。去年夏秋旱，七月黍穟吐。一昔營幕來〔一〕，天明但平土。調度急星火，逋負迫捶楚。網羅方高懸，樂國果何所。食禾有百螣，擇肉非一虎。呼天天不聞，感諷復何補。單衣者誰子，販糴就南府。傾身營一飽，豈樂遠服賈。盤盤鴈門道，雪澗深以阻。半嶺逢驅車，人牛一何苦。

【校記】

〔一〕昔：當作「夕」，諸本皆如此。姑仍之，以備參考。

岳祠齋宫夜宿

煌煌德寧宫，望秩年祀永。唐來幾焚蕩，規制仍峻整。龍旂嚴黼座，金罽散光炯。嶽拜行且周，偉觀竊欣幸。青紅留壞壁〔一〕，兵衛自馳騁。木杪見龜趺〔二〕，雄筆映鍾鼎。中和昔喪亂，已溺寧再拯。有來鴈門公，赤手探虎鯁。經營入慘澹，灑落出鋒潁。凶豎竟自摧〔三〕，神鑑益彪炳。青山閱人代，今古一炊頃。摩挲盤根槐，甲子誰記省。揭來石門道，煙岫接雲嶺。霄漢瞻上階，濃碧插秋影。青林雨聲集，懸瀑激奔猛。森然心魄動，冰雪凄以耿。飄飄想仙袂，飛下玉蓮井。昨夢知是非，復此造真境。妙香净餘習，灝氣發新警。鶴書來何遲，素髮迫垂領。玄壇展衰步，似欲逐幽屏。高柯月紛紛，裴回惜清景。

【校記】

〔一〕壁：原作「璧」，此從諸本。　〔二〕趺：原作「跌」，此從諸本。　〔三〕摧：原作「擢」，此從諸本。

示程孫四首

并州望南宫，東南千里餘。六年念兒女，鬱鬱心不舒。程孫問安否，一月兩寄書。老我倦出門，况是涉畏途。鞍馬二十日，面色爲焦枯。白兄應見笑，此行亦區區。

吾女在吾家，先以安卑弱〔一〕。雖然適貴門，一味甘儉薄。財廉出仁讓，語省見端慤。婦道化一州，母女皆願學[一]。州人聞我至，相與喜且愕。謂我六十翁，齒髮未衰落。擊鮮日爲具，和氣動城郭。爲説壻女賢，宅相知有託。乃公私有賀[二]，一月醉杯杓。生女四十年，今有爲父樂。直孫年志學，玉立無纖瑕。簡孫甫勝衣，芳蘭茁其芽。粲粲彩翠翔[四]，鵷雛映朝霞。諸孫獻公壽[五]，喜極復長嗟。吾母河南君，閨門靜無譁。殷勤教女孫，乃今成汝家。老我何足道，外舍儘得誇。會聚樂不貲，言別悽以惻。風雲動老懷，車馬見行色。明年吾六十，家事斷關白。唯當近酒醆，亦復抛書册。提携兩童子，欵段或下澤[六]。玉雪念吾孫，未覺千里隔。乘興徑一來，壻當速客。

【校記】

〔一〕以：《全金詩增補中州集》卷六七作「已」。〔二〕母：原作「毋」，此從諸本。另，第三首「吾母河南君」如之。〔三〕有：施箋本作「自」。〔四〕粲粲：汲古閣本作「燦燦」，通。〔五〕公：汲古閣本作「翁」。〔六〕欵段：原作「歎叚」，此從汲古閣本、《全金詩增補中州集》、施箋本。今按，「叚」爲「段」之譌字。

九月初霖雨中感寒痺作

留飲工作祟，臂股半風淫。風淫喜陽景，旬浹坐秋霖。兒寒益跳梁，衰暮苦難任。病枕怯遥夜，破窗風露深。兩年魏大名，千門響霜碪[一]。客行足繒纊，家居但疎衾。絇絲不易得，候蟲徒自吟。無衣思南州，傷哉非獨今。

【校記】

〔一〕響：原作「嚮」，此從汲古閣本、《全金詩增補中州集》卷六七、施箋本。今按，唐儲光羲《田家雜興》之一：「百草披霜露，秋山響砧杵。」見《全唐詩》卷一三七。

同白兄賦瓶中玉簪

畏景衆芳歇，仙葩此夷猶。冰姿出新沐，娟娟倚清秋。昨夢今見之，風鬟玉搔頭[一]。誰言閨房秀，高情渺林丘。碧筵古銅壺[二]，一室香四周。懷人成獨詠，遠思徒悠悠。

【校記】

〔一〕鬟：汲古閣本作「裏」。〔二〕筵：《全金詩增補中州集》卷六三作「筳」，注「一作筵」。今按，《玉篇·竹部》：「筳，小簪也。」

野史亭雨夜感興

私録關赴告，求野或有取。秋兔一寸毫，盡力不易舉。衰遲私自惜，憂畏當誰語。展轉天未明，幽窗響疎雨。

哭延孫

兒生去年冬，閭里日相慶。今年迫周晬[一]，疹痘俱已竟。斕班綴錦衫[二]，未與玉雪稱[三]。宅相望此孫，惜愛均氣命。一宵誰奪去，遽有亡辜横。情鍾未難忘[四]，力挽將安勝。憶昔點粧初，季女抱臨鏡。灼灼芙蓉花，澹與清波映。霜風入芳渚，瘦緑餘荷柄。嬌紅耿在眼，百唤不一應。寂寞空鏡前，老眼淚如迸。

【校記】

〔一〕晬：汲古閣本作「晬」。今按，所謂周晬，指小兒滿月或周歲。唐李商隱《驕兒詩》：「文葆未周晬，固已知六七。」見《全唐詩》卷五四一。〔二〕班：《全金詩增補中州集》卷六七、文淵閣本、施箋本作「斑」，通。〔三〕未：汲古閣本作「果」。〔四〕未：《全金詩增補中州集》作「本」。

贈鶯

鄰墻擁高樹，深樾蔭衡宇。山禽十百種，晨夕所棲處。獨愛黄栗留，婭姹如稚女。笑啼啼又笑，宛轉工媚嫵。低窺疑欲下，轉眄忽驚舉[一]。花暗柳陰陰，尚記兒時語。詩家此尤物，名字喧樂府。天真異絲竹[二]，容服仍楚楚[三]。宮額畫眉闊，黛黑抹金縷。恨不掌上看，毛羽得細數。山城無與樂，好鳥亦求侣。時將貫珠來[四]，有唱當和汝。

【校記】

〔一〕盻：《全金詩增補中州集》卷六七、施箋本作「盼」，通。〔二〕異：原作「累」，此從汲古閣本。〔三〕容：原作「客」，此從《全金詩增補中州集》、施箋本。今按，漢賈誼《新書》卷八《道術》：「容服有義謂之儀，反儀爲詭。」〔四〕將：汲古閣本、《全金詩增補中州集》作「持」。

讀書山月夕二首

層崖多古木，細路深莓苔。柴門開曉日，雲際青山來。静中有真趣，孤賞何悠哉。

久旱雨亦好，既雨晴亦佳。胡床對明月〔一〕，樹影含清華。墻東有洿池，欹枕聽鳴蛙。《遺山先生文集》卷二。

【校記】

〔一〕胡：《全金詩增補中州集》卷六七作「繩」。

繼愚軒和党承旨雪詩四首

南來何所如，孤根轉風蓬。以彼萬里途，寄此一畝宫。明窗一繩床，稍覺紛華空。惟餘作詩癖，尚與當年同。人言詩窮人，無詩吾自窮。此世等夢耳，誰窮復誰通。茹噎當快吐，聊此寬吾陶。

今古幾詩人，擾擾劇毛粟。吾愛陶與韋，泠然扣冰玉〔一〕。大雅久不作，聞韶信忘肉。求音扣寂寞，一嘆動鄰屋。水風清鶴夢，月露洗蟬腹。白頭兩遺編，吟唱心自足。誰爲起九原，寒泉薦芳菊〔二〕。

老麻卧雲壑，澗松上峥嶸。斯文要棟梁，頽圮可力撑〔三〕。匠石殊未來，破屋燈青熒。乾坤有二鳥，一息當一鳴。區區用舍間，而亦隨重輕。百挽迹莫前〔四〕，一怒怨已盈。臨風三太息，此意何時平。

愚軒具詩眼，論文貴天然。頗怪今時人，雕鐫窮歲年。君看陶集中，飲酒與歸田。此翁豈作詩，直寫胸中天〔五〕。天然對雕飾，真贋殊相懸。乃知時世粧，紛緑徒争憐〔六〕。枯淡足自樂，勿爲虚名牽。

【校記】

〔一〕泠：原作「冷」，此從《全金詩增補中州集》卷六三、施箋本。今按，《莊子》卷一《逍遥遊》：「夫列子御風而行，泠然善也。」晋郭象注：「泠然，輕妙之貌。」〔二〕芳：施箋本作「秋」。〔三〕圮：從《全金詩增補中州集》卷六七、施箋本作「圮」。〔四〕莫：施箋本作「不」。〔五〕直：原作「真」，此從《全金詩增補中州集》卷六三。〔六〕紛：《全金詩增補中州集》、施箋本作「粉」；憐，《全金詩增補中州集》作「妍」，注「一作憐」。

寄英禪師師時住龍門寶應寺

我本寶應僧，一念墮儒冠。多生經行地，樹老井未眢。一窮縛兩脚，寸步百里難。空餘中夜夢，浩蕩青林端。故人今何如，念子獨輕安。孤雲望不及，冥鴻杳難攀。前時得君詩，失喜忘朝餐。想君亦念我，登樓望青山。山中多詩人，杖屨時往還。但苦詩作祟，況味同酸寒。清涼詩最圓，相和尚住清涼。往往似方干。半年卧床席，瘧我疥亦頑。《本草》「松枝」條：松脂塗疥，頑者三兩度。濟甫詩最苦，僧源字濟甫，宋州人。寸晷不識閑。傾身營一飽，船上八節灘。安行詩最工，慕容安行，山陽人，臨潼簿。六馬鳴和鑾。鬱鬱飢寒憂，慘慘日在顔。老秦詩最和，秦略字簡夫，陵川人。平易出深艱。脱身豺虎叢，白髮罹惸鰥。張侯詩最豪，前登封令張效，字景賢，雲中人。驚風卷狂瀾。竅繁天和洩，外腴中已乾。城中崔夫子，崔遵字懷祖，燕人。老筆鬱盤盤。家無儋石儲，氣壓風騷壇。我詩有凡骨，欲换無金丹。呻吟二十年，似欲見一斑。大笑揶揄生，已復不相寬。愛君梅花篇，入手如彈丸。愛君山堂句，深静如幽蘭。詩僧第一代，無媿百年間。思君復思君，恨不生羽翰。何時溪上石，清坐兩蒲團。

夢歸

虚庭霜夜寒，落葉風自埽。怳如南窗月，坐失西山道。長安佳麗地，游子自枯槁。人生家居樂，學稼苦不早。衡門眼中見，歸意滿秋草。夜長夢已盡，愁絶令人老。

郎文炳心遠齋二首

茅齋迫官居，塵土日蓬勃。道人掩關坐，挂眼無外物。明窗一蒲團，濯足晨理髮。一片萬古心，清潭兩明月。

止性如止水，惜身如惜玉。婦姑得相安，久矣脱羈束。兒童挾書至，燈花催夜讀。自是周太常，生平耐幽獨。

蕭寺僧歸横軸

山空秋草寒，露晻光已夕。悠悠松門月，静照禪客入。遥知夜堂深，疏鍾動幽寂。

祁陽劉器之以墨竹得名今年春薄游鹿泉因爲予寫真重以小景見餉凡以求予詩而已賦二十韻答之

去國二十年，跬步即異境。中間歷齊晉，陡下如墮井。轍涸困波神，祠廢卧土梗。垂翅附危柯，飢腹得畫餅。皂櫪立牛驥，泥淖閧蛙黽。紛紛疲應接，碌碌陪造請。尚賴麴生賢，真味留隽永。蹉跎鍾鼎意，盡副銅尾秉。劉生工寫照，游戲出俄頃。高懸大圓鏡，寓我神形影[一]。青衿昨日爾，素髮忽垂領。詩餘飯山瘦，智縮武庫癭。霄漢邈南宮，寂寂媿鄧耿。包虎錦衾爛，薛鶴霜毛整。鼠目與麞頭[二]，何堪污毛穎。厚貺久未報，重以大年景。藂篠點棲禽，樹石帶煙暝。知君深意在，勸我事幽屏。衡茅方卜築，亦復謀二頃。封龍有佳招，因之發深省。

【校記】

[一]寓：《全金詩增補中州集》卷六七作「寫」。 [二]麞：原作「麜」，此從《全金詩增補中州集》、施箋本。今按，宋陸遊《劍南詩稿》卷五《夢入禪林有老宿方升座或云通悟禪師也》：「塵埃車馬何憧憧，麞頭鼠目厭忘庸。」

答王輔之

我宅西山隅，君居潁之濱。昨朝與君語[一]，或作晤。憶我山中春。君家縣豪傑，交結通周秦。四海盧御史，肯來作師賓。風流被諸郎，文質猶彬彬。乃知父兄意，潤屋亦潤身。喪亂幾何時，孤身走踆踆。貂裘風霜老，獨有佳句新。被褐懷珠玉，知君未全貧。我詩初不工，研磨出艱辛。雖欲尸祝之，芻狗難重陳。顧方媿盈川，况敢同照鄰。汾流清復清，堪君濯纓塵。居人與行客，早晚期相親。

【校記】

〔一〕語：施箋本作「晤」。

寄題沁州韓君錫耕讀軒

束帶見督郵，甘以辭華軒。嘯傲南窗下，且樂我所然。斜川今在亡，問津有遺編。行尋柴桑里，遂得桃花源。桃源無漢魏，況復羲熙前。讀書與躬耕，兀兀送殘年。淵明不可作，尚友乃爲賢。田家豈不苦，歲功聊可觀。讀書有何味〔一〕，有味不得言。遥知一尊酒，琴在已亡絃〔二〕。《元遺山詩集》卷二。

【校記】

〔一〕書：施箋本作「詩」。　〔二〕亡：《全金詩增補中州集》卷六七作「無」。

新編全金詩卷七四

元好問　三

七言古詩

虞坂行丙子夏五月，將南渡河，道出虞坂，有感而作。

虞坂盤盤上青石，石上車蹤深一尺。當時騏驥知奈何，千古英雄淚橫臆。龍蟠於泥易所歎，麟非其時聖爲泣。玄龜竟墮余且網，老鳳常飢竹花實〔一〕。天生神物似有意〔二〕，驗以乖逢知未必。若論美好是不祥，正使不逢何足惜。孫陽騏驥不竝世，百萬億中時有一。乃知此物非不逢，轅下一鳴人已識。我行坂路多閱馬，敢謂群空如冀北。孫陽已矣誰汝知，努力鹽車莫稱屈。

【校記】

〔一〕花：汲古閣本作「芝」。　〔二〕似：施箋本作「如」。

畫馬爲邢將軍賦

大宛城下戰骨滿，駑駘入漢龍種藏。將軍此紙何處得，便覺房駟無光芒。人中馬中兩勍敵，天門鴈門皆戰場。并州父老應相望，早晚旌旗上太行。

秋蚕

室人篋中無寸縷〔一〕，一箔秋蚕課諸女。朝來飼却上馬桑，隔簇仍聞竹間雨。阿容阿璋墨滿面，畫徹灰城前致語。上無蒼蠅下無鼠，作繭直須如甕許〔二〕。東家追胥守機杼，有桑有稅吾猶汝。官家恰少一絇絲〔三〕，未到打門先自舉。

【校記】

〔一〕篋：《全金詩增補中州集》卷六四作「筐」。〔二〕繭：原漫漶，汲古閣本、施箋本作「蠒」，「繭」之俗字，此從《全金詩增補中州集》。〔三〕恰：汲古閣本、《全金詩增補中州集》作「却」。

南溪

南溪酒熟清而醇，北溪梅花發興新。前年去年花下醉，今年冷落花應嗔。梅花娟娟如静女，寂寞甘與荒山鄰。詩人愛花山亦好，幽林穹谷生陽春。風鬟峩峩一尺雲，芳香幽卧如相親。

山堂夜半北風惡，一點相思愁殺人。

送郝講師住崇福宮[一]郝，平晉人。

大方之家幾知津，郝君七十老斲輪。書文五車喙三尺，劇談混沌今猶神。太玄博士爲絶倒，君言夸矣天公嗔。長安冠蓋羅青雲，洛陽車馬争紅塵。怪君掉頭不肯住，寂寞來作由東鄰[二]。崧高維岳古所秩，三十六帝有外臣。玄都石壇待飈馭[三]，宫殿突兀松輪囷。上界仙人鄧雲山，洞天治所名司真。蓬萊方丈去不遠，明星玉女時相親。瑶華可擷蘭可紉，煙霞永隔塵中人。黄鵠一去不復返，白鷗萬里誰能馴。爲我殷勤謝鄧君[四]，玉華歲晚當平分。

【校記】

〔一〕住：汲古閣本作「任」。〔二〕由：汲古閣本作「繇」。今按，《舊唐書》卷一九二《隱逸傳·田遊巖》：「後入箕山，就許由廟東築室而居，自稱『許由東鄰』。」〔三〕鵠：汲古閣本作「鶴」。

〔四〕君：《全金詩增補中州集》作「公」。

范寬秦川圖張伯玉殁後，同麻徵君知幾賦。

亂山如馬争欲前，細路起伏蛇蜿蜒。秦川之圖范寬筆，來從米家書畫船。變化開闔天機全，濃澹覆露清而妍。雲興霞蔚幾千里，着我如在峨嵋巔〔一〕。西山盤盤天與連，九點盡得齊州煙。浮雲未清白日晚，矯首四顧心茫然。全秦天地一大物，雷雨澒洞龍頭軒。因山分勢合水力，眼底廓廓無齊燕。我知寬也不辦此，渠寧有筆如修椽。紫髯落落西溪君，長劍倚天冠切雲。望之見之不可親，元龍未除湖海氣〔二〕，李白豈是蓬蒿人。愛君恨不識君早，乃今得子胸中秦，作詩一笑君應聞。予七年前過鄜城，伯玉知予來而都無賓主意，予亦偃蹇而去。爾後雖願交而髯歿矣，未嘗不以爲恨也。今日子思兄弟出此圖，求予賦詩，酒惡無聊中勉爲賦此〔三〕。畫本米元章家物，有韓子蒼題名，元章以爲中立，而元暉以爲中正〔四〕。以予觀之，此特張髯胸中物耳。知者當不以吾言爲過云。

【校記】

〔一〕着：汲古閣本作「看」。　〔二〕氣：汲古閣本作「氛」。　〔三〕勉：汲古閣本作「俛」。　〔四〕而：施箋本無此字。

赤壁圖

馬蹄一蹴荆門空，鼓聲怒與江流東。曹瞞老去不解事，悞認孫郎作阿琮。孫郎矯矯人中龍，顧盻叱咤生雲風。疾雷破山出大火，旗幟北捲天爲紅。至今圖畫見赤壁，髣髴燒虜留餘蹤〔一〕。令人長憶眉山公，載酒夜俯馮夷宮。事殊興極憂思集，天澹雲閑今古同〔二〕。得意江山在眼中，凡今誰是出群雄。可憐當日周公瑾，憔悴黄州一禿翁。

【校記】

〔一〕虜：《全金詩增補中州集》卷六七作「迹」。〔二〕閑：原漫漶，汲古閣本、《全金詩增補中州集》作「閒」，此從施箋本。今按，閒與閑通，亦與間通。

寄答溪南詩老辛愿敬之

五年不唤溪南渡，日夕心馳洛西路。山中今日見君詩，惆悵良辰又相悮。龍蛇大澤變風景，虎豹天門鬱煙霧。丈夫不合把鉏犁，青鬢無情忽衰素。平泉漫作窮愁志，笠澤休題自憐賦〔一〕。長安正有五侯鯖，骯髒誰能作樓護。青燈老屋深蓬蒿，蝙蝠掠面莎鷄號。劍歌夜半激悲壯，松風萬壑翻雲濤。區區墓上曹征西，我知慚媿王東皋。人生只有一杯酒，螟蛉蜾蠃安能豪〔二〕。

【校記】

〔一〕《全金詩增補中州集》句末注「陸龜蒙有《自憐賦》」。〔二〕蠃：原漫漶，文淵閣本作「蠃」，此從施箋本。今按，晉劉伶《酒德頌》：「二豪侍側，焉如蜾蠃之與螟蛉。」見《文選》卷四七。

西園興定庚辰八月中作。

西園老樹摇清秋，畫船載酒芳華遊。登山臨水祛煩憂，物色無端生暮愁。百年此地旃車發，易水迢迢鴈行没。梁門回望繡成堆〔一〕，滿面黄沙哭燕月。熒熒一炬殊可憐〔二〕，膏血再變爲灰煙。富貴已經春夢後，典刑猶見靖康前〔三〕。當時三山初奏功，三山宫闕雲錦重。璧月瓊枝春色裏〔四〕，畫欄桂樹雨聲中。秋山秋水今猶昔，漠漠荒煙送斜日。銅人携出露槃來，人生無情涙沾臆〔五〕。麗川亭上看年芳，更爲清歌盡此觴。千古是非同一笑，不須作賦擬阿房。

【校記】

〔一〕《全金詩增補中州集》卷六四句末注：「時金主遷都於汴。」〔二〕《全金詩增補中州集》句末注：「蒙古破金燕都，焚宫室火一月不滅。」〔三〕見：《全金詩增補中州集》作「在」，注「一作見」。〔四〕璧：原作「壁」，此從汲古閣本、《全金詩增補中州集》、文淵閣本。今按，《南史》卷一二《張貴妃傳》：「璧月夜夜滿，瓊樹朝朝新。」〔五〕生：《全金詩增補中州集》如之，注「一作豈」。

愚軒爲趙宜之賦

心生心化誰摶控〔一〕，舉世倀倀皆大夢。百年只辦作朝三〔二〕，争識群狙先汝弄。人人具此清净眼，妄瞖無根嗟自種。天機嗜欲涇渭雜，道念紛華鄒魯鬨。令人却羡愚軒愚〔三〕，一蹴藩籬開廓空。去聲愚軒虚室久生白，掌上精真元自洞。氣筳神火俱長物〔四〕，豈有古方傳魯宋。人言此眼本無負，死恨冥行人所共。智愚何預阿堵中，或者枯槔賢抱甕。病瘖能指跛能履，眉睫雖存寧復動。我云俗士蔽一曲，全笑不全從古衆。渠儂六鑿日相攘，内不錙銖徒外重。

守宮緣壁夸覆射，懸虱如輪規命中。天和一洩不知止，膏火自焚良可痛。從教目比方相多〔五〕，纔與瞽師論伯仲。先生真是有道者，老境一愚聊自送。五官止廢而神行，就令有眼將無用。寄謝諸方五味禪，葛藤莫作金鎚頌。

【校記】

〔一〕摶：文淵閣本作「搏」。〔二〕辦：汲古閣本作「辨」，通。〔三〕羨：原作「澹」，此從汲古閣本、《全金詩增補中州集》。今按，清查慎行《初白庵詩評》卷中《元遺山》論及此詩曰：「『澹』字訛，當作『羨』。」〔四〕俱：《全金詩增補中州集》作「具」，通。〔五〕目比：原作「自此」，此從諸本。今按，漢鄭玄注《周禮》卷三一《夏官·方相氏》：「方相氏掌蒙熊皮，黄金四目，衣朱裳，執戈揚盾，帥百隸而時難，以索室毆疫。」

雙峰競秀圖爲參政楊侍郎賦

江煙霏霏雲拂石〔一〕，山木蕭蕭山鬼泣，江岸人家失南北。兩峰突兀何許來，元氣淋漓洗秋碧。畫家晴景費經營，共愛移山入杳冥。安得北風吹雨去，倚天長劍看峥嶸。

【校記】

〔一〕江：汲古閣本、《全金詩增補中州集》卷六四作「紅」。

西窗

西窗鳥聲千種好，樹陰離離動微風〔一〕。青山滿前掩書坐，欲話懷抱無人同。花枝不笑緑鬢改，尊酒自與黄金空。少年樂事總消歇，落日澹澹天無窮。

【校記】

〔一〕陰：施箋本作「影」。

二月十五日鶴〔一〕

九龍崗上玄元祠，人言尊像神所遺。年年二月降靈鶴，來無定數有定期。城頭曉露生新警，萬首望穿雲際影。不知濁世誰下臨，只許霜毛見修整。石壇花落松風冷〔二〕，戛然長鳴人語定。百年黧老誇見聞，萬里黄冠赴靈應。只從游騎突重圍，城郭併與人民非。可憐隊殿荒墟裏〔三〕，無復當年丁令威。

【校記】

〔一〕月：原脱，據汲古閣本、《全金詩增補中州集》卷六四、施箋本補。今按，金元好問山《續夷堅志》卷一《天慶鶴降》：忻州九龍岡天慶觀，「每歲二月十五日，道家號貞元節，是日有鶴來會，多至數十，少亦不絶一二，翔舞壇殿之上，良久乃去。」另，《遺山先生文集》卷三五《天慶觀記》所涉如之。

〔二〕冷：施箋本作「泠」。〔三〕哆：汲古閣本作「侈」。墟：《全金詩增補中州集》卷六四作「煙」，注「一作墟」。

聞欽叔在華下

翰林仙人詩酒豪，平生嵇阮參遊遨〔一〕。山中草棘滿霜雪，可惜渠家宮錦袍。聞君忍飢讀離騷，思之不見心爲勞。舉頭西望忽大笑，太華落落長庚高。

【校記】

〔一〕嵇：原作「稽」，此從諸本。今按，《晉書》卷四九《嵇康傳》：「嵇康字叔夜，譙國銍人也。其先姓奚，會稽上虞人，以避怨徙焉。銍有嵇山，家於其側，因而命氏。」

聞商卿還山中

阿卿去月從我來，今日西山成獨往。野人不是城中物，澗飲巖棲夢餘想。翰林濕薪爆竹聲〔一〕，待詔履穿沾雪行。蘭臺從事更閑冷〔二〕，文書如山白髮生。孤燈靜照寒窗宿，北風夜半歌黃鵠。田家閉門風雪深，梅花開時酒應熟。半世虛名不療貧，棲遲零落百酸辛。憑君莫向山中說，白石清泉笑殺人。

【校記】

〔一〕薪：《全金詩增補中州集》卷六四、文淵閣本、施箋本作「新」。今按，此句出自宋黃庭堅《山谷集》卷三《觀伯時畫馬》：「儀鸞供帳饕蝨行，翰林濕薪爆竹聲。」〔二〕冷：汲古閣本作「吟」。

女几山避兵送李長源歸關中

山骨稜稜雪花白，北風不貸單衣客。與君此別欲何言，若箇男兒不湮阨。相濡相呴尚可活，轢釜何曾厭求索。從知鮫鱷無隱鱗，芥視三山需一擘。自古飢腸出奇策，漢廷諸公必動色，見君軒蓋長安陌。

雪後招鄰舍王贊子襄飲

去年春旱百日强，小麥半熟雨作霜。青山無情不留客，單衣北風官路長。遺山山人伎倆拙，食貧口衆留他鄉。五車載書不堪煮，兩都覓官自取忙。無端學術與時背，如瞽失相徒倀倀。今年得田昆水陽，積年勞苦似欲償。鄰墻有竹山更好，下田宜秫稻亦良。已開長溝掩烏芋，稍學老圃分紅薑。宋公能詩雅好客，勸我移家來水旁。一閑入手豈易得，夢中我馬猶玄黄。君不見并州少年作軒昂，鷄鳴起舞望八荒，夜如何其夜未央。賣刀買犢未厭早，腰金騎鶴非所望。河南冬來已三白，土膏墳起如蜂房。崧山東頭玉旆出，父老知是豐年祥。南溪酒熟梅花香，高聲爲唤墻東王〔一〕。便當過我取一醉，聽歌長安金鳳凰。鄰舍宋可字予之，隱君子也。并州少年，謂李汾長源。長安金鳳凰者，齊梁間田舍兒所歌。

【校記】

〔一〕爲：汲古閣本作「高」。

半山亭招仲梁飲

孤城鬱鬱山四周，外人乍到如縲囚。半山亭前淅江水，只可與君消百憂。江山百年有此客，雲樹六月生凉秋。世上紅塵争白日，一丘一壑去來休。

鄧州城樓

鄧州城下湍音專水流，鄧州城隅多古丘。隆中布衣不復見，浮雲西北空悠悠。長鯨駕空海波立，老鶴叫月蒼煙愁。自古江山感游子，今人誰解賦登樓。

宛丘嘆

秦陽陂頭人迹絶，荻花茫茫白於雪〔一〕。當年萬家河朔來，盡出牛頭入租帖〔二〕。蒼髯長官錯料事〔三〕，下考大笑陽城拙。至今三老背腫青，死爲逋懸出膏血。君不見劉君宰葉海内稱，饑摩寒拊哀孤惸。碑前千人萬人泣，父老夢見如平生〔四〕。冰霜紈綺渠有策〔五〕，如我碌碌當何成。荒田滿眼人得耕，詔書已復三年征。早晚林間見鷄犬，一犁春雨麥青青。髯李令南陽，配流民以牛頭租，迫而逃者餘萬家〔六〕。劉雲卿御史宰葉，除逃户税三萬斛，百姓爲之立碑頌德。賢不肖用心相遠如此。李之後十年，予爲此縣，大爲逋懸所困。辛卯七月，農司檄予按秦陽陂田，感而賦詩。李與劉皆家宛丘，故以宛丘嘆命篇。

【校記】

〔一〕於：《全金詩增補中州集》卷六四如之，注「一作如」。〔二〕盡：原作「畫」，此從汲古閣本、《全金詩增補中州集》、施箋本。〔三〕料：汲古閣本作「科」。〔四〕老：原作「者」，此從汲古閣本、《全金詩增補中州集》、施箋本。〔五〕綺：《全金詩增補中州集》、文淵閣本作「袴」，通。〔六〕餘萬家：《全金詩增補中州集》作「萬餘家」。

游黄華山

黄華水簾天下絶，我初聞之雪溪翁。丹霞翠壁高歡宫，銀河下濯青芙蓉〔一〕。昨朝一游亦偶爾，更覺摹寫難爲功〔二〕。是時氣節已三月，山木赤立無春容〔三〕。湍聲洶洶轉絶壑，雪氣凜凜隨陰風。懸流千丈忽當眼，芥蔕一洗平生胸。雷公怒擊散飛雹，日脚倒射垂長虹。驪珠百斛供一瀉，海藏翻倒愁龍公。輕明圓轉不相礙，變見融結誰爲雄。歸來心魄爲動蕩，曉夢月落春山空。手中仙人九節杖，每恨勝景不得窮。携壺重來巖下宿，道人已約山櫻紅。

【校記】

〔一〕蓉：《全金詩增補中州集》卷六四作「容」。〔二〕更：《全金詩增補中州集》如之，注「一作又」。

〔三〕木：施箋本作「水」。

巨然松吟萬壑圖

胸中刺鯁無九澤，畫裏風煙纔一漚。阿師定有維摩手，斷取江山着筆頭。石林蒼蒼崖寺古，銀河浩浩松聲秋。方外賞音誰具眼，莫將輕比李營丘。

密公寶章小集

天東長白大寶幢，天河發源導三江。有木蔽映山朝陽，云誰巢者雛鳳凰。雲間吐氣日五色，百鳥不敢言文章。名都盤盤魏大梁，黄金甲第羅康莊。王家書絶畫亦絶，欲與中秘論低昂。密公書院無緣簧，窗明几潔凝幽香。元光以後門鑰廢，文士稍得連壺觴。客來喜色浮清揚，典衣置酒餘空箱。生平俊氣不易降，眼中俗物都茫茫〔一〕。淵明素琴稽阮酒，妙意所寄誰能量。在昔武元握乾綱，扶桑爲弓射八荒。獵取一作兩大國如驅羊，民風朴魯資鷙彊〔二〕，文治未及武尅剛。興陵之孫越王子，天以人瑞歸明昌。十三執經侍帝傍，十八健筆陵阿房。撑腸文字五千卷，靈臺架構森鋪張。高陽苗裔襲衆芳，胡不置之貢玉堂。袖中正有活國手，地下纔得修文郎。悲風蕭蕭吹白楊，丘山零落可憐傷。承平故態耿猶在〔三〕，拂拭寶墨生輝光。恰似如庵連榻坐，一甌春露澹相忘。「明昌寶玩」、「群玉中秘」，内府圖書印也。越邸有柳公權《紫絲鞋》、歐率更《海上》、楊疑式《乞花》等帖，然獨推元章《華佗》爲古今絶筆。宋畫譜「山水以李成爲第一」，國朝張太師浩然〔四〕、王内翰子端奉旨品第書畫，謂成筆意繁碎，有畫史氣象，次之荆、關、范、許之下。密公識賞超詣，亦以此論爲公。郭乾暉《雀棘》，公以爲當在太古無上，唐以來諸人筆虚筆實，皆非其比。故予詩及之。樗軒，公自號也。又所居有如庵，詩集號《如庵小稿》。越王諸子惟樗軒貧甚，「典衣沽酒」之句，蓋實録云。甲午三月二十有一日，爲輔之書於聊城至覺寺之寓居。

【校記】

〔一〕都：施箋本作「多」。〔二〕鷙彊：原作「贄疆」，此從《全金詩增補中州集》卷六四、文淵閣本、施箋本。今按，《後漢書》卷一八《吴蓋陳臧傳贊》：「吴公鷙彊，實爲龍驤。」唐李賢注引《戰國策》：「廉頗爲人，勇鷙而愛士。白起視瞻不轉者，執志彊也。」〔三〕耿：原作「眇」，刊誤，此從汲古閣本、《全金詩增補中州集》、施箋本。今按，漢王逸《楚辭章句》卷一《離騷》：「跪敷衽以陳辭兮，耿吾既得此中正。」注：「耿，明也。言已上覩禹湯文王修德以興，下見羿澆桀紂行惡以亡，中知龍逢比干執履忠正，身以葅醢，乃長跪而布衽俛首，自念仰訴於天，則中心曉明。」〔四〕張浩然：當作「張汝方」，即太師第四子。《金史》卷一二六《文藝傳》王庭筠條：明昌三年，「召爲翰林應奉文字，命與秘書郎張汝方品第法書名畫，遂分入品者爲五百五十卷」。另，張浩然名浩，遼陽渤海人，入金仕五朝，拜太師、尚書令，封南陽郡王，大定三年卒。《金史》卷八三有傳，未見品第書畫事，且年代不合，當是遺山記誤。

荊棘中杏花〔一〕

墻東荒蹊抱村斜〔二〕，荊棘狼籍盤根芽〔三〕。何年丹杏此留種，小紅濈濈争春華。野人慣見謾不省，獨有詩客來咨嗟。天真不到鉛粉筆，富艷自是宫闈花。曲池芳逕非宿昔，蒼苔濁酒同天涯。京師惜花如惜玉，曉擔賣徹東西家〔四〕。杏花看紅不看白，十日忙殺遊春車。誰家園亭有此樹，鄭重已着重幃遮。阿嬌新寵貯金屋，明妃遠嫁愁清笳。落花縈簾拂床席，亦有飄泊沾泥沙。天公無心物自物，得意未用相陵誇。黄昏人歸花不語，唯有落月啼棲鵶〔五〕。

【校記】

〔一〕施箋本詩題下注：「此詩又見謝疊山集，恐譌。」今按，謝枋得字君直，號疊山，信州弋陽人。寶祐四年進士，累官江東制置使。宋亡後，元人徵聘不就，後脅迫至燕，寓憫忠寺不食而死，門人私謚曰文節先生，著《疊山集》五卷，《宋史》有傳。所謂譌者，以其晚出，或讀遺山詩，喜而抄入自家集中。

〔二〕蹊：施箋本作「溪」。〔三〕籍：文淵閣本作「藉」，通。〔四〕擔：原作「檐」，此從諸本。

〔五〕鵶：施箋本作「雅」。今按，「雅」古同「鵶」。

太白獨酌圖 宣和所藏李伯時筆。

謫仙去世三百年，海中鯨魚渺翩翩。豈知龍眠天馬筆〔一〕，忽有玉樹秋風前。金鑾歸來身散仙，世事悠悠白髮邊。會稽賀老何處在〔二〕，千里名山入酒船。清景已隨詩句盡，風流合向畫圖傳。往時長安酒家眠，焦遂不狂張不顛。想得三更風露下，醉和江月弄江煙。

【校記】

〔一〕筆：《全金詩增補中州集》卷六七作「意」。〔二〕賀：《全金詩增補中州集》作「父」。今按，《李太白全集》卷二三《重忆》：「稽山無賀老，却棹酒船回。」

松上幽人圖

宋宗婦曹夫人仲婉所畫，上有曹道冲題詩。

秋風謖謖松樹枝，仙人骨輕雲一絲。不飲不食玉雪姿，竹宫月夕頻望祠。竟不下視齋房芝，人間女手乃得之。眼中擾擾昨暮兒，畫圖獨在羲皇時，予懷渺兮幽林思。

送張君美往南中

南朝辭臣北朝客〔一〕，棲遲零落無顔色。陽平城邊握君手，不似銅駞洛陽陌。去年春風吹鴈迴，今年鴈逐秋風來。春風秋風鴈聲裏，行人日暮心悠哉。長江大浪金山下，吴兒舟船疾於馬。西湖十月賞風煙，想得新詩更瀟洒。

【校記】

〔一〕辭：《全金詩增補中州集》卷六四作「詞」。

戲題新居二十韻

去冬作舍誰資助，縣侯雅以平原故。賢郎檢視日復日[一]，規制從頭盡牢固。南風一夕怪事發，突兀赭垣殘半柱。乞漿得酒過初望[二]，曲突徙薪忘後慮。長淮千里燕巢林，明月一枝烏遶樹。東家老屋西北走，衆木枝撑留少住。由來馬隊非講肆[三]，况與氂牢通過路。聚廬託處何暇擇[四]，重爲主人推獎悮。夏秋之交十日陰，抱被倚門愁旦暮。君問新居在何許，只去火餘纔數步。學宫分地與閑冷，使館有墻遮雜汙。就中此宅尤費手[五]，官給工材半傭顧[六]。十寒一暴半載强，纔得安床置鐺釜。紛紛暗被兒女笑，老虎般彪今幾度。胸中廣厦千萬間，天地一身無着處。北來衣冠日枯槁，十九桃符傍門户。乾坤血肉得此身，剩有把茅能勿懼[七]。上方下比良易見，好惡且當隨所遇。仰看片瓦聊自賀，疾過岩墻寧反顧。合歡明日召諸鄰，狼籍盃盤從飽吐。

【校記】

〔一〕檢：汲古閣本作「撿」，通。　〔二〕過：汲古閣本作「遇」。　〔三〕肆：原作「肄」，此從文淵閣本、施箋本。今按，「肆」與「肄」通，然此處當作「肆」。晉陶潛《示周續之祖企謝景夷三郎》：「馬隊非講肆，校書亦已勤。」見《先秦漢魏晉南北朝詩・晉詩》卷一六。　〔四〕暇：原作「睱」，此從諸本。

〔五〕君問：《全金詩增補中州集》、施箋本作「問君」。　〔六〕顧：汲古閣本、《全金詩增補中州集》作

「傕」，施箋本作「雇」。今按，「顧」與「傕」、「雇」通。〔七〕懼：汲古閣本作「纓」，於詩意不合。

贈蕭鍊師公弼

吾家阿京愛公弼，吾家澤兄敬公弼。半生夢與公弼游，豈意相逢在今日。春風和氣在眉宇〔一〕，玉壺冰鑑藏胸臆。人間萬事君自知，未必君材人盡識。蘇門水木無纖埃，聞君家近公和臺。仙家近日多官府，黄帽青鞋歸去來。時汰佛老家甚急〔二〕，故云。

【校記】

〔一〕在：汲古閣本、《全金詩增補中州集》卷六七作「見」。〔二〕汰：原作「太」，刊誤，此從《全金詩增補中州集》、施箋本。今按，元宋子貞《中書令耶律公神道碑》：「丁酉，汰三教。僧道試經，通者給牒受戒，許居寺觀。儒人中選者，則復其家。」見元蘇天爵《元文類》卷五七。此處丁酉指蒙古太宗九年（一二三七），與遺山詩意合。

送弋唐佐董彦寬南歸且爲潞府諸公一笑。

河汾續經名自重，附會人嫌迫周孔。史臣補傳久已出，浮議至今猶洶洶。薛收文志誰所傳，貴甚竹書開汲冢。沁州破後石故在，爲礎爲矼吾亦恐。暑涂十日來一觀，面色爲黧足爲腫。淡公淡癖何所笑，但笑弋卿堅又勇。自言浪走固無益，遠勝閉門親細冗。摩挲石刻喜不勝，忘却崎嶇在岡隴。潞人本淡新有社〔一〕，淡事重重非一種。有人六月訪琴材，不爲留難仍從臾〔二〕。懸知蠟本入渠手〔三〕，四座色揚神爲竦。他時記籍社中人，流外更須增一董。

【校記】

〔一〕潞：原作「路」，此從《全金詩增補中州集》卷六七、文淵閣本、施箋本。今按，題注「潞府諸公」云云，已指明所在。另，《遺山先生文集》卷一三《宗人明道老師澹軒》二首之一：「潞人澹社有來源，濟水分流到澹軒。」〔二〕從臾：施箋本作「慫恿」。今按，「從」與「慫」同，「從臾」亦作「慫恿」。

〔三〕知：原作「如」，刊誤，此從《全金詩增補中州集》、文淵閣本、施箋本。

蕭仲植長史齋修武作。

張顛飲豪傾四座，脱帽狂呼誰敢和。南宗北宗知幾人，醉眼紛紛飛鳥過。是公技進不名技，元氣淋漓隨咳唾。偶然捉筆本無意，自有龍鶱并虎卧〔一〕。當時誰有戰國策，《長史帖》云「借《戰國策》可付之」，凡七字。門外雷車忽驚墮。天星無數不知名，色正芒寒纔七箇。蕭郎家世陵谷後，争信空囊蓄奇貨。蕭齋故事今復舉，未怕秋風吹屋破。護持有物世共喜，不獨一時爲子賀。藏舟夜壑未厭深，隄備有人來倚柂〔二〕。

【校記】

〔一〕鶱：《全金詩增補中州集》卷六七作「騰」，施箋本作「騫」。今按，「鶱」與「騫」通。〔二〕柂：原作「拖」，汲古閣本作「抱」，此從施箋本。今按，「拕」同「柁」、「舵」。

送宋省參并寄潞府諸人

茅齋團團蝸殻大，苦被傍人嘲塞破。官家眼孔十萬緡〔一〕，未與書生供一唾。長衫只辦包瘦骨，故紙何緣變奇貨。不因三致大耳兒，老雪屯門甘凍卧。國中腐鼠凡幾嚇，玉上青蠅非一箇。荆人美璞刖之招〔二〕，君足幸存仍可賀〔三〕。雲間太行青在眼，上客歸來傾四座。因君寄問社中人，前日淡公行復過。

【校記】

〔一〕家：原作「豪」，此從諸本。今按，此處官家意猶官府。〔二〕之：汲古閣本、《全金詩增補中州集》卷六七作「足」。〔三〕幸：《全金詩增補中州集》作「尚」。

覓神霄道士古銅爵

雷章著土紛朱碧，秋菌春蒲人不識〔一〕。若非儀狄墓中來，應自杜康祠下得。古人偶得酒之傳〔二〕，摸索飲器流饞涎。巧偷豪奪吾何敢，他日酬君九府錢。

【校記】

〔一〕菌：汲古閣本作「茵」。〔二〕偶：原作「我」，文淵閣本作「或」，此從施箋本。

賦澤人郭唐臣所藏山谷洮石研

研有銘云：「王將軍爲國開臨洮〔一〕，有司歲餽，可會者六百鉅萬。其於中國得用者〔二〕，此研材也。」研作璧水樣。〔三〕

舊聞鸜鵒曾化石，不數鷿鵜能瑩刀。縣官歲費六百萬，纔得此研來臨洮。玄雲膚寸天下徧，璧水直上文星高。辭翰今誰江夏筆，三錢無用試鷄毛。

【校記】

〔一〕開：汲古閣本作「闢」。〔二〕中國：《全金詩增補中州集》卷六七作「國中」。〔三〕璧：原作「壁」，此從汲古閣本、文淵閣本、施箋本。今按，南朝梁何遜《何水部集·七召·治化》：「璧水道庠序之風，石渠啓珪璋之盛。」下句「璧水直上文星高」如之，不另出校記。

贈休糧張鍊師

金砂霧散風雨疾，一點黄金鑄秋橘〔一〕。中林宴坐人不知。野鹿銜花蜂課蜜。富兒盤饌羅羶葷，擾擾飛蠅復聚蚊。見説西山好薇蕨，一枝青竹願隨君。

【校記】

〔一〕鑄：汲古閣本作「擣」。

天井關

石磴盤盤積如鐵〔一〕，牛領成創馬蹄穴。老天與世不相關，玄聖棲棲此迴轍。二十年前走去聲大梁，當時塵土困名場。山頭千尺枯松樹，又見單車下太行〔二〕。自笑道塗頭白了，依然直北有羊腸。《遺山先生文集》卷三。

【校記】

〔一〕磴：原作「燈」，此從諸本。

〔二〕車：汲古閣本作「衣」。

新編全金詩卷七五

元好問 四

七言古詩

讀書山雪中

前年望歸歸不得，去年中途脚無力。殘生何意有今年，突兀家山墮眼前。東家西家百壺酒，主人捧觴客長壽。先生醉袖挽春迴，萬落千村滿花柳。山靈爲渠也放顛，世界幻入兜羅綿。似嫌衣錦太寒乞，別作玉屑粧山川。人言少微照鄉井，准備黄雲三萬頃。何人辨作陳瑩中〔一〕，來與先生共炊餅。陳先生貶官後，答京師人書云：「南州有何事，今年好雪，明年炊餅大耳。」

【校記】

〔一〕辨：汲古閣本作「辦」，通。

題商孟卿家明皇合曲圖〔一〕

海棠一株春一國，燕燕鶯鶯作寒食。千古萬古開元日，三郎搊管仰面吹，天公大笑嗔不得。寧王天人玉不如，番綽樂句不可無。宫腰不按羽衣譜，疾舞底用牧豬奴。風聲水聲閟清都，夢中令人羡華胥。何時却竝宫墻聽，不恨將身作李謩。

【校記】

〔一〕商：原作「啇」，此從汲古閣本、《全金詩增補中州集》卷六七、施箋本。今按，商孟卿名挺，《元史》卷一五九有傳。

過晉陽故城書事

惠遠祠前晉溪水，翠葉銀花清見底。水上西山如卧屏，鬱鬱蒼蒼三百里。中原北門形勢雄，想見城闕雲煙中。望川亭上閲今古，但有麥浪摇春風。君不見繫舟山頭龍角秃，白塔一摧城覆没。薛王出降民不降〔二〕，屋瓦亂飛如箭鏃。汾流決入大夏門，府治移着唐明村。只從巨屏失光彩，河洛幾度風煙昏。東闕蒼龍西玉虎，金雀觚稜上雲雨。不論民居與官府，仙佛所廬餘百所。鬼役天財千萬古，争教一炬成焦土。至今父老哭向天，死恨河南往來苦。南人鬼巫好禨祥〔三〕，萬夫畚鍤開連岡。官街十字改丁字，釘去聲破并州渠亦亡。幾時却到承平了，重看官家築晉陽。

【校記】

〔一〕薛王：當作「何王」。施箋本引「北漢世家」有説。今按，所謂「北漢世家」，即《新五代史》卷七〇《東漢世家》。據繼恩、繼元兩傳，其母先嫁薛釗，生繼恩；後適何氏，生繼元。二子後爲北漢王劉承鈞收養，改從劉姓。劉死，「薛王」繼恩遇弑，「何王」繼元即位。太平興國四年，降宋。〔二〕機：原作「機」，刊誤，此從諸本。今按，《史記》卷五九《五宗世家》：「彭祖不好治宫室、機祥，好爲吏事。」集解引服虔曰：「求福也。」索隱引《埤蒼》云：「禨，祆祥也。」

蟾池

老蟇食月飽復吐，天公一目頻年瞽。下界新增養蟾户，玉斧誰憐修月苦。郡國蟾池知幾所，碧玉清流水仙府。小蟾徐行腹如鼓，大蟾張頤怒於虎。渠家眉間有黄乳，膏粱大丁正須汝〔一〕。何人敢與月復讎，疾過池頭不容語。向來屬私今屬官，從今見蟇當好看，爬沙即上青雲端。

【校記】

〔一〕粱：原作「梁」，此從汲古閣本、《全金詩增補中州集》卷六四、施箋本。

贈答張教授仲文

秋燈摇摇風拂席，夜聞嘆聲無處覓。疑作金荃怨曲蘭畹辭〔一〕，元是寒螿月中泣。世間刺綉多絶巧，石竹殷紅土花碧。窮愁入骨死不銷，誰與渠儂洗寒乞。東坡胸次丹青國，天孫繰絲天女織。倒鳳顛鸞金粟尺，裁斷瓊綃三萬疋。辛郎偷發金錦箱，飛浸海東星斗濕。醉中握手一長嗟，樂府數來今幾家。剩借春風染華髮，筆頭留看五雲花。七言長詩於中獨一句九言，韋郎有此例，長吉亦有此例。

【校記】

〔一〕蘭：原作「欄」，此從《全金詩增補中州集》卷六七、文淵閣本、施箋本。今按，《楚辭・離騷》：「余既滋蘭之九畹兮，又樹蕙之百畝。」

高門關

高門關頭霜樹老，細路千山萬山繞。亂餘村落不見人，霰雪霏霏暗清曉〔一〕。莘川百里如掌平，閑田滿眼人得耕。山中樹蓺亦不惡，誰遣多田知姓名。許李申楊竟何得，只今唯有石灘声。許致忠、楊湯臣、申伯勝、李仲常名宦四家，隱盧氏時，以多田推之。亂後俱不知所在矣。

【校記】

〔一〕霰雪：《全金詩增補中州集》卷六四作「雪霰」。

甲辰秋洛陽得黄葵子種之南庵明年夏六月作花佛經所謂閻浮檀金明静柔軟令人愛樂者此花可以當之因爲賦長韻予方以病止酒故卒章及之〔一〕

芳蕤浥露嬌黄濕，五疊湘裙輕襞積〔二〕。晨粧午醉一日間，白白紅紅揔狼籍。上陽宫女要頭冠，摹寫雖工破的難。看來明净復柔軟，花中乃有閻浮檀。千里移根洛陽陌，主人不飲誰看客。乞與金盃自傾側，明年爲渠當舉白。

【校記】

〔一〕静：《全金詩增補中州集》卷六四作「净」，通。　〔二〕裙：汲古閣本作「君」。

馬嶺

仙人臺高鶴飛度，錦綉堂傾去無路。人言馬嶺差可行，比似黄榆猶坦步。石門木落風颼颼，僕夫衣單望南州。臯落東南三百里〔一〕，鬢毛衰颯兩年秋。予去歲往河南還奉，亦取黄榆嶺路。

【校記】

〔一〕皐：汲古閣本、《全金詩增補中州集》卷六七作「星」。今按，皐洛指古代北方民族赤狄皐落氏所築之城，故址在今山西省垣曲縣皐落鎮。北魏酈道元《水經注》卷四《河水》：「清水歷其南，東流逕皐落城北。服虔曰：『赤翟之都也，世謂之倚亳城。』」

雲峽并序。

君璋啓事西凉，占對稱旨〔一〕。其還也，行臺公以宣和寶石爲貺，奇秀温潤，信天壤間之尤物。君璋目之曰雲峽〔二〕，邀詞客賦詩，予亦同作。

石盆清冷貯秋水，水面蒼煙飛不起。一堆寒碧几研間，寶氣峥嶸插箕尾。中山雪浪空影像〔三〕，長安鸓䳏猶紈綺。枉着奇章甲乙中，槁項䰟堪把耕耒。不知天壤此尤物，鬼刻神劖通有幾。薰蒸似欲出泉脉，瑩滑定應凝石髓。剥裂雯華漬月秋，辛苦詩仙費摹擬。車箱箭筈連西東，仇池百穴牕玲瓏。飛墮不嫌靈鷲小，奇探已覺太湖空。故都喬木今如此，夢想熙春百花裏。膏血綱船枯九州，亡國愁顏爲誰洗。主人天質粹以温，天然與山作知聞。退食從容北窗卧，今古起滅真浮雲。仙人王予可賦《石淙》，有「石裂雯華漬月秋」之句。

【校記】

〔一〕旨：施箋本作「首」。今按，君璋爲元初名臣王玉汝字，《元史》卷一五三有傳：戊戌歲，蒙古擬以東平土地裂而爲十，分封諸勳貴。「玉汝進言曰：『嚴實以三十萬户歸朝廷，崎嶇兵間，三棄其家室，卒無異志，豈與他降者同。今裂其土地，析其人民，非所以旌有功也。』帝嘉玉汝忠款，且以其言爲直，由是得不分。」〔二〕目：原作「因」，此從汲古閣本、《全金詩增補中州集》卷六四、文淵閣本。〔三〕中山：《全金詩增補中州集》作「山中」。今按，《蘇軾集》卷九七《雪浪齋銘并引》：「予於中山後圃得黑石，白脈，如蜀孫位、孫知微所畫石間奔流，盡水之變。又得白石曲陽，爲大盆以盛之，激水其上，名其室曰雪浪齋云。」

雲巖并序。

觀州倅武伯英，崞縣人。少日舉進士，有詩名。其賦《剪燭刀》有「啼殘瘦玉蘭心吐，蹴落春紅燕尾香」之句，甚爲時輩所稱。家故饒財，第宅園亭爲河東之冠。貯書有萬卷樓，嘉花珍果，悉自他州移植。爲人多伎巧，山水雜畫，斵琴和墨，皆極其工。嘗得宣和湖石一，窾竅穿漏，殆若神剜鬼鑿。炷香其下，則煙氣四起，散布槃水上〔一〕，濃澹霏拂，有煙江疊嶂之韻。吾鄉衣冠家，法書名畫及藏書之多，亦有伯英相上下者，伯英獨恃寶石以擅奇汾晋間耳。興定末，伯英殁於關中，楊户部叔玉購石得之。壬辰圍城中以示予，且命作詩，危急存亡之際不暇及也。乙巳冬十一月來東平，過聖與張君之新軒〔二〕，而此石在焉。聖與名之曰雲巖，予問石所從來，聖與言夏津王帥得之汴梁泥塗中，而以見貽。予因歎一物之微，經歷世變，遷徙南北，乃復爲好事者之所寶玩，似不偶然，乃爲詩道其故。聖與三世相家，以文章名海内，其才情風調不減前世賀東山、晏叔原，故卒章以蕭閑明秀峰故事屬之。

壺中九華玉孱顔，紫煙著水往復還。小窗虛明澹相對，不數漢官銅博山〔三〕。會稽禹穴深無底，寶石偷來定山鬼。一堆寒碧殊不凡，满谷春雲更堪喜。阿欣秀發見眉宇，小杜才情淪骨髓。摩挲不作几上看，繚白紆青便千里。渾沌日鑿餘空嵌，漏天蒸濕饒風嵐〔四〕。世外元無種香國，海南真有補陁巖〔五〕。觀州愛玩頻湔祓，民部平生幾薰沐。藏舟夜壑未厭深，竟作新軒坐中物。一天星月入金尊〔六〕，翠射娉婷自有人。只欠宣和鄭先覺，爲君留寫五湖真。

【校記】

〔一〕檠：文淵閣本作「磐」，通。〔二〕與：金元好問《續夷堅志》卷四《高白松》作「予」，元鮮于樞《困學齋雜録》謂「聖俞」。今按，其名伯遒，字聖與，號新軒，大興人。《遺山先生文集》卷三六《新軒樂府引》稱其才情風調不減宋人賀鑄、晏殊云。金亡後，遺山《上中書令耶律公書》舉薦「天之秀民」若干，聖與預焉。〔三〕官：施箋本作「宫」。〔四〕饒：施箋本作「繞」；風，文淵閣本作「峰」。

〔五〕南：施箋本作「内」。今按，補陁亦作普陀，梵語「補陁洛迦」音譯之略，在今浙江省普陀縣舟山群島，當時稱南海。唐安慶王《西池送月泉上人歸南海》：「天開達摩井，雲護普陀巖。」見明謝榛《四溟詩話》卷四。〔六〕月：《全金詩增補中州集》作「斗」。

劉遠筆

老娩力能舉玉杵，文陣挽强猶百鈞。惜哉變化太狡獪，嚮也褐衣今虎文。宣城諸葛寂無聞，前後兩劉新册勳〔一〕。謝郎神鋒恨太雋〔二〕，雖然豈不超人群。三錢鷄毛吐皇墳，尖奴定能張吾軍。何時酌我百壺酒，爲汝醉草垂天雲。狡獪變化，事見《麻姑傳》。

【校記】

〔一〕册：《全金詩增補中州集》卷六八作「策」。〔二〕鋒：汲古閣本作「風」。

贈周良老

于公斷獄多平反，高門大車在乃孫。我居聊城欲二載，喜見周叟醇而温。十年大理書上考，宜有陽報如于門。大兒書來問安否，兵饑不死天所存。鄭孫毛骨殊秀發，寶氣鬱鬱含朝暾。機聲嘔啞聒朝昏，種瓠五石當酒尊。是翁福禄知未艾，昆弟和樂連株根。白髮阿兄應念我，南雲寂寞賦招魂。

鴻溝仝欽叔賦

劉郎著手乾坤了，未害與渠分九州。夸兒衣綉自楚楚，作計豈復西鴻溝。雌雄自決已無策，尺寸必争唯上流。韓生已死言猶在，千載令人笑沐猴。

雪中自洛陽還嵩山

道人薄有塵外緣，迫入塵埃私自憐〔一〕。三十六岑一茅屋〔二〕，夢裏西家掠社錢。津津喜色見眉宇，峩峩青城當眼前。蹇驢徑入風煙去，恰是梅花欲雪天。

【校記】

〔一〕入：原作「人」，此從諸本。〔二〕岑：《全金詩增補中州集》卷六八、文淵閣本、施箋本作「峰」。今按，《爾雅·釋山》：「岑，山小而高曰岑。」

祖唐臣愚庵

小智胠篋盜所羞，大智移國鬼與讎。浮生匹絹兩盂粥，心計擾擾知何求。青州荊州兔三窟，古人今人貉一丘。喚起羅池柳夫子，與君同醉呰家洲。

過井陘

北山亭亭如驛堠，南山眈眈虎翹首〔一〕。土門東頭望井陘，漢家風雲自奔走。市人豈識英雄材〔二〕，金鼓一朝天上來。此山行人萬萬古，幾不磨滅隨蒿萊。白鹿祠前一杯水，蒼顔聊爲洗塵埃。

【校記】

〔一〕耽耽：施箋本作「眈眈」，通。　〔三〕材：文淵閣本作「才」。

北岳

太茂維嶽古帝孫〔一〕，大朴未散真巧存〔二〕。乾坤自有靈境在，地位豈合他山尊。中原旌旗白日暗，上階樓觀蒼煙屯。誰能借我兩黄鵠，長袖一拂玄都門。

【校記】

〔一〕太茂：《全金詩增補中州集》作「北鎮」。今按，太茂即北岳恒山，位於真定府阜平。而阜平爲縣，係「明昌四年以北鎮置」，見《金史》卷二五《地理志》。　〔二〕大：汲古閣本、《全金詩增補中州集》作「太」。

天涯山

九州上游推大鹵，獨恨山形頗椎魯。天涯一峰今日看，快似昂頭出環堵。何年氣母此融結，鬼鑿神鑱未奇古。八窗玲瓏透朝日，洞穴慘澹藏雷雨。苔花錦石粲可喜〔一〕，乞與雲煙相媚嫵。半空擲下金芙蕖〔二〕，想得飛來自玄圃。傳聞絶頂更靈異，云是清都群玉府。五雲飛步吾未能，風袂泠泠已輕舉〔三〕。東州死愛華不注，向在陋邦何足數。敬亭不着謝宣城，斷岸何緣比天姥。酒船何時朝復暮，倒卷滹沱浣塵土。喚起山靈搥石鼓，漢女湘妃出歌舞。詩狂他日笑遺山，飯顆不妨嘲杜甫。山有石鼓神祠〔四〕。

【校記】

〔一〕苔：《全金詩增補中州集》卷六四作「名」。〔二〕薻：文淵閣本作「蓉」。〔三〕袂：原作「袂」，此從諸本。今按，唐白居易《長恨歌》：「風吹仙袂飄飄舉，猶是霓裳羽衣舞。」見《全唐詩》卷四三五；「泠泠」原作「冷冷」，據諸本改。〔四〕有：原作「川」，此從諸本。

智仲可月下弾琴圖

莫春舞雩鼓瑟希，琴語解吐胸中奇。誰言手揮七絃易，大笑虎頭真絕癡。北風蕭蕭路何永〔一〕，流波湯湯君自知。三尺絲桐儘堪老，兒童休訝鶴書遲。

【校記】

〔一〕蕭蕭：原作「瀟蕭」，此從諸本。今按，宋丘葵《秋園桃花》：「北風蕭蕭吹汝寒，汝發非時誰復看。」見《全宋詩》卷三六五二。

常山妋生四十月能搦管作字筆意開廓有成人之量喜爲賦詩使洛誦之

大兒小兒舞商羊〔一〕，東家西家捉迷藏。牙牙作群鴈鴈行，是中乃有常山郎。常山嬌嬌可憐蟲，四歲未有三歲强。黑鷹破㲉自神駿，黄犢放脚須跳梁。只知見紙即塗抹，誰謂轉腕能低昂。渠家兩公破天荒〔二〕，劉煇夢靈果專場〔三〕。滎鄉亭中詩版在，岐山名字香山香。此郎晚出西樞房，虎穴虎子不可當。天驚地怪見落筆，便合抱送中書堂。文星煌煌照燕南，青青子衿滿恒陽。教官連被鳳尾諾，瑞物多生金粟岡。兒曹變化不作難，何必二十始乖張。明年作字一丈大，當有稜角垂光芒。迴頭却看元叔綱，鼻涕過口尺許長。常山，白寓齋第三子。叔綱，遺山之季子也。

【校記】

〔一〕商：原作「商」，此從汲古閣本、《全金詩增補中州集》卷六八、施箋本。今按，《孔子家語·辯政》：「孔子曰：『此鳥名商羊水，祥也。昔兒童屈一脚，振臂而跳，且謡曰：天將大雨，商羊起舞。今齊有之。』」〔二〕公：汲古閣本作「翁」。今按，兩公指常山之伯賁、父華，俱擢進士第，見《遺山先生文集》卷二四《善人白公墓表》。〔三〕煇：汲古閣本作「輝」。今按，宋沈括《夢溪筆談》卷九《人事》：嘉祐中，有士人劉幾好險怪之語，歐陽公深惡之，決意痛懲。「是時試堯舜性仁賦，有曰：『故得静而延年，獨高五帝之壽；動而有勇，形爲四罪之誅。』公大稱賞，擢爲第一人。及唱名，乃劉煇。人有識之者曰：『此劉幾也，易名矣。』」

贈利州侯神童生十四月識字，予見時生二十一月，識字無算。

牙牙點粧杏蕾紅，阿兄抱之來學宮。今春學語語未正，已能見書識姓名〔一〕。隨指隨讀無數重，多生想曾文字中。極知之無不足訝，更恐洛誦難爲功。土中松粒龍爪脱，萬牛丘山起毫末〔二〕。君不見黄金寶鼎翡翠青，未要春官許衣鉢。人聞失却麻神童〔三〕，明星煌煌出蒼龍。只知江陵圖籍盡一火〔四〕，誰謂死草生華風。遺山老子未老在，見汝吐焰如長虹。兒字金鼎。

【校記】

〔一〕姓名：諸本作「名姓」。　〔二〕毫：原作「豪」，此從汲古閣本、《全金詩增補中州集》卷六八、施箋本。今按，「毫」與「豪」通，此處當用本字。　〔三〕聞：諸本作「間」。　〔四〕盡：汲古閣本作「畫」。

奚官牧馬圖息軒畫

曹韓畫樣出中秘，燕市死骨空千金。息軒筆底真龍出，凡馬一空無古今。安閑自與人意熟，蕭洒更覺天機深。奚官有知應解笑，世無坡仙誰賞音。

紫微劉丈山水爲濟川賦

畫家李范真勍敵，方外只今誰第一。自非劉宗祭酒阜昌孫，未信仙翁輕落筆。長洲遠浦各清泠〔一〕，萬頃風煙一草亭。千章古木散巖谷，鶴髮松姿餘典刑。紙尾不須題姓字，人人知是老人星。

【校記】

〔一〕泠：原作「冷」，此從諸本。

王右丞雪霽捕魚圖〔一〕

江雲滉滉陰晴半，沙雪離離點江岸。畫中不信有天機，細向樹林枯處看。漁浦移家媿未能，扁舟蕭散亦何曾。白頭歲月黄塵底，笑殺高人王右丞。

【校記】

〔一〕王：原作「生」，此從諸本。

跋酒門限邵和卿醉歸圖邵伯禄之父。

邵翁頭白甫三十〔一〕，高吟大醉無虚日。風流若似靖南湖〔二〕，每恨聞名不相識。太平村落自由身〔三〕，童稚扶携意更真。醉歸圖上見顔色，喜溢眉宇猶津津。好著蹇驢馱我去，與君同醉杏園春。

【校記】

〔一〕翁：汲古閣本作「公」。〔二〕若：汲古閣本作「略」。〔三〕由：汲古閣本作「繇」。

題張彥寶陵川西溪圖

松林蕭蕭映靈宇，爍石流金不知暑。太平散人江表來，自訝清涼造仙府。不到西溪四十年，溪光林影想依然。當時膝上王文度，五字詩成衆口傳。忽見畫圖疑是夢，而今塵土浣華顛〔一〕。本「送」字，今改作「浣」字。陵川在太行之顛，蓋天壤間清涼境界也。江淮太平散人題詩東廟，自謂已造仙府〔二〕，恨居民不知其樂耳。此縣先君子舊治，宴游西溪，僕以童子侍焉。彥寶出此圖求賦詩，感今懷昔，爲之愴然，故篇中有及。癸丑十一月三日題。

【校記】

〔一〕浣：文淵閣本作「涴」，詩末注「今改作『浣』字」。〔二〕謂：原脱，據《全金詩增補中州集》卷六八、施箋本補。

汝州倅韓君德華其十祖二世相遼封魯公故名其伯男子曰魯王父命氏古蓋有之予過其家命魯出拜謂予言魯名矣而未有字敢以爲請予字之世公德華曰願終教之

乃中之以辭〔一〕

昌黎諸韓散盧龍，魯公相遼開邑封。鴈行先後六侍中〔二〕，大參高文紀神功。龜石穹窿與天終，百年故家餘素風。汝州有子今成童，考古制名龜筮從。貴以道義飭汝躬，良璞不治凡石同。貞而絶俗孰子容，濟質以文介而通。顧雖宗起其起宗〔三〕，魯也不慚袁氏公。

【校記】

〔一〕十祖二世：汲古閣本、《全金詩增補中州集》卷六八作「十二世祖」。 〔二〕先後：汲古閣本、《全金詩增補中州集》卷六八作「後先」。 〔三〕顧：原漫漶，此從汲古閣本、《全金詩增補中州集》補。今按，施箋本引《魏紀》：「後魏主重門族薛氏，不許入郡姓，薛宗起應對明白，乃入郡姓。帝曰：『卿非宗起，乃起宗也。』」

壬子冬至新軒張兄聖與求爲兒子阿平制名予名之曰琥以仲玭字之小字明復有善禱之義焉詩不工當令阿玭灑落誦之〔一〕

阿平玉雪絶可憐，皎如鶴雛下青田。呼來拜客挽不前，啼声如聞過秦篇。陳王人門漢韋賢，新軒文筆尤翩翩。大弨掛壁誰使然，我知一經會有傳。玄黓之冬客須城，問平之年纔五齡。

迺公爲兒求制名，兒名從虎玉與并，仲耽爲字以字行。佛書舊説無空青，豈知空青今有形。紫公紫公還我明，看兒着脚青雲平。

【校記】

〔一〕耽」：施箋本作「眈」。

世宗御書田不伐望月婆羅門引先得楚字韻

瑶光樓前按歌舞，桂樹秋香月三五。白頭誰解記開元，四海歡聲沸簫鼓〔一〕。兩都秋色皆喬木，三月阿房已焦土。天上亦有別離情〔二〕，可是田郎心獨苦。承平舊物霓裳譜，寶氣暉暉映千古。銀橋望極竟不歸，滅没燕鴻下平楚。

【校記】

〔一〕沸：汲古閣本、《全金詩增補中州集》卷六四作「自」。　〔二〕天上、別離：汲古閣本、《全金詩增補中州集》作「天人」、「離別」。

送崔夢臣北上并序〔一〕。

子真抱關〔二〕，買臣負薪，朝奏暮召，名動縉紳。此有志之士所以自奮於昌辰者耶。夢臣崔卿，玉樹清姿，土門華胄，成童授學，與雞俱興。肆筆成書，倚馬可待。雖泌水之洋洋堪樂，舜門之穆穆方開，惜歲月之虚捐，欲雲霄之坐致。遇順風而縱大壑，其孰禦之；登金馬而上玉堂，在此行矣。詩以勸駕，序寧闕乎？癸丑二月望日，新興元某序。

并州書郎年少客，細馬金鞭日三百。生平意氣凌青雲，未怕天山雪花白。西園此日盛徐陳，鳳閣鸞臺氣象新。由來草創資潤色[三]，況復天造須經綸。他日南歸吾未老，與君同醉晉溪春。

【校記】

[一]并序：原脱，據汲古閣本、《全金詩增補中州集》卷六八補。[二]子真：《全金詩增補中州集》作「子貢」。今按，《漢書》卷七二《王貢兩龔鮑傳序》：谷口鄭子真「修身自保，非其服弗服，非其食弗食」，「耕於巖石之下，名震於京師」；「成帝時，元舅大將軍王鳳以禮聘子真，子真遂不詘而終」。

[三]由：汲古閣本作「繇」。

送王彦華

中朝名勝龍山冀，喜色門闌得佳婿。一朝天府效驅馳，萬里青雲在平地。金粟岡頭俊造多，莫從人品問如何。迂齋受學青衿日，殷重遺山爲拊摩。東國人倫吾豈敢，只憑月旦決巍科。

李成之王彦華趙孝先以提學命見餉佳酒且求制名輒以詩記[一]

子雲寂寞將誰親，延之矗豪意自真。君家公婿兩冰玉，酒味自合清而醇。雲腴俗士無風神，紅珠女兒茜裙新。一杯香絶韻亦絶，只今唯有酴醿春。

【校記】

〔一〕輒以詩記：汲古閣本作「取以詩記之」，《全金詩增補中州集》卷六八作「輒以書記」，施箋本作「輒以詩記之」。

劉時舉節制雲南

雲南山高去天尺，漢家弦聲雷破壁。九州之外更九州，海色澄清映南極。幽并豪俠意功名，咄嗟顧盼風雲生。今年肘後印如斗，過眼已覺烏蠻平。諭蜀相如今老矣，不妨銅柱有新名。

贈張潤之

許年不唱龍津第，人物尤難到衰世。明堂他日要梗楠〔一〕，造物也須論蚤計。晉人禀賦例真淳，兒能讀書知養親。遺山門客富儒雅，緑髮張郎名姓新。莫道琴工有師法，海山深絶解移人。潤之資甚美，故就其可致者而勉之。他日學業有成，老夫當以風鑒自負矣。

【校記】

〔一〕梗：原作「梗」，此從諸本。今按，楩楠指黄楩與楠木。宋陳翥《桐譜·器用》：「古今匠氏爲小大之器，度而用之，其可貴者，則必云烏椑、白楊、梓茶、圭櫹、山桃、白石、檮栗、楩楠、松柏、椅榧之類。」

許道寧寒溪古木圖為翟器之賦〔一〕。

道人醉袖蟠蛟龍，掃出古木牙須雄。開卷飄飄來陰風〔二〕，翟卿論畫凡馬空。能知畫與詩同宗，解衣盤礴非衆工。遺山筆頭有闕仝，意匠已在風雲中，留待他日不匆匆。

【校記】

〔一〕為翟器之賦：原脱，據汲古閣本、《全金詩增補中州集》卷六八、施箋本補。〔二〕飄飄：汲古閣本、《全金詩增補中州集》、施箋本作「颯颯」。

送張書記子益從嚴相北上并序。

子益省郎，觀國之光，從公于邁。揚雄詞賦〔一〕，良借力於吹噓；鄧禹功名，本無心於禄仕。詩以送别，亦以趣其歸云。

故家人物饒奇俊，聳壑昂霄今已信。康侯晝接拜寵光，百里自應沾海潤。六月貂裘風雪深，天河天駟日駸駸。莫把聲華動臺閣，東方書檄要陳琳。

【校記】

〔一〕揚：原作「楊」，此從汲古閣本、《全金詩增補中州集》卷六八、文淵閣本。

贈别孫德謙

津橋垂楊雪花白，挽斷春衫苦留客。西湖一雨春意濃〔一〕，絶似銅駞洛陽陌。湖亭轟醉卧春風，到手金盃不放空。鵲山一帶傷心碧，羡殺孫郎馬首東。

【校記】

〔一〕湖：《全金詩增補中州集》卷六四作「河」，下句「湖亭轟醉卧春風」如之。今按，此詩撰於癸丑歲（蒙古憲宗三年、一二五三）春，遺山在東平，城西有水名西湖。其《江城子·江山詩筆仲宣樓》序云：「東原幕府諸公送予西湖，行及陽谷，作此爲寄。」東原即東平。

汾亭古意圖

堯民羲皇去未遠，日作日息天機全。杜侯袖裏姑汾筆，辦與南華談窅然。廢興知經幾今昔，淳朴别有一山川。白雲亭上秋風客，不比仙翁甲子年。元祐以來郭熙〔一〕，明昌泰和間張公佐，皆年過八十而以山水擅名。今雲中杜丈莘老〔二〕，與張、郭年相若，而畫品不下古人。爲侯廣道作《汾亭古意》横披，灑然有塵外意。爲題四韻其後。神仙張果生帝堯甲子年，詩家亦傳習用之，故末句有及。

【校記】

〔一〕祐：原作「裕」，此從汲古閣本、《全金詩增補中州集》卷六八、施箋本。　〔二〕莘：原作「莘」，此從汲古閣本、《全金詩增補中州集》、施箋本。今按，《遺山先生文集》卷一四《寄杜莘老》即此公。

太原贈張彦遠

并州城邊十月末，清霜稜稜風入骨。因君夜話吴江春[一]，酒光瀲灔金杯滑。閑閑騎鯨去滅没，當年愛君俊於鶻。平生我亦識翁人，惆悵流年如電抹。官家新築文昌臺，蒼生不憂墮巔崖。眼看東閣奇士滿，如君豈得藏蒿萊。晨鷄未鳴子當發，明星煌煌大於月，野夫一笑冠纓絶。

【校記】

〔一〕吴：原作「昊」，此從《全金詩增補中州集》卷六四、文淵閣本。

换得雲臺帖喜而賦詩

周官武臣奉朝請，劍佩束縛非天真。世間曾有華陀帖，神物已化延平津。米狂雄筆照萬古，北宗草書纔九人[一]。今日雲臺見遺墨，黄金牢鎖玉麒麟。

【校記】

〔一〕草：原作「華」，此從汲古閣本、《全金詩增補中州集》卷六八、施箋本。

鹿泉新居二十四韻

土門西邊井陘渡〔一〕，野日荒荒下汀樹。榆關石嶺都幾程，客夢往往迷歸路。塵埃風雨半生過，儘着筋骸支世故。寧州假館又兩年，未保東來不西去。山城百家家有山，覿面呈山誰一顧。賣書買得吕氏園，不謂全山舉相付。北崖老作土灰色，擁腫形模一夸父〔二〕。娟娟正有小峨嵋〔三〕，却立不容親杖屨。就中抱犢尤峭拔，望見韓山即攀附。韓王砦頭四望闊，全趙米如纔數聚〔四〕。眼中麾蓋天上來，泜水鼓旗紛偃仆〔五〕。漢家威靈萬萬古，石子連岡猶虎距。夏秋衆壑會鹿泉，浩浩湍聲瀉餘怒。西南諸峰不知數，蕩海鯤鱷尻背露。霏煙空翠有無中，百態陰晴變朝暮。靈巖龍泉曾一到，獨欠封龍展衰步。學仙不愛徐童花，李相書龕心所慕。生平懷抱向山盡，老氣崔嵬如有助。巖居枯寂朝市喧，喧寂兩間差有趣。得行固願留不惡，流坎且當隨所遇。何曾萬錢何用許，方丈有山容下筯。管城初無食肉相，黄帽非供折腰具。明年高築野史亭，天已安排看山處。多慚不及謝宣城〔六〕，標出敬亭天一柱。一本「多慚不及謝宣城，標出敬亭天一柱」，在「方丈有山容下筯」之下〔七〕。

【校記】

〔一〕土：原作「王」，汲古閣本作「上」，此從《全金詩增補中州集》卷六四、文淵閣本、施箋本。今按，土門爲井陘縣域地名。

〔二〕模：汲古閣本作「摸」。今按，宋范成大《石湖詩集》卷一二《西瓜園》：「形模濩落淡如水，未可葡萄苜蓿誇。」〔三〕峨：原作「娥」，此從《全金詩增補中州集》、施箋本。今按，「峨嵋」亦作「峨眉」，以山勢逶迤、峰巒相對如眉而獲名。〔四〕全趙米如纔數聚：《全金詩增補中州集》作「全趙纔如米數聚」。〔五〕泜：汲古閣本作「泒」。今按，泜音止，同坻；泜音之，指泜水。《史記》卷八九《張耳陳餘列傳》：「漢三年，韓信已定魏地，遣張耳與韓信擊破趙井陘，斬陳餘泜水上。」集解引《山海經注》：「泜水出常山郡中丘縣。」〔六〕多：《全金詩增補中州集》如之，注「一作尚」。〔七〕丈：原作「杖」，此從《全金詩增補中州集》、施箋本。

過劉子中新居

鄆州城隅兩茅屋，市聲喧喧自幽獨。春風吹盡山杏花，只有青青一叢竹。先生愛畫如惜玉，練鵲翔鸞餘百軸。大兒踉蹡挾書歸，土銼踈煙纔一粥。微官枉負半生閑，也着區區簿領間。何時却與溪南老，紫蓋山前共往還。子中舊與溪南詩老辛敬之游，故有下句〔一〕。《遺山先生文集》卷四。

【校記】

〔一〕下：汲古閣本作「上」。

東湖次及之韻

西山山頭山月白，倒影漣漪舞寒碧。竹溪花島要君詩，醉墨幾番枯研滴。東州佳處詩已盡〔一〕，矯首不知川路隔。當年韓賈文章伯〔二〕，物色分留到佳客。此州何必減蘇州，頻有詩人來列職。一時人境偶相值，萬古風流餘此席。三堂風月今猶昔，擬拂塵纓問投跡。因君寄謝使君公〔三〕，却恐他年厭求索。

【校記】

〔一〕州：汲古閣本、《全金詩增補中州集》卷六八作「湖」。今按，施箋本引唐韓愈《奉和虢州劉給事使君三堂新題二十一詠·月臺》「南館城陰闊，東湖水氣多」，或以爲虢州東湖。〔二〕文章：原脱，據《全金詩增補中州集》、施箋本補。〔三〕謝：《全金詩增補中州集》、施箋本作「詩」。

贈郝萬户

阿卿袖中五色筆，弦聲裂石雷破壁。繡衣千騎東方來，俊氣峥嶸蜀山碧。詩書義府無古今，祭遵軍中亦歌吟。密侯勳業君自識，計算不數韓淮陰。莫看仁柔待儒雅〔一〕，朱輪畫轂見天心。鄧禹封高密侯。

【校記】

〔一〕待：施箋本作「行」。

王學士熊岳圖

洗參池水甜於蜜〔一〕，玉堂仙翁髮如漆。膝前文度更風流，盡卷風流入詩筆。長松手種欲摩天，海岳樓空落照邊。古來説有遼東鶴，仙語星星誰爲傳。五百年間異人出，却將錦綉裹山川。

【校記】

〔一〕蜜：原作「密」，此從《全金詩增補中州集》卷六四、施箋本。

贈史子桓尋親之行

七十老親頭雪白〔一〕，滿意晨昏慰顔色。兵塵澒洞君不憂，萬里天心不相隔。八月秋霖九月霜，破帽北風官路長。瓜田故侯貧且病，愛莫助之徒自傷。後日書來聞吉語，通家猶得似南陽。《元遺山詩集》卷四。

【校記】

〔一〕親：施箋本作「翁」。

新編全金詩卷七六

元好問 五

雜言

去歲君遠游送仲梁出山

去歲君遠游，今年客它州。青天萬古一明月，只與行人生暮愁。問君游何許，情多地遐兮徧處處[一]。金鞭斷折騏驥死，萬里長鴻思一舉。憶初識子梁王臺，清風入座無纖埃。華嶽峰尖見秋隼[二]，金眸玉爪不凡材[三]。西園日晴花滿煙，五雲樓閣三山巔。玉樹瑶林照春色，青錢白璧買芳年。三年一夢南陽道，汴水迢迢入秋草。拏雲心事人不知，千首新詩怨枯槁。破屋仰見星，踈衾風露清。匣中有長劍，爲君鳴不平。泥途久辱思一濯，去去舉足皆清泠。鄧州大帥材望雄[四]，愛客不減奇章公。軍中宴酣笳鼓競，銀燭吐焰如長虹。幕中多士君又往，談笑已覺南夷空。東州春迴十月後，梅華分香入春酒。平生得意欽與京，青眼高歌望君久。淅江南下青沄沄，石門細路蒼煙屯。五松平頭白日静，千山萬山如亂雲。菊源不逐時事改，芝嶺自與商顔鄰。他日相思一迴首〔五〕，漁舟時問武陵人。欽，謂欽叔；京，即京父也。樂天書以微之爲微。

【校記】

〔一〕遐：汲古閣本作「僻」，《全金詩增補中州集》卷六四如之，注「一作遐」；「偏」原作「偏」，刊誤，此從《全金詩增補中州集》、文淵閣本、施箋本。今按，此句出自《韓愈集》卷三《感春》之一：「我所思兮在何所，情多地遐遍處處。」〔二〕隼：原作「準」，此從諸本。〔三〕晔：汲古閣本作「晴」。〔四〕帥：原作「師」，此從《全金詩增補中州集》、文淵閣本、施箋本。今按，鄧州大帥指移剌瑗，時任武勝軍節度使，兼行樞密院事，《金史》卷一一四《白華傳》述及。另，《遺山先生文集》卷八《被檄赴鄧州幕府》《鄧州相公命賦喜雨》《謝鄧州帥免從事之辟》亦涉。〔五〕相：原作「想」，此從諸本。

此日不足惜

此日不足惜，此酒不可無。頗怪昌黎公，亦復爲世儒。天生至神物，與人作華胥。一酌舌本彊〔一〕，二酌燥吻濡。三酌動高興，四酌色敷腴。連綿五六酌，枯腸潤如酥。眼花耳熱後，萬物寄一壺。十酌未渠央，百觚亦奚拘。人生一世間，忽若過隙駒。有酒不解飲，問君誰與娱。君不見東家騎鯨李，膽滿六尺軀。萬言黄石策，八陣夔州圖。酒酣起舞不稱意，長吁青雲指夷吾。又不見西家紫髯郎，老氣雄萬夫。狂歌飲燕市，擊筑聲嗚嗚。倚天長劍插少室，頗欲四海皆東湖。鷹揚虎視今焉如〔二〕，河山永隔黄公鑪。銜盃直待秋井塌〔三〕，青苔白骨憐君愚。少年覓計生白鬚，捫參歷井無危途。榮不滿睫良區區，就令一朝便得八州督，争似高吟大醉窮朝晡。餘名安得潤枯骨，四十豈不知頭顱。此日不足惜，此酒不可無。太虚爲室月爲燭，醉倒不用春風扶〔四〕。

【校記】

〔一〕彊：原作「疆」，此從汲古閣本、文淵閣本、施箋本。〔二〕揚：原作「楊」，此從諸本。〔三〕銜：原作「啣」，「銜」之俗字，此從《全金詩增補中州集》、施箋本。另，文淵閣本作「啣」，同「銜」。〔四〕倒：原作「到」，此從《全金詩增補中州集》、文淵閣本、施箋本。

送希顔赴召西臺兼簡李汾長源

昨日游崧丘，今日西臺行。勞生好夢亦大少〔一〕，枕中馬嘶車鐸鳴。山林之樂無虧成，胡爲解蘭縛塵纓。蒼生望君須一起，我知無地逃功名。關中得君作金城，氣象已覺西山平。諸人誰出仲卿右，一座想爲相如傾。風華浩蕩春冥冥，馬頭仙掌遥相迎。長安市上見李白，爲我一醉秦東亭。

【校記】

〔一〕大：《全金詩增補中州集》卷六八作「太」。

嵩山玉鏡

玉鏡見何許〔一〕，今旦東山陲。積雨洗昏霾，旭日發光輝。光輝奪人目，灧灧如動移。初如秋月圓，漸如曙星微。曙星不能久〔二〕，併與晨露晞。此鏡何從來，造化秘莫窺。山精或寶氣，恍惚令人疑。誰爲問岳祇，山川英秀會有歸。不能生申與甫瑞王國，萬丈光芒徒爾爲。

【校記】

〔一〕玉鏡見：汲古閣本缺，作泐三字「□□□」。〔二〕不：汲古閣本作「未」。

虎害

北山虎有穴，南山虎爲群。目光如電聲如雷，倚蕩起伏山之垠。百人一飽不留骨，敗衣墮絮徒紛紛。空谷絶樵聲，長路無行塵。呀呀垂涎口，眈眈闞城闉〔一〕。天地豈不仁，社公豈不神。哀哀太山婦，叫斷秋空雲。可憐封使君，生不治民死食民。世上無復裴將軍，北平太守今何人。

【校記】

〔一〕眈眈：《全金詩增補中州集》卷六四、文淵閣本作「耽耽」，通。

飲酒

江南秋泉雲液濃，遼東抹利玉汁鎔。椰瓢朝傾荔支緑〔一〕，螺盃暮捲珍珠紅〔二〕。此酒誰所留，今日乃汝逢。仙人一丸藥，洗我芥蔕胸。金沙一散風雨疾，世事盡與浮雲空。東家劉伯倫，西家王無功。醉鄉日月萬萬古，眼中擾擾誰爲雄。人會有歸盡，飲不飲所同。所恨獨醒人，百年枯槁中。獨醒恨未通，獨醉恨未公。安得清江變醇酎〔三〕，盡迴天地入春風。

【校記】

〔一〕支：汲古閣本作「枝」。〔二〕捲：《全金詩增補中州集》卷六八作「掩」。〔三〕酎：汲古閣本、《全金詩增補中州集》作「酹」。今按，唐徐堅等《初學記》卷二六《酒》引漢鄒陽《酒賦》：「凝醳醇酎，千日一醒。」

送高信卿

高卿去歲山中居，橡朝栗暮分猿狙。今年移家入城市，甑中生塵釜生魚。文窮智亦窮，五鬼更嘯呼。迺翁延客著上座，兩兒已復遭揶揄〔一〕。三冬兔園册，牧竪叫語麄〔二〕。濕薪煙滿眼，破硯冰生須。賣符與行藥，不養堂堂軀。無衣思南州，千里走單車。我嘗相夫君，不是山澤臞。十八學擊劍，二十了陰符〔三〕。平生結交王與李，袖中頗有魚麗圖。文武志膽誰不如，不能拔劍斫蛟鱷，亦當赤手降於菟。胡爲堅坐守寒饑，坐令兒女悲窮途。萬事糊塗酒一壺，别時聊爲鼓嚨胡。中原麟鳳今如此，莫道皇家結網疎。

【校記】

〔一〕揄：原作「揄」，刊誤，此從諸本。〔二〕叫：原作「叫」，「叫」之俗字，此從汲古閣本、《全金詩增補中州集》、施箋本。〔三〕了：汲古閣本作「力」。

寄趙宜之趙時在盧氏。

大城滿豺虎，小城空雀鼠。可憐河朔州，人掘草根官煮弩。北人南來向何處，共説莘川今樂土。莘川三月春事忙，布穀勸耕鳩唤雨。舊聞抱犢山，摩雲出蒼稜。長林絶壑人迹所不到，可以避世如武陵。煮橡當果穀，煎术甘飴餳〔一〕。此物足以度荒歲，况有麞鹿可射魚可罾。自我來嵩前，旱乾歲相仍〔二〕。耕田食不足，又復違親朋〔三〕。三年西去心，籠禽念飛騰。一瓶一鉢百無累，恨我不如雲水僧。崧山幾來層，不畏登不得，但畏不得登。洛陽一昔秋風起〔四〕，羨煞吳中張季鷹〔五〕。

【校記】

〔一〕术：《永樂大典》卷一四三八〇寄字韻引元好問《遺山集》此詩作「木」。〔二〕旱乾：《永樂大典》作「乾旱」。〔三〕違：《永樂大典》作「逢」。〔四〕昔：汲古閣本、文淵閣本、《全金詩增補中州集》卷六四及《永樂大典》作「夕」，通。〔五〕吴中：《全金詩增補中州集》作「雲間」，注「一作吴中」。今按，南朝宋劉義慶《世説新語》卷中之上《識鑒第七》：「張季鷹辟齊王東曹掾，在洛見秋風起，因思吴中菰菜羹、鱸魚膾，曰：『人生貴得適意，爾何能羈宦數千里以要名爵？』遂命駕便歸。」

段志堅畫龍爲劉鄧州賦

豬龍可豢亦可屠，世人畫蛇復畫魚。天飛忽入阿堅筆，始覺衆史欺庸愚。腥風萬里來，白浪横江湖。一麾走海若，再顧失天吴。浩蕩明河翻，尾鬣慘不濡。只愁紙上出雷火，搏控大千如此珠〔一〕。天生神物與化俱，滅没變見何所無。逆鱗自古不受觸，乃今縮頭隨卷舒。怪得堂堂髯御史，平生長有雨隨車。

【校記】

〔一〕搏：原作「摶」，此從汲古閣本、《全金詩增補中州集》卷六四、施箋本。今按，《遺山先生文集》卷三《愚軒爲趙宜之賦》：「心生心化誰搏控，舉世倀倀皆大夢。」

送詩人秦略簡夫歸蘇墳别業

三月不見君，渴心欲生塵。論文一樽酒，雅道誰當陳。昨朝見君臨水句，乃知抽青配白非詩人〔一〕。南山明月北山雲，恨君不作由東鄰〔二〕。擊鮮爲具非無好事者，天隨杞菊年年新。石田茅屋連蘇墳，兩兒力耕足養親。君詩或者昌晚節，不應道路長逡逡〔三〕。白髮刁騷一幅巾〔四〕，豐年鄉社樂閑身。蹇驢馳入醉鄉去，袖中知有眉山春。

【校記】

〔一〕配：施注本作「妃」，箋引柳子厚《題〈毛穎傳〉後》「取青妃白」爲証。今按，「妃」亦作「媲」。《柳宗元集》卷二一《讀韓愈所著〈題毛穎傳〉後題》：「世之模擬竄竊，取青媲白，肥皮厚肉，柔筋脆骨，而以爲辭者之讀之也，其大笑固宜。」注：「媲，匹詣切。《爾雅》云：配也。」此係遺山化用事典，似未拘泥原字句。〔二〕由：汲古閣本作「繇」。〔三〕逡逡：汲古閣本、《全金詩增補中州集》卷六八作「逡巡」。〔四〕刁：原作「刀」，此從諸本。

紀子正杏園燕集甲午歲。

紀翁種杏城西垠，千株萬株紅艷新。今年寒食好天色，曉氣鬱鬱含芳津。天公自愛此花好，朝薰暮染煩花神。融霞暈雪一傾倒，非煙非霧非卿雲。未開何所似，乳兒粉粧深絳唇。能啼能笑癡復騃，畫出百子元非真。半開何所似，里中處女東家鄰。陽和入骨春思動，欲語不語時輕顰。就中爛熳尤更好〔一〕，五家合隊虢與秦。曲江江頭看車馬，十里羅綺争紅塵。陽平一邑多詩豪，主人買酒邀衆賓。花時此游有成約〔二〕，恨少楊子張吾軍。落花着衣紅繽紛，四坐慘澹傷精魂。花開花落十日耳，對花不飲花應嗔。愛花常苦得花晚，争教行樂無閑身。

芳苞一破不更合，且看錦樹烘殘春。

【校記】

〔一〕熳：汲古閣本、《全金詩增補中州集》卷六四、施箋本作「漫」。〔二〕花時此游有成約：原作「花時有成約」，此從汲古閣本、施箋本。

送李參軍北上

五日過居庸，十日渡桑乾。受降城北幾千里，出塞入塞沙漫漫。古來丈夫淚，不灑別離間。今朝送君行，清涕留餘潸〔一〕。生女莫作王明君〔二〕，一去紫臺空珮環。生男莫作班定遠，萬里馳書望玉關。我知驥子墮地無齊燕，我知鴻鵠意氣青雲端。草間尺鷃亦自樂，扶摇直上何勞摶〔三〕。一衣敝緼袍，一飯苜蓿盤〔四〕。歲時壽翁媪，團欒有餘歡。就令一朝便得八州督，争似綵衣起舞春斕班〔五〕。去年雒陽人，今年指天山。地遠馬韉破，霜重貂裘寒。朔風浩浩來，客子慘在顔。扼胡嶺上一迴首，未必君心如石頑。君不見桓山鳥乳哺〔六〕，不得須臾閑。衆雛一朝散，孤雌回顧聲悲酸。寒鴈來時八九月，白頭阿母望君還。

【校記】

〔一〕清涕：汲古閣本、《全金詩增補中州集》卷六八作「情深」。〔二〕明：汲古閣本、《全金詩增補中州集》作「昭」。今按，王明君即王嬙昭君，事見《漢書》卷九四下《匈奴傳》。晉時避司馬昭諱而改

「明妃」。南朝梁江淹《恨賦》：「若夫明妃去時，仰天太息。」見《文選》卷一六。〔三〕摶：原作「搏」，此從汲古閣本、《全金詩增補中州集》、施箋本。今按，《莊子·逍摇遊》：「鵬之徙於南冥也，水擊三千里，摶扶摇而上者九萬里。」〔四〕飯：汲古閣本、《全金詩增補中州集》作「飽」；「苜」原作「茵」，此從汲古閣本、《全金詩增補中州集》、施箋本。今按，唐薛令之《自悼》：「盤中何所有，苜蓿長闌干。」見《全唐詩》卷二一五。〔五〕爛：原作「欄」，此從《全金詩增補中州集》、施箋本。〔六〕桓：《全金詩增補中州集》作「峘」；鳥，原作「烏」，此從《全金詩增補中州集》、施箋本。今按，三國魏王肅注《孔子家語》卷五《顔回第十八》：「回聞桓山之鳥，生四子焉，羽翼既成，將分於四海。其母悲鳴而送之，哀聲有似於此，謂其往而不返也。」

王黄華墨竹爲郭輔之賦。

古來畫竹尊右丞，東坡斂袂不敢評〔一〕。開元石本出摹寫，燕市駿骨留空名。亦有文湖州，畫意不畫形。一爲坡所賞，四海知有篔簹亭。深衣幅巾老明經，老死不敢言縱横。豈知遼江一泒最後出〔二〕，運斤成風刃發硎。雪溪仙人詩骨清，畫筆尚餘詩典刑〔三〕。月中看竹寫秋影，清鏡平明白髮生。娟娟略似萱草詠，落落不減叢臺行。千枝萬葉何許來，但見醉帖字欹傾。君不見忠恕大篆草書法，趙生怒虎㯺墨成。至人技進不名技，游戲亦復通真靈。百年文章公主盟，屏山見之跽且擎。聲光舊塞天壤破，議論今着兒曹輕。有物於此鳴不平，悲耶嘯耶誰汝令。只恐破窗風雨夜，怒隨雷電上青冥〔四〕。

【校記】

〔一〕袂：原作「袂」，此從諸本。今按，《史記》卷一二九《貨殖列傳》：「齊冠帶衣履天下，海岱之間斂袂而往朝焉。」斂同斂。〔二〕知：汲古閣本作「非」。〔三〕刑：文淵閣本作「型」，通。〔四〕怒：汲古閣本作「心」。

汎舟大明湖待杜子不至。

長白山前繡江水，展放荷花三十里。看山水底山更佳，一堆蒼煙收不起。山從陽丘西來青一灣〔一〕，天公擲下半玉環。大明湖上一盃酒，昨日繡江眉睫間。晚凉一棹東城渡，水暗荷深若無路。江妃不惜水芝香，狼籍秋風與秋露〔二〕。蘭襟鬱鬱散芳澤，羅襪盈盈見微步。晚晴一賦畫不成，枉着風標誇白鷺〔三〕。我時驂鸞追散仙，但見金支翠蕤相後先。眼花耳熱不稱意，高唱吴歌叩兩舷。唤取樊川揺醉筆，風流聊與付他年。

【校記】

〔一〕灣：汲古閣本、施注本作「彎」，通。〔二〕籍：施箋本作「藉」，通。〔三〕着：汲古閣本作「看」。

九月七日夢中作詩續以末後二句〔一〕

桃花紅深李花白，昨日成團今日折〔二〕。歌聲滿耳何處來，楊柳青旗洛陽陌。拊君背，握君手，朝鍾暮鼓無了期，世事於人竟何有？青青鏡中髮，忽忽成白首。六國印，何如負郭二頃田？千載名，不及即時一盃酒。

【校記】

〔一〕二句：原作「一句」，此從汲古閣本、《全金詩增補中州集》卷六四、施箋本。〔二〕折：汲古閣本、《全金詩增補中州集》作「拆」。

賦邢州鵲山

去時唐山道，望望鵲山背。今朝西北看，平聲奇秀益可愛。蒼茫失層疊，解駁見縈帯。浮雲自來去，盡巧寧變壞。吴粧入小筆，隱隱拂殘黛。城隅静女人不知，擁髻低顰如有待〔一〕。太行横截九州半，一掩一重俱有態〔二〕。只知天平六峰天下稀，此山東來亦閑在。煙埋雨沒今幾時，殆天所藏予發之。郭熙未足語平遠，摹寫誰有韋郎詩〔三〕。

【校記】

〔一〕髻：原作「髮」，此從汲古閣本、《全金詩增補中州集》卷六八、施箋本。今按，《蘇軾集》卷五《九日舟中望見有美堂上魯少卿飲處以詩戲之》之二：「遥知通德淒涼甚，擁髻無言怨未歸。」〔二〕掩：《全金詩增補中州集》作「崦」。〔三〕誰：《全金詩增補中州集》、文淵閣本作「惟」。

送王亞夫舉家歸許昌

一日兩食藜藿葵，三冬一褐骭與齊。監河貸粟困欲死，望望江水湔塵泥。故書一束手自攜，汴兒跳梁翠女啼。出門疾走勿反顧，正恐五鬼從之西。馬中豈是無龍媒，世人徒知牝牡黄與驪〔一〕。只如黄金絡頭亦不惡，誰謂茅索能相羈。天公醉着百不問，汝偶而偶奇而奇。前途兀兀黑於漆，昨日把笏今扶犂。乃知世間倚伏不可料，井底容有青雲梯。春風兩淮多鼓鼙，軍中少年舞荒鷄。因君南望一大笑，落日澹澹青山低。

【校記】

〔一〕知：原作「如」，此從諸本。

湧金亭示同游諸君

太行元氣老不死〔一〕，上與左界分山河。有如巨鰲昂頭西入海，突兀已過餘坡陁。我從汾晉來，山之面目腹背皆經過。濟源盤谷非不佳，煙景獨覺蘇門多。湧金亭下百泉水，海眼萬古留山阿。觱沸濼水源，淪淪晉溪波〔二〕。雲雷涵鬼物，窟宅深蛟鼉。水妃簸弄明月璣，地藏發泄天不訶。平湖油油碧於酒，雲錦十里翻風荷。我來適與風雨會，世界三日漫兜羅。山行不得山，北望空長哦。今朝一掃衆峰出，千鬟萬髻高峩峩。空青斷石壁〔三〕，微茫散煙蘿〔四〕。

山陽十月未摇落，翠蕤雲旓相盪摩。雲煙故爲出濃淡，魚鳥似欲留婆娑。石間仙人迹，石爛迹不磨。仙人去不返，六龍忽蹉跎。江山如此不一醉，拊掌笑煞孫公和。長安城頭烏尾訛，并州少年夜枕戈。舉杯爲問謝安石，蒼生今亦如卿何？元子樂矣君其歌。

【校記】

〔一〕死：汲古閣本作「老」。〔二〕𢋈：施箋本作「淵」。今按，《柳宗元集》卷一八《招海賈文》：「其外大泊泙𢋈淪，終古迴薄旋天垠。」集注：「𢋈淪，水深廣貌。」〔三〕壁：原作「壁」，此從《全金詩增補中州集》卷六四、文淵閣本、施箋本。〔四〕蘿：《北京圖書館藏中國歷代石刻拓本匯編》第四七册一五六頁影印拓片作「螺」，通。

南冠行癸巳秋爲曹得一作〔一〕。

南冠纍纍渡河關，畢逋頭白乃得還。荒城雨多秋氣重，頹垣敗屋深茅菅〔二〕。漫漫長夜浩歌起，清涕曉枕留餘漕。曹侯少年出紈綺，高門大屋垂楊裏。諸房三十侍中郎，獨守殘編北窗底。王孫上客生光輝，竹花不實鵷鶵飢。絲桐切切解人語，海雲唤得青鸞飛。梁園三月花如霧，臨錦芳華朝復暮。阿京風調阿欽才，暈碧裁紅須小杜。長安張敞號眉嫵〔三〕，吴中周郎知曲悮。香生春動一詩成，瑞露靈芝滿窗户。魚龍吹浪三山没，萬里西風入華髮。無人重典鷫鸘裘，展轉空床卧秋月。寶鏡埋寒灰，鬱鬱萬古不可開。龍劍出地底，青天白日驅雲雷。層冰千里不可留，離魂楚些招歸來。生不願朝入省暮入臺，願與竹林嵇阮同舉杯。郎食猩猩脣，妾食鯉魚尾，不如孟光案頭一杯水〔四〕。黄河之水天上流，何物可煮人間愁。撑霆裂月不稱意，更與倒飜鸚䳇洲。安得酒船三萬斛，與君轟醉太湖秋。

【校記】

〔一〕詩題原脱此注，據汲古閣本、《全金詩增補中州集》卷六四、施箋本補。〔二〕深：施箋本作「生」。〔三〕嫵：原作「嫌」，刊誤，此從諸本。今按，《漢書》卷七六《張敞傳》「眉嫵」作「眉憮」，通。〔四〕杯：《全金詩增補中州集》作「盃」。

醉後走筆

建茶三盌冰雪香，離騷九歌日月光。腰金更騎揚州鶴〔一〕，雋永不羨大官羊〔二〕。短燈檠子移近床〔三〕，秋風吹簾月轉廊。一歌再歌魂魄動，入眼渺渺横沅湘。湘妃漸遠望不及，金支翠蕤澹飛颺。漁父話獨醒，孺子歌滄浪。山鬼獨一脚，拊掌笑我旁。湘纍歸來弔故國，遺臺老樹山蒼蒼。掩書一太息，夜如何其夜未央。東家女兒綉羅裳，銀瓶瀉酒勸客嘗。一酌均跖顔，再酌齊彭殤。宇宙不今古，氣節無陰陽。少年避酒不肯喫，跬步乃有無何鄉。愛茶愛書死不徹，乃以冰炭貯我腸，世間唯有麴生風味不可忘。

【校記】

〔一〕揚：原作「楊」，此從諸本。　〔二〕大：汲古閣本、《全金詩增補中州集》作「太」。今按，秦有太官令，屬少府，兩漢因之。《後漢書》卷一〇《皇后紀·和熹鄧皇后》：「減大官、導官、尚方、内者服御珍膳靡麗難成之物。」唐李賢注引《漢官儀》：「大官，主膳羞也。」　〔三〕短：原作「矩」，此從諸本。今按，此句出自《韓愈集》卷五《短燈檠歌》：「長檠八尺空自長，短檠二尺便宜光。黄簾緑幕朱户閉，風露氣入秋堂涼。裁衣寄遠淚眼暗，搔頭頻挑移近床。」

南湖先生雪景乘騾圖并引。

南湖先生，原武人。年二十許時，會以鄉賦〔一〕，兩魁鄭州。然其資倜儻，所以自望者甚高，終不樂爲舉子計，即棄去，學擊刺。當正隆征南，頗欲馳逐戎行間。既而大定詔書下，兵各罷歸。先生抱利器而無所試，乃浮湛里社，以詩酒自娱。買田南湖之上，築亭種樹，徜徉乎其間〔二〕。盡置家事，日與賓客酣飲，歌管棊槊，窮日夕不少休〔三〕。家故饒財，又好施予，其赴人之急，猶疾痛之在己，故人尤以此歸之。所與游如臨洺王逸賓、游宗之，大定劉之昂，其人皆天下名士。至論人物，必曰「靖達卿，今日之奇男子也」。先生生於天會初，歷大定、明昌、泰和，優遊於太平和樂之世者五十年。大安兵興，乃下世。平生喜作詩，樂府尤有藴藉，觀《西子棄瓢詩》可見也〔四〕。「髮鬢蕭颯苧羅秋〔五〕，千古香溪水自流。吴越兵争竟何得，風流輸與五湖舟。」嘗雪中騎青騾行京水道中，作長詩，卒章有「安得西都畫史吮筆出新意，寫作南湖老子雪景乘騾圖」之句。其子文煒，北渡後來東平，始以先生之意追畫此圖，求僕賦詩。文煒質直好義，讀書作文，有聲時輩中。觀其子，可以想見先生之爲人，故爲道其事，并以致懷賢之思。

大河茫茫白連空，寒雲迢迢度南鴻。汴梁高樓管絃裏，成皋行人西北風。北風吹雪來，飄瞥捲孤蓬。異色變慘澹，元氣開洪濛。襄陽潮陽詩境在，掇拾物色真難工。青騾誰此游，望見知是南湖翁。南湖翁，少日骯髒今龍鍾，猶能吐氣萬丈如長虹。閉門兀坐意不愜，要看銀海翻魚龍。寶華世界瓊瑶宫，江山隨翁入清雄。詩成仰天一大笑，飛花落絮春濛濛。鬱鬱梁宋郊，翁家出强宗。許與必豪右，收入等侯封。收音去聲翁年十八九，弄筆學彫蟲。疊取兩解魁，隱隱何隆隆。一旦拂衣去，學劍事猿公。正隆適南征，疋馬走從戎。墨丸磨楯鼻〔六〕，意與江流東。紫微出東方，淮海亦來同。都將書與劍，田間就春農。仕宦不作邴曼容，醉鄉自愛王無功。鷞鷫從渠致鍾鼓〔七〕，野鶴豈合棲樊籠。南湖煙景多，魚鳥亦從容。亦有兩小船，綸竿插舡篷。高亭出秀樾，窗户連青紅。清飈隨睡輿，暝色赴吟笻〔八〕。門前車馬來，日釀日不供。但苦佳客少，焉知清興終。看翁棄瓢詩，調戲鴟夷老子如兒童。雄吞已覺雲夢小，寒縮寧作書生窮。當年我得奉談笑，晝夜肯放清樽空。東家西家不相從，南海北海不相逢。風流耆舊今誰似，惆悵相看是畫中。

【校記】

〔一〕會：諸本作「曾」。賦：汲古閣本作「試」。〔二〕乎：汲古閣本、《全金詩增補中州集》卷六八作

「於」。〔三〕休：原作「林」，此從諸本。〔四〕西子棄瓢詩：《中州集》卷九《南湖靖先生天民》録此詩作「西子放瓢圖」。〔五〕髮：《中州集》、汲古閣本、施箋本作「髻」。〔六〕丸：原作「瓦」，此從汲古閣本、《全金詩增補中州集》、施箋本。今按，元陶宗儀《南村輟耕録》卷二九《墨》：「至魏晉時始有墨丸，乃漆煙松煤夾合爲之。」另，《北史》卷八三《文苑傳·荀濟》：「濟初與梁武帝布衣交，知武帝當王，然負氣不服，謂人曰：『會楯上摩墨作檄文。』」〔七〕鶢鶋：施箋本作「爰居」，并引杜甫詩「鶢鶋至魯門，不識鍾鼓響」以証兩者同。〔八〕瞑：汲古閣本、《全金詩增補中州集》、施箋本作「暝」，通。

癸卯歲杏花

南州景氣煖，杏花見紅梅〔一〕。讀書山前二月尾，向陽杏花全未開。待開竟不開，怕寒貪睡嗔人催。愛花被花惱不徹，一日遶樹空千回。牙牙嬌語山櫻破，稠鬧成團稀作顆〔二〕。小蕾從教絳蠟封〔三〕，繁枝未要晴雲裹。兩月不舉酒，半歲不作詩。更教古銅瓶子無一枝，緑陰青子長相思。今年閏年好寒節，花開不妨遲一月。「留舡買魚作寒節」，宋方舟先生李知幾語。

【校記】

〔一〕見：汲古閣本、《全金詩增補中州集》卷六八作「間」。〔二〕鬧：汲古閣本、《全金詩增補中州集》作「爛」。〔三〕蠟：原作「蠟」，「蠟」之俗字，此從諸本。

題劉紫微堯民野醉圖

蒼苔濁酒同歌呼，白鬚紅頰醉相扶。堯時皇質未全散，不論朝野皆歡虞。望雲雲非雲，就日日非日。先秦迂儒强解事，極口譽堯初未識。堯民與酒同一天，此外更誰爲帝力。仙老曾經甲子年，戲將陳迹畫中傳。山川淳朴忽當眼，迴望康衢一慨然〔一〕。不見只今汾水上，田翁鞭背出租錢。堯甲子年，仙人張果事。

【校記】

〔一〕山川淳樸忽當眼二句：《全金詩增補中州集》卷六四注「一本無此二句」。

贈答趙仁甫仁甫名復，雲夢人，江表奇士也。

我友高御史，愛君曠以真。昨朝識君面〔一〕，所見勝所聞。江國辭客多，玉骨無泥塵。軒昂見野鶴，過眼無鷄群。想君夜醉潯陽時，明月對影成三人。散着紫綺裘〔二〕，草裹烏紗巾。浩歌魚龍舞，水伯不敢嗔。何意醉夢間，失脚墮燕秦。萬世一旦暮，萬里猶比鄰〔三〕。世無魯連子，黑頭萬蟻徒紛紛。君居南海我北海，握手一盃情更親。老來詩筆不復神，因君兩詩發興新。都門迴首一大笑〔四〕，袖中知有江南春。

【校記】

〔一〕面：原作「向」，此從諸本。〔二〕裘：原作「喪」，此從諸本。〔三〕猶：汲古閣本作「一」。〔四〕首：汲古閣本、《全金詩增補中州集》卷六八作「望」。

下黄榆嶺

北厓玄武暮，黕黑如積鐵。東厓劫火餘，絢爛開錦纈。就中嶺頭一峰凸樸奇〔一〕，剩費寒雲幾千疊。摩圍可望不可到，青壁無梯猿叫絶。林煙日射彩翠新，跬步疑有黄金闕。畫工胸次墨汁滿，那得冰壺貯秋月。直須潮陽老筆迴萬牛，露頂張顛揮醉帖。石門細路無澗泉〔二〕，行人飢渴挽不前。辛苦黄榆三十里，豈知却有看山緣。

【校記】

〔一〕樸：《永樂大典》卷一一九八一嶺字韻録此詩作「可」。〔二〕澗：《全金詩增補中州集》卷六四作「暗」。

驅豬行黄臺張氏莊作。

沿山莳苗多費力，辦與豪豬作糧食。草菴架空尋丈高，擊板摇鈴鬧終夕。孤犬無猛噬，長箭不暗射。田夫睡中時叫號，不似驅豬似稱屈。放教田鼠大於兔，任使飛蝗半天黑。害田争合到渠邊，可是山中無橡朮〔一〕。長牙短喙食不休，過處一抹無禾頭。天明壠畝見狼藉〔二〕，婦子相看空淚流。旱乾水溢年年日〔三〕，會計收成纔什一。資身百備粟豆中，儋石都能幾錢直〔四〕。兒童食糜須愛惜〔五〕，此物群豬口中得，縣吏即來銷稅籍。

【校記】

〔一〕橡朮：原作「橡木」，此從汲古閣本、文淵閣本、施箋本。另，《全金詩增補中州集》卷六四「橡朮」作「橡栗」。〔二〕藉：《全金詩增補中州集》作「籍」，通。〔三〕日：《全金詩增補中州集》作「厄」，文淵閣本作「有」。〔四〕直：施箋本作「値」，通。〔五〕糜：原作「麋」，通，此從諸本。

嘯臺感遇

裴回五岩上，浩歌弥激烈。望望蟾房翁，倒影乍明滅。地古足靈異〔一〕，祠廢餘像設。子規夜啼山竹裂，老鶴亂踏枯松折。嘯臺音響杳不聞，蕩蕩青天一明月。荒山破瓦色，十步九窪疊。水泉出沮洳，一綫僅不絕。翁乎何意留此居，可是他山無地穴。大道既下衰〔二〕，日鑿聰明開。玉從珪璋毀，木以青黄災。天和散不留，去浪無東迴。咄咄此老蒼，骯髒仰怪魁〔三〕。堯年生甲子〔四〕，含德如未孩。標枝野鹿致足樂，火倉屋居良所哀〔五〕。史筆亦厚誣，何曾校計識與材〔六〕。纏身正有一丈髮，直以何物觀形骸。大笑黄冠師，金丹羽化之説何從來。豈知大人先生獨立萬物表，太古元氣同胚胎。不見今日孫公和，横絶四海隘九垓，嵇康養生安在哉。

【校記】

〔一〕地：原作「池」，此從諸本。〔二〕大：原作「太」，此從諸本。今按，《柳宗元集》卷五《箕子碑》：「當紂之時，大道悖亂。」〔三〕仰：汲古閣本、《全金詩增補中州集》作「作」。〔四〕堯：原作「兇」，此從諸本。〔五〕倉：汲古閣本、《全金詩增補中州集》、施箋本作「食」。今按，元王禎《農書》卷二〇：「火倉，蠶室火龕也。凡蠶生室内，四壁挫壘空龕，狀如三星，務要玲瓏，頓藏熟火，以通煖氣，四向匀停。」〔六〕曾：《全金詩增補中州集》作「嘗」。

水簾記異 癸卯九月四日，同杜仲梁賦。

黄華絶境探未窮，道人曾約山櫻紅。鏡臺懸流不易得，世俗名取香爐峰。七年長路今一到，刺鯁欲滿平生胸。豈知旱久泉脉絶，快意一濯無由供。神明自足還舊觀，湧浪争敢徼靈通〔一〕。何因狡獪出變化，勝槩轉眄增清雄。天孫機絲拂夜月，佛界珠網摇秋風。稱奇叫絶喜欲舞，恨不百繞青芙蓉。銀橋清凉巓，玉鏡崧丘東。世外果無物，邂逅乃一逢。書生眼孔塞易破，勺水已復誇神功。東坡拊掌應大笑，不見蟄窟鞭魚龍。

【校記】

〔一〕湧：汲古閣本、《全金詩增補中州集》卷六八作「漫」。

洪谷聖燈九月五日作。

金門寺前山突起，井底寶巖三十里〔一〕。舊聞聖燈在山上，紫微侍郎宜不妄。山空月黑無人聲，林間宿鳥時一鳴。游人燒香仰天立，不覺紫煙峰頭一燈出。一燈一燈續一燈，山僧失喜見未曾。金繩脱串珠散迸，玉丸走柈光不定。飛行起伏誰控摶，華麗清園自殊勝。北荒燭龍開晦冥〔二〕，南極入地多異星。豈知心光毫相有真遇，物外恍惚終難憑。腐儒心魄爲動蕩，再拜中庭謝靈貺。何曾辨作劉更生〔三〕，下照乃辱青藜杖。昨朝黄華瀑流神所憐，今朝金門佛燈佛作緣。紛紛世議何足道，盡付馬耳春風前。

【校記】

〔一〕巖：汲古閣本作「嚴」。〔二〕冥：施箋本作「瞑」。〔三〕辨：汲古閣本作「辨」。

食榆莢

露葵滑寒羊蕨羶，春榆作莢絶可憐。榆令人瞑何暇計，田舍年例須濃煎。簫声吹暖賣餳天，家人鑽火分青煙。長鈎矮籃走童稚，頃刻緑萍堆滿前。炊飯雲子白，剪韭青玉圓。一杯香美薦新味，何必烹龍炮鳳誇肥鮮。鼠肝蟲臂萬化途，神奇腐朽相推遷。夢中鸜鵒亦大樂，隨意飲啄真飛仙。先生捫腹一莞然〔一〕，此日何功食萬錢。

【校記】

〔一〕莞：原作「筦」，此從汲古閣本、《全金詩增補中州集》、施箋本。

李峪園亭看雨

龍山右脅松十里，細路蜿蜒繞龍尾。松林迫塞悶煞渠，北望玉泉疑井底。玉泉元自別一天，眼界廓廓無神川。金城百里纔一俯，半尖浮圖插蒼烟。行行下絶巘，招提忽當眼。未到倦不勝，小憩遂忘返。玉泉一杯甘以冽，未須張陸誇冰雪。主人不在客不留，烈風崖下風颼颼。石頭路滑馬蹄怯〔一〕，山雨未落雲先愁。將軍林園永安下，秋霽村墟絶瀟洒。濃雲壓屋風打頭，僅得羈御脱疲馬〔二〕。只知龍山之神神更神，永安亦能撼詩人。晦瞑變化千萬態〔三〕，畫出風雨元非真。山靈亦愁歸後夜〔四〕，半面時時見雲罅。天瓢細洒供晚凉，不似草堂迴俗駕。層陰一掃群峰出，一洗深青徹山骨。夕陽展放紫翠屏，只欠松梢一輪月。山中一石迴萬牛，况是一壑復一丘。不如一詩招將入南州，先生興來時卧游。

【校記】

〔一〕蹄：原作「路」，此從諸本。〔二〕御：《全金詩增補中州集》卷六八、施箋本作「銜」。〔三〕瞑：《全金詩增補中州集》作「冥」，施箋本作「瞑」。〔四〕厚：原作「後」，此從汲古閣本、施箋本。今按，唐王勃《益州德陽縣善寂寺碑》：「建靈幢於厚夜，珠飾年深；懸法鼓於迷津，規模歲遠。」見《全唐文》卷一八三。

遊龍山

曩予魏大梁[一]，得交此州雷與劉。自聞兩公誇南山，每恨南海北海風馬牛。老龍面目今日始一見，更信造物工雕鎪。是時山雨晴，平田緑油油。並山凉氣多[二]，况得通深幽。山泉谷口出迎客，石罅戛擊琳琅球。蜿蜒入微行，漸覺藤蘿罥衣樹打頭。惡木拉颯棲，直幹比指稠。石門無風白日静，自是林響寒颼颼。一峰忽當眼，仰看看不休。一峰一峰千百峰，雖欲一一顧揖知無由。金城偃蹇不得上，瑶甕回合如相留。苔花萬錦石，丹碧爛不收[三]。天關守虎豹，武庫開戈矛。小山隨起隨偃仆，獨立千仞絶頂縹緲之飛樓。百花崗頭藉草坐，瀟洒正值金蓮秋。亭亭妙高臺，玉斧何年修。登高攬元化[四]，快如鷹脱韝。山靈故爲作開闔，巧與詩境供冥搜。白雲何許來，纖絲弄輕柔。蓬蓬作霧湧，飄飄與煙浮。玉衣仙人鞭素虬[五]，翕忽變化令人愁。須臾視六合，浩蕩不可求。初疑陶輪比運甓[六]，今悟夜壑真藏舟。劫石拂未窮，杞國浪自憂。斷鰲立極萬萬古，争遣起滅如浮漚。快哉萬里風，一掃天四周。誰言太始再開闢，日馭本自無停輈。舉手謝山靈，就無清凉毫相非神羞。賤子貪名山，客刺已屢投。黄華挂鏡臺，天壇避秦溝。太山神明觀，二室汗漫游。胸中隱然復有此大物，便可揮斥八極隘九州。玉峰有佳招，絶唱須一酬。爲君探囊擲下珊瑚鈎，白雲相望空悠悠。異時華表見老鶴，姓字莫忘元丹丘〔七〕。

【校記】

〔一〕魏：《全金詩增補中州集》卷六四、施箋本作「尉」。今按，《遺山先生文集》卷二《九月初霖雨中感寒痺作》：「兩年魏大名，千門響霜碪。」此從諸本。〔二〕並：汲古閣本作「并」。〔三〕丹：原作「舟」，刊誤，此從諸本。〔四〕登：原作「燈」，此從諸本；「覽」原作「攬」，此從汲古閣本、《全金詩增補中州集》。今按，「攬」與「覽」通。〔五〕蚪：原作「蚪」，刊誤，此從《全金詩增補中州集》、文淵閣本、施箋本。另，汲古閣本作「虬」，同「虯」。〔六〕比：原作「北」，文淵閣本作「此」，此從汲古閣本、《全金詩增補中州集》、施箋本。今按，施箋本引《維摩經》「菩薩斷取三千大千世界，如陶家輪著右掌中，擲過恒河世界之外」爲証，未涉「比」或「北」字。〔七〕忘：汲古閣本作「志」。另，《全金詩增補中州集》詩末注：「遺山遊神川，與李治、張德輝結吟社，稱龍山三老。」今按，三老所遊爲「封龍山」，在真定元氏縣境内。

醉中送陳季淵

寒食不數日，天氣殊未佳。翩翩金門客，行行指龍沙〔一〕。朝發忻城暮隴頭，隴頭地寒無草芽〔二〕。拂雲堆邊春更晚，雪花茫茫揚白沙〔三〕。紇干山高凍煞雀〔四〕，榆葉離離小蘗薄。愛君只欲苦死留，不道南飛何所樂。書生弓馬能幾何，乃今實校金盤陁〔五〕。孔璋文筆妙天下，敕勒不數陰山歌。向年賦奇雨，擁海驅雲筆頭注。快如懷素書布障，狂笑劉叉寫冰柱。李汾王鬱俱灰塵，天意乃在溵陽陳。舌吐萬里唾一世，眼高四海空無人。殘民假息仍瘡痏，誰作東山謝安起。恨我不比長桑君，一月觴君上池水。眼中之人不易忘，誰作冰炭置我腸。衰顏明鏡兩寂寞，别意春江誰短長。但願年年見顏色，與君連日醉壺觴。

【校記】

〔一〕沙：施箋本作「堆」。〔二〕朝發忻城暮隴頭二句：上句與下句「隴頭」，原作「隴隴」、「頭頭」，刊誤，此從諸本。〔三〕揚白沙：原作「楊白雪」，此從汲古閣本、《全金詩增補中州集》卷六八、施箋本。〔四〕紇干：汲古閣本作「絶于」。今按，紇干山即紇真山。清顧祖禹《讀史方輿紀要》卷四四《大同縣》：「紇真山在府東五十里。紇真，猶漢言千里。其山冬夏積雪，故諺云：『紇真山頭凍死雀，何不飛去生處樂。』」〔五〕校：《全金詩增補中州集》作「鉸」。今按，清仇兆鰲《杜詩詳注》卷四《魏將軍歌》之四：「星躔寶校金盤陀，夜騎天駟超天河。」校曰：「校，當作鉸，絞、教二音。」注曰：「《唐書·食貨志》云：『先是諸鑪鑄錢窳薄，鎔破錢及佛像，謂之盤陀。』蓋雕飾鞍勒，以銅雜金爲之。」

送弋唐佐還平陽〔一〕

我從商餘之山過庵羅〔二〕，聞君六經百家富研摩〔三〕。會最上指冠巍峩〔四〕，豈肯俯首春官科。

覃懷變生十載後，我時避兵方北走。通家弋宋共有無，行輩許之爲老友。晉州一書君肯來，握手大笑心顏開。春風着人不覺醉，快卷更須三百杯。鶴骨騫飛法當壽〔五〕，况是丹房藥鏡留心久。崑崙神泉浸朮芝〔六〕，乞與餘膏潤衰朽。天府學士登瀛洲，松頂仙人垂直鈎。愛君直欲抵死留，自言世事非所求。千古黃金鑛中淚，不獨盧仝并馬異。蘇州韋郎交分深，香山白傳金玉音，借渠兩詩寫我心。相知非不多，但苦心不同。同心一人去，坐覺長安空。離愁何從生，生從情愛中。不見行路人，拂袖自西東。汾流滔滔兮日千里，青眼高歌吾老矣。寶豐山中有庵羅寺，唐佐嘗從程内翰天益問學於此〔七〕。

【校記】

〔一〕弋：原作「戈」，此從諸本。今按，弋唐佐名瞉，汝州梁縣人。兩赴廉試，以功授本州防禦副使。金亡後，遊燕晉間，教授生徒。著有《增節標目音註精義資治通鑑》一百二十卷。《遺山先生文集》卷二四《臨海弋公阡表》述及，稱之「文學行義，高出時輩」。另，元王天祐《弋瞉神道碑》：中統初，以博學老儒授太原路提舉學校官。晚歲退居覃懷。至元二十六年卒，年八十八。見《(道光)直隸汝州全志》卷九。　〔二〕商、庵：「商」原作「商」，此從諸本；「庵」原作「菴」，此從《全金詩增補中州集》、文淵閣本、施箋本。今按，詩末注「寶豐山中有庵羅寺」云云，言之明確。至於菴羅，指獵捕鳥獸等網具。　〔三〕研：汲古閣本作「緣」。　〔四〕會最上指：《全金詩增補中州集》卷六八作「荃蘭爲佩」，文淵閣本作「會撮上指」。今按，「會最」亦作「會撮」。晉郭象《莊子注》卷二《人間世》：「支離疏者，會撮指天。」注：「會撮，項椎也，髻也。古者髻在項中，脊曲頭低，故髻指天也。」另，《遺山先生文集》卷九《即事商帥國器見免從軍》：「會最指天容我懶，鴟夷盛酒盡君歡。」〔五〕騫：原作「騫」，此從汲古閣本、《全金詩增補中州集》、施箋本。今按，騫指鳥向上飛，騫指馬向前奔。〔六〕浸：原作「蔓」，此從汲古閣本、《全金詩增補中州集》。今按，蔓同參，而「浸」意猶滋潤。〔七〕問：汲古閣本作「開」。

游泰山

泰山天壤間，屹如鬱蕭臺。厥初造化手，辦此何雄哉。天門一何高，天險若可階。積蘇與累塊，分明見九垓。扶摇九萬里，未可誣齊諧。秦皇憎威靈，茂陵亦雄材。翠華行不歸，石壇滿蒼苔。古今一俯仰，感極令人哀。是時夏春交〔一〕，紅緑無邊涯。奇探忘去聲登頓，意愜自遲回。惜無賞心人，懽然盡餘杯。夜宿玉女祠，崩奔湧雲雷。山靈見光怪，似喜詩人來。鷄鳴登日觀，四望無氛霾。六龍出扶桑，翻動青霞堆。平生華嵩遊，兹山未忘懷。十年望齊魯，登臨負吟鞵。孤雲拂層崖，青壁落落雲間開。眼前有句道不得，但覺胸次高崔嵬。徂徠山頭唤李白，吾欲從此觀蓬萊。

【校記】

〔一〕夏春：《全金詩增補中州集》卷六四作「春夏」。

付阿眈誦〔一〕

昨得商子書，知有阿眈名。今朝見阿眈，驚喜喜復驚。迺翁雅望傾漢庭，仕才千石埋九京。我知渠孫不虚生，虎穴生虎子，墮地骨骼成。舉頭爲城尾爲旌，幾人雄猛得寧馨。繡衣青春佳御史，路人望見行且止。老夫從旁當説似，前日晦道堂前小兒子。雷動風行自應耳，藜藿不採今其始。《遺山先生文集》卷五

【校記】

〔一〕眈：《全金詩增補中州集》卷六八作「眈」，施箋本作「躭」。

遊承天懸泉

詩人愛山愛徹骨，十月東來犯冰雪。懸流百里行不前，但覺飛湍醒毛髪。閑閑老仙仙去久，石壁姓名苔蘚滑。此翁可是六一翁，四十三年如電抹。并州之山水所洑，駭浪幾轟山石裂。只知晉陽城西天下稀，娘子關頭更奇劂〔一〕。周南留滯何敢歎，投老天教探禹穴。君不見管涔汾源大車輪，平泉丈八玻璃盆。不知承天此水何所本，乃與沆瀆争雄尊。平地突出隨崩奔，汹如頽波射天門。太初元氣未凝結，更欲何處留胚腪。素虯騰擲翠蛟舞，衮衮後出皆鱷鯤〔二〕。雷車怒擊冰雹散，石峽峻滑蒼煙屯。憑崖下視心魄動，自愧氣衰筆老勝概過眼無蹤

吞〔三〕。少東水簾亦瀟灑，珠琲一一明朝暾。陽龍暗滋瑶草活，礜石自與蓮湯温〔四〕。神祠水之滸，儀衛盛官府。頗怪祠前碑，稽考失莽鹵〔五〕。吾聞允格臺駘宣汾洮障大澤〔六〕，自是生有自來歸有所，假而自經溝瀆便可尸祝之，祀典紛紛果何取〔七〕。子胥鼓浪怒未泄，精衛銜薪心獨苦。楚臣有問天不酬〔八〕，肯以誕幻虚荒警聾瞽〔九〕。宇宙有此水，萬古萬萬古〔一〇〕。人言主者介山氏，且道未有介山之前復誰主。山深地古自是有神物，不假靈真誰敢侮。稗官小説出閭巷，社鼓村簫走翁嫗〔一一〕。當時大曆十才子〔一二〕，争遣李諲鑱陋語。石林六月清無暑，人家青紅濕窗户。射鹿有場魚有浦〔一三〕，好築糟臺俯洲渚，甕面椰瓢挹膏乳〔一四〕。醉扶紅袖別吴歌，風雨不憂驚妒女。閑閑公守平定，以大安庚午來遊，迄今壬子，四十三年矣。土俗傳介子推被焚〔一五〕，其妹介山氏耻兄要君，積薪自焚，號曰妒女。祠碑大曆中制官李諲所撰，詞旨殊謬〔一六〕，至有「百日積薪，一日燒之」之語。鄉社至今以百五日積薪而焚之，謂之祭妒女云。

【校記】

〔一〕奇㔕：《全金詩增補中州集》卷六四作「奇崛」。今按，「奇」當作「剞」；「奇㔕」與「奇崛」通。

〔二〕鱷：原作「鱷」，此從施箋本。今按，鱷即鯨，鱷同鰐。

〔三〕繇：施箋本作「由」，通。

〔四〕礜：原作「譽」，誤；施注本作「礐」，亦誤。此從《全金詩增補中州集》。今按，清王琦《箋注評點李長吉歌詩》卷二《堂堂》：「華清源中礜石湯，徘徊白鳳隨君王。」匯解：「華清宫有温泉礜石湯，言温泉之熱如有礜石在下。《本草》云：『礜石大熱。』《博物志》云：『鸛取礜石伏卵，取其暖也。』《述征記》

云：『洛水底有礜石，故上不冰，謂之温。』」〔五〕莽魯：《全金詩增補中州集》作「莽鹵」，施箋本作「鹵莽」。〔六〕允格：原作「尹革」，此從《全金詩增補中州集》、施箋本；「臺駘」原作「臺胎」，《全金詩增補中州集》作「臺鮐」，此從施箋本。今按，《左傳·昭西元年》：「昔金天氏有裔子曰昧，爲玄冥師，生允格、臺駘。臺駘能業其官，宣汾洮，障大澤，以處大原，帝用嘉之，封諸汾川。」〔七〕取：原作「敢」，此從《全金詩增補中州集》、施箋本。〔八〕有：施箋本作「百」。今按，此係化用楚人屈原《天問》，「有」字意蘊厚實，無關數目多少。〔九〕警：《全金詩增補中州集》、施箋本作「驚」。〔一〇〕宇宙有此水二句：施箋本作「自有宇宙有此水，此水綿綿萬萬古」。〔一一〕嫗：《全金詩增補中州集》作「媪」。〔一二〕曆：《全金詩增補中州集》、施箋本作「歷」。今按，《舊唐書》卷一一《代宗紀》：永泰二年十一月，「甲子，日長至，上御含元殿，下制大赦天下，改永泰二年爲大曆元年」。「歷」與「曆」通，然年號爲特定用字，不當以意通改。〔一三〕魚：當作「漁」，諸本皆如此，姑仍之。今按，唐李紳《過鍾陵》：「江對楚山千里月，郭連漁浦萬家燈。」見《全唐詩》卷四八〇；唐方干《送人宰永泰》：「舟停漁浦猶爲客，縣入樵溪似到家。」見《全唐詩》卷六五〇。〔一四〕椰：原作「揶」，此從《全金詩增補中州集》、施箋本。〔一五〕土：原作「士」，此從《全金詩增補中州集》、施箋本。〔一六〕詞旨：詞，《全金詩增補中州集》作「辭」；旨，原漫漶，此從《全金詩增補中州集》、施箋本。

爲程孫仲卿作

繡褥錦爲棚〔一〕，蘭湯金作盆。名駒出洼水〔二〕，萬馬浮雲奔。參軍愛友親弟昆，御史風節海内聞。諸郎楚楚皆玉立，王謝定自超人群。高樹出大根，源清流不渾。千年雒陽陌〔三〕，赫赫于公門。外翁老去住山村，正要兒童侍酒尊〔四〕。他日新詩一千首，不愁無物餉吾孫。

【校記】

〔一〕裍：原作「欄」，此從施箋本。今按，「裍」同「綳」，指包裹嬰兒所用褥被之類。《蘇軾集》卷九《送筍芍藥與公擇》二首之一：「騈頭玉嬰兒，一一脱錦裍。」宋張孝祥《于湖集》卷二《讀中興碑》：「繡綳兒啼思塞酥，重牀燎香薰蘪蕪。」　〔二〕窪：《全金詩增補中州集》卷六八作「洼」，同；施注本作「渥」。今按，窪或渥，俱古渥窪水之略稱。《史記》卷二四《樂書》：「又嘗得神馬渥窪水中，復次以爲太一之歌。」　〔三〕雒：施箋本作「洛」，通。　〔四〕尊：《全金詩增補中州集》、施箋本作「樽」，通。

壽張復從道〔一〕

鎮州城中金粟岡，移來河東萬卷堂。先生絃歌教胄子，子亦詩禮沾餘芳。齒如編貝髮抹漆，玉樹臨風未二十。爲渠欲作寫真詩，老我慚無敬齋筆。復也美材具，璞玉未雕飾。良工在汝心，苦卓與真積。捧檄毛義喜，受杖伯瑜泣〔二〕。親年當喜懼，寸晷真尺璧。桓榮家世傳一經，何患不蒙稽古力。綵服庭闈趨，繡衣霄漢立。但願頤齋壽金石，歲歲年年作生日。《元遺山詩集》卷五。

【校記】

〔一〕張復從道：施箋本案曰「從道爲張頤齋德輝子」。今按，詩中「但願頤齋壽金石，歲歲年年作生日」云云，與題不合，似誤。頤齋乃張德輝號，與遺山元好問、「敬齋」李治爲摯交，稱龍山三友，嘗爲《中州集》題跋。至於張復從道，頤齋之子，「齒如編貝髮抹漆，玉樹臨風未二十」，不當由前輩爲之祝壽。諸本皆如此，姑仍之，以備參考。〔二〕伯瑜：當作「伯俞」，即韓伯俞。諸本皆如此，姑仍之。今按，漢劉向《説苑》卷三《建本》：「伯俞有過，其母笞之，泣。其母曰：『他日笞子，未嘗見泣，今泣何也？』對曰：『他日俞得罪，笞嘗痛；今母之力不能使痛，是以泣。』」

新編全金詩卷七七

元好問 六

樂府

天門引

秦王深居不得近〔一〕，從破衡成欲誰信。白頭游客困咸陽，憔悴黄金百斤盡。海中仙人黄鵠舉〔二〕，大笑人間争腐鼠。丈夫何意作蘇秦，六印才堪警兒女〔三〕。古來多爲虚名老，不見阿房净如掃。千年虎豹守天門，一日牛羊卧秋草。

【校記】

〔一〕深居：汲古閣本作「深宫」，《全金詩增補中州集》卷六五作「宫中」，注「一作深居」。〔二〕鵠：汲古閣本作「鶴」，《全金詩增補中州集》如之，注「一作鵠」。〔三〕警：文淵閣本作「驚」。

蛟龍引

古劍咸陽墓中得，抉開青雲見白日。蛟龍地底氣如虹，土花千年不敢蝕〔一〕。洪鑪烈焰初騰精，横海已覺無長鯨。世上元無倚天手，匣中誰解不平鳴。割城恨不逢相如，佐酒恨不逢朱虚〔二〕。尚方未入朱雲請，盟槃合與毛生俱。誰念田文坐中客，只將彈鋏嘆無魚。

【校記】

〔一〕土：汲古閣本作「玉」。〔二〕佐：《全金詩增補中州集》作「行」。

湘夫人詠

木蘭芙蓉滿芳洲，白雲飛來北渚遊。千秋萬歲帝鄉遠，雲來雲去空悠悠。秋風秋月沅江渡，波上寒煙引輕素。九疑山高猿夜啼，竹枝無聲墮殘露。

湘中詠

楚山鶴鳴風雨秋，楚岸猿啼送客舟。江山萬古騷人國，猿鳥無情也解愁。西北長安遠於日，憑君休上岳陽樓。

孤劍詠

鬱鬱重鬱鬱，夜半長太息。吟成孤劍詠，門外山鬼泣。清霜稜稜風入骨，殘月耿耿燈映壁。君不見一飢縛壯士，僵卧時自惜。黄鵠一舉摩蒼天，誰念樊籠束修翼〔一〕。

【校記】

〔一〕誰：《全金詩增補中州集》卷六五作「時」。

渚蓮怨〔一〕

阿溪何許來〔二〕，素面涴風雨。寂寞煙中魂，依依欲誰語。

【校記】

〔一〕怨：原作「怒」，此從諸本。　〔二〕溪：汲古閣本作「漢」，《全金詩增補中州集》卷六五作「嬌」。今按，宋秦觀《淮海長短句》卷下《煙中怨》：「鑑湖樓閣與雲齊，樓上女兒名阿溪。」

芳華怨〔一〕

娃兒十八嬌可憐，亭亭裊裊春風前。天上仙人玉爲骨，人間畫工畫不出。小小油壁車，軋軋出東華。金縷盤雙帶〔二〕，雲裾踏鴈沙。一片朝雲不成雨〔三〕，被風吹去落誰家。少年豈無恩澤侯〔四〕，金鞍綉帽亦風流〔五〕。不然典取鸕鷀裘，四壁相如堪白頭。金谷樓臺悄無主〔六〕，燕子不來花着雨〔七〕。只知環珮作離聲，誰向琵琶得私語〔八〕。無情鸂鶒翡翠兒，有情蜂雄蛺蝶鴛〔九〕。勸君滿酌金屈巵〔一〇〕，明日無花空折枝。

【校記】

〔一〕金劉祁《歸潛志》卷九引此詩云：「元（好問）嘗權國史院編修官，時末帝召故駙馬都尉僕散阿散女子入宫，俄以人言其罪，又蒙放出。元因賦《金谷怨》樂府詩，李（長源）見之，作《代金谷佳人答》一篇以拒焉，一時士人傳以爲笑談。」則詩題亦作《金谷怨》。〔二〕金縷盤雙帶：《歸潛志》作「繡帶盤綾結」。〔三〕一片朝雲不成雨：《歸潛志》作「嬌雲一片不成雨」。〔四〕侯：原作「候」，此從諸本。另，《歸潛志》此句作「豈無少年恩澤侯」。〔五〕金鞍綉帽亦風流：《歸潛志》作「錦韉貂帽亦風流」。〔六〕悄：《歸潛志》作「杳」，汲古閣本作「俏」。〔七〕來：《歸潛志》作「飛」。〔八〕向：《歸潛志》作「解」。〔九〕鴛：諸本作「雌」，同。另，《歸潛志》此二句作「有情蜂雄蛺蝶雌，無情鸂侵翡翠兒」。〔一〇〕酌：《歸潛志》作「飲」。

後芳華怨

江南破鏡飛上天，三五二八清光圓。豈知汴梁破來一千日，寂寞菱花仍半邊。白沙漫漫車轆轆，鵾鷄絃中杜鵑哭〔一〕。塞門憔悴人不知，枉爲珠娘怨金谷。樂府初唱娃兒行，彈棊局平心不平。只今雄蜂雌蝶两不死，老眼天公如有情。白玉搔頭緑雲髮，玫瑰面脂透肉滑。春風着人無氣力，不必相思解銷骨。洛花絶品姚家黄，揚州銀紅一國香。千圍萬繞看不足，雨打風吹空斷腸。丹砂萬年藥，金印八州督〔二〕，不及秦宫一生花裏活。長門曉夕壽相如，儘著千金買痟渴〔三〕。

【校記】

〔一〕鶡：原作「鯤」，此從《全金詩增補中州集》卷六五、文淵閣本。今按，漢張衡《南都賦》：「寡婦悲吟，鶡雞哀鳴。」見《文選》卷四。〔二〕八：《全金詩增補中州集》卷六五作「九」，注「一作八」。今按，晉咸和七年六月，陶侃薨，成帝詔曰：「故使持節、侍中、太尉、都督荆江雍梁交廣益寧八州諸軍事、荆江二州刺史、長沙郡公經德蘊哲，謀猷弘遠。作藩於外，八州肅清；勤王於内，皇家以寧。」見《晉書》卷六六《陶侃傳》。〔三〕痟渴：汲古閣本、《全金詩增補中州集》、施箋本作「消渴」。今按，南朝宋鮑照《鮑明遠集》卷九《侍郎滿辭閤》：「既同馮衍負困之累，復抱相如痟渴之疾。」《歐陽修集》卷九三《表奏书啓四六集》四《亳州第四劄子》：「臣自治平二年已來，遽得痟渴，四肢瘦削，腳膝尤甚，行步起拜，乘騎鞍馬，近益艱難。」

結楊柳怨

長樂坡前一盃酒〔一〕，鄭重行人結楊柳。可憐楊柳千萬枝〔二〕，看看盡入行人手。輕煙細雨緑相和，惱亂春風態度多。路人愛是風流樹[三]，無奈朝攀暮折何。朝攀暮折何時了，不道行人暗中老。素衣今日洛陽塵，白髮明朝塞城草。柳色年年歲歲青，關人何事管離情。春風誰向丁寧道，折斷柔條莫再生[四]。

【校記】

〔一〕一：《全金詩增補中州集》卷六五如之，注「一作百」。〔二〕枝：《全金詩增補中州集》如之，注「一作條」。〔三〕是：《全金詩增補中州集》如之，注「一作此」。〔四〕柔：汲古閣本、施箋本作「長」，《全金詩增補中州集》如之，注「一作垂」；斷，《全金詩增補中州集》如之，注「一作盡」。

秋風怨

碧瓦高梧響踈雨，坐倚薰籠時獨語。守宫一着死生休，狗走鷄飛莫爲女。雲間簫鼓夜厭厭，禁漏誰將海水添。一春門外羊車過，又見秋風拂翠簾。揔把丹青怨延壽，不知猶有竹枝鹽。

歸舟怨

渡頭楊柳青復青，閨中少婦動離情。只從問得狂夫處，夜夜夢到洛陽城。南風吹櫓聲，北鴈嗚嚶嚶。江流望不極，相思春草生。

征人怨

瀚海風煙掃易空，玉關歸路幾時東。塞垣可是秋寒早，一夜清霜滿鏡中〔一〕。

【校記】

〔一〕滿：《全金詩增補中州集》卷六五作「入」，注「一作滿」。

塞上曲

平沙細草散羊牛，一簇征人在戍樓〔一〕。忽見隴頭新鴈過，一時迴首望南州。

【校記】

〔一〕一：汲古閣本作「幾」，《全金詩增補中州集》卷六五如之，注「一作一」。

西樓曲

游絲落絮春漫漫，西樓曉晴花作團〔一〕。樓中少婦弄瑶瑟〔二〕，一曲未終坐長嘆。去年與郎西入關，春風浩蕩隨金鞍。今年疋馬妾東還，零落芙蓉秋水寒。并刀不剪東流水，湘竹年年露痕紫〔三〕。海枯石爛兩鴛鴦，只合雙飛便雙死。重城車馬紅塵起，乾鵲無端爲誰喜。鏡中獨語人不知，欲插花枝淚如洗。

【校記】

〔一〕曉：汲古閣本作「晚」。〔二〕瑟：《全金詩增補中州集》卷六五作「琴」。〔三〕露：《全金詩增補中州集》作「淚」，注「一作露」。

後平湖曲

越女顔如花，吴兒潔於玉。天教並墻居，不着同被宿。美人一笑千黄金，連城不博百年心。樓上墻頭無一物，暮爨朝春一生足。秋風拂羅裳，秋水照紅粧。舉頭見郎至，低頭采蓮房。郎心只如菱刺短，妾意未覺藕絲長。與郎期何許，眼礙同舟女。春波澹澹無盡情，雙星盈盈不得語。十里平湖艇子遲，岸花汀草伴人歸。鴛鴦驚起東西去，唯有蜻蜓接翅飛。

洧川行

洧川道邊日欲西，誰家少婦掩面啼。漫漫長路行不徹，粉綿鏡衣手自携。自言娼家女，家在梁門東。夫婿輕薄兒，新人不相容。憶初在家時，只辦放嬌慵。爺娘惜女如惜玉，近前細看面發紅。無端嫁作蕩子婦，流落棄擲風埃中。可憐桃李花，顔色嬌蒙茸。朝看花枝好，暮看花枝空。安得明珠三百斛，重簾復幕圍春風。

長安少年行

黄衫少年如玉筆〔一〕，生長侯門人不識。道逢豪客問姓名，袖把金鞭側身揖。卧駞行橐錦帕蒙，石榴壓漿銀作筒。八月蒼鷹一片雪，五花驕馬四蹄風。日暮新豐原上獵，三更歌舞灞橋東。

【校記】

〔一〕筆：《全金詩增補中州集》卷六五作「立」。

黄金行贈王飛伯〔一〕。

王郎少年詩境新，氣象慘澹含古春。筆頭仙語復鬼語，只有温李無他人。天公着詩貧子身，子曾不知乃自神。人間不買詩名用，一片青衫衡霍重。兒貧女富母两心，何論同袍不同夢。入門唤婦不下機，涙子垢面兒啼飢〔二〕。君詩只有貧女謡，何曾夢見金縷衣。外家翁媪日有語，嫁女書生徒爾爲。昆陽城下三更酒，醉膽輪囷插星斗。一昔詩腸老蛟吼〔三〕，十尺長人墮車走。斫頭不屈三萬言，欲向何門復低首。何人壽我黄金千，使君破鏡飛上天。

【校記】

〔一〕贈王飛伯：原脱，據汲古閣本、《全金詩增補中州集》卷六五補。〔二〕子：清查慎行《初白庵詩評》卷中《元遺山》謂「『子』字疑譌」，或當作「女」。姑仍之，以備參考。〔三〕昔：汲古閣本、《全金詩增補中州集》作「夕」，通。

隋故宫行

渭川楊柳先得春，二月鶯啼百囀新。長春宫中千樹錦，暖日晴雲思煞人。君王半醉唱吴歌，絳仙起舞嚬翠蛾。吴兒謾説曾行樂，三十六宫能幾多。千秋萬古金銀闕，海没三山一毫髮。繁華夢覺人不知，留得寒螿泣秋月。

解劍行

古劍黑於漆，欝欝動星文。摩挲二十年，今日持贈君。長鯨鼓浪三山没〔一〕，知君不是泥中物。袖間一卷白猿書，未分持刀買黄犢。壯懷風雲欝沉沉，慚愧漂母無千金〔二〕。長安侏儒飽欲死，萬古不解天公心。北風浩浩吹行客，隴水無聲雪花白。荆卿墓頭秋草乾，擊筑行歌欲誰識。君不見秦相五羖皮，去時烹雞炊扊扅〔三〕。又不見敝裘蘇季子，合從歸來印纍纍。丈夫墮地自有萬里氣，翕忽變化安能知。大冠如箕望吾子，富貴同生亦同死。

【校記】

〔一〕没：汲古閣本作「渡」。〔二〕慚：原從「女」，此從諸本。〔三〕炊：《全金詩增補中州集》作

「吹」，通。

征西壯士謡

三十未有二十强，手内虵矛丈八長。總爲官家金印大，不怕百死向沙場。捉却賀蘭山下賊，金鞍綉帽好還鄉。

望雲謡

涉江採芙蓉，芙蓉待秋風。登山採蘭苕，蘭苕霜早彫。美人亭亭在雲霄，欝摇行歌不可招。湘絃沉沉寫幽怨〔一〕，愁心歷亂如曳蠒。金支翠蕤紛在眼，春草迢迢春波遠。

【校記】

〔一〕怨：原作「悠」，此從諸本。

望歸吟

塞雲一抹平如截，塞草離離卧榆葉。長城窟深戰骨寒，萬古牛羊飲冤血。少年錦帶佩吴鈎，獨騎疋馬覓封侯。去時只道從軍樂，不道關山空白頭。北風吹沙雜飛雪，弓絃有聲凍欲折。寒衣昨夜洛陽來，腸斷空閨擣秋月。年年歲歲望還家，此日歸期轉未涯。誰與南州問消息，幾時重拜李輕車。

梁園春五首車駕遷汴京後作。

軍從南去三回勝，雪自冬來二尺强[一]。今歲長春多樂事，内家應舉萬年觴。長春，德陵誕節名。

暖入金溝細浪添，津橋楊柳綠纖纖。賣花聲動天街遠，幾處春風揭綉簾。

上苑春濃晝景閑，綠雲紅雪擁三山。宮墻不隔東風斷，偷送天香到世間。

樓觀沉沉細雨中，出墻花木亂青紅。朱門不解藏春色，燕宿鶯喧處處通。

雙鳳簫聲隔綵霞，宮鶯催賞玉谿花。誰憐麗澤門邊柳，瘦倚東風望翠華。龍德宮有玉谿館。麗澤，燕都西門名。

【校記】

〔一〕冬：施箋本作「東」。

探花詞五首

禁裏蒼龍啓九關，殿前鸚鵡唤新班。沉沉綠樹鞭聲遠，嫋嫋薰風扇影閑。

浩蕩春風入綉鞍，可憐東野一生寒。皇州花好無人管，不用新郎走馬看。

六十人中數少年，風流誰占探花筵。阿欽正使才情盡，猶欠張郎白玉鞭。李欽用二十七[一]，張夢祥少一歲，又未婚云〔二〕。

美酒清歌結勝游，紅衣先爲渚蓮愁。曲江共説櫻桃宴，不見西園風露秋。人物風流見藹然，逼人佳筆已翩翩。龍津春色年年在，莫着新銜惱必先〔三〕。

【校記】

〔一〕施箋本「二十七」後有「歲」字。〔二〕又：原作「人」，刊誤，此從諸本。〔三〕銜：原作「啣」，此從諸本。今按，此爲「名銜」之「銜」，而非「口啣」之「銜」。施箋本引《蔡寬夫詩話》：「闕試後始稱前進士，故當時詩云：『短行書可屬三銓，休把新銜惱必先。從此便稱前進士，好將春色待明年。』」

獵城南

翩翩游俠兒，白馬如疋練。朝出城南獵，暮趁軍中宴〔一〕。北平有真虎，愛惜腰間箭。

【校記】

〔一〕趁：施箋本作「趨」。

春風來

春風來時瑶草芳，緑池珠樹宿鴛鴦。春風去後瑶草歇，來鴻去燕遥相望。鴛鴦不得雙，燕鴻天一方。娟娟愁眉色，静與遥山長。錦衾復羅薦，夢語相思怨。月明烏夜啼，空閨淚如霰。

幽蘭

仙人來從舜九疑，辛夷爲車桂作旂。疏麻導前杜若隨，披猖芙蓉散江籬。南山之陽草木腓，澗嵒重復人迹希。蒼崖出泉懸素霓，翛然獨立風吹衣〔一〕。問何爲來有所期，歲云暮矣胡不歸。鈞天帝居清且夷，瑶林玉樹生光輝。自棄中野誰當知，霰雪慘慘清入肌。寸根如山不可移，雙麋不返夷叔飢。飲芳食菲尚庶幾，西山高高空蕨薇。露槃無人薦湘纍，山鬼切切雲間悲。空山月出夜景微，時有彩鳳來雙棲。

【校記】

〔一〕翛：原作「倏」，此從汲古閣本、《全金詩增補中州集》、施箋本。今按，《莊子·大宗師》：「翛然而往，翛然而來而已矣。」唐成玄英疏：「翛然，無係貌也。」

梅華

去歲梅華晚，今歲梅華早。和羹要佳實〔一〕，春風莫草草。

【校記】

〔一〕羹：原作「羙」，「羹」之俗字，此從汲古閣本、《全金詩增補中州集》卷六八、施箋本。

寶鏡

寶鏡掛秋水，青娥紅粉粧〔一〕。春風不相識，白地斷肝腸。

【校記】

〔一〕娥：《全金詩增補中州集》卷六八、施箋本作「蛾」。

續小娘歌十首

吴兒沿路唱歌行，十十五五和歌聲。唱得小娘相見曲，不解離鄉去國情。

北來游騎日紛紛，斷岸長堤是陣雲。萬落千村藉不得，城池留着護官軍。

山無洞穴水無船，單騎驅人動數千。直使今年留得在，更教何處過明年〔一〕。

青山高處望南州，漫漫江水遶城流。願得一身隨水去，直到海底不迴頭。

風沙昨日又今朝，踏碎鴉頭路更遥。不似南橋騎馬日，生紅七尺繫郎腰。

鴈鴈相送過河來，人歌人哭鴈聲哀。鴈到秋來却南去，南人北渡幾時迴。

竹溪梅塢静無塵，二月江南煙雨春。傷心此日河平路，千里荆榛不見人。

太平婚嫁不離鄉，楚楚兒郎小小娘。三百年來涵養出，却將沙漠换牛羊。

飢鳥坐守草間人〔二〕，青布猶存舊領巾。六月南風一萬里，若爲白骨便成塵。

黄河千里扼兵衝，虞虢分明在眼中。爲向淮西諸將道，不須誇説蔡州功〔三〕。《遺山先生文集》卷六。

【校記】

〔一〕過：《全金詩增補中州集》卷六五作「避」。　〔二〕鳥：汲古閣本、《全金詩增補中州集》、施箋本作「烏」。　〔三〕《全金詩增補中州集》詩末有注：「此爲宋助攻蔡州而發」。

并州少年行

北風動地起，天際浮雲多。登高一長嘯，六龍忽蹉跎。我欲横江鬬蛟鼉，萬弩迸射陽侯波。或當大獵燕趙間，黄熊朱豹皆遮羅〔一〕。男兒萬馬隨撝訶，朝發細柳暮朝那，埽雲黑山布陽和〔二〕。歸來明堂見天子，黄金横帶冠峨峨。人生只作張騫傅介子，遠勝僵死空山阿。君不見并州少年夜枕戈，破屋耿耿天垂河，欲眠不眠淚滂沱。著鞭忽記劉越石，拔劍起舞雞鳴歌，東方未明兮奈夜何。

【校記】

〔一〕熊：施箋本作「羆」。　〔二〕埽：施箋本作「歸」。

怒虎行答宋文之。

怒虎當道卧，百里不敢唾。紛紛射彪手，一見弧矢墮。誰知世有李將軍，霹靂弦聲驚石破。昨日雙南金，今日緑綺琴。贈君無别物，惟有百年心。《元遺山詩集》卷六。

新編全金詩卷七八

元好問 七

五言律詩

懷益之兄

世故伊川嘆，鄉情越客音。天宜他日定，陸已向來沉。冉冉愁看老，源源事益侵。誰言易排遣，自分不勝任。鞭影驚疲馬，鍾聲急暮禽。蹋中無曠迹，喧外有幽尋。夢失名家筆，書存遺子金。山田和石瘦，茅屋過雲深。春雨蔬成圃，秋霜柿滿林。樹陰凉拂席，花氣澹盈襟。宿鷺窺晨汲，孤猿伴暝吟。溪僧時問字，野客或知琴。抱璞休奇售，臨觴得緩斟。阿兄團聚日，曾話百年心〔一〕。

【校記】

〔一〕話：《全金詩增補中州集》如之，注「一作語」。

汴禪師自蚚普照瓦爲研以詩見餉爲和二首〔一〕

寺廢瓦不毁，研奇功亦多。已知良蚚少，更奈苦心何。挺挺剛無敵，津津潤可呵。羽陽陵谷變，冰井字書訛。贈比黄金璞，辭慙紫石歌〔二〕。遥知玉音在，洗耳俟研磨。長吉有《紫石硯歌》。

點化鉛仍見，堅凝鐵易穿。何年埋朽壤，此日睹青天。古色秋煙重，哀音夜雨懸。有刀堪切玉，是鏡不名塼。佛廕淪空劫〔三〕，書林結後緣。禪河一勺水，更擬就師傳。

【校記】

〔一〕蚚：原作「斷」，此從汲古閣本、文淵閣本、施箋本；瓦，汲古閣本、《全金詩增補中州集》卷六五、施箋本作「石」。〔二〕紫：汲古閣本作「潔」。〔三〕淪：施箋本作「渝」。

惡雨

惡雨惡復惡，龍公何遽然。霆轟冰塔碎，雹掣玉繩連。高岸皆深谷，層霄一漏泉。黑來疑擁海，白散忽成煙。市響千門合，潮頭萬弩穿。天瓢休盡建，上聲。枯旱有他年。

癸巳除夜

鼎定周元重，薪安漢已然。不隨南渡馬，虚泛北歸船。身並枯蜩化，心争脱兔先。塵埃嗟落薄，光景强留連。往事青燈裏，浮生白髮前〔一〕。更殘鍾未動，猶屬出京年。

【校記】

〔一〕生：原作「心」，此從汲古閣本、《全金詩增補中州集》、施箋本。今按，南朝宋鮑照《鮑文遠集》卷五《答客》：「浮生急馳電，物道險絃絲。」

病中病因食猪動氣而作，癸卯四月二十一日晨起書。

戰勝頗自恃，寧知徒外腴〔一〕。文章工作祟，時運迫摧枯。止酒嗟何及，燒猪本不圖。膏粱無急變〔二〕，山澤有真臞。詩信藤條戲，方遭鐵彈誣。鹽去聲紅忘後顧，黧黑見先驅〔三〕。眩入投床仆，晨淹伏枕呼。萬錢誰嘔泄〔四〕，一臠爾乘除。静伏心仍悸，深調息亦庵〔五〕。跼嫌囚宇宙，渴憶捲江湖。風柳留蟬蜕，霜松映鶴孤。養和懲往失，几名養和，事見天隨子詩。扶老念時須。杯杓歸神誓，垣墻任佛踰。回谿且垂翅〔六〕，望或在桑榆。

【校記】

〔一〕徒：汲古閣本、《全金詩增補中州集》卷六五作「從」。〔二〕粱：原作「梁」，刊誤，此汲古閣本、《全金詩增補中州集》、施箋本。〔三〕先：汲古閣本、《全金詩增補中州集》作「前」。〔四〕誰：《全金詩增補中州集》作「惟」。〔五〕庵：原作「鹿」，刊誤；《全金詩增補中州集》、文淵閣本、施箋本作「麤」，同。〔六〕谿：汲古閣本作「蹊」，《全金詩增補中州集》作「溪」。

綦威卿毅挽辭

東海于門舊，桐鄉邑墓遷。綦，東海人。威卿之祖待制公知忻州，因家焉。芝蘭宜有種，珠玉自成淵。慈母依鄰切，名郎獲譽先。豪華非日損，信厚出天然。詣理言猶訥，持心静益專。笑談千里到，咳唾百金捐〔一〕。論齒推予長，垂髫得子賢。通家仍孔李，知己與王田〔二〕。刻責誰斯切，推扶最所偏。孤嫠平日託，昆季再生緣。摧割詩寧寫，精微夢或傳。都將百年淚，一慟夜臺前。

【校記】

〔一〕唾：原作「垂」，此從諸本。　〔二〕王：原作「玉」，此從諸本。今按，《中州集》卷七《王萬鍾》：字元卿，秀容人。少有逸才，詩文閑適，似其爲人。「與同郡田德秀齊名，號王田。評者謂規製宏博，王不及田，而瀟灑無塵土氣，田亦非王比也。」

老樹

老樹高留葉，寒藤細作花。沙平時泊鴈，野迥已攢鴉。旅食秋看盡，行吟日又斜。干戈正飄忽，不用苦思家〔一〕。

【校記】

〔一〕苦思：原作「若回」，此從諸本。

陽翟道中

長路伶俜裏，羈懷莽蒼中〔一〕。千山分落照〔二〕，萬籟入秋風。頻見參旗縮，虛傳朔幕空。故園歸未得，細問北來鴻。

【校記】

〔一〕莽蒼：汲古閣本作「倉莽」，《全金詩增補中州集》卷六五作「蒼莽」。　〔二〕落：汲古閣本、施箋本作「晚」，《全金詩增補中州集》如之，注「一作落」。

月觀追和鄧州相公席上韻

月觀知名舊，池亭發興偏。露涼驚夜鶴，風細咽秋蟬。緑泛兵厨酒，紅依幕府蓮。無緣逐清景，空羨飲中仙。

太室同希顏賦

壯矣崧維岳，盤盤上窈冥〔一〕。中天瞻巨鎮，元氣有遺形。雨入秦川黑，雲開楚岫青。鰲掀一柱在[二]，萬古壓坤靈。

【校記】

[一]窈：《全金詩增補中州集》卷六五作「窅」。今按，「窅冥」與「窈冥」意近。晉郭象《莊子注》卷五《天運第十四》：「動於無方，居於窈冥。」《李太白全集》卷三《春日行》：「安能爲軒轅，獨往入窅冥。」[二]鼇：《全金詩增補中州集》、施箋本作「鼇」，「鼇」之俗字。

送登封張令西上

罷縣人稱屈，悠悠復此行。渭城秋鴈到，秦嶺暮雲平。道路衣從典，風塵劍已鳴。山西多俠客，莫説是書生。

方城道中懷山中幽居

技拙違時用，年饑與食謀。江山貧士嘆，日月賈胡留。楚客頻招隱，文園故倦游。衡門有幽事，還我北窗秋。

孟州夾灘飲承之御史家同欽叔作。

美酒禁愁得[一]，芳梅發興饒。紛紜聊且置，磈磊故須澆。鷄黍成前約，干戈有此宵。平生楊大理，惜不預佳招。雲卿赴召五日矣。

【校記】

〔一〕美：汲古閣本作「英」。

送曹吉甫兼及通甫

意氣羨君豪，憐君屈騎曹。安能事筆硯，且復混弓刀。風雪貂裘暗，關山馬骨高。南飛見鴻鴈，應爲惜哀勞。

勝槩三鄉作。

勝槩煙塵外，新詩杖履間〔一〕。偶隨流水去，澹與暮雲還。吾道三緘口，時情一解顔。從今便高卧，已負半生閑。

【校記】

〔一〕履：汲古閣本、《全金詩增補中州集》卷六五作「屨」。

少室南原

地僻人煙斷，山深鳥語譁。清溪鳴石齒，暖日長藤芽。緑映高低樹，紅迷遠近花。林間見鷄犬，直擬是仙家〔一〕。

【校記】

〔一〕擬：汲古閣本作「疑」。

寄贈龐漢茂弘

之子貧居久，詩文日有功。苦心唯我見，高誼許誰同。萬里虎食肉，一鳴鷄長雄。皇天老眼在，且莫怨丘中。

洛陽古城曦陽門早出

乘月出曦陽，黎明轉北岡。荒村自鷄犬，長路足豺狼。天地憐飄泊，風霜憶閉藏〔一〕。微吟訴行役〔二〕，凄斷不成章。

【校記】

〔一〕閉：原作「閑」，此從諸本。〔二〕訴：《全金詩增補中州集》卷六八作「許」。

聞希顔得英府記室

近得髯參信，知從兔苑游。文星映朱邸〔一〕，勝槩減黄樓。進退存中道，功名接上流。徒懷貢公喜，塵土隔瀛洲。

【校記】

〔一〕朱：原作「未」，刊誤，此從諸本。今按，南朝齊謝朓《拜中軍記室辭隋王箋》：「唯待青江可望，候歸艎於春渚；朱邸方開，效蓬心於秋實。」唐李善注引《史記》：「諸侯朝天子於天子之所，立舍曰邸，諸侯朱户，故曰朱邸。」見《文選》卷四〇。

落魄

落魄宜多病，艱危更百憂。雨聲孤館夜，草色故園秋。行役魚赬尾，歸期烏白頭〔一〕。中州遂南北，殘息付悠悠。

【校記】

〔一〕烏：汲古閣本作「鳥」。今按，汉王充《論衡》卷五《感虚篇第十九》：「傳書言，燕太子丹朝於秦不得去，從秦王求歸。秦王執留之，與之誓曰：『使日再中天雨粟，令烏白頭、馬生角、厨門木象生肉足，乃得歸。』」

得姪摶信二首〔一〕

今日鄜州姪，知從虎穴還。百年陰德在，幾日鬢毛斑。隔闊家仍遠，羇棲食更艱。誰憐西北夢，依舊遶秦關。

虢驛傳家信，坤牛玩吉占。團圓知有望，悲喜亦相兼。過眼書重展，伸眉酒屢添。關河動高興，百遶望清蟾。

【校記】

〔一〕搏：原作「摶」，汲古閣本作「傅」，此從施箋本。今按，《遺山先生文集》卷二五《承奉河南元公銘》「以從孫好謙之子搏奉其後」、卷三七《南冠録引》「姪搏俘繫之平陽」、《集驗方引》「付搏、拊輩，使傳」等，俱作「搏」。

阿千始生

四十舉兒子，提孩聊自誇。夢驚松出笋，兆應竹生花。田不求千畝，書先備五車。野夫詩有學，他日看傳家。

長壽新居三首同仲經賦。

地古村墟迥，川迴縣郭斜。蒲池餘老節，菊水引去聲新芽。卜築欣成趣，歸耕覺有涯。迎門顧兒女，今日是山家。

隱去初心在〔二〕，親朋復此偕。荒田歸別業，高樹表新齋。泉石深三逕，風塵限兩崖。青山坐終日，無物寄幽懷。

昔有姜夫子，來家寂寞濱。墓田耕已熟，碑石字猶新。詩酒娱中歲，山林有外臣。三生可信否，吾亦記前身〔二〕。宣和中，姜夢得處士常隱于此，墓碣在焉。夢得曾上書仁宗，既老以詩酒自娱。碣文説地名白鹿原，長壽村也。

【校記】

〔一〕初心：汲古閣本、《全金詩增補中州集》卷六八作「心初」。〔二〕記：汲古閣本、《全金詩增補中州集》作「寄」。

少林雨中

西堂三日雨，氣節變蕭森。偃卧復欹卧，長吟時短吟。鍾魚四山静，松竹一燈深。重羡禪棲客，都無塵慮侵。

十二月六日二首

佷鬼跳梁久，群雄結構牢。天機不可料，世網若爲逃。白骨丁男盡，黄金甲第高〔一〕。閶門隔九虎，休續楚臣騷。

海内兵猶滿，天涯歲又新。龍移失魚鱉，日食鬬麒麟。草棘荒山雪，煙花故國春。聊城今夜月，愁絶未歸人。

【校記】

〔一〕第：原作「地」，此從諸本。今按，《史記》卷一二《孝武本紀》：「賜列侯甲第，僮千人。」宋裴駰集解引《漢書音義》：「有甲乙第次，故曰第。」

得一飛姪安信

音問他鄉隔，存亡此日知。夢中憂凍餒，意外脱艱危。避地何嗟及，還家敢恨遲。衰年吾事了，似有鹿門期。

短日

短日碪聲急，重雲鴈影深。風霜侵晚節，天地入歸心。零落溝中斷，酸嘶爨下音。五年朝與夕，清血幾沾襟。

送母受益自潞府歸崧山〔一〕

薄俗科名賤，孤生志願違。正須謀獨往，何暇計群飛。泌水真堪樂，荆州况可依。青山吾舊隱，此日羨君歸。

【校記】

〔一〕毋：原作「毋」，刊誤。今按，金李俊民《莊靖集》卷四《送母受益之洛陽》即此人。

寄程孫鐵安

御史陰功在，孫兒玉不如。已能騎竹馬，想亦愛銀魚。異縣關山闊，衡門骨肉踈。幾時隨阿舅，盡讀外家書。

贈汴禪師

道重疑高謇，禪枯耐寂寥。蓋頭茅一把，繞腹篾三條〔一〕。趙子曾相問，馮公每見招〔二〕。風波門外客，無事且相饒。

【校記】

〔一〕繞：汲古閣本作「饒」。〔二〕馮：汲古閣本作「憑」，刊誤。今按，金馮璧有詩題曰：「元光間，予在上龍潭。每春秋二仲月，往往與元（好問）、雷（淵）遊歷嵩少諸藍。禪師汴公方事參訪，每相遇輒揮毫賦詩，以道閑適之樂，今猶夢寐見之。兒子渭，近以公故抵任城，禪師附寄詩以叙疇昔。未幾駐錫東庵，因造謁間出示裕之數詩，醉筆縱橫，亦略道嵩遊舊事。」見《中州集》卷六《馮内翰璧》。

己亥元日〔一〕

五十未全老，衰容新又新。漸稀頭上髮，别换鏡中人。野史纔張本，山堂未買鄰。不成騎瘦馬，還更入紅塵。

【校記】

〔一〕己亥：汲古閣本作「乙亥」。今按，此處己亥指蒙古太宗十一年（一二三九），金亡方五載。其時遺山年四十九，以虚歲論之，與詩中「五十未全老」約略相合。至於乙亥，以相鄰干支言之，一爲金宣宗貞祐三年（一二一五），一爲元世祖至元十二年（一二七五），俱同詩境乖離。

送楊次公兼簡秦彦容李天成

海國山如染，雲堆草易荒。時危頻虎穴，路絶更羊腸。吊影雙蓬鬢，携家一藥囊。殷勤秦與李，無惜借餘光。

發濟源

旱暵今年劇，他鄉底處歸。羸糧失先具，涉世本無機。棄擲烏皮几，裴回白版扉。殷勤雙語燕，媿汝遠相依。

倪莊中秋己亥

强飯日逾瘦，裌衣秋已寒。兒童謾相憶[一]，行路豈知難。露氣入茅屋，溪聲喧石灘。山中夜來月，到曉不曾看。

【校記】

〔一〕謾：汲古閣本、《全金詩增補中州集》卷六五作「漫」。

答潞人李唐佐贈詩

聞道嗟予晚，求師愧子賢。泥途終自拔，璞玉豈虛捐。書破三千牘，詩論二百年。文章有聖處，正脉要人傳。

陽興砦

亂石通樵逕，重崗擁戍城。山川帯淳朴，鷄犬見升平。雨爛沙仍軟，秋偏氣自清。年年避營馬，幾向此中行。由州入府，避騎兵奪馬者，多由此路。

懷粹中

醉解不復寐，吟君田舍詩。從知石門老，未比木庵師。日月淹書尺，江山入鬢絲。何因重談笑，却似少林時。

同周帥夢卿崔振之遊七岩定襄七岩〔一〕。

客路頻年別，僧居半日閑。同遊盡親舊，舉目是家山。世事風塵外，詩情水石間。悠然一尊酒，落景未知還。

【校記】

〔一〕帥：汲古閣本作「師」。今按，《遺山先生文集》卷七《送田益之從周帥西上》、卷九《追賦定襄周帥夢卿家秋日牡丹》、卷三七《衛生方序》俱涉此「周帥」。

送崔振之迎家汴梁

老伴不易得，殘年惟有閑。桑麻一村落，鷄犬兩柴關。樊守能供酒，周侯許買山。從今釣溪上，日日望君還。

聚仙臺夜飲

永夜留懽席，高懷遠市塵。月凉衣有露，風細酒生鱗。鄉社情親舊，仙臺姓字新。殷勤詩卷在，長記坐中人。

續陽平十愛

我愛陽平酒，兵廚釀法新。百金難着價，一琖即醺人。色笑榴華重，香兼竹葉醇。爲君留故事，唤作杏園春。杏園，指紀子正家園爲言〔一〕。

【校記】

〔一〕紀：汲古閣本作「鈕」。另，施箋本此句作「案指紀子正杏園」。

送田益之從周帥西上二首

市近厨無肉，書香橐有蟲〔一〕。深居誰不樂，去聲兀坐竟何功。天日伸眉後，江山洗眼中。蓬萊如可到，剩借玉川風。有所謂。

一室盆歌後，供樵只短僮。求凰可無日，牧犢未成翁。桂樹春風近，楊荑煖律通。明年孟德耀，應與伯鸞東。

【校記】

〔一〕橐：原作「槖」，施箋本作「蠹」，此從汲古閣本、《全金詩增補中州集》卷六八。今按，《王安石集》卷九三《節度推官陳君墓誌銘》：「于是悉橐其家書之官，而蚤夜讀以思。」

九月晦日王村道中〔一〕

水涸沙仍濕，霜餘草更幽。煙光藏落景，山脊露清秋〔二〕。坐食知何益，行吟只自愁。隨陽見鴻鴈，三嘆惜淹留。

【校記】

〔一〕王：原作「玉」，此從汲古閣本、《全金詩增補中州集》卷六五。　〔二〕脊：汲古閣本、《全金詩增補中州集》、施箋本作「骨」。

十月四日往關南二首

短日晨光澹，高風宿靄澄。山寒渾欲雪，水涸劣能冰。振厲時何有，躋攀倦不勝。哦詩聊自遣，松液已香凝。予方釀松醪，當以今日熟，故及之。

行路見新月，獨行還獨謡。勞生塵衮衮，晚色鬢蕭蕭。野曠無遺穗，林踈有墮樵。迴頭麥山嶺，更覺馬蹄遥。

寄王丈德新二首〔一〕德新時在汝州。

沙際春還去，雲頭雨不成。興來誰共醉，事往獨含情。紫邏留行客，黄流隔戍城。岸花何處

在，空憶櫂歌聲。孟津時事。〔二〕

清汝風華地，平生記此游。酒能千日醉，春必萬金酬。攬鏡非遲暮，逢花儘滯留。只應歌笑處，偏欠李鄜州。欽叔時赴鄜州幕官。

【校記】

〔一〕丈：原作「文」，文淵閣本作「大」，此從《全金詩增補中州集》卷六八、施箋本。今按，《中州集》卷七《王主簿革》：字德新，臨潢人。用蔭爲莞庫三十餘年。正大中，以六赴廷試賜進士出身。遺山以其年輩高，故稱之王丈。

〔二〕孟津時事：《全金詩增補中州集》作「在孟津時事」。

舊國

舊國分崩久，孤兒展省初。客衣留手線，驛傳失肩輿。夢拜悲兼喜，心飛疾亦徐。殷勤南去鴈，先爲到商於。

和仲梁

林影兼秋薄，雲陰帯晚涼。石潭魚近藻，沙渚鴈留霜〔一〕。笑語無長路，登臨豈異鄉。一尊堪共醉，惜不是重陽。鴈留霜，一作含霜〔二〕。

【校記】

〔一〕留：施箋本作「含」。　〔二〕一：原脱，據施箋本補。

甲辰夏五月積雨十餘日不止遣悶二首

甲子霖霖雨，巡簷悶不禁。幻泡成實相，水樂激哀音。瘴海聞天漏〔一〕，堯年見陸沉。騫飛想雲表〔二〕，癡坐若爲心。《南史·王景文傳》：「人居貴要，但問心若爲耳。」

甲子霖霖雨，農郊搏手空。排牆寧有禮，爲蟄竟何功。戰蟻侯王上，鳴蛙意氣中。掃晴應曉夕，少忍待秋風。排牆事見王衍論云：「排墻之壓，猶有禮也」〔三〕。

【校記】

〔一〕瘴，汲古閣本作「瘴」。　〔二〕騫：施箋本作「騫」，通。　〔三〕禮也：汲古閣本、《全金詩增補中州集》卷六八作「爲耳」。

陽泉棲雲道院〔一〕

方外復方外，翛然心迹清。開窗納山影，推枕得溪聲。川路遠誰到，石田平可耕。霜林不嫌客，留看錦峥嶸。

【校記】

〔一〕棲：原作「樓」，此從汲古閣本、《全金詩增補中州集》卷六八、施箋本。

劉子中夢菴

寤寐生與死，幻歟爲是真。如何夢中境，不屬覺時人。朝徹從渠夜，形開亦此神。殷勤花上蝶，分我漆園春。

丙午九日詠菊二首

秋菊有何好，秖緣風露清。花中誰比數，霜後獨鮮明。九日惜虚過，一尊還自傾。今年病居士，吟繞更關情。

几案得新供，小窗幽更宜。風霜寧小怯，根撥要深移。黄素金行正，芳甘藥品奇。三薰復三沐〔一〕，歲晏與君期。

【校記】

〔一〕沐：原作「沭」，刊誤，此從諸本。

感事

壯事本無取，老謀何所成。人皆傳已死，吾亦厭餘生。潦倒封侯骨，淹留混俗情。百年堪一笑，辛苦惜虛名。

酬中條李隱君邦彦〔一〕

川路限南北〔二〕，相逢今白頭。蟲沙非故國，人物自名流。學道慙高步，留詩惜暗投。歸秦如有便，終伴竹林游。邦彦自關中徒步省其季父於集寧，故有竹林之句。

【校記】

〔一〕君：原作「居」，刊誤，此從汲古閣本、《全金詩增補中州集》卷六八、施箋本。　〔二〕川：原作「州」，此從汲古閣本、《全金詩增補中州集》。今按，《遺山先生文集》卷四《東湖次及之韻》：「東湖佳處詩已盡，矯首不知川路隔。」

送邦彦北行

比數推前輩，陪從結後緣。川涂即暌隔，詩酒重留連。白鶴歸華表，青牛得老仙。秦山好行脚，倚杖待明年。紫微劉丈雅有游秦之興，故篇中有及。

同冀丈明秀山行

暮景披横幅，山間二老同。雲如愁戍苦，雪亦笑詩窮。古木凍欲折，斷崖行復通。從今胡谷夢，時到水聲中。

同姚公茂徐溝道中聯句

路轉川塗闊，天低雨氣昏。綿山連漢壘，汾水入并門。姚公茂〔一〕。來往頻鞍馬，登臨負酒樽。聯詩强一笑〔二〕，凄絶恐銷魂。元裕之。

【校記】

〔一〕姚公茂：原脱，汲古閣本、《全金詩增補中州集》卷六五注爲「姚」，此從施箋本。末句所注「元裕之」如之。〔二〕笑：原作「吹」，此從汲古閣本、《全金詩增補中州集》、施箋本。

壬子月夕

明月復明月，今年還遠游。關河動歸興，時節重離憂。老眼耿無寐，病身偏覺秋。遥憐小兒女，把酒望東州。

庚子三月十日作

殘夢忘書帙〔一〕，餘寒殢酒杯〔二〕。青銅元懶照，白紵更寬裁。水際時獨往，花邊知幾迴。殷勤雙語燕，應自謝家來。

【校記】

〔一〕忘：汲古閣本作「志」。　〔二〕殢：汲古閣本作「滯」。

七月十六日送馮揚善提領關中三教〔一〕

爲愛秦中好，西遊日苦遲。青雲動高興，白首得新知。道在貧何病，官閑老更宜。相思詩酒社，無計與追隨。

【校記】

〔一〕揚：原作「楊」，此從汲古閣本、施箋本。今按，元耶律楚材《湛然居士文集》卷一〇《和馮揚善九日韻》《和馮揚善韻》亦涉此人。

京兆漕司官居三首

符節推通貴，江山入勝游。名園隨地改，高棟與雲浮。簿領歸閑暇，鶯花接獻酬〔一〕。不知秋夜月，何似庾公樓。

復嶺雲横野，孤峰玉柱天〔二〕。遥知開館日，别破見山錢。夢出紛華外，詩來寂寞邊。亭中誰舉酒，高興想悠然〔三〕。

聞説梅軒好〔四〕，長吟有所思。入簷看瘦影，挂月見横枝。東閣今千載，風流彼一時。西游曾有約〔五〕，到日更題詩。

【校記】

〔一〕接獻酬：《全金詩增補中州集》卷六八作「入唱酬」。〔二〕柱：施箋本作「拄」。〔三〕想：原作「相」，此從諸本。〔四〕聞：原作「間」，此從諸本。〔五〕曾：《全金詩增補中州集》作「會」。

甲寅正月二十三日故關道中三首

雪磵不得過，陽坡如見留〔一〕。林煙常暗澹，木葉自颼飀。齒髮悲行役，鶯花惜舊游。塵埃與風雨，看待幾時休。

千里不易到，三冬須少留。居情猶晉産，去意已雕丘。遠出每爲苦，雄夸還自羞。君心未肯在，應待肯時休。

六十復半十，年年添白頭。秖知詩遣興，未覺酒忘憂。人七因循過〔二〕，元宵塊坐休。殷勤行記上，今日是東州。

【校記】

〔一〕坡：汲古閣本作「陂」，通。〔二〕人七：文淵閣本作「人日」。今按，以《占書》言之，七日占人，故有「人七」説。宋高承《事物紀原》卷一《天生地植一·人日》「東方朔《占書》曰：『歲正月一日占鷄，二日占狗，三日占羊，四日占猪，五日占牛，六日占馬，七日占人，八日占穀。皆晴明温和，爲蕃息安泰之候』；『陰寒慘烈，爲疾病衰耗。』故杜子美詩曰：『元日至人日，未有不陰時。』蓋傷時之言也。」

送閻子實焦和之北上

秦府賢初聚，瀛州路不遥〔一〕。謀謨在廊廟〔二〕，物色到漁樵。布褐豈終隱，旌車不見招〔三〕。春風两黄鵠，老眼看雲霄。

【校記】

〔一〕不：汲古閣本作「匪」。〔二〕謀謨：汲古閣本、《全金詩增補中州集》卷六八作「謨謀」。

〔三〕不：汲古閣本作「匪」，《全金詩增補中州集》、施箋本作「行」。

庫城

浩浩庫城水，岸高知幾尋。踈林護懸險，絶壁入清深。跼步無曠迹，勞歌惟苦音。年年一來此，老我亦何心。

婁生北上

并府虚荒久，大城如廢村。草茅知世故，泉壤隔天閽。六月甘霖浹，一言陰理存。明年佩符節，知有奉春孫。

遣興

几案滿書史，欣然忘百憂。一篇詩遣興，三醆酒扶頭。千載陶元亮，平生馬少游。但留强健在，老矣復何求。

八月并州雁三鄉時作〔一〕。

八月并州鴈，清汾照旅群。一聲驚晚笛，數點入秋雲。滅沒樓中見，哀勞枕畔聞。南來還北去，無計得隨君。

【校記】

〔一〕三鄉：原作「二卿」，刊誤，此從諸本。今按，金有三鄉鎮，隸河南府嵩州福昌縣，見《金史》卷二五《地理志》。另，《遺山先生文集》卷一三《三鄉雜詩》涉及。

示白誠甫

之子吟爆竹，迺公欣樹萱〔一〕。崑山多美玉，江水發初源。名教有樂地，詩書皆雅言。通家吾未老，倚杖望高軒。

【校記】

〔一〕公：汲古閣本、《全金詩增補中州集》卷六八作「翁」。

甲寅十二月四日出鎮陽寄宰魯伯

滹水曉光動，霸橋詩境同〔一〕。衝寒騎瘦馬，認影識衰翁〔二〕。長路風聲裏，孤城雪意中。迴頭歌笑處，凄絶意何窮。

【校記】

〔一〕霸：《全金詩增補中州集》卷六五、施箋本作「灞」。今按，「霸橋」亦作「灞橋」。元駱天驤《類編長安志》卷六《山水·灞水》引《水經注》：「本名滋水，秦穆公改爲霸水。」〔二〕翁：汲古閣本作「公」。

送文生西行

今夜東山月，隨人知幾程。從軍少年事，分手故鄉情〔一〕。渭水風露早，秦川煙樹平。相招有仙掌，無計與君行。

【校記】

〔一〕手：原作「守」，此從汲古閣本、《全金詩增補中州集》卷六八、施箋本。

乙卯十一月往鎮州

村静鳥聲樂，山低鴈影遥。野陰時滉朗，冷雨只飄蕭[一]。涉遠心先倦，衝寒酒易消。紅塵忘南北[二]，渺渺見長橋。《遺山先生文集》卷七。

【校記】

〔一〕冷：《全金詩增補中州集》卷六五作「泠」。〔二〕忘：汲古閣本作「望」。

贈祖唐臣

詩道壞復壞，知言能幾人。陵夷隨世變，巧僞失天真。鬼蜮姦無盡，優伶伎畢陳。謗傷應眥裂，淫褻亦肌淪。珉玉何曾辨，風花秖自新。憐君用幽意，老矣欲誰親。

挽趙參謀二首

偃息參戎幕，敦龐一褐寬。儒宫新俎豆[一]，賓榻老衣冠。石動心寧轉，河清笑自難。殷勤題畫像，留與後生看。一云「留作典刑看」。

篇什中州選，兵間僅補完。風人定誰采，墨本賴君刊。雅道湮沉易，幽光發越難。高門有孫息，玉立看儒冠。

【校記】

〔一〕新：《全金詩增補中州集》卷六八、施箋本作「親」。

嗣侯大總管哀挽二首

北俗資財劲，將軍逈不群。賓筵推雅量，戰艦望奇勳。運隔黄圖日，神馳紫塞雲。祇應吴季子，撫樹惜徐君。

倚伏難前料，乘除忌蚤成。老親如宿昔，世爵見哀榮〔一〕。劍鬱雙龍氣，碑留九虎名。感歌凡幾解，千載賁佳城。

【校記】

〔一〕爵：施箋本作「德」。

答弋唐佐魯山人，有志道學。

遭亂無安地，分憂得若人。鄉鄰存世譜，骨肉到情親。信默餘天粹〔一〕，咀嚅有道真。懷哉沂水上，同詠舞雩春。

【校記】

〔一〕信：《全金詩增補中州集》卷六八作「竊」。

不寐

不寐復不寐，悲吟如自讐。鷄棲因失曉，蟲語苦争秋。日月虚行橐，風霜入敝裘。誰憐庾開府，直欲賦澆愁。

送楊叔能東之相下

海内楊司户，聲名三十秋。文高徒自苦，食盡與誰謀。老檜風霜飽，芳蘭澗壑幽。東游無可慮，敬客有蕭侯。《元遺山詩集》卷七。

新編全金詩卷七九

元好問 八

七言律詩

秋懷〔一〕崧山中作。

凉葉蕭蕭散雨聲，虚堂淅淅掩霜清。黄華自與西風約，白髮先從遠客生。吟似候蟲秋更苦，夢和寒鵲夜頻驚。何時石嶺關頭路，一望家山眼暫明。

【校記】

〔一〕秋：《全金詩增補中州集》卷六五作「詠」。

帝城二首史院夜直作。

帝城西下望孤雲，半廢晨昏媿此身。世俗但知從仕樂，書生只合在家貧。悠悠未了三千牘，碌碌翻隨十九人。預遣兒書報歸日，安排鷄黍約比鄰。

羈懷鬱鬱歲髮髮，擁褐南窗坐晚陰。日月難淹京國久，雲山惟覺玉華深〔一〕。鄰村爛熳鷄黍局，野寺荒凉松竹林。半夜商聲入寥廓，北風黄鵠起歸心。

【校記】

〔一〕玉：《全金詩增補中州集》卷六九作「王」。

僕射陂醉歸即事

多生曾得江湖樂，每見陂塘覺眼明。詩酒共尋前日約，風陰新自夜來晴。春波澹澹沙鳥沒，野色荒荒煙樹平。醉踏扁舟浩歌起，不須紅袖出重城。是日招樂府不至。

春日

里社春盤巧欲争，裁紅暈碧助春情。忽驚此日仍爲客，却想當年似隔生。貧裏虀鹽憐節物，亂來歌吹失歡聲。南州剩有還鄉伴〔一〕，戎馬何時道路清。歐陽詹《春盤賦》「裁紅暈碧，巧助春情」爲韻。

【校記】

〔一〕州：原作「舟」，此從汲古閣本、《全金詩增補中州集》卷六五、施箋本。今按，《遺山先生文集》卷二《九月初霖雨中感寒痺作》「無衣思南州，傷哉非獨今」、卷四《馬嶺》「石門木落風颼颼，僕夫衣單望南州」、卷五《癸卯歲杏花》「南州景氣煖，杏花見紅梅」等，俱見南州。

横波亭爲青口帥賦。

孤亭突兀插飛流，氣壓元龍百尺樓。萬里風濤接瀛海，千年豪傑壯山丘。疎星澹月魚龍夜，老木清霜鴻鴈秋。倚劍長歌一盃酒，浮雲西北是神州。

野菊座主閑閑公命作

柴桑人去已千年，細菊班班也自圓。共愛鮮明照秋色，争教狼藉卧疎煙。荒畦斷壠新霜後，瘦蝶寒螿晚景前。只恐春蘩笑遲暮，題詩端爲發幽妍。

度太白嶺往昆陽〔一〕

斷崖絶壁裂蒼頑，竟日長林窈窕間。舊許煙霞歸白髮，悔隨塵土出青山。飢鼯濈濈催人老，野鶴昂昂羡汝閑。畏景方隆路方永，南風迴首暮雲還。

【校記】

〔一〕太：施箋本作「大」，誤，而箋引辛氏《三秦記》不誤：「太白山在武功縣南，去長安三百里。」

寄希顔二首後一首希顔在徐州幕時作。

僵卧崧丘七見春，商餘歸計一廛新。悠悠華屋高貲意，兀兀田夫野老身。動色雲山如有喜，忘機鷗鳥亦相親。𢈔疏潦倒今如此，樓上元龍莫笑人。

湖海故人仍騎曹，彭門千里入憑高。山頭杜甫長年瘦，樓上元龍先日豪。水落魚龍失歸宿〔一〕，天長鴻鴈獨哀勞。酒船早晚東行辦〔二〕，共舉一杯持兩螯。

【校記】

〔一〕汲古閣本「宿」下有小字注「秀」，爲「星宿」之「宿」字音讀。〔二〕辦：汲古閣本作「辨」；《永樂大典》卷一四三八〇寄字韻引元好問《遺山集》此詩作「便」。

懷益之兄時在閿鄉〔一〕。

牢落關河鴈一聲，干戈滿眼若爲情。三年浪走空皮骨，四海相望只弟兄。黄耳定從秋後到，白頭新自夜來生。西樓日日西州道，欲賦窮愁竟不成。

【校記】

〔一〕閿：原作「闅」，此從汲古閣本、文淵閣本、施箋本。今按，金之閿鄉爲縣，隸南京路陝州，見《金史》卷二五《地理志》。

昆陽二首

古木荒煙集暮鴉，高城落日隱悲笳。并州倦客初投迹，楚澤寒梅又過花。滿眼旌旗驚世路，閉門風雪羡山家。忘憂只有清樽在，暫爲紅塵拂鬢華。

去日黄花半未開，南來忽復見寒梅。淹留歲月無餘物，料理塵埃有此杯。老馬長途良憊矣，白鷗卷水亦悠哉〔一〕。商於説有滄洲趣〔二〕，早晚乾坤入釣臺。

【校記】

〔一〕卷：汲古閣本、《全金詩增補中州集》、施箋本作「春」。〔二〕商於：原作「商餘」，刊誤：「滄洲」原作「滄州」，此從諸本。今按，南朝齊謝朓《謝宣城集》卷三《之宣城郡出新林浦向板橋》：「既歡懷禄情，復協滄洲趣。」

寄西溪相禪師

青鏡流年易擲梭，壯懷從此即蹉跎。門堪羅雀仍未害，釜欲生魚當奈何。萬事自知因懶廢，一官元不校貧多。拂衣明日西溪去，且放雲山入浩歌。

葉縣雨中時崧前旱尤甚。

春旱連延入麥秋，今朝一雨散千憂。龍公有力迴枯槁，客子何心歎滯留。多稼即看連楚澤，歸雲應亦到崧丘。兵塵浩蕩乾坤滿，未厭明河拂地流。

寄答趙宜之兼簡溪南詩老

窗影朧朧納暝陰，風聲浩浩急霜砧。秋鴻社燕飄零夢，潁水崧山去住心〔一〕。黄菊有情留小飲，青燈無語伴微吟。故人憔悴蓬茅晚，料得老懷如我今。

【校記】

〔一〕潁：原作「潁」，此從諸本。

潁亭〔一〕

潁上風煙天地迴，潁亭孤賞亦悠哉。春風碧水雙鷗静，落日青山萬馬來。勝槩消沉幾今昔，中年登覽足悲哀。遠游擬續騷人賦，所惜怱怱無酒杯〔二〕。

【校記】

〔一〕潁：原作「潁」，刊誤，此從諸本。 〔二〕《全金詩增補中州集》詩末注：「三、四二句，又見張希孟《會波樓》詩。蹈襲之病，昔人亦不免耶？」施箋本謂此説出自「顧氏云」，即《元詩選》編纂者清人顧嗣立。

山中寒食

小雨班班浥曙煙〔一〕，平林簇簇點晴川。清明寒食連三月，潁水崧山又一年〔二〕。樂事漸隨花共減，歸心長與鴈相先。平生最有登臨興，百感中來只慨然。

【校記】

〔一〕班班：施箋本作「斑斑」。〔二〕潁：原作「頴」，此從諸本。

楚漢戰處同欽叔賦。

虎擲龍拏不兩存，當年曾此賭乾坤。一時豪傑皆行陣〔一〕，萬古河山自壁門〔二〕。原野猶應厭膏血，風雲長遺動心魂。成名豎子知誰謂，擬喚狂生與細論。

【校記】

〔一〕皆：《全金詩增補中州集》作「多」，注「一作皆」。〔二〕河山：汲古閣本、《全金詩增補中州集》、施箋本作「山河」。

懷叔能

別却楊侯又一年，西風每至輒凄然。酒官未得高安上，詩印空從吏部傳。三沐三薰知有待，一鳴一息定誰先。黃塵憔悴無人識，今在長安若箇邊。

留別仲澤

避俗無機日見侵，逐貧不去巧相尋。半生與世未嘗合，前日入山唯不深。緑水紅蓮慚大府，清泉白石識初心。相思命駕非君事，能寄詩來或賞音。

鄭州上致政賈左丞相公〔一〕時被命就公訪先朝逸事。

黄閣歸來履舄輕，天將五福畀康寧。四朝人物推耆舊，萬古清風在典刑。鄭圃亦能知有道，漢庭久欲訪遺經。帝城此後瞻依近〔二〕，長傍弧南候極星。

【校記】

〔一〕左：原作「右」，此從施箋本。今按，《金史》卷一〇六《賈益謙傳》：貞祐三年，「召爲尚書省右丞」；興定三年八月，「進拜尚書左丞。四年正月，致仕，居鄭州」。而題注「時被命就公訪先朝逸事」，在哀宗正大初，當作「左丞」。〔二〕此後：《遺山先生文集》卷三四《東平賈氏千秋録後記》引此詩作「百里」。

寄答景玄兄

故人相念不相忘，頻着書來約對床。甚喜樵夫與争席，所憂簿吏復登堂。春風和氣隨詩到，洛水秦山引興長。奮袖高談夜窗白，幾時危坐聽琅琅。「簿吏復登堂」，李長吉語〔一〕。景玄去歲大爲催科所困。

【校記】

〔一〕簿吏復登堂李長吉語：施箋本無。

寄辛老子

草堂西望渺煙霞，夢寐西南一逕斜。爲羡鸞凰安枳棘〔一〕，悔將猿鶴入京華。百錢卜肆成都市，萬古詩壇子美家。後日從翁問奇字〔二〕，可能逋客待侯芭〔三〕。

【校記】

〔一〕鸞凰：《全金詩增補中州集》作「鳳鸞」。〔二〕翁：《永樂大典》卷一四三八〇寄字韻引元好問《遺山集》此詩作「公」。〔三〕芭：原作「巴」，此從《全金詩增補中州集》、施箋本。今按，《漢書》卷八七《揚雄傳》下：「時有好事者載酒肴從遊學，而鉅鹿侯芭常從雄居，受其《太玄》《法言》焉。」

後灣別業

薄雲晴日爛烘春，高柳清風便可人。一飽本無華屋念，百年今見老農身。童童翠蓋桑初合，灧灧蒼波麥已勻。便與溪塘作盟約，不應重遣濯纓塵。

劉丈仲通哀挽〔一〕

拙宦深辜遠業期，無兒更結下泉悲。温純如此豈復見，報施言之尤可疑。四葉名家今日盡，百年潛德幾人知。元劉交分平生重，才薄猶堪第二碑。

【校記】

〔一〕丈：原作「文」，此從《全金詩增補中州集》卷六九、施箋本。

會善寺

白塔沉沉插翠微，魏家宫闕此餘基。人生富貴有遺恨，世事廢興無了期。勝槩只今歸鷲嶺，煙花從昔繞龍墀。長松想是前朝物，及見諸孫賦黍離。

寄欽用

顑頷京華苜蓿槃，南山歸興夜漫漫。長門有賦人誰買，坐榻無氈客亦寒〔一〕。蟲臂偶然煩造物，麞頭何者亦求官。故人東望應相笑，世路羊腸乃爾難。

【校記】

〔一〕亦：施箋本作「益」。

楊之美尚書挽章

冠蓋龍門此日空，人知麟出道將窮。景星明月歸天上，和氣春風在眼中。千古孫劉有餘責，一時燕許更誰同。受恩知己無從報，獨爲斯文泣至公。

李屏山挽章二首

世法拘人虱處褌，忽驚龍跳九天門。牧之宏放見文筆，白也風流餘酒尊。落落久知難合在，堂堂元有不亡存。中州豪傑今誰望，擬喚巫陽起醉魂。

談麈風流二十年，空門名理孔門禪。諸儒久已同堅白，博士真堪補太玄。孫況小疵良未害，莊周陰助恐當然。遺編自有名山在，第一諸孤莫浪傳。

内鄉縣齋書事

吏散公庭夜已分，寸心牢落百憂薰。催科無政堪書考，出粟何人與佐軍。飢鼠遶床如欲語，驚烏啼月不堪聞。扁舟未得滄浪去，慚愧春陵老使君。遠祖次山《春陵行》云：「思欲委符節，引竿自刺船〔一〕。」故子美有「興含滄浪清」之句。

【校記】

〔一〕思欲委符節二句：出自唐元結《次山集》卷四《賊退示官吏》，而《春陵行》係另首詩，與《賊退示官吏》同卷，首尾相聯，遺山記誤。

自菊潭丹水還寄崧前故人

臘雪春泥晚未乾，馬迎殘照入荒寒。初無皃鳥將安往〔一〕，正有牛刀恐亦難。倦客不知歸路遠，孤城唯覺暮山攢。黄金鍊出相思句，寄與同聲别後看。

【校記】

〔一〕往：汲古閣本、《全金詩增補中州集》卷六九作「在」。

被檄夜赴鄧州幕府

幕府文書鳥羽輕，敝裘羸馬月三更〔一〕。未能免俗私自笑，豈不懷歸官有程。十里陂塘春鴨鬧，一川桑柘晚煙平。此生只合田間老，誰遣春官識姓名。

【校記】

〔一〕羸：原作「嬴」，刊誤，此從諸本。

馬鄧驛中大雨〔一〕

萬壑千岩一雨齊，先聲噴薄捲湍溪。投林鳥雀不暇顧，移穴蛟龍應自迷。便恐他山藏厚夜，豈知高樹有晴霓。兩江合向西南閧〔二〕，坐想風雲入鼓鼙。馬鄧西南，兩淅水相合處也〔三〕。

【校記】

〔一〕馬鄧：當作「馬蹬」，諸本皆如此，姑仍之。今按，清顧祖禹《讀史方輿紀要》卷五一《内鄉縣》：「馬蹬山，縣西南百六十里。其東南有石穴山、岵山、王子山，綿聯百餘里。宋紹定六年，孟珙破金將武仙于順陽，仙走保馬蹬山。于是順陽及申州、唐州皆來降。」其中，「宋紹定六年」值金末天興二年。

〔二〕闃：汲古閣本、《全金詩增補中州集》卷六九、施箋本作「闋」。〔三〕淅：原作「浙」，此從汲古閣本、施箋本。

除夜

一燈明暗夜如何，夢寐衡門在澗阿〔一〕。物外煙霞玉華遠，花時車馬洛陽多。折腰真有陶潛興，扣角空傳寧戚歌。三十七年今日過，可憐出處兩蹉跎。

【校記】

〔一〕夢寐：施箋本作「寐夢」。

鄧州相公命賦喜雨

輕陰十日暮春前，和氣朝來已沛然〔一〕。河潤定應連上國〔二〕，雲來端合自中天。帥從洛陽移鎮。烽零帶濕閑幽障，麥壠分青入廢田〔三〕。共識使君霖雨手，調元消息在今年。

【校記】

〔一〕已：汲古閣本、施箋本作「雨」。　〔二〕潤：原作「澗」，此從汲古閣本、文淵閣本、施箋本。

〔三〕青：施箋本作「清」。

劉光甫内鄉新居

豸冠平日凛秋霜，老去聲名只閑藏。父老漸來同保社，兒童久已愛文章。蔬隨隙地皆成圃，竹放新梢欲過墻。爲向長安舊遊道，世間元有北窗凉。

西齋夜宴時爲内鄉令〔一〕。

飄零無物慰天涯，酒伴相逢飲倍加。誤謬君當略彭澤，迴旋我亦笑長沙。金釵醉鞾迎春髻〔二〕，銀燭光摇半夜花。只欠東山游録事，不來堅坐看紛譁。叔能、信之、張、杜諸人皆在，而麟之獨不至。

【校記】

〔一〕時爲内鄉令：原脱，據汲古閣本、《全金詩增補中州集》卷六五、施箋本補。　〔二〕醉：《全金詩增補中州集》、施箋本作「翠」。

十月

十月長年見早梅〔一〕，今年二月未全開。春寒春暖花如故，年去年來老漸催。大藥誰傳軒后鼎，習仙虚築漢宫臺。憑君撥置人間事，不負浮生只此杯。

【校記】

〔一〕長：汲古閣本、《全金詩增補中州集》卷六九、施箋本作「常」。早：施箋本作「蚤」。

送吴子英之官東橋且爲解嘲

柴車歷鹿送君東，萬古書生蹭蹬中。良醖暫留王績醉，新詩無補玉川窮。駒陰去我如決驟，蟻垤與誰争長雄。快築糟丘便歸老，世間馬耳過春風。

張主簿草堂賦大雨

淅樹蛙鳴告雨期，忽驚銀箭四山飛。長江大浪欲横潰，厚地高天如合圍。萬里風雲開偉觀，百年毛髮凛餘威。長虹一出林光動，寂歷村墟空落暉。横，去声。

丹霞下院同仲澤鼎玉賦時從商帥軍至南陽〔一〕。

鞍馬怱怱去復還，霜鐘今得見豐山〔二〕。千年香火丹霞老，滿眼興亡白水閑。壯志自憐消客路，深居誰得似禪關。只應頻有西來夢，夜夜青林杳靄間。

【校記】

〔一〕商：原漫漶，此從諸本。〔二〕豐：原作「豊」，刊誤，此從諸本。今按，《金史》卷二五《地理志》：南京路鄧州南陽縣有「豐山」。

春日半山亭游眺

日照春山花滿煙，獨携尊酒此江邊。江流衮衮望不極，世事悠悠私自憐。小草不妨懷遠志，芳蘭誰爲發幽妍。千年石壁留詩在，會有騷人一慨然。

別程女

芸齋淅淅掩霜寒，別酒青燈語夜闌〔一〕。生女便知聊寄託，中年尤覺感悲歡。松間小草栽培穩，掌上明珠棄擲難。明日緱山東畔路，野夫懷抱若爲寬。

【校記】

〔一〕語夜：汲古閣本作「夜語」。

出山

松門石路静無關〔一〕，布韈青鞋幾往還。少日漫思爲世用，中年直欲伴僧閑。塵埃長路仍回首，升斗微官亦强顔。休道西山不留客，數峰如畫暮雲間。

【校記】

〔一〕路：汲古閣本、《全金詩增補中州集》卷六五作「徑」。

謝鄧州帥免從事之辟

憂端擾擾力難任，世事駸駸日見臨。三載素冠容有媿，一時墨經果何心。首丘自擬終殘喘，陟屺誰當辨苦音。遥望朱門涕横落，相公恩德九泉深。

新野先主廟次鄧帥韻。

一軍南北幾扶傷，長坂安行氣已王。豪傑盡思爲漢用，江山初不假吴强〔一〕。两朝元老心雖壯，再世中興事可常。寂寞永安宫畔土，争教安樂似山陽。

【校記】

〔一〕假：文淵閣本作「解」。

石門

兩崖横絶倚山根〔一〕，草逕低迷劣可分。潭影乍從明處見，竹香偏向静中聞。石林萬古不知暑，茅屋四鄰唯有雲。曳杖行歌羨樵叟，此生何計得隨君。

【校記】

〔一〕橫：汲古閣本、施箋本作「懸」，《全金詩增補中州集》卷六五如之，注「一作橫」。

獨峰楊氏幽居

村墟瀟洒帶新晴，落日千山一片青。世外衣冠存大朴〔一〕，雲間鷄犬亦長生〔二〕。清江兩岸多古木，平地數峰如畫屏。惆悵朝陽一茅屋，酒舡茶竈負生平〔三〕。

【校記】

〔一〕大：《全金詩增補中州集》卷六九、施注本、文淵閣本作「太」。〔二〕間：文淵閣本作「門」。

〔三〕生平：《全金詩增補中州集》作「平生」。

渡湍水湍，作專呼，見《水經》。

悠悠人事眼中新，悄悄孤懷百慮紛。伎倆本宜閑處着，姓名誰遣世間聞。秋江澹沱如素練，沙浦空明行暮雲。早晚扁舟載煙雨，移家來就野鷗群。

十日登豐山〔一〕

十日登高發興新，豐山孤秀出塵氛。村墟帶晚鴉噪合，林壑得霜煙景分。芳臭百年隨變滅，短長千古只紛紜。詩成一嘆無人會，白水悠悠入暮雲。

【校記】

〔一〕豐：原作「豊」，此從諸本。

岐陽三首

突騎連營鳥不飛，北風浩浩發陰機。三秦形勝無今古，千里傳聞果是非。偃蹇鯨鯢人海涸，分明蛇犬鐵山圍。窮途老阮無奇策，空望岐陽淚滿衣。

百二關河草不横〔一〕，十年戎馬暗秦京。岐陽西望無來信，隴水東流聞哭聲。野蔓有情縈戰骨，殘陽何意照空城。從誰細向蒼蒼問，爭遣蚩尤作五兵。

耽耽九虎護秦關，懦楚孱齊机上看。禹貢土田雄陸海〔二〕，漢家封徼盡天山〔三〕。北風獵獵悲笳發，渭水瀟瀟戰骨寒。三十六峰長劍在，倚天仙掌惜空閑〔四〕。

【校記】

〔一〕不：《全金詩增補中州集》卷六五作「木」。〔二〕推：原作「雄」，此從諸本。〔三〕徼：原作「檄」，此從汲古閣本、文淵閣本、施箋本。今按，《史記》卷九一《黥布列傳》：「分卒守徼乘塞」。唐司馬貞索引：「徼謂邊境亭鄣。以徼繞邊陲，常守之也。」盡，《全金詩增補中州集》作「自」，注「一作盡」。〔四〕惜：汲古閣本作「借」。

圍城病中文舉相過

擾擾長衢日往回，病中聊得避喧埃。愁多頓覺無詩思，計拙唯思近酒盃。潘岳鏡中渾白髮，江淹門外即蒼苔。生涯若被傍人問〔一〕，但説經年鼠不來。

【校記】

〔一〕傍：汲古閣本、施箋本作「旁」，通。

讀靖康僉言

浚郊沙海浩茫茫，河廣纔堪一葦航〔一〕。顛沛且當懲景德，規模何必罪朱梁。滄溟不掩蛟龍窟，大地同歸雀鼠鄉。三百年間幾降虜〔二〕，長星無用出光芒。

【校記】

〔一〕航：文淵閣本作「杭」，通。今按，《詩・衛風・河廣》：「誰謂河廣，一葦杭之。」〔二〕降虜：《全金詩增補中州集》卷六九作「降寇」，文明淵閣本作「陵谷」。

雨後丹鳳門登眺

絳闕遥天霽景開，金明高樹晚風迴。長虹下飲海欲竭，老鴈叫群秋更哀〔一〕。劫火有時歸變滅，神嵩何計得飛來。窮途自覺無多淚，莫傍殘陽望吹臺。

【校記】

〔一〕群：《全金詩增補中州集》卷六五作「雲」，注「一作群」。

京居辛卯八月六日作

四壁秋蟲夜語低，南窗孤客枕頻移。野情自與軒裳隔，旅食難堪日月遲。平子歸田元有約，魏舒襆被恐無期。一莖白髮愁多少，慚愧家人賦戾虖。

浩然師出圍城賦鶴詩爲送

夢寐西山飲鶴泉，羡君歸興渺翩翩。昂藏自有林壑態，飲啄暫隨塵土緣。遼海故家人幾在，華亭清唳世空憐〔一〕。明年也作江鷗去，水宿雲飛共一天。

【校記】

〔一〕唳：原作「淚」，此從諸本。今按，《晉書》卷五四《陸機傳》：「既而歎曰：『華亭鶴唳，豈可得聞乎？』遂遇害於軍中。」

追用座主閑閑公韻上致政馮内翰二首

峻坂平生幾疾驅，歸休甫及引年初。東門太傅多祖道〔一〕，北闕詩人休上書。皂櫪老歸千里驥，白雲閑釣五溪魚。非熊有兆公無恙，會近君王六尺輿。

草堂人物列仙臞，萬壑松風酒一壺。少日打門無俗客，老年争席有樵夫。巨源不入竹林選，元亮偶成蓮社圖。野史他年傳耆舊，風流一一似公無。

【校記】

〔一〕傅：原作「傳」，此從諸本。今按，《漢書》卷七一《疏廣傳》：廣爲太傅，上書乞骸骨，「公卿大夫故人邑子設祖道，供張東都門外」。

懷秋林別業

茅屋瀟瀟淅水濱，豈知身屬洛陽塵。一家風雪何年盡，二頃田園入夢頻。高樹有巢鳩笑拙，空墻無穴鼠嫌貧。西南遥望腸堪斷，自古虚名只悞人。

壬辰十二月車駕東狩後即事五首

翠被葱葱見執鞭，戴盆鬱鬱夢瞻天。只知河朔歸銅馬，又説臺城墮紙鳶。血肉正應皇極數，衣冠不及廣明年。何時真得携家去，萬里秋風一釣舡。

慘澹龍蛇日鬬争，干戈直欲盡生靈〔一〕。高原水出山河改，戰地風來草木腥。精衛有冤填瀚海，包胥無淚哭秦庭。并州豪傑今誰在〔二〕，莫擬分軍下井陘。

鬱鬱圍城度兩年，愁腸飢火日相煎。焦頭無客知移突，曳足何人與共舡。白骨又多兵死鬼，青山元有地行仙。西南三月音書絶，落日孤雲望眼穿。

萬里荆襄入戰塵，汴州門外即荆榛。蛟龍豈是池中物，蟣虱空悲地上臣。喬木他年懷故國，野煙何處望行人。秋風不用吹華髮，滄海横流要此身。

五雲宫闕露盤秋，銀漢無聲桂樹稠。複道漸看連上苑，戈船仍擬下揚州。曲中青冢傳新怨，夢裹華胥失舊遊。去去江南庾開府，鳳凰樓畔莫迴頭。

【校記】

〔一〕直欲：《全金詩增補中州集》作「真欲」。今按，《遺山先生文集》屢見此語，如卷五《送弋唐佐還平陽》「愛君直欲抵死留」、卷七《不寐》「直欲賦澆愁」、卷八《出山》「中年直欲伴僧閑」，等等。

〔二〕今：汲古閣本、施箋本作「知」，《全金詩增補中州集》如之，注「一作今」。

永寧南原秋望

浩浩西風入敝衣，茫茫野色動清悲。洗開塵漲雨纔定，老盡物華秋不知。烽火苦教鄉信斷〔一〕，砧聲偏與客心期。百年人事登臨地，落日飛鴻一線遲。

【校記】

〔一〕苦：文淵閣本作「若」。

中秋雨夕 商帥國器筵中作。

南樓高興在胡床〔一〕，十日秋陰負一觴。庾老未應妨嘯詠，素娥多自怨昏黄。此生此夜不長好，行雨行雲有底忙。却恐哦詩太愁絶，且燒銀燭看紅粧。

【校記】

〔一〕胡：《全金詩增補中州集》卷六九作「匡」。

癸巳四月二十九日出京

塞外初捐宴賜金，當時南牧已駸駸。只知灞上真兒戲，誰謂神州遂陸沉〔一〕。華表鶴來應有語，銅槃人去亦何心。興亡誰識天公意，留着青城閲古今。國初，取宋於青城受降。

【校記】

〔一〕遂：《全金詩增補中州集》卷六五作「竟」，注「一作遂」。

喜李彦深過聊城

圍城十月鬼爲鄰，異縣相逢白髮新。恨我不如南去鴈，羡君獨是北歸人。言詩匡鼎功名薄，去國虞翻骨相屯。老眼天公只如此〔一〕，窮途無用説悲辛。

【校記】

〔一〕眼：汲古閣本作「恨」。

與張杜飲〔一〕

故人寥落曉天星，異縣相逢覺眼明。世事且休論向日，酒尊聊喜似承平。山公倒載群兒笑，焦遂高談四座驚。轟醉春風一千日，愁城從此不能兵。

【校記】

〔一〕施注本詩題下有注：「即仲經、仲梁」。

秋夕

小簟涼多睡思清〔一〕，一窗風雨送秋聲。頻年但覺貂裘敝，萬古何曾馬角生。寄食且依嚴尹幕，附書誰往鄧州城〔二〕。澆愁欲問東家酒〔三〕，恨殺寒鷄不肯鳴。

【校記】

〔一〕簟：原作「簞」，此從諸本。〔二〕往：汲古閣本作「住」。〔三〕澆：《全金詩增補中州集》卷六五作「洗」，注「一作澆」。

夢歸

顦顇南冠一楚囚，歸心江漢日東流。青山歷歷鄉國夢，黄葉瀟瀟風雨秋。貧裏有詩工作祟，亂來無淚可供愁。殘年兄弟相逢在，隨分虀鹽萬事休。

白屋

白屋寒多愛夕曛，静中歸思益紛紛。長門誰買千金賦，祖道虚陳五鬼文〔一〕。地盡更無錐可置，竈閑惟覺井長勤。明年准擬萊蕪住，寄謝東鄰范史雲。

【校記】

〔一〕陳：《全金詩增補中州集》卷六九、施箋本作「傳」。

淮右

淮右城池幾處存，宋州新事不堪論。輔車謾欲通吴會，突騎誰當擣薊門。細水浮花歸别澗，斷雲含雨入孤村。空餘韓偓傷時語〔二〕，留與纍臣一斷魂〔二〕。

【校記】

〔一〕偓：原作「渥」，此從《全金詩增補中州集》卷六五、文淵閣本、施箋本。今按，《新唐書》卷一八三

《韓偓傳》記載清楚」語，《全金詩增補中州集》作「淚」，注「一作語」。〔三〕施箋本詩末注：「顧氏云：『五六全用韓致光語，即以結聯標出，自成一體。遺山詩用前人成語極多，陶杜句尤甚。又未可以此例槩之也。』」顧氏即清人顧嗣立，《元詩選》編纂者。

徐威卿相過留二十許日將往高唐同李輔之贈别二首

衣冠八座文昌府，襆被三年同舍郎。蕩蕩青天非向日，蕭蕭春色是他鄉。傷時賈誼頻流涕，卧病王章自激昂。保社追隨有成約，不應關塞永相望。

東南人物未彫零，和氣春風四座傾。但喜詩章多俊語，豈知談笑得新名。二年阻絶干戈地〔一〕，百死相逢骨肉情。别後相思重迴首，杏花尊酒記聊城。

【校記】

〔一〕二：《全金詩增補中州集》卷六九作「三」。今按，自癸巳正月（天興二年、一二三三），汴京守將崔立降蒙古；四月，遺山等出京，被驅聊城；六月，河南陷落，徐世隆威卿奉母北渡河。至甲午正月（天興三年、一二三四），蔡州破，金亡。其時，遺山與威卿天各一方，故詩稱「二年阻絶干戈地」。

即事

逆豎終當鱠縷分，揮刀今得快三軍。燃臍易盡嗟何及，遺臭無窮古未聞。京觀豈當誣翟義，衰衣自合從高勳。秋風一掬孤臣淚，叫斷蒼梧日暮雲。

望王李歸程

一褐霜寒晚思孤，眼中行李見歸途。虞卿仲子死不朽，石父晏嬰今豈無。義士龍沙元咫尺，纍臣駒隙自舒徐。何時斗酒歡相勞，驚看燕家頭白烏。

秋夜

九死餘生氣息存，蕭條門巷似荒村。春雷謾説驚坯户，皎日何曾入覆盆。濟水有情添别淚，吴雲無夢寄歸魂。百年世事兼身事，尊酒何人與細論。

甲午除夜

暗中人事忽推遷，坐守寒灰望復燃。已恨太官餘麯餅〔一〕，争教漢水入膠船。神功聖德三千牘，大定明昌五十年。甲子兩週今日盡，空將衰淚洒吴天。

【校記】

〔一〕太：文淵閣本作「大」。

乙未正月九日立春

十度新正九處家，今年癡坐轉堪嗟。一冬殘雪不肯盡，連日苦寒殊未涯〔一〕。重碧總誇燕市酒，小紅誰記上林花。殘魂零落今無幾，乞與春風惱鬢華〔二〕。

【校記】

〔一〕寒：《全金詩增補中州集》卷六五作「陰」，注「一作寒」。〔二〕《全金詩增補中州集》詩末注：「《甲午除夜》詩云：『甲子兩周今日盡，空將衰淚灑吴天。』是時金已亡故也。」

杏花落後分韻得歸字

獺髓能醫病頰肥，鸞膠無那片紅飛。殘陽淡淡不肯下，流水溶溶何處歸。煮酒青林寒食過〔一〕，明粧高燭賞心違。寫生正有徐熙在，漢苑招魂果是非。

【校記】

〔一〕青：原作「清」，此從汲古閣本、《全金詩增補中州集》卷六九、施箋本。另，元蘇天爵《元文類》卷六録此詩亦作「青」。

三仙祠

三仙祠下往來頻，憔悴征衫滿路塵。簫鼓未休寒食酒，樵蘇時見舊都人。吹殘芳樹紅仍在，碾破平田緑已勻〔一〕。西北并州隔千里，幾時還我故鄉春。

【校記】

〔一〕碾：原作「展」，此從施箋本。破：汲古閣本作「放」，《全金詩增補中州集》如之，注「一作破」。

送輔之仲庸還大梁

驊騮争道渺翩翩，誰遣風塵失壯年。四壁舊聞懸罄宅〔一〕，一囊今有賣書錢。淋浪别酒青燈夜〔二〕，滅沒孤帆落照邊。想得還家過春半，故山喬木滿蒼煙〔三〕。

【校記】

〔一〕壁：原作「璧」，此從汲古閣本、《全金詩增補中州集》卷六五、施箋本。「罄」原作「聲」，《全金詩增補中州集》卷六五、施箋本作「磬」，此從汲古閣本、文淵閣本。今按，懸罄亦作懸磬。《柳宗元集》卷四二《同劉二十八哭呂衡州兼寄江陵李元二侍御》：「三畝空留懸罄室，九原猶寄若堂風。」宋王禹偁《小畜集》卷二一《陳情表》：「四海無立錐之地，一家有懸罄之憂。」〔二〕浪：《全金詩增補中州集》如之，注「一作濤」。〔三〕山：汲古閣本、施箋本作「都」，《全金詩增補中州集》如之，注「一作山」。

繡江汎舟有懷李郭二公〔一〕

荷花如錦水如天，狼籍秋香擁畫船。長白風煙最瀟洒，外臺賓主重留連。勝遊每恨隔千里，樂事便當論百年。咫尺西州兩詩客，不來同作飲中仙。

【校記】

〔一〕二公：《全金詩增補中州集》卷六九作「兩公」。

送杜子

洛陽塵土化緇衣，又見孤雲着處飛。北渚曉晴山入座，東園春好妓成圍〔一〕。來鴻去燕三年別，深谷高陵萬事非。轟醉春風有成約，可能容易話東歸。

【校記】

〔一〕東園：原作「東原」，此從汲古閣本。今按，《遺山先生文集》卷九《出東平》：「東園花柳西湖水，剩着新詩到處誇。」

眼中

眼中時事益紛然，擁被寒窗夜不眠。骨肉他鄉各異縣，衣冠今日是何年。枯槐聚蟻無多地，秋水鳴蛙自一天。何處青山隔塵土，一庵吾欲送華顛。

送杜招撫歸西山杜亂後爲黄冠師。

少日先聲懾虎貔，只今騎馬欲雞棲。邯鄲枕上人初覺，秋水篇中物已齊。父老樵漁知有社〔一〕，將軍桃李自成蹊。因君喚起思鄉意，君在西山我更西。

【校記】

〔一〕社：原作「杜」，此從諸本。

寄欽止李兄

征車南北轉秋蓬，關塞相望兩禿翁。衮衮便當隨世路，悠悠難復倚天公。銅駝荆棘千年後，金馬衣冠一夢中。尊酒雲州古城下，幾時携手哭春風〔一〕。

【校記】

〔一〕哭：《永樂大典》卷一四三八〇寄字韻引元好問《遺山集》此詩作「笑」。

有寄

飛鴻來處是營平，喜向斜封見姓名。千里吕安思叔夜，五更殘月伴長庚。關河秋興風景暮，長路渴心塵土生。南渡詩人吾未老，幾時同醉鳳凰城。

鎮州與文舉百一飲

翁仲遺墟草棘秋，蒼龍雙闕記神州。只知終老歸唐土，忽漫相看是楚囚〔一〕。日月盡隨天北轉，古今誰見海西流。眼中二老風流在，一醉從教萬事休。

【校記】

〔一〕看：《全金詩增補中州集》卷六五作「逢」，注「一作看」。

別王使君丈從之

謝公每見皆名語，白傅相看只故情。尊酒風流有今夕，玉堂人物記升平。泰山北斗千年在〔一〕，和氣春風四座傾。別後殷勤更誰接，只應偏憶老門生。

【校記】

〔一〕泰：原作「太」，此從《全金詩增補中州集》卷六九。今按，「太」與「泰」通，以特定山名言之，當作「泰」。

寄汴禪師〔一〕師舊隱濟源。

白頭歲月坐詩窮，止有相逢一笑同。齋粥空踈想君瘦，冠巾收斂定誰公。夢魂歷歷山間路，世事悠悠耳外風。見説懸泉好薇蕨，草堂知我是鄰翁。時汰逐釋老家甚急，故有「冠巾收斂」之句〔二〕。

【校記】

〔一〕汴：原作「沶」，此從諸本。今按，《遺山先生文集》卷七《汴禪師自斲普照瓦爲研以詩見餉爲和》

二首、《贈汴禪師》涉及。〔三〕冠巾：原作「巾冠」，此從汲古閣本、《全金詩增補中州集》、施箋本。

衛州感事二首

神龍失水困蜉蝣，一舸倉皇入宋州〔一〕。紫氣已沉牛斗夜，白雲空望帝鄉秋。劫前寶地三千界，夢裏瓊枝十二樓。欲就長河問遺事，悠悠東注不還流。

白塔亭亭古佛祠，往年曾此走京師。不知江令還家日，何似湘纍去國時。離合興亡遽如此，棲遲零落竟安之。太行千里青如染，落日欄干有所思〔二〕。落日，一作獨凭。

【校記】

〔一〕皇：《全金詩增補中州集》卷六五作「惶」，通。〔二〕落日、欄：落日，《全金詩增補中州集》、施箋本詩末注「一作獨凭」；欄，《全金詩增補中州集》、施箋本作「闌」。

望蘇門

諸父當年此往還，客衣塵土淚班班〔一〕。太行秀發眉宇見，老阮亡來尊俎閑。出岫暮雲歸有處，投林孤鶴杳難攀。湧金亭上秋如畫，興在青林杳靄間。《遺山先生文集》卷八。

【校記】

〔一〕班班：汲古閣本、《全金詩增補中州集》卷六九、施箋本作「斑斑」。

新編全金詩卷八〇

元好問　九

七言律詩

望嵩少二首

嵩少飛來崑閬山，山家茅屋翠微間。鷄豚鄉社相勞苦，花木禪房時往還。結習尚餘三宿戀，殘年多負半生閑。長河一葦人千里，望斷西城碧玉環。

飲鶴池邊萬木稠，養龍崖上五峰秋。藤垂絶壁雲添潤〔一〕，澗落哀湍雪共流。田父占年驚玉斾，詩仙留迹嘆崑丘。西風落日山陽道，空對紅塵憶舊遊。飲鶴池在緱山，養龍崖在五乳峰下。

【校記】

〔一〕壁：原作「璧」，此從諸本。

懷州子城晚望少室

河外青山展卧屏，并州孤客倚高城。十年舊隱抛何處，一片傷心畫不成。谷口暮雲知鄭重，林梢殘照故分明。洛陽見説兵猶滿，半夜悲歌意未平。

别覃懷幕府諸君二首

王後盧前舊往還，江東渭北此追攀。百年人物存公論，四海虚名只汗顔。詩酒聊堪慰華髮，衡茅終擬共青山。相思後日并州夢，常在瑶林照映間〔一〕。

太行醲秀在山陽，嵇阮經行舊有鄉。林影池煙設清供，物華天寳借餘光。承平故事嗟猶在，雅詠風流豈易忘。稍待秋風入凉冷〔二〕，百壺吾欲醉籌堂。河内有七賢鄉。

【校記】

〔一〕在：汲古閣本作「住」。　〔二〕稍：汲古閣本作「梢」。

羊腸坂

浩蕩雲山直北看，凌兢羸馬不勝鞍。老來行路先愁遠，貧裏辭家更覺難〔一〕。衣上風沙歎憔悴，夢中燈火憶團圞。憑誰爲報東州信，今在羊腸百八盤。

【校記】

〔一〕更覺：文淵閣本作「覺更」。

高平道中望陵川二首此縣先隴城府君泰和中舊治〔一〕。

列宿澄明墨綬尊，中臺良選到名門〔二〕。來時珥筆誇健訟，去日攀車餘淚痕。一片青山幾今昔，百年華屋記生存。泰和遺老今誰在，向道甘棠有子孫。

鈴閣文書到酒巵，諸曹小吏亦抄詩。座中佳客無虛日，簾下歌童盡雅辭。棠棣有花移舊巧，櫻桃和露鞸繁枝。書郎零落頭今白，腸斷荷衣出拜時。棠棣櫻桃，皆當時事。

【校記】

〔一〕泰：原作「太」，此從《全金詩增補中州集》卷六九、施箋本。今按，「泰」與「太」通。以特定年號論之，不當用通假字。〔二〕名：汲古閣本作「明」。

野谷道中懷昭禪師

行行汾沁欲分疆，漸喜人聲挾兩鄉。野谷青山空自繞，金城白塔已相望。湯翻豆餅銀絲滑，油點茶心雪蘂香。説向阿師應被笑，人生生處果難忘。

太原

夢裏鄉關春復秋，眼明今得見并州。古來全晉非無策，亂後清汾空自流。南渡衣冠幾人在，西山薇蕨此生休。十年弄筆文昌府，争信中朝有楚囚。

外家南寺在至孝社，予兒時讀書處也。

鬱鬱秋梧動晚煙〔一〕，一庭風露覺秋偏。眼中高岸移深谷，愁裏殘陽更亂蟬。去國衣冠有今日，外家梨栗記當年。白頭來往人間徧，依舊僧窗借榻眠。

【校記】

〔一〕秋：汲古閣本、《全金詩增補中州集》卷六五作「楸」。

追賦定襄周帥夢卿家秋日牡丹

千古吳中富貴家，秋風吹送洛陽花。真妃鏡裏春難老，玉女車邊日易斜。紀瑞定誰增舊譜，换根元自有靈砂。來遲不及西堂宴，猶想分香入棣華。周有棣華堂。

桐川與仁卿飲

瀟瀟茅屋繞清灣，四面雲開碧玉環。已分故人成死别，寧知尊酒對生還。風流豈落正始後，詩卷長留天地間。海内斯文君未老〔一〕，不須辛苦賦囚山。

【校記】

〔一〕君：《全金詩增補中州集》作「吾」。

過濁鹿城與趙尚賓談山陽舊事

廢邑蕭條落照邊，山陽遺迹世空傳〔一〕。肺腸未潰猶可活，灰土已寒寧復然。負鼎運來元有力，考槃人去更堪憐。因君憶得曹瞞事，銅雀臺荒又幾年。

【校記】

〔一〕世：汲古閣本、《全金詩增補中州集》卷六九作「是」。

官園探梅同康顯之賦

柳麥榆椒寂寞邊，盡饒梅事得春偏。留残瘦骨猶堪畫，未展幽香已可憐。千里移根自何許〔一〕，數枝臨水記當年。開時重約花前醉，試手東風第一篇。

【校記】

〔一〕何：《全金詩增補中州集》卷六九作「可」。

十二月十六日還冠氏十八日夜雪

少日鶱飛掣臂鷹〔一〕，只今癡鈍似秋蠅。躭書業力貧猶在，涉世筋骸老不勝。千里關河高骨馬，四更風雪短檠燈。一鉼一鉢平生了，慚愧南窗打睡僧。

【校記】

〔一〕鶱：原作「騫」，此從《全金詩增補中州集》卷六九、施箋本。

别康顯之

玉川文字五千卷，鄭監才名四十年。誰謂華高吾豈敢，耻居王後子當然。河亭笑語歸陳迹，里社追隨失後緣。後夜并州月千里，南窗尊酒且留連。

寄楊飛卿

客夢悠悠信轉蓬，藜床殷殷動晨鐘。西風白髮三千丈，故國青山一萬重。沙水有情留過鴈，乾坤多事泣秋蟲〔一〕。三間老屋知何處，慚愧雲間陸士龍。

【校記】

〔一〕蟲：文淵閣本作「蛩」。

雨夜

夢裏孤蓬雨打秋，茅齋元更小於舟。無錢正坐詩作祟，識字重爲時所讐。千里謾思黄鵠舉〔一〕，六年真作賈胡留。并州北望山無數，一夜砧聲人白頭。

【校記】

〔一〕謾：汲古閣本、《全金詩增補中州集》卷六九作「漫」。

東平送張聖與北行

天山曾望使車還，官柳青青此重攀。去國衣冠元易感，中年親友更相關。篇雲自可無千里，隱霧難教見一斑〔一〕。海内文章在公等，兼謂李主簿仁卿〔二〕。不應空老道途間。

【校記】

〔一〕難：汲古閣本、《全金詩增補中州集》卷六九作「誰」。〔二〕兼謂李主簿仁卿：原脱，據汲古閣本、《全金詩增補中州集》、施箋本補。

别張御史特立字文舉。

晚學天教及老成，翰林詩裏羡鴻冥。馮内翰丈贈御史詩〔一〕有「鴻冥雉媒」之句。簞瓢此日歸顔巷，銅墨當時動漢庭。華衮謾勞紆直筆，御史見貽之作〔二〕，過有褒拂。絳帷無復與横經。秖應千里并州道，常並虚危候德星。

【校記】

〔一〕丈：原作「父」，汲古閣本作「文」，此從施箋本。今按，遺山詩屢見稱年輩高者爲「丈」。

〔二〕作：原作「行」，此從施箋本；見貽之作，汲古閣本作「見始之付」。另，《全金詩增補中州集》卷六九此句脱。

出東平

老馬淩兢引席車，高城回首一長嗟。市聲浩浩如欲沸，世路悠悠殊未涯。潦倒本無明日計，往來空置六年家。東園花柳西湖水，剩着新詩到處誇。

再到新衛

蝗旱相仍歲已荒，伶俜十口值還鄉。空令姓字喧時輩，不救飢寒趍路傍。行帳馬嘶塵澒洞，空村人去雨淋浪。河平千里筋骸盡，更欲驅車上太行。

别冠氏諸人戊戌秋八月初二日。

東舍茶渾酒味新，西城紅艷杏園春。衣冠會集今爲盛，里社追隨分更親。分手共傷千里别，低眉常愧六年貧。他時細數平原客，看到還鄉第幾人。

入濟源寓舍戊戌八月二十二日。

未辨驅車上太行，主人留此避風霜。遺編墜簡文章爛，糲食麤衣歲月長。奮迅舊嫌扶老杖，龍鍾今屬負暄牆。睡中剌剌聞人語[一]，季子金多過洛陽。

【校記】

[一]剌剌：原作「刺刺」，此從施箋本。

鎮平縣齋感懷

四十頭顱半白生，静中身世兩關情。書空咄咄知誰解，擊缶嗚嗚却自驚。老計漸思乘欵段，壯懷空擬漫峥嶸。西窗一夕無人語，挑盡寒燈坐不明。

野菊再奉座主閑閑公命作

晚景蕭踈畫不成[一]，晚花作意出繁英。鮮明獨向霜露見，爛熳却隨蒿艾生。南國騷人知有待，西風胡蝶更多情。南山正在悠然處，安得芳樽與細傾。

【校記】

〔一〕蕭：原作「瀟」，此從《全金詩增補中州集》卷六九、施箋本。

五月十二日座主閑閑公諱日作

厝火誰能捄已然，直教憂疾送華顛。贈官不暇如平日，草詔空傳似奉天。故壘至今埋恨骨，遺宗何力起新阡。門生白首渾無補，陸氏莊荒又一年。

四哀詩

李欽叔

赤縣神州坐陸沉，金湯非粟禍侵尋。當官避事平生耻，視死如歸社稷心。文采是人知子重，交朋無我與君深。悲來不待山陽笛，一憶同衾淚滿襟。

冀京父

先公藻鑑識終童，曾拔崑山玉一峰。不見連城沽白璧〔一〕，蚤聞烈火燎黄琮。重圍急變紛紛口，九地忠魂耿耿胸。欲吊南雲無覓處〔二〕，士林能不泣相逢。

李長源

冀都事死東州禍，李翰林亡陝府兵。方爲騷人箋楚些，更禁書客墮秦坑。石苞本不容孫楚，黄祖安能貸禰衡。同甲四人三横貫，此身雖在亦堪驚。

王仲澤

太學聲華弱冠馳，青雲岐路九霄飛。上前論事龍顔喜，幕下籌邊犬吠稀。壯志相如頭碎柱，赤心嵇紹血沾衣。從來聖牘褒忠義，誰爲幽魂一發輝〔三〕。

【校記】

〔一〕不：原作「木」，刊誤，此從諸本。　〔二〕南雲：汲古閣本作「雲南」。另，施箋本以爲「南雲」唐人，且引《新唐書》卷一九二《忠義傳·許遠》所附「南霽雲」，謂嘗冒死助力許遠守睢陽云。今按，詩中南雲指金末名士王予可，其字南雲，吉州人。嗜酒落魄，詩文多奇語，字畫峭勁。遭壬辰圍城之難，下落不明。《中州集》卷九《王先生予可》、金劉祁《歸潛志》卷六、《金史》卷一二六《文藝傳》俱記其事迹。　〔三〕輝：《全金詩增補中州集》、施箋本作「揮」。今按，清查慎行《初白庵詩評》卷中《元遺山》：「輝，當作揮。」姑仍之，以備參考。

過詩人李長源故居

楚些招魂自往年，明珠真見抵深淵。巨鰲有餌雖堪釣，怒虎無情可重編。千丈氣豪天也妬，七言詩好世空傳。傷心鸚鵡洲邊淚，却望西山一泫然。

己亥十一月十三日雪晴夜半讀書山東龕看月

四山寒雪夜深明，未恨崔嵬失舊青。青女有功加粉澤，素娥無意惜娉婷。微雲河漢非人世，太古鴻荒見典刑。剩着新詩記今夕，年年來醉半山亭。

明日作

晴光晃漾入危闌，萬象都歸一色看。摇筆尚堪凌浩蕩，舉盃誰與慰荒寒。化成銀界清凉近，散盡冰花碧海乾。後夜霜空月輪滿，可無秦女共驂鸞。

杏花二首庚子歲南庵賦。

芳樹春融絳蠟凝〔二〕，春風寂寞掩柴荆。畫眉盧女嬌無奈，齲齒孫娘笑不成。已怕宿粧添蝶粉，更堪煖蘂鬧蜂聲。一般踈影黄昏月，獨愛寒梅恐未平。

一穗蘆鞭一穗塵，西園紅艷眼中新。帽簷分去家家喜，酒面飛來片片春。梅柳幾曾同故事，櫻桃纔得綴芳辰。荒城此日腸堪斷，老却探花筵上人。

【校記】

〔一〕蠟：原作「蝎」，「蠟」之俗字，此從汲古閣本、《全金詩增補中州集》卷六五。

醉後

蚤歲披書手不停，中年所得是忘形。天公不禁人間酒〔一〕，崔瑗虚留座右銘。身後山丘幾春草，醉來日月兩秋螢。柴門老雨青苔滿〔二〕，一醉狂歌且自聽〔三〕。

【校記】

〔一〕酒：《全金詩增補中州集》卷六九作「醉」。〔二〕老：汲古閣本、《全金詩增補中州集》作「苦」。〔三〕醉：汲古閣本、《全金詩增補中州集》、施箋本作「解」。

賦南中楊生玉泉墨墨不用松煙，而用燈煤。

萬竈玄珠一唾輕，客卿新以玉泉名。御團更覺香爲累，冷劑休誇漆點成。浣袖秦郎無藉在，畫眉張遇可憐生。宫中以張遇麝香小團爲畫眉墨。晴窗弄筆人今老，孤負松風入硯聲。

贈張文舉御史

安穩藜床坐欲穿，合教絶學到真傳。清貧自苦知何負，神理無憑恐未然。麋乳尚憐孤竹餓，龍頭誰識管寧賢。無窮白日青天在，曾有先生引鏡年。先生新失明。

寄答飛卿

一首新詩一紙書，喜於滄海得遺珠。古來獻玉猶難售〔一〕，此日聞韶本不圖。白雪任教春事晚，青天終放月輪孤〔二〕。并州命駕纔千里，嵇呂風流未可無〔三〕。

【校記】

〔一〕難：《全金詩增補中州集》卷六九作「無」。〔二〕終：《永樂大典》卷一四三八〇寄字韻引元好問《遺山集》此詩作「中」。〔三〕嵇：原作「稽」，此從諸本。

留别龍興汴禪師普照鑑禪師

十年不見木庵師，二老相從又一時。俚曲只知無白雪，遺音誰謂有朱絲。書難盡信何如默，人各爲家枉自私。三月春風滿桃李，青青留看歲寒枝。

赤石谷〔一〕

林罅陰崖霧杳冥，石根寒溜玉玎玲。雲來朔漠疑秋早，山近清凉覺地靈。静愛鳥聲存野調，鬧嫌人跡帶塵腥。南臺説有金銀氣，可是并汾處士星。繫舟山，僧徒謂之小五臺，九月中時有景星如佛光云。

【校記】

〔一〕赤石谷：汲古閣本作「赤谷口」，《全金詩增補中州集》卷六五作「赤石」。

贈楊君美之子新甫

書林頭白坐吟呻，青佩横經更幾人。總角未逢韓吏部，伏膺先就楚靈均。岳蓮盡發三峰秀，玉樹初開二月春〔一〕。看取楊家伯男子，今年天壤姓名新。

【校記】

〔一〕開、二：開，汲古閣本、《全金詩增補中州集》卷六九作「臨」，施箋本作「含」；「二」原作「三」，此從諸本。

濦亭同麻知幾賦

零落棲遲復此遊，一尊聊得散覊愁。天圍平野莽無際，水遶孤城閑不流。元是「深」字，知幾請予改作「閑」字〔一〕。柳意漸迴淮浦煖，鴈聲仍帶塞門秋。登高望遠令人起〔二〕，欲買煙波無釣舟。

【校記】

〔一〕請：施箋本作「謂」。〔二〕望遠：《全金詩增補中州集》卷六五作「遠望」。

答公茂

文昌除目入驚看，似覺規摹到漢官〔一〕。冀北已空天下馬，江東全倚謝家安。黄圖赤縣風流在，碧落銀河病眼寬。林下升平有他日，草堂應許駐金鞍。

【校記】

〔一〕摹：汲古閣本、《全金詩增補中州集》卷六九作「模」，通。

過應州

平野風埃接戍樓，邊城三月似窮秋。人家土屋纔容膝〔一〕，驛路旃車不斷頭。隨俗未甘嘗馬湩，敵寒直欲御羊裘〔二〕。十年紫禁煙花繞，此日雲山是應州。

【校記】

〔一〕家：《全金詩增補中州集》卷六五作「生」。〔二〕直欲：原作「重欲」，此從《全金詩增補中州集》、施箋本。參見本集卷九七《壬辰十二月車駕東狩後即事》五首之二「干戈直欲盡生靈」條校記。

應州寶宮寺大殿

縹渺層簷鳳翼張，南山相望鬱蒼蒼。七重寶樹圍金界，十色雯華擁畫梁。竭國想從遼盛日，閲人真是魯靈光。請看孔釋誰消長，林廟而今草又荒。

懷安道中寄懷曹徵君子玉

赭水歡游事已非，襄山回首重依依。義熙留在陶元亮，華表來歸丁令威。袖裏短書懷老筆，夢中皤腹見褒衣。祝君飽喫殘年飯，會有鄰墻白版扉。

五月十一日樗軒老忌辰追懷

遺後交情老更傷，每逢此日倍難忘。神光何處埋泉壤，落月無言滿屋梁。祕閣圖書疑外府，謝家蘭玉記諸郎。靈均謾倚騷經在，宗國河山半夕陽。公墓今爲亂冢所迷，故有上句。

感事

富貴何曾潤髑髏，直須淅米向矛頭。血讐此日逢三怨，風鑒生平備九流。瓢飲不甘顔巷樂，市鉗真有楚人憂。世間安得如川酒，力士鐺頭醉死休。

玉溪端氏〔一〕。

邂逅詩翁得勝遊，煙霞直欲盡崧丘〔二〕。玉溪如此不一到，今日曠然消百憂。林影蒼茫開霽曉，岸容瀟洒帶新秋。酒材已辦須君釀，要及西風入釣舟。

【校記】

〔一〕端氏：汲古閣本無。施箋本案曰：「《新樂府・水調歌頭》注云：『賦德新王丈玉溪，溪在崧高費莊，兩山絶勝處也。』與詩中『詩翁』、『崧丘』語意合。而諸刊本題下竝有小注『端氏』二字，第端氏屬河東南路澤州，豈别一玉溪耶？」姑仍之，以備參考。　〔二〕直：原作「真」，兹改。

華不注山 濟南作。

元氣遺形老更頑，孤峰直上玉孱顔。龍頭突出海波沸，鰲足斷來天宇閑。齊國伯圖殘照裏〔一〕，謫仙詩興冷雲間。乾坤一劍無人識，夜夜光芒北斗寒〔二〕。

【校記】

〔一〕伯：《全金詩增補中州集》卷六九作「霸」，通。　〔二〕寒：汲古閣本、施箋本作「殷」。

岳解元生子〔一〕 邦獻。

天日晴明見岳時，只君消得謫仙詩。鶯花到處供杯酒，霜雪何緣點鬢絲。已辦紫雲新活計，又添驥子好男兒。扶風里社他年看，鬧簇靈椿桂五枝。

【校記】

〔一〕子：原作「日」。施箋本案曰：「『日』當作『子』。本集十卷有《吊岳家千里駒》詩，續編有《岳邦獻壽》詩。」其説與詩境合，從之。

感興 夜宿讀書山作。

倚梯從昔望煙霄，七葉何人竟珥貂。道路常教車歷鹿，功名惟有鬢飄蕭。勤如韓子初無補，晚似馮公豈見招。五十三年等閑裏，一窗風葉雨瀟瀟。

晨起 壬寅正月九日。

燈火青熒語夜闌，柴荊寂寞掩春寒。歡悰已向杯中減，老態何堪鏡裏看。多病所須唯藥物，一錢不直是儒冠。掣鯨莫倚平生手，只有東溪把釣竿。時欲經營神山别業，故云。

送周帥夢卿之關中二首

狼藉麻衣見酒痕，憶君醉别柳邊村。離愁擾擾理還亂，來事悠悠誰與論。瘴海漸添春浪闊，冰崖唯覺暮煙屯。人間底似三峰好，箭筈通天有一門。

風華漠漠水迢迢，長記金鞍入灞橋。鬢鬢而今滿霜雪，羽毛此日是雲霄。火餘函谷青猶峙，春動長陵紫未消。射虎南山付公等，可能仙掌不相招。

感事

䑛痔歸來位望尊，駸駸雷李入平吞。飢蛇不計撑腸裂，老虎争教有齒存。神理定須償宿業〔一〕，債家猶足褫驚魂。且看含血曾誰噀，猪觜關頭是鬼門。

【校記】

〔一〕理：汲古閣本、施箋本作「聖」。今按，宋范成大《石湖詩集》卷三《讀〈甘露遺事〉》二首之一：「神理人情本不同，絶憐鼠輩倖無功。」另，《遺山先生文集》卷三九《答中書令成仲書》亦見此語：「固知有神理在，然亦何苦以不貲之軀蹈覆車之轍而試不測之淵乎？」

十月二十日雪中過石嶺關〔一〕

老天黯慘入平蕪，朔吹崩奔萬竅呼。雪意旋粧行路景〔二〕，詩家新有入關圖。地爐圍坐慚田父，絮帽衝寒怨僕夫。故國煙花重迴首，蜀橙山麝記金壺。

【校記】

〔一〕十月：汲古閣本、《全金詩增補中州集》卷六九作「十二月」。〔二〕粧：施箋本作「裝」。

將上書莘國幕府感懷呈賈明府

兵家世不乏小杜，風鑒今誰如老龐。自許奇謀傾幕府，不防幽夢落蓬窗〔一〕。驚烏繞月枝難穩，羸驥嘶風氣未降。愛惜平生請纓手，一簑休憶弄秋江。

【校記】

〔一〕蓬：施箋本作「篷」，通。

春寒

草木荒城屋數椽，春寒閭巷益蕭然。僮奴樵爨頭如葆，稚女跳梁履又穿。白石鯉魚空尺半，朱門食客自三千。松枝麈尾山中滿，去去南華有内篇。

即事商帥國器見免從軍。

逋客而今不屬官，住山盟在未應寒。書生本自無燕頷，造物何嘗戲鼠肝。會最指天容我懶〔一〕，鴟夷盛酒盡君歡。到家慈母應相問，爲説將軍禮數寬。

【校記】

〔一〕會最：文淵閣本作「會撮」。今按，《遺上先生文集》卷五《送弋唐佐還平陽》：「會最上指冠巍哉，豈肯俛首春官科。」

示懷祖

憔悴經年卧澗阿，囊中無物只詩多。自驚白鬢先潘岳，人笑藍衫似采和。狗盜鷄鳴皆有用，鶴長鳧短果如何。乘閑便作歸田賦，付與牛童扣角歌。

示崔雷詩社諸人

一寸名場心已灰，十年長路夢初回。江山似許供詩筆〔一〕，糜粥猶能到酒杯〔二〕。賣劍買牛真得計〔三〕，腰金騎鶴恐非才。游從肯結鷄豚社，便約歲時相往來〔四〕。

【校記】

〔一〕似：《全金詩增補中州集》卷六九、施箋本作「自」。〔二〕糜：汲古閣本作「縻」，通。〔三〕計：原作「討」，此從諸本。〔四〕約：汲古閣本、《全金詩增補中州集》作「欲」。

弘州贈曹丈子玉〔一〕

丘園舊憶詢幽仄，裘褐今聞識姓名。故國衣冠有遺老，歲寒松柏見交情。寄書千里空頭白，握手一盃俱眼明。來往襄陰從此始，剩將歌笑慰生平。

【校記】

〔一〕弘：施注本作「宏」，清人避乾隆帝名諱而改。今按，金置弘州，隸西京路，見《金史》卷二四《地理志》。

和仁卿演太白詩意二首

蕭蕭窗竹動秋聲，紫極深居稱野情。静坐且留觀衆妙，還丹無用説長生。風流五鳳樓前客，寂寞千秋身後名。解道田家酒應熟，詩中只合愛淵明。

蕭蕭窗竹動秋聲，簷間白雲濬以成。白雲朝飛本無意，白雲暮歸如有情。淵明太白醉復醉，季主唐生鳴自鳴。四十九年堪一笑，昨非今是可憐生。

燕府白兔

仙纇迷離望莫攀，争教失脚下高寒。吸殘灝露瑶窗曉，搗盡玄霜玉杵閑。顧影乍疑雲外見，寫生何似鏡中看。褐衣擾擾皆三窟，幾在祥經咳唾間。

梁都運亂後得故家所藏無盡藏詩卷見約題詩同諸公賦

飛亭四望水雲寬，亭上高人杳莫攀。已就湖山攬奇秀，更教鄉社得安閑。風流豈落正始後，詩卷常留天地間。勝賞休言隔今昔，肩吾新自會稽還。

出都二首〔一〕

漢宫曾動伯鸞歌，事去英雄可奈何〔二〕。但見觚稜上金爵，豈知荆棘卧銅駞。神仙不到秋風客，富貴空悲春夢婆。行過盧溝重迴首，鳳城平日五雲多。

歷歷興亡敗局棊，登臨疑夢復疑非。斷霞落日天無盡，老樹遺臺秋更悲。滄海忽驚龍穴露，廣寒猶想鳳笙歸。從教盡劃瓊華了，留在西山儘淚垂。壽寧宫有瓊華島〔三〕，絶頂廣寒殿，近爲黄冠輩所撤。

【校記】

〔一〕施箋本詩題無「二首」，而以第二首另立詩題「盧溝」，且箋引《章宗紀》：「明昌三年三月，盧溝橋成，勅命曰廣利。」

〔二〕可：原作「不」，此從汲古閣本、《全金詩增補中州集》卷六六、施箋本。

〔三〕壽寧：施箋本作「萬寧」，箋引陳時可《長春真人本行碑》：「壬午之明年春，住燕京大天長觀，繼而行省又施瓊華島爲觀。丁亥五月有旨，以瓊華島爲萬安宫。」案曰：「注中『黄冠所撤』指此。」今按，引文中「萬安宫」當作「萬寧宫」，施氏抄誤。至於瓊華島，在寧德宫，遺山記誤。《金史》卷二四《地理志》「中都路」：「京城北離宫有太寧宫，大定十九年建，後更爲壽寧，又更爲壽安，明昌二年更爲萬寧宫。瓊林苑有横翠殿。寧德宫西園有瑶光臺，又有瓊華島，又有瑶光樓。」

癸卯望宿中霍道院

疊巘沉沉轉素蟾，長松栩栩擁高簷。湖山已爲新晴好，風露還疑此夜添。身外作緣良自苦，世間除睡更無甜。溪堂借宿從今始，便約兒童具米鹽〔一〕。

【校記】

〔一〕童：《全金詩增補中州集》卷六九作「僮」。約：汲古作閣本、《全金詩增補中州集》作「見」。

甲辰三月旦日以後雜詩三首

應接紛紛又浹旬，枉教虛負杏園春。尋芳自分無閑日，載酒寧知有故人。花柳得時俱作態，川原經雨更無塵。憑君莫惜尊前醉，看即青梅入座新。

濈濈猩紅鬧曉晴，攢頭真似與春争〔一〕。舒開楊柳聊相映，瘦殺寒梅枉自清。粉艷低回工作態，絳唇寂寞獨含情。畫圖只愛殘粧好，未信徐郎解寫生。

密霧輕塵細洒匀〔二〕，緑雲紅雪一番新。風光爛熳供歡席，酒味清醇似主人。落落湖山如有喜，欣欣魚鳥亦相親。新詩寫入奚奴錦〔三〕，從此他鄉不筭春。

【校記】

〔一〕似：原作「佀」，古「似」字，此從《全金詩增補中州集》卷六六、文淵閣本、施箋本。詩中所涉如之，不另出校記。〔二〕勻：汲古作閣本作「均」。〔三〕奚：汲古作閣本作「溪」。今按，《新唐書》卷二〇三《文藝傳·李賀》：「每旦日出，騎弱馬，從小奚奴，背古錦囊，遇所得，書投囊中。」

紫牡丹三首

金粉輕粘蝶翅勻，丹砂濃抹鶴翎新。儘饒姚魏知名早，未放黃徐下筆親。映日定應珠有淚，凌波長恐襪生塵。如何借得司花手，偏與人間作好春。

夢裏華胥失玉京，小闌春事自昇平。只緣造物偏留意，須信凡花浪得名。蜀錦浪淘添色重，御爐風細覺香清。金刀一剪腸堪斷，綠鬢劉郎半白生。

天上真妃玉鏡臺，醉中遺下紫霞盃。已從香國徧薰染〔一〕，更惜花神巧剪裁〔二〕。微度麝薰時約略，驚移鸞影却低回。洗粧正要春風句，寄謝詩人莫漫來。

【校記】

〔一〕徧：原作「偏」，刊誤，此從《全金詩增補中州集》卷六九、施箋本。〔二〕惜：汲古閣本作「借」，《全金詩增補中州集》作「藉」。

與同年敬鼎臣宿順天天寧僧舍

蕭蕭風雨打僧窗，耿耿青燈對客床。每恨相望隔關塞，豈知連日醉壺觴。蓱虀味薄堪長久[一]，茅屋寒多且閉藏。三十餘年老兄弟，此回情話獨難忘。

【校記】

〔一〕長：汲古閣本作「良」。

贈答樂丈舜咨[一]中京副留守。

舟車何地得通津，書疏相忘意更親。但愛柏臺推峭直，豈知梅賦更清新。兩都秋色皆喬木，耆舊風流有幾人。詩酒陪從約他日，鷄川已許濯纓塵。

【校記】

〔一〕丈：原作「大」，此從汲古閣本、《全金詩增補中州集》卷六九、施箋本。

都運李丈哀挽[一]有之。

平日剛稜觸禍機，老年天遣故鄉歸。登車攬轡名空在，濯足臨流事已非。白鶴會須尋舊約，青蠅猶解避餘威。李丈殁於壬寅夏六月，異香滿室，三日蠅不近。西州正有花千樹，淚盡羊曇醉後衣。

【校記】

〔一〕丈：原作「文」，詩内小字注如之；文淵閣本作「大」，詩内小字注作「文」，俱誤。此從汲古閣本、《全金詩增補中州集》卷六九、施箋本。

贈答郝經伯常伯常之大父予少日從之學科舉

故家珠玉自成淵，重覺英靈賦予偏。文陣自憐吾已老，名場誰與子争先。撑腸正有五千卷，下筆須論二百年。莫把青春等閑了，蔡邕書籍待渠傳。

吕國材家醉飲

世事悠悠殊未涯，七年回首一長嗟。虚傳庾信淩雲筆，無復張騫犯斗槎。去國衣冠有今日，春風桃李是誰家。螺臺剩有如川酒，暫爲紅塵拂鬢華。

洛陽

千年河岳控喉襟，一日神州見陸沉。已爲操琴感衰涕，更須銅輦夢秋衾〔一〕。城頭大匠論蒸土，地底中郎待摸金〔二〕。擬就天公問翻覆〔三〕，蒿萊丹碧果何心。

【校記】

〔一〕銅輦：原作「同輩」，文淵閣本如之；《全金詩增補中州集》卷六六、施箋本作「同輦」。今按，唐李賀《昌谷集》卷一《還自會稽歌》：「臺城應教入，秋衾夢銅輦。」〔二〕地底中郎待摸金：施箋本引《初白庵詩評》卷中《元遺山》：「摸金校尉，非中郎也。東坡誤用，公亦仍而不改。」今按，《後漢書》

卷七四《袁紹傳》載陳琳所撰檄詞有云：「又署發丘中郎將、摸金校尉，所過毁突，無骸不露。」所謂東坡誤用，見《蘇軾集》卷八《有言郡東北荊山下可以溝畎積水因與吴正字王户曹同往相視以地多亂石不果還遊聖女山山有石室如墓而無棺槨或云宋司馬桓魋墓二子有詩次其韻》二首之二：「縱令司馬能鑱石，奈有中郎解摸金。」〔三〕覆：原作「復」，此從施箋本。

過三鄉望女几邨追懷溪南詩老辛敬之二首

雲際虚瞻處士星，案頭多負讀書螢。筆端有口傳三篋，石上無禾養伯齡〔一〕。從昔葛陂終變滅，秖今韓嶽謾英靈。因君重爲前朝惜，枉破青衫買一經。女几山，土人謂之韓嶽。

萬山青繞一川斜，好句真堪字字誇。棄擲泥塗豈天意，折除時命是才華〔二〕。百錢卜肆成都市，萬古詩壇子美家。欲就溪南問遺事，不禁衰涕落煙霞〔三〕。

【校記】

〔一〕伯：原作「百」，此從汲古閣本。今按，《遺山先生文集》卷一二《遊天壇雜詩》之十三「詩成應被盧仝笑，曾見青山養伯齡」，出自唐盧仝《揚州送伯齡過江》：「伯齡不厭山，山不養伯齡。」見《全唐詩》卷三八八。〔二〕折：汲古閣本作「新」。〔三〕煙：汲古閣本作「塵」。

爲鄧人作詩

再見州人本不期，相留相挽忍相違。携盤渭水堪流涕〔一〕，種柳金城已合圍〔二〕。事去恍疑春夢過，眼明還似故鄉歸。題詩未要題名字，今是中原一布衣。

【校記】

〔一〕堪：汲古閣本、施箋本作「空」，《全金詩增補中州集》卷六六如之，注「一作堪」。〔三〕城：原作「陵」，此從施箋本。今按，此句出自《晉書》卷九八《桓温傳》：「温自江陵北伐，行經金城，見少爲琅邪時所種柳皆已十圍，慨然曰：『木猶如此，人何以堪！』攀枝執條，泫然流涕。」

贈張主簿偉

江岸墳荒草棘秋，朱陽南下重君憂。弓刀近塞人煙少，林壑經霜虎迹稠。究竟畏途知有漸，激昂高義報無由。從今弟姨通家了〔一〕，莫向瓜田認故侯。戒爲究竟伴，能過險惡道。

【校記】

〔一〕姨：原作「妹」，此從諸本。

望盧氏西南熊耳嶺

不到中鄉十五年〔一〕，忽驚行色是盧川。已占介福歸王母，未信羈魂似粤阡。柳文時爲顧存慙吏報，先夫人墓〔二〕，亂後故吏輩歲時致祭。偶成期會殆天憐。馬、范二師〔三〕，遠在千里外，予往盧氏，皆得會面。荒林破屋江聲裹，坐想孤城一泫然。

【校記】

〔一〕十五：汲古閣本、《全金詩增補中州集》卷六九作「五十」。今按，遺山自正大八年（一二三一）離内鄉，至乙巳歲（蒙古太宗乃馬真后稱制四年、一二四五），約十五年。〔二〕夫：汲古閣本、《全金詩增補中州集》作「大」。今按，先夫人指遺山嗣母張氏，旅殯於盧氏。〔三〕范：原作「苑」，此從《全金詩增補中州集》、施箋本；師，《全金詩增補中州集》作「帥」。今按，《遺山先生文集》卷一四《普照范鍊師寫真》述及。另，元宋子貞《普照真人玄通子范公墓誌銘》：「公諱圓曦，姓范氏，號玄通子，寧海人。」見元李道謙《甘水仙源録》卷四。

寄劉継先

清霜茅屋耿無眠，坐憶分携一慨然。楚客登臨動歸興，謝公哀樂感中年。淒凉古驛人煙外，迤邐荒山雪意邊。千樹春風水楊柳，待君同繫晉溪船。

寄楊弟正卿

馬迹車塵漫白頭，蒼生初不待君憂。且從少傅論中隱，儘要元規擁上流。東閣官梅動詩興，洞庭春色入新蒭。歸程未覺西庵遠，夜夜清伊繞石樓。正卿西庵以名酒甲洛中〔一〕，嘗賦觀漲詩，有「狂瀾竟逐西風落，依舊清溪繞石樓」之句〔二〕，故兼及之。

【校記】

〔一〕洛：原作「落」，此從汲古閣本、《全金詩增補中州集》卷六九、施箋本。〔二〕狂：原作「枉」，此從諸本。；溪，汲古閣本、《全金詩增補中州集》、文淵閣本及《永樂大典》卷一四三八〇寄字韻引元好問《遺山集》此詩作「伊」，施箋本作「逕」。

爲鮮于彦魯賦十月菊追録。

清霜淅淅散銀沙，驚見芳叢閱歲華。借煖定誰留翠被，鍊顔應自有丹砂。秋香舊入騷人賦，晚節今傳好事家。不是西風苦留客，衰遲久已避梅花。

贈答同年敬鼎臣

四海屏山放一頭，争教塵土走東州。長身奉米侏儒飽，束髮從軍妄尉侯〔一〕。千首新詩工作祟〔二〕，百壺清酒未消憂。悠悠世事今如此，付與煙波着釣舟。

【校記】

〔一〕軍：施箋本作「君」。今按，所謂妄尉，出自《漢書》卷五四《李廣傳》，所言俱「從軍」事。

〔二〕祟：原作「崇」，「祟」之俗字，此從諸本。

寄英上人

世事都銷酒半醺，已將度外置紛紜。乍賢乍佞誰爲我〔一〕，同病同憂只有君。白首共傷千里別〔二〕，青山真得幾時分。相思後夜并州月，却爲湯休賦碧雲。

【校記】

〔一〕乍賢乍：《全金詩增補中州集》卷六九作「作賢作」。〔二〕共：原作「供」，此從諸本。

寄答仰山謙長老渠住招隱。

木庵推出謙書記，乞與雲林百自由。想得驅驢入招隱，勝於騎鶴上揚州〔一〕。衆狙皆喜芧初熟〔二〕，一鳥不鳴山更幽。日暮王城市聲合，松風亭上莫迴頭。

【校記】

〔一〕揚：原作「楊」，此從諸本。〔二〕狙、芧：原作「租」、「芋」，此從諸本。今按，《莊子·齊物論》「狙公賦芧」，注：「狙公，典狙官也；芧，橡子也。」

九日登平定湧雲樓故基樓即閑閑公所建

詩翁曾此宴重陽，老樹遺臺認醉鄉。流水浮生幾今昔，高秋雲物自淒涼。飛來野鶴聊堪喜，望隔長鯨又可傷。賴是風流未全減，白頭門客有王楊。時王無咎、楊子昭在坐〔一〕，公在郡時門生也〔二〕。

【校記】

〔一〕昭：原作「召」，汲古閣本、《全金詩增補中州集》卷六九作「招」，此從施箋本。〔二〕時、門生：時，施箋本無；「門生」原作「學生」，此從施箋本。

平定鵲山神應王廟

古柳輪囷欲十圍，鵲山祠廟此遺基。萬金良藥移造化，老眼天公誰耦畸〔一〕。已爲養生誣單豹，不應遭網廢元龜。半生磊磈澆仍在〔二〕，擬問靈君乞上池。

【校記】

〔一〕畸：汲古閣本、《全金詩增補中州集》卷六九作「奇」。〔二〕半：汲古閣本作「平」。

寄答商孟卿〔一〕

窈渺朱絃寂寞心，得詩何啻得南金〔二〕。冷猿挂夢山月暝，老鴈叫群江渚深。異縣五年仍隔闊，荒城連日想登臨。書來且只平安了，撥觸離愁恐不禁。

【校記】

〔一〕孟卿：施注本作「孟鄉」，刊誤。今按，商挺字孟卿，《元史》卷一五九有傳。〔二〕南：汲古閣本、《全金詩增補中州集》、施箋本作「黄」。今按，《詩·魯頌·泮水》：「元龜象齒，大賂南金。」

答石子章因送其行

石梁詩好先知名〔一〕，尊酒相逢意自傾。寶劍沉埋惜元振，鐵檠豪宕見胡証〔二〕。藍田月出多重暈，豊嶺霜餘即大鳴。後日天山望征騎，燕鴻歸處是雲程。

【校記】

〔一〕先：《全金詩增補中州集》卷六九作「舊」。〔二〕証：原作「鉦」，此從施箋本。今按，胡証於《新唐書》卷一六四有傳。

留别仲經

來時兒女拜燈前，此日壺觴是别筵。聚散共知陰有數，笑談争遣病相先。秋風古道將誰語，殘月長庚更可憐。鷄柵魚梁一村落，若爲還似浙江邊〔一〕。仲經方病中，故有上句。

【校記】

〔一〕浙：原作「淅」，此從施箋本。

別周卿弟

晚歲論詩辱見收，相從許久重相留。苦心亦有孟東野，真賞誰如高蜀州。萬疊寒雲度歸鴈，孤洲春水澹沙鷗。荒城後日思君處，風色蕭蕭人白頭〔一〕。

【校記】

〔一〕人：《全金詩增補中州集》卷六九、施箋本作「入」。

寄叔能兄

星斗龍門姓字新，豈知書劍老風塵。郎君未省曾開閤，王翰何緣得買鄰。銀燭對談辭舘夜，雪梅同醉淅江春〔一〕。秪應千里東州月，處處相逢即故人。

【校記】

〔一〕淅：原作「浙」，此從諸本。

賀威卿徐弟得雄

利市金錢四座俱，阿卿新喜到充閭。跨牛楊朴空顛酒，秣驥王良已問途。桂出孫枝知秀發，鳳離丹嶠亦舒徐。明年別作飛黃句，來賀君家第二雛。《遺山先生文集》卷九。

新編全金詩卷八一

元好問 一〇

七言律詩

追録洛中舊作

樂府新聲緑綺裘，梁州舊曲錦纏頭。酒兵易壓愁城破，花影長隨日脚流。萬里青雲休自負，一莖白髮盡堪羞。人間只怨天公了，未便天公得自由。

東園晚眺東平。

霜鬢蕭蕭試鑷看，怪來歌酒百無歡。舊家人物今誰在，清鏡功名歲又殘。楊柳攙春出新意，小梅留雪弄餘寒。一詩不盡登臨興，落日東園獨倚欄。

十一月五日暫往西張

城隈細路入沙汀，絮帽衝風日再經。歉歲村虛更荒惡〔一〕，窮冬人影亦伶俜。林煙漠漠鴉邊暗，山骨稜稜雪外青。四十年來此寒苦，凍吟猶記隴關亭。

【校記】

〔一〕歉歲：《全金詩增補中州集》作「歲歉」。

石嶺關書所見

軋軋旃車轉石槽，故關猶復戍弓刀。連營突騎紅塵暗，微服行人細路高。已化蟲沙休自歎，厭逢豹虎欲安逃〔一〕。青雲玉立三千丈，元只東山意氣豪。

【校記】

〔一〕豹：汲古閣本、《全金詩增補中州集》卷六六、施箋本作「豺」。

陀羅峰二首

念念靈峰四十年，一來直欲斷凡緣〔一〕。鑿開混沌露元氣，散布兜羅彌梵天。雲臥無時不閑在，樓居何處得超然〔二〕。殊祥莫訝清涼傳，會與兹山續後篇。

每恨奇探負盛年，松崖今喜入攀緣。初驚靈鷲多飛石，更信金牛有漏天。鄉國登臨乃如此，名場馳逐亦徒然〔三〕。留詩便與香泉約，起本西游第一篇。僧行平陽，僧慧太原〔四〕。

【校記】

〔一〕直欲：原作「真欲」，此從汲古閣本。　〔二〕得：《全金詩增補中州集》卷六九作「不」。

〔三〕場：原作「揚」，此從諸本。今按，《遺山先生文集》卷一二《倫鎮道中見槐花》：「名場奔走競官榮，一紙除書悮半生。」　〔四〕僧行平陽僧慧太原：汲古閣本無此注。

追懷曹徵君〔一〕

生死論交不易忘，一回言別淚千行。空勞結伴歸蓮社，無復題詩寄草堂。楚國先賢宜有傳，粵阡羈鬼謾思鄉。因君錯怨天公了，且道今誰晚節昌。

【校記】

〔一〕施箋本詩題下有注：「見墓表」。

春日書懷呈劉濟川

鄉社荒殘住不成，無端蓬蓽掩柴荆。流年又見東風菜，樂土空懷北斗城。父老只供留我醉，兒童也喜從君行。周侯見説應相笑，共隱三泉先有盟。東風菜，見《本草·菜部》。

晉溪

石磴雲松着色屏，岸花汀草展江亭。青瑶疊甃通懸甕，白玉雙龍掣迅霆。地脉何嘗問今昔，尾閭真解泄滄溟〔一〕。乾坤一雨兵塵了，好就川妃問乞靈。

【校記】

〔一〕真：原作「其」，此從諸本。

弔岳家千里駒

蜀客淒凉土一丘，身後還有化身愁〔一〕。靈椿丹桂偶相值，蕙草清霜寧久留。掌中玉雪恩憐在，筆底雲煙取次休。過眼空華只如此，不如無子却無憂。

【校記】

〔一〕身後：汲古閣本、《全金詩增補中州集》卷六九、施籛本作「後身」，文淵閣本作「後生」。

七月十二日行狼牙嶺

狼牙路滑馬伶俜，老鶴超超欲上征。一曲松風寫幽致，九秋雲物愴離情。天開員嶠方壺境〔一〕，澗落銀河月窟聲。覿面青山入渠手，定誰胸次玉峥嶸。

【校記】

〔一〕壺：原作「壼」，此從諸本。今按，方壺典出自《列子·湯問》，爲古代傳説中的仙境。至於壼，《詩·大雅·既醉》涉及：「其類維何，室家之壼。」毛傳：「壼，廣也。」

十三日度岳嶺

神岳規模亦壯哉，上階絶境重裴回。丹青萬木秋風老，金翠千峰落照開。川路漸分猶暗澹，湍聲已遠更凄哀。石門剩比靈丘遠，正坐登臨欠一來。

玉泉二首

神岳提封入寺基，上公官秩見僧碑。雲藏佛屋晴猶暗，樹近禪窗老更奇。竹杖只供行險易，藜床偏與望川宜。同時不及髯中令，猶得泉名比鳳池。

玉水泓澄古殿隅，又新名第不關渠。每因天日流金際，更憶風雷裂石初。百里官壺分韻勝，千人齋粥薦甘餘。八功德具休誇好，玩景臺荒有破除。寺東北有玩景臺〔一〕，盡得神川之勝。導者悮引之荒山，一笑，故有上句〔二〕。

【校記】

〔一〕寺東北有玩景臺：文淵閣本作「玉泉寺東北有玩景臺」。〔二〕笑：原作「尖」，《全金詩增補中州集》卷六九作「隅」，此從汲古閣本；「上」原作「二」，據汲古閣本、《全金詩增補中州集》改。

玄都觀桃花

前度劉郎復阮郎，玄都觀裏醉紅芳。非關小雨能留客，自是桃花要洗粧。人世難逢開口笑，老夫聊發少年狂。一盃盡吸東風了，明日新詩滿晉陽。

贈張致遠

茅屋瀟瀟潁水濱，兩山相望即比鄰。禪房道院留連夜，酒榼詩囊浩蕩春〔一〕。老鶴千年見城郭，徵君晚節傍風塵〔二〕。相逢不盡平生意，耆舊風流有幾人。

【校記】

〔一〕詩：施箋本作「書」。　〔二〕傍：原作「旁」，此從《全金詩增補中州集》卷六九。今按，《遺山先生文集》卷一〇《趙元德御史兄七秩之壽》：「已卜新居近泉石，不應晚節傍風塵」；《贈馮内翰》二首之一：「耆舊如公可得親，争教晚節傍風塵。」

夜宿秋香亭有懷木庵英上人〔一〕

兄弟論交四十年，相從旬日却無緣。去程冰雪詩仍在，晚節風塵私自憐。蓮社舊容元亮酒，藤溪多負子猷船〔二〕。茅齋一夕愁多少〔三〕，窗竹瀟瀟耿不眠。

【校記】

〔一〕木：原作「本」，此從諸本。今按，《遺山先生文集》卷三七《木庵詩集序》：「木庵英上人弱冠作舉子，從外家遼東，與高博州仲常游，得其論議爲多，且因仲常得僧服。」〔二〕子猷：施箋本作「子猶」，刊誤。今按，晉王徽之字子猷，羲之之子。南朝宋劉義慶《世説新語·任誕》：子猷居山陰時憶戴逵。「時戴在剡，即便夜乘小船就之。經宿方之，造門不前而返。人問其故，王曰：『吾本乘興而行，興盡而返，何必見戴？』」剡即剡溪，以其藤多，亦稱藤溪。〔三〕夕：汲古閣本、施箋本作「昔」。

汴梁除夜追録。

六街歌鼓待晨鍾，四壁寒齋只病翁。鬢雪得年應更白，燈花何喜也能紅〔一〕。養生有論人空老，祖道無詩鬼亦窮。數上聲日西園看車馬，一番桃李又春風。

【校記】

〔一〕也：《全金詩增補中州集》卷六六作「亦」。

與馮呂飲秋香亭三子皆吾友之純席生。

龐眉書客感秋蓬，更在京塵澒洞中。莫對青山談世事，且將遠目送歸鴻。龍江文采今誰似，謂之純鳳翼永寧地名年光夢已空。剩着新詩記今夕，尊前四客一衰翁。

哀武子告

生氣曾思作九原，迷塗争得背南轅。梁鴻故事要離墓，衛國孤兒祇樹園。子今爲僧。舊説布衣甘絶脰，今傳史筆記歸元。知君禄仕無心在，旌孝終當到李源。

贈李春卿

竇十郎家指顧間，因君我亦愛西山。丹房藥鏡平生了，禪榻茶煙歲月閑〔一〕。春甕有情供白墮，秋風無力損紅顔。重來已有明年約，剩破都城幾往還。

【校記】

〔一〕閑：文淵閣本作「間」。

甲辰秋留别丹陽

踈踈衰柳映金溝，祖道都門復此留。千里關河動歸興，九秋雲物發詩愁。嚴城鍾鼓月清曉，老馬風沙人白頭。後夜相思渺何許，西山西畔是并州。

龍興寺閣

全趙堂堂入望寬，九層飛觀儘高寒。空聞赤幟疑軍壘，真見金人泣露槃。桑海幾經塵劫壞，江山獨恨酒腸乾。詩家總道登臨好，試就遺臺老樹看。

别緯文兄

玉壘浮雲變古今，燕城名酒足浮沉。眼中誰復承平舊，言外驚聞正始音。異縣他鄉千里夢，連枝同氣百年心。行期幾日休相問，觸撥羈愁恐不禁。

寧掾端甫北上

馬頭風雪遠相迎，颯沓弓刀四十程。自是青雲動高興，未甘白髮老諸生。書來沙漠燈花喜，夢到秦川煙樹平。長句送君還自媿，半山已有鴈飛行。

答定齋李兄

小山藂桂姓名香，舉世何人得鴈行。滄海揚塵幾今昔〔一〕，長庚配月獨凄涼。虚勞裴相求白傅〔二〕，正倚源明識漫郎。十載相從未言晚，城南泉石有雲莊。

【校記】

〔一〕揚：原作「楊」，此從諸本。〔二〕傅：原作「傳」，此從諸本。今按，白傅指唐人白居易，嘗任太子少傅。

空山何巨川虚白庵二首

舊向韋編悟括囊，肯隨文木被青黄。吉祥止處無餘物，知見薰來有底香。空谷自能生地籟，浮雲争得翳天光。只愁八月風濤壯，夢裏江聲撼客床。何，臨安人。

露菊霜茱薦枕囊，石泉崖蜜破松黄。只緣山遠無來客，更覺心清聞妙香。棊局儘堪消日晷，吟毫真合染溪光。劇談不盡江湖景，重與青燈約對床。

聽姨女喬夫人鼓風入松

白雪朱絃一再行，春風纖指十三星。雲窗霧閣有今夕，寶靨羅裙無此聲。瀟洒寒松度虚籟，悠颺飛絮攪青冥。胎仙不比湘靈瑟，五字錢郎莫漫驚。

哭樊帥〔一〕

自倚沉冤有舌存，争教無路叩天閽。裝囊已竭千金賜，絶幕誰招萬里魂。東道漫悲梁苑客，南園多負壽張孫。春風花落歌聲在，夢裏能來共酒尊。

【校記】

〔一〕帥：汲古閣本、《全金詩增補中州集》卷六九作「師」。今按，樊帥指樊天勝，嘗仕蒙古爲定襄長官、九原府元帥。《遺山先生文集》卷三四《樊侯壽塚記》、卷三五《忻州天慶觀重建功德記》述及。

寒食壬子清明後作。

上苑春風盛物華，天津雲錦赤城霞。輕舟矮馬追隨遠，翠幙青旗笑語譁。化國樓臺隔瀛海，吳兒洲渚記仙家。山齋此日腸堪斷，寂寞銅瓶對杏花。

送樊順之

弓刀十驛岳蓮州〔一〕，渭水秦山得意秋〔二〕。王粲從軍正年少，庾郎入幕更風流。寒鄉況味真鷄肋，清鏡功名屬虎頭。寄謝溪風亭上月，老夫乘興欲西遊。

【校記】

〔一〕州：施箋本作「洲」。今按，金王處一《西岳華山志·華州圖經》引《方域志》：「華山在華州華陰縣界」，有峰曰蓮花，遂以華州爲岳蓮州。見文物出版社等影印明正統《道藏》本。〔二〕山：汲古閣本作「川」。今按，清顧祖禹《讀史方輿紀要》卷五四「西安府同州」：白水縣有秦山，「連亙綿遠，道通鄜、延、環、慶」。

蜀昭烈廟

合散扶傷老益堅，荒祠重過爲凄然。君臣洒落知無恨，庸蜀崎嶇亦可憐。一縣山陽堯故事，三年章武魏長編。錦官羽葆今何處〔一〕，半夜樓桑叫杜鵑。

【校記】

〔一〕官：原作「宫」，此從《全金詩增補中州集》卷六九、文淵閣本、施箋本。今按，成都嘗設織錦官署，因稱錦官城。唐杜甫《春夜喜雨》：「曉看紅濕處，花重錦官城。」見《全唐詩》卷二二六。

宿翠屏口〔一〕

鬢鬚蒼白葛衣寬，事外閑身也屬官。授簡如聞數枚叔，乘車初不少馮驩。沙城雨塌名空在，石峽風來夏亦寒。兩飽三飢已旬日，虛勞兒女勸加餐。

【校記】

〔一〕宿：施箋本作「過」。

王敦夫祥止庵

三樂人推二樂全，有親可事子能傳。舊時詩禮聞家學〔一〕，此日丹砂見地仙。蕩蕩天光虛室外，融融和氣彩衣前。情知不羡燕山桂，一樹靈椿歲八千。

【校記】

〔一〕時：《全金詩增補中州集》卷六九作「來」。

過寂通庵别陳丈并序〔一〕。甲辰秋。

陳丈未識某而愛其詩，曾對高御史士美言：「我他日見遺山，當快飲百醉。」後見之而公已病，乃相約易百醉爲百杯。每見以酒籌計之，至七八十杯，復有此别。故詩中及之。

心遠由來地自偏，不離城市得林泉。從教上界多官府，且放閑身作地仙。三月有期何敢負，百杯未滿會須填。違離更覺從公晚，却望都門一慨然。

【校記】

〔一〕并序：原脱，據《全金詩增補中州集》卷六六、施箋本補。另，《全金詩增補中州集》「甲辰秋」三字在詩序末。

梁移忠詩卷

一箭功成塞上歸，迺翁垂白藉扶持。燕雲義俠風流遠，里社陰功父老知。龍種作駒元自異，虎頭食肉未應遲。高門更與增華表，丁令還家先有期。時都運丈已下世，故詩中及之。

喬千户挽詩

高塚驚看石表新，空將事業望麒麟。燕遼部曲千夫長，楚漢風雲百戰身。赤羽有神留絶藝，素旗無誄記連姻。陰功未報天心在，累將重侯又幾人。潘安仁《楊使君誄》有「表之素旗」之句。喬與予，皆毛氏之婿。

贈王仙翁道成

覽照休驚白髮新，弈棋翻覆見來頻。燕南趙北留詩卷，王後盧前盡故人。平地青雲一爐藥，舊都喬木百年身。憑君剩醉浮香酒，館名。梁苑而今不筭春。

常仲明教授挽辭

雲際虚瞻處士星，豈知談笑已忘形。鎮州肥膩無毫髪，晉産真淳有典刑。白帽枉教淹晚節，緑囊元擬濟含靈。汝南後日先賢傳，猶欠知幾爲勒銘。常，代州崞縣人，客郾城。與知幾游從，知醫〔一〕，臨終殊明了。

【校記】

〔一〕醫：原作「靈」，此從汲古閣本、《全金詩增補中州集》卷六九、施箋本。今按，常仲明，名用晦，仲明其字，平山人。《遺山先生文集》卷二四《真定府學教授常君墓銘》：「國醫宛丘張子和推明黄岐之學，爲説累數十萬言，求知己爲之潤文，君頗能探微旨。親識間有謁醫者，助爲發藥，多所全濟，病家賴焉。」

追録舊詩二首

短褐單衣長路塵，十年回首一吟呻。孤居無着竟安往，宿債未償今更新。相馬自甘齊客瘦〔一〕，食鮭誰顧庾郎貧。聞君話我才名在，不道儒冠已悮身。自用韻答張之純。

潦倒聊爲隴畝民，一犁分得雨聲春〔二〕。功名何物堪人老，天地無心誰我貧。潁上雲煙隨處好，洛陽桃李幾番新。悠悠世事休相問，牟麥今年晚得辛。用催懷祖韻。

【校記】

〔一〕客：文淵閣本作「俗」。今按，此句出自《史記》卷一二六《滑稽列傳》：武帝時，有齊人東郭先生待詔公車。「當其貧困時，人莫省視；至其貴也，乃争附之。諺曰『相馬失之瘦，相士失之貧』，其此之謂邪。」〔二〕雨聲春：《全金詩增補中州集》卷六九作「兩畦春」。

丁未寒食歸自三泉

春山晴煖紫生煙〔一〕，山下分流百汊泉。未放小桃裝野景，已看茅屋映秋千。飢烏得食争相喚，醉叟行歌只自顛。寒食明年定何許，故人尊酒且留連。

【校記】

〔一〕春：汲古閣本、施箋本作「青」。

即事呈邦瑞

鄭莊父子重相留，似爲良辰散客愁。陋巷新成一茅屋，今年連醉雨中秋〔一〕。開尊便覺賢人近，汗足寧論力士羞〔二〕。明日燕臺傳盛事，坐中賓客盡名流。

【校記】

〔一〕雨中：原作「兩中」，文淵閣本作「兩三」，此從施箋本。〔二〕汗：汲古閣本、《全金詩增補中州集》卷六九、文淵閣本作「汙」。

和白樞判李定齋有詩寄白以因風何惜數行書爲落句白酬答云欲搜春草池塘句藥裹關心夢不成余平解之

金粟崗頭有髮僧，遥知默坐對龕燈。書郵但覺浮沉久，詩卷何緣唱和曾。白日放歌須縱酒，清朝有味是無能。相逢定有池塘句，藥裹關心恐未應。

慶高評事八十之壽

圖畫堯民大朴存〔一〕，衣冠兼得見高門。種松千歲如種德，教子一經今教孫。化日舒長留暮景，秋風摇落變春温。聘君羔鴈休疑晚〔二〕，正及新年薦壽尊。

【校記】

〔一〕大：《全金詩增補中州集》卷六九、文淵閣本作「太」。今按，晉桓温《薦譙元彦表》：「臣聞太朴既虧，則高尚之標顯；道喪時昏，則忠貞之義彰。」唐劉良曰：「太，五臣本作『大』。大朴，大道也。」見《文選》卷三八。〔二〕君：汲古閣本、《全金詩增補中州集》作「來」。

超然王翁哀挽

直擬期頤薦壽尊，却從圖畫記生存。百年喬木衣冠古，一夕西庵笑語温。故事未需通德里，素風多負讀書孫。吴陳諸老今誰在，滅没歸鴻是薊門。

大名贈答張簡之

營平豪宕變温文，所見今知勝所聞。只道生涯無長物，争教詩壘策奇勳。伐薪未敢煩名士，載酒能來過子雲。後日山陽養衰疾，藥籠仙品正須君。

燕都送馬郎中北上

功曹此日漢蕭何，家世當年老伏波。但愛紅蓮映芳渚，豈知寒谷燮陽和。珠囊不載模糊錦，銀管先書茂異科。太史占天應有喜，一星朝處五雲多。

馬雲漢方鏡背有飛魚

劫火依然百鍊初，護持元自有神魚。影寒似覺雲屏透，光落應分玉斗餘。開朗休嫌露圭角，圓通寧復滯方隅。衣冠正了渾閑在，一片靈臺欲付渠。

贈答鴈門劉仲修并序〔一〕。

仲修省郎乘傳過新興，有詩見及，推激過稱，甚非衰謬所宜得者。媿汗之餘，輒用韻爲謝。仲修詩律深密，得於尊公鳳山老人過庭之訓，且其顔狀絶類吾友李從事長源〔二〕，故篇中有及。

車騎雍容一坐傾，并州人物未凋零。共知祭酒傳家學，劉向爲劉氏祭酒。獨愛中郎餘典刑。東壁圖書欣有託，南溟風浪駭初經。少微見比吾何敢，洗眼仙槎候客星。

【校記】

〔一〕并序：原脱，據施箋本補。　〔二〕狀：原作「壯」，刊誤，此從汲古閣本、《全金詩增補中州集》卷七〇、施箋本。

餘慶堂

五年霜戟照康莊，萬里春風擁畫梁。已覺并汾增勝氣，更從王郝借餘光。靈椿丹桂知難老，玉節金符豈易量。剩着毚毫授辭客，南堂兼是棣華堂。

寄答劉生

西州消息到東山，懷袖新詩百過看。白璧明珠驚照座，朔雲寒雪入憑欄。省郎共結交情厚，野老還欣禮數寬。後日秋風一尊酒，草堂應得駐金鞍。

別董德卿

爛醉秋風四十場，此回歌笑重難忘。揚雄詞賦今誰識〔一〕，陶令田園先已荒。同甲弟兄雖異姓，宦游州郡即吾鄉。懸知後日登高地，剩爲行人望太行。

【校記】

〔一〕今：原作「金」，此從諸本。

送端甫西行〔一〕

瀛洲人物早知名〔二〕，車騎雍容一座傾。美酒清歌良有味，緑波春草若爲情。渭城朝雨三年別，平地青雲萬里程。老我秦游舊曾約，夢中仙掌已相迎。

【校記】

〔一〕端甫：《全金詩增補中州集》卷七〇作「瑞甫」。今按，《遺山先生文集》本卷《送武誠之往渼陂》題下注云：「太原酒政端甫之父，此時爲黄冠。」〔二〕洲：施箋本作「州」。

讀李狀元朝宗禪林記李守濟州，城破不屈節死，贈鄉郡刺史。

偶向禪林見舊文，濟陽南望爲沾巾。張巡許遠古亦少，烈日秋霜今更新。千字豐碑誰國手，百城降虜盡王臣〔一〕。知君不假科名重，元是中朝第一人。

【校記】

〔一〕虜：《全金詩增補中州集》卷七〇作「敵」，文淵閣本作「表」。

同嚴公子大用東園賞梅

東閣官梅要洗粧，青雲公子不相忘。翰林風月三千首，樂府金釵十二行。佳節屢從愁裏過，老夫聊發少年狂。花行更比梳行好，誰道并州是故鄉。

中庸先生垂示先大夫教子詩及裴内翰擇之所述家傳愛仰不足情見於辭[一]

嚴訓常如天日照，名家元自古今同。只知楊秉餘清節，争信譙玄有素風。獨行傳第一人。通德里門傳故事，安平韻語到兒童。青青留在懷賢樹，愛殺曹南一畝宫。

【校記】

[一]於：汲古閣本、《全金詩增補中州集》卷七〇作「乎」。

賀中庸老再被恩綸

萬古千秋麗澤堂，紫泥恩詔姓名香。治朝例有高年敬，神理終歸晚節昌。東魯儒生傳舊學，曹南方志發幽光[一]。季春羔鴈秋風酒，准擬年年薦壽觴。

【校記】

[一]曹南：《全金詩增補中州集》卷七〇作「南曹」。今按，曹南之説，《遺山先生文集》屢見，如卷四〇《曹南商氏千秋録後記》。

趙汲古南園分得軍字。

林園近與六街鄰，塵漲都歸一水分。魚樂定從濠上得，竹香偏向雨中聞〔一〕。接籬倒着容山簡〔二〕，老屋高眠稱陸雲。尊酒相陪有今日，却慙詩壘不能軍。

【校記】

〔一〕竹：《全金詩增補中州集》卷七〇作「荷」。〔二〕籬：《全金詩增補中州集》、文淵閣本、施箋本作「羅」。今按，「接籬」亦作「接羅」、「接離」，緣是俗語，字未定型。《晉書》卷四三《山簡傳》載當時兒歌云：「山公出何許，往至高陽池。日夕倒載歸，茗艼無所知。時時能騎馬，倒著白接羅。」

柳亭雨夕與高御史夜話

關塞無緣笑語同，偶然情話此從容。青天蜀道不得過，山色歸心空自濃。九日茱萸藍澗酒，十年朝馬景陽鍾。三間老屋知何處，惆悵雲間陸士龍。高曾自藍田令入拜監察御史，北渡後謀還保塞，而困於無資者二十年矣。

玉峰魏丈哀挽〔一〕

風馭翩翩渺獨征，幾人終始復衰榮。秖緣大事存遺稿，重爲斯文惜主盟。北斗太山初未減，秋霜烈日凛如生。莫疑知己無從報，直筆君看戮進明。

【校記】

〔一〕丈：原作「文」，刊誤，此從諸本。

清明日改葬阿辛

掌上青紅記點粧，今朝哀感重難忘。金環去作誰家夢，綵勝空期某氏郎。一瞥風花纔過眼，百年冰櫱若爲腸〔一〕。孟郊老作枯柴立，可待吟詩哭杏殤。

【校記】

〔一〕腸，文淵閣本作「揚」。

寄謝常君卿

百過新篇卷又披，得君重恨十年遲。文除嶺外初無例，詩學江西又一奇。楊柳不隨春事老，貞松唯有歲寒知。仙鄉白鳳瀛洲近，洗眼雲霄看後期。

送武誠之往溸陂〔一〕太原酒政端甫之父〔二〕，此時爲黄冠。

行李中春發晉溪，離筵辭客賦新題。青雲有路人看老，秋水無言物自齊。杜曲舊遊頻入夢，兵厨佳釀惜分攜。因君爲向蓮峰道，不待移文我亦西。

【校記】

〔一〕渼陂：原作「漢陂」，此從汲古閣本。今按，清顧祖禹《讀史方輿紀要》卷五三「西安府鄠縣」：「渼陂，縣西五里。唐《十道志》：『陂周十四里，産魚甚美。』」〔二〕端：原作「瑞」，此從汲古閣本、《全金詩增補中州集》卷七〇。參見本集本卷《送端甫西行》條校記。

送劉子東遊

劉郎世舊出雄邊，生長幽并氣質全。陣馬風檣見豪舉，雪車冰柱得真傳。書空咄咄知誰解，擊缶嗚嗚頗自憐。後日東州飽歸載，且休多送酒家錢。

甲寅九日同臨漳提領王明之鹿泉令張奉先賈千户令春李進之冀衡甫遊龍泉寺僧顥求詩二首

遠水寒煙接戍樓，黄花白酒浣羈愁。霜林染出雲錦爛，春色併歸風露秋。鄉社歲時容客醉，石牆名姓爲僧留。登高舊説龍山好，從此龍泉是勝遊。

柿葉殷紅松葉青，黄花霜後獨鮮明。西風浩浩欲吹帽，石溜泠泠堪濯纓。皇統貞元見題字，良辰美景記升平。何人解得登臨意，滅没踈雲鴈一聲。

十日作

闕樹蕭條返照明，井陘西北筭歸程〔一〕。青黄大似溝中斷，文字空傳海内名。平地煙霄遽如許，秋風茅屋可憐生。重陽擬作登高賦，一片傷心畫不成。

【校記】

〔一〕井：原作「并」，此從諸本。今按，金置井陘縣，隸河北西路威州，見《金史》卷二五《地理志》。

贈答普安師

入座臺山景趣新，因君鄉國重情親。金芝三秀詩壇瑞，寶樹千花佛界春。聞道舊傳言外意，忘言今得眼中人〔一〕。種蓮結社風流在，會向籃輿認後身〔二〕。

【校記】

〔一〕言：原作「年」，此從汲古閣本、施箋本。今按，《莊子·外物》：「言者所以在意，得意而忘言。」

〔二〕籃：原作「藍」，此從施箋本。今按，《晉書》卷九四《隱逸傳·陶潛》：「（王）弘要之還州，問其所乘，答云：『素有脚疾，向乘籃輿，亦足自反。』」

孝純宛丘遷奉張弟新舉弟二雛，聞其玉雪可念，因以字之〔一〕。

鬢毛衰颯面塵埃，孝子牽車古所哀。千里長河限南北，一丘寒土見蒿萊。遼東華表何人在，柳氏玄堂此日開。十月知君有新喜，小雛先與喚迎來。

【校記】

〔一〕施箋本題注移於詩末。

曹壽之平水之行

關塞相望首重搔〔一〕，相逢衰颯嘆顛毛。驪珠可忍輕彈雀，犗餌何緣得釣鰲。從昔丘園昌晚節，向來山嶽總秋毫。西風先有龍門約，共舉一杯持兩螯〔二〕。

【校記】

〔一〕塞：施箋本作「寒」；搔，《全金詩增補中州集》卷七〇作「摇」。今按，《歐陽修集·居士集》卷一三《送沈學士康知常州》：「平生粗得爲州樂，因羨君行首重搔。」〔二〕螯：原作「鰲」，此從諸本。

追懷趙介叔

今古人門各一時〔一〕，燕南剩有桂林枝。清風明月懷玄度，緑水紅蓮見杲之。善政傳歸遺愛頌，陰功留在稱家兒。哀歌不盡平生意，空想翛然瘦鶴姿。

【校記】

〔一〕門：汲古閣本、《全金詩增補中州集》卷七〇作「間」。

追懷友生石裕卿

人物休評第幾流，依然豪俠數并州。壯懷歌闕尊爲破，連句才多筆不休。金馬只教聊避世，玉犀誰遺失封侯〔一〕。酒酣握手今無復，惆悵西園是舊游。

【校記】

〔一〕遺：文淵閣本作「道」。

挽雁門劉克明

詩骨翛然野鶴孤，兩年清坐記圍爐。金初宋季聞遺事，草靡波流見古儒〔一〕。已分幽人嗟古柏，争教孺子奠生芻。鳳山後日先賢傳，再有劉宗祭酒無。

【校記】

〔一〕草：原作「第」，文淵閣本作「弟」，此從汲古閣本、《全金詩增補中州集》卷七〇、施箋本。

贈答平陽仇舜臣

兩辱携詩過草堂，曹君師席有輝光。飛騰自是功名具〔二〕，潦倒何堪翰墨場。滄海驪珠能幾見，豐城龍劍不終藏〔三〕。太行殘雪春風近，且趁梅花薦壽觴。仇乃曹益甫門生也〔三〕。

【校記】

〔一〕騰：原作「勝」，此從諸本。〔二〕豐：原作「酆」，此從文淵閣本。今按，此句出自《晉書》卷三六《張華傳》：「華由雷焕知豫章豐城藏有雙劍，一曰龍泉，一曰太阿，即補焕爲豐城令，得之。」〔三〕甫：原作「夫」，汲古閣本、《全金詩增補中州集》卷七〇作「父」。今按，曹之謙字益甫，號兑齋，雲中應州人。「甫」亦作「父」、「夫」。

賈漕東城中隱堂〔一〕

智水仁山德有鄰，柳塘花塢静無塵。家僮解誦閑居賦，田父争持社甕春。安吉總輸中隱士，典刑真見老成人。明年恰入非熊運，共看青蒲裏畫輪。

【校記】

〔一〕漕：汲古閣本作「曹」。今按，賈漕指賈起，字顯之，東平人。少日擢進士第。金亡後，從東平行臺嚴氏，仕爲提領堂邑歲課、提點河倉，因有「賈漕」之稱。見《遺山先生文集》卷三四《東平賈氏千秋録後記》。

約嚴侯汎舟〔一〕

風物當年小洞庭，西湖此日展江亭。詩貪勝槩題難偏，酒怯清秋醉易醒。白鳥無心自來去，紅渠照影亦娉婷[二]。仙舟共載平生事，未分枯槎是客星。

【校記】

[一]施注本詩題下有注：「即忠嗣」。[二]渠：汲古閣本、施箋本作「蕖」。

送李同年德之歸洛西二首[一]

千佛名經有幾人，棲遲零落轉情親。承平盛集今無復，哀樂中年語最真。衣上緇塵元自化，鏡中白髮爲誰新。水南水北相逢在，剩醉酴醾十日春。

亡奈流光冉冉何，逢君聊得慰蹉跎。飛黄老去空奇骨，拙燕歸來只舊窠。舉世盡從愁裏過，一尊獨愛醉時歌。洛中定有人相問，休道今年白髮多。

【校記】

[一]送：汲古閣本、《全金詩增補中州集》卷七〇作「贈」；「李同年德之」之「德之」，元王惲《玉堂嘉話》卷一涉及，作「得之」：「洛陽竹齋先生李得之云……」。得之先生名國維，淄川人。」今按，《遺山先生文集》卷二七《沁州刺史李君神道碑》：「次子國維，興定五年進士，歷符離、葉令，淳正古雅，爲時聞人。」遺山與之同榜登第，且爲其父撰碑，所言當是。

贈蕭漢傑并序[一]。

蕭漢傑，大興人。金國初嘗賜姓奧里氏[二]，故時人又謂之奧里漢傑。父仲寬居之，飛龍牓登科，同知青州軍州事致仕〔三〕。有子六人，皆使宦學，獨漢傑不樂，去聲遂作舉子。爲人慷慨有志膽，好讀書，古兵法及陰陽孤虚禄命之術。從軍二十年〔四〕，積官從三品，領虢州倅、關陝總帥府提控，佩金符。蓋自燕城圍解之後，間關南渡〔五〕，出入行陣間，瀕於死者屢矣。鐵嶺之潰，復入陝州。陝州亂，爲群不逞輩繫漢傑獄中，漢傑乘昏暮破械而出，懼爲追者及，駕浮壺，亂黄流，筋疲力涸，僅達北岸。失侯故將者又二十年，流離頓踣，人所不能，而意氣都不少衰。以人情觀之，豈禄禄者所可辦耶〔六〕！壬子冬，與予相值於東原，問其世，知其爲故人大鈞之同母弟也〔七〕。問其日事，則曰止以唐生季主之業游時貴間耳。因與論余之行年〔八〕，而有契於余心者。私竊慨嘆，以爲倚伏叵測，哀與樂相尋，生也有涯而跼於憂畏，浩浩乎如乘舟而遇風波，非知其亡可奈何而安之〔九〕，其可以收利涉之功乎〔一〇〕？漢傑爲有得矣。其别也，因爲長句以贈。

射虎將軍右北平，短衣憔悴宿長亭。雷轟寶劍無留迹，火借青囊爲乞靈。四壁不知貧作祟，一瓢誰識醉中醒。相逢莫話樁機石，自省枯槎是客星。

【校記】

〔一〕并序：原脱，施箋本注作「有序」，此從《全金詩增補中州集》卷七〇補。〔二〕奥里氏：《全金詩增補中州集》作「鄂囉氏」，按曰：「《金國語解》無『鄂囉氏』，諸人事物類亦無此稱。」文淵閣本作「敖拉氏」。今按，《金史》卷五五《百官志》女真「白號之姓」與「黑號之姓」未見「奥里」氏，或漏略，或以其爲漢語音譯，字未定型而生歧異。入清後以滿語重譯，遂增紛紜。俟考。〔三〕青：汲古閣本作「清」。今按，青州爲濟南古名。本集本卷《送李輔之官青州》及《遺山先生文集》卷三七《送李輔之之官濟南序》所涉爲同一人，可證當時濟南仍稱青州。金初嘗「置興德軍節度使」，與「同知青州軍州事」約略相合，見《金史》卷二五《地理志》。〔四〕二：原作「一」，此從諸本。〔五〕間關：原作「關間」，此從諸本。今按，《漢書》卷九九《王莽傳》下：「王邑晝夜戰，罷極，士死傷略盡，馳入宫，間關至漸臺。」唐顏師古注：「間關，猶言崎嶇展轉也。」〔六〕辦：原作「辨」，此從《全金詩增補中州集》、施箋本。〔七〕弟：字原脱，據汲古閣本、《全金詩增補中州集》補。〔八〕論：原作「諭」，此從汲古閣本、《全金詩增補中州集》、施箋本。〔九〕亡：《全金詩增補中州集》作「無」。〔一〇〕可：汲古閣本、《全金詩增補中州集》作「何」。

送曹幹臣

和林音驛日懷思，燕市歌歡有此時。老我真成鐵爐步，感君時送草堂貲。黄楊舊厄三年閏，赤驥非無萬里姿。平地煙霄付公等，不妨閑和鳳池詩。

國醫王澤民詩卷

萬石君家父事兄〔一〕，豈知衰俗有王卿。一篇華衮中書筆，滿紙清風月旦評。鴻鴈自分先後序，鶺鴒兼有急難情。閨門雍睦君須記，方伎成名恐未平。

【校記】

〔一〕石：原作「古」，此從汲古閣本、《全金詩增補中州集》卷七〇、施箋本。今按，《漢書》卷四六《石奮傳》：「奮長子建，次甲，次乙，次慶，皆以馴行孝謹，官至二千石。於是景帝曰：『石君及四子皆二千石，人臣尊寵乃舉集其門。』凡號奮爲萬石君。」

祖唐臣母挽章

白髮承平一夢過，怡然冠帔見慈和。肩輿燕喜今無復，手綫留殘恨更多。舍肉已甘非潁谷，學仙何敢望西河。升堂結友平生事，重爲王君廢蓼莪。

丙辰九月二十六日挈家游龍泉〔一〕

風色澄鮮稱野情，居僧聞客喜相迎。藤垂石磴雲添潤，泉漱山根玉有聲。庭樹老於臨濟寺，霜林渾是漢家營。明年此日知何處，莫惜題詩記姓名。

【校記】

〔一〕二十六：施箋本作「一十六」。

感寓

南楊北李閑中老，樂丈張兄病且貧。叔夜吕安誰命駕，牧童田父實爲鄰〔一〕。功名富貴知何物，風雨塵埃惜此身。歌酒逢場斲陶寫〔二〕，不應嫌我醉時真。李仁卿、楊正卿、樂舜咨、張緯文。

【校記】

〔一〕鄰：原作「憐」，此從文淵閣本、施箋本。〔二〕逢場：汲古閣本、《全金詩增補中州集》卷七〇作「相逢」。

存殁辛老敬之、劉兄景玄。

行間楊趙提衡早，老去辛劉入夢頻。案上酒杯聊自慰〔一〕，袖中詩卷欲誰親。兩都秋色皆喬木，一代名家不數人。汲冢遺編要完補，可能虚負百年身。

【校記】

〔一〕案：原作「按」，此從汲古閣本、《全金詩增補中州集》卷六六、施箋本。

人日有懷愚齋張兄緯文

書來聊得慰懷思，清鏡平明見白髭。明月高樓燕市酒，梅花人日草堂詩。風光流轉何多態，兒女青紅又一時。澗底孤松二千尺，殷勤留看歲寒枝。

趙元德御史兄七秩之壽〔一〕

富貴浮雲世態新〔二〕，典刑依舊老成人。松身鶴骨詩千狀〔三〕，玉潤冰清德有鄰〔四〕。已卜新居近泉石，不應晚節傍風塵。平頭七十從頭數，才是梅溪第一春。

【校記】

〔一〕施箋本詩題「兄」後、「七」前有「之」字。〔二〕富貴：汲古閣本、《全金詩增補中州集》作「總道」。〔三〕狀：文淵閣本作「首」。〔四〕潤：原作「澗」，此從《全金詩增補中州集》、文淵閣本、施箋本。

張村杏花丁巳二月初二日〔一〕。

昨日櫻唇絳蠟痕〔二〕，今朝紅袖已迎門。只應芳樹知人意，留着殘粧伴酒樽。穠李尚須羞粉艷〔三〕，寒梅空自怨黄昏。詩家元白無今古，從此張村即趙村。《遺山先生文集》卷一〇。

【校記】

〔一〕二月：汲古閣本、《全金詩增補中州集》卷六六作「三月」。〔二〕唇：《全金詩增補中州集》作「桃」，注「一作唇」。〔三〕穠：原作「濃」，此從文淵閣本。今按，唐王宏《從軍行》：「兒生三日掌上珠，燕頷猿肱穠李膚。」見《全唐詩》卷三八。

送仲希兼簡大方

家亡國破此身留，留滯聊城又過秋。老去天公真憒憒，亂來人事轉悠悠。碁中敗局從誰覆，鏡裏衰容只自羞[一]。方外故人如見問，爲言乘興欲東流。

【校記】

[一]自：《全金詩增補中州集》卷七〇作「是」。

送郭大方

雲裝煙駕渺翩翩，是處林泉有静緣。存殁共驚初劫後，交游空記十年前。忘言秋水聊揮麈，得意高山未絶絃。明月太虚君自了，相思休泛剡溪船。

送李輔之官青州[一]

親朋離燕日相仍，又向扁舟别李膺。晚節浮沉疑未害，中年哀樂自難勝[二]。樊籠不畜青田鶴，朔吹初翻白錦鷹。鄭重雙魚問消息，故侯瓜圃在東陵。

【校記】

[一]輔：施箋本作「甫」。今按，李輔之名天翼，固安人。登貞祐三年進士第，在金累官右警巡使。《中州集》卷八《李警院天翼》：「汴梁既下，僑寓聊城，落薄失次，無以爲資，辟濟南漕司從事。」另，《遺山先生文集》卷三七《送李輔之之官濟南序》亦涉。　[二]中：原作「終」，此從《全金詩增補中州集》卷七〇、施箋本。今按，南朝宋劉義慶《世説新語》卷上《言語第二十一》：「謝太傅語王右軍

曰：『中年傷於哀樂，與親友別，輒作數日惡。』」

答晁公憲世契二首 晁文元公之後，游仙李承旨之外孫。

文元道院玉爲淵，卧治堂中宅相賢。名氏共知先德在〔一〕，詩書仍自外家傳。獨先月旦宜無愧，久辱泥塗恐未然。子弟他年拜矜式，萬鍾應待餞華顛。

通家能有幾人存，華屋生平得細論。入座舊曾稱小友，挾書今復授諸孫。已煩學舍分餘俸，更約田家共老盆。一諾知君重山嶽，車行五日是并門。

【校記】

〔一〕氏：《全金詩增補中州集》卷七〇、施箋本作「世」。

寄史德秀兼呈濟上諸交游〔一〕

久拚身世不相關，暫入紅塵亦自難〔二〕。一旱且當逃赤地，二年争得厭青山。陽臺寒食林花盛，鐵岸南風草閣寒。鄉社追隨有成約，更教空負老來閑。

【校記】

〔一〕史德秀：原作「史得秀」，諸本如之。今按，《中州集》卷九《史士舉》：字仲升，滎澤人。以其爲官恤民，爲人雅重，卒於貞祐之亂。「孫庭玉，字德秀，今居山陽。」另，金李俊民《莊靖集》卷一《遊濟源》詩序亦涉，作「史德秀」。〔三〕紅塵：《全金詩增補中州集》及《永樂大典》卷一四三八〇寄字韻引元好問《遺山集》此詩作「塵埃」。

答吴天益

兵中曾共保嵩丘，忽漫相逢在此州。鵝鴨何嘗厭喧聒，燕鴻無計得遲留。白頭親舊常千里，黄葉關河又一秋。三徑他時望羊仲，却應松菊未銷憂。來詩有「三徑松菊」之句。

答郭仲通二首

白髮歸來一布衣，東臯春草映柴扉。向時諸老供薰沐，此日孤生足罵譏。遁世已甘成遠引，刺天何暇計群飛。光芒銷縮都無幾，慚愧詩人比少微。來詩有「少微星」之句。

一尊何意復同傾，亂後真疑隔死生。吐氣無妨出芒角，忍窮尤喜見工程。千年老檜盤根古，十丈寒潭照膽清。凜凜風期望吾子，不成隨例只時名〔一〕。

【校記】

〔一〕成：原作「誠」，此從《全金詩增補中州集》卷七〇、施箋本。

蘭仲文郎中見過〔一〕

玉臺辭客富年華，樂府風流有故家。水碧金膏步兵酒，天香國色洛陽花。皇居鬱鬱今何在，世事悠悠日又斜。後夜雲州古城下，故應回首一長嗟。

【校記】

〔一〕蘭仲文：《全金詩增補中州集》卷七〇、施箋本作「蘭文仲」。今按，金劉祁《歸潛志》卷一四録其詩，署「金城蘭光庭仲文」。另，元耶律楚材《湛然居士文集》卷一二《蘭仲文寄詩二十六韻勉和以謝之》如之。

送奉先從軍

潦倒書生百戰場，功名都屬綉衣郎。虎頭食肉無不可，鼠目求官空自忙。捲月清笳渭城曉，倚天長劍蜀山蒼。習池老去風流減，醉後揚鞭媿葛彊。

壽趙受之〔一〕

山東諸將擁行臺〔二〕，共許元戎有雅懷。文字誰如祭征虜，威名人識李臨淮。農郊荆棘連新麥，儒館丹青映古槐〔三〕。看取邦人祝君壽，五雲多處是三台。

【校記】

〔一〕受：原作「益」，此從施箋本。今按，《遺山先生文集》卷二九《千户趙侯神道碑銘》：「侯諱天錫，字受之，姓趙氏，世爲冠氏人。」〔二〕行：原作「雲」，此從《全金詩增補中州集》卷七〇。今按，詩中行臺指東平嚴實，字武叔，長清人，《遺山先生文集》卷二六《東平行臺嚴公神道碑》有説。

〔三〕映：施箋本作「仰」。

與宗秀才陽平作。

趙侯雅負平原量，楊子今爲四海儒。已遣父兄知義訓〔一〕，肯容兒輩作耕夫。鶯遷高樹音容改，魚得明珠尾鬣殊。駟馬高門看他日，始知種德有根株。

【校記】

〔一〕訓：原作「所」，此從《全金詩增補中州集》卷七〇、施箋本。今按，晉杜預《〈春秋左氏傳〉序》：「婉而成章，曲從義訓，以示大順。」見《全上古三代秦漢三國六朝文·全晉文》卷四三。

贈馮内翰并序二首

内翰馮丈往在京師日〔一〕，渾源雷淵希顔、太原王渥仲澤、河中李獻能欽叔、龍山冀禹錫京甫，皆從之問學。某忝緣亦得俎豆於門下士之末。然自辛卯壬辰以來不三四年，而五人者唯不肖在耳。丙申夏六月，公自東平將展墓於鎮陽，以某在冠氏，枉駕見過。時公方爲髀股所苦，吟呻展轉，若非老人之所能堪。然閒語及舊事，則危坐終日，往往爲之色揚而神躍。以公初挂冠歸嵩山時較之，其談笑風流，固未減也。竊意造物者錫公難老，使後生輩望見眉宇以知百年文章鉅公敦龐耇艾之士，褒衣博帶，坐鎮雅俗者蓋如此。横流方靡而砥柱不移，故國已非而喬木猶在，幸公之可恃，而哀四子之不見也。作詩二章，以道區區之懷，於公之行而爲之獻。

耆舊如公可得親，争教晚節傍風塵。青氈持去故家盡，白帽歸來時事新。扶路不妨驢失脚，守關尤覺虎憎人。只應有似松庵日，時醉中山麴米春。

龍門冠蓋日追隨，四客翩翩最受知。桃李已隨風雨盡，柏松獨與雪霜宜。元龜華髮渠有幾，清廟朱絃誰與期。見説常山可歸隱[二]，從公未覺十年遲。

【校記】

[一]丈：《全金詩增補中州集》卷七〇、施箋本作「公」。　[二]可：施箋本作「好」。

九日午後入府知曹子凶問夜爲不能寐爲作詩二首

角逐文場早決機，晚年書卷不停披。詩如魯望何多態，檄比賓王又一奇。題品自當高等級，搜求誰復盡毫釐。遺編綴葺非吾事[一]，千古朱絃有子期。

造物無心賦耦奇，敢從窮達計前期。參軍桓府得君重，奮翼澠池徒爾爲。一瞥風花才過眼，半生歌笑幾伸眉。陸家正有諸郎在，寶劍千金更屬誰。

【校記】

[一]葺：施箋本作「輯」。今按，宋魏泰《臨漢隱居詩話》：「黄庭堅喜作詩得名，好用南朝人語，專求

古人未使之事，又一二奇字，綴葺而成詩，自以爲工，其實所見之僻也。」

益父曹弟見過挽留三數日大尉積年傾系之懷其行也漫爲長句以贈弟近詩超詣殆欲度驊騮前故就其所可至者而勉之〔一〕

九萬扶摇先有程，秖應貧病坐時名。暫同寢飯聊堪喜，細話難危却自驚。從事舊慚三語掾，通家猶記十年兄。文章正脉須公等，如我何年畫虎成〔二〕。

【校記】

〔一〕者：施箋本無。〔二〕虎：施箋本作「得」。

贈李文伯

鳳凰在山天下奇，泰和以來王李倪。承平人物天未絶，耆舊風流今復誰。青紅自是兒女事，老幹寧與春風期。萬壑松聲一壺酒，從公未覺去年遲。

贈玉峰魏丈邦彦

夢想南山掩靄間，眼明驚見玉峰寒。風波舊憶横身過，世事今歸袖手看。販婦傭兒識名姓，故鄉遺俗見衣冠〔一〕。臨流卜築平生事，會就遼東管幼安。

【校記】

〔一〕俗：《全金詩增補中州集》卷六六、施箋本作「族」。

贈答趙仁甫

南冠牢落坐貧居，却爲窮愁解著書。但見室中無長物，不聞門外有軒車。六朝人物風流在，兩月燕城笑語疏。寒士歡顔有他日，晚年留看定何如。

同德秀求田燕川分得同字

數家村落翠微中，茅屋真堪著病翁。水竹漸知盤谷近，鄉鄰仍與玉川通。清泉白石言猶在，赤日紅塵夢已空。杖屨追隨自今始〔一〕，此行聊記與君同。

【校記】

〔一〕屨：《全金詩增補中州集》卷七〇、施箋本作「履」。

德修家兒子〔一〕

犀插隆顱玉作肌，名郎風骨見來奇。靈椿丹桂詩將應，玉杵玄霜夢已知。兒未生時，夢得一兔。

竹馬乍騎猶未慣，斑衣才著更相宜。鳳山自有鵷雛種，九子相從不厭遲。

【校記】

〔一〕德修：原作「德秀」，此從施箋本。今按，施箋本題末注「見上鴈門詩」，指本集本卷《挽鴈門劉克明》《贈答鴈門劉仲修》。據二詩所述，劉克明即「鳳山老人過庭」、仲修「尊公」。詩中「鳳山自有鵷雛種，九子相從不厭遲」云云，與《挽鴈門劉克明》「鳳山後日先賢傳，再有劉宗祭酒無」合。至於德修，或仲修兄弟行。

贈任丈耀卿

袖手名城得海藏，不妨身與世相忘。故人非復烏衣巷〔一〕，勝事仍餘緑野堂。茶竈漫煎雲脚散，蓮舟清嘯月波凉。投詩未覺追隨遠，預怯君家百罰觴。

【校記】

〔一〕人：原作「君」，此從《全金詩增補中州集》卷七〇、施箋本。

賀德卿王太醫生子

喜色門闌笑語譁，新兒浴罷試鉛華。岳蓮盡發三峰秀，夢筆驚看五色花。此日壽筵分象果〔一〕，異時雲漢望仙槎。并州金馬君知否，藥籠陰功是故家。

【校記】

〔一〕象：《全金詩增補中州集》卷七〇作「采」。

贈麻信之

梁苑同來手重分，洛西清語意尤親〔一〕。相期晚歲定知我，可道古人惟有君。霽日光風開白晝，瓊林珠樹照青春。陸機舊有三間屋，便擬東頭著弟雲。

【校記】

〔一〕清：施箋本作「情」。

射虎

虎跡鬖鬖近九關，豈知飛將乃黄間。弦弧霹靂應手破，從騎斕斑載錦還。得意雲雷捲勍敵，回頭藜藿但空山。寢皮食肉男兒事，未分書生袖手閑。

茗飲

宿酲未破壓觥船，紫笋分封入曉煎。槐火石泉寒食後，鬓絲禪榻落花前。一甌春露香能永，萬里清風意已便。邂逅華胥猶可到，蓬萊未擬問群仙。

鬱鬱

鬱鬱羈懷不易開，更堪寥落動淒哀。華胥夢破青山在，梁甫吟成白髮催。秋意漸隨林影薄，曉寒都逐鴈聲來。并州近日風塵惡〔一〕，悵望鄉書早晚回。

【校記】

〔一〕近：《全金詩增補中州集》卷六六作「舊」；「風塵」原作「風聲」，此從施箋本。今按，唐李端《代村中老人答》：「京洛風塵後，村鄉煙火稀。」見《全唐詩》卷二八五。

秋日載酒光武廟〔一〕

美酒良辰邂逅同，赤眉城北漢王宮。百年星斗歸天上，萬古旌旗在眼中。草木暗隨秋氣老，河山長爲昔人雄。一杯徑醉風雲地，莫放銀盤上海東。

【校記】

〔一〕施注本題末有注：「《中州集》劉景賢《中秋日同辛敬之魏邦彦馬伯善麻信之元裕之燕集三鄉光武廟諸君有詩昂霄亦繼作》」，當是施氏所加。

寄劉光甫

山澤臞儒亦自豪，塵埃俗吏豈勝勞。陶潛貧裏營三徑，潘岳秋來見二毛。芻狗已陳甘自棄，轅駒未脱欲安逃。因風寄謝劉夫子，極口推稱恐太高。

過皋州寄聶侯

澗岡重復竝湍流，斜日黄榆嶺上頭。地底寶符臨趙國，眼中佛屋見皋州。雲沙浩浩鴈良苦，木葉蕭蕭風自秋。别後故人應念我，一時聊與話離憂。

病中感寓贈徐威卿兼簡曹益甫高聖舉先生絶筆〔一〕

讀書略破五千卷，下筆須論二百年。正賴天民有先覺，豈容文統落私權。東曹掾屬冥行廢，鄉校迂儒自聖癲。不是徐卿與高舉，老夫空老欲誰傳。

【校記】

〔一〕先生絶筆：此注當是曹之謙輯《元遺山詩集》所加。另，施箋本詩題作「病中感寓贈徐威卿兼簡曹益甫高聖舉先生」，增出「先生」二字，而無「先生絶筆」小字注。

歸潛堂

南山老桂幾枝分，翰墨風流屬兩君。共説人間好歆向〔一〕，争教茅屋著機雲。備嘗險阻聊乘化，力戰紛華又策勳。却恐聲光埋不得，皇天久矣付斯文。《元遺山詩集》卷一〇

【校記】

〔一〕好：金劉祁《歸潛志》卷一四録此詩，中華書局本崔文印先生校曰：「『好』，明抄本及聚珍本皆作『似』。」

新編全金詩卷八二

元好問 一一

五言絶句

洛陽高少府瀍陽後庵五首

溪上弄明月，風露發新警。心空無一塵，萬竹掃秋影〔一〕。

一水隨人意，蔬畦復芋溝。風波河洛近，莫放出山流。

韭早春先緑，菘肥秋末黄〔二〕。殷勤澆畦水，終日爲君忙。

地僻境逾静，林踈秋已分。清溪一片月，修竹四山雲。

方外人長樂，山中物自幽。百年梅福隱，萬古謫仙游。

【校記】

〔一〕秋：《全金詩增補中州集》卷六六作「清」。　〔二〕末：施箋本改作「未」，箋引《南齊書》卷四一《周顒傳》：「文惠太子問顒：『菜食何味最勝？』顒曰：『春初早韭，秋末晚菘。』」今按，施氏拘泥出處而未究遺山詩意，所改似未當。

内鄉雜詩〔一〕

犬吠桃源近，鶯聲柳巷深。蒼苔留醉卧，青竹伴幽尋。

【校記】

〔一〕施箋本删「内鄉」二字，題作「雜詩」，箋引《中州集》卷一〇元敏之《讀裕之弟詩稿有鶯聲柳巷深之句漫題三詩其後》，案云：「本集《敏之墓銘》『殁於貞祐二年三月北兵之禍』，則先生作詩時尚未南渡，安得在三鄉『内鄉』耶？二字削去，竟題作『雜詩』爲是。」姑仍之，以備參考。

薛明府去思口號七首

能吏尋常見，公廉第一難。只從明府到，人信有清官。

晝諾由官長，昂頭顧吏頻。只從明府到，判筆不傳神。

麇鹿山中盡，公厨破幾錢。只從明府到，獵户得安眠。

木索人何罪，纍纍满獄中。只從明府到，牢户二年空。

驛舍無歌酒，清談了送迎。即看明府去，畫鼓有新聲。

舊日逃亡屋〔二〕，鎌鉏色色新。即看明府去，還作賣牛人。

疾惡看平日，天然御史材。豪姦休鼓舞，驄馬即西来。

【校記】

〔一〕屋：文淵閣本作「國」。

山居雜詩六首

瘦竹藤斜挂，幽花草亂生〔一〕。林高風有態，苔滑水無聲。

石潤雲先動，橋平水漸過。野陰添晚重，山意向秋多。

樹合秋聲满，村荒暮景閑。虹收仍白雨，雲動忽青山。

川迥楓林散，山深竹港幽。疎煙沉去鳥，落日送歸牛。

漲落沙痕出，堤摧岸口斜。斷橋堆聚沫〔二〕，高樹閣浮槎。

鷺影兼秋静，蟬聲帶晚凉。陂長留積水，川闊盡斜陽。

【校記】

〔一〕幽：汲古閣本、《全金詩增補中州集》卷六六、施篋本作「藂」。〔二〕沫：原作「沬」，此從汲古閣本、《全金詩增補中州集》、施篋本。今按，沬通昧。

梁父吟扇頭孔明箕踞坐大石上，望月作梁父吟。

槃礴萬古心，塊石入危坐。青天一明月，孤唱誰與和。

南樓月夕望鳳山有懷武鍊師子和

相望不相見，山中君得知。南樓今夜月，也到洗參池。

辛亥寒食

寒食年年好，今年迥不同。秋千與花影，併在月明中。

山中晚春

雲光金碧聚，林煙綵翠新。山花發較晚，今年兩見春。

得緯文兄書

鵲語喜復喜，山城誰與娱。青燈一盃酒，千里故人書。

乙巳九月二十八日作

關山小雪後，絮帽北風前。殘月如新月，今年老去年。

六言絶句

定齋兄寫真

朱黄筆底三篋，白黑胸中兩碁。畫作蕭然野服，雲龍蔽日騤騤〔一〕。

【校記】

〔一〕蔽：汲古閣本、《全金詩增補中州集》卷七〇作「終」。

巨然秋山爲鄧州相公賦

筆端游戲三昧，物外平生往還。爲問阿師何在，白雲依舊青山。

德和墨竹扇頭

静裏離離新粉，動時細細清香。明月清風自在，紅塵白日何妨。「嫩香新粉墨離離」，李長吉竹詩。

曹得一扇頭

機中秦女仙去，月底梅花晚開。只見一枝踈影，不知何處香來。

唐子達扇頭

溪光冷於冰，山骨淨如玉。白雲自老人自閑，莫遣秋風破茅屋。

七言絶句

論詩三十首 丁丑歲三鄉作。

漢謡魏什久紛紜，正體無人與細論。誰是詩中疏鑿手，暫教涇渭各清渾。

曹劉坐嘯虎生風，四海無人角兩雄。可惜并州劉越石，不教横槊建安中。

鄴下風流在晉多，壯懷猶見缺壺歌〔一〕。風雲若恨張華少，温李新聲奈爾何。鍾嶸評張華詩：「恨其兒女情多、風雲氣少。」

一語天然萬古新，豪華落盡見真淳。南窗白日羲皇上〔二〕，未害淵明是晉人。柳子厚，晉之謝靈運〔三〕；陶淵明，唐之白樂天。

縱横詩筆見高情，何物能澆磈磊平。老阮不狂誰會得，出門一笑大江横。

心畫心聲總失真，文章寧復見爲人〔四〕。高情千古閑居賦，争信安仁拜路塵。

慷慨歌謡絶不傳，穹廬一曲本天然。中州萬古英雄氣，也到陰山敕勒川。

沈宋横馳翰墨場，風流初不廢齊梁。論功若准平吴例，合着黄金鑄子昂。

鬬靡誇多費覽觀，陸文猶恨冗於潘。心聲只要傳心了，布穀瀾翻可是難。陸蕪而潘静[五]，語見《世説》。

排比鋪張特一途，藩籬如此亦區區。少陵自有連城璧，争奈微之識碔砆[六]。事見元稹《子美墓誌》[七]。

眼處心生句自神，暗中摸索總非真。畫圖臨出秦川景，親到長安有幾人。

望帝春心託杜鵑，佳人錦瑟怨華年。詩家總愛西崑好，獨恨無人作鄭箋。

萬古文章有坦途，縱横誰似玉川盧。真書不入今人眼，兒輩從教鬼畫符。

出處殊途聽所安，山林何得賤衣冠。華歆一擲金隨重，大是渠儂被眼謾。

筆底銀河落九天，何曾顦悴飯山前。世間東抹西塗手，枉着書生待魯連。

切切秋蟲萬古情，燈前山鬼淚縱横。鑑湖春好無人賦，岸夾桃花錦浪生[八]。

切響浮聲發巧深，研摩雖苦果何心。浪翁水樂無宫徵，自是雲山韶濩音。水樂，次山事。又，其《欸乃曲》云：「停橈静聽曲中意，好是雲山韶濩音。」

東野窮愁死不休，高天厚地一詩囚。江山萬古潮陽筆，合在元龍百尺樓。

萬古幽人在澗阿，百年孤憤竟如何。無人説與天隨子，春草輸贏校幾多[九]。天隨子詩：「無多藥草在南榮，合有新苗次第生。稚子不知名品上，恐隨春草鬬輸贏。」

謝客風容映古今，發源誰似柳州深。朱絃一拂遺音在，却是當年寂寞心。

窘步相仍死不前，唱酬無復見前賢。縱橫正有凌雲筆，俯仰隨人亦可憐。

奇外無奇更出奇，一波纔動萬波隨。只知詩到蘇黄盡，滄海横流却是誰。

曲學虛荒小説欺，俳諧怒罵豈詩宜〔一〇〕。今人合笑古人拙〔一一〕，除却雅言都不知。

有情芍藥含春淚，無力薔薇卧曉枝〔一二〕。拈出退之山石句，始知渠是女郎詩。

亂後玄都失故基，看花詩在只堪悲。劉郎也是人間客，枉向春風怨兔葵。

金入洪鑪不厭頻，精真那計受纖塵〔一三〕。蘇門果有忠臣在，肯放坡詩百態新。

百年纔覺古風迴，元祐諸人次第來。諱學金陵猶有説，竟將何罪廢歐梅。

古雅難將子美親，精純全失義山真。論詩寧下涪翁拜，未作江西社裏人。

池塘春草謝家春，萬古千秋五字新。傳語閉門陳正字，可憐無補費精神。

撼樹蚍蜉自覺狂，書生技癢愛論量。老來留得詩千首，却被何人校短長。

【校記】

〔一〕缺：原作「鐵」，此從《全金詩增補中州集》卷六六、施箋本。今按，《晉書》卷九八《王敦傳》：「每酒後輒詠魏武帝樂府歌曰：『老驥伏櫪，志在千里。烈士暮年，壯心不已。』以如意打唾壺爲節，壺邊盡缺。」〔二〕皇：《全金詩增補中州集》作「黄」。今按，《陶淵明集》卷七《與子儼等疏》：「嘗言五六月中北窗下卧，遇涼風暫至，自謂是羲皇上人。」〔三〕柳子厚晉之謝靈運：施箋本移此注於第二十首「謝客風容映古今」詩末。〔四〕寧：原作「仍」，此從汲古閣本、《全金詩增補中州集》、施箋本。〔五〕陸蕪而潘静：静，施箋本作「净」，通。〔六〕事見元稹子美墓誌：施箋本删此句，按曰：「初白云：『此因李杜優劣論而發。』」〔七〕兒：汲古閣本、《全金詩增補中州集》作「而」。〔八〕岸夾：汲古閣本、《全金詩增補中州集》作「夾岸」。今按，《李太白全集》卷二一《鸚鵡洲》：「煙開蘭葉香風暖，岸夾桃花錦浪生。」〔九〕贏：原作「羸」，此從汲古閣本、《全金詩增補中州集》、施箋本；校，施箋本作「較」。〔一〇〕豈詩宜：《全金詩增補中州集》作「豈宜時」。〔一一〕合：施箋本作「含」。〔一二〕曉：原作「晚」，此從施箋本。今按，宋秦观《淮海集》卷一〇《春日》之二：「有情芍藥含春淚，無力薔薇卧曉枝。」〔一三〕計：《全金詩增補中州集》作「許」。

文湖州草蟲爲劉使君賦

造物無心筆有神，翾翾飛動百年新〔一〕。蟲魚瑣細君休笑，學會屠龍老却人。

【校記】

〔一〕翾翾：《全金詩增補中州集》卷七〇作「翩翾」。

京都元夕

袨服華粧着處逢，六街燈火鬧兒童。長衫我亦何爲者，也在游人笑語中。

西園

百草千花雨氣新，今朝陌上有游塵。皇州春色濃於酒，醉殺西園歌舞人。

藍采和像

長板高歌本不狂，兒曹自爲百錢忙。幾時逢着藍衫老，同向春風舞一場。

鴛鴦扇頭

雙宿雙飛百自由，人間無物比風流。若教解語終須問，有底愁來也白頭。

杏花雜詩十三首

杏花墻外一枝横，半面宫粧出曉晴。看盡春風不迴首，寳兒元自太憨生〔一〕。

露華浥浥泛晴光，睡足東風倚緑窗。試遣紅粧映銀燭，湘桃争合伴仙郎。

嫋嫋纖條映酒舡，緑嬌紅小不勝憐。長年自笑情緣在，猶要春風慰眼前。

煖日園林可散愁，每逢花處儘遲留。青旗知是誰家酒，一片春風出樹頭。

紛紛紅紫不勝稠，争得春光競出頭。却是梨花高一着，隨宜梳洗儘風流。

露浥清華粉自添，隔溪遥見玉簾苫〔二〕。眼看桃李飄零盡，更揀繁技插帽簷。

小橋南北夢幽尋，殘醉瞢騰不易禁。一樹杏花春寂寞，惡風吹折五更心。

西山漠漠有無中，幾日園林幾樹紅。燕子銜將春色去〔三〕，錯教人恨五更風〔四〕。

屈指殘春有別期，春風爭忍片紅飛。若爲釀得千日酒，醉著東君不放歸。

楚客離魂不易招，野春平碧水迢迢。垂楊也被多情惱，瘦損春風十萬條。

小雨班班曉未勻，煙光水色畫難真。西園春物知多少，一樹垂楊惱殺人。

魏紫姚黄有重名，洛陽車馬鬧清明。吹殘桃李風纔定，可是東君別有情。

紅粧翠蓋惜風流，春動香生不自由〔五〕。莫向芸齋厭閑冷，小詩供作錦纏頭。韓渥〔六〕：「噏三清之瑞露，春動七情；咀五色之靈芝，香生九竅。」

【校記】

〔一〕自：施箋本作「是」。　〔二〕苫：《全金詩增補中州集》卷六六作「蟾」。　〔三〕銜：原作「啣」，施箋本作「啣」，此從汲古閣本、《全金詩增補中州集》卷七〇。今按，「銜」同「啣」，「啣」爲「銜」之俗字。　〔四〕教：原作「交」，通，此從汲古閣本、《全金詩增補中州集》、施箋本。　〔五〕由：汲古閣本作「繇」。　〔六〕偓：原作「渥」，此從諸本。

出京

巫峽歸雲底處尋，高城渺渺暮煙沉。春風不剪垂楊斷，繫盡行人北望心。

惠崇盧鴈三首

寒沙折葦静相依，故國春風早晚歸。意外羈棲誰盡得，羽毛單薄稻粱微〔一〕。

鴈奴辛苦候寒更，夢破黄蘆雪打聲。休道畫工心獨苦，題詩人也白頭生。

江湖牢落太愁人，同是天涯萬里身。不似畫屏金孔雀，離離花影淡生春。

【校記】

〔一〕粱：原作「梁」，刊誤，此從諸本。

早起〔一〕

北舍南鄰獨樂聲，裌衣晨起覺秋清。豆田欲熟朝朝雨〔二〕，唤殺雙鳩不肯晴〔三〕。

【校記】

〔一〕早：施注本作「蚤」，古同「早」。〔二〕田：汲古閣本、《全金詩增補中州集》卷七〇作「苗」。

〔三〕晴：施箋本作「情」。

書生

書生千古一虀腸，蓋世功名不自償。更笑登封武明府，兩盂白粥半生忙。

銅雀臺瓦硯

愛惜鉛花洗又看，畫欄桂樹雨聲寒〔一〕。千年不作鴛鴦去，唤得書生笑老瞞。

【校記】

〔一〕欄：《全金詩增補中州集》作「闌」。

步虚詞三首後二首三鄉時作。

閬苑仙人白錦袍，海山宫闕醉蟠桃。三更月底鸞聲急，萬里風頭鶴背高。

萬神朝罷出通明，和氣歡聲滿玉京。見説人間有新異，緑章封事謝升平。

琪樹明霞碧落宫，歌音嫋嫋度泠風〔一〕。人間聽得霓裳慣，猶恐鈞天是夢中。

【校記】

〔一〕泠：汲古閣本作「冷」。

拙庵爲温甫賦

毫端棘末幾人争，愚智相懸賦分平。畢竟世間誰是巧，鬢毛愁白可憐生。

風雨停舟圖

老木高風作意狂，青山和雨入微茫。畫圖唤起扁舟夢，一夜江聲撼客床。

納凉張氏莊二首

小橋深竹午風便，一道垂楊帶亂蟬。山下行人遮日去，却從茅屋問瓜田。

樹陰環合水縈回〔一〕，樹下行人坐緑苔。絶似藂蒙山下路，眼中唯欠繫舟嵬。藂蒙、繫舟，皆鄉中山〔二〕，鄉人謂之繫舟嵬。

【校記】

〔一〕縈回：《全金詩增補中州集》卷七〇作「瀠洄」，通。〔二〕鄉：《全金詩增補中州集》作「水」。

送窮

日吉時良利動遷，可能顔巷卜終焉。主人不倦奴星倦〔一〕，辛苦年年縛草船。

【校記】

〔一〕奴星：原作「星奴」，此從施注本。今按，《韓愈集》卷三六《送窮文》：「主人使奴星，結柳作車，縛草爲船，載糗輿粻。」

楊柳

楊柳青青溝水流，鶯兒調舌弄嬌柔。桃花記得題詩客，斜倚春風笑不休。

梁縣道中

青山簇簇樹重重，人在春雲浩蕩中。也是杏花無意況，一枝臨水卧殘紅。

自題寫真二首〔一〕

山林日月老潛夫，骨入窮泉未擬枯。幽澗有冰含太古，無人和玉試洪鑪。孫綽：「雖没泉壤，尸且不朽〔二〕。」

一派春煙澹不收〔三〕，漁家已許借扁舟。山林且漫蹉跎去，莫問人間第幾流。

【校記】

〔一〕寫：《全金詩增補中州集》卷七〇作「畫」。　〔二〕壤：原作「壞」，此從《全金詩增補中州集》、文淵閣本、施箋本；尸，《全金詩增補中州集》作「屍」，施箋本作「死」。今按，《晉書》卷五六《孫綽傳》載其《諫遷都洛陽疏》，有「雖没泉壤，尸且不朽」語。　〔三〕澹：《全金詩增補中州集》作「淡」，通。

再題

高談世事真何者，多竊時名亦偶然。山鹿野麋君自看，擬從何地著貂蟬。

吴子英家靈照圖二首

舡入西江萬有空〔一〕，漉籬活計百錢功〔二〕。阿靈了却無生話，想得蕭然似卷中。

抱犢山高記洛川，寸腸西去似繩牽。而今恰羡龐家好，兒女生來只眼前。時女嚴在盧氏，約歸寧未至。

【校記】

〔一〕西江：汲古閣本、《全金詩增補中州集》卷七〇作「江西」。〔二〕漉籬：《全金詩增補中州集》、施箋本作「漉羅」。今按，《遺山先生文集》卷一四《贈湛澄之四章》之二：「兒女團欒龐行婆，漉籬活計苦無多。」《續夷堅志》卷一《濟源靈感》：「觀者環水而立，物所至，人得之，以長漉籬挹取，拜賜而去。」

劉鄧州家聚鴨圖

沙浦空明州景微，枯荷折葦澹相依。若爲化作江鷗去，拍拍隨君貼水飛。

戊子正月晦日内鄉西城遊眺

雄蜂雌蝶爲花狂，陌上遊人醉幾場。前日少年今白髮，却來閑處看春忙。

長壽山居元夕

微茫燈火共荒村，黄葉漫山雪擁門。三十九年何限事，只留孤影伴黄昏。

聞仲澤丁内艱

升堂未幾訃音聞，凶服衰羸日念君。昨夜東南雷雨惡，遥知號哭遶新墳。

贈眼醫武濟川

世眼紛紛眯是非〔一〕，不應刮膜在金鎞。知君聖處工夫到，且道心盲作麼醫。

【校記】

〔一〕眼：施箋本作「事」。

賦粹中師竹拂子

了却香嚴一擊緣〔一〕，滿梳華髮伴談玄。誰知拂月披風意〔二〕，已具鈐鎚未落前〔三〕。

【校記】

〔一〕擊：原作「繫」，此從《全金詩增補中州集》卷七〇、施箋本。今按，《遺山先生文集》卷一三《喬夫人墨竹》之二：「渭川雲水三千頃，悟在香嚴一擊中。」注：「夫人參洞下禪有省。」所謂香嚴一擊緣，典出宋釋普濟《五燈會元》卷九《香嚴智閑禪師》：「一日，芟除草木，偶拋瓦礫，擊竹作聲，忽然省悟。」〔二〕拂：施箋本作「抹」，以爲「拂月披風」當作「抹月批風」。〔三〕鈐：汲古閣本作「鈐」，刊誤。今按，鈐鎚亦作犍椎、犍槌，梵語音譯，字未定形，指寺院所用木魚、鐘、磬等法器。施箋本箋引《明道編》「或行棒坐喝，竪拂拈鎚」，「拈」與「鈐」義近。

題伊陽楊氏戲虎圖

大班哆笑口侵耳〔一〕，小班蓄縮如乞憐。戲鬬真成兩勍敵，發機誰在卞莊前。

【校記】

〔一〕班：汲古閣本、《全金詩增補中州集》卷七〇、施箋本作「斑」。

王子端内翰山水同屏山賦二首

鄭虔三絶舊知名，付與時人分重輕。遼海東南天一柱，胸中誰比玉峥嶸。

萬里承平一夢間，風流人物與江山。眼明今日題詩處，却見明昌玉筍班。

右司正之家渭川千畝圖二首

官街塵土霧中天，入眼荒寒一灑然。大似終南山下看，北風和雪捲蒼煙。

老眼蕭郎筆有神，岩姿洲景盡天真。情知一段幽閑趣，不必清談着晉人。

同希顔欽叔玉華谷分韻得軍華二字二首

並山一徑入秋雲〔一〕，草樹低迷劣可分。開道無煩謝康樂，挽繮須得李將軍。時有虎害，故戲云。

深山水木湛清華，興到窮探亦未涯。轉石猶能起雷雨，題詩自合動煙霞。轉石當日事〔二〕。

【校記】

〔一〕並：《全金詩增補中州集》卷七〇、施箋本作「竝」，汲古閣本作「并」。〔二〕當、事：當，汲古閣本作「常」；「事」字原脱，據《全金詩增補中州集》、施箋本補。

同希顔欽叔王華谷還會善寺即事二首

高風捲盡四山雲，泉石煙霞得細分。大是山靈設清供〔一〕，惜無佳句答殷勤。

詩翁徹骨愛煙霞，别似劉君住玉華。鐵笛不曾從二草，頭巾久已挂三花〔二〕。趙隱芝，子端同年進士，令任城，爲猾吏所誣，遂隱居。今年八十餘，自言胎仙已成，不久去世云。

【校記】

〔一〕是：《全金詩增補中州集》卷七〇作「似」。〔二〕久已：《全金詩增補中州集》作「已久」。

從鄧州相公覓酒時在鎮平

寒日山城雪四圍，空齋孤坐意多違〔一〕。江州未覺風流減〔二〕，可使陶潛望白衣。

【校記】

〔一〕齋：《全金詩增補中州集》卷七〇作「山」。〔二〕州：原作「洲」，此從汲古閣本、《全金詩增補中州集》、施箋本。今按，《宋書》卷九三《隱逸傳·陶潛》：「江州刺史王弘欲識之，不能致也。」

鎮平寄姪孫伯安筆

隆顱犀角掌中珠，不見經年日念渠。領取阿翁鄖管筆，試教學寫問安書。

黄筌龜藏六圖爲張左丞賦

無心舒卷付皇天，不幸刳腸亦偶然。世上疑謀待君决〔一〕，可能藏六便安全。

【校記】

〔一〕待：《全金詩增補中州集》卷七〇作「得」。

鎮平書事

勸農冠蓋已歸休，了却逋懸百不憂。可是諸人哀老子，半窗紅日擁黄紬。

自鎮平暫往秋林道中寄家

風雨塵埃了半生，西山歸去眼增明。浮雲夫婿今如此，莫遣迎門有嘆聲。

超化

秋風嫋嫋入僧窗，盡得諸山草木香。却恨大梁三日醉，不來超化作重陽。又云：「擬借扁舟弄秋水，自嫌塵土涴沙鷗。」餘不記。

山居二首

斜陽高樹挂晴虹，肅肅微凉雨氣中。一道鷺鷥花不斷，蜜香吹滿馬頭風〔一〕。

詩腸搜苦怯茶甌，信手拈書却枕頭。簷溜滴殘山院静，碧花紅穗媚凉秋。

【校記】

〔一〕蜜：原作「密」，此從文淵閣本、施箋本。

寄女嚴三首

鸖崖魚窟路間關，旬月無由一往還。寒食歸寧見鄰女，舉家迴首望西山。鸖崖魚窟，在内鄉往盧氏道中。

添丁學語巧於絃，詩句無人爲口傳。竹馬幾時迎阿姊，五更教誦木蘭篇。

眼前兒女最關情，不見經年百感并。聞道全家解禪理，擬從香火問無生。

自鄧州幕府暫歸秋林

升斗微官不療饑，中林春雨蕨芽肥。歸來應被青山笑，可惜緇塵染素衣。

無題二首

七十鴛鴦五十絃，酒薰花柳動春煙。人間只道黄金貴，不問天公買少年。

春風也解惜多才，嫁與桃花不用媒〔一〕。死恨天台老劉阮，人間何戀却歸來。

【校記】

〔一〕用：汲古閣本、《全金詩增補中州集》卷七〇作「問」。

題省掾劉德潤家驂鸞圖并爲同舍郎劉長卿記異劉在方城先有碧簫之遇如芙蓉城事云

千劫情緣萬古期，樓中蕭史姓名非〔一〕。洞天花落秋雲冷，腸斷青鸞獨自飛。

【校記】

〔一〕蕭：汲古閣本作「簫」。今按，「蕭史」亦作「簫史」。

希顏挽詩五首

官銜寥落在銘旌，才命寧論重與輕。不作漢家賢傅去〔一〕，空勞明主識蕭生。「湓焉溟漠，旌紀寂寞」，《魏書·隱逸傳》中語〔二〕。

山立揚休七尺身，紫髯落落照青春。從教不入麒麟畫，猶是中朝第一人。

人間無路問天公，自古才難更阸窮。日月不爲千載計，江山長惜萬夫雄。

萬古文章有正傳，驊騮争道望君先。傷心一入重泉後，再得斯人又幾年。

一世龍門屬李膺，待君提拂遂騰升。千年荆棘龜趺在，會有人尋下馬陵。

【校記】

〔一〕傅：原作「傳」，此從《全金詩增補中州集》卷七〇、施箋本。今按，《漢書》卷七九《蕭望之傳》：

「(望之)飲鴆自殺，天子聞之驚，拊手曰：『曩固疑其不就牢獄，果然殺吾賢傅！』」〔三〕《魏書・隱逸傳》中語：《全金詩增補中州集》作「《魏書》中《隱逸傳》語」。今按，《魏書》無《隱逸傳》，而有《逸士傳》。至於那兩句話，實出自《魏書》卷八四《儒林傳》：永熙二年，弟子通直散騎常侍李業興《乞贈謚徐遵明表》有云：「況遵明冠蓋一時，師表當世，溘焉冥没，旌紀寂寥。」

出鄧州

本無奇骨負功名，取次誰教髀肉生。未到白頭能幾日，六年留滯鄧州城。

過希顏故居四首〔一〕

缺壺聲裏短歌行〔二〕，星斗闌干醉膽横。虎視鷹揚何處在，道邊孤冢可憐生。

鶴蓋成陰着處同，一時人物酒盃中。臣門如市心如水，世俗論量平聲恐未公。

暮去朝來萬化途，飛揚跋扈亦區區。劇談不盡平生意，能有精微入夢無。

把臂論交分最深，三夫成虎古猶今。百年唯有區區在，地下纔應識此心。

【校記】

〔一〕過：原作「遇」，此從諸本。 〔二〕缺：原作「鈌」，此從諸本。

雜著九首

萬期流轉不須臾，物物觀來定有無。玉席紙衣仝一盡〔一〕，枉將白骨計榮枯。

鳧短何如鶴有餘，非魚誰謂子知魚。一枝莫作鷦鷯看，水擊三千不羡渠。

太虛空裏一遊塵，造物雖工未易貧。臧獲古來多鼎食，可能夷叔是飢人。

青蓋朝來帝座新，豈知衛瓘是忠臣。洛陽荆棘千年後，愁絶銅駞陌上人。

六國孱王走下風，神人鞭血海波紅。無端一片云亭石，殺盡蒼生有底功。

天上河源地上流，黄金浮世等閑休。埋愁不着重泉底，儘向人間種白頭。

泗水龍歸海縣空，朱三王八竟言功。園棊局上猪奴戲，可是乾坤鬬兩雄。

昨日東周今日秦，咸陽煙火洛陽塵。百年蟻穴蜂衙裏，笑煞崑崙頂上人。

半紙虛名百戰身，轉頭高塚卧麒麟。山間曾見漁樵説，辛苦凌煙閣上人。

【校記】

〔一〕玉：原作「王」，此從諸本。今按，唐中宗李顯《禁進獻奇巧制》：「蒿宫矛柱，實興國之清猷；玉席珠衣，乃危邦之弊化。」見《全唐文》卷一六。

戚夫人

鴻鵠冥冥四海飛，戚夫人舞淚霑衣。無端恨殺商山老，剛出山來管是非。

題山谷小艶詩

法秀無端會熱謾，笑談真作勸淫看。只消一句修修利，李下何妨也整冠。

家山歸夢圖三首

别却并州已六年，眼中歸路直於弦[一]。春晴門巷桑榆緑，猶記騎驢掠社錢。

繫舟南北暮雲平，落日滹河一線明。萬里秋風吹布袖，清暉亭上倚新晴。

游騎北來塵滿城，月明空照漢家營。卷中正有家山在，一片傷心畫不成。

【校記】

〔一〕於：《全金詩增補中州集》卷七〇作「如」。

四皓圖

身墮安車厚幣中，白頭塵土浣西風[一]。當時且不山間老，羽翼區區有底功。

【校記】

〔一〕浣：汲古閣本、《全金詩增補中州集》卷七〇、施箋本作「涴」。

雜著

老優慣著沭猴冠，却笑傍人被眼謾。造物若留殘喘在，我儂試舞你儂看。《遺山先生文集》卷一一。

新編全金詩卷八三

元好問　一二

七言絶句

俳體雪香亭雜詠十五首亭在故汴宮仁安殿西。

滄海横流萬國魚，茫茫神理竟何如。六經管得書生下，闊劍長鎗不信渠。

洛陽城闕變灰煙，暮虢朝虞只眼前。爲向杏園雙燕道〔一〕，營巢何處過明年。

落日青山一片愁，大河東注不還流。若爲長得熙春在，時上高層望宋州。

醇和旁近洞房環，碧瓦參差竹木閑〔二〕。批奏内人輪上直，去年名姓在窗間。醇和，殿名。

天上三郎玉不如，手中白雨趁花奴〔三〕。御屏零落宣和筆，留得華清按樂圖。

詩仙詩鬼不謾欺，時事先教夢裏知。禁苑又經人物散，荒凉臺榭水流遲。十年前〔四〕，商帥國器方城夢中得後二句，爲言如此。

金縷歌詞金曲巵，百年人事鬢成絲。重來未必春風在，更爲梨花住少時。

楊柳隨風散緑絲，桃花臨水弄妍姿。無端種下青青竹，恰到湘君淚盡時。

琵琶心事曲中論，曾笑明妃負漢恩。明日天山山下路，不須回首望都門。

爐薰浥浥帶輕陰，翠竹高梧水殿深。去去氈車雪三尺〔五〕，畫羅休縷麝香金。泥金色如麝香，宮中所尚。

羅綺深宮二十年，更持桃李向誰妍。人生只合梁園死，金水河頭好墓田。

苦才多思是春風，偏近騷人悵望中。啼盡杜鵑枝上血，海棠明日更應紅。

暖日晴雲錦樹新，風吹雨打旋成塵。宮園深閉無人到，自在流鶯哭暮春。

萬户千門盡有名，眼中歷歷記經行。賦家正有蕪城筆，一段傷心畫不成〔六〕。

暮雲樓閣古今情，地老天荒恨未平。白髮纍臣幾人在，就中愁殺庾蘭成。

【校記】

〔一〕梁：原作「園」，此從汲古閣本、《全金詩增補中州集》卷六六、施箋本。今按，漢司馬相如《長門賦》：「刻木蘭以爲榱兮，飾文杏以爲梁。」注：「木蘭似桂木，文杏亦木名。」見《文選》卷一六。

〔二〕木：汲古閣本、施箋本作「樹」，《全金詩增補中州集》如之，注「一作木」。〔三〕雨：汲古閣本、《全金詩增補中州集》作「羽」。今按，宋李昉等《太平廣記》卷二〇五《樂·羯鼓·宋璟》：「璟又謂上（玄宗）曰：『頭如青山峰，手如白雨點。』按此即羯鼓之能事，山峰取不動，雨點取其急。』」

〔四〕十：汲古閣本作「廿」。今按，《金史》卷一二三《忠義傳》：「正大二年（一二二五），斜烈（完顏陳和尚）落帥職，例爲總領，屯方城。」次年，遺山來方城爲帥府從事。至天興二年（一二三三）賦詩，前後凡八年。所謂「十」年，或約略取其成數。〔五〕氈：《全金詩增補中州集》作「旃」，通。

〔六〕段：原作「叚」，「段」之譌字，此從諸本。

春夕

數枝殘雪梅仍在，幾日東風柳已嬌。春酒價高無可典，小紅燈影莫相撩。

梅花

一樹寒梅古寺邊，荒山草木動春妍〔一〕。東家賴有詩人在，照影横枝莫自憐。

【校記】

〔一〕草：汲古閣本、《全金詩增補中州集》卷七〇作「老」；妍，《全金詩增補中州集》作「研」。

溪上

短布單衣一幅巾，暫來閑處避紅塵。低昂自看水中影，好箇山間林下人。

息軒楊祕監雪行圖

長路單衣怨僕僮，無人説向息軒翁。長安多少貂裘客，偏畫書生着雪中。

楊焕然生子四首

掌上明珠慰老懷，愁顔我亦爲君開。異時載酒揚雄宅〔一〕，知有迎門竹馬來。

人家歡喜是生兒，巷語街談總入詩。我欲去爲湯餅客，買羊沽酒約何時。

半生辛苦坐耽書，我笑先生老更迂。生子但持門户了，玄談何必似童烏。

阿麟學語語牙牙，七歲元郎髻已丫。更醉使君湯餅局，兒童他日記通家〔二〕。阿麟，張君美兒子。

【校記】

〔一〕揚：原作「楊」，此從《全金詩增補中州集》卷七〇、文淵閣本、施箋本。　〔二〕童：汲古閣本、《全金詩增補中州集》作「曹」。

記夢

天上材官老不材，從教兀兀走塵埃。夢中望拜通明殿，曾見金書兩字來。戊子七月二十四日，内鄉往盧氏宿，走馬平。夜夢拜天帝像，遂觀法駕導引畫幄，最前負弩三人中有金書小字題裕之者，夢中不自知其爲予也。

啓母石

書載塗山世共知，誰傳頑石使人疑。可憐少室老突兀，也被人呼作阿姨。

雜著四首

白髮劉郎老更痴，人間那有後天期。茂陵石馬專相待，種下蟠桃屬阿誰。

白髮中官解道詩，殷勤仍爲惜花枝。雪香亭上清明宴，記得君王去歲時。

六朝瓊樹掌中春，迴首胡粧一面新〔一〕。生羨石家金谷裏，千年獨有墜樓人。

燕語鶯啼百囀新，長廊寂寂不逢人。東君去作誰家客，花柳無情各自春。

【校記】

〔一〕胡粧：《全金詩增補中州集》卷六六作「嚴妝」。

内鄉雜詩

行吟溪北復溪南，風日烘人酒易酣。無限春愁與誰語，梅花嬌小杏花憨。

眉二首

香墨燒殘冰麝塵〔一〕，内家新様入輕勻。郭熙只爲吴山老，争信窗間有小顰。

石緑香煤淺淡間，多情長帶楚梅酸。小詩擬寫春愁様，憶着分明下筆難。

【校記】

〔一〕冰：原作「水」，此從《全金詩增補中州集》卷七〇、施箋本。

送窮

煎餅虚抛壒撒堆〔一〕，滿城都道送窮迴。不如留取窮新婦，貴女何曾唤得來。

【校記】

〔一〕撒：汲古閣本作「散」。

三鄉時作

山林鐘鼎不相兼，説着浮名夢亦嫌。菽水盡歡吾豈敢，老親自愛薺虀甜。

出都

春闈斜月曉聞鶯〔一〕，信馬都門半醉醒。官柳青青莫回首〔二〕，短長亭是斷腸亭。

【校記】

〔一〕闈：《全金詩增補中州集》卷六六作「歸」。　〔二〕官：文淵閣本作「宫」。

癸巳五月三日北渡三首

道傍僵卧滿纍囚，過去旃車似水流。紅粉哭隨回鶻馬，爲誰一步一迴頭。

隨營木佛賤於柴，大樂編鐘滿市排。虜掠幾何君莫問，大船渾載汴京來。

白骨縱橫似亂麻，幾年桑梓變龍沙。只知河朔生靈盡，破屋踈煙却數家。「桑梓其剪爲龍沙乎」〔一〕，郭璞語。

【校記】

〔一〕沙：施箋本作「荒」，箋引《晉書·郭璞傳》「嗟乎！黔黎將湮於异类，桑梓其翦爲龍荒乎」，案云：「《漢書·敘傳》『龍荒朔漠』、顔之推《觀我生賦》『神華泯爲龍荒』，皆作『荒』，疑爲韻拘改字。然『咫尺龍沙』已見《班超傳贊》，則作『沙』亦可。」

登玕山寺三首

澹澹長空白鳥迴，江山都入妙高臺。六鰲只解翻溟渤，不駕東南日觀來。太山在東南，而此山不之見〔二〕。

悠悠誰了未生前，一落泥塗又幾年。堪笑長清郭明府，再來仍被葛藤纏。長清郭明府，自省夙世是此寺比丘，及作寺碑，宛然笄沙語也。

白日紅塵往復還，深居那得似禪關。出門應被山僧笑，纔得雲林半日閑。

【校記】

〔一〕之：《全金詩增補中州集》卷七〇脱；不之，汲古閣本作「之不」。

夢中作夢人請賦四禽語，其一泥滑滑也。

春泥滑滑滿春山，慚媿幽禽喚客還。安得便乘雙翼去，緑陰清晝伴君閑〔一〕。

【校記】

〔一〕陰：《全金詩增補中州集》卷七〇作「雲」。

奉訓子京禪師見贈之什三首

南風穩送北歸船，留得虛名一指禪〔一〕。崧少詩僧幾人在，因君迴望一凄然。

舊遊重憶故人詩，一點青燈兩鬢絲。不似戒壇明月夜，杏花香裏唱歌時。往在崧山時，陪馮内翰、雷御史游戒壇。詩中所道，蓋當時事也。

兵塵千里邈相望，亂後相逢話更長。若見山堂憑借問，幾時同宿贊公房。

【校記】

〔一〕名：汲古閣本作「明」。

杏花

桃李前頭一樹春，絳唇深注蠟猶新。只嫌憨笑無人管，鬧簇枯枝不肯勻。

聊城寒食

輕陰何負探花期，白髮於春自不宜。城外杏園人去盡，煮茶聲裏獨支頤。

姨母隴西君諱日作三首

竹馬青衫小小郎，阿姨懷袖阿孃香。一龕白骨黄河隔，遥望梁門哭斷腸〔一〕。

病起拈針眼未花，團圞兒女運司衙。今年得在應猶健，更好從頭説外家。

寶鏡煌煌照九州，埋藏曾及見諸劉。豐城今日無雷煥〔二〕，紫氣誰當辨斗牛。陽曲劉氏家大寶鏡能照天地四方，以前知休咎，其家埋地中，人不得見也。明昌泰和中，北方兵動，渠父子欲卜之。一日，先以旃幕障中庭，乃扃閉門户甚嚴，及掘鏡出，光燿爛然，一室盡明，如初日之照。鏡中見北來兵騎穰穰無數，餘三方都無所睹。因大駭曰：「不可，不可！」即埋之。姨母時伏床下，得竊窺焉。兵火後，此家唯一兒子在。姨母能指鏡處，存否則不知也。故予詩及之。

【校記】

〔一〕梁：汲古閣本作「井」。　〔二〕豐：原作「酆」，此從文淵閣本。參見本集卷九《贈答平陽仇舜臣》

校記。

宿神霄北庵夢中作

素月流空散紫煙〔一〕，座中人物半神仙。麗川往事渾如夢，信手題詩一泫然。

【校記】

〔一〕流空：汲古閣本、《全金詩增補中州集》卷七〇作「空流」。今按，南朝宋謝莊《月賦》：「白露曖空，素月流天，沉吟齊章，殷勤陳篇。」見《全上古三代秦漢三國六朝文·全宋文》卷三四。

夜雪

三更殘醉未全醒，夢裏嬌兒索乳聲。茅屋不知門外雪，黄紬衾煖紙窗明。

冠氏趙莊賦杏花四首

一樹生紅錦不如，乳兒粉抹紫襜褕。花中誰有張萱筆，畫作宫池百子圖。

文杏堂前千樹紅，雲舒霞捲漲春風。荒村此日腸堪斷，迴首梁園是夢中。

錦樹烘春爛不收，看花人自爲花愁。荒蹊明日知誰到，憑仗詩翁爲少留。

東風誰道太狂生，次第開花却有情。聞道紀園千樹錦，一尊猶及醉清明。

自趙莊歸冠氏二首

春華澹澹曉寒輕，野草摇風半白青。誰識杏花墻外客，舊曾家近麗川亭。

杏園紅過雪披離，楊柳無風緑線齊。寒食人家在原野，乳鴉墻外盡情啼。

戲贈白髮二首

鏡中昨日又明朝，破屋春深雪未消。摘下數莖聊自笑，貴人頭上不相饒。

問愁何怨復何讐，直要青春便白頭。拚却鏡中渾似雪〔一〕，且看渠待幾時休。

【校記】

〔一〕似：施箋本作「是」。

戲題醉仙人圖

醉鄉初不限東西〔一〕，桀日湯年一理齊。門外山禽唤沽酒，胡蘆今後大家提。提胡蘆、沽美酒，禽語也。

【校記】

〔一〕限：原作「恨」，此從《全金詩增補中州集》卷七〇、文淵閣本、施箋本。

濟南雜詩十首

兒時曾過濟南城，暗筭存亡只自驚。四十二年彈指過，只疑行處是前生[一]。

匡山聞有讀書堂，行過山前笑一場。可惜世間無李白，今人多少賀知章。

華山真是碧芙渠，湖水湖光玉不如。六月行人汗如雨，西城橋下見游魚。

吴兒洲渚似神仙[二]，罨畫溪光碧玉泉。别有洞天君不見，鵲山寒食泰和年。

石刻燒殘藹集辭，雄樓傑觀想當時。只應晝戟清香地，多欠韋郎五字詩。

斫來官樹午陰輕，湖畔游人怕晚晴。一夜靈泉菴上宿，四山風露覺秋生。

白煙消盡凍雲凝，山月飛來夜氣澄。且向波間看玉塔，不須橋畔覓金繩。

入秋雲物便凄迷，一道湖光樹影齊。詩在鵲山煙雨裏，王家圖上舊曾題。王清卿家有《鵲山煙雨圖》。

荷葉荷花爛熳秋[三]，鷺鷥飛近釣魚舟。北城佳處經行徧，留着南山更一游。

看山看水自由身，着處題詩發興新。日日扁舟藕花裏，有心長作濟南人。

【校記】

〔一〕只、行：只，《全金詩增補中州集》卷六六作「却」；行：施箋本作「來」。〔二〕似：原作「是」，此從汲古閣本、《全金詩增補中州集》卷六六、施箋本。〔三〕熳：《全金詩增補中州集》作「漫」。

題解飛卿山水卷

平生魚鳥最相親，夢寐煙霞卜四鄰。羡殺濟南山水好，幾時真作卷中人。

趙士表山林暮雪圖爲高良卿賦二首

颼颼林響四山風，雪後人家閉户中。應被火爐頭上説，水邊清殺兩詩翁。

黄塵遮斷山間夢，白髮重尋畫裏詩。好似玉溪溪上路，醉和王老唤船時。

倫鎮道中見槐花

名場奔走競官榮，一紙除書悮半生。笑向槐花問前事，爲君忙了竟何成。

題劉才卿湖石扇頭

幽磵雲凝雨未乾，曲池踈竹共荒寒。扇頭唤起西園夢，好似熙春閣下看。

聞歌懷京師舊游

樓前誰唱緑腰催，千里梁園首重迴。記得杜家亭子上，信之欽用共聽來。

鄭先覺幽禽照水扇頭

臨水華枝淡淡春，水光華影兩無塵。風流一枕西園夢，惆悵幽禽是故人。

龍泉寺四首

懸麻白雨映層崖，過盡行雲晚照開。可是登臨動高興，馬頭新自太行來。

泉石煙霞自一家，殘僧隨分了生涯〔一〕。雞鳴山下題詩客，曾到靈巖不用誇。

河邊羖攊尚能飛，無角無鱗自一齊〔二〕。甲子紛紛更兒戲，壁間休笑阜昌題。寺北齊時建，又多劉豫阜昌中石刻并題名。

繞渠寒溜夜潺潺，説有蛟龍在石間。可惜九天霖雨手，一泓泉水伴僧閑。

【校記】

〔一〕僧：《全金詩增補中州集》卷七〇作「生」。　〔二〕鱗：原作「麟」，此從《全金詩增補中州集》、施注本。今按，元王惲《秋澗集》卷三《聞談劉齊王故事并序》：「豫未貴時，一日顧見一白龍現婦翁家大鏡中，但無鱗與角耳。後翁婦亦見，以女妻之，資藉之力甚厚。及生二子，以鱗、角爲名。或者謂二子長當大貴，後果然。」《金史》卷七七《劉豫傳》附其長子事迹，名作「麟」，或後改。

李進之迂軒二首

白髮歸來世事新，書生風味是清貧。欹嵚歷落從人笑〔一〕，潦倒龘踈我自真。

舉世營營共一途，要來閑處費工夫。入門且莫分賓主，不但君迂我更迂〔二〕。

【校記】

〔一〕嵚：原作「斜」，汲古閣本作「欽」，此從《全金詩增補中州集》卷七〇、施箋本。〔二〕更：《全金詩增補中州集》作「亦」。

出鎮州

汾水歸心日夜流，孤雲飛處是松楸。無端行近還鄉路，却傍西山入相州。

過邯鄲四絶

富貴榮華一嘆嗟，依然夢裏説韶華。千年幾度山河改〔一〕，空指遺臺是趙家。

人事存亡不易知，及時娱樂恨君遲。後人共指藂臺笑，三尺堯堦竟屬誰。

川原落落曙光開，四顧河山亦壯哉〔二〕。前日少年今白髮，只應孤塔記曾來。

死去生來不一身，定知誰妄復誰真。邯鄲今日題詩客，猶是黄粱夢裏人。

【校記】

〔一〕千：施箋本作「十」。〔二〕河山：《全金詩增補中州集》作「山河」。

楊秘監馬圖

大青小青天馬姿，楊侯房星非畫師。忽見奚官記前事，東華馳道晚凉時。

竹溪夢遊圖

意外荒寒下筆親，經營慘淡似詩人。何時萬頃風煙裏，白髮刁騷一幅巾〔一〕。

【校記】

〔一〕刁：原作「刀」，此從諸本。

藥正卿餉酒

宿酲未解渴生塵，驚見王弘餉酒人。獨恨文書困佳客，不來同醉五更春。

王都尉山水

平林漠漠數峰閑，詩在岩姿隱顯間。自是秦樓畫眉手，不能辛苦作荆關。

贈絶藝杜生

迢迢離思入哀絃，非撥非彈有别傳。解作江南斷腸曲，新聲休數李龜年。

趙大年秋溪戲鴨二首

寒沙折葦浙江灣[一]，詩在波痕滅没間。前日扁舟人老矣，却從圖畫羡君閑。

畫家朱粉不到處，淡墨自覺天機深。賣酒壚邊見崔白，王孫真有五湖心。米元章《畫史》：「趙昌、王友、崔白，但可爲酒家遮墻壁耳。」

【校記】

〔一〕浙：施注本作「淅」。今按，趙大年名令穰，宋太祖趙匡胤五世孫，工山水畫，「浙江」或是；彎，《全金詩增補中州集》卷七一、施箋本作「灣」。

自題二首

共笑詩人太瘦生，誰從慘淡得經營。千秋萬古迴文錦，只許蘇娘讀得成。

千首新詩百首文，藜羹不糁日欣欣。鏡中自照心語口，後世何須揚子雲[一]。

【校記】

〔一〕揚：原作「楊」，此從諸本。

北歸經朝歌感寓三首

南來山勢漸坡陀，蕩蕩川涂接大河。馬上哦詩無好語，聊從白塔記朝歌。

黄屋何曾土作階，禍基休指九層臺。書生不見千年後〔一〕，枉爲君王泣玉杯。

墨翟區區不近情，迴車曾此避虚名。采薇唯有西山老，不逐時人信武成。

【校記】

〔一〕年：汲古閣本、《全金詩增補中州集》卷七一、施箋本作「秋」。

外黄道中楚王廟荆公有誰合軍中稱亞父却須推讓外黄兒之句因爲范增解嘲〔一〕

一怒屠城一説留，書生剛爲范增羞。軍中老子關何事，付與兒曹調沐猴。

【校記】

〔一〕外黄：原作「内黄」，此從施箋本。今按，詩題荆公詩句見《臨川先生文集》卷三二《范增》二首之二，出自《史記》卷七《項羽本紀》「外黄令舍人兒年十三，往説項王」云云。

題蘇氏寶章

二老風流有典刑，諸郎蘭玉映堦庭。峨眉寶氣千年在，未數陳家聚德星。長公忠義似顏平原〔一〕，次公沖澹似林西湖，故字畫有不期合而合者。最後數帖，所謂蘇氏三虎，叔黨爲最怒耳。

【校記】

〔一〕似：施箋本作「如」。

劉氏明遠庵三首

豪氣元龍百尺樓，功名場上早抽頭。路人不識閑居士，袖手雍容活兩州。

世間無物礙虛空〔一〕，宴坐經行一體同。老眼不應隨鏡轉〔二〕，江山元只在胸中。

落落雲間晚照開，上方別有妙高臺。栽花種柳明年了，柱杖敲門日日來〔三〕。

【校記】

〔一〕間：汲古閣本作「上」。　〔二〕鏡：汲古閣本、《全金詩增補中州集》卷七一、施箋本作「境」。

〔三〕柱：《全金詩增補中州集》作「拄」，通。

題李庭訓所藏雅集圖二首

萬古文章有至公，百年奎壁照河東〔一〕。衣冠忽見明昌筆，更覺升平是夢中。

景星丹鳳一千年，合着丹青與世傳。誰畫風流王李郝，大河南望淚如川。王謂仲澤，李謂長源，郝謂仲純。

【校記】

〔一〕壁：原作「璧」，此從施箋本。今按，所謂奎壁，指二十八宿中奎宿與壁宿，古人以爲二宿主文運，故並稱之。宋秦觀《淮海集》卷四〇《陳用之學士挽詞》：「雲臺觀者候昏明，奎壁躔中失二星。」

南關二首

風裏秋蓬不自由，一生幾度過隆州。無情團柏關前水〔一〕，流盡朱顔到白頭。

路轉川迴失繫舟，更教兩驛過徐溝。多情團柏關前水，却共清汾一處流。是日自徐溝宿南關。

【校記】

〔一〕柏：原作「拍」，刊誤，此從《全金詩增補中州集》卷六六、施箋本。今按，金有團柏鎮，隸太原府祁縣，見《金史》卷二六《地理志》。

馬坊冷大師清真道院三首

水際茅齋星散居，白雲閑伴五溪魚。茂林修竹山如畫，蘸碧軒中恐不如。

枯蒲折葦障清彎〔一〕，十里風荷指顧間〔二〕。安得西湖展江手〔三〕，亂鋪雲錦浸青山。

静中人境兩翛然，我亦因君有静緣，已約青山來枕上，水亭風樹看明年。

【校記】

〔一〕彎：《全金詩增補中州集》卷六六、施箋本作「灣」。〔二〕十：施箋本作「千」。〔三〕江：《全金詩增補中州集》作「生」。

惠崇獐猿圖

月嘯煙呼本不群，筆頭同是一溪雲。野情山態令人羡，世路機關不似君。

寄史同年二首

情話通霄慰別離，殷勤釀酒趁花期。沁南只道梅花早，猶較歸程十日遲。

相君許送買山錢，晚歲鄰居定有緣。一樹梅花一尊酒，知君東望亦凄然。

宋周臣生子三首

試手君家助喜詩，秋風丹桂長新枝。昂霄聳壑他年見，木月同宫記此時〔一〕。木月同宫，五星家謂人以此時生者長必貴。

玉季金昆世共賢，天將文筆付家傳。清新未要梅花賦，射虎留看第二篇。鄉先生宋濟川以《射虎》

詩著名。

雛鳳來時鶴卵成，兩兒前後不多爭。阿寧解語應須道，猶是渠家百日兄。

【校記】

〔一〕木：施箋本作「水」，詩末小字注如之。

乞酒示皇甫季貞

醉頭慵舉睡昏昏，夢裏青旗雪擁門。枕上一杯風味好，糟床何處得茶渾。

李白騎驢圖

八表神游下筆難，畫師胸次自酸寒。風流五鳳樓前客，枉作襄陽雪裏看。

許由擲瓢圖

不知黄屋不知堯，喧寂何心計一瓢。我是許由初不爾，只將盛酒杖頭挑。

九月晦日〔一〕

松楸千里動悲哀，説道迴家早晚迴。九月忽驚今日盡，滿城風散紙錢灰。

【校記】

〔一〕日：原脱，據汲古閣本、《全金詩增補中州集》卷七一補。

雜著

燒殘芻狗不能神〔一〕，一色貂裘繡帽新。好箇路傍官堠子，經年端坐看行人。

【校記】

〔一〕殘：《全金詩增補中州集》卷七一作「錢」。

送窮

送君君去欲何之，暫去還來也不辭。但媿苦無相贈物，柳船輕似去年時〔一〕。

【校記】

〔一〕船：文淵閣本作「車」。今按，送窮或船或車，不一而足。《韓愈集》卷三六《送窮文》：「元和六年正月乙丑晦，主人使奴星，結柳作車，縛草爲船，載糗輿粻，牛系軛下，引帆上檣。」

即事

四長東州貢姓名，阿茶能誦木蘭行。元家近日添新喜，掌上寧兒玉刻成。寧兒，叔開小字。阿茶，第四女，字叔閑。

侯相公所藏雲溪圖曾命賦詩三首但記其一云祖道東門未有涯田君方駕入宫車秪應千古狼溪路人説山中宰相家相公以體重不任步趍詔許駕小車至朝殿外門故予詩及之北渡後往東平路經雲溪因爲之賦〔一〕

黄山圖子翰林詩，千里東州有所思。前日相公門下客，國亡家破獨來時。

【校記】

〔一〕狼溪路：施箋本作「浪溪路」。今按，「狼溪」亦作「浪溪」。金趙秉文《滏水集》卷一三《雙溪記》：「尚書右丞侯公領東平之明年，買田於黄山之下，曰浪溪。酈道元注《水經》所謂狼溪者是也。狼與浪同聲，因以名之。」

陳德元竹石二首

一片春雲雨未乾，兩枝新緑倚高寒。瘦龍不見金書字，試就宣和石譜看。

萬石綱舡出太湖，九州膏血一時枯。阿誰種下中原禍，猶自昂藏入畫圖。

同漕司諸人賦紅梨花二首

梨花曾比太真妃，别有風流一段奇。白雪爲肌玉爲骨，淡粧濃抹總相宜。

瓊枝玉蘂静年芳，知是何人與點粧。可道海棠羞欲死，能紅能白更能香。

吴子賢㮚庵二首

人道㮚形百醜全，我知造物向君偏。世間正有明堂柱，偃蹇風霜得幾年。

廣莫初無匠石過，一丘一壑奈君何。世間正有明堂柱，春草輸贏校幾多〔一〕。

【校記】

〔一〕贏：原作「羸」，此從諸本。校：《全金詩增補中州集》、施注本作「較」，通。

太一蓮舟圖三首爲濟源奉先老師賦〔一〕老師，吾宗盟。

泠泠風外列仙臞〔二〕，琢玉羊欣定不如。六合空明一蓮葉，更須遮眼要文書。仙人在蓮葉卧看書。

仙人寧得此婆娑，亡奈丹青狡猾何〔三〕。我與太虚同一體，也無蓮葉也無波。

太一青藜出漢年〔四〕，明窗開卷一欣然。憑君莫問題詩客，不是韓駒第二篇。

【校記】

〔一〕太一：汲古閣本、《全金詩增補中州集》七一作「太乙」，通。〔二〕列：原作「到」，此從汲古閣本、《全金詩增補中州集》。〔三〕狡猾：原作「校猾」，施注本作「狡獪」，此從汲古閣本、《全金詩增補中州集》、文淵閣本。〔四〕太：原作「泰」，此從詩題。

遊天壇雜詩十三首

芳樹陰陰鳥語譁，緑雲晴雪映紅霞。青山可是堪人恨，藏著中岩十里花。

漫山白白與紅紅，小樹低藂看不供。總道楂花香氣好，就中偏愛玉瓏鬆。花名有玉瓏鬆。

只願長城没徹頭，豈知蒸土更堪憂。秦人若見千年後，抱杵臨洮老死休。避秦溝。

溪童相對采椿芽，指似陽坡説種瓜。想是近山營馬少〔一〕，青林深處有人家。

仙貓聲在洞中聞，憑杖兒童一問君〔二〕。同向燕家舐丹鼎〔三〕，不隨雞犬上青雲。仙貓洞。是日兒子叔儀呼貓應者〔四〕。土人傳燕家雞犬升天〔五〕，貓獨不去。

諸峰羅列擁朝臺，落日行雲一望開。絶似太山山上看，分明齊嶺是徂徠。

空翠霏煙海浪深，鰲頭鵬背半浮沉。不知脚底山多少，還盡平生未足心。

湍聲洶洶落懸崖，見説蛟龍擘石開。安得天瓢一翻倒，躡雲平下看風雷。時旱甚故云。

仙壇倒影鳳麟洲，一道雲光插素秋。也是天公閑不得，海東移着海西頭。

道民終不忘天台〔六〕，姓字依然在蜜崖〔七〕。爲問松臺千歲鶴〔八〕，白雲何處不歸來。近歲，盧氏蜜崖人迹不及處有題字云：「道民天台司馬承禎過」。松臺即白雲老葬地。

仙人龍蹻玉爲鞭，石穴留書世不傳。弱水蓬萊三萬里，青山今古幾何年。近年，人有得司馬先生石穴所藏《丹經》，予獲觀於山陽。

風期身後復身前，一讀丹華似有緣。八表神遊吾豈敢，或能摇筆賦垂天。

擬着茅齋北斗平，殘年細讀洗心經。詩成應被盧仝笑，曾見青山養伯齡。盧仝《送伯齡出山》云：「伯齡不厭山，山不養伯齡。」予以早當出山，故自戲云。北斗平，在天壇之後。

【校記】

〔一〕是：施箋本作「得」，《全金詩增補中州集》卷六六如之，注「一作是」。〔二〕杖：《全金詩增補中州集》卷七一、施箋本作「仗」，通。今按，金元好問《續夷堅志》卷四《仙貓》録此詩即作「仗」。〔三〕丹鼎，《續夷堅志》作「丹竈」。〔四〕應者，施箋本作「應者一」。〔五〕土人：施箋本作「一土人」。〔六〕終：《續夷堅志》卷四《密崖題字》録此詩作「初」。〔七〕姓字依然：《續夷堅志》作「姓氏分明」；蜜，《續夷堅志》作「密」。〔八〕歲：《續夷堅志》作「載」。

初發潞州〔一〕

潞州住久似并州，身去心留不自由。白塔亭亭三十里，漳河東畔幾迴頭。

【校記】

〔一〕發：施箋本作「登」。

雜詩六首道中作

鼠肝蟲臂復何辭，坎止流行亦有時。已被吴中唤傖父，却來河朔作炎兒。

隆州兵騎往來衝，客路灰郊更向東。大似天教浣塵土，數程都在水聲中。

懸崖飛瀑駭初經，白玉雙龍擊迅霆〔一〕。却恨暑天行過速，不曾赤脚踏清泠。

黄華北下馬陵南，佛屋燒殘有石龕。想是故鄉行欲近，粥麋渾覺水泉甘〔二〕。

莊休通蔽互相妨，鄉社情親豈易忘。司命果能還舊觀，髑髏端合羡侯王。

鄉關白日照青天，徒步歸來亦可憐。袖裏新詩一千首，不愁錦繡裹山川。《遺山先生文集》卷一二。

【校記】

〔一〕擊：施箋本作「掣」。　〔二〕麋：施箋本作「糜」，通。

新編全金詩卷八四

元好問　一三

七言絶句

初挈家還讀書山雜詩四首

并州一别三千里，滄海横流二十年。休道不蒙稽古力，幾家兒女得安全〔一〕。

天門筆勢到閑閑，相國文章玉筍班。從此晋陽方志上，繫舟山是讀書山。繫舟，先大夫讀書之所〔二〕，閑閑公改爲元子讀書山。又大參楊公叔玉譔先人墓銘。

眼中華屋記生存，舊事無人可共論。老樹婆娑三百尺，青衫還見讀書孫。

乞得田園自在身，不成還更入紅塵〔三〕。只愁六月河堤上，高柳清風睡殺人。

【校記】

〔一〕得：原作「待」，此從諸本。

〔二〕先大夫：《全金詩增補中州集》卷六六作「先大父」，刊誤。今按，金趙秉文《滏水集》卷九《題東巖道人讀書堂》詩自注：「裕之先大夫嘗讀書於此。東巖，其自號也。」〔三〕成：汲古閣本作「誠」。

賦缾中雜花七首予絶愛未開杏花，故末篇自戲〔一〕。

老眼驚看節物新〔二〕，今年更與酒盃親。東山一道花如繡，從此他鄉不是春。

香中人道睡香濃〔三〕，誰信丁香臭味同。一樹百枝千萬結，更應薰染費春工。

生紅點點弄嬌妍，半拆花房更可憐〔四〕。傳語春風好將護，莫教容易作銀錢。

紅抹蘭膏緑染衣，緑嬌紅小兩相宜。華邊剩有清香在，木石癡兒自不知。

素艷來從月姊家，温風淑氣發清華。人間自有交枝玉，天上休開六出花。

昨日桃華錦片新，兔葵今日到殘春。低枝留得稀踈朶，比似全開更惱人。

古銅瓶子滿芳枝，裁剪春風入小詩。看看海棠如有語，杏花也到退房時。

【校記】

〔一〕末篇：施箋本作「篇末」。〔二〕眼：原作「柳」，此從《全金詩增補中州集》卷六六。〔三〕睡：汲古閣本、施箋本作「瑞」。今按，宋陶穀《清異録》卷上《百花門・睡香》：「廬山瑞香花，始緣一比丘晝寢磐石上，夢中聞花香，烈酷不可名，既覺，尋香求之，因名睡香。四方奇之，謂乃花中祥瑞，遂以瑞易睡。」〔四〕拆：原作「折」，此從《全金詩增補中州集》、施箋本。今按，「半拆」亦作「半札」，當時俗語，謂拇指與食指張開之間距，意猶短小。元王實甫《西廂記》第四本第一折：「繡鞋兒剛半拆，柳腰兒勾一搦，羞答答不肯把頭抬，只將鴛枕捱。」此詩以「缾」喻「花房」者，極言狹窄也。

贈羅友卿三首

一般花木各榮枯，筦庫區區亦仕途。前日江東羅給事，只今城裏范萊蕪。

不離城市得幽棲，未要坊名改碧鷄。種下五株桃樹子，本無心學浣花溪。

閑中日月病中身，寂寞相求有幾人。莫怪門前可羅雀，詩家所得是清貧。

又解嘲二首

鴈後花前日日閑〔一〕，頗思尊酒慰愁顔。憑君細數東州客，誰在花花緑緑間。

詩卷親來酒醆踈，朝吟竹隱暮南湖。袖中新句知多少，坡谷前頭敢道無。

【校記】

〔一〕日日：《全金詩增補中州集》卷七一作「日月」。

爲衍聖孔公題張公佐湘江春早圖二首張自書云涂水張公佐畫時年八十一先大夫嘗題公佐畫有雲静洞庭秋寺月雨昏湘浦夜船燈之句因及之

郭熙畫筆老益壯，未比并州九十翁。想是江南春夢裏，水村曾見酒旗風。

黄陵祠下雨如繩，老筆題詩想舊曾。今日圖間見晴景，依然愁絶夜缸燈。

渾源望湖川見百葉杏花二首

四月山泉凍未開，東君纔爲挽春迴。多情丹杏知人意，留着雙華待我來。

兒時憶向西溪廟，丹杏曾看百葉花。今日山中見雙朶，自憐顦悴老天涯〔一〕。陵川西溪二仙廟有百葉杏，兩株在殿前。

【校記】

〔一〕顦：原作「鷦」，此從汲古閣本、《全金詩增補中州集》卷七一、文淵閣本。另，施箋本作「憔」，同「顦」。

代州門外南樓二首

東洛西秦往復迴，幾番風雨與塵埃。家山最與南樓近，三十三年恰再來。

汀樹微茫岸草青，滹河四月水泠泠。鳳山可是生來巧，堪與南樓作卧屏〔一〕。

【校記】

〔一〕堪：汲古閣本作「勘」，施箋本作「恰」。

杜生絶藝

杜生絶藝兩絃弾，穆護沙詞不等閑。莫怪曲終雙淚落，數聲全似古陽關。

以玉連環爲吕仲賢壽

玉環何意兩相連，環取無窮玉取堅。願得主人如此物，吕翁他日作回仙。

德華小女五歲能誦予詩數首以此詩爲贈

牙牙嬌語總堪誇，學念新詩似小茶。好箇通家女兄弟，海棠紅點紫蘭芽。唐人以茶爲小女美稱。

劉壽之買南中山水畫障上有朱文公元晦淳熙甲辰中春所題五言得於太原酒家

蜀山青翠楚山蒼，愛玩除教寶繪堂。且道中州誰具眼，晦庵詩挂酒家牆。

跋紫微劉尊師所畫山水横披四首劉時年八十六。

溪橋獨步

納納溪橋逗晚風，水村山閣往來通。馬蹄踏遍黄塵路，畫裏初逢避俗翁。

夏山欲雨

胸次江山老更奇，太初元氣入淋漓。仙翁不是人間客，俗筆休將比郭熙。

江亭會飲

瓦盆濁酒憶同傾，鄉社豊年有笑聲。世外華胥誰復夢，且從圖畫看升平。

秋江待渡〔一〕

筆頭雲景性中天，誰似仙舟有静緣。只合此間添此老，脱巾和月弄江煙。

【校記】

〔一〕總題以下各題，底本及諸本頗歧異：底本第一、二首題作《溪橋獨步》，第三首題作《江亭會飲》，第四首題作《秋江待渡》，汲古閣本如之；文淵閣本第一、二首題作《溪橋》，第三首題作《江亭》，第四首題作《秋江》；《全金詩增補中州集》各詩無題，而分别注於詩末，然俱缺「夏山欲雨」，此從施箋本。

東山四首

半欲天陰半欲晴，層巒疊巘各分明。去年風雪無多景，看盡東山是此行。

自笑平生被眼謾，看山只向畫中看。天公老筆無今古，枉着千金買范寬。

錦里春光風馬牛，鳥飛不到太湖秋。一丘一壑都堪老，且具神山煙景休。

馬水横陳聖阜前，滹沱陂堰遠相連。魚多只説牛家匯，何處秋風有釣舡。牛家匯在神山下。

曉起

鬢毛衰颯病淩兢，暫入紅塵倦不勝。學似玉山樵客了，八年流落醉騰騰。予痛飲至是八年，故用韓致光此句〔一〕。

【校記】

〔一〕光：原作「堯」，此從汲古閣本、《全金詩增補中州集》卷七一。另，清紀昀等《四庫全書總目》卷一五一《集部・韓内翰别集》有云：「《唐書》本傳謂偓字『致光』，計有功《唐詩紀事》作字『致堯』，胡仔《漁隱叢話》謂字『致元』。毛晉作是集跋，以爲未知孰是。案：劉向《列仙傳》稱，偓、佺，堯時仙人，堯從而問道，則偓字『致堯』於義爲合，致光、致元，皆以字形相近誤也。」今按，此處《唐書》指《新唐書》卷一八三《韓偓傳》，并附「其兄儀，字羽光」，則字「致光」非無根之談，而四庫館臣以《列仙傳》爲據，謂「致光」「以字形相近誤」，或失於武斷。

追録乙未八月十七日莘縣夢中所得

夢裏哦詩信口成，分明濟水道中行。夢迴真到哦詩處，滿馬西風雲月清。

春歸

野杏溪桃三兩枝，春歸也作送春詩。東君自愛長安好，能住山城得幾時。

感興四首

梦中驚見白頭新，信口成篇却自神。天上近來詩價重，一聯直欲換青春。後二句梦中所得。

詩印高提教外禪，幾人針芥得心傳。并州未是風流减，五百年中一樂天。

廓達靈光見太初，眼中無復野狐書。詩家關捩知多少，一鑰拈來便有餘。

好句端如緑綺琴，静中窺見古人心。陽春不比黄華曲〔一〕，未要千人作賞音。

【校記】

〔一〕黄華：《全金詩增補中州集》卷七一作「皇華」，施箋本作「黄荂」。今按，「黄」與「皇」通；「華」與「荂」同。

從孫顯卿覓平定小山

愛殺熙春萬玉峰，綱舡迴首太湖空。一拳秀碧煙霞了，早晚東山入袖中。

發南樓度鴈門關二首

鷄聲未動發南樓，澗水隨人向北流。欲望讀書山遠近，鴈門關上懶迴頭。

稜磳石磴倚高梯〔一〕，穹谷無人緑樹齊。總爲古來征戍苦，宿雲常傍塞垣低。

【校記】

〔一〕稜磳：《全金詩增補中州集》卷六六、施箋本作「崚嶒」。今按，「稜磳」與「崚嶒」俱指山石重疊險峻。南朝梁沈約《鍾山詩應西陽王教》：「鬱律構丹巘，崚嶒起青嶂。」見《文選》卷二二。

墨竹扇頭

嫩香新粉玉交加，小筆風流自一家。只欠雪溪王處士，醉來肝肺出枯楂。

王希古乞言

支幹孤虚不救貧〔一〕，素衣空染洛陽塵。一龜早晚措床了，袖手風簾閲市人。

【校記】

〔一〕孤虚：原作「空虚」，此從施箋本。今按，唐盧藏用《析滯論》：「自季代遷訛，俗多徼倖，競稱怪力，争誦詭言，屈政教而就孤虚，棄信賞而從推步。」見《全唐文》卷二三八。

龍門公墨竹風煙夕翠二首

渭川東望水雲寬，雨潤煙濃下筆難。今日龍門圖上看，蕭郎只合老荒寒。

煙梢露葉捲秋山，揮灑縱横意自閑。莫問筆頭龍未化，看看霖雨滿人間。

從希顔覓篤耨香二首追録。

緑洋奇品賽濃梅，永憶薰爐試淺灰。尤物也知人愛惜，簾飾風動只縈回。

自倚詩情合得消，暮寒新火覺無聊。懸知受用無多在，試往新詩乞斷瓢〔一〕。

【校記】

〔一〕往：施箋本作「枉」。

戲贈柳花

誰擘輕綿亂眼飄，不教翠紐綴長條。只愁更作浮萍了，風轉波衝去轉遥〔一〕。

【校記】

〔一〕轉：汲古閣本、《全金詩增補中州集》卷七一作「捲」。

喬夫人墨竹二首

萬葉千梢下筆難，一枝新緑儘高寒。不知霧閣雲窗晚，幾就扶踈月影看。

只待驚雷起蟄龍，忽從女手散春風。渭川雲水三千頃，悟在香嚴一擊中。夫人參洞下禪有省〔一〕。

【校記】

〔一〕詩末小字注「洞下禪」，汲古閣本、《全金詩增補中州集》作「洞山禪」，誤。今按，所謂洞下禪，指佛教禪學之曹洞宗。

醉貓圖二首何尊師畫宣和內府物

窟邊癡坐費工夫，側輥横眠却自如。料得仙師曾細看，牡丹花下日斜初。

飲罷鷄蘇樂有餘〔一〕，花陰真是小華胥。但教殺鼠如丘了，四脚撩天一任渠。

【校記】

〔一〕蘇：汲古閣本、施箋本作「酥」，通。

自題中州集後五首

鄴下曹劉氣儘豪，江東諸謝韻尤高。若從華實評詩品，未便吴儂得錦袍。

陶謝風流到百家，半山老眼净無花。北人不拾江西唾，未要曾郎借齒牙。

萬古騷人嘔肺肝，乾坤清氣得來難。詩家亦有長沙帖，莫作宣和閣本看。

文章得失寸心知，千古朱絃屬子期。愛殺溪南辛老子[一]，相從何止十年遲。

平世何曾有稗官，亂來史筆亦燒殘。百年遺藁天留在，抱向空山掩淚看。

【校記】

〔一〕愛：汲古閣本、《全金詩增補中州集》卷六六如之，注「一作恨」，施箋本即作「恨」。

講武城

作計千年復萬年，似嫌蒸土不能堅。祇今講武人何在，衰柳殘楊有亂蟬。

藥山道中二首

石岸人家玉一灣，樹林水鳥静中閑。此中未是無佳句，只欠詩人一往還。

西風砧杵日相催，着破征衣整未迴。白鴈已銜霜信過[一]，青林閑送雨聲來。

【校記】

〔一〕已：施箋本作「未」。

善應寺五首

平崗回合盡桑麻，百汊清泉兩岸花。更得青山作重複〔一〕，武陵何處覓仙家〔二〕。

石潭高樹映寒藤，閑有沙鷗静有僧。總愛山陽竹林好〔三〕，七賢來了更誰曾。

夕陽人影卧平橋，倦客登臨不自聊。且放游魚覓歸宿，争教白鷺逞風標。

山中魚鳥夙相親，問舍求田有主人。自讀舊題還自笑，七年鞍馬只紅塵。前題善應寺壁有「紅塵鞍馬幾時休」之句，又七年矣。

困不成眠百感生，田家燈火夜深明。無因洗耳風沙底，枉費潺潺落枕聲。

【校記】

〔一〕複：原作「復」，此從《全金詩增補中州集》卷七一、施箋本。〔二〕陵：原作「林」，此從《全金詩增補中州集》。今按，《陶淵明集》卷六《桃花源記》：「晉太元中，武陵人捕魚爲業；緣溪行，忘路之遠近。」〔三〕愛：汲古閣本如之，注「一作恨」，施注本即作「恨」。

摘瓜圖二首樗軒家物〔一〕。

四摘空留抱蔓詩，阿婆真作木腸兒。履霜只説琴心苦，不見房陵道上時。

高鳥長憂挂網羅，如庵日月坐消磨〔二〕。憑君莫話前朝事，比似黄臺摘更多。如庵，密國公所居。

【校記】

〔一〕「樗軒家物」原入詩題，此從汲古閣本作小字注。〔二〕坐：《全金詩增補中州集》卷七一、施箋本作「共」。

黄華峪十絶句

岱崧王屋舊經過，自倚胸中勝槩多。獨欠太行高絶處，青天白日看山河。

樹經涷雨半青黄，山入高秋老更蒼。且就同遊盡佳客，不妨五日未重陽。

紅葉黄花風露清，比來春色不多争。秋山却也堪人恨〔一〕，白與高歡作錦城。

絶壁孤雲子細看〔二〕，雲間龍穴想高寒〔三〕。碧瀾寸寸横秋色，空對山靈説到難。唐人《到難篇》有「碧瀾之下，寸寸秋色」之句，見《文粹》〔四〕。

玉立千峰畫不如，天公自有范寬圖。間山要着黄華老〔五〕，千尺珠簾得似無。前輩間山詩有「向使早逢周處士，子端應不號黄華」之句。處士，指周先生德卿。

團團石甕琢青瑶，仰面看雲覺動摇。誰着天瓢灑飛雨，半空翻轉玉龍腰。

萬古飛流瀉不供，枉教噴薄困魚龍。謫仙剩有銀河句，不道香爐更一峰。

天漢何因有蚌胎，無窮冰雹落懸崖。只愁駞背糢糊錦，翻倒龍宫復此來。

落峽飛流散不收，湍聲洶洶動高秋。也應嫌被紅塵涴〔六〕，才近山門便洑流。

乞得三泉住不成，風沙鞍馬負平生。故山定已移文了，又被黄華識姓名。

【校記】

〔一〕恨：原作「限」，此從諸本。〔二〕子：《全金詩增補中州集》卷六六、施箋本作「仔」，通。

〔三〕穴：原作「宂」，刊誤，此從諸本。今按，「宂」同「冗」。〔四〕文粹：施箋本作「唐文粹」。

〔五〕黄華：汲古閣本、《全金詩增補中州集》作「黄花」。今按，「華」與「花」通，然此處黄華爲章宗朝名士王庭筠號，系特定稱謂，不當用通假字。〔六〕涴：原作「浣」，此從諸本。

七賢堂

水上盤陀不見人，煙中白鷺玉無塵〔一〕。竹林未恨風流減，負殺共城麴米春。是日有餉名酒，獨酌水邊。

【校記】

〔一〕鷺：原作「露」，此從汲古閣本。另，《永樂大典》卷七二三七堂字韻引此詩亦作「鷺」。

峽口食鯿魚有感

無奈微雲踈雨何，孟公詩律費研磨。憑君莫愛襄陽好，縮項鯿魚刺鯁多。

大簡之畫松風圖爲修端卿賦二首〔一〕

董元老筆鬱盤盤，萬壑蒼雲復此看。絶似鳳凰山下路，秋風無際海波寒。

新亭相泣血沾襟，一日神州見陸沉。好就崆峒山叟問，醉眠春晝果何心。

【校記】

〔一〕大：原作「太」，《全金詩增補中州集》卷七一脱，此從施箋本。今按，「大」爲唐代渤海郡王姓氏。《舊唐書》卷一九九《北狄傳·渤海靺鞨》：唐睿宗先天二年，册封「大祚榮」爲「渤海郡王」。另，元王惲《秋澗集》卷三三《大簡之山水横披》、元夏文彦《圖繪寶鑑》卷四《金》亦涉此人。

秋江待渡横披

物外琴尊合往還，争教俗駕點溪山。畫師果識閑中趣，只作横舟落照間。

贈答要襄叔二首

長洲連日遠相迎，展讀新詩眼倍明。鄧下舊人多念我，感君兼有故鄉情。

文擬邳侯下筆難，韜春一讀不知寒。名家未覺風流減，洗眼青雲看阿端。襄叔之先人擬《下邳侯傳》〔二〕，作《竇韜春》以賦火焙〔三〕。又其兒子小字端平者方就學。

【校記】

〔一〕下邳侯傳：即《下邳侯革華傳》，或謂韓愈著，故《全唐文》卷五六七輯入。今按，《韓愈集·補遺》注：「劉龍圖燁云：『或言此篇不類退之文，及得本校，果無。趙璘《因話録》謂《革華傳》稱韓文公皆後人所誣，是唐人已知其僞，然杭本《文粹》皆録。洪謂始録於歐公，非也。』今按，此當全篇删去。」〔二〕竇韜春：施箋本作「竇韜春傳」；焙，《全金詩增補中州集》卷七一作「焙」。今按，焙指微火烘烤，有火源；焙則用熱物或體温接觸涼物或濕物，使之生暖去濕，無火源。

贈修端卿張去華韓君傑三人六首

姓字舊熟相知新〔一〕，三子皆我眼中人。洛西荒山有此客，酒光灔灔梅花春。

去華手中倒樹搠，亦要筆力挽千鈞。知君辦作南山豹，霧雨七日蔚成文。

掃地焚香樂有餘，情知怏怏米鹽書〔二〕。枉教棄擲泥塗了，緑髮修郎玉不如。

古來馬隊非講肆，韓生頗似周生勤。舉家都無擔石粟，老氣仍有垂天雲。

中庸胡公隔天壤，竇臣近日客死。大木失望工師來。明堂老手李明府，我知此公無棄材。謂李順陽吉甫〔三〕。

乳虎守穴子可探，斫頭不屈貧所甘。異時三客俱熖熖，人倫東國吾無慙。

【校記】

〔一〕字：文淵閣本作「氏」。〔二〕鹽：原作「監」，此從汲古閣本、《全金詩增補中州集》卷七一。今按，《史記》卷二七《天官書》：「近世十二諸侯七國相王，言從衡者繼踵，而皐、唐、甘、石因時務論其書傳，故其占驗淩雜米鹽。」正義：「淩雜，交亂也；米鹽，細碎也。」〔三〕謂：原作「斥」，文淵閣本脱，此從《全金詩增補中州集》、施箋本。

秋江曉發圖

百轉羊腸挽不前，旃車轆轆共流年。畫圖羡殺扁舟好，萬里清江萬里天。

題山亭會飲圖二首

女几樵人塞上詞，劉景玄號。溪南老子坐中詩。因君喚起山亭梦，好似三鄉共醉時。

曾將心事許烟霞，酒榼書囊便是家。前日山亭亭上客，而今鞍馬老風沙。

洛陽衞良臣以星圖見貺漫賦三詩爲謝

敗筆成丘死不神，侯門書卷欲誰親。鰥鰥魚目漫漫夜，盻到明星老却人。

參旂亦自遇災年，横被弧星射右肩〔一〕。牽牛只有楮機石〔二〕，送與天公折聘錢。

西虎東龍總伏雌，老蠹却是可憐兒。星圖何物堪相報，借用盧仝月蝕詩。

【校記】

〔一〕弧：原作「狐」，刊誤，此從文淵閣本。今按，唐盧仝《月蝕詩》：「弧矢引滿反射人，天狼呀啄明煌煌。」見《全唐詩》卷三八七。〔二〕榰：文淵閣本、施箋本作「搘」，通。

題鷺鷥敗荷扇頭

荷經凍雨緑全枯，葦到窮秋影亦疎。爲問風標兩公子，此中能有幾多魚。

西山樓爲王仲理賦二首

天日晴明四望開，樓中舒嘯亦悠哉。闌干十萬人家裏，只有青山入眼來。

拄笏西山老騎曹〔一〕，朝來爽氣與秋高。休將人物輕題品，湖海元龍也未豪〔二〕。

【校記】

〔一〕拄：汲古閣本作「柱」。〔二〕也：《全金詩增補中州集》卷七一、施箋本作「與」。

樂天不能忘情圖二首

得便宜是落便宜，木石癡兒自不知。就使此情忘得了〔一〕，可能長在老頭皮。

芙蓉脂肉紫霞漿，別是仙家煖老方。不枉柳枝捹不得〔二〕，忘情一馬亦何妨。

【校記】

〔一〕得了：汲古閣本、《全金詩增補中州集》卷七一作「不得」。〔二〕不：原作「下」，汲古閣本、《全金詩增補中州集》作「只」，此從汲古閣本、《全金詩增補中州集》、施箋本。拚：《全金詩增補中州集》作「拵」，汲古閣本作「拚」，同。

燕省掾屬張彦通舉釋菜之廢典仁卿以詩美之亦賦二詩〔一〕

一奠區區入詠歌，請看文治竟如何。李侯落筆非無意，告朔羊存得已多。

一日新儀見泮宫，共驚綿蕝有遺風。他州亦可燕中比〔二〕，只枉今無百彦通。

【校記】

〔一〕菜：原作「萊」，此從汲古閣本、《全金詩增補中州集》卷七一、文淵閣本；「典」字原脱，據汲古閣本、《全金詩增補中州集》、施箋本補。〔二〕他：原作「化」，刊誤，此從汲古閣本、《全金詩增補中州集》、施箋本。今按，本集本卷《鄉郡雜詩》五首之二有此語：「莫笑山城小於斗，他州誰有湧雲樓。」

采菊圖二首

信口成篇底用才，淵明此意亦悠哉。枉教詩景分留在，百繞斜川覓不來。

夢寐煙霞卜四鄰〔一〕，争教晚節傍風塵。詩成應被南山笑，誰是東籬采菊人。

【校記】

〔一〕寐：汲古閣本、《全金詩增補中州集》卷七一作「裏」。

無塵亭二首

霧廓雲開病未能，波流草靡亦何曾。胸中自有西風扇，身外休論有髮僧。

日日門前車馬喧，玉壺冰簟酒如川〔一〕。亭中剩有題詩客，獨欠雲間李謫仙。時仁卿尚未到燕。

【校記】

〔一〕玉：原作「主」，刊誤，此從諸本。

李廣道寫真二首

華髮蕭蕭玉鍊顏，一篇秋水想高閑〔一〕。須知八表神游客，不在披裘擁絮間。

擁絮披裘動數千，肉身那得盡飛仙。玄門此老留教在，滄海横流未必然。

【校記】

〔一〕閑：原作「間」，此從施箋本。另，汲古閣本、《全金詩增補中州集》卷七一作「閒」，與「間」、「閑」俱通。

錢過庭煙溪獨釣圖二首

鞍馬風沙萬里身，眼明驚見楚江春。緑蓑衣底玄真子，不解吟詩亦可人。

小景風流二百年，典刑來自米家舡。詩人無復承平舊，重爲遺音一慨然。畫學米元章《楚山清曉》，故有上句。

蒼崖遠渚圖二首

深谷高林自一天，紅塵無路近風煙。兩椽茅屋平生了，况是清溪有釣船。

竹帛功名一筆無，殘年那復計榮枯。青山未得携家去，惆悵題詩是畫圖。

三士醉樂圖

依樣胡盧畫不成，三家兒女日交兵。瓦盆一醉糊塗了，比似高談却較爭。

鄉郡雜詩五首

余家自五代以後，自汝州遷平定。宋末又自平定遷忻，故文字中以平定爲鄉郡〔一〕。

百年喬木鬱蒼蒼，耆老風流趙與楊。爲向榆關使君道，郡中合有二賢堂。楊吏部之美，皐落人。閑閑曾守此郡。

神仙官府在瀛洲，何意閑閑得此留。莫笑山城小於斗，他州誰有湧雲樓。樓，閑閑所建〔二〕。

一溝流水幾橋横，岸上人家種柳成。來歲春風一千樹，緑煙和雨暗重城。

新堂縹渺接飛樓，雲錦週遭霜樹秋。若道使君無妙思，冠山移得近城頭。

故鄉飛鳥亦裴回，更覓何鄉養不才。見説陽泉好春色，野夫乘興欲東來。

【校記】

〔一〕以後：施注本作「後」；遷忻，汲古閣本、《全金詩增補中州集》卷七一作「遷於忻」；文字，施注本作「文」。〔二〕閑閑：施箋本作「閑閑公」。

宗人明道老師澮軒二首

潞人澮社有來源，濟水分流到澮軒。莫問軒中賓與主，一家同是潞州元〔一〕。

澮中無地着鹹酸〔二〕，老口年多不受謾。流外已曾增一董，不妨傳法到黄冠。

【校記】

〔一〕潞：汲古閣本作「洛」。今按，金置潞州，隸河東南路河中府，見《金史》卷二六《地理志》。另，《遺山先生文集》卷三《送弋唐佐董彦寬南歸且爲潞府諸公一笑》「潞人本澮新有社，澮事重重非一種」、《送宋省參并寄潞府諸人》「因君寄問社中人，前日澮公行復過」等，俱涉「明道老師」，與潞州關系密切，當是潞州人。〔二〕澮、地：《全金詩增補中州集》卷七一、施箋本作「淡」、「味」。

題商梦卿家晦道堂圖二首

松亭竹閣數家村，通德仍餘舊里門。喬木未須論巨室，青衫今有讀書孫〔一〕。一作「青衫誰有讀書孫」。

東國人門幾百年，素風纔到此公傳。卷中甚欲題詩句〔二〕，慚愧韋家祖德篇〔三〕。

【校記】

〔一〕今：《全金詩增補中州集》卷七一如之，注「一作誰」，并删詩末注「一作『青衫誰有讀書孫』」。

〔二〕甚：文淵閣本作「定」。〔三〕篇：施箋本作「編」。

商正叔隴山行役圖二首

隴坂經行十過春，也隨風土變真淳。吴山汧水不必畫，留在秦音已可人。

夢中陳迹畫中詩，前日行人鬢已絲。我亦寒亭往來客，因君還寄出關辭〔一〕。

【校記】

〔一〕辭：原作「詩」，文淵閣本作「詞」。施箋本校曰：「兩叶『詩』字，係刊誤，今改作『辭』。」從之。

息軒秋江捕魚圖三首

擲網牽罾太俗生，煙波名利不多爭。緑蓑衣底玄真子，可是詩翁畫不成。

擊甕喧天網截河，得魚何啻一罾多。漁郎不作明年計，奈此纖鱗細甲何。

正始風流一百年，竹谿衣鉢有真傳。玉堂人物今安在，紙尾題詩一慨然〔一〕。

【校記】

〔一〕慨：原作「槩」，此從汲古閣本、《全金詩增補中州集》卷七一、施箋本。

東平李漢卿草蟲卷二首

蟻穴蜂衙筆有靈，就中秋蝶最關情〔一〕。知君夢到南華境，紅穗碧花風露清。

過眼千金一唾輕，畫家元有老書生。草蟲莫道空形似，正欲爾曹鳴不平。李資高亢，視錢幣如糞土，貴人求畫，或大罵而去，故不與世合。

【校記】

〔一〕蝶：原作「蜍」，此從汲古閣本、《全金詩增補中州集》卷七一、施箋本。

郭熙溪山秋晚二首

煙中草木水中山，筆到天機意態閑。九十仙翁自遊戲，不應辛苦作荆關。

雲樹微茫石巉開，吴兒洲渚不塵埃。憑君記取題詩處，杖屨適從硤谷來〔一〕。

【校記】

〔一〕屨：《全金詩增補中州集》卷七一、文淵閣本作「履」。

七賢寒林圖

萬古騷人有賞音，畫家滿意與幽尋。題詩記得崧前事〔一〕，絶似馮雷入少林。

【校記】

〔一〕得：施箋本作「取」。

右丞文獻公著色鹿圖

野鹿標枝氣象閑，老皇頻歲敉秋山。不妨右相丹青筆，時到霜林紫翠間。

李仲華湍流高樹圖二首

細密功夫足自神，經營慘澹欲誰親。却應林影湍聲外，猶欠吴山小筆春。

小景風流恰入時，留題紙尾竟何辭。不因脱兔投林了，何處而今更有詩。癸巳正月之變，逆黨中有欲謀害己者，賴仲華力爲營護得釋，故篇末有及。

益都宣撫田侯器之燕子圖詩傳本己亥秋七月予得於馮翊宋文通家會侯之子仲新自燕中來隨以歸之仲新謂予言兵間故物一失無所復望乃今從吾子得之焕若神明頓還舊觀似非偶然者方謁時賢以嗣前作幸吾子發其端因賦三詩丙午春三月河東元某謹題

紅綫還驚掌上看，十年音息海漫漫[一]。渠家王謝堂前慣，暗認曹劉可是難。

古錦詩囊半陸沉，吴楓句好入江深。世間妾婦争相妬，禽鳥區區却賞音。首句謂怨家投李長吉詩厠中。

才氣田侯絶世奇，山丘零落更堪悲。休驚燕子詩留在，化鶴歸來未可知。

【校記】

〔一〕息：汲古閣本、《全金詩增補中州集》卷七一作「信」。

前高山雜詩七首

夢寐煙霞卜四鄰，眼明今日出紅塵。山中景趣君休問，谷口泉聲已可人。

山經地志總難憑，鄉社流傳太俗生〔一〕。前後兩高從我改，合教松海作新名。
蚊聚蛙喧杳不聞，已甘麋鹿與同群。胸中所得知多少，半是青松半白雲。
天池一雨洗氛埃，全晉堂堂四望開。不上朝元峰北頂，真成不到此山來。
世上初無物外緣，人間却有洞中天。如何長伴王居士〔二〕，買盡青山不用錢。
白驢前日鳳山迴，爲愛朝元復此來。却憶廣陵劉老子，醉吟應在釣魚臺。
白首同歸未省曾，青山獨往竟誰能。莫嫌麋鹿無情識，比似人間少愛憎。

【校記】

〔一〕流：《全金詩增補中州集》卷七一作「留」。〔二〕長：汲古閣本作「常」。

楚山清曉圖

雨潤煙濃十二峰，雲間合有楚王宫。遥知别後西州夢，一抹春愁淺淡中。

題石裕卿郎中所居四詠

寓樂堂

此心安處是真歸，念念今知故習非。一首新詩一盃酒，五陵裘馬自輕肥。

德恒齋

養心如虎亦良勤，血戰紛華老册勳[一]。百草千花過春雨，白衣蒼狗看浮雲。

雪巖

貞松勁柏四時春，霽月光風一色新。置屋懸崖儘堪老，層冰千里只愁人。

聱齋

弓刀陌上未知還，心寄漁郎笭箵間。名作聱齋疑未盡，峿山衣鉢在遺山。

【校記】

〔一〕册：《全金詩增補中州集》卷七一作「策」。

贈李子範家兒子

神理乘除不偶然，只疑陽報向君偏。試評掌上明珠價，幾倍諸家覓藥錢。

跋文獻公張果老圖

耆舊能談相國賢，功名欲占冷巖前。清風萬古猶應在，未用仙公甲子年。

三鄉雜詩三首

夢寐滄洲爛熳游[一]，西風安得釣魚舟。薄雲樓閣猶烘暑[二]，細雨林塘已帶秋。

尖新秋意晚晴中，六尺笻枝滿袖風。草合斷橋通暗緑，竹摇殘照漏疏紅[三]。

溪南老子坐詩窮，窮到簞瓢更屢空。五鳳樓頭無手段，碧鷄坊外有家風。

【校記】

[一]熳：《全金詩增補中州集》卷六六作「漫」。[二]猶：原作「尤」，此從汲古閣本、《全金詩增補中州集》、施箋本。[三]摇：施注本作「援」。

鈞州道中

野陰莽蒼日將夕，歲律峥嶸風有聲。從昔南山歌短褐，何時北闕請長纓。《遺山先生文集》卷一三。

新編全金詩卷八五

元好問 一四

七言絶句

榆杜硤口村早發

瘦馬長途懶着鞭，客懷牢落五更天。幾時不屬鷄聲管，睡徹東窗日影偏。

十月二十日雪

和氣休論歲欲豊，且看蕪穢一時空。臨高賞雪人何限，誰在瓊瑶世界中。

同兒輩賦未開海棠二首

翠葉輕籠豆顆匀，烟脂濃抹蠟痕新〔一〕。殷勤留着花梢露，滴下生紅可惜春。

枝間新緑一重重，小蕾深藏數點紅。愛惜芳心莫輕吐，且教桃李鬧春風。

【校記】

〔一〕烟脂：汲古閣本、文淵閣本、《全金詩增補中州集》卷六六作「臙脂」，通。

哭曹徵君子玉二首

去歲流言到處疑，聞君哭我不勝悲。今年我在君先没，淚盡荒城君得知。

繞墳三匝去無因，千里冰霜半病身。斗酒隻鷄孤舊約，素車白馬屬何人。

二十六日早發安生道中雨木冰〔一〕

玉樹瑶林世界寬，木冰真作雨花看。青青也被糊塗盡〔二〕，松柏何曾保歲寒。

【校記】

〔一〕木：原作「水」，詩中如之，此從汲古閣本、《全金詩增補中州集》卷七一。今按，《春秋·成公十六年》：「『王正月，雨木冰。』公羊傳：『雨而木冰也。』」晉杜預注：「記寒過節，冰封著樹。」

〔二〕青青、盡：汲古閣本作「青春」、「了」。

書貽第三女珍

珠圍翠繞三花樹，李白桃紅一捻春。看取元家第三女，他年真作魏夫人。

隱秀君山水爲范庭玉賦〔一〕

萬壑風煙入座寒，六銖仙帔想驂鸞。多少金閨畫眉手，吴山纔得鏡中看。

【校記】

〔一〕隱秀君：或作「秀隱君」。《中州集》卷三《劉龍山仲尹》之《謝孔遵度後堂畫山水圖》詩注：「後堂號秀隱君。」或倒誤。元夏文彦《圖繪寶鑒》卷四《金》著録：「隱秀君，善山水。」另，金王寂《鴨江行部志》亦涉「孔遵度」。要之，孔遵度字後堂，號隱秀君，河南人。善畫山水，約與劉仲尹、酈權、高公振同時。

送子微二首

老年鞍馬不勝勞，更問狐裘與緼袍。到了龍門有何好，伊川清淺石樓高。

古來何物是經綸，一片青山了此身。亂後洛陽花木盡，不妨閑作水南人。

楊秘監馬圖

天閑誰省識真龍，金粟堆前草色空。忽見畫圖疑是夢，東華馳道麝香驄。

岳山道中

野禾成穗石田黄，山木無風雨氣凉。流水平岡儘堪畫，數家村落更斜陽。

雪行圖

太一仙舟雲錦重〔一〕，新郎走馬杏園紅。騎驢虧殺吟詩客，到處相逢是雪中。

【校記】

〔一〕太一：《全金詩增補中州集》卷七一作「太乙」，通。

寄杜莘老三首

夢裹雲山一卧屏，先生畫筆果通靈。不妨行藥長安市，纔是前生許道寧。

一片青山共白雲，春林煙景入晴曛。祝君老眼明於鏡，毫末清妍子細分〔一〕。

盃酒殷勤興不孤，更教懷袖得新圖。緑囊自是君家物，醫得煙霞痼疾無。

【校記】

〔一〕毫：原作「豪」，此從《全金詩增補中州集》卷七一。今按，毫與豪通，此處當作毫。

己酉四月十七日度石嶺〔一〕

四海虚名直幾錢，世間何限好林泉。無情石嶺關頭路，行去行來又十年。

【校記】

〔一〕度石嶺：《全金詩增補中州集》卷七一作「度嶺」。

劉君用可庵二首

末節繁文費討論〔一〕，經生規矩是專門。惡惡不可惡惡可，笑殺田家老瓦盆。

着脚繩橋已足憂，邯鄲匍匐更堪羞。惡惡不可惡惡可，大步寬行老死休。惡音烏。

【校記】

〔一〕論：原作「綸」，刊誤，此從諸本。

耀卿西山歸隐三首馬卿爲耀卿張君寫真，未幾被召北上。

静裏簞瓢不厭空，北窗元自有清風。傅岩只道無人識，已落君王物色中。

馬卿似與物爲春，難狀靈臺下筆親。預拂青山一片石，異時真是卷中人。

冠劍雲臺大縣侯〔一〕，富春漁釣一羊裘。山林鍾鼎無心了，誰是人間第一流。

【校記】

〔一〕冠：原作「寇」，刊誤，此從諸本；雲臺，汲古閣本、《全金詩增補中州集》作「靈臺」。今按，漢明帝時嘗圖畫中興名將鄧禹等二十八人於南宫雲臺，見《後漢書》卷一六《鄧禹傳》。

雪岸鳴鶴〔一〕

離離殘雪點荒叢，更看幽禽慘淡中〔二〕。笑殺畫簾雙燕子，秋千紅索海棠風。

【校記】

〔一〕鶴：原作「鷌」，此從諸本。今按，《龍龕手鑑·鳥部》：「鷌，同鶴。」鶴之譌字。〔二〕看：汲古閣本、《全金詩增補中州集》卷六六、施注本作「著」。

東丹騎射

意氣曾看小字詩，畫圖今又識雄姿。血毛不見南山虎，想得弦聲裂石時〔一〕。

【校記】

〔一〕裂：原作「列」，此從諸本。

虚名

虚名不直一錢輕，唤得呶呶百謗生。可惜客兒頭上髮，也隨春草鬬輸贏〔一〕。

【校記】

〔一〕羸：原作「羸」，此從汲古閣本、《全金詩增補中州集》卷七一、文淵閣本。另，施箋本如之，而將此詩改作《題劉威卿小字難素册後》二首之二。

投書圖二首

一束空書不療飢，浮沉隨水恰相宜。醫蒙藥楮輕抛却，却是洪喬見事遲。

屈作書郵未肯心，百函隨水聽浮沉。虚名底用寒温問，却是洪喬最賞音。

題劉威卿小字難素册後二首

伎道精微得處難，書林頭白一儒冠。陰功厚薄君休問，只就蠅頭細字看。

齒牙餘論足輝光，東國人倫趙與楊。曾是兩翁門下客〔一〕，殘年袖手亦無妨。

【校記】

〔一〕翁：《全金詩增補中州集》卷七一作「公」。

龐都運山水

門闌喜色到崔盧，文賦聲名逼兩都。重爲溪山感疇昔，風流還有此翁無。

歸義僧山水卷

崧少經行二十春，野麋山鹿盡情親。而今身落京塵底，畫出林泉亦可人。

武善夫桃溪圖二章

物外煙霞卜四鄰，武陵不是避秦人。軟紅香土君休羨，千樹桃花滿意春。

金闕毶毶六月寒，桃花春夢隔征鞍。青山歸計何時辦，畫卷空留馬上看。

巢雲曙雪圖武元直筆明昌名士題詠

風流人物見承平，半向巢雲有姓名。畫手休輕武元直，胸中誰比玉峥嶸。

書扇贈李湛然

江楓摇落海門秋，江水無風月半樓。未要吴儂誇勝槩，已從詩境得天游。

普照范鍊師寫真三首

嚮日神仙看地行，只今煙駕想雲程。石梁畫出西流寺，無復鏗然曳杖聲。

傾蓋論交了歲寒，眼中人物似君難。流波意在誰真識，未絶朱弦已廢彈。

鶴骨松姿又一奇，化身千億更無疑。人間只説乘風了，覿面相呈却是誰。

祖唐臣所藏樗軒畫册二首

緑浄紅香夢已空[一]，草黄沙白思無窮[二]。波間野鴨渾無賴，長着詩人慘澹中[三]。敗荷野鴨。

牧笛無聲畫意工，水村煙景緑楊風。題詩憶得樗軒老，更覺升平是夢中。風柳牧牛。

【校記】

〔一〕浄：汲古閣本、《全金詩增補中州集》卷七一作「盡」。香：《全金詩增補中州集》作「稀」。

〔二〕無：汲古閣本作「何」。〔三〕澹：《全金詩增補中州集》作「淡」。

客意

雪屋燈青客枕孤，眼中了了見歸途。山間兒女應相望，十月初旬得到無。

走筆題十老會請疏

痛飲形骸百不成，天教鄉社送餘生。病夫近日添新喜，十老圖中有姓名。

七夕

天街奕奕素光移，雲錦機閑漏箭遲。誰與乘槎問銀漢，可無風浪借佳期。

避兵陽曲北山之羊谷題石龕

冥鴻正恐絓疑網，脱兔不忘投茂林〔一〕。世故驅人真有力，天公困我豈無心〔二〕。

【校記】

〔一〕兔：原作「免」，刊誤，此從諸本。〔二〕豈：汲古閣本作「本」。

壬子寒食

兒女青紅笑語譁，秋千環索響嘔啞。今年好箇明寒食，五樹來禽恰放花。

馬雲卿畫紙衣道者像

太古清風匝地來，紙衣長往亦悠哉。鐵牛力負黄河岸，生被曹山挽鼻迴。

過威州鎬厲王故居〔一〕

天道循環只眼前，果誰烈焰與寒煙。種瓜四摘渾閑事，抱蔓無人更可憐。

【校記】

〔一〕過威州：汲古閣本作「過威鄉」，《全金詩增補中州集》卷七一作「和威卿」。今按，《金史》卷八五《世宗諸子》：明昌三年，永中「判平陽府事，進封鎬王」。五年，以「素有妄想之心」，「詔賜永中死」，「官給葬具，妻子威州安置」。泰和七年，「詔復永中王爵，賜謚曰厲」。

真味齋

麁飯寒虀老此身，高人那計甑生塵。味無味處君知否，道着琴書已失真。

歸義興侍者溪山蕭寺横軸〔一〕

石磴雲松百八盤，東峰日上海波寒。老來丘壑風流減，却就禪房覓畫看。雲漢此畫甚有泰山典刑〔二〕，因記東峰看日出時，故有上句。

【校記】

〔一〕歸義興：《全金詩增補中州集》卷七一作「歸義僧」。另，本集本卷《歸義僧山水卷》亦涉。今按，金杨弘道《小亨集》卷一《代茶榜》：「歸義寺長老勸余作此詩。長老性英字粹中，自號木庵。」所謂「歸義興」，當是「歸義僧」之誤。姑仍之，以備參考。〔二〕雲漢：施箋本作「雲溪」。今按，元夏文彦《圖繪寶鑒》卷四：「馬天騄字雲章，介休人。能畫作小竹石，瀟灑可愛。弟雲卿、雲漢，皆善畫。」

泰山，施箋本作「太山」。

喬夫人彩繡仙人圖

綵服仙童畫不如，直疑萊子戲庭除。青紅未是春風巧，一頌椒花更有餘〔一〕。

【校記】

〔一〕椒：原作「根」，此從諸本。今按，《晉書》卷九六《列女傳》：「劉臻妻陳氏者，亦聰辯能屬文。嘗正旦獻《椒花頌》，其詞曰云云。」

出山像

不見恒星莫漫驚，日頭從此向西生。只知大事因緣了，依舊雲門望太平。

胡壽之待月軒三首

一幅清風竹寫生，月華霜白紙如冰。天公老筆無今古，枉却坡詩説右丞。

愛竹髯參發巧新，能教一影具形神。千門萬户清光裏，袖手東窗有幾人。

形似何曾有定名，每從游戲得天成。墨君解語應須道，猶欠風琴一再行。

論詩三首

坎井鳴蛙自一天，江山放眼更超然。情知春草池塘句，不到柴煙糞火邊。
詩腸搜苦白頭生，故紙塵昏枉乞靈。不信驪珠不難得，試看金翅擘滄溟。
暈碧裁紅點綴勻，一回拈出一回新。鴛鴦繡了從教看，莫把金針度與人。

超禪師晦寂庵

無波古井静中天，三尺藜床坐欲穿。一語調君君莫笑〔一〕，妙高峰頂更超然。

【校記】

〔一〕調：汲古閣本作「憑」。

自題寫真

東塗西抹竊時名，一線微官悮半生。不畫幼輿岩穴裏，野麋山鹿欲何成。

贈寫真田生三章

人物翩翩美少年，書生潁悟亦天然〔一〕。燕南只道丹青好，棄擲泥塗自可憐。

萬態千形畫裏看，人人眉目與衣冠。情知不是裴中令，一片靈臺狀亦難。

市井公卿萬不同〔二〕，依然見解一兒童。張顛草聖雄千古，却在孫娘劍器中。一作「邈不同」〔三〕。

【校記】

〔一〕書生：原作「書中」，此從諸本。

〔二〕萬：《全金詩增補中州集》卷七二如之，注「一作邈」。

〔三〕一：原脱，據汲古閣本、施箋本補。

贈高君用君益從弟〔一〕。

杏苑仙郎合探花，虚傳佳句滿京華。丁寧王謝堂前燕，文采風流有故家。

【校記】

〔一〕從：《全金詩增補中州集》卷七二、施箋本作「仲」。

周才卿拙庵〔一〕

詩筆看君有悟門，春風過水略無痕。菴名未便遮藏得〔二〕，拙裏元來大巧存。

【校記】

〔一〕名：施箋本作「門」。未：原作「水」，刊誤，此從諸本。

郭大方自適軒

自適還曾自適無，半生枯寂坐禪居。馬卿若也知人意，只畫梁家舉桉圖。

風柳鳴蟬

輕明雙翼曉風前，一曲哀箏續斷絃。移向别枝誰畫得，只留殘響客愁邊。

晴景圖

白日青天下筆難，要從明潤細尋看。藏山只道雲煙好，畫史而今盡熱謾。

僧寺阻雨

山氣森岑入葛衣，砧聲偏與客心期。僧窗連夜瀟瀟雨，又較歸程幾日遲。

金山在忻口南〔一〕。

攢青疊翠幾何般，玉鏡修眉十二環〔二〕。常着一峰煙雨裏〔三〕，苦才多思是金山〔四〕。

【校記】

〔一〕詩題小字注原脱，據汲古閣本、《全金詩增補中州集》卷七二、施箋本補。今按，明李賢等《大明一統志》卷一九《山川》録此詩，題作「程侯山」。清顧祖禹《讀史方輿紀要》卷四〇「太原府忻州」：「程侯山在州西北三十五里。山甚廣饒，舊有採金穴，一名金山。」〔二〕環：《全金詩增補中州集》作「鬟」。〔三〕着：《大明一統志》作「看」。〔四〕金山：《大明一統志》作「青山」。

王子文琴齋

天上秋風月底霜，求凰一曲鬢絲長。相如四壁消何物，直要文君典鷫鸘。

覃彦清飛雨亭橫披

百道懸流注夜光，畫中亭榭亦清凉。何人與問長安客，赤日黄塵有底忙。

讀漢書

室方隆棟非難構〔一〕，水到頹波豈易迴。豐沛帝鄉多將相，莫從興運論人材。

【校記】

〔一〕室：原作「窒」，刊誤，此從諸本。

内相楊文獻公哀挽三章效白少傅體

征南諫疏無多語，大度高皇有至仁。留得青囊一丸藥，異時猶可活斯民。

中臺啓事山吏部，東閣詞臣何水曹。松柏瀟瀟一丘土，龍門依舊泰山高。

姓名三字金甌重，事業千年片簡青。試向雲間望光彩，看從何地現文星。

石勒問道圖

輕比韓彭作李陽〔一〕，高僧久已笑君狂。中原果有劉文叔，肯説鈴聲替戾岡。

【校記】

〔一〕陽：汲古閣本作「楊」。今按，《晉書》卷一〇五《石勒載記》下引石勒自言「朕若逢高皇，當北面而事之，與韓彭競鞭而争先耳。脱遇光武，當並驅於中原，未知鹿死誰手」。初，勒與李陽鄰居，歲常争麻池，迭相毆擊。至是，謂父老曰：「李陽，壯士也，何以不來？漚麻是布衣之恨，孤方崇信於天下，寧讎匹夫乎！」乃使召陽。既至，勒與酣謔，引陽臂笑曰：「孤往日厭卿老拳，卿亦飽孤毒手。」因賜甲第一區，拜參軍都尉。

花光梅〔一〕

草聖前頭一樹春，豪華落盡只天真。寫生今向君家見，疑是花光有兩身。

【校記】

〔一〕花：施箋本作「華」。今按，元王惲《秋澗集》卷二七《題花光墨梅序》：「蜀僧超然，字仲仁，居衡陽花光山，避靖康亂徙江南之柯山，與參政陳簡齋並舍而居。山谷所謂『研墨作梅，超凡入聖，法當冠四海而名後世』。嘗有『移船來近花光住，寫盡南枝與北枝』之句，其豐度可想見矣。」

舊與趙景温

浮雲流水易西東，回首梁園似夢中。一別十年今又別，酒尊能得幾迴同。

夏山風雨

慘澹經營有許功，吳僧誰得嗣宗風。情知一雨收晴了，更沒塵沙到坐中。

春雲淡冶

一抹平林素練橫，數堆寒碧白煙生。春雲可是多姿態，五字韋郎畫不成。

雪谷早行圖二章卷中多國朝名勝題詠〔一〕。

雪擁雲橫下筆難，爭教萬景入荒寒。詩翁自有無聲句，畫裏憑君細覓看。

畫到天機古亦難，遺山詩境更高寒。貞元朝士今誰在，莫厭明窗百過看。

【校記】

〔一〕題注原脱，據汲古閣本、《全金詩增補中州集》卷六六、施箋本補。

胡叟楚山清曉

剪得吴松一片秋〔一〕，江山小筆也風流。卷中未有題詩客〔二〕，留待才情趙倚樓〔三〕。

【校記】

〔一〕松：《全金詩增補中州集》卷七二、施箋本作「淞」。〔二〕未：施箋本作「大」。〔三〕待：原作「得」，此從汲古閣本、《全金詩增補中州集》、施箋本。

辛亥九月末見菊花〔一〕

黄菊霜華日日添，也應有意醉陶潛。鬢毛不屬秋風管，更揀繁枝插帽簷。

【校記】

〔一〕末：原作「未」，此從施箋本。今按，以「未見菊花」論之，與詩中「黄菊霜華日日添」、「更揀繁枝插帽簷」不合。另，「花」字原脱，據汲古閣本、《全金詩增補中州集》卷七二補。

答俊書記學詩

詩爲禪客添花錦，禪是詩家切玉刀〔一〕。心地待渠明白了，百篇吾不惜眉毛。

【校記】

〔一〕是：《全金詩增補中州集》卷七二作「爲」。

夜宿山中

月華人影共徘徊，未筭歸程夢已迴。澗水悲鳴易愁絶，長松休送雨聲來。

臺山雜詠十六首甲寅六月。

登臨夙有故鄉緣，試手清凉第一篇。知被錢郎笑寒乞，不將錦繡裹山川。

西北天低五頂高，茫茫松海露靈鰲。太行直上猶千里〔二〕，井底殘山枉叫號。

萬壑千崗位置雄，偶從天巧見神功。湍溪已作風雷惡，更在雲山氣象中。

顛風作力掃陰霾，白日青天四望開。好箇臺山真面目，争教坡老不曾來。

山雲吞吐翠微中，淡緑深青一萬重。此景衹應天上有，豈知身在妙高峰。

山上離宫魏故基，黄金佛閣到今疑。異時人讀清凉傳，應記諸孫賦黍離一國春風帝子家，緑雲晴雪間紅霞。香綿穩藉僧鞵草〔二〕，蜀錦驚看佛鉢花。
沉沉龍穴貯雲煙，百草千花雨露偏。佛土休將人境比，誰家隨步得金蓮。
兜羅綿界寶光雲，雲際同瞻化現身〔三〕。解脱文殊俱有説，是中知有木强人。
真向華嚴見化城，翻嫌金屑翳雙明。惡惡不可惡惡可，未要雲門望太平。
總爲毘耶口不開，龍宮華藏頓塵埃。對談石上維摩在〔四〕，珍重曼殊更一來〔五〕。
咄嗟檀施滿金田，遠客游臺動數千〔六〕。大地嗷嗷困炎暑，山中多少地行仙。
石罅飛泉冰齒牙，一盃龍焙雪生花。車塵馬足長橋水，汲得中泠未要誇〔七〕。
凛凛長松卧澗阿，提壺悲嘯撫寒柯。萬牛不道丘山重，細路沿雲奈爾何。
熱惱消除佛作緣，山頭冰雪過尖天〔八〕。法王悲智無窮盡，更看清凉遍大千。
靈虵不與世相關，時復蜿蜒水石間〔九〕。何處天瓢待霖雨，一龕香火梵仙山。

【校記】

〔一〕太行：《全金詩增補中州集》卷六六作「泰山」，誤。今按，詩題之「臺山」即五臺山。而此處「太行」亦稱佛子山，俗謂佛山，有靈雲寺，在山西陵川縣，與齊魯泰山無涉。〔二〕鞵：原作「溪」，此從《全金詩增補中州集》、施箋本。〔三〕瞻：原作「贍」，此從《全金詩增補中州集》卷七二、施箋本。〔四〕石上：原作「石在」，此從《全金詩增補中州集》、施箋本。〔五〕曼殊：《全金詩增補中州集》作「文殊」。今按，「曼殊」爲佛教菩薩名，梵語之漢語音譯「曼殊室利」之略，亦作「文殊師利」、「文殊」。宋朱弁《曲洧舊聞》卷四：「代州清涼山清涼寺，始見於《華嚴經》，蓋文殊示現之地也。」〔六〕臺：施箋本作「人」。〔七〕泠：原作「冷」，此從諸本。今按，宋王十朋《东坡詩集注》卷二三《遊金山寺》：「中泠南畔石盤陁，古來出没隨濤波。」注引《水記》：「揚子江有中泠水，爲天下點茶第一。」〔八〕尖：姚奠中主編《元好問全集》卷一四録此詩作「炎」，似取意較優。姑仍之，以備參考。〔九〕蜓：原作「蜒」，此從諸本。

跨牛圖 才子唐人冠服，作哦詩狀，牛後帶琴書。

畫出升平古意同，江村渺渺緑楊風。看來總是哦詩客，遠勝騎驢着雪中。隨駕張珪似是摹古人本。

贈湛澄之四章

眼花看碧漸成朱，兀兀陶陶樂有餘。柳岸醉僧堪一笑，强教分别竟何如。

兒女團欒龐行婆，漉籬活計苦無多〔一〕。布囊歸去詩千首，猶欠庭珪墨一螺。

十年不見山堂老，賴有澄之在眼中。總道木庵枯淡好，東風花柳各青紅。

散聖風流有别傳，漆瞳一照出人天〔二〕。石門故事君知否，好佐涪翁學刺船。

【校記】

〔一〕籬：施箋本作「羅」。〔二〕照：汲古閣本、《全金詩增補中州集》卷七二、施箋本作「點」。

乙卯二月二十一日歸自汴梁二十五日夜久旱而雨偶記内鄉一詩追録於此今三十年矣

桑條沾潤麥溝青，軋軋耕車鬧曉晴。老眼不隨花柳轉，一犁春事最關情。

三門集津圖

南北争教限大江，吴家纔了又陳亡。畫工只説三門險，不記茅津一葦航。

乙卯端四日感懷

衰年那與世相關[一]，苦被詩魔不放閑。好箇舊家長樂老，無才無德只癡頑。

【校記】

〔一〕衰：施箋本作「百」。

山村風雨扇頭

總爲詩翁發興新，直教畫筆亦通神。莫嫌風雨無多景，截斷黄塵亦可人。

跋蕭師鷺鷥敗荷扇頭〔一〕徐榮之畫。

蕭蕭煙景帶霜華，公子風標浪自誇。可道浣花詩境好，鵁鶄鸂鶒滿晴沙。

【校記】

〔一〕蕭師：原作「蕭帥」，此從《全金詩增補中州集》卷七二、施箋本。

袁顯之扇頭

雙鷺聯拳只辦愁，枯荷折葦更窮秋。風流緑影紅香底，好箇鴛鴦百自由。

贈司天王子正二首

慣見河邊織女機，枯槎八月未成歸。棲遲零落今如此，枉却星翁比少微。

天容海色本澄清，萬古東方有啓明。七十七年强健在〔一〕，不妨林下看升平〔二〕。

【校記】

〔一〕七十七：施箋本作「六十七」。　〔二〕妨：原作「方」，此從《全金詩增補中州集》卷七二、施箋本。

工部趙侍郎下世日作

鶴骨翛然卧石床，情知合眼即仙鄉。安時處順吾儒事，枉却南華説坐忘。

跋耶律浩然山水卷

六月三泉松桂寒，西風早晚送歸鞍。無因料理黄塵了，只得青山紙上看。

貞燕二首

杏梁雙宿復雙飛，海國争教隻影歸。想得秋風漸凉冷〔一〕，謝家兒女亦依依。

汚潔難將一類推，舊家紅綫可無疑。豚魚自是詩家語，輕擬庭闈恐未宜〔二〕。

【校記】

〔一〕漸：汲古閣本作「逼」。〔二〕闈：汲古閣本作「圍」。

楊秘監雪谷早行圖

息軒畫筆老龍眠，雪谷冰橋自一天。六月高樓汗如雨，豈知方外有詩仙。

杜莘老夏日汾亭横軸

杜侯老筆堯民意，黄閣清風有故家。庸俗紛紛小兒女，枉教塵土涴煙霞。

武元直秋江罷釣

暮山明月曉溪雲，今古仙凡此地分。醉後狂歌問漁叟，殘年何計得隨君。

張彦遠江行八詠圖奉使時所見。

楚江平浸楚山流〔一〕，放眼江山得意秋。一寸霜毫九雲夢，合教轟醉岳陽楼。

【校記】

〔一〕楚江平浸楚山流：《全金詩增補中州集》卷七二、施箋本作「楚山平浸楚江流」。

題馮漕緩之碩人在澗横軸胡先生畫。

見説雲霄意氣豪，幾回攬鏡惜顛毛。不争畫得林泉好，轉使山人索價高。

題邢公達寒梅凍雀圖

褐衣相媚不勝情，只許乾暉畫得成。却被詩人笑寒乞，一枝風雪可憐生。

隱秀君山水〔一〕

烏鞾踏破軟紅塵，未信溪山下筆親。圖上風煙看蕭洒，畫家亦有魏夫人。

【校記】

〔一〕隱秀君：原作「秀隱君」，此從《全金詩增補中州集》卷七二。參見本集本卷《隱秀君山水爲范庭玉賦》校記。

同梅溪賦秋日海棠二章

錦水休驚散彩霞，换根元自有靈砂。瓊枝不逐秋風老，自是人間日易斜。

翠袖紅粧又一新，秋風秋露發清真。丹青寫入梅溪筆，桃李從今不筭春。

梁氏先人手書

玄虯飛跳九天門〔一〕，秦火驚看片紙存。耆舊風流知未減，青衫還見讀書孫〔二〕。

【校記】

〔一〕虯：原作「蚪」，刊誤，此從諸本。〔二〕衫：《全金詩增補中州集》卷七二作「山」。

薊北杜國寶以真定教官李進之所譔大父中憲公及其先人帥府從事行狀見示用題三絶其後

總道清流解致君，白袍唐日已紛紛。科名屈殺漁陽老，章甫何人不惠文。

兒戲將軍百不知，枉將壁壘付安危。論功纔得鹽山令，堂上奇兵果是誰。

堂掾談經見蚤成，諸郎難弟復難兄。長留北海文章在，千古雲麾有姓名。

贈訾子野高士三章

仙翁高弟獨君優，胸次清明辨九流。我是愚溪一愚叟，不妨同醉訾家洲。

月旦今誰許與陳，乍賢乍佞日紛紜。鳶肩燕頷非吾事，一片靈臺欲付君。

虛名玉表或碚中，薄命何堪與共功。東國人倫要真識，好將傳與黑頭公〔一〕。

【校記】

〔一〕傳：原作「傅」，此從汲古閣本、《全金詩增補中州集》卷七二、施箋本。

戲相師

珥貂簪筆起鉏犂，何必人人慣伏犀〔一〕。胸次九流君自了，看來唯少醉如泥。

【校記】

〔一〕慣：《全金詩增補中州集》卷七二、施箋本作「貫」，通。

留贈丹陽王鍊師三章

信得人間比夢間，一巵芳酒且開顏。當時笑伴今誰在，詩客淒涼飯顆山。

爛醉玄都有舊期，百年人事不勝悲。桃花一蔟開無主，留着東風與兔葵〔一〕。

弊盡貂裘白髮新〔二〕，京華旅食記前身。仙翁相見休相笑，同是邯鄲枕上人。《遺山先生文集》卷一四。

【校記】

〔一〕着：施箋本作「看」。〔二〕弊：汲古閣本、文淵閣本作「敝」，通。

元夕

花影燈光一萬重，青衫驄馬踏東風〔一〕。彰陽舊事無人記，二十三年似夢中〔二〕。

【校記】

〔一〕驄：汲古閣本作「駿」。〔二〕二十三：文淵閣本作「二十二」。

酴醾

枕幃餘韻最清真，夢裏猶來著莫人。擬借濃陰作羅幕〔一〕，玉纓多處卧殘春。

爲橄子醵金二首〔一〕

明珠評價敵連城，棄擲泥塗意未平。十萬人家管絃裏，獨憐金石隱商聲。

秋來聞説酒杯疏，却爲窮愁解著書。知是還山亭上客，無衣無褐欲何如。

【校記】

〔一〕橄子：《全金詩增補中州集》卷七二作「闞子」。今按，元王惲《秋澗集》卷四九《員先生傳》述及，「橄」作「撖」：「復有撖夆，字彦舉，亦陝人。」性嗜酒，寒素易狂。其詩豪侈詭異，時輩莫能及。後客死保塞，揭曰「詩人撖厶墓」。嘗著《函谷道人集》三卷，好事者刊行於世。另，元郝經《陵川集》卷二四《與撖彦舉論詩書》如之，或是。姑仍之，以備參考。

李子範生子

六峰靈氣未消沉，雛鳳翩翩翠作衿。名姓定知書小録，作詩先與唤瓊林。

柏鄉光武廟

老樹刳心不更春，當年曾見漢儀新。憑君莫話舂陵事，笑煞中原逐鹿人。

和德新丈

二年老眼暗兵塵〔一〕，今日逢君喜事新。結伴還鄉有成約，不應先作北歸人。

【校記】

〔一〕二年：《全金詩增補中州集》卷七二作「三年」。

滄浪圖

萬頃煙波入夢頻，眼中魚鳥覺情親。而今塵滿西風扇，愧爾青山獨往人。

倦繡圖

香玉春來困不勝，啼鶯喚夢幾時應。可憐顛頓田家女，促織聲中對曉燈。

雪谷曉行圖

漫漫長路幾時休，風雪無情夢亦愁。羨煞田家老翁媪〔一〕，瓦盆濁酒火鑪頭。

【校記】

〔一〕煞：《全金詩增補中州集》卷七二作「殺」。

浩然雪行圖

曲江花柳自升平，雪磵冰橋去國情。枉却卷中留好語，畫師寒乞可憐生。

岳邦獻壽

見君誰不愛清醇，壽席今年樂事新。八十老翁持酒勸，酣歌一曲太平春。

風柳歸牛圖爲張伯英賦。

陂塘渺渺緑楊風，牛背升平萬古同。忽見畫圖還自笑，枉將書策課兒童。

子和麋鹿圖

白髮刁騷一秃翁，塵埃無處避西風。野麋山鹿平生伴，惆悵相看是畫中。

賈氏怡齋二首

兒女青紅薦壽觴，階庭蘭玉立諸郎。黄金甲第知何限，誰有怡齋致樂堂。

一門難弟復難兄，籍甚州閭月旦評〔一〕。見説病中王處士，感君兼有急難情。王敦夫寒病勞復，歷兩月之久，委頓殊甚。仲德躬自調護，迄於平善，州里稱焉。故上句及之〔二〕。

【校記】

〔一〕籍：施箋本作「藉」，通。　〔二〕故上句及之：《全金詩增補中州集》卷七二、施箋本作「故有上句」。

與西僧倫伯達二首〔一〕

行雲孤鶴萬緣輕〔二〕，遥見鄉關眼便明。不似遺山元老子，塵埃風雨過平生。

半世秦川在夢中，幾時蓮社與君同。淵明自比吾何敢，或有新詩及遠公。《元遺山詩集箋注》卷一四。

【校記】

〔一〕倫伯達：《全金詩增補中州集》卷七二作「婁博克達」。今按，「倫伯」當是「西僧」姓氏之漢語音譯，《金史》卷五五《百官志》女真「白號之姓」與「黑號之姓」未見。入清後，以滿語重譯，遂致紛紜。

〔二〕行：原作「珩」，此從《全金詩增補中州集》、施箋本。

題侯相公所藏雲溪圖

祖道東門未有涯，田君方駕入宫車。秖應千古浪溪路，人説山中宰相家。《遺山先生文集》卷一二《侯相公所藏雲溪圓》。

口號三首

今年堂邑有清官，三尺兒童也喜歡。縣帖追來不驚擾，丁絲納去得餘錢。

休言清慎少人知，三十年來更數誰。今代取魚須密網，東州新有放生池。

三歲終更舊有期，吏民安習柱遷移。平陰奪得來堂邑，却是行臺未盡知。《遺山先生文集》卷三四《東平賈氏千秋録後記》。

集外補遺

金鳳井

此地曾云海眼開，古今人喜暢奇哉。料應丹穴相穿透，飛出摩天金鳳來。《(成化)山西通志》卷一六《集詩·山川類》，《四庫全書存目叢書》本，齊魯書社一九九六年，第六五五頁。另，《(雍正)山西通志》卷五八《古蹟》二亦録：「(應州)金鳳城天王祠前，後唐明宗生此。中有金鳳井，元遺山詩云云。」《文淵閣四庫全書》本。

三岡四鎮〔一〕

南北東西俱有名，三岡四鎮護金城。古來險阻邊陲地，威震羌胡萬里驚。明李賢等《大明一統志》卷二一《古蹟》：「三岡四鎮，俱在應州。趙霸岡在城東，黄花岡在城西，護駕岡在城南；安邊鎮在城東，大羅鎮在城南，司馬鎮在城西，神武鎮在城北。元好問詩云云。」三秦出版社一九九〇年，上册第三三一頁。另，《(成化)山西通志》卷一六《集詩·山川類》亦録，《四庫全書存目叢書》本，齊魯書社一九九六年，第六五八頁。

【校記】

〔一〕詩題及詩中之「岡」：《（成化）山西通志》作「崗」。

方城八景

松陂煙雨

堤上槎枒幾箇松，汪洋陂水狗白雲從變態，令人望處起親思。

羅漢清嵐

山堆螺髻插春旻，羅漢知誰爲立名。一抹嵐光堪羨處，恍如匹練曬新晴。

堵陽釣磯

一片臨流氣勢雄，垂楊相蔭水溶溶。映遥空。曉看烟雨連青嶂，疑是當年杖化龍。

大乘夕照

山勢巍峨翠作圍，樓臺金碧影相輝。老僧托鉢歸來後，猶對斜陽補衲衣。

蓮塘夜月

花嬌欲語水縈紆，添得嫦娥色更殊。午夜老龍因睡覺，幾回錯認是明珠。

煉真春暮

風擺殘花點藥爐，東君無計可支吾。道人日誦黄庭罷，曳杖松林看鶴雛。

仙翁雪霽

觀宇巍峨紫翠間，葛公從此煉丹還。六花舞罷難尋處，樹木妝成玉笋班。

落川雲望

一川渺渺逝如斯，上有浮雲接水涯。蒼子陵已去無人鉤，分付蒼苔碧蘚封。《（嘉靖）南陽府志》卷一二《詩》，民國三十一年刊本。

挽馮節副〔一〕

一笛悠然此地聞，住山還憶大馮君。已看引水澆靈藥，更約築亭留野雲。前日褒衣哭皤腹，今年宿草即荒墳。東鄰誰舉遊巖例，秋菊寒泉尚可分。此遺山先生挽馮大來節副詩也。真跡舊藏故侯聶帥家，雙鉤。一本付節副二孫敬、敏，俾刻石大來墓側。元貞元年四月上休日，里閈晚進王構識。《（光緒）平定州志》卷一三《藝文志》，線裝書局二〇〇九年。

過鴈門關

四海於今正一家，生民何處不桑麻。重關獨據千尋嶺，深夏猶飛六出花。雲暗白楊連馬邑，天低青塚渺龍沙。憑高弔古情無極，空對西風數去鴉。

橫山寺

浮屠百尺聳亭亭，落日鴉啼野蔓青。故國盡消龍虎氣，橫山猶帶鳳凰形。金根輦路迎禪駕，玉樹歌臺語梵林。惟有滹沱河上月，年年隨鴈過寒汀。

四庫全書》本。

神山古刹

平地孤峰屹一拳，伊誰建寺在危巔。金身入夢基初立，白馬馱經刹始安。碑斷猶存蝌蚪字，樑空不辯漢唐年。山前借問緇衣老，屈指桑田幾變遷。《（雍正）山西通志》卷二二四《藝文志》，《文淵閣四庫全書》本。

聖阜危樓

聖母留殘此混融，一堆寒碧現神功。巨鰲突出海波沸，靈鷲飛來天竺空。水石異時傳勝慨，危亭何日架晴虹。摶扶九萬非吾事，且放雲山入座中。《（雍正）山西通志》卷二二四《藝文志》，《文淵閣四庫全書》本。另，清胡聘之《山右石刻叢編》卷三〇亦録，題作《聖阜詩》，《歷代碑志叢書》本，江蘇古籍出版社一九九八年。

題西溪二仙廟

期歲之間一再來，青山無恙畫屏開。出門依舊黄塵道，啼殺金衣喚不回。春服既成，同冠者五六人重謁二仙廟。沐浴乎溪谷之上，風涼於舞雩之下。看千嵒之競秀，增兩目之雙明，志飄飄然而足知所之。雖驂鸞跨鶴，游三島者，蓋不似於此矣。亂聯數字，以書於壁。時泰和乙丑清明前三日，并州元好問題。陵川二仙廟石刻。另，《（雍正）山西通志》卷二二六《藝文志》録詩，《文淵閣四庫全書》本。

遊濟源

地古靈多足勝遊，高林六月似涼秋。雲間雉堞横千里，水面龍宫倒十洲。盤谷村墟幾來往，玉川人物自風流。一丘一壑平生事，獨著南冠是楚囚。《（雍正）河南通志》卷七四《藝文志》，《文淵閣四庫全書》本。

失題

海山曉日到禪林，階下長松掃白雲。安得同僧共此話，鳥啼花落日相聞。《（同治）畿輔通志》卷六三《輿地志・山川》：「海山在（獲鹿）縣東五里，上有龍堂，堂下有穴，水常不竭。金元好問詩云云。」上海古籍出版社一九九一年，第五册二七五〇頁。

贊皇道中

去時唐山道，望望鵲山背。今朝西北看，奇峰益可愛。蒼茫失層疊，解駿見縈帶。浮雲自來去，盡巧寧變壞。吴粧入小筆，隱隱拂殘黛。城隅静女人，不知擁髻鬟。眉如有待太行横截九州半，坐中山色古今在。煙埋雨没今幾時，殆天所藏予發之。郭熙未足語平遠，摹寫誰有韋郎詩。《（雍正）畿輔通志》卷一一七《藝文志》，《文淵閣四庫全書》本。

次韓昌黎壁間韻

五雲回首憶長安，孤客蕭蕭向夕寒。幽夢斷腸人不見，天涯明月自團圓。《（光緒）壽陽縣志》卷一二《藝文下》，撰者署「西堂好問」，詩末注「西堂，元好問别號」。《中國方志叢書》本，臺北成文出版社一九七〇年。

送天倪子歸布山

太白詩筆布山頭，布襪青鞋欠一遊。擬欲高人參藥境，却嫌凡骨比丹丘。雲間茅屋雞犬静，物外煙霞風露秋。後日天門重登覽，蜕仙岩下幸遲留。天倪即張志純；布山即布金山，在泰山西南。杜仁傑銘天門序亦稱布山張鍊師，或爲天倪棲真舊地，故云。明查繼隆《岱史》卷一五，明正統《道藏》本，文物出版社等一九九四年，第三五册七五八頁。

題王子端草書

雪溪仙人詩骨清，畫筆尚餘詩典刑。聲光舊塞天壤破，議論今看兒曹清。元劉因《静修集》卷一二《書王子端草書後》：「『子端振衣起遼海，後學一變争奇新。黄山驚嘆竹谿泣，鍾鼎騷雅潛精神。』默翁語也。云云。遺山語也。二公之言，必有能辨之者。東坡謂書至於顔柳，而鍾王之法益微；詩至於李杜，而魏晉以來高風絶塵亦少衰矣。朱文公亦以爲然。而默翁蓋知此者，是以不取於子端也。安得如默翁者，而與之論書？至元十五年正月二十三日書。」《文淵閣四庫全書》本。

題吴彩鸞詩韻圖

仙人固多門，積行如累級。高卑位既陳，所入蓋不一。彩鸞遇文簫，夙運契冥適。居然西山下，鬻字給朝夕。混俗隱玄霧，偶被山靈識。蕭爽致福地，期延冲化術。萬試既已除，天網疏不失。豈擬囂塵徒，紛亂喪明質。正如楊安君，舉手凌白日。上道誠不邪，匪曰係黄赤。所以跨猛虎，示此出世蹟。歸來乎山中，棲神返空碧。清陳邦彦輯《御定歷代題畫詩》卷六一，撰者署「元元好問」，北京古籍出版社一九九六年，下卷第八頁。

長史齋

張顛飲豪傾四座，脱帽狂呼誰敢和。南宗北宗知幾人，醉鳥紛紛飛鳥過。是公技進不名技，元氣淋漓隨咳唾。偶然捉筆本無意，自有龍騫並虎臥。當時誰有戰國策，門外雷車忽驚墮。天星無數不知名，色正芒寒才七箇。蕭郎家世陵谷後，争信空囊蓄奇貨。蕭齋故事今復舉，未怕秋風吹屋破。護持有物世共喜，不獨一時爲子賀。藏册夜壑未厭深，隄佫有人來倚柂。

《永樂大典》卷二五三七齋字韻引元遺山詩，中華書局一九九八年，第二册一一八一頁。

寄錢唐曹士開

凌晨仰雙鴈，接翼東南飛。望入空濛中，意滿江之湄。佳人雲水遠，行子霜露凄。以君繾綣情，牽我迢遞思。拊膺憶遊行，彷彿此良時。秋峰啓寒碧，夕渚含涼飔。揚鑣耀芳甸，蕩槳凌清漪。新聲激皓齒，繁響厲朱絲。譊賞信娱人，明德亦所敦。耀靈迅頹景，驚飈挾遊塵。悠悠念遠道，眷眷懷苦辛。願言各自愛，皓首期相親。

寄曹克明

風雨錢塘夜，從君借榻眠。相看成萬里，此意又三年。眉宇何時見，文章到處傳。自知無世用，淮海已歸田。

寄士開

一别兩年裏，漂摇無處家。風烟低草樹，雨露入桑麻。水縮江鄉闊，雲深天路賒。君逢應不識，顛頷鬓生華。

寄成都李仲淵

一自秋風馬首西，修名高與暮雲齊。天連蜀道鴈能到，月落禁林烏欲棲。文字苦心應白髮，相思勞夢問青泥。君如知我今何從，客氣年來寸寸低。《永樂大典》卷一四三八〇寄字韻引元好問《遺山集》，中華書局一九九八年，第七册六二五九頁。今按，《永樂大典》寄字韻引録遺山詩二十餘首，包括以上四首。其中，《寄曹克明》「風雨錢塘夜，從君借榻眠」云云，未知所指。姑録之，以備參考。

題泰山圖

我嘗相夫君，峩峩稱天官。玉树臨春風，緑髮顔渥丹。不珥銀黄貂，亦當切雲冠。元張之翰《西巖集》卷一九《故昭義軍節度副使王公碑銘》：「公諱無咎，字安卿，世爲磁之武安人。……喜作詩，不道尖巧艱澀語，吟詠性情自適而已。生平得古律若干，目曰《青峯詩集》傳於家。爲人誠厚樂易，犯而不校，有古君子之風。嘗與元遺山、李敬齋游，尤爲二公愛敬。」云云，此非遺山《題泰山圖》之詩乎。《文淵閣四庫全書》本。

佚句

昆陽懷古

英威未覺消沉盡，試向春陵望鬱葱。金劉祁《歸潛志》卷九。

贈白仁甫

元白通家舊，諸郎獨汝賢。元王博文《天籟集序》，見元白樸《天籟集》卷首。

超化

擬借扁舟弄秋水，自嫌塵土涴沙鷗。《遺山先生文集》卷一一《超化》詩自註。

贈嵩山雋侍者學詩

詩爲禪客添花錦，禪是詩家切玉刀。《遺山先生文集》卷三七《嵩和尚頌序》。

失題

花啼杜宇歸來血，樹挂蒼龍蜕後鱗。明瞿佑《歸田詩話》卷中《叙金末事》。

附　删除篇目

雜詩四首

相士如相馬，滅没深天機。區區銅馬法，徒識牝與驪。人言當塗公，惡人知其微。如何許邵語，受之不復疑。知人因不易，人亦未易知。媸妍在水鏡，鉛粉徒自欺。執爲仁義人，未假已不歸。伯樂不可作，思與曹瞞期。

世事如大弩，人若材官然。乘勢易發機，非時勞控弦。又如大水中，置彼萬斛船。雖有帆與檣，亦須風動天。不見周公瑾，弱齡已飛騫。不見師尚父，鷹揚在華顛。彼非生而材，此豈晚乃賢。鎡基喻智慧，要必有待焉。嘆息狂馳子，嘗爲愚者憐。

崑山有璞玉，外質而内美。唯其不自衒，故與頑石齒。和也速於售，再獻甘滅趾。在玉庸何傷，惜君兩足耳。

堂堂明堂柱，根節幾歲寒。使與蒲柳同，扶厦良亦難。我衣敝緼袍，我飯苜蓿盤。天公方試我，劍鋏勿妄彈。清施國祁《元遺山詩集箋註》卷一，《四部精要》本，上海古籍出版社一九九三年。今按，錢鍾書《談藝録》：「《遺山集》卷一《雜詩》『相士如相馬』四首，見汪彦章《浮谿集》卷二九，題作《懷古》，是《浮谿集》亦早入金也。」汪氏登北宋崇寧二年進士第，在世時已成是集。宋孫覿《浮溪集序》有云：「所爲詩文若干首，傳天下，號《浮溪集》凡若干卷，公以書屬故人孫覿爲之序。自海隅萬里之遠，莫不家有其書。」中華書局一九八四年，第一五八頁。

春日寓興

雨過横塘水滿堤，亂山高下路東西。一番桃李花開盡，惟有青青草色齊。清施國祁《元遺山詩集箋註》卷一四，《四部精要》本，上海古籍出版社一九九三年。今按。此詩亦見宋曾鞏《元豐類稿》卷八，題作《城南二首》。詩中横塘，在今江蘇省江寧縣，而遺山平生未嘗至江南。

元嚴

元嚴，遺山次女。適盧氏進士楊思敬，夫殁，爲女冠，號浯溪真隱，修道於盧氏山中。敏慧能詩，文而艷，後詔爲宫教①。遺山《寄女嚴》三首之一有云：「寒食歸寧見鄰女，舉家回首望西山。」②甲午歲（一二三四），遺山羈管聊城，嘗爲《千秋録》付之③。兹輯一首。

答張平章

補天手段暫施張，不許纖塵落畫堂。寄語新來雙燕子，移巢别處覓雕梁。元蔣子正《山房隨筆》：「元遺山好問裕之，北方文雄也。其妹爲女冠，文而豔。張平章當揆，欲娶之，使人屬裕之，辭以可否在妹，妹以爲可則可。張喜，自往訪覘其所向。至則方自手補天花板，輟而迎之。張詢近日所作，應聲答曰云云。張悚然而出。」《歷代筆記小説大觀》本，上海古籍出版社二〇〇一年。今按，清施國祁《元遺山詩集箋註》卷首《大德碑本遺山先生墓銘》「次女嚴女冠」案曰：「遺山無妹，乃次女也，南人傳訛耳。」《四部精要》本，上海古籍出版社一九九三年。

---

①元郝经《遺山先生墓銘》：「女五人，長曰真，適進士東勝程思温；次嚴，女冠，號浯溪真隱……。」見清胡聘之《山右石刻叢編》卷二九，《歷代碑志叢書》本，江蘇古籍出版社一九九八年。

②《遺山先生文集》卷一一，《四部叢刊》本。

③《遺山先生文集》卷三七《南冠録引》：「乃手寫《千秋録》一篇，付女嚴，以備遺忘。」

新編全金詩卷八六

李俊民 一

李俊民，字用章，號鶴鳴，澤州晉城（今山西省晉城市澤州縣）人。承安五年，擢經義進士第一，授翰林應奉文字①。泰和中，歷州縣，以積年不調棄官②。貞祐南遷，避亂福昌，繼而移居伊陽，買田鳴皋山下。正大末，河南陷，流落南宋襄陽。金亡，北渡歸鄉，教授生徒。蒙古藩王忽必烈禮重之，屢召問休咎。中統元年卒，年八十五③，謚莊靖④。著有《鶴鳴集》十卷，後以謚號行。其詩多憂幽激烈之音，寄懷深遠。時人稱之「格律清新似東坡，句法奇傑似山谷。集句圓轉，脈絡貫穿，半山老人

---

①金楊奂《李狀元事略》，見明宋廷佐《還山遺稿》卷上，《叢書集成續編》本，上海書店出版社一九九四年。

②元李仲紳《鶴鳴集序》：「爾後仕宦數奇，積年不調。先生雅志亦厭於乾役，恬於學問」，遂棄官而去。見《莊靖集》卷首，《叢書集成續編》本，上海書店出版社一九九四年。

③金楊奂《李狀元事略》謂「年八十而卒」，未及年代；《元史》卷一五八《李俊民傳》：「及（忽必烈）即位，其言皆驗，而俊民已死。」元世祖即位於庚申歲（一二六〇年），建元中統。另，《莊靖集》卷八《題登科記後》：「承安五年庚申（一二〇〇）四月十二日經義榜，李俊民，字用章，年二十五，澤州晉城。」以此推算，壽八十五。

④《元史》卷一五八《李俊民傳》作「賜謚莊静先生」，中華書局一九八三年。今按，自明代以「莊靖」行，姑仍之。

之體也；雄篇鉅章，奔騰放逸，昌黎公之亞也。小詩高古涵蓄，尤有理致，而極工巧」①。茲輯八百二十八首。

李俊民詩載《莊靖集》，以石蓮盦匯刻九金人集本爲底本，校以文淵閣四庫全書本（文淵閣本）、文津閣四庫全書本（文津閣本）、清郭元釪《全金詩增補中州集》卷四四至卷五〇等有關文獻。

四言古詩

蕭權府三害圖

長橋之蛟，南山之虎。在彼州曲，父老所苦。豈獨若此〔一〕，亦有周處。周乃慨然，恥聞斯語。薄險投深，踴躍健武。爾蛟既除，爾虎既去。周乃自勵，履規蹈矩。卒以將種，效忠典午。按劍平西，貞節克舉。瑕以瑜掩，過以功補。身雖云亡，名播千古。

【校記】

〔一〕若：文淵閣本、《全金詩增補中州集》卷四五作「苦」。

① 元劉瀛《鶴鳴集序》，見《莊靖集》卷首，《叢書集成續編》本，上海書店出版社一九九四年。

止姚亞之刲羊

養生之鞭，隴種之苗。欲魯去朔，在齊聞韶。咄嗟老饕，腹如瓠枵。踏破菜園，合喫藤條。

焦天禄野叟聽音圖

梨園弟子，天寶之後。誰其知音，百歲遺叟。曲終悵然，淚迸林藪。時清眼明，萬事緘口。

唐叔玉韋生臥虎圖〔一〕

梁鷰之養，或失其時。曹公之肉，不救其饑。羊質而皮，狐假而威。誰能於此，辯是與非〔二〕。

【校記】

〔一〕玉：原作「王」，此從《全金詩增補中州集》卷四五、文津閣本。〔二〕辯：《全金詩增補中州集》、文淵閣本作「辨」。

學中史正之會客

有懷伊人，在泮飲酒。我客戾止，其嘗旨否。未見君子，我心孔疚。惠然肯來，小大稽首。

煙江絶島圖

江風不波，峭壁森立。冥冥飛鴻，翔而後集。

雙松古渡圖

傾蓋相逢，堂堂兩公。寂寥渡口，以濟不通。

古柏寒泉圖

冬夏長青，晝夜不捨。拔本塞源，豈知量者。

紙扇

竹疏而骨，楮剥而膚。權以行巽，風乎坐隅。

椶扇

直節貫中，怒髪衝上。朝蠅暮蚊，畏風長往。

五言古詩

成之夜談省庭新事

偉哉青雲器，底藴莫能見。開口論利害，坐客服雄辯。汪汪江海量，氣不許黄憲。從來布衣願，一擲輕百萬。投瓜必報瓊，豈望在焚券。雖承雨露恩，慷慨輒自獻。與其便於己，孰若於國便。蓋嘗推此心，天下欲兼善。儒家惟有孟，日夜講不倦。儻以利爲利，請看貨殖傳。

復和

驅馳戎馬間，太平不復見。往往談雋永，寧許齊士辯。有田宜早歸，奪恐遭竇憲。再三欲買鄰，愧我無千萬。難倩沽酒奴，待立便了券。籌堂天下士，風度邁羲獻。别後曳裾人，造門恨無便。握手再相逢，虚左待益善。平生身口累，老大折腰倦。莫訝陶先生，自作五柳傳。

鎮山堂

崢嶸屋下城，突兀城上屋。初看頗驚眼，再見堪捧腹。能無鬼神笑，可奈瘖痍俗〔一〕。不哀梁間叟，欲竭南山木。

【校記】

〔一〕俗：《全金詩增補中州集》卷四五作「哭」。

嵇康淬劍石〔一〕

尋常論養生，未得養生説。擬從林下遊，一書交盡絶。既無當世志，安用三尺鐵。頻頻石上磨，神光浸秋月。可憐粗疏甚，自謀何太拙。危絃發哀彈，幽憤終莫洩。死留身後名，有愧侍中血。

【校記】

〔一〕石：《全金詩增補中州集》卷四五、文淵閣本作「池」。

樊噲戲石

丈夫氣慷慨，隱跡在東市。或逢逐鹿人，乃棄屠狗事。壯哉鼓刀勇，旁若舞劍地。遂摧拔山力〔一〕，自嘆時不利。至今空山石，傳是將軍戲。能興卯金運，頗與黄石類。不期兩都後，復有三國志。過客對春風，徒灑山陽淚。

【校記】

〔一〕摧：《全金詩增補中州集》卷四五、文淵閣本作「推」。

寄籌堂

老爲人所憐，貧恨友獨寡。等閑門外車，盡入宰肉社。欲隨射虎將，争奈無匹馬。安得化爲雲，四方逐東野。大庇天下士，擬作萬間廈。顧我蓋頭茅，寧肯助一把。非無問舍心，或恐卧床下。縱有願留人，有館不能假。還因索居久，往往罪商也。須待舍館定，然後見長者。

毛晉卿肖山堂

悠然林下客，世事頗能料。閑中意自適，身外名肯釣。卜居山之陽，初爲識者笑。勢將凌岱華，氣欲吞嵩少。方尋愿谷隱〔一〕，稍近孫臺嘯。微茫數煙岫，巉絶對雲嶠。爲我增雙明，未必在遠眺。始雖如直友〔二〕，久乃得心照。恐隨有力去，或被移文誚。已見成膏肓，百計莫可療。一時煙霞語，慎勿駭廊廟。咄哉肖山堂，所以警不肖。

【校記】

〔一〕隱：《全金詩增補中州集》卷四四、文淵閣本作「歸」。〔二〕直：《全金詩增補中州集》、文淵閣本作「面」。

廟學落成

斯文天未喪，吾道有時厄。方嗟鳳兮衰，遽嘆麟也獲。繼遭秦焚書，又被魯壞宅。邇來天下事，多自馬上得。不修下車禮，不獻在泮馘。不授羽林經，不講博士席。旁若没字碑〔一〕，肯見一逢掖〔二〕。偶因長樂老，盡挾兔園册。及見中選人，始知爲學益。學者如牛毛，自古數濩澤。連年取青紫，易於地芥拾。争將逸駕攀，遂向塞路闢。揮之無倚門，從者皆入室。肅肅俎豆風，洋洋絃歌邑。幾時復論秀，四海望偃伯。術能嚮者誰〔三〕，世無秋風客。

【校記】

〔一〕旁：《全金詩增補中州集》卷四四作「龐」。〔二〕逢：文淵閣本作「達」。〔三〕術能：《全金詩增補中州集》、文淵閣本作「真心」。

德老栽花成竹芍藥花。

物性隨所移，歲晚氣自變。失卻本來身，還於身外見。尋參玉版禪〔一〕，如對菩薩面。叢林一花祖，派入香嚴傳。

【校記】

〔一〕尋：《全金詩增補中州集》卷四五、文淵閣本作「得」。

劉漢臣堂甫北歸

哀哉同隊魚，盡在枯池裹。縱免鼎中烹，將見渴欲死。造物何不仁，豈獨困二子。我雖江湖心，恨無斗升水。

母應之餉黍

憶昔周室衰，周人詠黍離。君今餉我黍，爲賦黍離詩。厥初藝黍時，飯牛使牛肥。八月黍未穫，胡兒驅牛歸〔一〕。胡兒不滿欲，我民還買犢。今秋犢未大，又被胡兒逐。胡兒皆飽肉，我民食不足。食不足尚可，鬻子輸官粟。

【校記】

〔一〕胡：《全金詩增補中州集》卷四四作「健」，文淵閣本作「番」，詩中所涉如之。

遊碧落并序〔一〕。

壬寅重午日，陪郡侯段正卿暨王用亨、劉漢臣、濟之、君祥、仲寬、姚子昂、張唐臣、禄卿、平陽趙君玉、王潤之同行。

浮雲翳炎景，長夏愜幽事。相陪林下友，共造金碧地。清流漱寒玉，老樹聳蒼翠。何人開山祖，妙處發天祕。悠悠歲月深，剥落磨崖字。遨頭興不淺，有酒留客醉。幽鳥背人飛，不慣聞鼓吹。抵暮出山門，溪風送歸騎。

【校記】

〔一〕并序：原無，據《全金詩增補中州集》卷四四補。另，《（雍正）澤州府志》卷四八録此詩，題作「碧落寺」。

史遂良索詩

立身有道邦，誰似直哉史。流傳百世後，各各異行止。許史有何厚，在漢勢如彼。安史有何薄，在唐亂如此。人之賢與愚，皆爲類所使。近從儕輩中，偶得一狂士。未能通一經，謂可拾青紫。時時出俚句，技癢不自已。只恐落調歌，難入知音耳。縱橫言世事，不顧刺舌恥。焉知阮嗣宗，口不掛臧否。年高鬢如雪，鄉曲所不齒。試與阿戎談，咄哉犁之子。男牛兒〔一〕。

【校記】

〔一〕兒：《全金詩增補中州集》卷四五作「子」。

留別李巽之癸卯三月十七日癸巳。

嗟嗟平生交，所恨不耐久。幾年戎馬間，太半正丘首〔一〕。憶初識君面，同門皆小友。倏忽五十春，相見成老叟。淹淹泉下人，樹拱骨已朽。崎嶇見在身，何幸得此壽。感慨歲云晚，哀淚迸林藪。古今均一夢，萬事付杯酒。

【校記】

〔一〕太：文淵閣本作「大」，通。

七言古詩

司諫許道真徵復圖

君不見退休緑野平淮相，靈臺不許丹青狀。又不見五湖歸去鴟夷槳，越人争鑄黄金像。功成身退天之道，道直天憐去官早。鹽梅須借築巖人，羽翼重來採芝老。袖中諫草力回天，害除利興車載懸。何憂不識荆州面，圖畫如今處處傳。

郭顯道美人圖

君不見昭陽殿裏蓬萊人，終惹漁陽胡馬塵〔一〕。又不見吴宫夜夜烏棲曲，竟使姑蘇走麋鹿。移人大抵物之尤，喪亂未免天公愁。雖然丹青不解語，冷眼指作鄉温柔。試問人間何處有，畫師恐是傾國手。卻憐當日毛延壽，故寫巫山女粗醜。杜詩：「誰道巫山女粗醜，何得此有昭君村。」

【校記】

〔一〕胡：《全金詩增補中州集》卷四四作「邊」。

宣差射虎十二月初九日。

北原風勁霜草枯，草間出没藏於菟。眈眈來此被誰驅〔一〕，不防邂逅馮婦車。將軍膽氣勇有餘，手中笑撚金僕姑。等閑如射兔與狐，兩眼錯莫精光無。深山大澤失所居，或撩汝頭編汝鬚。可憐肉食無遠圖，伎倆不及黔之驢。

【校記】

〔一〕眈眈：原作「耽耽」，此從《全金詩增補中州集》卷四四。今按，《周易·頤》：「虎視眈眈，其欲逐逐」。

群鼠爲耗而貓不捕

欺人鼠輩争出頭，夜行如市晝不休。渴時欲竭滿河飲，饑後共覓太倉偷。有時憑社竊所貴，亦爲忌器不忍投。某氏終貽子神禍，祐甫恨不貓職修。受畜於人要除害〔一〕，祭有八蠟禮頗優。近憐銜蟬在我側，何故肉食無遠謀。眈眈雄相猛於虎〔二〕，不肯捕捉分人憂。縱令同乳不同氣，一旦反目恩爲讎。君不見唐家拔宅雞犬上昇去，彼鼠獨墮天不收。注：「《仙傳》〔三〕：唐公昉師李八百，得其神丹，遂舉家昇天，雞犬皆去，唯鼠空中自墮腸出，一月三易其腸。今山下有拖腸鼠，東廣微所謂唐鼠。」

【校記】

〔一〕要：文淵閣本作「惡」。〔二〕眈眈：原作「耽耽」，此從《全金詩增補中州集》卷四四所録。

〔三〕注仙傳：《全金詩增補中州集》脱，文淵閣本無「注」字。

掃晴婦

世俗爲掃晴婦者，蓋假燮理之手，導陰陽之和，使民間免乾溢之患也。感其事而賦之。

卷袖褰裳手持帚，掛向陰空便摇手。前推後卻不辭勞，欲動不動誰掣肘。偶人相對木與土，神女但誇朝復暮。龍公不作本分事，中間多少閑雲雨。見説周人憂旱母，寧知東海無寃婦。殷勤更倩封家姨，一時斷送龍回首。

雨雹

庚子年四月二十八日壬戌，大雨雹。五月七日、八日，又雹。按《左傳·昭公四年》魯大夫申豐曰：「聖人在上，無雹，雖有，不爲災。以古者藏冰爲禦雹之道，祭寒而藏之，獻羔而啓之。今棄而不用，雹之爲災，誰能禦之？」由是言之，禦災其在人乎？感而賦詩，傷今之不如古也。按《月令》：「仲夏行冬令，則雹凍傷穀。」注：「子之氣乘之也。陽爲雨，陰起脅之，凝爲雹〔一〕。」

雲龍失守元氣乖，隱隱愁聽狂車雷。須臾飄驟不成雨，一天風雹從何來。交横散落星石隕，紛霍迸擊冰山摧。坳平忽訝坑谷滿，垤起俄作丘陵堆。驚忙飛走殘殀夭，斫喪枝葉枯根荄〔二〕。穿窗入户彈相射，填街溢巷把莫推〔三〕。恢恢難補天網漏，凜凜欲壓坤軸頽。一方生理遭殄瘁，造物不恤空自哀。是時仲夏行冬令，誰把四序顛倒催。雖有舜絃慍不解，孰謂鄒律春能回。陽雖位降乾道在，一陰纔進力可排。履霜之漸此其始，司寒挾黨結禍胎。春秋大小百餘國，獨向魯地三爲災。《左傳》僖公二十九年、昭三年、昭四年，大雨雹。世間萬事豈不見，那用區區書觀臺。我思天變豈徒爾，以象告人當自裁。《五行志》〔四〕：「占雹，有眼天罰，戒民過也。」

【校記】

〔一〕凝：《全金詩增補中州集》作「以」。〔二〕斫：《全金詩增補中州集》作「斷」。〔三〕把：《全金詩增補中州集》作「杷」。〔四〕志：原脱，據文淵閣本補。

鼎齋 司馬景仁因病瘧而得腹疾，鼎齋療之而愈，因索詩爲賦。

茂陵千載文園客，流傳耳孫猶病渴。引飲自嫌江海窄，家無麴蘗奈腹疾。水帝之魂成水厄，女丁婦壬不相得。始圖一溉滋湯旱，卒見九河歸禹畫。嘗聞秋夫曾療鬼，大勝扁鵲能起號〔一〕。君不見上醫可醫國，異哉鼎齋堪鼎食。

【校記】

〔一〕號：《全金詩增補中州集》卷四五作「死」。今按，扁鵲起號典出《史記》卷一〇五《扁鵲倉公列傳》，唐李瀚《蒙求》有「董奉活燮，扁鵲起虢」語。另，本集本卷《贈郭顯道醫》亦見：「須防姮娥去奔月，大勝扁鵲能起虢。」

姚子昂畫馬

雄姿卓立開天骨，騰踏萬里如神速。可憐不遇九方皋，空使時人指爲鹿。自從大奴守天育，無由更騁追風足。中原一戰收乾坤，白髮將軍髀生肉。

苴履

待詔門前東郭趾，藍關路上仙人跡。雪花紛披蓋地白，東家不借借不得。雖然近市屨亦無，以故爲新即有餘。同行留我木上座，補過仰渠金十奴。一生能著屐幾兩，用心猶在阮孚上。不須更覓下邳侯，山林此計成長往。時守下邳。

兒輩剡木作匙

一震之威乃如此，坐間或失將軍匕。不能便染公子指〔一〕，有意欲割崑奴耳。小兒造物窮物理，斗柄之揭如其尾。雖然劍頭有炊米，又愁遇著捩手鬼。

【校記】

〔一〕便：《全金詩增補中州集》卷四五作「更」。

聞蔡州破甲午年正月十日己酉。

不周力摧天柱折，陰山怨徹青塚骨。方將一擲賭乾坤，誰謂四面無日月。石馬汗滴昭陵血，銅人淚泣秋風客。君不見周家美化八百年，遺恨黍離詩一篇。

籌堂尋梅

蕭疏籬落誰家圃，尋芳信逐遊蜂去。眼前荆棘少人行，馬蹄直到香來處。怕愁貪睡獨開遲，瘦損春寒鶴膝枝。可是東君苦留客，斜風細雨不堪詩。

和秦彦容韻五首

彦容寄詩有「先生高見真吾師，速營菟裘猶恨遲。窗明炕暖十笏地，松風蕭蕭和陶詩。山野已尋雲外路，直入天壇最深處〔一〕。踏開李愿舊遊蹤，請君自草盤谷序」之句，故依韻和之〔二〕。

養賢列鼎手自烹，燮調元化和如羹。馬蹄一蹙燕地裂，氈裘尚拂陰山雪。將軍表請願出師，壯士揮戈惟恐遲〔三〕。武成纔試二三策，黍離已見閔周詩。縱横門外豺狼路，我老此身無著處。君不見平淮十萬兵，猶向襄陽守朱序。見征淮漢。

君不見子幼自勞羔日烹，何如命駕季鷹吳中煮蓴羹。又不見姜侯設鱠鑿冰裂，何如徒步拾遺長鑱黄獨雪。幸遇南來董鍊師，説似壺天日月遲。謫仙之遊乃非謫，長安市上斗酒百篇詩[四]。蒲輪休指商山路，得到白雲採芝處。諸生待揖隆準翁，馬上未遑事庠序。

獵犬已爲兔死烹，猶向漢俎分杯羹。腳靴手板凍欲裂，尚立唐階没膝雪。三寸舌爲帝者師，終比赤松見事遲。相看一笑在目擊，何用左思招隱詩。出門便是天壇路，雲間指點巢仙處。不辭杖屨從子遊[五]，王者之後養老在西序。時寄王子榮西齋。

轂因辟後厭鼎烹，那在丘嫂轑釜羹。冠未掛前已先裂，一簪却上山頭雪。我雖無師心我師，速修何恨下手遲。論中自得養生理，筆底盡是遊仙詩。休向回車問前路，終須有箇安排處。晴窗點檢白雲篇，不知誰爲作者序。

不嫌瓠葉日猶烹，不羨公子染指爭黿羹。不把荷衣等閑裂，不羨曹人共服麻如雪。愛身肯似賤場師，凡骨只愁輕舉遲。北山未出移休勒，東老雖貧樂有詩。望中雲海蓬萊路，誰道樂天無歸處。一千年鶴再來時，行鴈難將弟兄序[六]。

【校記】

〔一〕壇：《全金詩增補中州集》卷四五作「臺」。 〔二〕之：原脱，據文淵閣本補。 〔三〕揮戈：《全金詩增補中州集》作「戈揮」。 〔四〕市：《全金詩增補中州集》作「道」。 〔五〕屨：《全金詩增補中州集》作「履」。　〔六〕弟兄：《全金詩增補中州集》作「兄弟」。

暴雨

秋夜暴雨，上漏下濕，終夕不寐，因得鄙句奉呈。

疾雷破山雲暗天，雨腳不斷如麻懸。淋浪一室無乾處，何異露坐乘漏船。鼠牙便是潰隄蟻，牆有百道飛來泉。狂客豈因狂藥使，眼花如落井底眠。採石江頭弄明月，一夕去作騎鯨仙。我雖忘我亦可憐，但恐不免蛟龍涎。苦無根源笑潢潦，可能朝宗東注覓海道。君不見來陽禹力所不到，至今難尋杜陵老。

綵樓

高平縣綵樓，聞之舊矣，今始親見。議者猶謂高下侈麗，不及向者三分之一，因感而賦之。

層層華構高且崇，萬綵糾結填青紅。何人下手奪天巧，都入意匠經營中。書契以來未省見，異事驚倒百歲翁。郢斤般斧莫敢近，却立屏息慚無功。寒窗戛戛鳴機婦，積年杼柚一日空。山川謂可錦繡裹，塵土盡皆羅綺封。前者攀轅後者挽，奔車徑欲趨靈宫。三年送迎禮雖舊，人事不與天時同。方當炎屬行夏令，權勢大抵歸祝融。神之與人無厚薄〔一〕，蓋以至誠能感通。豚蹄豆酒道旁祝，所獲神賜亦已豐。閭閻疾苦還知否，我爲大夫歌大東。享炎帝閏年。

【校記】

〔一〕與：《全金詩增補中州集》、文淵閣本作「於」。

上九里谷與濟之君祥仲寬李德方朱壽之姚子昂〔一〕

太行巍巍形勢尊，造物設險雄中原。巨靈一朝擘石裂，連峰忽斷開山門。侵雲直上幾千尺，掛壁一徑愁攀援。十步回頭五步坐，慄慄汗出如漿翻。清風掖至最高頂，下視寰海塵埃昏。天壇咫尺若有待，顧我不往慙食言。世間好處豈不愛，腳力雖盡心長存。爲君試寫遠遊興，夜半月出清吟魂。與祁定之約遊天壇不果。

【校記】

〔一〕《（雍正）澤州府志》卷四八録此詩，題末有「同遊漫興」四字。

剥蓮蓬

相將去採秋江蓮，青房戢戢實且圓〔一〕。倒軷收菂亦可喜，春筍未剥空流涎。玉井有花開十丈，至今依舊藕如船。試索緑莖不尋藕，與誰共此從巢仙。

【校記】

〔一〕實：文淵閣本作「飽」。

遼漆水郡王降虎陳仲和之遠祖。

秋風漸高秋草衰，空山校獵千騎圍。突然有物勢鷙猛〔一〕，萬里侯相食肉肥。橫行妥尾不畏逐，挾乙似有百步威〔二〕。當時扈從懦於鼠，雖欲下車人其非〔三〕。將軍一奮躍身出，氣雄志勇捷若飛。攘臂搏虎虎負去，須臾帶皮擒虎歸〔四〕。北方鋭兒皆好武，無愧疋馬及短衣。聲名赫赫耀前古〔五〕，却笑馮婦膽力微〔六〕。胙田命氏報恩異〔七〕，至今漆水生光輝。君不見射石李廣一箭亦可喜，死不封侯知者希。

【校記】

〔一〕鷙：原缺，據《全金詩增補中州集》卷四五補。　〔二〕乙：原缺，據《全金詩增補中州集》補。

〔三〕其：《全金詩增補中州集》作「共」，清周春《遼詩話》卷上録此詩如之。　〔四〕帶：原缺，《遼詩話》補作「掇」，此從《全金詩增補中州集》。　〔五〕耀：《全金詩增補中州集》《遼詩話》作「振」。

〔六〕卻：《全金詩增補中州集》《遼詩話》作「欲」。　〔七〕報恩：《全金詩增補中州集》《遼詩話》作「恩澤」。

遺善堂并序。

雪巖老人欲其子孫之善，何如是諄諄也哉。有子仲賢，以其遺命書之於堂，訂曰遺善，遵而行之，朝夕於是。其命之使行者，不敢不行其所行者，皆善事也。命之使不行者，不敢行其所不行者，皆不善事也。非惟不失士君子之行，其孝子之心，何時而已耶。噫！處世兵革之間，不忘於善，亦所未聞，故喜而爲之詩。

君不見遺子韋侯只一經，相門出相那在金滿籯。又不見燕山教子以義方，靈椿老去五枝丹桂芳。破散錢堆一百屋，紫微不願有子如窟郎，陷爲天下輕薄子。伏波不願有子學季良，身前身後事茫茫。我恤我躬猶未遑，長把賢愚掛懷抱，請看積善之家遺善堂。

贈出家張翔卿

翔卿河内人也。篝堂毁其簪冠，使復儒業。昔唐李素拜河南少尹，吕氏子炅棄其妻〔一〕，著道士衣冠，謝母曰：「當學仙王屋山。」去數月復出〔二〕，間詣公。公立之府門外，使吏卒脱道士冠，給冠帶，送付其母。事類翔卿，故書。

大袖斜襟麄布袍，髻丫撐似彌明高。滑稽自謂世可玩，清净不守形徒勞。百年光景已强半，容易便把青春抛。欲向蓬壺尋福地，奈何龍伯釣後負山無海鰲。欲駕天風朝帝闕，奈何巫陽去後九虎守關牢。養生未獲一溉力，那忍遽絶平生交。但令造物哀正直〔三〕，豈肯屈曲從仙巢。留侯學道欲輕舉，尚且强食扶金刀。安期當年本策士，意氣直謁扛鼎豪。平地作仙亦不惡，或恐上界官府名難逃。《後山詩話》：「昔之黠者滑稽以玩世。蒯通初善齊人安期生，安期生嘗干項羽，羽不能用其策，而項羽欲封此兩人，兩人卒不肯受。」〔四〕君不見醉吟居士不歸海上山，又不見昌黎先生屈曲自世間。況非出塵風骨羽化難，夜叉白日守天關。黄庭正恐坐誤讀，鐵鎖縱垂那可攀。我笑學仙王屋著道冠，只待河南李侯脱去然後還。

【校記】

〔一〕炅：《全金詩增補中州集》卷四五作「杲」。今按，《韓愈集》卷二五《河南少尹李公墓誌銘》：「吕氏子炅，棄其妻，著道士衣冠。謝母曰：『當學仙王屋山。』」〔二〕月：《全金詩增補中州集》作「日」。今按，此語出自《河南少尹李公墓誌銘》「去數月復出」。〔三〕令：《全金詩增補中州集》、文淵閣本作「今」。〔四〕《後山詩話》前原有「注」字，此從文淵閣本。另，《全金詩增補中州集》無此段注文。

籌堂燕

籌堂梁上巢燕將雛，幾墮鼠計，飛鳴哀訴者久之。主人得其情而護焉，卒無所害。夫舐犢之愛，物物皆爾，感而爲之賦，且以戲克紹。

陰陰池館落花泥，出入通家獨見知。曾遭江上淘河嚇，又被巢邊野雀欺。且欺且嚇亦不惡，奈有鼠輩窺其兒。兒方在卵卵何危，哀鳴若訴奚勝悲。主人能得腹中事，百計護持彼毒無所施。羽毛養就刀剪齊，雄雌相隨引雛飛。尋常百姓家，汝巢非汝宜。春兮來，秋兮歸，莫忘烏衣巷裏時。

趙倅司馬山謝雨

乙未歲旱，自春徂夏。五月丙申，澤倅趙公唐齋沐潔誠，就司馬山祈禱。八日庚子大雨，年穀遂登，民物安逸，累獲嘉應。次年丁酉孟夏巳丑，公與本郡僚屬父老人等，具牲幣酒醪簫鼓之禮，仰答神休，仍求嗣歲。祭畢，聊識歲月云耳。

去歲不雨民憂深，愆陽亢甚多伏陰。冥冥造物豈難料，感以至誠神所歆。我公默禱若響應，出岫誰謂雲無心。天瓢疑是池中水，三日以往皆爲霖。淋漓元氣滿人望，解愠何止薰風琴。家家豚酒樂豐歲，空山鼎沸簫鼓音。春祈秋報有常典，仰荷靈貺如桑林。

四舍人生日

驥之子，鳳之雛，精彩豐容美且都。年至十二三，頭角已異同隊魚。積善之家慶有餘，掌中幸得雙明珠。定知他日必充閭，不妨更讀古人書。絳帳先生當今之範模，步亦步，趨亦趨，執經北面預先講唐虞。明主何嘗不用儒，相門出相文可無。豈獨手撚金僕姑，能騎生馬駒，然後稱爲大丈夫。

贈儒醫卜養正

孰親如身在所慎，一病能惱安樂性。囊中探丸起九死，以其病病人不病，豈獨和扁號神聖，能於鬼手奪人命。嘗聞上醫可醫國，何不使權造物柄。

遊濟源

庚子春季，與劉濟之、君祥、仲寬、仲美、姚子昂、秦懿夫、馬子温、李德方、深之、伯英、朱壽之，下太行，抵覃懷，望方口，臨沇水。二十三日丁亥，郡侯段正卿因西山鎮遏回，自析城來赴期，值雨，留宿奉仙觀。翌日已丑[一]，天霽。具牲酒幣帛，謁清源王廟。禮畢，會友人郭伯玉、李慶之、王天益、史德秀、王輔卿、紇石烈仲傑[二]、完顔壽之，方外士祁定之、郭道正、元明道，部將段玉等，大飲於裴公亭，用麾下鼓吹以樂賓。薄暮，極歡而罷，故賦之，紀一時之勝遊也。

元戎小隊閑登臨，悠悠旌旆穿山林。太行南下路險澀，不憚著腳窮幽尋。清源祭秩世所重，喬木掩映靈宫深。是時方口雨初過，天風破曉開微陰。入門爲問廟見禮，白髮黄冠通古今。且言享誠非享物，那在與俗占浮沉。鞠躬執簡默有禱[三]，脯酒縱薄神所歆。幾年願違莫能遂，至此始得償初心。點檢圖經歎禹跡，山青水緑無知音。竹根醉倒客星散，夜聽波底蛟龍吟。

【校記】

〔一〕已，《全金詩增補中州集》、文淵閣本作「巳」。　〔二〕紇石烈：文淵閣本作「赫舍哩」。今按，紇石烈爲女真「白號之姓」之一，係漢語音譯，見《金史》卷五五《百官志》。入清後以滿語重譯，遂致紛紜。〔三〕默：原作「點」，刊誤，此從《全金詩增補中州集》、文淵閣本。

樊氏昆仲懶窠

君不見讀書邊孝先，謂師可嘲何典記。又不見梁州陰子春，足不肯洗恐敗事。何須向人説道理，養得疎慵性如此。擺手便行誰家子，嵩洛之間兩居士。未嘗點檢形骸外，掛角羚羊心已死。問之非漁亦非樵，人言似癡還似高。叔夜自知不堪七，以書遂絶平生交。一官從此束高閣，賴是天教閑處著。時人争賦懶窠詩，我羡懶窠詩不作。

壬申歲旱官爲設食以濟饑民

千里地赤澤未霑，驕陽爲沴烈火炎。就中秦頭晉尾旱魃所棲托，十室九室突不黔。撑腸一飽豈易得，咀嚼草木如薺甜。山川課雲職不舉，無乃風伯號令嚴。民是天民天自恤，何時霹靂起龍潛。

男揚洗兒十九歲。

自慙無德爲兒父，今朝把酒爲兒壽。爲兒今賦洗兒詩，願兒他日於兒厚。我猶不恤況我後，委蜕自天汝非有。速宜修德大吾門，無復童心年十九。

兒歸來禽名。

兒歸來，兒歸來，百年郎罷恨，何日寧馨回。東去但除嚴母墓，望思空築茂陵臺。兒歸來，兒歸來，一聲未盡一聲哀。

贈郭顯道醫

惡石聚散元氣樸，本草搜剔造化窟。俱收並蓄籠中物，山精水怪藏不得。休言魄爲天所奪，入其手者命可活。須防姮娥去奔月，大勝扁鵲能起虢。君不見錢子飛，藥不敢施爲鬼脅。

和答董用之

將軍死戰血染衣，空山白骨鬼夜啼。洗兵政要及時雨，天禍未悔無雲霓。臥龍不起主張漢，獵犬待烹僥倖齊。就中儒冠身多誤，如坐矮屋頭常低。敢將龍鍾哀造物，但幸老大能扶犂。咄哉董生三寸舌，善謔不思爲虐兮。人間回首憂患始，去之不速將噬臍。

再和秦彦容韻

扊扅歌後伏雌烹，箸猶未下愁覆羹。布衾多年踏裏裂，夜半寒窗灑風雪。待與重尋痛飲師，東山杲杲日出遲。撑腸拄腹文字五千卷，一字不入高人詩。幾年不踏紅塵路，直入白雲最深處。君不見洛陽城下來歸魂[一]，一夢思鄉嘆温序。按《後漢》：「温序次房行部至襄武，爲隗囂將苟宇所執，欲降之。序不聽，伏劍而死。光武命送喪到洛陽，爲塚地。長子壽爲鄒平侯相，夢序告之曰：『久客思鄉里。』壽即棄官上書，乞骸骨歸葬，帝許之，乃反舊塋焉。」《莊靖集》卷一。

【校記】

〔一〕來：文淵閣本作「未」。魂：《全金詩增補中州集》卷四五作「鬼」。